더버빌가의 테스

이 도서의 국립중앙도서관 출판시도서목록(CIP)은 서지정보유통지원시스템 홈페이지(http://seoji.nl.go.kr)와
국가자료공동목록시스템(http://www.nl.go.kr/kolisnet)에서 이용하실 수 있습니다.
(CIP제어번호: CIP2011001924)

세계문학전집
072

Thomas Hardy : Tess of the d'Urbervilles

더버빌가의 테스

토머스 하디 장편소설

유명숙 옮김

문학동네

작가 서문

초판본에 붙인 해제

이 소설의 대부분은 약간 다른 내용으로 〈그래픽〉지에 연재되었다. 성인 독자를 대상으로 하는 몇 장(章)은 『포트나이틀리 리뷰』와 『내셔널 업저버』에 단편으로 실렸다. 그것에 몸통과 사지를 붙여, 2년 전에 쓴 원래의 원고로 복원해 이 소설을 출판할 수 있게 해준 잡지들의 편집자와 소유주에게 감사드린다.

실제로 일어난 일에 예술적 형태를 부여하려는 시도인 이 소설이 그런 목표를 성심성의껏 달성하고자 했다는 사실만 덧붙이고 싶다. 이 책에 담긴 생각과 견해에 관해서는, 요즘 누구나 생각하고 느끼는 것에 귀를 막는 무척이나 고상하신 독자께 인구에 회자되어온 성(聖) 히에로니무스의 말을 기억하라고 말하고 싶다. "잘못이 진실로부터

나온다면 진실이 가려지는 것보다는 잘못을 저지르는 것이 낫다."

1891년 11월

5판과 그 후의 판본에 붙인 서문

여주인공의 역할을 수행하기에 치명적이라고 흔히 여겨지는 경험을 겪고 난 시점, 적어도 여주인공의 포부와 희망이 실질적으로 끝난 시점에 그녀의 대출정이 시작되는 소설이라는 점에서 독자 대중이 이 소설을 환영한다면, 그것은 공공연한 관습과 상당히 배치되는 일이었고, 익히 알려진 불행의 어두운 이면에 관해 소설에서 할 이야기가 남아 있다는 필자의 주장에 동의함을 의미했다. 『더버빌가의 테스』가 영국과 미국의 독자들에게 불러일으킨 반응을 보면, 사회에서 소리 높여 말하는 관습적인 사고를 따르는 대신 암묵적인 견해를 따라 이야기를 끌고 나간 것이 — 현재의 작품처럼 고르지 않고 불완전한 경우에도— 전혀 잘못이 아님이 입증되었다. 독자들의 뜨거운 호응에 감사하지 않을 수 없다. 헛되이 우정을 갈망하기 십상인 세상에서, 제멋대로 오해를 하지 않는 것만도 친절로 느껴지는 세상에서, 호의적인 독자들, 선남선녀들을 만나서 일일이 악수를 나누지 못하는 것이 유감일 따름이다.

그들 중에는 비평가들도 포함되어 있는데, 대다수는 이 소설에 아낌없는 찬사를 보냈다. 비평가들의 서평으로 미루어 그들도 일반 독자들과 다르지 않게 풍부한 상상력과 직관적 통찰로 소설의 서술적 결함을 크게 보완했음을 알 수 있다.

이 소설이 교훈적이거나 논쟁적인 의도를 갖고 있지 않고, 묘사 부분에서는 있는 그대로 보여주고, 명상 부분에서는 확신보다는 느낌을 전달하고자 했음에도, 소설의 내용과 표현 방식 둘 다를 비판하고 나선 사람들이 있었다.

그들 중 더 준엄한 심판을 내린 이들은 예술에 적합한 주제를 놓고 까다로운 이견을 제시한바, 특히 부제에 붙은 형용사*를 문명의 법령에서 유래한 인위적이고 이차적인 개념에 한정해 해석했음을 드러냈다. 그들은 자연 상태에서 부여된, 더 나아가 미학적으로 부여된 이 단어의 의미를 무시했다. 그들이 믿는 기독교의 가장 고양된 면모가 제공하는 영적인 해석을 무시했음은 말할 나위 없다. 또 다른 이들은 이 소설이 이전의 더 소박했던 시대가 아니라 19세기 말에 만연한 견해를 구현한다는 '주장'에 근거해 이의를 제기했다. 그런 주장의 근거를 찾아내기를 바랄 따름이다. 소설은 논증이 아니라 느낌이라는 사실을 반복해 말한다. 거기서 논의가 멈춰야 한다. 실러가 괴테에게 쓴 편지에서 이런 종류의 심판관을 언급한 사실이 생각난다. "그들은 예술적 표현에서 자신들의 생각만 읽어내고, 실제의 상황보다 고상한 것만 높이 평가한다. 이런 논란은 기본 원칙에서 시작되는 것이라 상호 대화가 전혀 불가능하다." 그리고 다시, "예술적 재현을 판단할 때 누군가가 내적 필연성과 진실보다 중요한 것이 있다고 생각한다면,

---

* 부제는 '순정한 여인(A Pure Woman)'으로 형용사 pure를 가리킴.

나는 그와 더이상 상대하지 않겠다."

초판본에 해제를 붙이면서 나는 이 소설의 이모저모에 거부감을 느낄 고상한 분의 출현을 상정했다. 그 사람은 물론 앞서 언급한 비판자들 사이에 끼어 있었다. 그중 한 명은 내가 "이런 책의 유일한 구제 수단"인 비판적 입장을 취하지 않았기 때문에 이 책을 세 번 통독할 수 없어 당황스러웠다고 했다. 다른 한 명은 악마의 삼지창, 하숙집의 고기 써는 칼, 그리고 몸을 팔아 얻은 양산과 같은 저속한 물건들이 점잖은 소설에 등장하는 것에 반대했다. 불멸의 신들에 관해 불경스럽게 쓰인 구절이 있음을 더 효과적으로 개탄하기 위해 반 시간 동안 기독교도연한 신사도 하나 있었다. 태생이 워낙 점잖은 그는 필자의 최선이 그 정도라는 동정의 말로 필자를 너그러이 봐주었다. 사의를 표하지 않을 수 없다. 나는 이 위대한 비평가에게 단수로 쓰든 복수로 쓰든 신에게 무분별하게 항의를 제기하는 것이―부분적으로 독창성이 없지는 않지만―그의 생각과 달리 필자만의 원죄가 아니라는 점을 분명히 하고 싶다. 하지만 셰익스피어가 역사의 권위라면―그렇지 않다고 할 여지도 있지만―이미 앵글로·색슨 7왕국 시절에 그런 죄가 웨섹스에 이입되었다고 입증할 수 있다. 『리어 왕』에서는 이나(Ina)라고도 불리는, 그 지역의 주군인 글로스터가 이렇게 말한다.

장난꾸러기들이 파리를 죽이듯 신들도 그렇게 한다.
그들은 우리를 장난삼아 죽인다.

『더버빌가의 테스』를 제멋대로 읽은 사람들 중 두셋은 대다수의 작가와 독자 공히 망각의 저편으로 보내고 싶어 하는 틀에 박힌 부류—
주어진 상황을 빌미로 자신들의 신념을 휘두르는 공인된 문학적 복서
들이다. 시험적인 절반의 성공을 완전한 성공으로 만드는 것을 막으
려고 끊임없이 감시하는 현대판 '이단(異端)의 망치들', 공공연한 방
해자들. 이들은 평이한 의미를 왜곡하고, 고명한 역사적 방법론을 적
용한다는 미명하에 인신공격을 한다. 물론 제기해야 할 명분과 지켜
야 할 특권과 지속해야 할 전통이 있어 그러는 거라고 할 수도 있다.
세상사를 느끼는 대로 써내려가는 단순한 이야기꾼은 전혀 그럴 의도
없이, 싸움을 걸고 싶은 마음이 전혀 없는 상황에서, 그중의 일부를
간과함으로써 순전히 우연히 갈등을 야기할 수 있다. 스쳐가는 느낌,
꿈꾸다 얻은 발상에 일반론을 적용하면서 본의 아닌 공격자는 지위와
이해관계, 가족, 하인, 황소, 당나귀, 이웃과 이웃의 아내와 관련하여
상당히 불편한 상황을 만들어낸다. 그러므로 그는 출판사의 덧문 뒤
에 숨어서 용감하게 소리를 지른다. "부끄럽지도 않느냐?" 이 세상은
빼곡하게 채워져 있어서 어떤 식으로든 변화가 있으면, 그것이 더할
나위 없이 정당한 움직임이라도 누군가의 감정을 해치게 된다. 그런 변
화는 종종 감정에서 시작되고, 그런 감정은 때로 소설에서 시작된다.

1892년 7월

* * *

앞의 글은 이 소설이 출간되어 그 쟁점에 대한 공적·사적 비평이

활발히 진행되던 초창기에 쓴 것이다. 옳건 그르건 과거에 뱉은 말이니 그대로 놔두겠지만, 지금 같으면 쓰지 않았을 글이다. 이 책이 처음 출간되고 긴 시간이 흐르지 않았음에도 위의 글을 쓰게 만든 비평가 대다수는 입을 다물었다. 그들이 한 말이나 내가 한 말이 대수롭지 않다는 사실을 상기시키려는 듯.

1895년 1월

* * *

이번에 출간하게 된 판본에는 이전의 판본에 없던 몇 페이지가 포함되었다. 1891년의 서문에서 진술했듯이 단편으로 남아 있던 에피소드들을 통합할 때 원본에서 누락된 부분이다. 10장이 그것이다.

위에서 언급한 부제와 관련하여, 나는 그 부제를 최종 교정쇄를 읽고 난 후 여주인공의 성정에 관해 공정한 사람의 마음에 남았을 판단, 아무도 논박하지 않을 판단이라고 여겨 마지막 순간에 달았음을 덧붙이고자 한다. 그런데 그것이 이 책의 다른 무엇보다 논란의 대상이 되었다. 부제를 붙이지 않는 편이 나았겠지만 그대로 두기로 했다.

이 소설은 1891년 11월 세 권의 단행본으로 출간되었다.

1912년 3월
토머스 하디

차례 ▌

제1단계

처녀

1

5월 하순경 해질녘에 중년으로 보이는 한 남자가 섀스턴을 출발해 블레이크모어 혹은 블랙무어라고 하는 인근 골짜기에 자리 잡은 말롯 마을의 집을 향해 걸어가고 있었다. 비틀거리는 두 다리로 몸을 지탱한 불안정한 걸음걸이 탓에 남자는 직선으로 걷지 못하고 왼쪽 방향으로 사선(斜線)을 그렸다. 어떤 의견을 새삼 확인하듯 이따금 당차게 고개를 주억거렸지만 딱히 무슨 생각을 하고 있는 것은 아니었다. 그의 팔에는 빈 달걀 바구니가 매달려 있었고, 모자는 보풀이 일 만큼 낡은 데다 모자를 벗을 때 엄지손가락이 닿는 테 부분을 기운 천도 거의 닳아 해졌다. 얼마 가지 않아 그는 잿빛 암말을 탄 늙수그레한 신부와 마주쳤다. 말 위의 신부는 두서없는 노랫가락을 흥얼거리고 있었다.

"안녕합쇼?" 바구니를 든 남자가 말했다.

"안녕하시오, 존 경(卿)?" 신부가 대답했다.

걸어가던 남자는 한두 걸음 더 떼다가 발길을 멈추고 몸을 돌렸다.

"그런디 실례합니다만, 신부님. 지난번 장날에도 이맘때쯤 여기서 뵌 적이 있습지요. 인사를 드렸더니 그때도 지금처럼 '안녕하시오, 존 경?' 요렇게 대답하셨고요."

"그랬지." 신부가 말했다.

"그전에도 한 번 ― 한 달쯤 전의 일이구먼요."

"그랬을 걸세."

"저는 무지렁이 도붓장수 잭 더비필드인디 만날 때마다 '존 경' 하시는 까닭이 도시 무엇인지요?"

신부의 말이 한두 걸음 다가와 멈춰 섰다.

"괜히 그래보고 싶었네." 이렇게 답한 그는 잠시 머뭇거리다 말을 이었다. "향토지(鄕土誌)를 새로 편찬하느라 가계도를 뒤지다 얼마 전에 한 가지 사실을 알게 됐거든. 나는 스태그풋레인에 사는 트링엄 신부인데, 고서 연구가이기도 하네. 더비필드, 자네가 페이건 더버빌 경이 시조인 유서 깊은 기사 가문 더버빌가의 직계 후손이란 걸 정말 모르고 있었나? 배틀 수도원 양피지 문서*에 의하면, 명성이 자자한 기사 페이건 더버빌은 정복왕 윌리엄과 함께 노르망디에서 건너왔다네."

"생전 처음 듣는 얘긴뎁쇼!"

"어쨌거나 사실일세…… 턱을 조금 들어 옆얼굴의 선을 보여주게

---

* 1066년 노르망디 공 윌리엄과 함께 잉글랜드를 침공한 귀족들의 명단이 기록되어 있다고 전해지는 문서. 배틀 수도원은 전승 기념으로 세운 수도원.

나. 틀림없어 ─ 좀 천격(賤格)이 박혔지만 ─ 더버빌가의 코와 턱이 맞네. 페이건 더버빌 경은 노르망디의 에스트레마빌라 공을 도와 글러모건셔를 정복한 열두 기사 중의 한 사람이지. 그의 후손들은 이 지방에 많은 영지를 갖고 있었고, 스티븐 왕 시절의 국고연감(國庫年鑑)에도 언급된다네. 존 왕이 다스릴 때는 병원기사단*에 땅을 떼어줄 정도로 거부를 배출했고, 또 에드워드 2세 때 자네 선조 브라이언은 웨스트민스터에서 소집된 왕정청(王政廳) 회의에 참석하기도 했지. 올리버 크롬웰이 집권했을 때는 가세가 좀 기울기는 했지만 심각한 정도는 아니었고, 찰스 2세 치세에는 충성심을 인정받아 왕실 오크 기사 작위를 받았지. 그래, 자네 가문은 대대로 기사였어. 만약에 준남작(準男爵)처럼 기사도 세습이 된다면 ─ 옛날에는 사실 기사 작위가 아버지에서 아들로 이어졌거든 ─ 지금 존 경으로 행세해도 될 텐데 말일세."

"아무리 그럴 리가요!"

"한마디로," 신부가 말회초리로 자기 다리를 단호하게 치면서 말을 맺었다. "잉글랜드에 그만한 명문가가 없다고 해도 될걸."

"놀라 자빠질 일이구먼요." 더비필드가 말했다. "그런 줄도 모르고 이 교구에 흔하게 널린 상놈처럼 날마다 발바닥이 부르트게 뛰어다녔네요…… 그런디 트링엄 신부님, 제가 귀족이라는 사실이 알려진 지 얼마나 됐나요?"

신부는 그 사실이 완전히 묻혀버려서 아는 사람이 거의 없다는 것

---

* 11세기 예루살렘에서 가난하고 병든 순례자들을 돌보기 위해 창설된 중세 유럽의 대표적 기사단.

이 자기 판단이라고 설명했다. 더버빌가의 홍망성쇠를 추적하던 자신이 지난봄 어느 날 그의 짐마차에서 더비필드라는 이름을 눈여겨보고 연구를 시작했는데, 그의 부친과 조부에 대해 조사하면서 확신을 갖게 되었다는 것이다. "처음에는 이런 부질없는 사실을 알려주어 심란하게 만들 건 없다고 생각했네." 그가 말했다. "하지만 사람의 충동이란 게 분별력보다 강할 때가 있는 법이지. 그리고 자네도 내용을 좀 알고 있을 거라는 생각이 들기도 했고."

"아, 사실 블랙무어로 이사 오기 전에는 가세가 좀 넉넉했다는 이야기를 두어 번 들었지만 한 귀로 듣고 흘려버렸습죠. 옛날에는 말이 두 마리였는디 지금은 한 마리다 정도로 생각한 거지요. 집에 오래된 은수저 하나랑 문양을 새긴 도장이 있기는 한디요, 숟가락이나 도장이 무슨 소용이 있었어요?…… 그런디 이 몸이 지체 높은 더버빌 집안과 같은 핏줄인 걸 몰랐으니. 증조부께서 당신 내력을 밝히지 않고 마음속에 비밀을 간직했다고 들었는디…… 이런 말씀을 여쭤도 될까 모르겠습니다만, 신부님, 요즘 저희는 어디서 연기(煙氣)를 피우지요? 더버빌가는 어디서 사느냐 이 말씀입니다요."

"아무 데도 안 살지. 이 지방의 토호로는 이제 존재하지 않으니까."

"저런, 유감이구먼요."

"그래. 가계도를 위조할 때 말하는 식으로 대가 끊긴 거네. 말하자면 몰락해서 사라진 거지."

"조상들의 묘는 어디 있는디요?"

"킹스비어 서브 그린힐이라는 곳에 있네. 납골당에 당신네 조상들이 줄줄이 묻혀 있고, 퍼벡*으로 된 감실(龕室)에 선조들의 영정 조각상이 있다네."

"그럼 우리 가문의 저택과 토지는 어디 있나요?"

"아무 데도 없어."

"예? 땅이 하나도 없다고요?"

"한 평도 없네. 옛날에는 아주 많았지만. 앞서 말했듯 자네 가문은 직계와 방계 모두 번창해서 이 지방만 해도 킹스비어에 저택과 토지가 있었고, 셔턴, 밀폰드, 럴스테드 그리고 웰브리지에도 있었지."

"그럼 우리 재산을 다시 찾을 수 있을까요?"

"아, 그건 내가 답할 수 없는걸!"

"제가 할 수 있는 일은 없나요?" 잠시 숨을 돌렸다 더비필드가 물었다.

"아무것도, 아무것도 없네. '용사들은 쓰러졌구나'**라고 생각하고 마음을 다독이는 수밖에. 이 일은 향토사가나 족보학자들의 흥미를 끌지 모르지만 그 이상은 아닐세. 이 지방의 농부 몇몇도 자네와 마찬가지로 몰락한 명문가의 자손인걸. 잘 가게나."

"이왕 만나 뵌 김에, 트링엄 신부님, 발길을 돌려 저하고 맥주나 한 잔허시지요? 퓨어드롭 주막의 술맛이 꽤 쓸 만한께요. 물론 롤리버 주막보다는 못하지만요."

"고맙지만 사양하겠네. 더비필드, 자네 오늘 저녁은 술을 더 안 하는 게 좋겠어. 벌써 꽤 취한 것 같은데." 이렇게 말을 맺고 신부는 이 흥미로운 옛날 이야기를 옮긴 것이 분별 있는 일이었나 하는 의구심

---

* 잉글랜드 도싯 주 퍼벡 반도에서 출토되는 석회암으로 대리석처럼 광을 낼 수 있음.
** 「사무엘 하」 1장 19절.

을 떨치지 못한 채 말을 몰고 사라졌다.

그가 가고 나자 더비필드는 깊은 몽상에 잠겨 몇 걸음을 떼다가 바구니를 앞에 내려놓고 길옆 풀이 무성한 둑에 앉았다. 잠시 후 멀리서 더비필드가 걸어왔던 방향으로 한 젊은이가 걸어오는 것이 보였다. 그를 본 더비필드는 손을 흔들었고 젊은이는 걸음을 재촉해 다가왔다.

"어이, 저 바구니를 들어라! 내 심부름 좀 해줘야겠다."

윗가지처럼 홀쭉한 젊은 사내가 인상을 썼다. "아니, 존 더비필드. 당신이 뭐라고 사환 다루듯 이래라저래라 하는 거요? 내가 당신 이름을 아는 것처럼 당신도 내 이름을 아는디!"

"내 이름을 안다고, 안다 이거지! 그게 바로 비밀인디, 비밀이라고! 자, 명령을 받들도록. 내가 전하라는 말을 가서 전하라고…… 흠, 프레드. 그 비밀이란 게 내가 귀족의 핏줄이라는거. 나도 오늘 오후 현재 이 시점에야 알게 됐제." 이렇게 선포한 다음 더비필드는 앉은 자세 그대로 데이지가 우거진 둑에 벌러덩 누워버렸다.

청년은 앞에 버티고 서서 더비필드를 머리 꼭대기부터 발끝까지 훑어보았다.

"존 더버빌 경, 내가 바로 그분이제." 누워 있는 남자가 말을 이었다. "기사가 준남작이라면 말이여. 사실 그게 그거지 뭐. 이 몸에 관해 역사책에 죄다 기록되어 있다니. 킹스비어 서브 그린힐이라고 들어는 봤나, 젊은이?"

"예. 그린힐 장날에 가본 적은 있는디요."

"그려. 그 도시의 교회 아래 누워 있는―"

"거긴 도시가 아니에요. 어쨌든 내가 갔을 때는 아니었수. 한눈에

다 들어오는 손바닥만 한 동네인걸요."

"동네 이야기는 관두게. 문제는 그게 아녀. 그 교구 교회 아래 우리 조상들이 묻혀 있단 말씀이여. 수백 명이나 되는 조상님들이 갑옷과 보석을 휘감고 엄청나게 무겁고 큰 납관에 누워 계신다고. 남부 웨섹스에서 나보다 훌륭하고 뼈대 있는 조상을 둔 사람이 있으면 나와보라고 혀."

"그려서요?"

"자, 이 바구니를 들고 말롯으로 가게나. 퓨어드롭 주막에 가서 즉시 여기로 마차를 보내서 날 집으로 모셔가라고 혀. 작은 병에 럼주 4분지 1파인트를 채워 마차 바닥에 놓고 내 앞으로 달아둬. 그런 다음 바구니를 갖고 우리 집으로 가서 마누라한테 빨랫감은 치워버리라고 혀. 이제 하지 않아도 되니께. 할 말이 있으니께 내가 집에 도착할 때까지 기다리라고 하고."

젊은이가 미심쩍은 듯 서 있자 더비필드는 주머니에서 자기로서는 좀체 만져보기 힘든 1실링짜리 동전을 꺼냈다. "심부름 값일세."

이것이 젊은이의 상황 판단에 큰 변화를 가져왔다. "예, 존 경. 감사하구먼요. 더 시키실 일이 없으신지요, 존 경?"

"우리 집에 가거든 내가 저녁 식사로, 음, 양고기볶음을 먹었으면 좋겠다고 하게. 양고기가 있으면 말일세. 없으면 선지소시지도 좋은디. 그것도 없으면, 음, 곱창볶음도 좋고."

"예이, 존 경."

젊은이가 바구니를 집어들고 막 가려는 순간 마을 쪽에서 관악대의 음악 소리가 들려왔다. "저건 뭔가?" 더비필드가 말했다. "날 맞이하러 온 건가?"

"부녀회 들놀이입죠, 존 경. 아, 따님도 회원일 텐데요."

"그렇고말고. 중대사에 정신이 팔려 깜빡했네! 자, 말롯으로 달려가 마차를 보내게나. 마차를 타고 들놀이를 시찰할 생각도 있으니께."

젊은이가 가고 나자 더비필드는 저녁 햇살을 받으며 데이지가 핀 풀밭에 누워 기다렸다. 오래도록 행인이 한 명도 없었다. 푸른 언덕으로 둘러싸인 그곳에서 사람이 내는 소리는 악대의 연주뿐이었다.

2

말롯 마을은 앞서 말한 아름다운 블레이크모어 혹은 블랙무어 골짜기의 동북쪽 구릉들에 둘러싸인 외진 곳에 자리 잡고 있었다. 런던에서 네 시간이면 이를 수 있는 거리지만, 아직까지 이 골짜기의 대부분은 관광객이나 풍경화가의 발길이 닿지 않았다.

이 골짜기와 안면을 트는 가장 좋은 방법은—여름에 한창 가물 때는 피할 것—골짜기를 에워싸고 있는 산등성이에서 바라보는 것이리라. 날씨가 궂을 때 안내자 없이 후미진 곳을 돌아다니다가는 좁고 꼬불꼬불한 진창길에 실망하기 십상이다.

들판이 맨 흙을 드러내거나 샘이 마르는 법이 없는 비옥하고 안온한 이 고장은, 남쪽으로는 험준한 백악질의 산맥이 경계를 이루고 있는데, 햄블던힐, 벌배로, 네틀콤타우트, 도그베리, 하이스토이, 범다운 등의 봉우리들이 이 산맥에 포함된다. 해안에서 북쪽으로 20마일

넘게 석회질의 초원과 밀밭을 터벅터벅 걸어오던 여행객은 갑자기 솟아오른 절벽의 가장자리에서 발밑에 지도를 펼쳐놓은 듯 지금까지 지나온 곳과는 전혀 다른 고장을 뜻밖의 기쁨으로 마주하게 된다. 등 뒤로는 탁 트인 언덕이 펼쳐져 있고, 넓은 들판 위로 햇빛이 내리비쳐 막힌 데가 없는 풍경이 펼쳐진다. 흰색의 들길을 따라 야트막하게 엮어놓은 산울타리 가지들이 이어지고 대기는 무색투명하다. 골짜기 안의 세계는 자그마한 규모로 아기자기하게 꾸며져 있다는 인상을 준다. 들판은 마구간에 딸린 목초지에 지나지 않은 것 같고, 높은 곳에서 조그맣게 보이는 들판의 산울타리는 연한 녹색 풀밭 위에 짙은 녹색 실을 얼기설기 엮어놓은 것 같다. 눈 아래 펼쳐진 대기는 나른하고 하늘의 색조는 무척 진했는데, 화가들이 이른바 중경(中景)이라고 부르는 곳도 그런 색깔이다. 그 너머 지평선은 짙은 군청색을 띤다. 경작지는 작고 협소하다. 큰 언덕과 큰 골짜기가 작은 언덕과 작은 골짜기를 에워싸면서 숲과 나무가 우거진 풍경이 주조를 이루었다. 블랙무어 계곡의 모습이 이러했다.

이 지역은 지형으로도 남다른 데가 있지만 역사적으로도 유명한 곳이다. 예전에는 이 골짜기를 헨리 3세 때의 흥미로운 전설에 따라 '흰 수사슴의 숲'이라고 불렀다. 토머스 드 라 린드라는 사람이 왕이 뒤쫓다 살려준 아름다운 흰 수사슴을 죽이는 바람에 많은 벌금을 물었다는 이야기가 전해진다. 그 당시는 물론 비교적 최근까지도 삼림이 울창한 곳이다. 지금도 산비탈에 남아 있는 떡갈나무 고목 숲과 듬성듬성한 삼림대, 그리고 드넓은 목초지 위로 그늘을 드리운 속이 빈 나무들에서 옛날 풍경의 흔적을 발견할 수 있다.

숲은 사라졌으나 숲의 그늘에서 행하던 옛 풍습 중 남아 있는 것들이 있었다. 하지만 대부분 변형되거나 변질된 형태로 명맥을 유지했다. 예컨대 앞서 언급한 오후에 보게 될 오월제의 춤은 이 고장에서는 '부녀회 들놀이'로 불리는 부녀회 잔치로 변형되었다.

그것은 말롯의 젊은 세대에게는 재미있는 행사였지만, 의식에 참가하는 이들이 그 참된 의의에 관심이 있는 것은 아니었다. 기념일에 행진을 한다거나 춤을 추는 풍속을 이어간다는 점보다는 참가자들이 모두 여성이라는 점이 특이했다. 남자들의 모임에서 이런 축제가 사라져가고 있기는 해도 그렇게 보기 드물지는 않았다. 그러나 여자들의 타고난 수줍음 때문인지 아니면 남자 인척들의 냉소적인 태도 때문인지 남아 있는 부녀회들에서는 (만약 남아 있다면) 축제의 장관과 절정을 생략했다. 오직 말롯의 부녀회만이 그 동네의 케레스*를 모시는 축제를 이어오고 있었다. 자선 활동까지는 못 하더라도 케레스 여신에게 서원(誓願)한 여성들로서 그들은 수백 년간 행진을 했고 아직도 이를 이어오고 있었다.

행렬에 참여한 이들은 모두 흰색의 긴 웃옷을 입었다. 5월이 즐거움과 동의어였던 구력(舊曆)** 시절, 사람들이 1년 단위 이상의 장기적인 관점을 갖게 되면서 정서가 단조로운 평균치로 안정되기 이전의 화려한 유물이었다. 둘씩 짝을 지은 이들은 교구를 한 바퀴 도는 것으로 행진을 시작했는데, 초록빛 산울타리와 담쟁이덩굴로 뒤덮인 주택

---

* 로마신화에 나오는 대지의 여신.
** 율리우스력을 가리킴. 영국의 경우 1752년에 율리우스력에서 그레고리력으로의 전환이 일어남.

가를 배경으로 햇빛을 받으면서 이상과 현실이 가벼운 충돌을 일으켰다. 모두 흰옷을 입고 있기는 했지만 같은 빛깔은 한 벌도 없었기 때문이다. 어떤 것은 순백에 가까웠고, 어떤 것은 푸르스름했으며, 좀 나이가 든 이들의 옷은 (여러 해 개어놓았던 탓에) 창백한 빛이 감돌았고 조지 왕조풍*에 가까웠다.

흰옷으로 차별화한 것에 덧붙여 부인들과 처녀들 모두 오른손에는 껍질을 벗긴 버드나무 가지를, 왼손에는 흰 꽃다발을 들고 있었다. 버드나무 껍질을 벗기고 꽃다발을 만드는 일은 각자 손수 했다.

행렬에는 중년과 초로의 아낙들이 몇 명 있었다. 세월의 풍파에 시달린 뻣뻣한 은백의 머리카락과 주름진 얼굴은 이렇게 유쾌한 상황에서 기괴하다고까지 할 수는 없어도 처량한 분위기를 풍겼다. 제대로 볼 눈만 있다면, 나이 어린 회원들보다는 "사는 재미가 하나도 없구나"**라고 말할 때가 다가오는 시름 많고 풍상을 겪은 이들에게서 배울 것이 더 많다고 할 수 있다. 하지만 여기서는 연장자들을 제쳐놓고 꼭 끼는 조끼 속에서 생명이 뜨겁게 약동하는 이들한테 눈길을 돌리도록 하자.

사실 젊은 처녀들이 행렬의 대다수를 이루었고, 그들의 풍성한 머리채는 햇빛을 받아 여러 가지 색조의 황금색, 흑색, 갈색을 띠었다. 어떤 처녀들은 눈이 예뻤고, 어떤 처녀들은 코가 잘생겼고, 어떤 처녀들은 입과 몸매가 예뻤지만, 이 모든 것을 다 갖춘 처녀는 드물었다. 사람들의 눈길을 받는 상황에서 입술을 어떻게 할지, 고개를 어떻게

---

* 18세기풍이라는 뜻.
** 「전도서」 12장 1절.

처들어야 할지, 또 자의식이 드러나지 않게 표정을 지으려면 어떻게 해야 할지 어쩔 줄 몰라 하는 것이 역력했다. 그들은 많은 사람들의 눈길에 익숙하지 않은 진짜 시골 처녀들이었다.

이들 모두가 햇볕으로 몸이 따뜻해졌듯이, 각자 자신의 영혼을 따뜻하게 해주는 마음속의 작은 태양을 갖고 있었다. 그것이 꿈이든, 사랑이든, 취미든, 아니면 아득하고 먼 최소한의 희망이든, 이뤄지지 않고 사라질지라도 그것은 희망이 그렇듯 그대로 이어졌다. 그래서 그들 모두 명랑했고 대부분 기분이 들떠 있었다.

이들 일행이 퓨어드롭 주막 옆을 돌아 나와 큰길에서 쪽문을 통해 풀밭으로 들어설 참에 처녀 하나가 말했다.

"하느님 맙소사! 저런, 테스 더비필드, 저기 마차를 타고 가는 사람 너희 아버지잖아!"

이런 외침에 일행 가운데 젊은 처녀가 고개를 돌렸다. 예쁘고 잘생긴 처녀였다. 다른 처녀들보다 더 잘생겼다고 할 수 없을지 모르지만, 감정을 풍부하게 드러내는 작약꽃 입술과 천진한 큰 눈은 눈빛과 이목구비에 표정을 더해주었다. 머리에 빨간 리본을 단 그녀는 흰옷을 입은 무리 중 유일하게 눈에 띄는 치장을 과시했다. 고개를 돌리자 퓨어드롭 소유의 이륜마차를 타고 오는 더비필드가 그녀의 눈에 들어왔다. 소매를 팔꿈치 위로 걷어붙인 곱슬머리의 건장한 처녀가 말을 몰았다. 술집에서 일하는 명랑한 하녀인데, 가끔 말도 돌보고 마부 노릇도 하는 허드렛일을 맡아 했던 것이다. 더비필드는 등을 기대고 기분 좋게 눈을 감고는, 머리 위로 손을 흔들면서 느린 곡조의 노래를 부르고 있었다. "기사 작위를 받은 조상들이 나는 있다네, 킹스비어의 가족 묘지에, 거기 납관에 누워 계신다네!"

들놀이 회원들이 키들거렸다. 아버지가 사람들 앞에서 광대짓을 하고 있다는 생각에 얼굴이 점점 달아오른 테스라는 이름의 처녀를 빼고 말이다. "피곤하셨나봐." 그녀가 서둘러 변명했다. "우리 집 말이 오늘 쉬는 날이라 오다가 마차를 얻어 타신거."

"우리 테스는 순진하기도 혀." 친구들이 말했다. "너희 아버지가 장에 가셨다 한잔 걸치신 거지 뭐, 호호!"

"야! 우리 아버지를 농담거리로 만들 양이면 너희랑 한 치도 더 걷지 않을껴!" 뺨의 홍조가 얼굴과 목까지 퍼져나간 테스가 소리를 질렀다. 곧 눈물을 글썽거리며 두 눈을 내리깔았다. 그녀의 마음을 정말 아프게 했다는 생각에 친구들은 입을 다물었고, 행렬에 다시 질서가 잡혔다. 테스는 아버지가 왜 그러는지 ─그럴 이유가 있기나 하다면─ 알고 싶었지만, 자존심 때문에 다시 고개를 돌리지 않았다. 그래서 그녀는 춤을 출 장소인 울타리를 친 풀밭으로 일행과 함께 들어갔다. 그곳에 다다랐을 때쯤 그녀는 마음의 평정을 되찾았고, 옆의 친구를 버드나무 가지로 톡톡 치면서 여느 때처럼 이야기를 나눌 수 있었다.

이 시점의 테스 더비필드는 경험이 스며들기 전이라 감정에 따라 움직이는 아이에 지나지 않았다. 마을 학교에 다녔지만 사투리 억양이 약간은 남아 있었다. 이 지방 사투리의 억양은 UR이라는 음절로 얼추 내는 유성음이 특징이었는데, 인간이 내는 어떤 소리보다도 풍성한 느낌을 주었다. 이 음절을 발음할 때 그녀 특유의 뾰로통하게 내민 붉은 입술은 아직 명확한 형태를 잡지 못했고, 말을 마치고 입술을 모을 때면 아랫입술이 윗입술의 가운데를 밀어올리는 버릇이 있었다.

어린 시절의 여러 국면이 그녀의 얼굴에 아직 남아 있었다. 오늘 행렬에 참가한 그녀는 탄력 있고 균형 잡힌 여성스러운 몸매에도 불구하고 때때로 뺨에서는 열두 살의 모습이, 반짝거리는 눈에서는 아홉 살의 모습이, 심지어 입의 곡선을 따라서는 다섯 살의 모습이 스쳐 지나가곤 했다.

하지만 이 점을 아는 사람은 거의 없었고, 눈여겨보는 사람은 더욱 없었다. 아주 소수의 사람들만이 — 주로 낯선 사람들이 — 무심코 그녀를 지나가다 한참 바라보고는 그녀의 신선함에 잠시 매료되어 그녀를 다시 만나고 싶다는 생각을 했다. 대다수의 사람들에게 테스는 그림같이 예쁜 시골 처녀에 불과했다.

술집 하녀가 모는 개선마차 안의 더비필드가 시야에서 사라지고, 부녀회 일행은 춤을 출 장소로 들어갔다. 무리 중에 남자가 없어서 처음에는 여자들끼리 춤을 추었으나, 하루 일과가 끝날 시간이 되자 마을의 남자들과 한가한 이들, 지나가는 나그네 등이 주변에 모여들어 짝을 찾아 추고 싶어 하는 눈치였다.

구경꾼 중에는 노동계급이 아닌 듯한 청년이 세 명 있었는데, 등에 작은 배낭을 메고 손에 단단해 보이는 지팡이를 들었다. 서로 상당히 닮은 데다 연배가 조금 차이가 나는 듯해서 형제 간으로 짐작할 수 있었고, 사실 형제 간이기도 했다. 맏형은 서품을 받은 신부의 흰 타이와 목까지 올라오는 조끼와 챙이 좁은 모자를 썼고, 둘째는 대학생으로 보이는 차림이었다. 가장 어린 막내는 옷차림만으로는 뭐라고 말하기 힘들었다. 눈매와 복장에 좁은 데 갇힌 느낌이 없는 것을 보면 아직 직업이 정해지지 않은 듯싶었다. 어떤 일 혹은 모든 일을 종작없이 공부 삼아 시험해보는 사람이라고만 말할 수 있었다.

삼형제는 오다가다 알게 된 사람들에게 성령강림절 휴가에 동북쪽의 섀스턴 읍에서 서남쪽으로 코스를 잡아 블랙무어 골짜기를 가로질러 도보여행을 하고 있다고 말했다.

그들은 큰길 옆 출입문에 기대 흰옷을 입은 처녀들이 무슨 연유로 모여 춤을 추고 있는지 물었다. 손위 형들은 오래 머물 의도가 없는 것이 분명했지만, 막내는 처녀들이 떼를 지어 남자 짝도 없이 춤을 추는 광경이 재미있는지 길을 떠날 생각을 하지 않았다. 그는 배낭끈을 풀어 배낭을 지팡이와 함께 울타리 옆에 기대놓고 출입문을 열었다.

"에인절, 뭘 하려고 그러냐?"

"가서 저 처녀들과 한판 놀아볼 작정이에요. 우리 다 같이 잠깐만 놀아요. 그렇게 오래 걸리지 않을 거예요."

"안 될 소리!" 맏형이 말했다. "야외에서 드센 시골 처녀들과 춤을 추겠다니─누가 보면 어쩌려고! 어서 가자. 잘못하면 스투어캐슬에 도착하기 전에 날이 저물 거다. 더 가까운 데는 숙박할 데가 없어. 그리고 잠자리에 들기 전에 ─ 책을 이왕 힘들여 갖고 왔으니─『불가지론에 대한 반론』을 한 장 더 읽어야지."

"알았어, 오 분 이내로 형들을 따라잡을 테니 먼저 가요. 약속 지킬게, 펠릭스 형."

형들은 마지못해 동생을 놔둔 채 떠나면서 따라잡기 쉬우라고 그의 배낭까지 집어들었다. 막내는 들판으로 들어섰다.

"참으로 딱한 노릇이네요." 춤을 잠시 멈춘 사이 그는 가장 가까이 있는 두세 명의 처녀에게 정중하게 말을 걸었다. "파트너들은 다 어디 갔나요, 아가씨들?"

"일이 아직 안 끝나서요." 제일 당돌한 아가씨가 대꾸했다. "이제 곧 올 거예요. 그때까지 같이 추실래요?"

"기꺼이 그러지요. 하지만 아가씨들은 이렇게 많은데 나 혼자라서!"

"한 명도 없는 거보다 낫지요. 여자들끼리 마주 보고 스텝을 밟는 건 처량하니께요. 허리는 감아안고 목은 끌어안고 해야 맛이제. 자, 골라잡으세요."

"쉿, 너무 나대지 마." 낯을 좀 가리는 아가씨가 말했다.

이런 제안을 받은 청년은 누구한테 더 마음이 끌리는지 둘러보았다. 하지만 모두 처음 보는 얼굴이라 분별하기 쉽지 않았다. 그는 가장 가까이에 있는 처녀를 택했는데, 자신을 택하리라고 기대하고 제안했던 아가씨도 아니고, 우연히 테스 더비필드를 골라잡은 것도 아니었다. 가문, 조상의 유골, 비석에 새긴 글, 더버빌가의 얼굴 윤곽이 인생의 경쟁에서 테스에게 도움이 되지 않아서 흔해빠진 상것들을 제치고 파트너로 선택받게 해주지 못했다. 빅토리아 시대의 재물이 뒷받침해주지 않는 노르망디 혈통의 힘은 고작 이 정도이다.

친구들을 무색하게 만든 처녀의 이름이 무엇인지 전해지지는 않지만, 그날 저녁 첫번째로 남자 파트너를 만나는 호사를 누렸다고 모두의 부러움을 샀다고 한다. 그런데 시범의 힘이 대단해서 외지인이 나서기 전에는 섣불리 출입문으로 들어가려고 하지 않던 마을 청년들이 속속 끼어들면서 그곳은 시골 장터를 방불하게 젊은 남녀로 북적이게 되었다. 마침내 일행 중 가장 박색인 처녀도 남자 역할을 할 필요가 없게 되었다.

교회의 종소리가 울리자 학생이 갑자기 가야겠다고 말했다. 노는 데 정신이 팔려 형들을 따라잡아야 한다는 사실을 깜빡했던 것이다. 춤추는 무리에서 빠져나오다가 그의 두 눈은 테스 더비필드에게 머물렀다. 그녀의 커다란 눈동자에는 자기를 선택해주지 않은 데 대한 희미한 원망의 기색이 담겨 있었다. 뒤로 물러서 있던 그녀를 보지 못한 것이 유감스러웠다. 아쉬운 마음으로 그는 풀밭을 빠져나왔다.

너무 오래 지체한 탓에 그는 서쪽으로 뻗은 길을 나는 듯이 달렸고 골짜기를 가로질러 다음 산등성이에 올라섰다. 아직 형들을 따라잡지 못했지만, 숨을 돌리기 위해 걸음을 멈추고 뒤를 돌아보았다. 자기가 그곳에 있을 때와 마찬가지로 흰옷을 입은 처녀들이 풀밭을 빙빙 돌며 춤추는 것이 보였다. 그들은 이미 그를 완전히 잊은 것 같았다.

아마도 한 사람을 빼고는 모두 잊었다고 해도 되리라. 산울타리 옆에 하얀 형상이 따로 떨어져 서 있었다. 그녀의 위치로 미루어 그가 춤을 청하지 않았던 그 예쁜 처녀로 짐작됐다. 대수롭지 않은 일이었지만, 그가 그녀를 빠뜨리고 못 보는 바람에 그녀가 마음을 다쳤으리라고 직감했다. 그녀에게 춤을 청할걸, 이름이라도 물어봤으면 좋았을걸 하는 생각이 들었다. 아주 얌전하면서도 표정이 풍부했고, 또 얇은 흰옷을 입은 모습이 무척 사랑스러웠는데 바보짓을 했다는 생각이 들었다.

하지만 이젠 어쩔 수 없었다. 돌아서서 발걸음을 재촉한 그는 더이상 생각하지 않기로 했다.

3

테스 더비필드는 그 일을 그렇게 쉽게 지워버리지 못했다. 춤을 추기로 들면 상대는 많았지만, 한참을 다시 춤추고 싶은 기분이 들지 않았다. 아! 그들은 그 낯선 젊은이처럼 상냥하게 말할 줄 몰랐던 것이다. 언덕 너머 멀어져가는 젊은이의 모습이 노을빛에 사라지고 나서야 그녀는 잠깐 동안의 슬픔을 털어버리고 춤을 추자는 청에 응했다.

그녀는 어스름이 깔릴 때까지 남아 꽤나 열심을 내어 춤을 췄다. 하지만 누구에게도 마음을 빼앗기지 않았기에 그저 박자에 맞춰 춤을 추는 재미만 즐겼다. 구애를 받아 마음을 준 처녀들의 "감미로운 고통이나 쓰라린 달콤함, 즐거운 아픔, 기분 좋은 걱정"을 지켜볼 때 그녀는 자기가 그런 상황에 어떻게 행동할지 상상이 되지 않았다. 그녀와 지그*를 추겠다고 남자들이 옥신각신하는 것도 재밌거리일 뿐 그 이상은 아니었다. 험악한 상황이 되면 그녀는 그들을 야단쳤다.

더 늦게까지 남아 있을 수도 있었지만, 아버지가 이상하게 군 것이 새삼 떠올라 불안해졌고, 어떻게 됐나 궁금한 마음에 춤판을 빠져나와 마을 한쪽 끝에 있는 집으로 발길을 돌렸다.

집까지는 수십 미터가 남았지만, 조금 전에 귓가에 울리던 것과는 다른 리듬 소리가 들려왔다. 익히 알고 있는, 너무 잘 알고 있는 소리였다. 요람을 돌바닥에서 세게 흔들 때 나는 쿵더쿵 소리가 집 안에서 규칙적으로 들려왔는데, 한 여자가 여기에 장단을 맞춰 활기찬 춤곡

---

* 발을 재빨리 놀려 추는 빠르고 경쾌한 민속춤.

풍으로 애창곡인 〈얼룩소〉를 부르고 있었다.

저기 저어 푸른 숲속에 암소가 누워 있는 걸 나 보았네.
어서 와요, 내 사랑! 어딘지 알려드리리.

요람 흔드는 소리와 노랫소리가 동시에 잠시 멈추더니 고음의 영탄(詠歎)이 멜로디를 대신했다.
"금강석 같은 눈에 하느님의 축복을! 예쁜 뺨! 앵두 같은 입술! 아기 천사의 다리! 복덩이 우리 아기의 몸 요기조기에도 축복을!"
이렇게 기원하고는 요람 흔들기와 노래가 다시 시작되었고, 〈얼룩소〉의 노래가 이어졌다. 테스가 문을 열고 현관에 멈춰 서서 집 안을 살펴보았을 때의 정경이 그러했다.

노랫소리가 들려옴에도 집의 내부는 소녀의 마음에 이루 말할 수 없는 쓸쓸한 느낌을 불러일으켰다. 들판에서 벌이는 축제의 흥겨움 — 흰옷과 꽃다발, 버드나무 가지, 풀밭에서의 윤무, 낯선 사람에게 문득 솟구친 정감으로부터 촛불 하나가 비추는 노란 슬픔의 정경까지의 거리는 얼마나 먼가! 대조의 충격에 덧붙여, 밖에서 재미있게 노는 대신 집안일을 도우러 더 일찍 돌아올걸 하는 가슴 시린 자책이 밀려왔다.

테스가 집을 나섰을 때와 다르지 않게 어머니는 아이들에 둘러싸여 빨래통 위에 몸을 숙인 채 서 있었다. 월요일에 해야 하는 일이었지만, 언제나 그렇듯 지금도 주말까지 일이 밀려 있었다. 바로 어제 그 빨래통에서 자기가 입고 있는 흰옷이 나왔다. 그 생각에 테스는 심한 가책을 느꼈다. 어머니가 손수 빨아서 다려준 옷인데, 조심하지 않고 축축한 풀밭에서 놀다 온 탓에 치맛자락에 풀물이 들었던 것이다.

여느 때와 마찬가지로 더비필드 댁은 빨래통 옆에서 한 발로 균형을 잡고 다른 발로는 앞에서 말한 대로 막내의 요람을 흔들고 있었다. 요람의 흔들받침대는 돌바닥에서 수많은 아이들의 하중을 견디며 오랫동안 힘껏 임무를 수행하느라 거의 납작해져버렸다. 그 때문에 온종일 끓어오르는 비누거품에 시달렸으면서도 자기 노래에 도취해, 있는 힘을 다해 흔들받침대를 밟을 때면 아기가 베틀의 북처럼 심하게 요동하곤 했다.

덜컹덜컹 소리를 내며 요람이 흔들렸고, 촛불은 저 혼자 높이 타오르며 아래위로 너울거렸다. 팔꿈치에서 물방울이 흘러내리고, 노래가 마지막 소절로 달려갈 즈음 더비필드 댁이 딸을 물끄러미 바라보았다. 어린 자식들한테 시달리는 지금도 조앤 더비필드는 노래를 무척이나 좋아했다. 바깥세상에서 블랙무어 골짜기로 흘러들어오는 노랫가락 중 테스의 어머니가 일주일 안에 익히지 못하는 것은 없었다.

그녀의 얼굴에는 아직 젊은 시절의 건강함과 미모까지도 희미하게나마 빛을 발하고 있었다. 테스가 내세울 만한 개인적인 매력은 주로 어머니에게서 물려받은 터라 기사나 역사와는 무관할 가능성이 높다고 본다.

"엄마, 요람은 내가 흔들게." 딸이 차분하게 말했다. "아님 옷 갈아입고 빨래를 짤까? 난 아까 전에 다 마쳤거니 했제."

테스의 어머니는 딸이 오랫동안 자기 혼자 집안일을 하게 내버려둔 것을 조금도 원망하지 않았다. 사실 조앤은 그런 일로 딸을 야단치는 일이 거의 없었다. 딸의 도움이 아쉽다고 생각한 적도 별로 없었고,

일거리를 덜고 싶을 때는 천성적으로 뒤로 미루는 경향이 있었다. 그런데 오늘 밤은 여느 때보다 훨씬 유쾌해 보였다. 꿈을 꾸는 듯, 뭔가에 정신이 팔린 듯, 의기양양한 어머니의 표정에는 딸로서는 이해하기 힘든 무엇이 있었다.

"맞춤하게 잘 들어왔어야." 그녀의 어머니는 노래를 끝내자마자 말했다. "가서 니 아부지 데리고 와야겠다. 그리고 무슨 일이 있었는지 너한테 말도 해주고. 니도 알면 어깨가 으쓱할겨!"(더비필드 댁은 평소에 사투리를 썼지만, 런던에서 교육받은 여선생한테 초등학교 6년 과정을 마친 딸은 두 가지 말을 다 썼다. 집에서는 대체로 사투리를 썼고, 밖에서 신분이 높은 사람들에게는 표준어를 썼다.)

"나 없는 새 무슨 일이 있었어?" 테스가 물었다.

"그래야!"

"아부지가 오늘 오후 마차를 타고 광대짓 한 거랑 상관있는겨? 왜 그러셨대? 창피해서 쥐구녁이라도 있으면 들어가고 싶었다니께!"

"그게 이 난리법석하고 상관이 있다마다! 우리가 이 고장에서 제일가는 양반이라는구나? 올리버 그럼블* 때보다 더 옛날 옛적, 야만적 이교도 때로 거슬러 올라간다냐. 비석에, 가족 묘지에, 문장(紋章)에, 방패에, 없는 게 없는 모양이여. 성(聖) 찰스 시대에는 왕실 오크 기사 작위를 받았는디, 우리 진짜 성은 더버빌이랴!······ 이 얘길 들으니께 가슴이 벌렁거리제? 그려서 니 아부지가 마차를 타고 집에 오신 겨. 술에 취혀서 그런 거라고들 하지만 아녀."

---

* 올리버 크롬웰을 가리킴.

"좋은 소식이네…… 우리한테 도움이 될까, 엄마?"

"그럼! 근사한 일이 벌어질 거라고들 혀! 이게 알려지면 우리 같은 신분의 귀족들이 떼를 지어 몰려올 거다. 니 아부지가 섀스턴에서 집에 오는 길에 그 이야기를 듣고 나한테 족보를 쭉 읊더라."

"아부지는 지금 어디 계신디요?" 테스가 불쑥 물었다.

그녀의 어머니는 대답을 대신해 아무 관계 없는 정보를 제공했다. "아부지는 오늘 섀스턴에 진찰받으러 간겨. 폐병은 절대로 아니라는 거 같더라. 의사 선생님 얘기가 심장 주위에 지방이 낀 거랴. 그러니께 이렇게 말이여." 조앤 더비필드는 물에 불은 엄지손가락과 집게손가락으로 C자 모양의 곡선을 그리고는 다른 손 집게손가락으로 심장을 가리켰다. "'지금은,' 의사 선생님이 니 아부지한테 이렇게 말한 모양이여. '심장이 여기도 막혀 있고 저기도 막혀 있소. 이곳만 아직 뚫려 있는 거지. 이것이 이렇게 만나게 되면,'" 더비필드 댁이 손가락으로 원을 완성했다. "'연기처럼 사라지는 거요, 더비필드 씨. 10년을 살 수도 있지만 열 달 후에 세상을 뜰 수도 있소, 아님 열흘 후가 될 수도 있고.'"

테스는 놀란 표정이었다. 갑자기 신분이 높아졌음에도 구름 너머로 영원히 가버릴 수 있다는 것 아닌가! "그런디 아부지는 어디 계세요?" 그녀가 다시 물었다.

어머니는 짐짓 나무라는 표정을 지었다. "골부터 부릴 일이 아녀. 가엾은 양반―신부님이 귀족 출신이라고 하는 바람에 심난혀서―그래서 반 시간 전에 롤리버 주막으로 간겨. 꿀벌통을 한 짐 부려 길을 나서려면 기운을 내야 한다고 하더라. 가문이 생겼건 어쨌건 꿀벌통을 내일까지 배달해야 하니께. 원체 갈 길이 멀어서 오늘 밤 자정이 지나면 바로 떠나야 할 텐디."

"기운을 내야 한다고!" 눈물이 솟구친 테스가 불끈 화를 냈다. "하느님 맙소사! 기운을 내려고 술 마시러 가! 엄마도 장단을 맞춘 거지, 응!"

그녀의 비난과 짜증이 온 방을 채우면서 가구와 촛불, 놀고 있는 아이들과 어머니의 얼굴까지 흠칫 움츠러들었다.

"아녀." 기분이 상한 어머니가 말했다. "장단을 맞추긴 누가. 니가 오길 기다렸제. 집을 보라고 하고 가서 니 아부지 데리고 올 참이여."

"내가 갈게."

"안 돼, 테스. 너는 가봐야 소용없다니께. 그걸 몰라서 그려?"

테스는 우기지 않았다. 어머니가 반대하는 이유를 알았기 때문이다. 더비필드 댁은 밤마실을 계획하고 윗도리와 모자를 옆의 의자에 슬그머니 걸어놓았지만, 나가지 않을 수 없는 사정에 대해 필요 이상으로 불평했다.

"『운세대감運勢大鑑』은 헛간에 갖다놓으면 좋겠다." 조앤은 서둘러 손을 씻고 옷을 입으면서 말을 이었다.

『운세대감』은 어머니의 팔꿈치 쪽 탁자 위에 놓여 있는 두툼하고 낡은 책이었다. 하도 주머니에 넣고 다닌 탓에 책의 여백이 다 닳아 없어져서 활자 부분이 가장자리를 이루고 있었다. 테스는 책을 집어 들었고 어머니는 출발했다.

더비필드 댁에게는 대책 없는 남편을 잡으러 술집에 가는 일이 자식들을 엉망진창으로 키우는 난장판에서 그나마 남은 한 가지 낙이었다.

롤리버 주막에서 남편을 찾아내어 한두 시간가량 그의 옆에 앉아 있는 동안 아이들 생각이나 걱정을 깨끗이 털어버리면 그녀는 행복해졌다. 그럴 때면 그녀의 삶에 달무리랄까, 저녁놀의 붉은 기운 같은 것이 드리웠다. 걱정거리나 현실적인 문제들은 형체가 없는 추상이 되면서 차분한 명상의 대상인 정신적 현상으로 가라앉아 더이상 몸과 마음을 괴롭히는 절박한 현실이 아닌 것이 되었다. 당장 눈앞에 없는 어린것들도 다른 때와는 달리 훌륭하고 소중한 자산으로 여겨졌다. 그곳에서는 일상 만사에도 그 나름의 재미와 즐거움이 없지 않다는 생각이 들었다. 연애할 때 앉아 있던 바로 그 자리에서 이제는 남편이 된 사람 옆에 앉아, 그의 성격적 결함은 눈감아주고 다만 연인으로 이상화된 모습을 바라보고 있노라면 옛날의 느낌이 약간은 살아났던 것이다.

어린 동생들을 혼자 돌보게 된 테스는 먼저 『운세대감』을 헛간으로 가지고 가서 이엉 사이에 쑤셔넣었다. 어머니는 이 손때 묻은 책을 주물(呪物)처럼 겁을 냈기 때문에 밤에는 집 안에 두지 못하게 했고, 그래서 보고 난 다음 언제나 그 자리에 갖다놓게 했다. 미신과 민속, 사투리와 구전민요 등 급속도로 사라져가는 잡동사니들을 버리지 못하는 어머니와 끝없이 개정되는 교육령에 따라 초등학교를 의무교육으로 마친 딸 사이에는 문자 그대로 200년의 시차가 있었다. 그들이 함께 있을 때면 제임스 1세 시대와 빅토리아 시대가 공존하는 셈이었다.

뜰의 좁은 길을 걸어 돌아오며 테스는 바로 오늘 어머니가 그 책에서 확인하고 싶었던 게 뭘까 곰곰이 생각해보았다. 최근에 조상을 발견하게 된 일과 관계가 있으리라고 추측했지만, 오로지 자신과 관련된 일임은 꿈에도 생각하지 못했다. 이런 생각을 지워버리고 어린 동생들을 재우고 난 다음, 아홉 살 먹은 남동생 에이브러햄과 '리자루'라고 불리는 열두 살 반짜리 여동생 엘리자루이자와 함께 낮에 말린 리넨 내의에 물을 뿌렸다. 테스는 바로 밑의 동생과 네 살 터울이었다. 둘 사이에 두 아이가 갓난쟁이 때 죽었기 때문이다. 그래서 테스는 동생들과 혼자 있을 때 대리 어머니 노릇을 톡톡히 했다. 에이브러햄 바로 밑에는 호프와 모데스티라는 이름의 여동생이 둘 있었고, 그 밑으로 세 살짜리 남동생, 그리고 겨우 돌 지난 사내아이가 있었다.

이 어린 생명들은 모두 더비필드라는 배에 올라탄 승객들로서, 이들의 기쁨, 의식주, 건강, 심지어 생명까지도 전적으로 더비필드 집안 두 어른의 판단에 달려 있었다. 더비필드가의 우두머리들이 고난과 재앙, 기아, 질병, 몰락, 죽음 쪽으로 배를 몰고 간다면, 갑판 아래의 여섯 꼬마 포로들도 그들과 함께 항해할 수밖에 없었다. 이 여섯 명의 의지가지없는 피조물들은 어떤 조건에서 태어나고 싶은지, 더 나아가 변변찮은 더비필드 집안 같은 어려운 조건에서 태어나고 싶은지 질문을 받은 적도 없었다. 그의 시가 쾌활하고 진솔하듯 그의 철학도 심오하고 믿음직스럽다고 인정받는 저 시인이 무슨 근거에서 "자연의 성스러운 계획"* 운운했는지 알고 싶은 사람도 있을 것이다.

밤은 깊어가는데 아버지도 어머니도 돌아오지 않았다. 테스는 문밖을 내다보며 말롯 마을을 머릿속으로 더듬어갔다. 마을은 잠들고 있었다. 촛불과 등불이 여기저기서 하나씩 꺼졌다. 테스는 소등기로 불을 끄는 손을 그려볼 수 있었다.

---

* 윌리엄 워즈워스의 「초봄에 쓴 시행」 22행.

어머니가 술집에 아버지를 데리러 간 것은 결국 한 사람이 더 가야한다는 뜻이었다. 테스는 새벽 한시 전에 길을 떠나야 할, 건강이 썩좋지도 않은 사람이 이 늦은 시간까지 뼈대 있는 집안 자랑을 하느라고 술집에 머물러서는 안 된다고 생각했다. "에이브러햄." 그녀는 남동생을 불렀다. "모자 쓰고. 무섭지 않제? 롤리버네 가서 아빠랑 엄마가 어쩌고 계신지 좀 알아봐야."

소년은 자리에서 벌떡 일어나 문을 열었고 어둠이 그를 삼켰다. 다시 반 시간이 흘렀다. 하지만 아버지도 어머니도 동생도 돌아오지 않았다. 에이브러햄도 부모와 마찬가지로 술집이라는 끈끈이 덫에 잡힌모양이었다. "내가 직접 가봐야겠네." 테스가 말했다.

리자루도 잠자리에 들라고 한 다음 테스는 밖에서 문을 걸고, 빨리걷기 힘든 어둡고 꼬불꼬불한 골목길을 걸어 오르기 시작했다. 이 길은 땅 한 뼘에도 값을 매기기 전, 바늘 한 개 달린 시계로도 하루의 시간을 재는 데 충분했던 시절에 생긴 것이었다.

4

인가가 점점이 흩어져 있는 이 길쭉한 마을의 한쪽 끝에 유일한 술집인 롤리버 주막이 있었는데, 실외 주류판매 허가만 받은 술집이었다. 실내에서 술을 마시는 것이 불법이었기 때문에 손님들을 맞을 수있는 공공연한 시설이라고는 선반으로 쓰려고 마당 울타리에 철사로묶어놓은, 너비 15센티미터, 길이 2미터가량의 작은 판자가 전부였다. 목마른 나그네들은 길가에 서서 술을 마시면서 이 판자 위에 술잔을 내려놓거나 먼지투성이 땅바닥에 찌꺼기를 뿌려 폴리네시아 지도를 그리면서, 실내에 쉴 만한 자리가 있었으면 하는 생각을 하곤 했다.

나그네들이야 말할 것 없고 마을의 단골들도 똑같은 바람을 가지고 있었다. 그리고 뜻이 있는 곳에 길이 있는 법이다.

2층에 있는 커다란 침실에는 안주인인 롤리버 댁이 최근에 용도 폐기한 큼직한 모직 천으로 두껍게 커튼을 쳐놓은 창문이 있었는데, 오늘 저녁에는 열두어 명이 지복(至福)을 찾아 이곳에 모였다. 모두 말롯 마을 이쪽 끝에 오래 살아온 주민들이었고, 이 으슥한 장소의 단골들이었다. 인가가 흩어져 있는 저쪽 마을 끝에 정식으로 술집 인가를 받은 퓨어드롭 주막이 있었으나 거리가 너무 멀어서 이쪽 끝에 사는 사람들에게는 무용지물이나 마찬가지였다. 더 중요한 문제는 술맛인데, 다락방 한 귀퉁이에서 롤리버와 마시는 것이 널찍한 술집에서 그집 주인하고 마시는 것보다 더 좋다는 것이 세간의 평이었다.

방 안에 놓여 있는 사주식(四柱式) 침대*의 골조가 삼면에 빙 둘러 앉은 사람들의 테이블 역할을 했다. 이들 외에도 서랍장 위에 두 명, 부조를 한 참나무 궤짝에 한 명, 세면대에 두 명, 의자에 한 명, 이렇게 아무튼 모두 편안히 자리를 잡았다. 이때쯤 이들의 기분은 영혼이 피부 바깥으로 부풀어올라 온 방 안에 그들의 개성을 따뜻하게 퍼뜨리는 단계에 이르렀다. 그사이 방과 가구들은 점점 품위를 띠며 고급스러워 보였다. 창문을 가린 천은 융단처럼 화려한 색조를 띠었고, 서

---

* 네 귀퉁이에 기둥이 달린 침대.

랍장의 놋쇠 손잡이는 황금처럼 빛났으며, 침대의 다리 장식도 솔로몬이 세운 성전의 장엄한 기둥처럼 보였다.

테스에게 집안일을 맡겨놓고 이쪽으로 서둘러 걸어온 더비필드 댁은 현관문을 열고 깊은 어둠에 잠겨 있는 1층을 지나, 마치 빗장의 비밀을 잘 알고 있는 사람처럼 2층으로 올라가는 문의 빗장을 열었다. 곡선의 계단을 올라가는 그녀의 걸음이 다소 느려졌다. 마지막 층계를 넘어 불빛 속으로 솟아오른 그녀의 얼굴에 방 안에 모인 모든 이의 눈길이 집중되었다.

"내가 한잔 대접할 테니 부녀회 들놀이를 계속하자고 친한 사람 몇을 청해서 의논을 허는 중이지요." 발자국 소리에 술집 안주인은 교리문답을 외우는 어린아이가 그러하듯 속사포처럼 말하면서 층계 쪽을 바라보았다. "아니, 이게 누구여. 더비필드 댁이잖아. 맙소사. 얼마나 놀랐는지 몰라. 관에서 누가 나왔나 했제."

더비필드 댁은 비밀집회에 참석한 이들과 눈짓 고갯짓으로 인사를 주고받으며 남편이 앉아 있는 쪽으로 갔다. 그는 아무 생각 없이 나지막하게 콧노래를 흥얼거리고 있었다. "난 이 동네 누구 못지않은 양반이라네! 킹스비어 서브 그린힐에는 으리으리한 가족 묘지가 있다네! 웨섹스에서 으뜸가는 뼈대 있는 가문이라네!"

"그려서 생각한건디 당신한테 헐 말이 있어요. 멋진 생각이라니께!" 그의 아내가 쾌활하게 귀엣말을 했다. "여보. 이젠 마누라도 못 알아보우?" 여자가 옆구리를 가볍게 찔렀으나 그는 마치 유리창 밖을 내다보듯 멍하니 아내 쪽을 바라보면서 콧노래를 계속 흥얼거렸다. "쉿! 그리 큰 소리 내지 마소, 아재." 안주인이 말했다. "관청 사람이라도 지나가면 우리 허가증 뺏기겠소."

"이 양반이 우리 집에 무슨 일이 생겼는지 이야기했제?" 더비필드 댁이 물었다.

"응, 대충 들었는디, 그 덕에 돈푼이라도 만질 거 같아?"

"아, 그건 비밀이여." 조앤 더비필드가 약간 뻐기며 말했다. "마차를 타지는 못해도 마차 타는 집안과 연줄이 닿으면 좋은 거지 뭐." 그녀는 사람들 들으라고 이야기하다가 목소리를 낮춰서 남편에게 말했다. "당신한테 이야기를 듣고 곰곰이 생각혀봤는디, 체이스 숲 끝자락 트랜트리지 마을에 더버빌 성을 가진 부잣집 마님이 산다우."

"응, 뭐라?" 존 경이 말했다.

그녀는 다시 한 번 이야기했다. "그 마님이 필경 우린 친척인 게요. 테스를 보내서 우리가 친척이라고 말을 건네보자고요."

"당신 이야기를 들으니 생각나는디, 그런 이름의 마님이 있제." 더비필드가 말했다. "트링엄 신부님도 미처 모르셨나보구먼. 하지만 우리 가문과는 상대가 안 되제? 옛날 노르망디 왕조 때 분가한 집안이 분명혀."

두 사람은 이 문제를 상의하느라 정신이 팔려서 어린 에이브러햄이 들어와 집에 가자고 조를 기회를 엿보고 있는 것도 눈치채지 못했다.

"그 부자 마님이 틀림없이 테스를 잘 거둬줄걸." 더비필드 댁이 말을 이었다. "그러면 얼마나 좋겠어요. 집안끼리 왕래하지 말라는 법은 없으니께."

"그려. 우리가 친척이라고 혀." 침대에 가려져 있던 에이브러햄이 똑 부러지게 말했다. "누나가 마님네 가서 살면 우리도 가서 만날 수 있잖여. 그러면 우리도 마님 댁 마차를 타고 검은색 양복도 입을 수 있고!"

"이 녀석, 넌 뭐 하러 왔어? 허튼소리 하지 마! 엄마 아빠 갈 채비할 때까지 층계에 가서 놀아…… 암튼 테스를 우리 친척집에 보내자고요. 마님이 틀림없이 좋아할걸. 틀림없다고요. 그 덕분으로 테스가 좋은 집안에 시집가게 될지 누가 알아요. 한마디로 난 자신이 있으니께."

"무슨 말이여?"

"『운세대감』에서 테스 점괘를 봤더니 그렇게 나오더라니께요…… 걔가 오늘 얼마나 이쁘던지 당신도 봤어야 하는디, 살결이 공작부인 같이 보드랍더라고요."

"테스가 가겠다고 혀?"

"아직 물어보지는 않았는디. 걔는 그런 대단한 친척이 있는지도 몰라요. 가기만 하면 혼삿길도 틀림없이 열릴 텐디. 테스도 안 간다고 하지는 않을걸."

"테스가 좀 별난 데가 있잖여."

"그래도 바탕이 순하니께. 걔는 내가 알아서 할게요."

부부의 대화는 은밀했지만 그 취지의 중요성이 충분히 전달되어 주변에서는 더비필드 내외가 보통 서민들 수준을 넘는 중대사를 의논하고 있고, 그들의 예쁜 딸 테스에게 장차 좋은 일이 있을 거라고 감을 잡았다.

"테스는 인물도 좋고 명랑한 처녀제. 걔가 오늘 다른 처녀들하고 동네를 도는 걸 보고 혼자 든 생각인디." 나이 지긋한 술꾼 하나가 나직한 목소리로 말했다. "더비필드 댁, 개가 마룻바닥에서 퍼런 엿기름 안 묻히게 조심하도록 혀."* 고유한 뜻을 가진 지방 속담에 아무도 말을 보태지 않았다.

다양한 화제로 대화가 이어지는 중에 다시 아래층에서 발소리가 들렸다.

"내가 한잔 대접할 테니 부녀회 들놀이를 계속하자고 친한 사람 몇을 청해서 의논을 하는 중이지요." 안주인은 예고 없이 들이닥치는 사람들이 들으라고 준비한 대사를 되뇌었지만, 나타난 사람이 테스임을 곧 알게 되었다.

소녀의 앳된 모습은 주름살 난 중년들을 끈끈하게 이어주는 그곳의 술냄새 풍기는 분위기에서 어머니가 보기에도 몹시 낯설었다. 테스의 까만 눈에서 질책의 빛을 읽자 부부는 자리에서 일어나 서둘러 맥주잔을 비우고 딸을 따라 층계를 내려갔고, 롤리버 댁의 경고가 그들의 발소리를 뒤따랐다.

"이것 보래요, 그렇게 훌륭하신 분들이께 소리 좀 죽여요. 잘못하면 허가증 뺏기고 불려가서 뭔 닦달을 당할지 모르니께! 잘 가요!"

테스가 아버지의 한쪽 팔을, 더비필드 댁이 다른 쪽 팔을 부축한 채 그들은 집으로 향했다. 사실 그는 술을 많이 마신 것은 아니었다. 주당이라면 주일 오후에 교회의 동쪽 제단을 향해 무릎을 꿇는 데 지장을 받지 않을 양의 4분의 1 정도밖에 마시지 않았다. 하지만 존 경은 몸이 부실한 탓에 그 정도만 마시고도 대취해버렸다. 맑은 공기를 쐬

---

* '처녀가 임신하다'라는 뜻의 속담.

자마자 몹시 비틀거렸고, 그 바람에 세 사람이 만든 줄은 한 번은 런던을 향했다가 다음에는 바스로 돌아서곤 했다. 술 취한 가장을 부축하고 밤늦게 귀가하는 가족들의 모습이 흔히 그렇듯 희극적인 효과를 자아냈지만, 희극적 효과가 대개 그렇듯 따지고 들면 그렇게 희극적인 것도 아니었다. 두 여자는 억지 나들이를 나섰다가 돌아오는 것을, 그 이유를 제공한 더비필드한테 또 에이브러햄과 그들 자신한테 될 수 있는 한 숨기려고 의연하게 행동했다. 그리하여 대문 앞에 이르렀는데 이 집안의 가장은 현재의 거주지가 보잘것없는 것에 기운을 잃지 않으려는 듯 갑자기 아까 부르던 노래의 후렴을 다시 불렀다.

"킹스비어에는 우리 가족 묘지가 있다네!"

"쳇, 주책 좀 그만 떨어요." 아내가 말했다. "옛날에 잘나갔던 집안이 당신네만은 아니라우. 앤크텔, 호지, 트링엄 집안까지—거지반 당신네 집안만큼 망했제. 당신 가문이 윗길인 건 사실이지만. 고맙게도 난 귀족 씨가 아니라서 그 점에선 남부끄러울 게 없네요!"

"그렇게 단정적으로 말할 건 아녀. 당신 인품으로 보면 당신네 집안이 우리보다 더 높은 데서 떨어진 집안일지도 모른다는 생각이 들어. 옛날에 왕이나 왕비 가문일 수도 있다고."

테스는 그 시점에서 혈통보다 더 중요하다고 생각되는 이야기를 꺼내 화제를 돌렸다.

"이래 가지고 아부지가 밤중에 일어나 꿀벌통을 배달하러 갈 수 있겠어요?"

"나? 한두 시간만 지나면 멀쩡혀." 더비필드가 말했다.

가족이 모두 잠자리에 든 것은 열한시가 되어서였다. 토요일 장이 서기 전에 꿀벌통을 캐스터브리지의 도매상들에게 넘기려면 아무리 늦어도 새벽 두시에는 떠나야 했다. 2, 30마일의 험한 길을 가야 하는데 말 한 필이 끄는 짐마차는 가장 느린 운송 수단이었다. 더비필드 부인은 한시 반에 테스와 그녀의 동생들이 잠들어 있는 큰 침실로 왔다.

"가엾은 니 아부지가 못 일어난다." 그녀가 맏딸에게 말했다. 어머니의 손이 문에 닿자마자 그녀는 그 큰 눈을 떴던 것이다.

테스는 꿈과 이런 정보 사이의 공간에서 헤매느라 멍한 표정으로 침대에서 일어나 앉았다. "하지만 누군가는 가야 하잖아." 그녀가 답했다. "꿀벌 수확으로는 지금도 늦은 축이여. 올해 분봉(分蜂)이 곧 끝나니께 다음 주 장날까지 미루면 찾는 사람이 없어서 못 팔 텐디."

더비필드 댁은 이런 비상사태에 대처할 능력이 없는 것처럼 보였다. "마을 총각 중에 누구 없을까? 어제 너랑 춤을 못 춰서 안달이 난 총각 없었나?"

"안 돼, 세상을 준다 해도 그렇게는 못 혀." 테스가 자존심을 세우며 선언했다. "그럼 동네 사람들이 다 알게 될 거 아녀. 남우세스러워 어찌 살라고. 에이브러햄하고 간다면 내가 갈게."

드디어 어머니도 그렇게 하라고 말했다. 같은 방의 한구석에서 깊은 잠에 빠져든 꼬마 에이브러햄을 깨워 정신적으로는 꿈나라에 있는 그에게 옷을 입히는 동안 테스도 서둘러 옷을 입었다. 그 둘은 초롱불을 켜고 마구간으로 갔다. 짐은 위태로워 보이는 작은 짐마차에 이미 실려 있었고, 테스는 짐마차보다 약간 덜 위태로워 보이는 말 프린스를 끌고 나왔다.

밤과 초롱과 두 사람을 의아한 눈으로 바라보던 그 불쌍한 짐승은 살아 있는 모든 것이 안식처에서 휴식을 취하는 이 시간에 일하러 나가야 한다는 사실을 도무지 믿을 수 없다는 표정이었다. 남매는 촛동강을 몇 개 집어넣은 초롱을 짐짝 오른쪽에 걸고 말을 몰았다. 그리고 기력이 쇠한 짐승의 수고를 덜어주려고 처음 얼마간 오르막길에서는 말과 어깨를 나란히 하고 걸었다. 두 아이는 최선을 다해 기분을 낼 양으로, 아침이 된 듯 초롱불 빛 아래에서 버터 바른 빵을 먹고 이야기를 나누었지만, 날이 새려면 아직도 까마득했다. 에이브러햄은 정신이 좀 들자—그때까지도 그는 잠이 덜 깬 몽롱한 상태로 걷고 있었다—하늘을 배경으로 갖가지 검은 물체들이 만들어놓은 이상한 형상들을 묘사하기 시작했다. 이 나무는 굴에서 튀어나온 성난 호랑이 같고, 저 나무는 거인의 머리통 같다는 둥 조잘거렸다.

짙은 갈색 지붕들 아래 말없이 잠들어 있는, 작은 읍내 스투어캐슬을 지나 고갯길에 이르렀다. 왼쪽으로는 벌배로 혹은 빌배로라고 불리는, 남부 웨섹스에서 가장 높은 지대가 더 높다랗게 흙둔덕에 둘러싸여 하늘 위로 솟아 있었다. 이 근방부터는 꽤 평탄한 길이 멀리까지 뻗어 있었다. 그들은 마차 앞쪽에 올라탔고 에이브러햄은 생각에 잠겼다.

"누나!" 한참 말이 없던 동생이 마음에 담아두었던 말을 꺼냈다.

"응, 에이브러햄."

"우리가 귀족이라는데 기분 좋지 않아?"

"특별히 좋을 게 뭐 있어."

"그래도 누나가 지체 높은 집안으로 시집가면 좋을 거 아녀?"

"뭐라고?" 고개를 쳐들며 테스가 물었다.

"잘사는 친척이 누나를 좋은 데로 시집가게 해줄 거라고 하던디?"

"나를? 잘사는 친척이라고? 우린 그런 친척 없어. 어디서 그런 이야기를 들었냐?"

"아부지 데리러 갔을 때 롤리버네서 그런 말을 하더라. 트랜트리지에 우리랑 친척 되는 부잣집 마님이 있는디 엄마는 누나가 가서 마님한테 친척이라고 하면 좋은 집안으로 시집 보내줄 거라던디."

소년의 누이는 갑자기 입을 다물고 말없이 생각에 잠겼다. 에이브러햄은 이야기를 계속했다. 들어주기를 원해서라기보다 말하는 것 자체가 좋아서 누나가 멍하니 있는 것을 눈치채지 못했다. 그는 꿀벌통에 등을 기대고 하늘을 바라보며 별에 대해서 이야기했다. 별들은 이 조그마한 두 생명을 개의치 않고 어두운 하늘에서 맥박이 뛰듯 차갑게 명멸하고 있었다. 그는 반짝이는 저 별들이 얼마나 멀리 있는지, 또 그 너머에는 하느님이 계시는지 물었다. 그러나 그의 어린애다운 조잘거림은 이내 창조의 경이보다 훨씬 깊이 그의 상상력을 자극하는 쪽으로 흘러갔다. 누나가 시집을 잘 가서 부자가 되면 별을 네틀콤타우트만큼 가까이 끌어당겨 볼 수 있는 커다란 망원경을 살 돈이 생길까?

가족 모두의 머릿속을 점령해버린 화제가 다시 나오자 테스는 짜증이 났다.

"이젠 그 소리 좀 그만혀라!" 테스가 소리를 질렀다.

"별에도 세상이 있다고 했제, 누나?"

"응."

"우리 세상하고 같아?"

"잘은 몰라도 그럴 거 같아. 우리 사과나무에 달린 사과와 비슷할걸. 대개는 싱싱하고 안 썩었지만, 벌레 먹은 것도 가끔 있잖아."

"우린 어디 살아? 싱싱한 별이여, 벌레 먹은 별이여?"

"벌레 먹은 별."

"싱싱한 별도 많은디 우린 그런 별을 못 골랐으니께 당최 운이 나쁜 거네!"

"그려."

"누나, 그게 정말이여?" 이 기막힌 이야기를 되새겨보고 상당히 충격을 받은 에이브러햄이 누나에게 물었다. "우리가 안 썩은 별을 골랐으면 어찌 됐을까?" "글쎄, 아부지가 지금처럼 기침하면서 다니시지 않을 거고, 또 너무 취해서 배달을 못 가는 일은 없었제. 엄마는 해도 해도 끝나지 않는 빨래를 매일 하지 않아도 될 거고."

"누나도 부잣집 아가씨로 태어나서 부자가 되려고 좋은 집안에 시집가지 않아도 되고."

"애, 제발 그 얘기는 이제 그만혀라!"

혼자 생각에 빠져든 에이브러햄은 곧 꾸벅꾸벅 졸기 시작했다. 테스는 말을 능숙하게 다루지는 못했지만, 얼마간 짐마차를 혼자 몰 작정으로 에이브러햄이 자게 내버려두었다. 동생이 마차에서 떨어지지 않게 꿀벌통 앞쪽에 편안한 잠자리를 마련해주고 두 손에 고삐를 잡고 지금까지와 마찬가지로 천천히 말을 몰았다.

프린스는 불필요한 동작을 할 만큼 기운이 넘치지 않았기 때문에 특별히 주의를 기울일 필요는 없었다. 귀찮게 말을 거는 동생도 잠이 들자 테스는 꿀벌통에 등을 기댄 채 더 깊은 공상에 빠져들었다. 어깨를 스쳐가는 나무와 산울타리의 소리 없는 행렬은 현실에 존재하지 않는 기이한 형상을 띠었고, 이따금 불어오는 한 줄기 바람은 공간적으로는 우주와, 시간적으로는 역사와 경계를 이루는 거대한 영혼의 슬픈 탄식처럼 들렸다.

자신의 인생에서 얽히고설킨 사건들을 곰곰이 따져보던 테스는 아버지의 우쭐함이 허망하기 짝이 없고, 어머니의 공상 속에서 자신을 기다리고 있는 지체 높은 청혼자가 자신의 가난과 수의를 입은 기사 조상들을 비웃을 거라는 생각도 했다. 점점 황당한 공상으로 빠져들면서 시간의 흐름을 놓쳤는데 갑자기 앉은 자리가 덜커덕 요동하는 바람에 역시 깜빡 잠이 들었던 테스가 눈을 떴다.

잠에 빠져들기 전보다 훨씬 먼 거리를 왔고 마차는 멈춰 서 있었다. 여태껏 들어본 적이 없는 힘없는 신음에 뒤이어 앞쪽에서 "어이, 이것 봐요!" 하는 고함 소리가 들려왔다.

마차에 달아놓았던 초롱은 온데간데없어졌고, 다른 초롱 하나가 그녀의 얼굴을 비추었다. 그녀의 것보다 훨씬 환한 초롱이었다. 무슨 끔찍한 일이 벌어진 것이다. 마구(馬具)가 길을 막고 있는 어떤 물체와 뒤엉켜 있었다.

깜짝 놀라 마차에서 뛰어내린 테스는 끔찍한 사실을 알게 되었다. 신음은 아버지의 불쌍한 말 프린스한테서 흘러나왔다. 아침 우편마차가 소리 없이 두 바퀴를 굴려 여느 때와 마찬가지로 오솔길을 쏜살같이 달려오다가 불빛도 없는 테스의 느림보 짐마차를 들이받은 것이었다. 우편마차의 뾰족한 끌채가 가엾은 프린스의 가슴에 비수처럼 박혔고, 상처에서는 피가 샘물처럼 소리를 내며 땅바닥으로 흘러내렸다.

가슴이 철렁 내려앉은 테스가 앞으로 뛰어나가 상처를 손으로 막아보았지만, 얼굴과 치마에 진홍색 핏방울을 뒤집어썼을 뿐이었다. 결국 속수무책으로 보고 서 있을 수밖에 없었다. 프린스 역시 안간힘을 쓰며 꼼짝도 하지 않고 버티고 서 있었으나 그 큰 덩치는 순식간에 허물어졌다.

그때 우편마차의 마부가 다가와서 프린스의 뜨거운 몸뚱이를 끌어당겨 마구를 풀기 시작했다. 하지만 말이 이미 죽어서 손쓸 도리가 없음을 발견한 마부는 부상을 당하지 않은 자기 말 쪽으로 돌아갔다.

"색시가 방향을 잘못 잡은겨." 그가 말했다. "난 우편물을 배달해야 하니께 색시가 여기서 짐을 지키는 수밖에 없겠네. 색시를 도와줄 사람을 되도록 속히 보내줄겨. 곧 날이 밝을 테니께 겁낼 건 없어."

그는 마차에 올라 갈 길을 재촉했고, 테스는 서서 기다렸다. 하늘이 부옇게 밝아오면서 새들은 산울타리에서 몸을 털며 일어나 지저귀기 시작했다. 윤곽을 드러낸 흰색 도로보다 테스의 얼굴이 더 창백했다. 테스 앞에 흥건히 고인 피 웅덩이는 벌써 응고가 시작되어 무지갯빛으로 번들거렸고, 해가 떠오르자 프리즘의 갖가지 색깔이 반사되었다. 프린스는 뻣뻣하게 굳은 채 길가에 쓰러져 있었다. 눈은 반쯤 뜨고 있었고, 가슴에 난 구멍은 그를 살아 움직이게 한 모든 것을 쏟아낼 만큼 커 보이지는 않았다.

"모두 내 탓이여, 내 탓이여!" 이 광경을 바라보며 테스는 울부짖었다. "변명할 건덕지도 없어. 이제 우리 어떻게 먹고살아? 에이비, 에

이비!" 그녀는 참사가 벌어지는 내내 깊은 잠에 빠져 있던 동생을 흔들어 깨웠다. "짐을 싣고 갈 수 없게 됐어. 프린스가 죽었어!"

사태를 파악한 에이브러햄의 어린 얼굴에는 쉰 살 어른의 주름이 나타났다.

"아, 어제만 해도 춤추고 웃으며 다녔는디!" 그녀는 계속 혼잣말을 중얼거렸다. "난 너무 바보여!"

"누나, 우리가 싱싱한 별이 아니고 벌레 먹은 별에서 태어났기 때문이여. 그렇제?" 눈물을 글썽거리던 에이브러햄은 울먹거렸다.

그들은 아무 말 없이 기다렸고 끝없이 기다려야 할 것만 같았다. 마침내 소리가 들렸고, 다가오는 물체를 보고서야 우편마차의 마부가 약속을 지켰음을 알 수 있었다. 스투어캐슬 근처에 사는 한 농부가 튼튼한 말 한 마리를 몰고 나타난 것이다. 이 말이 프린스 대신 꿀벌통을 실은 짐마차를 끌고 캐스터브리지로 향했다.

그날 저녁 빈 마차가 다시 사고 현장에 도착했다. 프린스는 도랑에 그대로 처박혀 있었다. 탈것들이 오가며 밟고 지나갔어도 피가 괸 웅덩이는 여전히 길 한가운데 선명히 남아 있었다. 이제 프린스의 사체는 전에 자기가 끌던 마차에 실렸다. 발굽을 공중에 쳐들고 석양빛에 편자를 반짝이면서 말은 말롯을 향해 8, 9마일을 되돌아갔다.

먼저 돌아간 테스는 이 소식을 어떻게 전해야 할지 막막했다. 그녀는 부모님의 얼굴에서 이미 사고 소식을 들었음을 읽고는 자신이 말하지 않아도 된다는 사실에 안도했다. 그렇다고 자신의 부주의 때문에 사고가 났다는 자책감이 줄어들지는 않았다.

어떻게든 먹고살려고 애면글면하는 집안이라면 이 사태를 끔찍한 재앙으로 받아들였을 텐데, 워낙 속수무책인 집안이라 심리적 타격은 덜했다. 후자의 경우 파멸을 의미했고, 전자의 경우 불편의 감수를 의미할 따름일 테지만 말이다. 더비필드 부부의 얼굴에서는 딸이 잘되기를 바라는 욕심을 가진 부모라면 으레 보일 법한 불같은 노여움을 찾아볼 수 없었다. 테스 자신만큼 테스를 나무라는 사람은 없었다.

늙은 말의 사체라고 몇 실링밖에 못 준다는 도축업자의 말에 더비필드가 호기를 부렸다.

"안 될 말이제." 그는 결연하게 말했다. "그 늙은 몸뚱이를 팔지 않겄어. 우리 더버빌 집안이 이 고장에서 기사로 살 때는 군마를 고양이 먹이로 팔아먹는 일은 하지 않았으니께. 그런 푼돈은 치우라고 혀! 프린스가 평생 날 도와줬는디 이제 와서 팔아먹을 순 없제."

다음 날 그는 가족을 먹여 살리려고 지난 몇 달 일한 것보다 더 열심히 텃밭에 프린스의 무덤을 팠다. 구덩이가 준비되자 더비필드와 그의 아내는 말을 밧줄을 매어 무덤 쪽에 난 길로 질질 끌고 갔고, 아이들이 장례 행렬을 이루어 뒤를 따랐다. 에이브러햄과 리자루는 흐느꼈고, 호프와 모데스티는 슬픈 나머지 통곡을 터뜨려 울음소리가 담벼락에 메아리쳤다. 프린스가 구덩이로 털썩 떨어지자 그들은 무덤가에 모여들었다. 생계 수단을 잃은 것이었다. 이제 어떻게 먹고산단 말인가?

"프린스가 천국에 갔을까?" 에이브러햄이 흐느끼며 물었다.

그러자 더비필드는 흙을 퍼 넣었고 아이들은—테스를 빼고—다시 울음을 터뜨렸다. 자신을 살인자로 생각하는 듯 그녀의 얼굴은 창백하게 굳어 있었다.

5

주로 말에 의존하던 도붓장수 일은 당장 지리멸렬해졌다. 극빈까지는 아니더라도 궁핍이 멀리서 모습을 드러냈다. 더비필드는 이 고장에서 게을러빠진 작자로 통했다. 일할 힘이 충만할 때가 없지는 않았다. 하지만 힘이 있을 때와 힘이 필요할 때가 일치하는 법이 없었다. 행여 일치한다 하더라도 그는 날품팔이 일꾼이 통상 하는 노동에 익숙하지 않아서 끈기 있게 버텨내지를 못했다.

그 와중에 부모를 곤경에 빠뜨린 장본인으로 자처한 테스는 어떻게 하면 이 난국을 수습하는 데 일조할까 혼자 곰곰이 생각했다. 그때 어머니가 계획을 털어놓았다. "운이 좋을 때도 있고 나쁠 때도 있제." 그녀가 말했다. "그런디 테스야, 지체 높은 귀족 혈통이라는 걸 제때 알게 된 거 아녀? 우리 친척들에게 도와달라고 하자. 체이스 근처에 돈이 아주 많은 더버빌 부인이 살고 있다는 이야기 들었냐? 분명 우리 친척인 게야. 니가 가서 친척이라고 하고 어려울 때 좀 도와달라고 혀."

"그러고 싶지 않아, 엄마." 테스가 말했다. "그런 마님이 계신다고 혀도 우리를 알은체나 하면 다행이제, 도움을 바라서는 안 되는겨."

"니가 마님의 마음에 쏙 들게 할 수 있잖여. 게다가 일이 술술 풀릴지 누가 알아. 나도 다 들은 게 있어서 하는 말이여."

자신의 잘못으로 집안에 피해를 끼쳤다는 마음의 압박 때문에 테스는 다른 때보다 더 어머니의 요구에 고분고분 귀를 기울였다. 하지만 소득이 확실해 보이지도 않는 일을 꾸미면서 어머니가 왜 그렇게 흐뭇해하는지 알 수가 없었다. 어머니가 수소문을 해서 더버빌 댁 마님이 대단한 덕성과 알심을 가진 분임을 알아냈을 수도 있다. 하지만 테스는 가난한 친척이라는 자신의 처지를 받아들이는 게 영 내키지 않았다.

"일자리를 구하는 게 낫겠어." 테스가 나직이 말했다.

"여보, 당신이 아퀴를 지어요." 아내는 뒤쪽에 앉아 있는 남편을 향해 말했다. "당신이 얘한테 가라고 하면 갈 거예요."

"내 자식이 낯선 친척을 찾아가 신세 지는 건 내가 원치 않아." 그가 작은 소리로 말했다. "내가 고귀한 가문의 장손인디 체면이 있제."

가고 싶지 않은 테스의 이유보다 가지 말라는 아버지의 이유가 더 나빴다. "말이 나 때문에 죽었으니, 엄마." 그녀가 애처롭게 말했다. "뭔가 해야 할 거 같아. 찾아가볼게. 하지만 도움을 청하느냐 마느냐는 내가 알아서 할게. 그분이 내 짝을 찾아줄 거라는 생각은 하지도 마. 어리석은 기대여."

"우리 딸 말 잘한다." 아버지가 간결하게 자신의 생각을 밝혔다.

"내가 그런 생각을 했다고 누가 그려?" 조앤이 말했다.

"마음속으로 그런 생각 하잖아, 엄마. 어쨌든 갈게."

그다음 날 일찍 일어난 테스는 섀스턴으로 불리는 언덕 위의 읍내로 걸어가 포장마차를 탔다. 마차는 일주일에 두 번 섀스턴의 동쪽에 위치한 체이스버러로 가는 중에 트랜트리지를 경유하는 마차였다. 트랜트리지는 막연하게 신비스러운 더버빌 부인이 거주하는 교구였다.

기억에도 생생한 이날 아침, 테스 더비필드의 여정은 그녀가 태어나고 살아온 골짜기의 동북쪽 구릉 사이로 뻗어 있었다. 테스에게 블랙무어 골짜기는 세상의 전부였고, 그곳의 주민은 세상의 모든 사람이었다. 호기심 많던 어린 시절, 그녀는 목장 문이나 울타리 디딤대에 올라가 골짜기 끝을 내려다보곤 했는데, 그 당시에 신비로웠던 것은 지금도 그때 못지않게 신비로웠다. 그녀는 날마다 창밖으로 탑과 마을과 가물거리는 하얀 저택들을, 특히 높은 곳에 장엄하게 솟아 있는 섀스턴의 유리창들이 석양에 등불처럼 반짝거리는 것을 바라보았다. 테스는 그곳에 가본 적이 한 번도 없었고, 사실 골짜기와 그 주변에서도 자세히 둘러본 데라고는 아주 일부에 불과했다. 하물며 골짜기를 벗어난 적은 더더욱 없었다. 그녀에게 마을을 둘러싼 산의 윤곽은 마치 친척들의 얼굴만큼이나 친근했다. 하지만 그 너머의 것은 지금으로부터 한두 해 전 우등으로 졸업한 마을 학교에서 배운 것에 기대 추정할 수밖에 없었다.

어린 시절 테스는 마을 근처의 학교에서 수업을 마치고 나란히 집으로 돌아오는 또래의 단짝 친구들이 있었다. 거의 동갑인 세 아이들 중 늘 가운데 자리한 테스는 촘촘한 바둑판무늬로 날염한 분홍색 앞치마 안에 원래의 색이 바래서 뭐라고 꼭 집어 말할 수 없는 색의 모직 원피스를 입고, 가늘고 긴 다리에 — 풀이나 신기한 모양의 돌멩이를 찾느라 길가나 둑에 엎드리는 바람에 닳아서 무릎에 구멍이 생긴 — 꽉 끼는 긴 양말을 신고 다녔다. 그 당시 그녀의 밤색 머리칼은 냄비를 거는 고리 모양으로 흘러내렸고, 양쪽 두 소녀의 팔이 테스의 허리를 감아 안으면 테스는 팔로 어깨동무를 하곤 했다.

나이가 들어 집안 형편을 알게 되면서, 그녀는 동생들을 먹이고 키우는 일이 그처럼 고생스러운데도 아무 생각 없이 아이를 그렇게 많이 낳은 어머니에 대해 거의 맬서스적 입장을 취했다.* 어머니의 지적 수준은 마냥 행복한 어린아이 정도였다. 조앤 더비필드는 하느님의 섭리에 따라 그 대가족에 더해진 아이 하나와 다름없었고, 그것도 맏이 역할을 하기에는 역부족이었다.

그래서 테스는 어린 동생들을 자상하고 다정하게 돌봤고, 힘닿는 대로 이들의 양육에 도움이 되고자 이웃 농장에서 건초를 만들거나 추수하는 일을 거들어 일당을 받아왔다. 소젖을 짜거나 버터를 만드는 일도 기꺼이 했는데, 아버지가 젖소를 기를 때 익혀둔 데다 또 원래 손재주가 있어서 솜씨를 발휘할 수 있는 일거리였다.

날이 갈수록 그녀의 어린 어깨에는 가족이라는 짐이 무겁게 내려앉았고, 따라서 더비필드 집안을 대표해 더버빌 저택에 가는 일을 떠맡는 것도 당연하게 여겼다. 이 경우 더비필드 집안의 가장 아름다운 면모만 보여줄 수 있다는 점을 인정해야 할 것이다.

그녀는 트랜트리지 사거리에서 마차를 내려 체이스라는 이름의 숲을 향해 언덕길을 걸어 올라갔다. 체이스 숲의 외곽에 더버빌가의 저택인 슬로프가 자리 잡고 있음은 이미 들어 알고 있었다. 일반적인 의미에서 장원식 저택에는 밭과 목장이 있고, 땅 주인이 온갖 수를 써서 자신과 가족의 수입을 쥐어짠다고 툴툴거리는 농부가 있게 마련인데, 이 저택은 그렇지 않았다. 이 저택은 장원식 저택 그 이상, 훨씬 이상이었다. 순전히 즐기기 위해 지은 전원의 저택으로, 주거 목적에 부합하지 않는 땅, 요컨대 힘들여 경작해야 할 땅은 한 평도 붙어 있지 않았다. 집주인의 기호에 맞춰 작은 농장을 꾸며놓았으나 그것도 관리

---

* 자연 상태에서 인구 증가가 식량 생산을 앞지를 수밖에 없다는 T. R. 맬서스의 주장에 입각해 가족계획을 지지한다는 뜻임.

인이 돌봤다.

울창한 상록수가 처마 끝까지 병풍처럼 늘어선 새빨간 벽돌집이 제일 먼저 눈에 들어왔다. 테스는 이 건물이 저택의 본채인 줄 알았다. 그런데 다소 떨리는 마음으로 쪽문을 지나 진입로가 굽어지는 지점에 이르자 진짜 본채가 위용을 드러냈다. 최근에 지은 건물로—사실 거의 새 집이었다—상록수와 강한 대조를 이루었던 바깥채의 짙은 빨간색과 똑같은 색의 건물이었다. 주변의 부드러운 색들을 배경으로 제라늄처럼 솟아 있는 이 저택의 모퉁이 뒤쪽으로 체이스 숲의 연한 하늘빛 풍경이 펼쳐졌다. 체이스 숲은 진짜 고색창연한 삼림지대로, 원시시대부터 있었던 것이 확실한—영국에 몇 군데 남지 않은—숲 중 하나였다. 이곳의 떡갈나무에서 드루이드*가 숭배했던 겨우살이를 찾을 수 있었고, 사람이 심은 적 없는 거대한 주목(朱木)들이 그 옛날 활을 만들려고 가지를 잘라낸 그 모습 그대로 자라고 있었다. 유구한 역사를 가진 이 숲은 저택에서 보이기는 했지만, 영지의 경계 바깥에 붙어 있었다.

이 안락한 저택에서는 모든 것이 밝고 환하고 풍성하며 관리가 잘되어 있었다. 몇 에이커나 되는 온실이 경사지를 따라 아래쪽 잡목 숲까지 이어졌다. 모든 것이 돈처럼, 조폐국에서 금방 찍어낸 화폐처럼 보였다. 오스트리아 소나무와 상록 참나무로 한쪽을 가린 마구간은 교회의 분관처럼 위풍당당했고 갖가지 최신 마구들을 구비하고 있었다. 널찍한 잔디밭에는 입구가 테스 쪽을 향해 있는 장식을 한 천막이

---

* 고대 켈트족의 사제 계급.

서 있었다.

세상물정에 어두운 테스 더비필드는 자갈 깔린 진입로 옆으로 비켜서 앞을 뚫어져라 바라보았다. 그녀의 두 발이 이끄는 대로 여기까지오고 난 다음에야 비로소 자기가 어디에 있는지 확실히 깨달았던 것이다. 막상 와보니 모든 것이 그녀의 상상과는 정반대였다. "우리 집안이 오래된 가문이라고 하더니 이 집은 완전히 새 집이네!" 그녀는 꾸밈없이 그대로 말했다. 테스는 친척임을 주장하자는 어머니의 계획에 얼른 따르는 대신 동네에서 도움을 청해볼걸 하는 생각을 했다.

이 모든 것을 소유한 더버빌가—처음에 이 집안 사람들은 스스로를 스토크 더버빌가라고 불렀다—는 시대에 영 뒤떨어진 이 고장에서는 다소 예외적인 가문이라고 해야 할 것 같다. 우리의 비틀거리는 존 더비필드가 이 주(州)와 근방에서 유서 깊은 더버빌 가문의 진짜유일한 직계라고 트링엄 신부가 말했을 때 그것은 사실이었다. 그는스토크 더버빌이 가계도상으로는 더버빌 가문과 아무 관계가 없음을잘 알고 있었고, 그 말을 덧붙일 수도 있었다. 하지만 이 집안이 아주심각하게 쇄신을 요하는 가문에 접목해도 좋을 튼튼한 원줄기를 이루고 있음은 인정하지 않을 수 없었다.

얼마 전에 노환으로 사망한 정직한 상인 사이먼 스토크 씨가 북부에서 한재산을 모았을 때(고리대금을 했다고 말하는 사람들도 있다) 그는 자신이 장사를 하던 지역과 지리적으로 떨어진 잉글랜드 남부지방에 지주로 정착하기로 결심했다. 그 과정에서 과거에 약삭빠른장사꾼이었던 그의 정체가 쉽게 드러나지 않도록, 또 흔하고 뻔한 원래의 이름보다는 더 그럴듯한 이름으로 새로 시작할 필요를 느꼈다. 그는 대영박물관에서 자신이 정착할 잉글랜드 지역에서 대가 끊겼거나 거의 끊겼거나 가세가 기울었거나 망한 가문을 다룬 책을 한 시간 가량 읽고 나서, 더버빌이 다른 성만 못할 것이 없다고 생각하게 되었다. 그리하여 더버빌은 그의 이름에 합병되어 영원히 그와 그의 자손들의 것이 되었다. 하지만 그는 그렇게 하면서 도를 넘지 않았다. 새로운 가계에 자신의 가계를 꿰어 맞출 때 집안 간의 결혼이나 귀족들과의 연결 고리를 적당하게 꾸며냈을 뿐 높은 작위에 관한 한 철저한 자제력을 보였다.

상상력이 동원된 이 작업을 테스와 그 부모는 당연히 알 수 없었고, 또 그 때문에 큰 실수를 하게 되었다. 사실 그들은 가문의 이름을 그렇게 도용할 수 있다는 것도 알지 못했다. 인물이 잘난 것은 운명의 덕일지 몰라도 성은 나면서부터 정해진다고 알고 있었으니 말이다.

물에 몸을 던져야 할 사람이 물러서야 할지 뛰어들어야 할지 망설이듯 테스가 주춤거리고 서 있을 때, 어두운 천막의 삼각형 입구에서 사람이 모습을 나타냈다. 담배를 피우고 있는 키 큰 청년이었다.

피부색은 거무튀튀했고, 두툼한 입술은 붉고 부드럽긴 했지만 모양이 보기 흉했다. 끝을 뾰족하게 말아 올린 검은 콧수염을 입술 위로 단정하게 길렀는데, 나이는 스물서넛 이상으로 보이지 않았다. 전체적인 인상은 조야했지만, 신사의 얼굴과 대담하게 두리번거리는 눈동자에는 독특한 힘이 있었다.

"어이, 이쁜이. 무슨 일로 왔지?" 그가 앞으로 나서며 말했다. 너무 당황해 멈춰 선 그녀를 보고 이렇게 덧붙였다. "겁낼 거 없어. 나를 더버빌 씨라고들 부르지. 날 만나러 온 거야, 아니면 우리 어머니를 만나러 온 거야?"

더버빌가의 사람—바로 그 이름을 받은 사람의 실제 모습은 저택과 토지보다도 더 테스의 상상과 어긋났다. 그녀는 더버빌가의 인상이 승화된 늙고 기품 있는 얼굴, 그녀의 가문과 영국의 수세기에 걸친 역사를 상형문자로 나타내는, 육화된 기억으로 주름살이 깊게 파인 얼굴을 상상했던 것이다. 하지만 곤경에서 빠져나갈 수 없는 형편이라 정신을 똑바로 차리고 대답했다.

"마님을 뵈러 왔습니다."

"우리 어머니를 만나 뵐 수는 없을 것 같은데 어쩌지? 병환으로 누워 계시거든." 위조된 가문의 현재 대표가 말했다. 이 사람이 최근에 사망한 신사의 외아들 알렉 도련님이었다. "내가 대신하면 안 될까? 무슨 볼일로 우리 어머니를 만나려는 건데?"

"볼일이라고는 할 수 없고요, 뭐라고 해야 할지 모르겠네요!"

"그럼 재미 삼아 온 거야?"

"아니, 천만에요. 말씀을 드리자면, 나리, 그게—" 그녀는 용건이 우스꽝스럽다는 생각이 강하게 들어서, 그가 어렵고 그 자리가 불편한데도 장밋빛 입술에 미소를 머금었다. 이것이 거무튀튀한 알렉산더의 눈길을 끌었다. "너무 바보 같은 이야기라서요." 그녀가 말을 더듬었다. "말씀드리지 못할 거 같아요."

"걱정할 거 없어. 난 바보 같은 이야기 좋아하거든. 말해보렴." 그가 다정하게 말했다.

"엄마가 가보라고 하셨어요." 테스가 말을 이었다. "사실 저도 같은 생각이었어요. 하지만 이런 곳인지는 몰랐지요, 나리. 우리가 친척이라는 말씀을 드리러 온 거예요."

"호, 그래. 가난한 친척이로구나?"

"네."

"성이 스토크냐?"

"아니요. 더버빌요."

"아, 그렇지. 더버빌이냐는 뜻이었어."

"저희는 성이 더비필드로 바뀌었어요. 하지만 더버빌 가문이라는 몇 가지 증거가 있답니다. 고문서 연구자들이 그렇게 주장하고요. 그리고―그리고― 우리 집에 있는 오래된 인장(印章)에는 성을 배경으로 뒷다리로 일어선 사자가 그려진 방패가 새겨져 있어요. 작은 국자처럼 우묵한 부분이 사발 모양인 아주 오래된 은수저에도 똑같은 성이 새겨져 있어요. 하지만 너무 닳아서 엄마가 완두콩수프를 저을 때나 쓰세요."

"은백의 성이 우리 가문 문장의 꼭대기 장식인 건 맞아." 그가 덤덤하게 말했다. "뒷다리로 일어선 사자가 문장이고."

"그래서 엄마가 가서 우리도 같은 더버빌 가문이라고 알리라고 해서요. 사고로 말이 죽었거든요. 그리고 우리가 직계라고요."

"어머니가 아주 사려 깊으신 분임에 분명해. 나로서는 그렇게 하신 것이 조금도 유감스럽지 않군." 이렇게 말하면서 알렉이 곁눈질을 하자 테스는 얼굴을 붉히지 않을 수 없었다. "그래서, 이쁜이, 친척으로서 친선 방문을 한 거로군?"

"그런 거 같아요." 다시 불편한 표정을 지은 테스가 더듬거렸다.

"그래, 이상할 건 없지. 어디 사는데? 뭘 해서 먹고사니?"

그녀는 구체적인 내용을 간략히 서술했다. 그리고 그의 추가 질문에 답하는 과정에서 타고 왔던 마차로 돌아갈 작정임을 밝혔다.

"마차가 트랜트리지 사거리로 돌아오려면 한참 걸릴 텐데. 경내를 거닐며 시간을 보낼까, 우리 이쁜 사촌?"

테스는 가능한 한 방문 시간을 단축하려고 했지만 청년이 강권하는 바람에 동행하기로 했다. 그는 테스를 잔디밭과 꽃밭과 온실로 안내한 다음 과수원과 유리 온실로 갔다. 그곳에서 그는 딸기를 좋아하느냐고 물었다.

"네. 딸기철에는요." 테스가 대답했다.

"여기는 딸기가 벌써 열렸지." 더버빌은 허리를 굽혀 딸기를 따서 그녀에게 건네주었다. 급기야 '영국 여왕'이라는 이름의 품종 중 특별히 잘 익은 것을 골라서, 몸을 일으켜 꼭지를 집어 그녀의 입으로 가져갔다.

"아니, 아니에요!" 손가락으로 그의 손을 가로막으면서 그녀가 얼른 말했다. "제 손으로 먹는 게 좋겠어요."

"무슨 소리!" 그는 고집을 피웠고 그녀는 조금 불편한 마음으로 입술을 열어 받아먹었다.

테스는 더버빌이 주는 딸기를 반쯤은 좋아서, 반쯤은 마지못해 받아먹으면서, 하릴없이 왔다갔다하며 시간을 보냈다. 그녀가 딸기를 더는 못 먹겠다고 하자 그는 그녀의 작은 바구니를 딸기로 가득 채워주었다. 그러고 나서 장미나무들이 있는 곳을 지나갔는데, 그곳에서 그는 장미 꽃봉오리들을 모으더니 가슴에 꽂으라고 주었다. 그녀는 꿈속인 듯 그가 시키는 대로 했다. 더는 꽃을 꽂을 데가 없자 그는 한두 송이를 그녀의 모자에 직접 꽂아주었고, 나머지 꽃으로 그녀의 바구니를 채워주었다. 이윽고 그가 시계를 보며 말했다. "자, 섀스턴행 마차를 탄다고 했으니까 간단한 식사를 하고 나면 출발 시간에 딱 맞추겠는데? 이리 들어와. 난 뭐 먹을 게 있는지 가볼 테니까."

스토크 더버빌은 다시 그녀를 잔디밭의 천막으로 데리고 가더니 혼자 나갔다. 그는 곧 가벼운 점심 바구니를 손수 들고 나타나 그녀 앞에 펼쳐놓았다. 두 사람만의 즐거운 만남을 하인들에게 방해받고 싶지 않다는 신사의 뜻이 분명히 드러났다.

"담배 피워도 괜찮겠어?" 그가 물었다.

"네, 괜찮아요."

그는 천막을 떠도는 자욱한 연기 너머로 천진난만하게 식사하는 그녀의 예쁜 모습을 지켜보았다. 하지만 테스 더비필드는 가슴에 꽂은 장미꽃을 무심하게 내려다볼 뿐이었고, 그 마약 같은 파란 연기 바로 뒤에 '비극의 씨앗'이, 그녀의 찬란한 청춘의 빛깔을 피처럼 붉게 물들일 가능성이 충분한 사건이 기다리고 있음을 예감하지 못했다. 그녀는 지금 자신에게 불리한 어떤 면모 — 나이보다 성숙해 보이는, 한껏 물이 오른 아름다운 용모 — 를 드러냈는데, 알렉 더버빌의 눈길이 그녀에게서 떨어질 줄 모르는 것도 그 때문이었다. 어머니에게서 성적 매력을 물려받은 그녀는 겉보기와 달리 아직 어린아이였다. 이런 괴리 때문에 가끔 친구들에게 고민을 털어놓기도 했는데, 친구들은 시간이 해결해줄 거라고 했다.

테스는 곧 점심 식사를 마쳤다. "이제 집에 가봐야겠어요, 나리." 그녀가 몸을 일으키면서 말했다.

"그런데 이름이 뭐야?" 저택이 보이지 않을 때까지 찻길을 함께 따라 걸어가다 그가 물었다.

"말롯 마을에 사는 테스 더비필드라고 해요."

"너희 집 말이 죽었다고 했지?"

"제가 죽였어요!" 그녀가 대답했다. 프린스의 죽음을 자세히 서술하는 동안 그녀의 눈에 눈물이 솟구쳤다. "그 때문에라도 아버지를 도와드려야 하는데 어떻게 해야 할지 모르겠어요!"

"내가 뭘 해줄 수 있을지 생각해봐야겠다. 네게 일자리를 주라고 어머니께 말해볼게. 하지만 테스, '더버빌' 가문 어쩌고 하는 건 곤란해. 넌 더비필드일 뿐이야. 우리랑 완전히 다른 집안이야."

"저도 다른 걸 바라진 않아요, 나리." 그녀는 다소 자존심을 세우며 말했다.

잠깐, 아주 잠깐 동안 바깥채 건물이 눈에 들어오기 전—그들이 키큰 철쭉과 침엽수 사이의 진입로 모퉁이에 이르렀을 때, 그는 고개를 그녀 쪽으로 숙이고 마치—그런데 그러지 않았다. 그는 생각을 고쳐먹고 그녀를 보내주었다.

일은 그렇게 시작되었다. 이 만남의 의미를 테스가 알았더라면, 어째서 그날—인류가 제공할 수 있는 한 모든 면에서 올바르고 바람직한 남자가 아니라—부적당한 남자의 눈에 띄어 그가 탐내는 대상이 되고 말았는지 자문했을지 모른다. 그녀가 만난 남자들 중 그런 범주에 근접했을 남자도 하나 있었지만, 그에게 그녀는 순간적인 인상에 지나지 않았고 이미 반쯤은 잊혔다.

잘 판단해서 계획한 일도 잘못 실행하면 뜻한 바를 이루기 어렵고, 사랑할 수 있는 사람을 사랑할 수 있는 때 만나기는 아주 어렵다. 자연은 불쌍한 피조물이 보는 것만으로 행복을 얻을 수 있는 순간에도 그에게 "보라!" 하고 말하지 않는다. 그리고 숨바꼭질이 지루하고 낡아빠진 장난이 될 때까지, "어디 있어요?"라는 인간의 질문에 "여기"라고 답해주지 않는다. 인류의 발전이 절정과 극치에 이르면 이와 같은 시간의 엇갈림이 더 섬세한 직관으로 교정될 수 있을지 모른다. 혹은 우리를 현재 이리저리 흔들어대는 사회조직보다 더 정교한 사회조직의 상호작용에 의해 교정될 수 있을지 모른다. 다만 그와 같은 완벽함이 실현되리라 기대할 수 없으며, 심지어 가능하리라는 생각조차 할 수 없다. 지금의 경우는— 셀 수 없이 많은 다른 경우와 마찬가지로— 완벽한 합일의 순간에 완벽한 전체의 쪼개진 두 반쪽이 만난 경우가 아니며, 보이지 않는 반쪽은 끝에 이를 때까지 어리석고 우둔하게 기다리면서 대지 위를 홀로 떠돌고 있다고 표현하는 것으로 충분하다. 그리고 그렇게 어줍게 지체하다가 걱정과 실망, 충격과 재난 그리고 얄궂은 운명과 마주하게 된다.

천막으로 돌아온 더버빌은 기분 좋은 표정으로 의자에 걸터앉아 생각에 잠겼다. 그러다 갑자기 크게 웃음을 터뜨렸다.

"그래, 엄청나게 재미있는 일이군! 하하하! 그런데 정말 이쁜 물건일세!"

6

언덕을 내려가 트랜트리지 사거리에 다다른 테스는 별생각 없이 체이스버러에서 섀스턴으로 돌아가는 마차를 타려고 기다렸다. 그녀는 마차를 타면서 승객들의 인사에 답하기는 했으나 그들이 하는 말은 귓등으로 흘려들었다. 마차가 다시 움직이기 시작했을 때도 바깥 풍경으로 눈길을 돌리지 않고 혼자 생각에 잠겼다.

승객 한 사람이 다른 이들보다 직접적으로 말을 걸어왔다. "아니, 색시가 그냥 꽃다발일세! 6월 초에 이런 장미꽃이 피다니!"

그제야 그녀는 그들의 놀란 눈에 비친 자신의 모습을 되돌아봤다. 가슴에도 장미, 모자에도 장미 그리고 바구니에도 장미와 딸기가 가득했다. 그녀는 어쩔 줄 몰라 얼굴을 붉히며 누가 꽃을 주었다고 얼버무렸다. 승객들의 시선을 받지 않게 되었을 때 그녀는 모자에서 유난히 눈에 띄는 장미꽃 송이들을 떼어내어 바구니에 담고 손수건으로 가렸다. 그러고 나서 다시 생각에 잠겨 고개를 숙였는데 가슴에 꽂혀 있던 장미꽃 가시에 우연히 턱을 찔렸다. 블랙무어 골짜기의 사람들이 모두 그렇듯 테스도 근거 없는 추정이나 조짐을 나타내는 미신에 푹 젖어 있었고, 그것을 ─그날 처음으로 느낀─ 불길한 징조로 받아들였다.

마차는 섀스턴까지만 운행했다. 언덕 위의 도시에서 말롯으로 들어가는 골짜기까지는 내리막길로 몇 마일 거리였다. 테스의 어머니는 혹시 하루 안에 집에 돌아오기 힘들면 알고 지내는 아주머니 댁에서 하룻밤 묵고 오라고 당부했다. 그래서 테스는 그 집에서 묵고 다음 날 오후에야 집으로 돌아왔다.

집 안에 들어서는 순간 테스는 어머니의 득의양양한 태도에서 그동안 무슨 일이 있었음을 금세 알아차렸다.

"그려, 내 다 알고 있다! 내가 잘될 거라 혔지. 거봐라. 그대로 됐잖아!"

"나 없는 새 무슨 일 있었어?" 테스는 다소 지친 표정으로 물었다.

어머니는 장난스럽게 사랑스러운 딸을 아래위로 훑어보고는 놀리는 투로 말을 이었다. "그려, 니가 그 사람들 마음에 꼭 든겨!"

"어떻게 알아, 엄마?"

"편지가 왔제."

테스는 그제야 그럴 만한 시간이 있었다는 생각을 했다.

"그쪽 이야기는—더버빌 댁 마님 말인디—그 마님이 취미 삼아 하는 작은 양계장을 니가 돌봤으면 한다는겨. 그런디 이건 니가 너무 큰 기대를 할까봐 부러 그러는 거 같아. 마님은 널 한집안 사람으로 받아들이겠다는 거제. 그런 뜻인 게 분명혀."

"그런디 난 마님을 뵙지도 못 했는디."

"누구라도 만났을 거 아녀?"

"그 댁 아드님을 만났제."

"그럼 그분이 친척으로 생각하더냐?"

"글쎄, 날 보고 사촌이라고 하긴 혔어."

"그려, 그럴 줄 알았제! 여보, 그 댁 도령이 애 보고 사촌이라고 했다." 조앤이 남편을 향해 소리쳤다. "그 도령이 어머니한테 니 이야기를 한 모양이다. 그래서 마님이 널 곁에 두고 싶어 하시는겨."

"그런디 닭을 잘 키울 수 있을지 몰라." 테스가 자신 없이 말했다.

"니만큼 잘하는 애가 어디 있냐. 우리 집에서도 닭을 키우고, 니도 그런 걸 보고 들으면서 자랐잖여. 그런 일을 하는 집에서 태어났으니께 처음으로 하는 사람보다 더 잘할겨. 게다가 무슨 할 일이 있다는 건 그냥 하는 말이여. 니가 부담시러울까봐."

"가겠다고 완전히 마음먹은 건 아녀." 생각에 잠겨 있던 테스가 말했다. "누가 쓴 편진데? 편지 좀 보여줘봐."

"더버빌 댁 마님이 썼더라. 여기 있다."

더비필드 부인이 수신인으로 되어 있는 편지는 삼인칭으로 쓰여 있었는데, 마님의 양계장을 딸이 맡아 관리해주면 좋겠다, 오면 좋은 방을 제공하겠으며, 일하는 솜씨가 마음에 들면 보수도 후하게 주겠다는 간단한 내용이었다.

"아, 이게 전부네!" 테스가 말했다.

"한 번에 꺼안고 키스하고 쓰다듬어주기를 바랄 수는 없제."

테스는 창밖을 내다보았다.

"난 그려도 아부지 엄마하고 여기서 살고 싶어." 그녀가 말했다.

"왜?"

"이유는 말하고 싶지 않은디, 엄마. 실은 왜 그런지 모르겠어."

일주일 뒤, 테스가 이웃에서 가벼운 일을 찾다 소득 없이 돌아온 어느 날 저녁이었다. 말 한 마리를 살 돈을 여름 한철 모으는 것이 그녀의 목표였다. 문지방을 넘어서자마자 동생 하나가 춤을 추듯 방을 뛰어나오며 말했다. "그 신사가 왔다 갔어!"

입이 함지박만큼 벌어진 어머니가 서둘러 설명을 덧붙였다. 더버빌 댁 도령이 말을 타고 말롯 쪽을 우연히 지나가다 들렀는데, 지금까지 양계장을 맡았던 젊은이가 미덥지 않아서 테스가 마님의 양계장을 돌봐주러 올 수 있는지 어머니를 대신해 알아보러 왔다고 했다. "더버빌 댁 도령이 니가 겉보기하고 똑같이 참한 아이일 게 틀림없다고 하더라. 널 무슨 금덩이처럼 대단하게 생각하는겨. 니한테 관심이 많어야."

모르는 사람이 높이 평가해주니 자신을 대단하게 생각하지 않는 테스로서는 당장 기분은 좋았다.

"그렇게 생각해주니 고맙기는 하네." 그녀가 중얼거렸다. "거기 가서 할 일이 뭔지 확실해지면 언제든지 갈게요."

"그 사람 정말 잘났더라!"

"잘난 건 아니여." 테스가 쌀쌀맞게 대답했다.

"글쎄, 암튼 니한테는 좋은 기회여. 게다가 굉장한 다이아몬드 반지를 끼고 있더라!"

"맞아." 창가의 의자에서 어린 에이브러햄이 쾌활하게 끼어들었다. "나도 봤어! 손으로 콧수염을 만질 때 반지가 진짜 번쩍거렸어. 엄마, 그 부자 친척은 왜 콧수염을 계속 만졌을까?"

"저 녀석 말하는 거 좀 봐!" 더비필드 댁이 대견한 마음을 감추며 소리쳤다.

"다이아몬드 반지를 자랑하고 싶어서겠지." 의자에 앉아 있던 존경이 잠꼬대하듯 중얼거렸다.

"생각해볼게." 방을 나서면서 테스가 말했다.

"우리 딸내미가 친척집 아들을 꽉 잡았나봐요. 단박에요." 부인은 남편을 향해 계속 말했다. "이런 기회를 놓치면 바보라고요."

"난 내 자식이 집을 떠나는 게 달갑지 않어." 도붓장수가 말했다. "우리가 종갓집인디, 친척들이 우릴 찾아와야 옳제."

"그래도 걔를 보내요, 여보." 한심하게도 생각이 짧은 아내가 그를 꾀었다. "그 댁 도령이 걔한테 반했어요. 보면 알아요. 테스에게 사촌이라고 했다는구려! 테스하고 결혼해서 귀부인을 만들어줄지 누가 알아요. 그럼 걔는 제 조상들처럼 되는 거잖우."

존 더비필드는 정력이나 건강은 몰라도 자만심은 센 사람이었고, 이런 가능성에 귀가 솔깃해졌다.

"그려. 그게 더버빌 군의 생각일 수도 있었구면." 그가 수긍했다. "직계 후손하고 혼인해서 혈통을 든든하게 하겠다 이런 속셈인 게 틀림없제. 테스, 우리 깜찍한 새끼! 우리 딸년이 그 집을 찾아가서 이런 큰일을 했단 말이여?"

한편 테스는 생각에 잠긴 채 마당의 야생딸기 덤불 사이를, 프린스의 무덤 위를 걷고 있었다. 집 안으로 들어가자 어머니가 물고 늘어졌다.

"그려서 어떻게 할겨?" 어머니가 물었다.

"더버빌 댁 마님을 만나볼걸 그렸어."

"가는 걸로 매듭을 짓는 게 좋겄다. 그럼 그분도 곧 뵙게 될걸."

아버지는 의자에 앉아 기침을 했다.

"뭐라고 해야 할지 모르겠어요!" 딸이 불안한 마음을 드러내며 대답했다. "아부지 엄마가 결정해요. 내가 말을 죽였으니께. 뭐라도 해서 새 말을 사야 한다는 생각은 들어요. 하지만—하지만—그 집 아들 더버빌 씨가 거기 있는 건 정말 마음에 걸려요."

아이들은 말이 죽은 뒤로 테스가 돈 많은 친척집에 ─ 그들은 저쪽 집을 그렇게 생각했다 ─ 가서 살지도 모른다는 생각을 위안으로 삼아온 터라 테스가 머뭇거리자 불평하기 시작했고, 망설이는 테스를 졸라대면서 칭얼댔다.

"누나가 안 간댜 ─ 으앙 ─ 귀부인도 안 한댜 ─ 으앙! 누나가 안 간댜 ─ 으앙!" 아이들은 입이 찢어져라 울어댔다. "멋진 새 말도 못 사고, 장날에 물건 살 금화도 많이 못 받는단 말이여! 이쁜 옷 못 입으면 누나도 이쁘지 않을겨 ─ 잉잉!"

어머니도 이 가락에 장단을 맞추었다. 집안일을 무한정 미루는 바람에 어머니가 실제보다 더 힘들어 보인다는 것 또한 한몫했다. 아버지만이 중립적인 태도를 유지했다.

"갈게." 마침내 테스가 말했다.

어머니는 딸의 긍정적 답변과 함께 마법처럼 솟아오르는 결혼식의 환상을 억누를 수 없었다.

"잘 생각했다. 너처럼 이쁜 애한테는 좋은 기회여!"

테스는 시무룩하게 웃었다.

"돈 벌 기회이길 바랄 뿐, 그 이상은 아무것도 안 바라. 엄마도 동네방네 다니며 터무니없는 이야기는 하지 않는 게 좋겠어."

더비필드 부인은 약속하지 않았다. 손님이 해준 이야기가 있는 판에 자랑 삼아 떠들어대지 않을 자신이 없었던 것이다.

그렇게 그 일은 결말이 났고, 테스는 언제든 자기를 필요로 하는 날에 맞춰 출발할 준비가 되어 있다는 편지를 보냈고, 곧 답장이 왔다.

더버빌 댁 마님이 그녀의 결심을 반기며, 이틀 후 골짜기 입구에 그녀와 그녀의 짐을 실을 짐마차를 보낼 테니 출발 준비를 하라는 내용이었다. 마님의 필체는 다소 남성적으로 보였다.

"짐마차라니?" 조앤 더버필드가 뜨악해서 중얼거렸다. "일가친척인디 사륜마차를 보내줘도 되는 거 아녀!"

드디어 방향을 정하자 테스는 불안감이 가셨고 마음도 안정되었다. 그다지 힘들지 않은 일자리를 구해서 아버지에게 말 한 마리를 사줄 수 있다는 생각에 일을 하는 데도 자신감이 생겼다. 그녀는 학교 선생님이 되고 싶었지만, 운명은 그녀를 다른 쪽으로 인도하는 것 같았다. 정신적으로 어머니보다 성숙한 그녀는 더비필드 댁이 딸의 결혼에 대해 품고 있는 환상을 한순간도 진지하게 받아들인 적이 없었다. 그 부박한 여인네는 딸이 태어나던 해부터 좋은 신랑감을 물색해온 터였다.

7

집을 떠나는 날 아침, 테스는 날이 새기도 전에 잠에서 깼다. 어둠의 한 자락이 남아 있을 시간이라 숲은 아직 고요했다. 예언자를 자처하는 새 한 마리가 적어도 자신만은 정확한 시간을 안다는 듯 확신에 찬 노래를 부르고 있었고, 다른 새들은 그 새가 잘못 알고 있다는 확신이 그만큼 강한 듯 침묵을 지켰다. 그녀는 아침 식사 시간이 될 때까지 2층에 남아서 짐을 꾸리다가 평상시 입는 옷을 입고 내려왔다. 외출복은 상자 속에 잘 개켜서 넣어두었다.

어머니가 나무랐다. "친척들 만나러 가는디 옷차림이 그게 뭐여?"

"일하러 가는걸 뭐!" 테스가 말했다.

"그래, 그렇제." 더버필드 댁이 말했다. 그리고 나지막한 소리로 덧붙였다. "처음엔 좀 그런 척할 필요도 있겄다…… 그려도 남 앞에 나설 때 이쁘게 보이는 게 수여."

"알았어. 엄마 말이 맞는 것 같네." 테스는 포기한 채 조용히 대답했다. 그리고 어머니를 기쁘게 해주려고 "엄마 하고 싶은 대로 혀봐"라고 차분하게 말하고는 어머니 손에 모든 것을 맡겼다.

더비필드 댁은 딸이 고분고분하게 나오자 뛸 듯이 기뻤다. 먼저 큰 대야를 가져와서 테스의 머리를 감겨주었는데, 얼마나 공을 들였던지 말려서 빗고 나니까 머리숱이 보통 때보다 두 배는 많은 것 같았다. 그리고 늘 하던 리본보다 더 넓은 분홍색 리본으로 딸의 머리를 묶어주었다. 그러고 나서 테스가 부녀회 들놀이 때 입었던 흰 원피스를 입혔다. 머리숱이 많아 보이는 데다, 가벼우면서도 풍성한 옷 때문에 한창 자랄 때인 테스의 몸매는 나이보다 성숙해 보였고, 어린애 티를 겨우 벗었을 뿐인데 다 큰 처녀처럼 보일 정도였다.

"어머, 양말 뒤축에 구멍이 났어요!" 테스가 말했다.

"양말에 구멍 난 건 신경 쓸 거 없어. 구멍이 말을 하냐? 엄마가 처녀 적엔 예쁜 모자를 쓰고 있으면 맨발이라고 누가 뭐라면 어쩌랴 했단다."

딸의 차려입은 모습에 흐뭇해진 그녀는 이젤 앞에 선 화가처럼 한 걸음 뒤로 물러서서 자신의 작품을 전체적으로 살펴보았다.

"니도 거울 한번 봐라!" 그녀가 목소리를 높였다. "며칠 전보다도 훨씬 이쁘다."

거울은 테스의 몸 일부만 비출 수 있는 크기였기 때문에 더비필드 댁은 시골 사람들이 몸치장을 할 때 흔히 하는 식으로 창밖에 검은 외투를 걸어서 유리창을 커다란 거울로 만들었다. 그리고 아래층에 있는 남편에게 내려갔다.

"여보, 내 얘기 좀 들어봐요." 그녀가 의기양양해서 말했다. "그 젊은 양반이 저애를 좋아하지 않고는 못 배길걸요. 하지만 테스한테 그 양반이 홀딱 반했다, 좋은 기회다, 그런 말은 절대로 하지 마요. 성미가 까다로워서 그 양반을 싫어할 수도 있고, 또 지금이라도 안 가겠다고 할지 모르니께. 일이 다 잘되면 우리한테 조상님 이야기를 해준 스태그풋레인에 사는 신부님께 인사라도 해야겠네. 참 고마운 분 아녀!"

그러나 딸이 떠날 시간이 다가오자 조앤 더비필드의 마음속에는 옷을 입힐 때의 들뜬 기분은 사라지고 한 가닥 불안감이 자리 잡았다. 그래서 그녀는 골짜기에서 바깥 세계로 나가는 첫 오르막이 시작되는 곳까지 바래다주겠다고 했다. 그 꼭대기에서 테스는 스토크 더버빌가에서 보낸 짐마차를 만나도록 되어 있었고, 마을의 소년 하나에게 그녀의 짐상자를 손수레에 실어 그곳에 갖다놓으라고 부탁했던 것이다.

어머니가 모자를 쓰는 것을 보고 어린 동생들이 따라가겠다고 졸라댔다.

"엄마는 언니를 저기까지 바래다주고 싶어서 그려. 인제 언니는 신사 사촌하고 결혼해서 좋은 옷을 입게 될겨!"

"그만혀." 얼굴을 붉히며 홱 돌아선 테스가 말했다. "제발 그런 이야기 좀 하지 마! 엄마, 아이들 듣는 데서 왜 자꾸 그런 소릴 혀."

"얘들아, 언니는 부자 친척집에 일하러 가는겨. 돈을 많이 벌어서 새 말을 사려고." 더비필드 댁이 테스를 달래려고 이렇게 말했다.

"아부지, 안녕히 계세요." 테스가 목멘 소리로 인사했다.

"그려, 잘 가거라." 테스의 장도(壯途)를 축하한답시고 아침부터 술을 많이 마신 탓에 졸다가 깨어난 존 경이 고개를 번쩍 들면서 말했다. "그건 그렇고, 그 젊은 친구가 자기 혈육 중에 이런 미인이 있는 걸 기쁘게 생각하면 좋겠다. 그리고 테스야, 우리가 전에는 잘살았지만 이젠 너무 몰락해서 작위를 팔겠다고 그 친구한테 말해봐라. 그려, 판다고 말이여. 터무니없는 값도 아녀."

"천 파운드 아래로는 절대 안 돼요!" 더비필드 마님이 소리 질렀다.

"말을 넣어봐, 천 파운드에 팔겠다고…… 에라, 생각해보니께 좀 덜 받아도 쓰겄다. 나같이 한심한 가난뱅이보다는 그 친구가 작위를 더 잘 건사할 거 아녀. 100파운드면 주겠다고 해봐. 에라, 푼돈 갖고 뻗댈 수야 없지. 50파운드에 주겠다고 혀. 20파운드! 그려. 20파운드 에 ─ 그 아래로는 곤란혀. 제기랄. 가문의 이름이 있는 법인디, 1페니도 더는 못 깎아주겠다."

테스는 눈물이 그렁그렁하고 목이 너무 메어 속에 있는 말을 할 수 없었다. 그녀는 얼른 돌아서서 밖으로 나갔다.

그렇게 해서 어머니와 딸들은 함께 길을 나섰다. 테스의 양손을 하나씩 잡은 두 동생은 마치 큰일을 앞둔 사람을 쳐다보듯 생각에 잠겨 이따금 언니를 훔쳐보았고, 어머니는 막내딸을 데리고 뒤따랐다. 이들의 모습은 정직한 미(美)를 순수가 옆에서, 단순한 허영이 뒤에서 따르는 구도의 그림 같았다. 그들은 오르막이 시작되는 곳까지 걸어갔다. 트랜트리지에서 온 마차는 오르막 꼭대기에서 그녀를 맞이하기로 되어 있었다. 약속 지점을 그곳으로 정한 것은 말이 한 번이나마 비탈을 오르는 부담을 덜어주기 위해서였다. 맨 앞에 보이는 언덕들 너머 멀리 산등성이 위로 절벽 같은 섀스턴의 집들이 솟아 있었다. 그들이 앞서 보낸 소년 외에 오르막의 꼭대기에는 아무도 보이지 않았다. 소년은 테스의 전 재산을 실은 손수레의 손잡이에 걸터앉아 있었다.

"요기서 좀 기다리면 짐마차가 금방 올겨." 더비필드 댁이 말했다. "그려, 저기 온다." 마차가 도착했다. 제일 가까운 산등성이 앞머리를 돌아 불쑥 나타난 마차는 손수레에 올라탄 소년 옆에 멈춰 섰다. 어머니와 동생들은 거기서부터 더이상 따라가지 않기로 했고, 테스는 그들에게 서둘러 작별 인사를 하고 언덕길을 올라갔다.

그들은 테스의 하얀 모습이 짐마차 쪽으로 다가가는 것을 보았다. 짐마차에는 벌써 그녀의 짐상자가 실려 있었다. 그런데 테스가 짐마차에 도착하기 전에 산등성이 숲에서 또다른 마차 한 대가 튀어나왔다. 마차는 길모퉁이를 돌아 짐마차를 지나 테스 옆에 멈춰 섰고, 깜짝 놀란 테스가 바라보았다.

어머니는 그제야 두번째 마차가 앞서 온 볼품없는 짐마차와 달리 화려하게 치장한 번쩍거리는 새 이륜마차임을 알아차렸다. 마차를 모는 사람은 스물서넛 된 청년으로 입에 여송연을 물고 있었다. 그는 멋쟁이 모자를 쓰고, 갈색 윗도리에 같은 색 바지, 흰 목도리에 빳빳하게 세운 칼라, 그리고 갈색 승마 장갑을 끼고 있었다. 간단히 말해서 한두 주일 전에 테스 문제로 답을 듣기 위해 말을 타고 더비필드 댁을 찾아왔던 잘생긴 멋쟁이 청년이었다.

어머니는 어린아이처럼 손뼉을 쳤다. 그리고 눈을 비비고 다시 바라보았다. 이것이 무슨 뜻인지 그녀가 모를 리 있겠는가?

"저 사람이 언니하고 결혼할 신사 친척이여?" 막내딸이 물었다.

한편 모슬린 원피스를 입은 테스는 자기한테 말을 거는 청년의 마차 옆에서 어떻게 해야 할지 결정을 못 한 채 서 있었다. 그녀의 망설임은 망설임 이상의 무엇 — 불안감이었다. 그녀가 볼품없는 짐마차에 올라타겠다는 의사를 밝히자 젊은이가 말에서 내려 이륜마차에 타라고 권하는 것 같았다. 그녀는 언덕 아래의 식구들 쪽으로 고개를 돌려 그 작은 무리를 내려다보았다. 뭔가 — 아마도 자신이 프린스를 죽였다는 생각이리라 — 그녀에게 결단을 촉구했다. 그녀가 서둘러 마차에 올라타자 청년은 그녀 옆에 앉아 곧 채찍을 휘둘렀다. 그들은 곧 짐상자를 실은 느림보 짐마차를 앞질러 산등성이 너머로 사라졌다.

테스가 시야에서 사라지고, 연극처럼 그 광경을 바라보던 재미가 사라지자 어린 동생들의 눈에 눈물이 고였다. 막내는 "불쌍한 언니, 불쌍한 언니가 귀부인이 되러 가지 않으면 좋겠다!" 하면서 입을 삐죽거리더니 울음을 터뜨렸다. 이 새로운 생각에 전염이라도 된 듯 다음 아이가, 그리고 그다음 아이까지 세 아이가 모두 통곡하듯 울어댔다.

집으로 발길을 돌린 조앤 더비필드의 눈에도 눈물이 그렁거렸다. 그러나 마을로 돌아왔을 때 그녀는 운에 맡기자는 쪽으로 마음을 다잡았다. 하지만 잠자리에 들고 나서 한밤이 되도록 그녀가 한숨을 내쉬자 남편은 무슨 일이냐고 물었다.

"아, 나도 모르겠수. 테스를 보내지 말걸 하는 생각이 들어서." 그녀가 대답했다.

"진즉에 생각혔어야 하는 거 아녀?"

"암튼 개한테는 좋은 기회인디, 그런디 이런 일이 다시 생기면 그 신사가 정말로 좋은 사람인지, 또 우리 애를 친척으로 좋아하는지 확실히 한 다음 보내야겠어요."

"그려, 진즉에 그렸어야 하는디." 존 경은 코를 골기 시작했다.

조앤 더비필드는 언제 어디서나 위안거리를 찾아내는 재주가 있었다. "맞아. 좋은 가문 아이니께 제 장점만 제대로 써먹으면 잘해낼겨. 당장 결혼하지 않더라도 나중에 하면 되제. 그 젊은이가 개한테 홀딱 반한 건 누가 봐도 분명혀."

"테스의 장점이라니? 더버빌 가문을 말하는겨?"

"아녀요, 한심한 양반. 인물이 좋잖아요. 옛날 나처럼."

8

테스 옆자리에 올라앉은 알렉 더비빌은 첫번째 언덕의 산마루를 따라 빠른 속도로 말을 몰면서 테스에게 의례적인 인사말을 건넸고, 그녀의 짐을 실은 마차는 뒤로 멀리 처졌다. 주변에 소리 없이 다가오는 거대한 풍경이 사방으로 펼쳐졌다. 뒤로는 그녀가 태어난 고향의 푸른 골짜기가, 앞으로는 트랜트리지에 갈 때 보고 처음 보는 우중충한 시골 풍경이 펼쳐져 있었다. 그렇게 그들은 비탈길의 꼭대기에 이르렀고 거기서부터는 1마일가량 내리막으로 직선 도로가 길게 뻗어 있었다.

테스 더비필드는 천성적으로 겁이 없는 편이었지만 아버지의 말이 사고로 죽은 다음에는 마차만 타면 지나치게 소심해졌다. 조그마한 요동에도 깜짝깜짝 놀랐는데 안내자가 말을 모는 품이 거칠어지자 그녀는 더 불안해졌다.

"내리막길은 천천히 가실 거죠?" 그녀는 억지로 태연한 척하며 물었다.

더버빌이 그녀를 돌아보고 크고 흰 앞니 끝으로 여송연을 씹으며 입술로 천천히 미소를 만들었다.

"아니, 테스." 담배 연기를 한두 모금 빨아들인 뒤 그가 대답했다. "테스같이 용감한 아가씨가 어울리지 않는 말씀을 하시네. 글쎄, 난 내리막은 언제나 전속력으로 달려. 기운을 내는 데는 이거만큼 좋은 게 없거든."

"하지만 지금은 그럴 필요가 없지 않으세요?"

"아하." 고개를 저으며 그가 말했다. "생각해줘야 할 게 하나 더 있어. 나 혼자만이 아니거든. 팁도 생각해줘야 해. 성질이 아주 별나서 말이야."

"팁이 누군데요?"

"아, 이 암말 이름이야. 조금 전에도 아주 험상궂게 나를 돌아보는 것 같던데, 못 봤어?"

"겁주지 마세요." 테스가 뻣뻣하게 말했다.

"흠, 알겠어. 이 세상에 이 말을 다룰 수 있는 사람은 나뿐이야. 이 세상에는 다룰 수 있는 사람이 아무도 없는데, 있다면 그건 나야."

"왜 그런 말을 타세요?"

"아, 당연히 나올 만한 질문이군! 내 운명인가보지. 팀은 사람을 죽인 적도 있어. 내 소유가 되고 난 다음 나도 죽을 뻔했지. 그래서 그때는—이 이야기는 진짜니까 잘 들어—내가 이 녀석을 죽지 않을 만큼 팼지. 그런데도 여전히 난폭해서 몰다보면 생명의 위협을 느낄 때가 있다니까."

내리막길이 막 시작되었다. 말의 성질 때문인지 아니면 주인이 그렇게 몰아서인지—후자가 더 그럴 법하지만—말은 자신에게 무모한 질주를 기대하는 것을 너무나 잘 알고 있어서 뒤에서 무슨 지시를 받을 필요가 없는 것 같았다.

그들은 아래로 내달렸다. 바퀴는 팽이처럼 윙윙 소리를 냈고, 마차의 차축은 좌우로 심하게 요동치는 바람에 땅바닥과 사선을 이룰 정도였다. 말의 몸통은 눈앞에서 파도처럼 솟았다 가라앉곤 했다. 가끔 바퀴가 땅 위로 몇 미터를 날다 떨어질 때도 있었고, 돌멩이가 산울타리 너머로 튕겨나가기도 했으며, 말굽에서 튀는 번쩍거리는 불꽃이 햇빛을 무색하게 하기도 했다. 곧게 뻗은 길로 달릴수록 시야가 넓어졌고, 길 양쪽의 둑은 나뭇가지가 쪼개지듯 갈라져서 어깨 뒤로 쏜살같이 사라졌다.

바람은 테스의 흰 모슬린 원피스를 뚫고 속살까지 파고들었고, 곱게 빗은 그녀의 머리카락을 휘날리게 했다. 그녀는 무서워하는 기색을 드러내지 않으려고 결심했지만 고삐를 쥔 더버빌의 팔을 붙잡고 말았다.

"팔을 잡지 마! 그러면 우리 둘 다 날아간다! 내 허리에 매달려!"

그녀는 그의 허리를 잡았고, 그렇게 해서 그들은 산기슭에 다다랐다.

"무사하네요. 하느님 맙소사, 바보 같은 장난질을 쳤는데도!" 화가 나서 얼굴이 벌겋게 달아오른 테스가 말했다.

"이런, 테스! 성깔 있네!"

"사실이잖아요!"

"그런데 위험을 벗어났다고 생각한 순간 배은망덕하게 손을 놓을 것까지는 없잖아."

그를 붙잡았을 때 그녀는 제정신이 아니었다. 그가 남자인지 여자인지, 막대기인지 돌멩이인지 모르고 무의식적으로 붙잡았을 뿐이다. 그녀는 다시 내외하며 대답하지 않고 앉아 있었다. 마차는 또다른 내리막길의 꼭대기에 이르렀다. "자, 다시 한 번 달려볼까!" 더버빌이 말했다.

"안 돼요, 안 돼!" 테스가 말했다. "철없이 굴지 마세요, 제발."

"하지만 이 고장에서 제일 높은 곳에 다다르면 다시 내려가는 수밖에 없잖아." 그가 반론을 제기했다.

그가 고삐를 늦추자 마차는 다시 내달렸다. 덜컹거리는 와중에 더버빌은 테스를 돌아보며 농담하듯 장난스럽게 말했다. "자, 우리 이쁜이. 아까같이 팔로 내 허리를 꼭 안아야지."

"싫어요!" 테스는 자존심을 세워 말하고는 되도록이면 그를 붙잡지 않으려고 버텼다.

"앵두 같은 그 입술에 뽀뽀 한 번만 하자, 테스. 그 따스한 뺨에라도 좋아. 그러면 말을 멈추지. 정말이야, 약속할게."

테스는 소스라치게 놀라 뒤로 몸을 뺐다. 그러자 그는 말에 채찍질을 해서 마차를 더 덜컹거리게 만들었다.

"꼭 그래야 해요?" 급기야 그녀가 절망적인 심정으로 소리를 질렀다. 그녀의 큰 눈은 들짐승의 그것처럼 겁을 집어먹고 그를 바라보았다. 어머니가 테스를 그렇게 예쁘게 차려입힌 것이 개탄할 결과를 낳은 것으로 보였다.

"응, 귀여운 테스." 그가 대답했다.

"어떡해, 난 몰라. 알았어요. 그럼 그렇게 해요!" 숨이 찬 그녀는 몹시 속이 상해 말했다.

그가 고삐를 끌어당기자 말은 속도를 늦췄고, 그가 그토록 갈망하던 키스를 막 하려는 순간 그녀는—정숙함을 의식한 것은 아니었지만—살짝 옆으로 피했다. 두 손으로 고삐를 잡고 있던 그는 이런 동작을 막을 수 없었다.

"이런 빌어먹을—우리 둘 목을 한꺼번에 분질러버릴까보다!" 갑자기 열이 오른 그녀의 동행이 욕지거리를 해댔다. "네가 한 말을 그렇게 홀랑 뒤집었다 이거지? 이 어린 마녀 같으니."

"좋아요. 꼭 해야겠다면 가만있겠어요. 하지만 친척이니까 저한테 잘해주고 보호해줄 줄 알았어요!"

"친척 좋아한다! 자!"

"하지만 아무나 키스하는 게 싫단 말이에요!" 그녀가 애원했다. 굵은 눈물방울 하나가 그녀의 뺨으로 흘러내리기 시작했다. 울지 않으려고 애쓴 나머지 입술 끝에 경련이 일었다. "이럴 줄 알았으면 오지 않는 건데!"

그는 피도 눈물도 없었다. 테스는 꼼짝하지 않고 앉아 있었고, 더버빌은 승리의 키스를 했다. 그러자마자 그녀는 수치심에 얼굴을 붉히며 손수건을 꺼내 그의 입술이 닿았던 뺨을 문질렀다. 그녀의 무의식적인 행동은 그녀를 지켜보던 그의 욕정에 찬물을 끼얹었다.

"시골 색시치고는 너 꽤 까다롭구나!" 젊은이가 말했다.

테스는 그 말에 아무 대꾸를 하지 않았다. 사실 그녀는 그 말의 뜻을 완전히 이해하지 못했다. 본능적으로 뺨을 문지른 행동이 그에게 모욕을 주었음을 알지 못했기 때문이다. 그녀는 ─물리적으로 가능하다면─ 그 키스를 무효로 돌려버린 셈이었다. 그가 성질이 났음을 어렴풋이 느낀 그녀는 침착하게 앞만 바라보았고, 마차는 멜베리다운과 윈그린 쪽으로 달달거리며 굴러갔다. 하지만 또다시 내리막길이 나타나자 그녀는 대경실색하고 말았다.

"그렇게 한 걸 후회하게 만들겠다!" 그가 채찍을 다시 휘두르며 여전히 기분이 상한 어조로 말을 꺼냈다. "기꺼이 키스하게 놔두고 손수건으로 닦지 않는다면 이야기가 달라지겠지만."

테스는 한숨을 쉬었다. "좋아요!" 그녀가 말했다. "아, 모자 좀 주워야겠어요!"

그렇게 말하는 순간 그녀의 모자가 바람에 날려 땅에 떨어졌다. 고지대를 달리는 마차의 현재 속도도 결코 느리지 않은 탓이었다. 더버빌은 마차를 세우고 자기가 주워 오겠다고 말했지만 테스는 반대쪽으로 내렸다.

테스는 뒤돌아서서 모자를 집어들었다. "모자를 벗으니까 정말 더 예쁘구나, 그게 가능하다면 말이지!" 마차 뒤의 그녀를 지켜보면서 그가 말했다. "자 그러면, 다시 올라타렴!……왜 그래?"

모자를 쓰고 끈을 묶었지만 테스는 앞으로 나서지 않았다. "싫어요, 나리." 승자의 도전적인 눈빛을 띤 채 테스가 붉은 입술을 벌려 하얀 이를 드러내며 말했다. "알고서는 다시 안 타지요!"

"뭐라고, 내 옆에 안 타겠다는 거냐?"

"안 타요. 걸어갈래요."

"트랜트리지까지는 아직 5, 6마일 남았단다."

"몇십 마일이라도 상관없어요. 짐마차도 뒤에 따라오는걸요."

"영악한 계집 같으니! 말해봐, 모자도 일부러 날려버린 거지? 틀림없어!"

그녀의 전략적 침묵 때문에 그의 의심은 확신으로 굳어졌다.

그러자 더버빌은 마구 욕을 했고, 그런 속임수를 쓴 그녀에게 생각해낼 수 있는 별별 호칭을 다 갖다붙였다. 그는 갑자기 말머리를 돌려 그녀 쪽으로 다가와 마차와 산울타리 사이로 그녀를 몰아넣으려고 했다. 하지만 그러다 그녀가 다치게 생겨서 그만두었다.

"그렇게 나쁜 말을 함부로 하다니 창피하지도 않으세요!" 산울타리를 허겁지겁 기어 올라간 테스가 용기를 내어 소리쳤다. "댁을 조금도 좋아하지 않아요! 밉고 꼴도 보기 싫어요! 엄마한테 돌아갈 거예요. 그러고말걸."

그녀의 모습을 보고 화가 풀린 더버빌이 크게 웃음을 터뜨렸다. "그래, 난 네가 점점 좋아지는데." 그가 말했다. "자, 화해하자. 네가 원하지 않으면 절대로 그러지 않을게. 내 목숨을 걸고 맹세하지!"

그 말도 테스를 마차에 다시 올라타게 만들 수는 없었다. 하지만 그녀는 그가 마차를 나란히 몰고 가는 것까지 반대하지는 않았다. 그래서 그들은 그런 식으로 느릿느릿 트랜트리지 마을 쪽으로 다가갔다. 이따금 더버빌은 자신의 무례한 행동 탓에 그녀가 힘들게 걸어갈 수밖에 없는 것을 보고 과장해서 고통을 받는 척했다. 사실 이제 안심하고 그를 믿어도 됐지만, 지금으로서는 신뢰를 잃어버린 것이다. 그녀는 눈을 내리깔고 생각에 잠겨 걸었다. 집에 돌아가는 것이 현명할지 궁리하는 듯했다. 하지만 일단 결정한 이상 더 심각한 이유가 있다면 모를까 이제 와서 그만두겠다고 하면 어린애 같은 변덕을 부리는 것 같았다. 기분 때문에 집안을 되살릴 모든 계획을 망쳐버려야 한단 말인가? 부모님 얼굴은 어떻게 대하며, 짐은 또 어떻게 되찾아 간단 말인가?

몇 분 후 슬로프 저택의 굴뚝이 시야에 들어왔다. 그리고 오른쪽 아늑한 구석 자리에 테스의 목적지인 양계장과 오두막집이 보였다.

9

테스는 닭들의 관리인 겸 사료 조달자, 간호사, 의사, 친구로 임명되었다. 양계장의 닭들은 낡은 초가집을 본거지로 삼았다. 그곳은 옛날에는 뜰이었지만 닭들이 밟고 다니라고 모래를 덮어놓은 사각형의 울 안에 있었다. 집은 담쟁이로 뒤덮여 있었고, 그 기생식물의 가지 때문에 더 커 보이는 굴뚝은 퇴락한 탑 같았다. 아래층의 방들은 전적으로—그 집을 지은 이가 이제는 교회 묘지의 동쪽과 서쪽에 잠들어

흙으로 돌아간 등본 소유권자*들이 아니라 자기들인 양―주인 행세를 하며 왔다갔다하는 닭들이 차지하고 있었다. 옛 주인들의 후손들은 그 사실을 자기들 집안에 대한 멸시로 받아들였다. 더버빌가가 이곳에 와서 저택을 짓기 이전에 그들이 그처럼 애착을 가졌고, 또 조상들이 많은 돈을 들여가면서 여러 세대 동안 소유해왔던 집의 소유권이 법 절차에 의해 넘어가자마자, 스토크 더버빌 댁 마님은 집을 무신경하게 양계장으로 바꾸고 말았던 것이다. "우리 할아버지 때는 사람이 살기에도 훌륭한 집이었는데"라고 그들은 말했다.

수십 명의 아이들이 자라며 울어댄 방에서는 이제 막 알을 까고 나오려는 병아리들이 껍데기를 쪼아대는 소리로 가득했다. 수수한 차림의 농부들이 앉아 쉬던 의자가 놓여 있던 곳은 닭장 속에 들어앉아 딴전을 피우는 암탉들이 차지했다. 한때 이글거리며 타오르던 벽난로와 난로 주변은 이제 엎어놓은 벌통으로 채워졌고, 암탉들은 거기서 알을 낳았다. 집주인이 바뀔 때마다 삽으로 정성 들여 가꾸었던 텃밭은 수탉들이 난장판을 만들었다.

이 초가가 서 있는 뜰은 담으로 둘러싸여 있어서 문을 통해서만 들어갈 수 있었다.

다음 날 아침 테스가 양계장을 운영했다고 자처하는 사람의 딸로서 자기 딴에는 궁리하여 배치를 바꾸고 개선하는 작업을 한 시간가량 하고 있는데, 담에 나 있는 문이 열리더니 흰 모자를 쓰고 앞치마를 두른 하녀가 들어왔다. 본채에서 온 하녀였다.

---

* 한 대 혹은 여러 대에 걸쳐 종신 소작권을 얻은 사람.

"마님이 여느 때같이 닭들을 데려오라고 하신다." 그녀가 말했다. 하지만 테스가 잘 알아듣지 못하자 설명을 덧붙였다. "마님은 연로하시고 앞을 못 보시거든."

"앞을 못 보신다고요!" 테스가 말했다.

이 소식이 불러일으킨 불안감이 구체적으로 다가오기도 전에 그녀는 동료의 지시에 따라 함부르크종(種) 중에서 빼어나게 예쁜 놈 두 마리를 팔에 안고, 역시 두 마리를 팔에 안은 하녀를 따라 인접한 저택으로 들어갔다. 건물은 화려하고 웅장했지만, 그 건물을 쓰는 사람이 말 못 하는 동물에게 사랑을 쏟는다는 흔적이 도처에서 드러났다. 현관에는 깃털이 날아다녔고, 잔디밭에는 닭장이 놓여 있었다.

1층 거실에 빛을 등지고 안락의자에 편안히 앉아 있는 사람이 이 저택의 소유주이자 안주인이었다. 환갑을 넘지 않은, 혹은 그보다 아래인 백발의 부인은 챙이 달린 큰 모자를 쓰고 있었다. 부인의 얼굴에는 오래전에 시력을 잃었거나 태어나면서부터 장님인 사람들의 무표정이 아닌, 시간이 지날수록 나빠지는 시력을 되찾으려고 애쓰다 마지못해 포기한 사람들한테서 종종 보이는 풍부한 표정이 나타났다. 테스는 양쪽 팔에 닭을 한 마리씩 안고 부인 앞으로 다가갔다.

"아, 우리 닭을 돌봐주러 온 아이인가?" 생소한 발소리를 알아차린 더버빌 부인이 말했다. "잘 돌봐주면 좋겠구나. 우리 관리인이 네가 적임자라고 하더라. 그래, 어디 있니? 아, 이놈이 스트럿이구나! 그런데 오늘따라 활기가 별로 없는 것 같네? 낯선 사람이 만지니까 놀란 모양이다. 그리고 페나도―그래, 겁을 좀 집어먹었는걸―그렇지, 애들아? 하지만 곧 너하고 친해질 거야." 노마님이 말하는 동안 테스와 다른 하녀는 손짓에 따라 그녀의 무릎 위에 닭을 한 마리씩 올려놓았다. 그러면 마님은 머리에서 꼬리까지 더듬어가며, 부리와 볏, 갈기, 날개, 그리고 발톱까지 검사했다. 부인은 촉감만으로도 닭을 금방 알아보았고, 깃털이 부러지거나 땅에 끌려 더러워진 것까지 지적했다. 또 모이주머니를 만져보고 무엇을 먹었는지, 적게 먹었는지 많이 먹었는지 알아냈다. 마님의 얼굴은 마음속에서 진행중인 평가를 밖으로 드러내는 실감 나는 무언극을 연출했다.

두 처녀가 데리고 온 닭들은 지체 없이 양계장 마당으로 돌려보내졌다. 이 과정은 수탉 암탉 할 것 없이 마님이 좋아하는 애완 닭들이 마님 앞에 모두 놓일 때까지 반복되었다. 함부르크, 밴텀, 코친, 브라마, 도킹 등 그 당시 인기가 좋은 종들을 망라했다. 닭을 데려올 때마다 마님은 무릎에 받아 살펴보았는데 이름이 틀리는 경우가 거의 없었다.

테스는 그것을 보며 견진성사가 떠올랐다. 더버빌 부인은 주교이고, 닭은 참석한 젊은이들이며, 자신과 하녀는 그들을 인도하는 신부와 보좌신부 격이었다. 의식이 끝나자 더버빌 부인이 얼굴이 일그러질 정도로 주름을 짓고 실룩거리며 테스에게 불쑥 물었다. "휘파람 불 줄 아느냐?"

"휘파람요, 마님?

"그래, 휘파람으로 노래를 부를 줄 아느냔 말이다."

테스는 대개의 시골 처녀들처럼 휘파람을 불 줄 알았지만 점잖은 자리에서 솜씨를 드러내놓고 자랑하고 싶지는 않았다. 그래도 불 줄 안다고 사실대로 덤덤하게 대답했다.

"그러면 매일 연습하도록 해라. 휘파람을 잘 불던 아이가 있었는데 그만두었거든. 네가 내 피리새에게 휘파람을 불어주면 좋겠구나. 눈으로 볼 수 없으니 새소리 듣는 걸 좋아한단다. 그래서 새들에게 휘파람으로 노랫가락을 가르치지. 엘리자베스, 이 아이한테 새장이 어디 있는지 가르쳐주도록. 내일부터 시작해야 할 거야. 안 그러면 새들이 옛날 소리로 돌아가고 말 테니까. 지난 며칠 동안 그냥 놔뒀거든."

"마님, 도련님이 오늘 아침 휘파람을 불어주셨어요." 엘리자베스가 말했다.

"그 아이가! 흥!"

노마님의 찡그린 얼굴에 혐오감이 강하게 드러나면서 더이상 말을 하지 않았다.

테스가 친척이라고 생각한 마님과의 면담은 이렇게 끝났고, 닭들은 다시 제자리로 돌아갔다. 더버빌 부인의 태도에 테스는 크게 놀라지 않았다. 저택의 규모를 보고 난 다음 아무 기대도 하지 않았기 때문이다. 하지만 이른바 친척 관계에 대해 마님한테 한마디도 듣지 못했음을 눈치채지 못했다. 장님인 어머니와 아들 사이에 정이 두텁지 않구나라고만 생각했다. 그런데 이 점도 그녀가 잘못 안 것이다. 더버빌 부인은 아들에게 화를 내면서도 사랑하고, 미워하면서도 애정을 쏟지 않을 수 없는 수많은 어머니 중의 하나일 뿐이었다.

어제 치른 신고식은 유쾌하지 않았지만, 일단 그곳에 도착한 다음날 해가 뜨고 아침이 되자 테스는 새 일거리가 자유롭고 신기한 것이 마음에 들었다. 그래서 그녀는 그 자리를 계속 유지할 가능성을 높이려고 마님이 뜻밖에 부탁한 휘파람 실력을 점검해봐야겠다는 생각을 했다. 담으로 둘러싸인 마당에 혼자 남게 되자 그녀는 닭장에 올라앉아 오랫동안 불지 않았던 휘파람을 불기 위해 열심히 입을 오므렸다. 하지만 옛날의 휘파람 솜씨가 입술 사이로 헛바람 소리나 낼 정도로 퇴보해 맑은 음이 나오지 않았다.

불고 또 불었지만 소용없자 그녀는 저절로 배웠던 휘파람을 어떻게 잊어버릴 수 있는지 의아해했다. 그런데 그때 농가뿐 아니라 담까지 외투처럼 감싸고 있는 담쟁이덩굴 속에서 뭔가 움직이는 것을 발견했다. 그쪽을 바라보고 있는데 갓돌 위에서 바닥으로 뛰어내리는 사람이 눈에 들어왔다. 알렉 더버빌이었다. 어제 그녀가 묵었던 정원사의 집 문 앞까지 그녀를 안내해준 뒤로 한 번도 만나지 못한 터였다.

"정말이지," 그가 소리쳤다. "'사촌' 테스, 자연이든 예술품이든 어디에도 너만큼 예쁜 물건은 없을 거다 — '사촌'이란 말에는 조롱기가 희미하게 배어 있었다 — 담장에 걸터앉아 널 지켜봤는데, 기념탑 위에 올라앉은 '성질 급한' 조각처럼* 휘파람을 분답시고 그 예쁜 빨간 입술을 내밀어 후, 후 하다가는 혼자 욕을 하더라. 결국 휘파람을 불지도 못하면서. 잘 안 되니까 짜증을 내는 거야!"

"짜증은 났지만 욕은 하지 않았어요."

"아, 왜 휘파람을 불려고 애쓰는 줄 알겠다, 사람 들볶는 것들. 우리 어머니가 새들의 음악 교육을 계속하라고 한 거지. 하여간 당신밖에 모르신다니까! 그 빌어먹을 수탉과 암탉 돌보기로는 일거리가 부족

---

* 셰익스피어의 『십이야』 2막 4장. "기념탑 위에 올라앉은 '참을성 있는' 조각처럼"을 변용.

하다고 생각하시는 모양이야. 내가 너라면 딱 잘라 거절했을걸."

"하지만 제게 특별히 당부하신 일이거든요. 그리고 내일 아침까지는 준비가 됐으면 하셨고요."

"그러셨어? 흠, 그럼, 내가 한두 번 교습을 해주지."

"천만에, 그러실 필요 없어요." 테스는 문 쪽으로 물러서며 말했다.

"바보같이 굴지 마. 네 몸에는 손도 안 댈 테니. 자, 난 철망 이쪽에 서 있고 넌 반대편에 서 있어. 어때, 안심이 되지. 그럼, 잘 봐. 넌 입술을 너무 꼭 오므렸어. 자, 이렇게 해봐."

그는 자신의 말에 맞춰 시범을 보이면서 〈그 입술을 치워요, 치우세요〉란 노래의 한 소절을 휘파람으로 불었다. 하지만 테스는 인유(引喩)를 놓쳤다.*

"이제 해봐." 더버빌이 말했다.

그녀는 거리를 두겠다는 의도로 조각 같은 굳은 표정을 지었다. 그러나 그가 계속하라고 채근하는 바람에 그를 물러가게 할 양으로, 시키는 대로 휘파람 소리를 내려고 입술 모양을 만들었다. 하지만 그녀는 어색해서 웃었고, 그러다 웃었다는 사실에 속이 상해서 얼굴을 붉혔다.

그는 그녀를 격려했다. "다시 해봐!"

이 시점에 이르자 테스는 아주 — 애처로울 정도로 — 진지해졌고, 다시 시도했다. 마침내 뜻밖에 아주 낭랑한 소리를 냈다. 성공했다는 기쁨에 테스의 경계심이 흐트러졌다. 눈을 동그랗게 뜨고 자기도 모

---

* 셰익스피어의 『자에는 자로』 4막 1장에 나오는 노래로 그 전날의 일을 빗대었으나 테스가 알아듣지 못함.

르게 그의 얼굴을 마주 보고 미소를 띠었다.

"바로 그거야! 내가 시작하게 해주었으니 이제부터는 잘해낼 거다. 그래, 내가 가까이 가지 않을 거라고 했지? 피와 살을 가진 남자가 견디기 힘든 유혹이었지만 난 약속을 지킬 거야. 테스, 우리 어머니를 괴팍한 노인네라고 생각하니?"

"아직 잘 모르겠는데요, 나리."

"괴팍하다는 걸 알게 될 거야. 휘파람을 배워 수컷 피리새에게 불어주라고 하는 걸 보면 알아 모셔야지 뭐. 난 지금 다소간 어머니 눈밖에 났지만, 가축을 잘 돌봐주면 어머니가 널 마음에 들어 하실 거야. 그럼 잘 있어. 혹시 무슨 어려운 일이 있거나 도움이 필요하면 관리인에게 가지 말고 나한테 와라."

테스 더비필드가 공석을 채운 체제가 돌아가는 양상이 그러했다. 첫날의 경험은 이후 이어진 나날들의 표본이라고 할 만했다. 알렉 더버빌의 존재와 익숙해지면서—그 젊은이는 장난스레 말을 걸거나 두 사람만 있을 때 테스를 농담조로 사촌이라고 부르면서 이런 친근감을 키워나갔다—테스는 그에 대한 애초의 조심성을 많이 털어버렸지만, 좀더 애정이 깃든 새로운 형태의 조심성으로 발전할 여지가 있는 감정이 싹튼 것은 아니었다. 그녀가 그의 신체 접촉에 전보다 유연하게 대응할 수 있게 된 것도 자주 만나서가 아니라, 생계를 불가불 그의 어머니에게 의지하는데, 그의 어머니가 비교적 무력한 상태에 놓인 터라 결국 그에게 의지하는 셈이었기 때문이다.

휘파람 기술을 다시 습득하고 난 테스는 이내 더버빌 부인의 방에서 수컷 피리새들에게 휘파람을 불어주는 일이 그렇게 힘든 일이 아님을 알게 되었다. 그녀는 노래를 좋아하는 어머니한테서 이 가수들에게 딱 들어맞는 가락을 수없이 귀동냥해두었던 것이다. 양계장 뜰에서 연습할 때보다 새장 앞에서 매일 아침 휘파람을 불 때 더 큰 만족을 느낄 수 있었다. 알렉 더버빌의 존재를 의식할 필요가 없는 그곳에서, 그녀는 열심히 입술을 모아 새장 가까이에 대고 진지한 청중을 향해 편안하고 세련되게 휘파람을 불어주었다.

더버빌 부인은 무늬를 넣어 짠 천이 드리워진 사주식 침대에서 잠을 잤다. 수컷 피리새들도 같은 방에서 살았는데, 일정한 시간에 방에서 자유롭게 날아다니며 가구와 커튼에 작고 흰 반점을 만들곤 했다. 한번은 테스가 새장이 줄지어 있는 창가에서 여느 때와 다름없이 휘파람 레슨을 하고 있는데, 침대 뒤에서 부스럭거리는 소리가 들리는 것 같았다. 노마님이 방을 비운지라 얼른 몸을 돌려보니 커튼의 끄트머리에 부츠의 발가락 부분이 얼핏 보였다. 그러자 그녀의 휘파람 소리가 흐트러졌고, 몰래 귀를 기울이고 있던 사람은―그런 사람이 있었다면―발각이 났음을 눈치챘을 것이다. 그후 그녀는 매일 아침 커튼 뒤를 수색했으나 아무도 발견하지 못했다. 알렉 더버빌은 그런 식으로 매복해 있다 그녀를 놀라게 만드는 장난을 그만두기로 한 것이 분명했다.

10

어느 마을이나 특유의 성격, 기질, 그 나름의 도덕규범이 있게 마련이다. 트랜트리지 마을 주변에 사는 처녀들은 경박한 행실로 눈길을 끌었는데, 근방의 슬로프 저택을 다스리는 지도자의 영향이라고 할 수 있을 것 같다. 이곳에 좀더 만연한 고질병은 술을 많이 마신다는 것이었다. 주변의 농장에서는 저축해봐야 소용없다는 대화가 주로 오갔다. 작업복을 입은 수학자들은 쟁기나 괭이에 기댄 채 품삯을 받아 평생 저축하는 것보다 교구의 구빈 기금에 노후를 의탁하는 것이 더 낫다는 사실을 증명하려고 아주 정밀한 계산을 뽑곤 했다.

인생에 달관한 이들의 주된 즐거움은 매주 토요일 밤 일을 끝내고 2,3마일 떨어진 퇴락한 장터 마을 체이스버러에 갔다가 새벽 한시나 두시에 돌아오는 것이었다. 그들은 옛날에는 술을 직접 담가서 팔던 술집에서 이제는 전매권을 확보한 자들이 맥주랍시고 파는 이상한 합성주를 마시고 속이 좋지 않아서 일요일 내내 잠을 잤다.

테스는 상당 기간 주말 순례에 동참하지 않았다. 하지만 자신과 나이 차가 별로 나지 않는 부인들—여기서는 스물한 살만 돼도 마흔 살 일꾼만큼 품삯을 받았기 때문에 결혼을 일찍 했다—의 성화에 못 이겨 결국 가게 됐다. 그녀의 첫 나들이는 기대보다 훨씬 재미있었고, 한 주일 내내 양계장을 돌보는 단조로운 일을 하다보니 시끌벅적한 분위기에 쉽게 휩쓸렸다. 그래서 다음 주에도 갔고 그다음 주에도 계속 갔다. 단아한 데다 명랑하고, 또 무엇보다도 막 처녀 꼴이 박히는 시기라, 그녀의 등장은 체이스버러 거리에서 노닥거리는 건달들의 엉큼한 눈길을 끌기에 충분했다. 그래서 테스는 읍내로 갈 때는 혼자서 가기도 했지만, 밤이 이슥하면―집으로 돌아가는 길에 일행의 보호를 받으려고―늘 동행을 찾곤 했다.

그렇게 한두 달이 지났을 즈음, 9월 어느 토요일에 축제일과 장날이 겹쳤다. 트랜트리지의 순례자들은 이를 핑계 삼아 재미를 두 배로 보겠다고 일찌감치 길을 나섰다. 테스는 일을 하다 훨씬 늦게 떠났다. 해가 지기 직전 9월의 맑은 날 저녁 무렵이었다. 머리카락처럼 가느다란 황금빛 저녁놀이 푸른 어스름과 뒤엉켜 있고, 대기는 춤추는 수많은 날벌레들 빼고는 누구의 도움도 받지 않고 멋진 풍경을 만들어냈다. 이 어슴푸레한 대기를 숨쉬며 테스는 한가롭게 걸어갔다.

그녀는 그곳에 도착해서야 장날과 축제일이 겹쳤음을 알게 되었는데, 그때는 거의 땅거미가 내려앉을 즈음이었다. 그녀는 간단한 장보기를 끝내고 여느 때처럼 동네 사람들을 찾아 나섰다.

처음에는 찾지 못해 헤매다 이윽고 트랜트리지의 농장들과 거래하는 건초 및 토탄 도매상의 집에서 이른바 비공식 춤판이 벌어졌다는 이야기를 듣게 되었다. 그의 집은 작은 읍의 외진 곳에 있었는데, 그녀는 그쪽으로 길을 찾아가던 중에 길모퉁이에 서 있는 더버빌과 맞닥뜨렸다.

"아니, 우리 이쁜이. 이렇게 늦은 시간까지 여기 있네?" 그가 말했다.

그녀는 집으로 같이 갈 일행을 기다리고 있다고 짧게 대답했다.

"또 보자." 서둘러 뒷골목으로 들어가는 그녀의 어깨 너머로 그가 말했다.

건초 상인의 집으로 다가가자 뒤쪽 어느 건물에서 릴*에 맞춰 깽깽
이를 켜는 소리가 들렸다. 하지만 춤추는 소리는 들리지 않았다. 대개
는 발 구르는 소리에 음악 소리가 묻혀버리기 마련인데, 특이한 일이
었다. 앞문이 열려 있어서 밤의 어둠이 허락하는 한 집 안 너머 뒤뜰
까지 볼 수 있었다. 문을 두드려도 아무도 나타나지 않자 그녀는 집
안을 통과해, 소리가 들리는 바깥채로 향하는 오솔길을 따라갔다.

창고로 쓰이는 바깥채는 창문이 없는 건물이었는데, 열린 문에서
안개 같은 노란 불빛이 어둠을 헤치고 퍼져나갔다. 테스는 처음에 등
불에서 나오는 연기라고 생각했다. 그러나 가까이 가보니 바깥채 건
물에 켜놓은 촛불에 비친 자욱한 먼지였다. 먼지에 불빛이 비쳐 뒤뜰
에 펼쳐진 어둠을 배경으로 출입문의 윤곽이 드러났다.

가까이 가서 안을 들여다보고 나서야 그녀는 흐릿한 형체들이 가락
에 맞춰 펄쩍펄쩍 뛰며 춤을 추는 모습을 볼 수 있었다. 발 구르는 소
리가 들리지 않은 것은 토탄이나 그 비슷한 것들을 쌓아두면서 생긴
부스러기 가루들이 쿠션을 이뤘기 때문이다. 요란한 발길질에 먼지가
일어 사방을 뿌옇게 흐려놓았다. 곰팡내 나는 토탄과 건초의 부유물
들은 춤추는 이들의 땀과 열기와 섞여들어 식물과 인간이 함께 생성
한 일종의 꽃가루가 되었다. 소리를 죽인 깽깽이가 박자에 맞춰 스텝
을 밟는 이들의 기세와 현격한 대조를 이루면서 힘없이 가락을 이어
갔다. 그들은 춤추다 기침을 했고, 기침을 하다 웃었다. 힘차게 돌진
하는 쌍들은 높이 매단 등불만큼이나 형체를 알아보기 힘들었다. 그

---

* 스코틀랜드 고지대 사람들의 경쾌한 춤곡.

불분명함 때문에 그들은 때로 요정을 껴안는 목양신 판처럼, 수많은 시링크스를 빙빙 돌리는 수많은 목양신 판처럼, 그리고 프리아포스를 피해 달아나다 잡히고 마는 로티스처럼 보였다.*

이따금 한 쌍씩 바람을 쐬러 문간으로 나오곤 했는데, 희끄무레한 연기가 더이상 그들의 얼굴을 가리지 않자 이 반신반인(半神半人)들은 동네 사람들의 소박한 얼굴로 돌아왔다. 불과 두세 시간 만에 트랜트리지가 이렇게 미친 듯이 변신할 수 있는가!

벤치와 건초 다발에 앉아 있던 한 무리의 목양신들 중 하나가 테스를 알아보았다.

"아가씨들이 '플라워 드 루스'에서 춤추는 걸 별로 좋아하지 않으니께요." 그가 설명했다. "누구를 마음에 두고 있는지 만천하에 알리고 싶지 않아서지요. 게다가 그 집은 관절에 기름칠이 좀 됐다 싶으면 문을 닫는다고 허니께 여기 와서 술을 배달시켜요."

"그런디 집에 언제 가나요?" 조금 걱정이 된 테스가 물었다.

"이제 금세 갈 거요. 이게 끝에서 두번째 곡이라우."

그녀는 기다렸다. 춤이 끝날 무렵 일행 중 몇몇은 귀가할 생각이 있는 것 같았다. 하지만 다른 사람들은 갈 생각이 없어서 또 열을 지어 춤출 준비를 했다. 테스는 이게 분명히 마지막이겠거니 생각했다. 그녀는 초조하고 불안했다. 하지만 오랫동안 기다린 터라 계속 기다릴 수밖에 없었다. 축제일이어서 혹시 사악한 의도를 가진 건달들이 도처에 숨어 있을지 모를 일이었다. 테스는 예측할 수 있는 위험은 두렵

---

* 그리스신화의 이야기로 요정 시링크스는 목양신 판을 피해 도망가다 강의 요정의 도움을 받아 갈대로 변했고, 요정 로티스는 생식의 신 프리아포스를 피해 연꽃으로 변했음.

지 않았지만 미지의 위험은 겁이 났다. 말롯 근처라면 두려움이 덜했으리라.

"너무 걱정 마슈, 얌전한 아가씨." 얼굴이 땀에 젖은 한 청년이 기침을 하는 중간 중간 이렇게 한마디 거들었다. 밀짚모자를 뒤로 젖혀서서 모자의 테가 성자의 후광처럼 얼굴을 에워싼 청년이 덧붙였다. "뭐가 급해요? 내일이 일요일이니까, 주여 감사하나이다, 예배 볼 때 잠이나 자지 뭐. 자, 나하고 한번 돌아보실까?"

그녀는 춤추는 것을 싫어하지는 않았지만 여기서 춤추고 싶지는 않았다. 율동은 더 격렬해졌다. 빛을 내는 먼지 기둥 뒤의 깽깽이 연주자들은 때때로 엉뚱한 기러기발을 누르거나 활의 등으로 현을 켜서 변주를 했지만, 그러거나 말거나 헉헉대는 형체들은 빙빙 돌면서 앞으로 나아갔다.

그들은 파트너가 마음에 들면 다른 사람과 춤을 추지 않았다. 파트너를 바꾼다는 것은 한마디로 어느 쪽이든 만족스러운 선택을 하지 못했음을 의미했다. 그런데 이때쯤에 이르면 누구나 딱 맞는 짝을 찾았다. 황홀경과 꿈이 시작되는 시간이었다. 열정이 우주를 이루고 있어서 현실은 돌고 싶은 곳에서 돌지 못하게 하는 우연한 방해물일 따름이었다.

갑자기 땅바닥에 뭔가 쿵 부딪치는 소리가 났다. 춤을 추던 한 쌍이 넘어져서 뒤엉켜버렸다. 진행에 방해를 받은 다음 쌍도 장애물에 걸려 넘어졌다. 넘어진 사람들 주위로, 원래 방 안에 가득했던 먼지가 새로운 먼지의 원을 이뤘고, 그 안에 엉켜 있는 팔다리가 보였다.

"당신, 집에 가서 봅시다!" 뒤엉켜 있는 사람들 사이에서 여자 목소리가 튀어나왔다. 서투른 발놀림으로 이 사단을 일으킨 남자의 운수 사나운 파트너의 목소리였는데, 그녀는 최근에 결혼한 그의 부인이기도 했다. 트랜트리지의 부부들 간에 애정이 남아 있는 한 그렇게 짝을 이뤄 춤을 추는 것이 이례적인 일은 아니었다. 그리고 사실 나이가 들어서도 드문 일은 아니었다. 그래야 애정의 싹을 틔우는 수많은 독신자들이 어색한 분위기를 피할 수 있지 않겠는가.

테스의 등 뒤 어두운 뒤뜰에서 나는 커다란 웃음소리가 건물 안의 키들거리는 소리와 뒤섞였다. 고개를 돌려보니 빨간 여송연 불빛이 반짝했다. 알렉 더버빌이 거기 혼자 서 있었다. 그의 손짓에 그녀는 마지못해 그가 있는 쪽으로 뒷걸음쳐 다가갔다.

"아니, 우리 이쁜이가 여기서 뭘 하는 거야?"

그녀는 온종일 일을 하고 또 걸어온 탓에 피곤했고, 그래서 그에게 걱정거리를 털어놓았다. 밤길이 설어서 집에 갈 때 같이 가려고 좀 전에 그를 만난 뒤로 계속 기다리는 중이라고 말했다. "그런데 이 사람들 집에 갈 생각을 안 해요. 더 기다리면 안 될 것 같은데요."

"그럼 안 되지. 나는 오늘 여기 마차가 아니라 말을 타고 왔거든. '플라워 드 루스'로 오면 내가 마차를 한 대 세내어 집에 태워다줄게."

테스는 우쭐한 기분이 들기는 했지만 그에 대한 불신을 완전히 극복한 것이 아니어서 시간이 늦더라도 일꾼들과 걸어서 집에 가기로 마음먹었다. 그래서 대단히 감사하지만 폐를 끼치고 싶지 않다고 대답했다. "제가 기다린다고 해서 그런 줄 알고 있을 거예요." "그래, 독립만세 아가씨, 좋을 대로 해…… 그럼 난 서두를 것 없지…… 하느님 맙소사, 저긴 난리도 아니군!"

그는 불빛에 모습을 드러내지 않았지만 몇몇 사람들이 그를 알아보았다. 그의 출현에 일순 동작을 멈춘 사람들은 시간이 벌써 이렇게 됐나 하는 생각을 했다. 그가 다시 여송연에 불을 붙이고 자리를 뜨자 트랜트리지 사람들은 다른 농장에서 온 사람들 틈에서 빠져나와 무리를 지어 출발할 준비를 했다. 짐 보따리와 바구니를 모은 다음, 반 시간 뒤 열한시 십오분을 알리는 교회의 종이 울리자 사람들은 언덕 위 오솔길을 따라 삼삼오오 무리를 지어 집을 향해 떠났다.

집까지는 3마일을 걸어서 가야 했는데, 메마른 하얀 길이 달빛 때문에 유난히 하얗게 보였다.

맑은 공기를 마시며 때로는 이 사람들, 때로는 저 사람들과 함께 걸어가던 테스는 술을 지나치게 마신 남자들이 갈지자걸음으로 비틀거리는 것을 보았다. 여자들 중에도 무분별한 축은 걸음걸이가 흐트러졌다. 스페이드의 여왕이라고 불리는 까무잡잡하고 건장한 카 다치 — 최근까지 더버빌의 총애를 받던 여자다 — 와 다이아몬드의 여왕이라는 별명을 가진 그녀의 여동생 낸시, 그리고 이미 한 번 나동그라진 새댁이 그들이었다. 인색하고 냉정한 눈으로 보면 지금 그들의 모습이 천박하고 꼴불견이겠지만, 그들은 그렇게 생각하지 않았다. 그들은 독창적이고 심오한 생각을 가진 사람으로서 무언가의 도움을 받아 하늘로 붕 떠오르는 기분을 느끼며 길을 따라 걷고 있었다. 그들 자신과 주변의 자연이 유기체를 이루어 각 부분이 조화롭고 유쾌하게 서로의 속으로 스며들고 있다고 생각했다. 그들은 머리 위의 달과 별처럼 고양되었고 달과 별도 그들만큼 열정적인 것 같았다.

아버지의 집에서 술주정이라면 질리도록 봐온 테스는 그들이 만취했음을 깨닫자 더이상 달빛을 받으며 걷는 즐거움을 만끽할 수 없었다. 하지만 앞서 말한 이유로 그들을 따라갈 수밖에 없었다. 널찍한 큰길에서는 흩어져서 걸었지만 길이 목초지로 들어가는 출입구로 이어지면서, 또 앞장선 사람이 문을 여는 데 애를 먹으면서 한군데로 모여 서게 되었다. 앞장서 걷던 사람은 스페이드의 여왕 카였는데, 그녀의 버들가지 바구니에는 어머니의 식료품과 자신의 옷감 그리고 한 주일 쓸 물건들이 들어 있었다. 카는 바구니가 크고 무거워서 운반에 편하도록 머리에 이었는데, 양손을 허리에 얹은 채 걷는 그녀의 머리에서 바구니가 불안하게 흔들렸다.

"아니…… 등에 흘러내리는 게 뭐여, 카 다치?" 문득 일행 중 한 사람이 물었다.

모두 카를 바라보았다. 날염한 얇은 면 겉옷을 걸친 그녀의 뒤통수에서부터 허리 아래까지 중국인의 변발 비슷한 것이 밧줄처럼 내려와 있었다.

"머릿단이 흘러내린 거지." 누군가가 말했다.

머릿단이 아니었다. 바구니에서 흘러나온 검은 액체였는데, 차갑고 고요한 달빛을 받아 미끌미끌한 뱀처럼 번들거렸다.

"당밀이군." 지켜보던 한 부인이 말했다.

당밀이 맞았다. 카의 연로한 할머니가 단것을 무척 좋아했다. 꿀은 집에 있는 벌통에 지천이었지만, 할머니가 간절히 당밀을 원했기 때문에 카가 깜짝 선물로 마련한 것이었다. 급히 바구니를 내려놓은 이 까무잡잡한 아가씨는 시럽이 든 그릇이 깨졌음을 알게 되었다.

이쯤 되자 예사롭지 않은 카의 등짝을 보고 모두 한바탕 폭소를 터뜨렸다. 웃음거리가 되어 열이 뻗친 검은 여왕은 머리에 제일 먼저 떠오른 방법대로, 비웃어대는 사람들의 도움을 받지 않고 혼자 그 얼룩을 지우기로 했다. 그녀는 씩씩거리며 그들이 막 지나가려던 풀밭으로 뛰어가서 덜퍼덕 등을 대고 누웠다. 그리고 양 팔꿈치를 땅에 받치고 풀에 등을 비벼서 옷의 얼룩을 없애려고 했다.

웃음소리가 더 커졌다. 카의 우스꽝스러운 모습을 보고 포복절도하는 바람에 힘이 다 빠진 사람들은 문, 말뚝, 빗장을 부여잡고 웃어댔다. 그때까지 가만히 있던 우리 여주인공도 이런 야단법석에 따라 웃지 않을 수 없었다.

그것은 불운이었다―여러 가지 의미로. 일행의 목소리 가운데서 술에 취하지 않은 테스의 낭랑한 웃음소리가 들리자마자, 검은 여왕의 마음속에 오래 묻혀 있던 경쟁의식의 불꽃이 그녀의 분노에 불을 붙였다. 벌떡 일어난 그녀는 미움의 대상을 향해 바짝 다가섰다.

"이년아, 감히 누굴 비웃어!"

"다른 사람들이 다 웃어서 참을 수가 없었어요." 아직 웃음기가 남아 있는 테스가 사과했다.

"야, 니가 대단한 줄 아는 모양인디, 응, 지금 그분이 니한테 푹 빠졌다고! 그런디 좀 기다려보셔, 마님, 좀 기다려보시라고! 너 같은 년은 둘이 덤벼도 문제없으니께! 덤벼, 맛을 보여줄 테니!"

검은 여왕이 겉옷 윗도리를 벗기 시작하자 테스는 기겁했다―옷꼴이 우스꽝스러워서 검은 여왕은 벗는 편이 홀가분했다―마침내 그녀는 달빛 아래 그 포동포동한 목덜미와 어깨, 두 팔을 드러냈는데,

104

프락시텔레스*의 조각처럼 빛이 나고 아름다워 보였다. 흠잡을 데 없이 풍만하고 건장한 시골 처녀의 몸매였다. 그녀는 두 주먹을 불끈 쥐고 테스에게 덤벼들 기세였다.

"정말이지, 난 싸우지 않겠어요!" 테스는 위엄을 갖춰 말했다. "그렇고 그런 여자들인 줄 진작 알았다면 이런 상스러운 패거리와 어울려 수모를 당하지도 않았을 거예요!"

지나치게 여러 사람을 싸잡아 매도한 이 발언이 예쁜 테스의 불운한 머리 위로 욕설 세례를 내렸다. 특히 ─카와 마찬가지로 더버빌과 관계를 가졌다는 의혹을 산─ 다이아몬드의 여왕이 카와 합세하여 공동의 적에게 덤벼들었다. 몇몇 여자들이 적의를 드러내며 맞장구를 쳤는데, 그날 밤 흥청망청 놀지 않았다면 이렇게 어리석게 굴 여자들은 아니었다. 테스가 궁지에 몰려 혼쭐이 나는 상황에 이르자 여자들의 남편이나 애인 들이 테스를 옹호하면서 화해를 붙여보려고 했지만 곧바로 확전이 되는 결과를 낳고 말았다.

테스는 분하고 창피했다. 이제 한밤중에 혼자 걸어가는 것은 문제가 아니었다. 가능한 한 빨리 이 무리에서 벗어나야겠다는 생각뿐이었다. 무리에서 좀 나은 축은 다음 날이면 성질낸 것을 후회하리라는 사실을 그녀는 잘 알았다. 그들은 이제 모두 목초지에 들어와 있었고, 테스는 혼자 가버리려고 뒷걸음을 쳤다. 그때 말을 탄 사나이가 길가 산울타리 모퉁이에서 불쑥 나타났다. 알렉 더버빌이 그들을 두루 내려다보았다.

---

* 기원전 4세기 그리스의 유명한 조각가.

"자네들, 웬 난리법석인가?" 그가 물었다.

아무도 선뜻 설명하려고 나서지 않았다. 그리고 사실 대답을 듣고자 물은 것도 아니었다. 약간 떨어진 거리에서 슬그머니 다가오는 동안 그들의 말소리를 들었기 때문에 내용은 알 만큼 알고 있기도 했다.

테스는 일행과 떨어져서 문 옆에 서 있었는데, 그가 그녀 쪽으로 몸을 숙였다. "내 뒤에 올라타." 그가 나지막하게 속삭였다. "순식간에 저 악다구니 고양이떼한테서 벗어날 수 있을 테니까."

그녀는 기절할 지경이었다. 그만큼 위기감이 생생했던 것이다. 이전에도 여러 번 거절했듯이 여느 때의 테스라면 이런 도움과 동행의 제안을 거절했을 테고, 혼자라는 사실도 달리 결정하게 만드는 요인이 되지 않았을 것이다. 하지만 발로 굴러 뛰어오르기만 하면 적에 대한 공포와 분노를 승리로 바꾸어놓을 수 있는 결정적 순간에 이런 제안이 나왔기 때문에 그녀는 충동에 몸을 맡기고 목초지 출입문 판자를 발판 삼아 발가락으로 그의 발등을 딛고 그의 등 뒤 안장에 기어올랐다. 싸움을 하던 취객들이 무슨 일이 일어났는지 깨달을 즈음 두 사람은 멀리 어둠 속으로 사라졌다.

옷에 묻은 얼룩도 잊은 스페이드의 여왕은 다이아몬드의 여왕과 함께 비틀거리는 새댁 옆에 섰다. 그들 모두 길 위의 말발굽 소리가 정적 속으로 사라져가는 방향을 뚫어지게 응시했다.

"뭘 그렇게 봐?" 그 작은 사건을 목격하지 못한 남자가 물었다.

"호호호!" 검은 얼굴의 카가 웃었다.

"히히히!" 술고래 새댁이 사랑에 푹 빠진 남편의 팔에 기대 웃었다.

"흐흐흐!" 카의 어머니가 웃었다. 코밑수염을 쓰다듬으며 그녀는 상황을 간명하게 요약했다. "프라이팬에서 불로 뛰어들었구먼!"

그러고 나서—술을 아무리 과하게 마셔도 영구적인 해는 입을 것 같지 않은—이 야외의 자손들은 목초지에 난 오솔길로 발길을 옮겼다. 그리고 그들이 걸어가는 동안 머리 그림자의 주변에는 반짝이는 이슬에 달빛이 내려앉아 생겨난 젖빛 동그라미가 계속 따라다녔다. 걸어가면서 각자 자신의 후광밖에 볼 수 없었고, 그 후광은 머리 그림자가 아무리 천박스럽게 흔들려도 그 곁을 떠나지 않고 따라다니며 한결같이 아름답게 꾸며주었다. 마침내 그 예측불허의 움직임이 후광의 고유한 속성이고, 그들이 내뿜는 입김은 밤안개의 일부인 것처럼 보였다. 그 장면의 정령과 달빛의 정령 그리고 자연의 정령이 술의 정령과 조화를 이뤄 하나가 된 것 같았다.

11

둘은 한참 동안 아무 말 없이 천천히 말을 달렸다. 그를 부여잡은 테스는 승리감에 여전히 숨을 거칠게 몰아쉬면서도 불안한 구석이 없지 않았다. 지금 탄 말이 그가 가끔 타는 사나운 말이 아님을 확인한 뒤라 그 문제로는 불안할 게 없었지만, 그를 꼭 붙잡고 있음에도 앉은 자리가 워낙 위태로웠기 때문이다. 테스가 천천히 가자고 청하자 알렉은 그 말을 따랐다.

"멋지게 해치웠지, 안 그러냐, 테스?" 잠시 후 그가 말했다.

"그래요! 정말 감사하다고 말씀드려야겠네요."

"정말 감사한 거야?"

그녀는 대답하지 않았다.

"테스, 넌 왜 내가 키스하면 언제나 싫어하니?"

"그건 — 나리를 사랑하지 않으니까요."

"확실해?"

"어떨 때는 화가 나기도 해요."

"아, 내가 걱정한 대로군." 하지만 알렉은 그녀의 고백에 싫은 내색을 하지 않았다. 그래도 냉담한 것보다는 낫다는 게 그의 생각이었다. "나 때문에 화가 나면 화가 난다고 왜 말하지 않았어?"

"왜 못 하는지 잘 아시면서요. 여기서는 제 기분대로 살 수 없잖아요."

"내가 이쁘다고 집적거려서 기분 나쁠 때가 많았니?"

"때로는요."

"몇 번이나?"

"잘 아시잖아요, 너무 여러 번요."

"내가 그럴 때마다 기분이 나빴던 거야?"

테스는 침묵을 지켰다. 저녁 내내 골짜기에 드리운, 희뿌연 빛을 발하던 안개가 사방으로 퍼지면서 그들을 에워쌌다. 안개가 달빛을 부유(浮遊)하게 만들어 맑은 공기에서보다 달빛이 더 널리 퍼졌다. 그래서인지 아니면 얼이 반쯤 나가서인지, 그것도 아니면 졸려서인지, 테스는 큰길에서 트랜트리지로 들어가는 샛길을 오래전에 지나쳤음을 — 그녀의 안내자가 그 길을 택하지 않았음을 — 깨닫지 못했다.

그녀는 형용할 수 없을 정도로 피곤했다. 그주 내내 다섯시에 일어나 매일 종종걸음을 쳤고, 게다가 오늘 저녁에는 체이스버러까지 3마일을 걸었고, 빨리 돌아갔으면 하는 마음에 세 시간을 먹지도 마시지도 않은 채 마을 사람들을 기다렸던 것이다. 그리고 집으로 가려고 1마일을 걸어오다 싸움에 휘말려 기운을 뺐는데, 말이 속도를 내지 않는 바람에 새벽 한시가 다 되어갔다. 하지만 그녀가 정말 졸음에 빠져든 적은 단 한 번이었다. 그 망각의 순간에 그녀의 머리는 설풋 그의 등에 묻혔다.

더버빌은 말을 멈춰 세운 다음 등자에서 발을 빼고 안장에 앉은 채로 몸을 돌렸다. 그리고 부축할 양으로 그녀의 허리를 안았다.

이에 즉각 방어적으로 변한 테스는 충동적으로 반격을 가하는 성정에 따라 그를 밀어냈다. 자세가 불안정했던 그는 균형을 잃고 말에서 떨어질 뻔했지만, 길바닥에서 나뒹구는 것을 간신히 면했다. 그의 말이 타던 말 중 가장 힘이 좋고 얌전한 놈이었던 것이 천행이었다.

"너 정말 못됐다!" 그가 말했다. "널 어쩌려고 그런 게 아닌데 — 말에서 떨어질까봐 그런 거야."

테스는 의심스럽기는 했지만 곰곰이 생각해보니 그 말이 사실일 수도 있다 싶어 마음을 누그러뜨리고 공손하게 사과했다. "용서를 빕니다, 나리."

"이런 괘씸한! 네가 날 신뢰한다는 사실을 입증하지 않는 한 용서 못 하겠다." 그가 버럭 소리를 질렀다. "너같이 건방진 계집애한테 퇴박을 맞고, 내가 무슨 꼴이냐? 넌 거의 석 달 동안 날 갖고 놀면서 요리조리 피하고 면박을 줬잖아. 더는 못 참아!"

"내일 일을 그만두겠습니다, 나리."

"안 돼, 내일 못 그만둬! 다시 한 번 부탁하는데 내 팔에 안겨서 나를 믿는다는 표시를 보여줄 수 없겠냐? 자, 지금 우리 둘뿐이고 아무도 없잖아. 우리 서로 잘 알게 되었고, 내가 널 사랑하고, 너를 세상에서 제일 예쁘다고 생각한다는 걸 — 제일 예쁜 게 사실이지만 — 너도 알고 있잖냐. 널 애인으로 생각하면 안 되겠니?"

반대의 뜻으로 토라진 것처럼 빠른 한숨을 내뱉은 테스는 자리가 불편한 듯 몸을 비틀었다. 그리고 멀리 앞을 바라보면서 중얼거렸다. "모르겠어요 — 제가 원하는 건 — 어떻게 좋다 싫다 말할 수 있겠어요, 이런 상황에서?"

그는 원했던 대로 그녀를 팔로 감싸안음으로써 이 문제를 일단락 지었고, 테스도 더는 싫은 내색을 하지 않았다. 그들은 이런 자세로 느릿느릿 앞으로 향했는데, 테스는 문득 터무니없이 긴 시간이 흘렀다는 생각이 떠올랐다. 말을 걸렸다 하더라도 체이스버러에서 집까지 거리가 멀지 않음을 감안하면 너무 긴 시간이 지난 셈이다. 그것도 큰길이 아니라 오솔길로 가고 있었다. "어머, 여기가 어디예요?" 그녀가 외쳤다.

"숲을 지나는 중이지."

"숲이라니요, 무슨 숲요? 정말 큰길을 벗어난 거예요?"

"체이스 숲의 일부지. 영국에서 제일 오래된 숲이야. 아름다운 밤인데, 좀더 말을 타고 가는 게 어때?"

"어쩜 이렇게 속일 수 있어요!" 장난스럽게 말했지만 진짜 당황한 테스는 말에서 떨어질 위험을 무릅쓰고 그의 손가락을 하나씩 떼어내 그의 팔을 풀었다. "아까 밀쳐낸 게 잘못이라는 생각에 나리를 믿기로 하고 기분을 맞춰드렸는데. 내려주세요, 집에 걸어가겠어요."

"맑은 날이라도, 내 사랑, 집으로 걸어가는 것은 당치 않아. 여기는 트랜트리지에서 상당히 멀리 떨어진 곳이라고 말하지 않을 수 없군. 이렇게 안개가 짙어지면 몇 시간이고 나무들 사이에서 헤매고 다녀야 할걸."

"상관 마세요." 그녀가 설득했다. "제발 내려주세요. 어디라도 상관 없으니 제발 내려만 주세요!"

"정 그렇다면 내려주지. 그런데 한 가지 조건이 있어. 널 이렇게 외딴곳으로 끌고 왔으니 안전하게 집으로 안내할 책임이 있다고 생각한다. 혼자 힘으로 트랜트리지로 돌아간다는 건 거의 불가능해. 솔직히 말해 안개가 모든 것을 덮어버려서 나도 우리가 지금 어디 있는지 알 수가 없어. 내가 덤불숲을 헤치고 길이든 인가든 찾아 우리 위치를 확인할 때까지 말 옆에서 기다리겠다고 약속하면 기꺼이 여기 두고 갈게. 돌아와서 너에게 집을 찾아가는 길을 자세히 알려줄 테니 그때도 걸어가겠다고 고집하면 그렇게 하고, 말을 타고 가겠다고 하면 그것 역시 좋으실 대로 하고."

그녀는 이런 조건을 받아들였고 가까운 쪽으로 미끄러져 내렸다. 하지만 그전에 그는 서둘러 키스를 훔쳤고, 다른 쪽으로 뛰어내렸다.

"고삐를 잡고 있어야 할까요?" 그녀가 말했다.

"아, 아니. 그럴 건 없어." 헐떡거리는 짐승을 쓰다듬으면서 알렉이 대답했다. "오늘은 너무 붙잡고 있었거든."

그는 말머리를 덤불숲 쪽으로 향하게 하고 말을 큰 가지에 매어놓은 다음 낙엽이 수북이 쌓인 곳에, 말하자면 잠자리 겸 안식처를 마련해주었다. "자, 여기 앉아." 그가 말했다. "아직 낙엽이 축축해지지 않았어. 가끔 말에 눈길을 주고. 그것으로 충분해."

그는 몇 걸음을 옮기다 말고 돌아와서 말했다. "그런데 말이야, 오늘 테스네 아버지가 새 말을 한 필 갖게 되셨지. 누가 주었다나봐."

"누가요? 나리지요!"

더버빌이 고개를 끄덕였다.

"그렇게 큰 은혜를 베푸시다니!" 바로 이 시점에 그에게 감사를 해야 한다는 사실이 어색하고 불편했지만 그녀는 소리치지 않을 수 없었다.

"아이들은 장난감을 갖게 되었고."

"전 몰랐어요, 집에 뭘 보냈다는 걸!" 그녀는 매우 감격해서 중얼거렸다. "보내지 않았더라면, 그래요, 보내지 않았더라면 하는 생각이 들기도 하네요."

"왜 그러는데, 응?"

"그건— 갚아야 할 빚이니까요."

"테시, 이제 내가 조금 좋아지지 않았어?"

"감사한 마음이에요." 그녀가 마지못해 인정했다. "하지만 좋아하는 것 같지는—" 자신에 대한 그의 열정이 이런 결과로 이어졌다는 갑작스러운 통찰에 괴로운 나머지 한 줄기 눈물이 주르르 흐르더니 또 한 줄기, 그러다 테스는 엉엉 울기 시작했다.

"울지 마, 응, 착하지! 자 여기 앉아서 내가 올 때까지 기다려." 그녀는 시키는 대로 그가 모아놓은 낙엽 위에 앉아서 몸을 약간 떨었다. "춥니?" 그가 물었다.

"그렇게 춥지는 않아요. 약간."

그가 손가락을 그녀의 몸에 대자 깃털 이불처럼 쑥 들어갔다. "바람이 숭숭 통하는 모슬린 옷만 입었네. 어떻게 된 거야?"

"이게 제 여름 나들이옷이에요. 집을 나설 때는 꽤 따뜻했고, 한밤중에 말을 타고 다닐 줄은 몰랐지요."

"9월에도 밤은 추워. 어디 보자." 그는 입고 있던 가벼운 외투를 벗어서 그녀의 어깨를 다정하게 덮어주었다. "됐다, 이제 좀 따뜻해질 거야. 자, 우리 이쁜이, 여기서 쉬고 있어. 곧 돌아올 테니."

그는 테스의 어깨를 덮은 외투의 단추를 채워주고, 이제 나무들 사이에 베일을 만든 수증기의 휘장으로 뛰어들었다. 그가 가까운 비탈을 올라가는 동안 나뭇가지들이 스치는 소리가 들렸지만, 결국 새가 깡충 뛰는 소리만큼 희미해지더니 이윽고 들리지 않게 되었다. 달이 지면서 희미한 빛도 줄어들었고, 그가 그녀를 남겨놓고 떠난 낙엽 위에서 몽상에 빠져든 테스의 모습도 보이지 않게 되었다.

한편 그들이 체이스 숲의 어디쯤 있는지 정말 몰랐던 알렉 더버빌은 위치를 확인하려고 계속 비탈길을 올랐다. 사실 그는 한 시간이 넘게 무작정 말을 몰았다. 테스와 같이 있는 시간을 연장하기 위해 길이 갈라지는 곳마다 꺾어들었고, 길가의 지형지물보다 달빛을 받은 테스의 모습에 한눈을 팔았던 것이다. 혹사를 당한 말도 좀 쉬게 하려고 경계표를 찾으려 조바심을 치지 않았다. 비탈을 올라 이어지는 골짜기로 들어서니 눈에 익은 큰길의 울타리에 닿았고, 그것으로 위치 문제는 해결되었다. 그 지점에서 더버빌은 돌아섰다. 하지만 이때쯤 달빛은 완전히 사라졌고 게다가 안개가 자욱이 끼어서—곧 동이 틀 터였지만—체이스 숲은 짙은 어둠에 싸였다. 나뭇가지에 부딪치지 않으려면 양팔을 벌리고 앞으로 나아가야 했는데, 처음에는 자신이 출발한 바로 그 지점으로 돌아갈 수 없을 것만 같았다. 오르락내리락 이리저리 헤매고 돌아 마침내 가까이서 말이 움직이는 소리를 듣게 되었다. 그러다 자기 외투의 소매에 발이 걸려 넘어질 뻔했다.

"테스!" 더버빌이 말했다.

대답이 없었다. 사방이 너무 깜깜해서 발밑의 어슴푸레 희미한 무엇—그가 낙엽 위에 남겨놓은, 흰 모슬린 옷을 입은 여자의 형상—말고는 아무것도 보이지 않았다. 그 밖의 모든 것은 칠흑같이 어두웠다. 몸을 숙이자 새근거리는 고른 숨소리가 들렸다. 그는 무릎을 굽혀 따뜻한 숨결이 얼굴에 닿을 때까지 몸을 숙였고, 곧 그의 뺨이 그녀의 뺨에 닿았다. 그녀는 깊이 잠들었고 속눈썹에 눈물방울이 남아 있었다.

어둠과 적막이 사위를 지배했다. 그들 위로 체이스 숲의 태곳적 주목과 떡갈나무가 솟아 있었고, 나뭇가지에는 고요히 잠자리에 든 새들이 마지막 단잠에 빠져 있었고, 나무 사이로 여러 종류의 토끼들이 슬그머니 오갔다. 그렇다면 누군가 물을지 모르겠다. 테스의 수호천사는 어디 있었는가? 그녀가 소박하게 믿은 하느님은 어디 있었는가? 비꼬기 좋아하는 티스베 사람이 말했던 그 다른 신*처럼, 하느님은 이야기를 하고 있었거나, 잠깐 나갔거나, 여행중이었거나, 잠이 들었는데 깨울 수 없었던 것 아닐까.

---

* 「열왕기상」 18장 27절. 티스베 출신의 예언자 엘리야가 조롱한 바알 신을 가리킴.

어찌하여 이 아름답고 연약한 몸에, 얇은 비단처럼 섬세하고 아직까지는 눈처럼 깨끗하다고 해야 할 몸에 그렇게 천박한 무늬가 새겨져야만 했을까. 어찌하여 이렇듯 천박한 것이 순수한 것을 차지하고, 잘못된 남자가 여자를, 잘못된 여자가 남자를 차지하는 것일까. 이에 대해 지난 수천 년간 철인적 태도로 분석을 거듭해왔으나 우리가 납득할 만한 설명의 체계를 세우는 데 실패했다. 혹자는 현재의 파국에서 인과응보를 읽어낼지 모른다. 테스 더버빌의 갑옷 입은 조상들 중 전투를 마치고 신나서 집으로 돌아가다 그 시대의 시골 처녀들에게 똑같은 일을 더 무자비하게 자행한 이들이 있었음에 틀림없다고. 하지만 조상의 죗값을 후손이 치르는 것이 신들에게는 걸맞은 도덕률일지 모르나 평균적인 인간의 성정으로는 받아들이기 힘들다. 그러므로 그렇게 설명한다고 해서 나아질 것은 없다.

저 아래 외딴 마을에 사는 테스의 이웃들이 늘 숙명론에 따라 서로에게 말하듯, "그렇게 될 수밖에 없었다." 그래서 더 딱한 노릇이었다. 이 일을 겪고 난 우리의 여주인공과 트랜트리지의 양계장에서 운명을 개척해보려고 어머니의 집을 나선 이전의 그녀 사이에 메울 수 없는 사회적 간극이 생긴 것이다.

제2단계

처녀 이후

12

바구니는 무겁고 보따리는 컸다. 하지만 그녀는 물질적인 것은 특별히 짐으로 생각하지 않는 사람처럼 터벅터벅 걸었다. 가끔 기계적으로 걸음을 멈추고 문이나 푯말이 있는 데서 휴식을 취하고는 짐 보따리를 통통한 팔로 홱 들어올려 다시 착실하게 앞을 향했다.

테스가 트랜트리지에 온 지 넉 달가량, 체이스 숲에서 일을 당하고 몇 주 지난 10월 말의 일요일 아침이었다. 날이 샌 지 얼마 안 되는 시각이라 그녀의 등 뒤 지평선 위에 걸린 금빛 햇살이 그녀를 마주한 산등성이를 환하게 비추었다. 이 산등성이는 그녀가 최근까지 외지인으로 살던 골짜기의 관문이었고, 그래서 고향으로 돌아가려면 이 산을 넘어야 했다. 산등성이의 이쪽 면은 경사가 완만했고, 토양과 풍경은 블레이크모어 골짜기와 많이 달랐다. 두 곳을 연결하는 외곽 철도의 통합 효과에도 불구하고 양쪽 마을 사람들의 성격과 말투에는 약간의 차이가 있었다. 그래서 그녀는 고향 마을이 —트랜트리지와 불과 20마일 거리였지만— 아주 먼 것처럼 느껴졌다. 블레이크모어 골짜기에 갇혀 사는 농사꾼들은 서쪽 북쪽과 거래를 했고, 여행과 연애와 결혼도 서쪽 북쪽과 했고, 생각도 서쪽 북쪽 방향으로 했다. 이쪽에 사는 사람들의 활동과 관심은 주로 동쪽과 남쪽을 향했다.

이 언덕길은 6월의 그날 더버빌이 그녀를 태우고 그렇게 난폭하게 말을 몰았던 바로 그 내리막길이었다. 테스는 남은 오르막길을 쉬지 않고 걸어서 산마루에 도달하고 난 다음에야 안개에 반쯤 가려진 낯익은 푸른 지대를 내려다보았다. 여기서 보면 언제나 아름다운 풍경이었지만 테스에게는 오늘따라 더 아름다워 보였다. 그 풍경을 마지막으로 본 뒤 그녀는 새가 아름답게 노래하는 곳에 독사가 똬리를 틀고 있음을 배웠고, 이런 교훈에 따라 그녀의 인생관은 완전히 바뀌었다. 고개를 숙이고 조용히 그 자리에 서 있던 테스는 고향에서 살던 순진한 소녀와는 정말이지 다른 사람이 되고 말았다는 생각에 고개를 돌려 뒤를 돌아보았다. 차마 고향의 골짜기를 똑바로 볼 수 없었던 것이다.

자신이 막 힘들게 걸어 올라온 길게 뻗은 하얀 길을 이륜마차가 올라오는 것이 보였다. 한 남자가 그 옆을 따라 걸어오면서 그녀의 주의를 끌려고 손을 흔들었다.

그녀는 아무 생각 없이 편안하게 손짓에 따라 기다렸고, 몇 분 후에 남자와 마차가 그녀 옆에 멈춰 섰다.

"이렇게 몰래 도망가야 하는 이유가 뭐야?" 더버빌이 숨을 몰아쉬며 나무랐다. "그것도 사람들이 모두 잠든 일요일 새벽에! 우연히 네가 사라진 걸 알고 따라잡으려고 곧바로 말을 몰고 왔어! 이 말 꼴 좀 봐라! 왜 이런 식으로 가는 거야? 널 못 가게 막는 사람은 없다는 걸 알면서. 무거운 짐을 들고 이렇게 힘들여 걸어갈 필요는 없잖아! 돌아오지 않겠다면 남은 길이나마 태워주려고 미친놈처럼 마차를 몰았단 말이야."

"돌아가지 않아요." 그녀가 말했다.

"그럴 줄 알았어, 내가 그렇게 말했잖아! 자, 그럼 짐을 올려놔. 마차에 올라타게 도와줄 테니."

그녀는 무심하게 바구니와 짐 보따리를 이륜마차에 싣고 올라타 그와 나란히 앉았다. 이제 그가 두렵지 않았다. 하지만 그녀의 이런 자신감의 근거에는 슬픔이 놓여 있었다.

더버빌은 기계적으로 여송연에 불을 붙였고, 길가에서 흔히 볼 수 있는 것들을 화제로 무미건조한 대화를 간헐적으로 이어가며 여행을 계속했다. 그는 초여름에 이 길의 반대편을 달리면서 그녀에게 키스하려고 애썼던 일을 완전히 잊어버렸다. 하지만 그녀는 잊지 않았고, 꼭두각시처럼 앉아서 그의 말에 단답형으로 대답했다. 몇 마일을 더 가자 말롯 마을 입구의 덤불숲이 보였다. 그제야 그녀의 굳은 얼굴에 감정이 조금 나타났고 눈물이 한두 방울 흘렀다.

"왜 울어?" 그가 차갑게 물었다.

"저기서 태어났다는 생각을 했을 뿐이에요." 테스가 나지막하게 대답했다.

"그래, 우리 모두 어디선가 태어나지."

"태어나지 않았더라면 좋았을걸, 저기서든 어디서든."

"흥! 그럼 트랜트리지에 오지 않았으면 좋았을걸 왜 온 거야?"

그녀는 대답하지 않았다.

"내가 좋아서 온 건 아니지, 맹세코 아니야."

"맞아요. 당신이 좋아서 갔거나 내가 진심으로 당신을 사랑한 적이 있거나 지금도 사랑한다면, 우유부단했던 내가 이렇게 싫거나 밉지 않을 거예요!…… 그냥 잠깐 눈이 멀었고 그게 전부예요."

그는 어깨를 으쓱했고 그녀는 말을 이었다.

"당신의 속셈이 뭔지 알게 되었을 땐 너무 늦었어요."

"여자들은 모두 그렇게 말하지."

"어떻게 감히 그런 말을 할 수 있어요!" 그를 향해 홱 돌아서며 그녀가 소리쳤다. 잠재한 불같은 성질이 깨어나면서 ─ 훗날 그는 그녀의 이런 면모를 더 보게 될 텐데 ─ 두 눈에 불꽃이 일었다. "정말이지, 때려눕혀 마차에서 곤두박질치게 만들 수도 있어요! 모든 여자들이 그렇게 말하더라도 어떤 여자들은 진심이라는 생각을 안 해봤어요?"

"알았어." 그가 웃으며 말했다. "너한테 상처를 줘서 미안하다. 내가 잘못했어, 인정한다." 그는 말을 이어가며 다소 씁쓸한 속내를 드러냈다. "그렇다고 언제까지 내 면상에 대고 힐난만 할 거야. 난 동전 한 닢까지 보상할 준비가 되어 있다고. 넌 이제 들판이나 목장에서 일하지 않아도 돼. 요즘 넌 네가 버는 것 이상으로는 리본 하나도 가져서는 안 된다는 듯 꾸미지도 않고 허름하게 입고 다니는데, 최고급 옷을 입을 수 있다는 걸 너도 알잖아."

천성이 너그럽고 직설적이어서 냉소적이 되는 경우가 거의 없는 테스의 입이 약간 일그러졌다. "전에도 말했지만 당신한테서 아무것도 더 받지 않겠어요. 난―그럴 수 없어요! 계속 받기로 들면 당신 여자로 살아야 하는데 그거 안 할래요!"

"네가 하는 양을 보면 진짜 원조 더버빌에 한술 더 떠 공주님이라고들 하겠다. 하하! 그렇다면 테스야, 더 말하지 않겠다. 난 나쁜 놈인가봐. 정말 나쁜 놈이야. 나쁜 놈으로 태어나서, 나쁜 놈으로 살아왔고, 또 죽을 때까지 그렇게 살겠지. 하지만 이미 타락한 내 영혼을 걸고 맹세하는데, 너한테 다시 나쁜 짓을 하지 않을게. 테스, 혹 어떤 상황에 처해서―무슨 말인지 알겠지―조금이라도 뭐가 필요하다든가 어려움이 있든가 하면 나한테 편지 한 줄만 보내. 네가 요구하는 건 뭐든지 보내줄게. 나 트랜트리지에는 없을 거야. 당분간 런던에 가 있으려고 해. 우리 노친네를 더는 견딜 수가 없거든. 하지만 편지는 모두 전해 받을 테니까."

테스가 내리겠다고 하자 더버빌은 덤불숲 근처에서 마차를 세웠다. 마차에서 내린 그가 그녀를 팔로 안아 내렸고, 그다음 짐들을 그 옆에 부렸다. 테스는 가벼운 목례를 하고 잠시 그에게 눈길을 주더니 갈 길을 가려고 짐을 들었다.

알렉 더버빌은 여송연을 입에서 떼며 그녀를 향해 말했다. "그렇게 가버리면 안 되지, 응? 이리 와!"

"원한다면." 그녀는 아무래도 좋다는 듯 말했다. "날 잘도 길들였네요!" 이렇게 말하고 그녀는 돌아서서 옆얼굴을 대주었고, 그가 그녀의 빰에 키스를―반쯤은 형식적으로, 반쯤은 열정적으로―하는 동안 대리석 조각처럼 미동도 없이 서 있었다. 그가 무엇을 하는지 거의 의식하지 않는 듯 그녀의 눈길은 막연하게 제일 멀리 서 있는 나무에 머물렀다.

"이번에는 저쪽 — 옛정을 생각해서."

초상화가나 미용사의 요구에 따르듯 테스는 여전히 수동적으로 고개를 돌렸고, 그는 그쪽 뺨에도 키스했다. 그의 입술이 주변 들판에 난 버섯의 표면처럼 축축하고 매끄럽고 차가운 그녀의 뺨에 닿았다.

"입술은 주지 않고 답례로 키스도 하지 않는군. 넌 절대 자진해서 그런 적이 없지. 넌 날 절대 사랑할 수 없으려나보다."

"사랑할 수 없다고 몇 번이고 이야기했잖아요. 사실이에요. 당신을 정말 사랑한 적이 없고, 앞으로도 사랑할 수 없을 것 같아요." 그녀는 쓸쓸하게 덧붙였다. "지금 이 상황에서 사랑한다고 거짓말하는 것이 나한테는 제일 이로울 거예요. 하지만 그런 거짓말을 하지 않을 만큼의 자존심이 — 보잘것없는 자존심이지만 — 남아 있어요. 내가 당신을 사랑한다면 당신에게 그 사실을 알려야 할 좋은 이유가 있다고 해야겠지요. 하지만 사랑하지 않아요."

이 장면이 그의 심장, 아니면 그의 양심, 아니면 그의 훌륭한 가문에 압박을 가하는 듯 더버빌은 괴로운 한숨을 토해냈다. "그래. 지나치게 우울해할 건 없다, 테스. 이제 와서 내가 너한테 듣기 좋은 말을 할 이유도 없으니까 솔직하게 털어놓는 건데, 너 그렇게 슬퍼할 필요 없어. 귀족이고 평민이고 이 근방에서 예쁜 걸로 치면 넌 누구한테도 밀리지 않아. 세상물정을 알 만큼 아는 나로서는 네가 잘됐으면 하는 마음에서 하는 말인데, 미모가 시들기 전에 이제부터 세상에 얼굴을 알리는 게 현명한 일이야…… 그런데 테스, 나한테로 돌아오지 않을 래? 정말이지 널 이런 식으로 보내고 싶지 않구나!"

"절대로, 절대로 안 돼요! 진작 알았어야 할 걸 알게 된 순간 결심한 거예요. 난 안 돌아가요."

"그럼 잘 가라, 넉 달 동안의 사촌동생아. 안녕!"

그는 가볍게 마차에 올라타 고삐를 추스르더니 빨간 열매가 달린 산울타리 사이로 사라졌다.

테스는 그가 가는 모습을 지켜보지 않고, 꾸불꾸불한 오솔길을 따라 천천히 걸었다. 아직도 이른 시간이었다. 해가 막 언덕 위로 솟아올랐지만, 햇살은 따뜻하지도 따갑지도 않아서 아직까지는 눈으로만 확인될 뿐 피부로 와닿지 않았다. 근처에 사람이라고는 한 명도 없었다. 오로지 구슬픈 10월과 그보다 더 구슬픈 자신만이 그 오솔길을 찾은 것 같았다.

그렇게 걸어가고 있는데 테스의 등 뒤로 남자의 발소리가 들렸다. 워낙 활기찬 걸음걸이라 그녀가 뒤에 사람이 있음을 의식하자마자 곧 그녀를 따라잡아 "좋은 아침"이라고 말을 걸었다. 어떤 직종인지는 몰라도 숙련공처럼 보였고 손에 붉은색 페인트 깡통을 들고 있었다. 그는 사무적인 어조로 바구니를 들어줄까 물었고, 그녀는 그러라고 하고 그와 함께 걸었다.

"주일 아침인데 일찍 서둘렀나보이." 그가 쾌활하게 말했다.

"네." 테스가 말했다.

"대부분 주중에 일하면서 쌓인 피로를 풀 때인데."

그녀는 거기에도 동의했다.

"나로 말하자면 주중보다는 주일인 오늘 더 진짜 일을 하는 셈이지만."

"그러세요?"

"주중에는 인간의 영광을 위해 일하고, 주일에는 신의 영광을 위해 일한다우. 그게 더 진짜 아닌가. 흠, 여기 판자 계단에서 할 일이 좀 있는데." 남자는 말하면서 목초지 출입구가 난 길가로 몸을 돌렸다. "잠깐 기다려주구려." 그가 덧붙였다. "오래 걸리지는 않을 테니."

그가 바구니를 갖고 있었으니 달리 어찌할 수도 없어서 그녀는 그를 지켜보며 기다렸다. 그는 바구니와 페인트 깡통을 내려놓더니 그 안에 있는 붓으로 페인트를 휘저어 계단을 이루는 세 개의 판자 중 가운데 것에 대문자로 크게 글자를 쓰기 시작했다. 읽는 사람의 마음속 깊이 가서 박힐 시간 여유를 주기 위해 단어 하나마다 쉼표를 찍었다.

그들은, 반드시, 파멸당할, 것입니다.
「베드로의 둘째 편지」 2장 3절

평화로운 풍경, 쇠해가는 잡목 숲의 바랜 색조, 지평선의 푸른 대기 그리고 이끼 긴 판자 계단을 배경으로 이 주홍빛 글자들이 눈에 확 들어왔다. 글자들이 소리를 질러 대기에서 메아리치는 것 같았다. 한때 인류에게 공헌한 교의(敎義)가 그 마지막 기괴한 단계에 이르러 끔찍하게 훼손된 것을 보고, 혹자는 "오호라, 가련한 신학이여!"라고 탄식할지 모르겠다. 하지만 이 단어들은 비난의 손가락질로 테스의 마음에 공포를 불러일으켰다. 이 남자가 최근에 그녀에게 벌어진 일을 알고 있는 것만 같았다. 그러나 생면부지였다.

성경 구절을 쓰고 난 그는 그녀의 바구니를 집어들었고, 그녀도 기계적으로 그와 계속 동행했다.

"페인트로 쓰신 걸 믿으세요?" 그녀는 낮은 목소리로 물었다.

"저 말씀을 믿느냐고? 나의 존재를 믿는 것만큼!"

"하지만," 그녀가 떨리는 목소리로 말했다. "죄를 일부러 저지른 게 아니라면요?"

그는 고개를 저었다. "그런 중요한 문제에 관해 이러쿵저러쿵할 생각은 없수. 올여름 이 지역 사방을 수백 마일이고 걸어서, 담벼락이고 문이고 판자 계단이고 할 거 없이 성경 구절을 페인트로 적었다우. 어떻게 해석하느냐는 읽는 사람들의 마음에 달렸지."

"끔찍한 성경 구절이에요!" 테스가 말했다. "억압적이고 절망적이에요!"

"바로 그런 효과를 노린 거지!" 그가 장사치의 목소리로 대답했다. "내가 슬럼가나 항구에 적어놓는 제일 센 성경 구절을 읽어야 하는데. 덜덜 떨면서 움츠러들지 않을 수 없을걸. 물론 시골에서는 이 정도면 적당하지…… 아, 저기 헛간 옆에 텅 빈 벽이 아무 쓸모 없이 서 있군. 저기에도 하나 적어넣어야겠네. 유혹에 빠지기 쉬운 댁 같은 젊은 처녀들의 주의를 환기하는 데 좋을 구절로. 기다리려우, 아가씨?"

"아니요." 그녀가 말했다. 그리고 바구니를 받아 들고 터벅터벅 걸었다. 조금 가다 그녀는 고개를 돌렸다. 낡은 회색 벽은 처음 것과 비슷한 불타는 글자들을 광고하기 시작했다. 이전에는 떠맡은 적이 없는 임무 때문에 괴로운 듯 벽은 낯설고도 불편한 분위기를 풍겼다. 반쯤 적혀 있는 글자들을 따라 읽다 그가 무엇을 쓰려고 했는지 깨닫고 그녀는 갑자기 얼굴이 달아올랐다.

너희는, 간음하지,

그 쾌활한 길동무는 그녀가 지켜보는 모습을 보고 페인트칠을 멈추더니 큰 소리로 이렇게 말했다.

"이 중차대한 문제에 대해 가르침을 얻고 싶으면, 아가씨가 향해 가는 교구의 자선 설교회에서 오늘 에민스터의 클레어 씨라고 아주 훌륭한 분이 말씀을 전하신다우. 지금은 내가 그분과 다른 교파인데, 아주 좋은 분이고 내가 아는 어떤 신부님보다도 더 성경 말씀을 잘 풀이하시지. 그분 덕분에 이 일을 시작하게 되었다우."

하지만 테스는 대답하지 않았다. 쿵쿵 뛰는 가슴을 안고 땅바닥에 눈을 고정시킨 채 그녀는 다시 걷기 시작했다. "흥, 하느님이 그런 말씀을 하셨을 리 없어!" 홍조가 사라지자 그녀는 경멸하듯 그렇게 중얼거렸다.

고향 집의 굴뚝에서 갑자기 연기가 한 줄기 솟아올랐다. 그 장면을 보자 그녀는 마음이 에이듯 아팠다. 집에 도착해 집 안의 이모저모를 살펴보자 더 마음이 아팠다. 막 아래층으로 내려온 어머니는 벽난롯가에서 아침에 쓸 물을 주전자에 데우려고 참나무 잔가지에 불을 붙이다 몸을 돌려 그녀를 맞이했다. 아이들은 아직 2층에 있었고, 일요일 아침은 반 시간 더 늦잠을 자도 된다고 생각하는 그녀의 아버지도 마찬가지였다.

"에구머니나, 우리 딸 테스!" 놀란 어머니가 펄쩍 뛰어 일어나 키스를 퍼부으며 외쳤다. "어떻게 지냈어야? 옆댕이로 올 때까지 몰랐구나. 결혼하러 집에 온겨?"

"아녀, 엄마, 그래서 온 게 아녀."

"그럼 휴가 받아 온겨?"

"응, 휴가여. 아주 긴 휴가." 테스가 말했다.

"아니, 그럼 니 사촌이 마땅히 할 일을 안 하겠다는겨?"

"그 사람 사촌 아녀. 그리고 나랑 결혼 안 혀."

그녀의 어머니가 눈을 가늘게 떴다.

"자, 그게 전부는 아니제?"

그러자 테스는 어머니에게 다가가서 그녀의 가슴에 얼굴을 파묻고 다 털어놓았다.

"그런디도 결혼을 못 했어!" 그녀의 어머니가 반복해 말했다. "그런 일이 있고 난 다음에 결혼 못 한 여자는 너밖에 없겠다!"

"나 빼고 다른 여자들은 다 했겠지."

"결혼혔다면 돌아와 내놓고 이야기할 거리가 됐겠지!" 화가 난 어머니는 울음보가 터질 기세로 말을 이었다. "너하고 그 청년하고 소문이 여기까지 퍼졌는디 이렇게 끝장이 나다니! 왜 니 생각만 하고 어떻게 해야 식구들한테 이로울지 생각은 요만큼도 안 하는겨? 내가 뼈 빠지게 일하는 게 안 보이냐? 니 가엾은 아버지 혈관은 기름받이 냄비처럼 막혔고. 난 정말이지 일이 잘 풀리겠거니 했다. 넉 달 전, 니가 마차를 타고 떠난 그날 보니께 그 청년하고 아주 어울리는 한 쌍이던디! 우리한테는 또 얼마나 잘했고. 우리가 친척이라서 그렸다고 생각했는디. 친척이 아니라면 널 사랑해서 그런 거 아녀. 그런디도 결혼을 못 했어!"

알렉 더버빌이 그녀와 결혼하겠다는 마음이 들게 만들라. 그가 그녀와 결혼한다고! 결혼에 대해서 그는 단 한 마디도 꺼낸 적이 없었다. 그가 결혼하자고 했다면 어떻게 됐을까? 사회적 구원을 필사적으로 움켜쥐려는 그녀가 뭐라고 대답했을지 그녀도 장담할 수 없었다. 하지만 가엾고 어리석은 어머니는 테스가 지금 그 남자를 얼마나 싫어하는지 알지 못한다. 지금 상황에서 이런 혐오감은 이례적이고 불운하고 불가해하다고 해야 할 것이다. 하지만 사실이 그러했고, 앞서 말했듯 이것이 테스를 자기혐오에 빠뜨린 원인이었다. 그녀는 그를 온전하게 좋아한 적이 없었고, 지금은 전혀 좋아하지 않았다. 그녀는 그가 두려웠고, 그 앞에서 움츠러들었고, 그녀의 무력한 처지를 교묘하게 이용하는 데 속수무책으로 당했다. 그러다 그의 열정적인 태도에 일시적으로 현혹되어 멍한 상태에서 잠시 동안 그의 구애를 받아들였지만, 그를 경멸하고 싫어하게 되어 도망쳤던 것이다. 그게 전부다. 그를 증오한다고까지 할 수는 없다. 하지만 그녀에게 그는 먼지와 티끌에 불과했다. 추문에 휩싸인다 하더라도 그와 결혼하고 싶은 마음은 추호도 없었다.

"결혼할 작정이 아니었으면 몸조심을 했어야제, 이것아!"

"아, 엄마, 엄마!" 가슴이 찢어지는 듯 괴로움에 몸부림치며 가엾은 소녀가 어머니를 향해 울부짖었다. "내가 어떻게 알아? 넉 달 전에 이 집을 나섰을 적에 난 어린아이였는디, 남자들이 위험하다고 왜 말해주지 않았어? 조심하라고 왜 말해주지 않았느냐고. 신사 집안 아가씨들은 남자들의 술수를 소설에서 읽고 뭘 경계해야 하나 알게 되는디, 난 그런 식으로 배울 기회가 없었어. 엄마도 도움이 되지 않았어."

어머니는 목소리를 좀 누그러뜨렸다. "그 사람이 널 좋아하고 앞으로 어떻게 나올 거라고 니한테 말해주면 콧대를 세워서 일을 그르칠까봐 그랬제." 그녀가 앞치마로 눈물을 닦으면서 중얼거렸다. "그려, 좋은 쪽으로 생각해야지 어쩌겠냐. 이게 순리고 하느님의 뜻인가보다."

13

테스 더비필드가 가짜 친척네 저택에서 돌아왔다는 소문 — 이것이 1평방마일의 마을에 너무 과장된 단어가 아니라면 — 이 퍼졌다. 오후에 테스의 초등학교 동창이며 친구인 말롯의 젊은 처녀 몇 명이 그녀를 방문했다. 그들은 탁월한 전리품 — 그렇게들 생각했다 — 을 획득한 사람의 방문객으로서 예우를 갖춰, 제일 좋은 나들이옷을 풀을 먹이고 다리미질해 입고 왔다. 그리고 방에 둘러앉아 아주 호기심에 차서 테스를 바라보았다. 십이종 사촌쯤 되는 더버빌 씨가 그녀와 사랑에 빠졌는데, 이 지역 출신이 아닌 신사인 데다, 무모한 한량이요 호색한으로서의 명성이 트랜트리지 인근 경계를 넘어 퍼져가고 있었기에 그 위태로운 상황이 — 테스가 그와 결혼할 입장이라고 치면 — 위험하기 때문에 더 흥미진진했던 것이다.

그들은 테스에게 관심을 쏟았고, 좀더 어린 축은 그녀가 등을 돌리면 서로 귓속말을 했다. "정말 이쁘네. 저 나들이옷을 입으니 정말 돈

보이잖여! 무지하게 비쌀걸. 그 사람이 선물한 게 틀림없다니께."

구석 찬장에서 찻잔을 꺼내려 손을 뻗치고 있던 테스는 이런 논평을 듣지 못했다. 들었더라면 친구들이 잘못 알고 있는 것을 바로잡았으리라. 어머니는 들었지만 그녀의 어리석은 허영심은 대단한 결혼의 꿈은 무산되었다 하더라도 대단한 연애를 했다는 느낌을 가능한 한 즐길 작정이었다. 그렇게 제한적이고 일시적인 성공이 딸의 평판에 가할 타격에도 불구하고 그녀는 대체로 만족했다. 결국 결혼할지도 모르는 일 아닌가. 손님들의 찬탄에 흥분한 나머지 어머니는 차와 간식을 먹고 가라고 권했다.

친구들의 수다와 웃음, 유쾌한 농담, 그리고 무엇보다도 순간순간 드러나는 부러움이 테스의 기운까지 북돋웠다. 저녁때가 되자 그녀는 친구들의 시끌벅적한 분위기에 전염되어 거의 명랑한 기분이 되었다. 대리석같이 굳은 표정이 사라지고, 예전처럼 경쾌하게 걸으며 젊음의 아름다움으로 피어났다.

생각이 없는 처녀는 아니었지만, 자기의 연애 경험이 다소 부러움을 살 만한 것이라는 듯 친구들의 질문에 대답할 때 그녀는 이따금 우월감을 드러냈다. 그러나 로버트 사우스*의 말대로 "자신의 파멸을 사랑하는" 것은 아니었기 때문에 그런 망상에 빠지는 것은 번개가 치듯 순간에 지나지 않았다. 냉정한 이성을 되찾자 그녀는 자신의 일시적인 약함을 자책하지 않을 수 없었다. 잠시나마 자만했다는 혐오감이 그녀를 정죄했고 그녀는 다시 맥없이 침묵 상태에 빠졌다.

---

* 영국 국교회의 성직자로 1692년 출간된 설교집은 19세기까지 널리 읽혔음.

이튿날 새벽, 일요일이 지나고 월요일이 되었을 때 그녀는 절망의 나락에 빠져들었다. 예쁜 나들이옷도 벗었고, 웃어주는 방문객들은 가버렸고, 철모르는 어린 동생들이 곁에서 새근새근 숨 쉬는 옛날 침대에서 혼자 일어났으니 말이다. 집에 돌아왔다는 흥분과 그것이 야기한 관심은 지나갔고, 도움은커녕 동정도 거의 받지 못한 채 걸어가야만 할 길고 긴 돌길이 보였다. 참담한 심경이었다. 그녀는 무덤 속에라도 숨을 수 있으면 숨고 싶었다.

이삼 주가 지나는 동안 테스는 충분히 기운을 차려 어느 일요일 아침에는 교회에 나갈 만큼 사람들 앞에 나설 수 있게 되었다. 그녀는 영창─대단한 것은 못 되지만─과 시편 교독과 아침 찬양을 좋아했다. 민요를 부르는 어머니한테 노래를 좋아하는 천성을 물려받아서 아주 단순한 가락도 그녀에게는 폐부를 찌르는 힘을 가졌다.

가능하면 사람들 눈에 띄고 싶지 않은 자기 나름의 이유로, 또 젊은 남자들이 말을 걸어오는 것을 피하려고 테스는 교회 종소리가 울리기 전에 출발해서 창고 가까이에 있는 회랑 2층의 뒷좌석에 앉았다. 그곳은 노인과 여자 들만 앉는 곳이었는데, 교회 묘지에서 쓰는 연장들 사이로 관 받침대를 보관해두는 곳이기도 했다.

삼삼오오 들어온 교구민들이 그녀의 앞 열에 줄줄이 자리를 잡고 기도하는 척─실제로 기도하지는 않았다─4분의 3초 동안 고개를 숙이더니, 바로 앉아서 좌우를 둘러보았다. 찬송이 시작되었을 때 선곡된 한 곡이 테스가 제일 좋아하는 곡이었는데─〈랭든〉이라는 길이가 보통 찬송보다 두 배 긴 옛날 찬송가였다─곡의 제목은 몰랐다. 전부터 제목을 알고 싶다고 생각했다. 그녀는─자신의 생각을 말로 정확히 표현하지는 않았지만—작곡가의 힘이 얼마나 신기하고 또 성스러운가 하는 생각을 했다. 원래는 혼자만 느꼈을 일련의 감정들을 자기가 죽은 뒤에도, 그가 어떤 사람인지 알 리 없는 자신과 같은 처녀에게서 끌어낼 수 있으니 말이다.

주위를 둘러보던 사람들은 예배가 진행되는 동안에도 두리번거렸다. 그러다 그녀를 발견하고 수군거렸다. 그들이 왜 수군거리는지 아는 그녀는 몹시 괴로웠고, 다시는 예배를 드리러 올 수 없을 것 같았다.

여동생들과 함께 쓰는 방은 점점 테스의 은신처가 되었다. 이 2, 3평방미터의 지붕 아래서 그녀는 바람과 눈과 비와 찬란한 석양, 그리고 연이어 돌아오는 보름달을 바라보았다. 방구석에 얼마나 틀어박혀 지냈던지 마을 사람들은 모두 그녀가 집을 떠난 줄 알았다. 이즈음 테스는 산책도 해가 진 뒤에 했다. 숲에 있을 때가 가장 외롭지 않았다. 그녀는 빛과 어둠이 대등하게 균형을 이뤄, 낮의 압박감과 밤의 긴장감이 서로를 중화하여 완벽한 정신적 자유가 허용되는 어스름의 순간을 한 치도 틀리지 않게 집어낼 수 있었다. 바로 그 순간 살아 있다는 고뇌가 줄어들 수 있는 한 줄어들어 최소화되었다. 그녀는 유령들이 두렵지 않았다. 오로지 사람들, 혹은 세상이라 불리는 차가운 집합체를 피하고 싶은 생각뿐이었다. 세상은 전체로서도 끔찍하지만 소단위로서도 무섭고 비루했다.

이 쓸쓸한 언덕과 골짜기에서 그녀의 소리 없는 발걸음은 주변의 자연과 일체를 이루었고, 남의 눈을 피하는 그녀의 굴곡진 몸매는 풍경의 핵심적 일부가 되었다. 이따금 그녀의 변덕스러운 공상은 주변의 자연현상들에 감정이입을 했고, 그것들이 제 이야기의 일부인 양 만들었다. 자연현상들이 심리적 현상에 불과하고 느낌이 곧 실상이라는 점에서 그것들은 그녀 이야기의 일부가 되었다고 해야 맞다. 꼭꼭 싸맨 꽃봉오리들과 겨울 나뭇가지들의 껍질 사이로 윙윙거리며 지나가는 한밤의 바람 소리는 어김없이 가혹한 책망으로 들렸다. 비가 오는 날은—어린 시절의 하느님이라고 확언할 수는 없지만 그렇다고 다른 무엇으로 생각할 수도 없는— 막연한 윤리적 존재가 테스의 약함에 위로 불능의 비탄을 토로하는 것 같았다.

하지만 테스가 관습의 파편들에 적대적인 환영(幻影)과 목소리를 채워넣어 자신의 성격을 규정한 것은 서투르고 왜곡된 공상적 허구요, 아무 이유 없이 겁을 집어먹은 도덕적 허깨비였다. 실제의 세계와 조화를 이루지 못한 것은 그들이었지 그녀가 아니었다. 산울타리 위에서 잠든 새들 사이를 거닐며, 달빛이 비치는 굴에서 깡충거리는 토끼들을 지켜보며, 꿩들이 홰를 친 나뭇가지 아래 서서 테스는 자신을 순수가 깃든 곳에 침입한 죄인으로 간주했다. 하지만 그녀는 차이가 없는 것들을 구별하려고 애쓴 셈이었다. 자신이 삼라만상과 부조화를 이룬다고 느꼈지만 사실 그녀는 조화를 이루고 있었다. 주어진 사회의 규범을 어긴 그녀는 자신을 자연의 변칙으로 여겼다. 그러나 자연에 알려진 어떤 법칙도 어긴 것은 아니었다.

14

안개가 자욱한 8월의 동틀 무렵이었다. 짙은 밤안개는 따뜻한 햇살의 공격을 받자 양털처럼 흩어지고 줄어들어 골짜기와 동굴로 숨어들 었고, 거기서 마침내 증발해 사라질 때까지 머물렀다.

안개 때문에 태양은 묘하게도 표정이 있는 사람의 얼굴을 하고 있었는데, 이를 적절하게 표현하자면 남성대명사가 필요했다. 사람의 형태조차 찾아볼 수 없는 풍경에서 '그'의 이런 모습은 저 먼 옛날의 태양숭배를 단박에 설명해주었다. 하늘 아래 이보다 더 합리적인 종교가 있을 수 없다는 생각이 들기도 한다. 그 발광체는 금발에 환한 미소를 띤 온후한 눈매를 가진 신적인 존재로, 그에 대한 관심이 넘쳐흐르는 대지를 젊은이다운 활기와 열정으로 내려다보았다.

얼마 후 햇살은 시골집 덧문의 틈새를 뚫고 들어가 실내의 찬장과 서랍장, 그리고 다른 가구들에 새빨갛게 달아오른 부젓가락 같은 줄무늬를 만들면서 아직 일어나지 않은 추수꾼들을 깨웠다.

하지만 그날 아침 가장 밝은 빨간색을 띤 것은 말롯 마을 가까이 누런 밀밭 가에 우뚝 솟은 두 개의 널따란 나무 날개판의 페인트 색이었다. 아래에 놓인 두 날개판과 몰타 십자가 모양의 수확기 회전판은 오늘의 작업을 위해 어제저녁 밭에 운반해놓은 것이었다. 햇빛을 받아 색깔이 더 짙어진 나무 날개판들은 마치 액체로 된 불에 담가두었던 것 같았다.

밀밭은 이미 '열려' 있었다. 말과 기계가 처음 지나갈 길을 내려고 밀밭 주위에 수작업으로 밀을 베어 1미터여의 통로를 만들어놓았다.

두 무리의 일꾼들, 청장년의 한 무리와 여자의 한 무리가 길을 따라 내려온 곳은 동쪽 산울타리의 그림자가 서쪽 산울타리의 허리쯤에 걸려 있을 시각이었다. 그렇기 때문에 그들의 머리는 햇볕을 즐겼지만,

그들의 발은 아직도 새벽이었다. 사람들은 밭으로 들어가는 가장 가까운 출입문의 양쪽 돌기둥 사이로 사라졌다.

이윽고 베짱이가 짝짓기를 하는 듯한 틱틱 소리가 밀밭에서 들려왔다. 수확기가 돌아가기 시작한 것이다. 곧 서로 연결된 세 마리 말과 앞서 언급한 덜컹거리는 수확기가 출입문 너머로 보였다. 앞에서 끄는 말 하나에는 마부가 타고 있었고, 수확기의 좌석에는 조수가 앉아 있었다. 회전판의 날개가 천천히 회전하면서 수확기가 밀밭 한쪽을 따라 지나갔고, 이윽고 언덕 너머로 완전히 모습을 감추었다. 잠시 후 수확기는 조금 전과 똑같은 속도로 반대쪽 밀밭에서 올라왔다. 그루터기 너머로, 앞장선 말의 이마에 달린 놋쇠 별의 번쩍거림이 먼저 눈에 들어왔고, 뒤이어 빛나는 날개와 수확기의 몸체가 모습을 드러냈다.

한 번씩 돌 때마다 그루터기 길은 점점 넓어졌고, 아침나절이 지나자 밀밭은 점점 줄어들었다. 토끼, 뱀, 들쥐, 생쥐 들은 요새로 숨어들 듯 안쪽으로 후퇴했으나 은신이 얼마나 부질없는지, 또 그날 오후 늦게 어떤 운명이 기다리고 있는지 몰랐다. 은신처가 급속히 줄어들면서 아군 적군 가릴 것 없이 함께 뒤엉켜 있던 그들은 마지막 몇 미터 남은 밀밭이 수확기의 어김없는 이빨에 사라져가자 추수꾼들의 막대기와 돌멩이에 한 마리도 남김없이 죽임을 당하고 말았다.

수확기가 한 단으로 묶을 수 있는 분량의 밀을 한 무더기씩 떨어뜨리면, 뒤를 따르는 손이 잰 일꾼들이 집어들고 묶었다. 이들은 주로 여자였지만, 날엽한 셔츠를 걸치고 바지허리를 가죽띠로 졸라맨 남자도 몇 있었다. 그래서 바지 뒤에 달린 쓸모없게 된 두 개의 단추는 바지를 입은 사람이 움직일 때마다 반짝거리며 곧추서서 마치 허리에 두 개의 눈동자가 달린 것 같았다.

하지만 밀단을 묶는 일꾼들 중 더 흥미로운 쪽은 여자들이었다. 그들은 보통 때 그러하듯 그저 야외에 놓인 하나의 물체가 아니라 야외와 혼연일체를 이루면서 어떤 아름다움을 띠게 된다. 남자 일꾼이 밭에 있는 사람이라면, 여자 일꾼은 밭의 일부이다. 왜 그렇게 되는지 알 수 없지만, 여자 일꾼은 주변의 정수를 흡수하여 거기에 동화됨으로써 개별 인간으로서의 경계를 잃어버린다.

여인네들—대체로 어린 편이라 처녀들이라고 해야 할 것 같다—은 햇빛을 가려주는 차양이 달린 면모자를 쓰고, 그루터기에 손이 다치지 않도록 장갑을 끼었다. 연분홍 윗도리를 입은 처녀, 소매가 꼭 끼는 크림색의 긴 웃옷을 입은 처녀, 수확기의 날개처럼 새빨간 페티코트를 받쳐 입은 처녀를 빼면 나이 든 여자들은 올이 거친 갈색 작업복을 입었다. 자고로 밭일하는 여자들에게 가장 어울리는 복장이었지만 젊은 처녀들은 이런 작업복 입는 것을 거부했다. 오늘 아침 사람들의 눈길은 부지불식간에 연분홍색 면 윗도리를 입은 처녀에게로 쏠린다. 그들 중 몸매가 가장 아름답고 균형 잡힌 처녀였기 때문이다. 하지만 모자를 깊숙이 눌러쓴 탓에 밀단을 묶는 동안 아무도 그녀의 얼굴을 볼 수 없다. 모자의 차양 밑으로 짙은 갈색의 머리카락이 한두 가닥 엿보이는 것으로 그녀의 피부색을 짐작할 수 있을 따름이다. 무심결에라도 그녀에게 관심이 쏠리는 이유 중 하나는 아마도—자주 주변을 둘러보는 다른 여자들과 달리—관심을 끌려고 하지 않기 때문이리라.

그녀는 시계처럼 단조롭게 밀단 묶는 일을 계속한다. 마지막으로 묶은 단에서 그녀는 밀 이삭을 한 줌 잡아 왼쪽 손바닥으로 끝을 툭툭 쳐서 가지런하게 만든다. 그러고는 허리를 굽혀 앞으로 전진하면서 밀단을 무릎에 대고 양손으로 모은 다음, 그 밑으로 장갑 낀 왼손을 넣고 반대쪽의 오른손과 맞잡아 연인을 포옹하듯 밀단을 끌어안는다. 무릎으로 밀단을 누르며 끈의 양쪽 끝을 마주 잡고 동여매는 동안 그녀는 이따금 바람에 날리는 치맛자락을 여민다. 부드러운 담황색의 가죽장갑과 옷소매 사이로 그녀의 맨살이 약간 드러나 보인다. 하루 일이 끝날 무렵 여인의 고운 살결에는 여기저기 그루터기에 찔린 핏자국이 남는다.

그녀는 이따금 휴식을 취하려고 일어나서 흐트러진 앞치마를 다시 묶고 모자를 똑바로 쓴다. 그럴 때면 풍성하고 긴 머리채를 치렁치렁 늘어뜨린―그 머리채는 무엇에든 닿으면 애원하듯 매달리는 것 같았다―눈동자가 새까만 잘생긴 처녀의 달걀형 얼굴을 볼 수 있다. 시골에서 자란 처녀들과 달리 두 뺨은 창백하고, 치아는 가지런하며 붉은 입술의 색조도 진하지 않다.

이 처녀가 어딘가 달라진―예전과 같지만 같지 않은―테스 더비필드, 일명 더버빌이다. 생소한 곳은 아니었지만 그녀는 현재 이곳에서 낯선 사람처럼, 이방인처럼 살아가고 있었다. 그녀는 오랜 은둔 끝에 마침내 고향 마을에서 들일을 하기로 마음먹었다. 농촌에서 가장 바쁜 철이 돌아와서 당분간 집 안에서 할 수 있는 어떤 일도 들판에서 추수를 돕는 것만큼 수입이 좋지 못했기 때문이다.

다른 여자들의 몸놀림도 대체로 테스와 비슷했다. 각자 한 단을 만들고 난 다음 쿼드릴*을 추듯 모여들어 자기 단을 다른 사람이 묶은 단에 기대어 곧추세웠고, 그렇게 하여 열 단 혹은 열두 단으로 이뤄진 낟가리, 이 지방에서는 '스티치'라고 부르는 것이 생겨났다.

아침을 먹으러 갔다 돌아온 그들은 이전처럼 작업을 계속했다. 테스를 지켜본 사람이라면 열한시쯤 되자 그녀가 밀단 묶는 일을 쉬지 않으면서도 무슨 생각에 잠긴 듯 이따금 언덕마루 쪽으로 눈길을 돌리는 것을 알아차렸을 것이다. 열한시경 여섯 살에서 열네 살에 걸쳐 있는 아이들의 머리가 그루터기만 남은 봉긋한 언덕 위로 모습을 드러냈다.

테스는 얼굴을 살짝 붉혔지만 일손을 멈추지는 않았다.

나타난 아이들 중 가장 맏이인 소녀는 끝자락이 그루터기에 끌리는 삼각형의 숄을 걸치고, 언뜻 인형처럼 보이는 것을 팔에 안고 있었는데 실은 내리닫이 옷을 입은 갓난아기였다. 또 한 아이는 점심 도시락을 들고 있었다. 추수꾼들은 일손을 멈추고 준비된 음식을 먹고 나서 낟가리에 등을 기대고 앉아 술을 마시기 시작했다. 남자들은 돌로 된 술병을 바쁘게 기울이며 잔을 돌렸다.

테스 더비필드는 일을 가장 마지막까지 놓지 않는 축이었다. 그녀는 낟가리 저쪽 끝, 동료들에게 약간 등을 돌리고 앉았다. 테스가 자리를 잡자 토끼가죽 모자를 쓰고 허리띠에 빨간 손수건을 찬 남자가 낟가리 너머로 맥주잔을 내밀었다. 하지만 그녀는 잔을 사양했다. 점심 도시락을 펼쳐놓자마자 그녀는 가장 나이 많은 소녀―그녀의 여

---

* 네 사람이 짝을 지어 추는 춤.

동생 리자루였다 ─ 를 불러 갓난아기를 받아 안았다. 짐을 덜어 홀가분해진 동생은 옆의 낟가리로 가서 다른 애들과 어울려 놀았다. 테스는 남의 눈을 피하면서도 용감한 묘한 태도로, 하지만 얼굴은 더 붉힌 채 옷의 단추를 끌러 아기에게 젖을 먹이기 시작했다.

가장 가까운 데 앉아 있던 남자들은 사려 깊게 들판 저쪽으로 고개를 돌렸고, 어떤 이들은 담배를 피우기 시작했다. 한 남자는 빈 술병을 아쉬운 듯 멍하니 매만졌다. 테스를 뺀 나머지 여자들은 수다를 떨면서 흐트러진 머리를 매만졌다.

아기가 배부르게 먹고 나자 젊은 엄마는 무릎에 아기를 똑바로 앉힌 다음 혐오에 가깝다고 해야 할 음울하고 무심한 표정으로 아기를 어르면서 먼 곳을 바라보았다. 그러다 갑자기 멈출 수 없다는 듯 아기에게 수십 번 격렬하게 키스했다. 열렬한 사랑과 경멸이 묘하게 뒤섞인 강렬한 발작에 아기는 울음을 터뜨렸다.

"미워하는 척하지만 애가 이쁘긴 헌 모양이여. 애랑 같이 교회 묘지에 묻혔으면 좋겠다고 말은 하지만." 빨간 페티코트를 받쳐 입은 여자가 말했다.

"이제 금방 그런 말도 안 하게 될겨." 누런 가죽장갑을 낀 여자가 되받았다. "아! 뭔 일을 당해도 세월이 지나면 익숙해지니 정말 신기하제!"

"듣기 좋은 말로 꼬였다고 저 지경이 되진 않았을 거 아녀. 작년 언젠가 밤에 체이스 숲에서 흐느끼는 소리를 들은 사람들이 있더라. 지나가다 그 작자와 맞닥뜨렸다면 혼쭐을 내주었을 텐디."

"그려봤자지 뭐. 고르고 골라서 하필이면 테스인지 참 딱한 노릇이여. 그런디 언제나 제일 이쁜 처녀들이 그런 일을 당하제! 못생기면 교회처럼 안전혀. 안 그려, 제니?" 이렇게 말한 사람은 못생겼다고 말해도 크게 틀리지 않을 여자를 향해 말했다.

정말 딱한 일이었다. 꽃봉오리 같은 입술과 부드러운 큰 눈을 가진 테스가 그렇게 앉아 있는 것을 보면 그녀와 원수지간인 사람도 그렇게 생각하지 않을 수 없었다. 그녀의 눈동자는 까만색도 푸른색도 회색도 보라색도 아니고, 이런 모든 색조와 수많은 다른 색조를 합한 그런 빛깔이었다. 끝없이 빨려들어갈 듯한 눈동자 주변의 홍채를 들여다보면 색조 뒤에 또다른 색조가 겹겹이 드리워 있음을 알 수 있었다. 조상한테 물려받은 약간 부주의한 성격만 아니었다면 이상적인 표준으로 삼아도 될 여자였다.

이번 주 테스는 자신도 놀랄 만큼 단호한 결심을 하고 몇 달 만에 처음으로 밭일을 하러 나섰다. 경험이 없는 처녀가 혼자서 생각해낼 수 있는 온갖 회한의 기제를 동원해 떨리는 마음을 괴롭히고 소모한 다음에야 상식에 눈을 뜬 것이다. 그녀는 다시 쓸모 있는 사람이 되겠다는, 어떤 대가를 지불하더라도 달콤한 독립을 맛보겠다는 마음을 먹었다. 과거는 과거였다. 과거에 무슨 일이 있었든 간에 이제 지나간 일이다. 결과가 어떻든 시간이 묻어버릴 것이고, 몇 년이 지나면 아무 일도 없었던 것처럼 될 테고, 자신도 무덤에 묻혀 잊혀지리라. 그동안 나무는 여전히 푸르렀고, 새들은 노래했으며, 태양도 언제나처럼 밝게 빛났다. 낯익은 주변 환경은 그녀의 슬픔 때문에 어두워지지 않았고 그녀의 고통 때문에 시들지 않았다.

그녀는 미혼모라는 자신의 처지에 대한 세상의 우려 탓에 고개를 깊이 숙이지 않을 수 없었는데, 이것이 잘못된 생각임을 깨달았을 수 있다. 그녀는 다른 사람이 아니라 자기 자신에게만 하나의 존재요 경험이요 정열이요 감각의 구조였다. 자신을 제외한 모든 사람에게 그녀는 문득 생각나는 존재일 뿐이다. 친구들에게도 그녀는 좀더 자주 생각나는 존재에 불과했다. 그녀가 밤낮을 가리지 않고 자신의 처지를 비관한다면, 그들은 "아이고, 테스가 몹시 불행하구나"라고 생각하는 정도이다. 만약 테스가 밝은 마음으로 살 작정으로 모든 근심을 내려놓고 햇빛과 꽃과 아기에게서 기쁨을 얻으려고 한다면, 그들은 "그래, 테스가 참 잘 견디는구나"라고 생각할 따름이다. 더 나아가, 무인도에 혼자 있었다면 자신이 당한 일 때문에 그렇게 비참했을까? 그렇게 심하지는 않았을 것 같다. 그녀가 지금 막 창조되어 자신이 이름 없는 아이의 엄마라는 경험뿐인 미혼모임을 알게 된다면, 그런 처지가 그녀를 절망으로 몰고 갔을까? 아니다. 그녀는 상황을 조용히 받아들이고 거기서 즐거움을 찾았으리라. 그녀가 느끼는 불행의 대부분은 그녀의 인습적 면모가 만들어낸 것이지 그녀가 마음으로 느낀 것은 아니었다.

테스의 논리가 무엇이었든 간에 어떤 기백이 테스로 하여금 예전처럼 단정하게 차려입고 밭일을 하러 나가게 만들었다. 때마침 추수하는 데 일꾼이 많이 필요한 시기였다. 그래서 그녀는 품위 있게 처신했고, 아기를 팔에 안고도 이따금 사람들의 얼굴을 정면으로 지긋이 응시했다.

추수꾼들이 낟가리에서 일어나 기지개를 켜고 담배 파이프의 불을 껐다. 마구를 풀고 꼴을 먹은 말들은 다시 그 주홍빛 기계에 매였다.

서둘러 식사를 마친 테스도 여동생을 손짓으로 불러 아기를 넘겨주고 옷매무새를 가다듬고, 다시 가죽장갑을 낀 다음 허리를 굽혀 맨 마지막에 완성된 단에서 그다음 묶을 밀짚을 빼냈다.

오후와 저녁에도 아침에 하던 일이 계속되어 테스는 어두워질 때까지 추수꾼들과 남아 있었다. 그러고 나서 그들은 동쪽 지평선 위로 솟아오른 커다랗고 흐릿한 달님을 길동무 삼아 제일 큰 짐마차에 몸을 싣고 집으로 향했다. 달님의 얼굴은 벌레 먹은 토스카나 성자상(像)의 빛바랜 금박 후광을 닮아 있었다. 여자 일꾼들은 노래를 불렀고, 테스에게 살갑게 굴면서 다시 바깥출입을 하는 것을 반가워했다. 그렇다고 즐거운 마음으로 푸른 숲에 들어갔다가 임신한 처녀 이야기를 담은 민요 가락을 흥얼거리는 짓궂음을 삼가야 할 필요를 느끼지는 않았다. 인생에는 균형이 생기고 보상을 받는 때가 있는 법이다. 테스를 사회적 교훈거리로 만든 그 사건은 지금 마을의 많은 사람들 사이에서 그녀를 가장 흥미로운 인물로 만들었다. 그들의 친절은 테스가 마음의 문을 좀더 여는 데 도움이 되었고, 활기찬 분위기에 휩쓸려 거의 유쾌한 기분이 되기도 했다.

하지만 도덕적 회한이 시나브로 사라지자 사회규범과 무관한 본능적인 성격의 슬픔이 나타났다. 집에 돌아온 그녀는 아기가 오후부터 아프기 시작했음을 알고 비탄에 빠졌다. 아기가 워낙 약하고 발육이 좋지 않은 탓에 그렇게 갑자기 위중해질 수도 있는 일이었으나 그럼에도 불구하고 충격이었다.

아기가 태어난 것 자체가 사회규범의 위반이라는 사실은 처녀 엄마의 안중에 없었다. 그녀의 간절한 소망은 아기의 생명을 지켜서 그 위반을 연장하는 것이었다. 하지만 테스가 가장 비관적으로 추측했던 것보다 더 빠르게, 육체에 갇힌 작은 죄수가 해방될 시간이 다가오고 있음이 자명해졌다. 그리고 그 사실을 깨닫자 단순히 아기를 잃는다는 것을 넘어서는 절망감이 그녀를 엄습했다. 아기는 아직 세례를 받지 못했던 것이다.

자신이 저지른 일 때문에 지옥 불에 떨어져야 한다면 그렇게 할 것이며, 그것으로 그만이라고 테스는 아무 저항 없이 받아들일 마음의 자세가 되어 있었다. 마을의 다른 처녀들과 마찬가지로 성경에 대한 기초 지식을 갖추었기 때문에 오홀라와 오홀리바*의 이야기를 알고 있었고, 그 이야기에서 끌어내야 할 교훈도 숙지하고 있었다. 그러나 똑같은 상황을 아기한테 적용하자 문제가 전혀 달라졌다. 그녀의 사랑하는 아이가 죽게 되었는데 구원이 없었던 것이다.

잠자리에 들 시간이었지만 그녀는 아래층으로 내려가 신부님을 모셔와야 한다고 말했다. 마침 롤리버 주막 주말 나들이에서 막 돌아온 아버지는 고풍스러운 가문을 들먹이며 목에 힘을 주고 있었고, 또 테스가 고귀한 가문에 먹칠한 것에 과민하게 반응할 시점이었다. 아버지는 딸내미가 당한 치욕 때문에 어느 때보다 더 집안 사정을 감추어야 할 처지인데 신부를 들여서 미주알고주알 까발릴 수 없다고 딱 잘라 말한 다음 문을 잠그고 열쇠를 주머니에 넣어버렸다.

집안 식구들이 잠자리에 들었고, 이루 말할 수 없이 비탄에 빠진 테스도 잠자리에 누웠다. 누워 있으면서도 계속 잠을 깼고, 급기야 한밤

---

* 「에제키엘」 23장 2~35절. 음란하고 방탕한 생활로 벌을 받은 자매.

중에 아기의 상태가 더 나빠졌음을 알게 되었다. 아기는 죽어가고 있었다. 소리도 내지 않았고 고통을 호소하지도 않았지만, 아기의 죽음은 불문가지였다.

고통스러운 나머지 테스는 침대에서 몸부림쳤다. 시계가 장중하게 한시를 알렸다. 공상이 이성과 분리되어 활보하고, 불길한 가능성이 사실로 확고하게 굳어지는 시간이었다. 세례를 받지 못한 사생아로 이중의 심판을 받아 아기가 지옥의 가장 밑바닥으로 떨어지리라는 생각이 들었다. 빵 굽는 날 화덕에 불을 땔 때나 씀직한 삼지창으로 지옥의 대마왕이 아기를 집어 던지는 것이 보이는 듯했고, 이 장면에 때로 기독교 국가의 어린이들에게 가르치는 여러 가지 기기묘묘한 고문의 세부 묘사가 가필되었다. 모두가 잠든 집의 정적 속에서 이렇듯 전율을 불러일으키는 광경이 상상력을 강력하게 사로잡아 잠옷이 땀으로 축축해질 정도였다. 그녀의 심장이 쿵쿵 뛸 때마다 침대가 삐걱거렸다.

아기는 숨 쉬기조차 힘들어했고, 아기 엄마의 정신적 긴장은 고조되었다. 어린것을 안고 아무리 입을 맞춰봐야 소용없었다. 더이상 침대에 누워 있을 수 없어 그녀는 안절부절 방 안을 맴돌았다.

"오, 자비로우신 하느님. 불쌍히 여기소서, 제 가엾은 아이를 불쌍히 여기소서!" 그녀는 울부짖었다. "당신의 진노를 제게 내리소서. 얼마든 기꺼이 감당하겠나이다. 하지만 아이는 불쌍히 여기소서!"

그녀는 서랍장에 기대 한참 동안 횡설수설 기도를 중얼거리다가 몸을 벌떡 일으켰다. "아, 아이가 구원받을 수도 있어! 마찬가지일지도 몰라!" 테스가 너무 밝게 말해서 그녀의 얼굴이 주변의 어둠 속에서 환하게 빛을 발하는 것 같았다.

테스는 촛불을 켜고 벽에 붙은 두번째와 세번째 침대로 가서 어린 동생들을 깨웠다. 모두 한방에서 자고 있었던 것이다. 테스는 세면대를 앞으로 끌어내 그 뒤에 설 자리를 만든 다음 물병에서 물을 좀 따랐다. 그리고 동생들에게 세면대 주변에 무릎을 꿇고 앉아 두 손을 모으라고 말했다. 잠이 덜 깬 아이들은 그녀의 태도에 겁을 집어먹고 눈을 점점 크게 뜨고 기도하는 자세를 취했다. 그동안 그녀는 침대에서 아기를 안아 들었다. 애가 애를 낳은 셈이라 아기는 너무 미숙하여 낳아준 이에게 어머니라는 호칭을 부여할 만큼 충분히 사람 꼴을 갖췄다고 하기 어려웠다. 테스는 아기를 팔에 안은 채 대야 옆에 똑바로 섰고, 바로 밑의 동생은 서기가 신부님 앞에서 기도서를 펴 들고 서 있듯 그렇게 서 있었다. 이렇게 소녀는 자기 아이에게 세례를 주고자 한 것이다.

흰색의 내리닫이 잠옷을 입은 데다 땋아 내린 굵은 밤색 머리채가 등 뒤로 쭉 허리까지 내려와서 그녀는 유달리 키가 크고 당당해 보였다. 가물거리는 촛불의 희미한 빛은 그녀의 몸매와 이목구비에서 햇빛이라면 들추어냈을 작은 흠들—그루터기에 긁힌 손목의 상처와 피로에 지친 눈—을 다행히도 감춰주었다. 그녀의 얼굴, 몸을 망치게 한 원인인 바로 그 얼굴은 격앙된 열정 덕에 거의 왕족의 위엄이 가미된 무결점의 아름다움으로 빛났다.

졸려서 빨개진 눈을 깜박거리는 어린 동생들은 놀라움을 미뤄둔 채 무릎을 꿇고 둘러앉아 준비가 되기를 기다렸다. 늦은 시간인지라 몸이 나른해서 놀라움이 활성화될 수 없었다. 동생들 중 가장 강한 인상을 받은 아이가 물었다. "누나, 아기한테 진짜 세례를 주려고?"

소녀 엄마는 엄숙하게 그렇다고 대답했다.

"이름을 뭐라고 지을 건디?"

그녀는 미처 그 생각을 하지 못했다. 하지만 세례식을 진행하는 동안 「창세기」의 한 구절에서 연상된 이름이 떠올라서 이렇게 소리 내어 말했다.

"소로*, 성부와 성자와 성령의 이름으로 너에게 세례를 주노라."

그녀는 물을 뿌렸고 침묵이 흘렀다.

"애들아, '아멘' 해라."

작은 목소리들이 지저귀듯 시키는 대로 "아멘!" 하고 따라했다.

테스는 계속했다. "우리는 이 아이를 받아…… 그에게 십자성호로 표지를 주노라." 여기서 그녀는 대야에 손을 적셔 집게손가락으로 아기의 몸에 열렬하게 커다란 십자가를 그렸다. 그리고 아기가 죄악과 세상과 악마에 대항하여 단호하게 싸우고 죽을 때까지 하느님의 충실한 병사와 종의 역할을 하라는 판에 박힌 기도문을 외웠다. 그녀는 차례에 따라 주기도문을 외웠고 아이들도 그녀를 따라 모기같이 가느다란 목소리로 구슬프게 기도문을 읊었다. 이윽고 끝 부분에 이르자 교회 서기만큼 목소리를 높여 다시 "아멘!" 하며 정적을 깨뜨렸다.

그러자 이 세례식의 효험에 한층 확신을 갖게 된 그들의 누이는 가슴 밑바닥으로부터 당당하고 환희에 찬 감사의 기도를 올렸다. 그녀가 마음을 담아 말할 때 내는—그녀를 아는 사람이라면 결코 잊지 못

---

* Sorrow. '슬픔'이라는 뜻. 「창세기」 35장 18절에서 야곱의 아내 라헬이 아들을 낳고 죽으면서 아이 이름을 '슬픔의 아들'이라는 뜻의 벤오니라고 지은 것을 상기한 듯함.

할—폐구음전(閉口音栓)*의 음성이었다. 그녀를 여신으로 격상시킨 믿음의 황홀경은 그녀의 얼굴에서 빛을 발했고 양쪽 뺨에 홍조를 만들어냈다. 그녀의 눈동자에 거꾸로 반사된 작은 촛불은 다이아몬드처럼 빛났다. 아이들은 점점 외경의 눈길로 그녀를 바라보았고 더이상 질문할 생각도 하지 못했다. 그들의 눈에 이제 그녀는 언니나 누나가 아니라, 거대하고 우뚝 솟은—그들과 닮은 데가 전혀 없는—경외심을 불러일으키는 신적인 존재였다.

죄악과 세상과 악마에 맞선 가련한 소로의 싸움은 아주 잠깐 빛을 발할 운명이었다. 그 아이가 어떻게 세상에 나왔나를 고려하면 다행이라고 해야 할지 모른다. 동틀 무렵 하느님의 연약한 병사이자 종은 숨을 거두었고, 아이들은 잠에서 깨자 슬피 울면서 누나에게 예쁜 아기를 하나 더 낳아달라고 졸라댔다.

세례를 주면서 테스가 누린 마음의 평정은 아기를 잃고 난 다음에도 남아 있었다. 날이 밝자 사실 아이의 영혼 문제로 지나치게 겁을 집어먹었다는 생각이 들었다. 근거가 있건 없건 이제 불안하지 않았다. 하느님이 만약 그런 유사 행위를 재가하지 않는다면, 규칙을 어겼다고 못 가게 되는 천국 따위에는—자신을 위해서든 아기를 위해서든—가치를 두지 않겠다는 논리를 세운 것이다.

이렇게 해서 '원하지 않은 아이 소로'—주제넘은 침입자, 사회규범을 존중하지 않는 몰염치한 자연이 선물한 사생아—는 세상을 떠났다. 겨우 며칠간이 영원의 시간이었던, 도무지 세월이나 세기 같은 것

* 파이프오르간의 소리를 막았을 때 나는 한 옥타브 높은 부드러운 소리.

은 알 도리가 없었던 방랑자, 그 아기에게는 시골집의 방 안이 우주였고, 한 주일의 날씨가 기후였고, 갓난아기 시절이 전 생애였으며, 젖을 빼는 본능이 인간에 대한 지식의 전부였다.

아기에게 세례를 준 것을 곰곰이 생각해본 테스는 그것이 교회의 장례 의식을 지키는 데 교리상 충분했는지 알고 싶었다. 이에 대해 교리해석을 내릴 수 있는 사람은 교구의 신부밖에 없었는데, 그는 새로 부임한 터라 그녀를 알지 못했다. 어둑어둑해진 뒤 그녀는 그의 집 대문 앞으로 갔지만 들어갈 용기를 내지 못했다. 그녀가 돌아서는 순간 막 귀가하는 그를 만나지 못했더라면 계획 자체를 포기했으리라. 어둠 속이라 그녀는 솔직하게 이야기할 수 있었다.

"신부님, 여쭤볼 게 있습니다."

신부가 기꺼이 이야기를 들어줄 용의를 표명했고, 그래서 그녀는 아기가 병에 걸린 것과 임시변통으로 세례 의식을 거행한 이야기를 했다. "그런데요, 신부님." 그녀는 진지하게 말을 이었다. "이걸 알고 싶어요. 제가 했어도 신부님께서 세례를 준 것과 마찬가지라고 할 수 있을까요?"

의당 자신을 불렀어야 할 일을 고객들끼리 서투르게 처리했음을 알게 된 상인이 당연히 느낄 그런 기분이 들어 신부는 아니라고 하고 싶었다. 하지만 처녀의 품위와 목소리에 실린 묘한 부드러움이 결합하여 그의 좀더 훌륭한 성벽을 자극했다. 회의주의의 본줄기에 직업으로서의 신앙을 접목하려고 10년간 노력한 끝에 남은 무엇을 그녀가 건드린 것이다. 인간과 사제의 갈등은 전자의 승리로 끝났다.

"그래. 마찬가지란다." 그가 말했다.

"그럼 아이의 장례를 교회 의식으로 치러주시겠어요?" 그녀가 급히 물었다.

신부는 궁지에 몰리는 기분이 들었다. 그는 사실 아기가 아프다는 이야기를 듣고 세례를 주려고 해가 떨어진 뒤 그녀의 집을 찾아가는 성의를 보였던 것이다. 그를 맞아들이지 않은 사람이 테스가 아니라 테스의 아버지였음을 몰랐던 그는 필요하다는 이유로 원칙에 어긋나는 의식을 집전할 수는 없었다.

"아, 그건 다른 문제지." 그가 말했다.

"다른 문제라니요, 왜요?" 테스가 약간 불끈해서 물었다.

"그게 말이야, 우리 둘만의 문제라면 기꺼이 집전을 하지. 하지만 그럴 수 없다. 이유가 있단다."

"한 번만요, 신부님."

"정말로 난 할 수 없어."

"오, 신부님!" 그녀는 그의 손을 붙잡으며 말했다.

그는 고개를 내저으며 손을 뺐다. "그럼 전 신부님을 좋아하지 않을 거예요!" 그녀는 갑자기 목소리를 높였다. "신부님 교회에 다시 발길을 하지 않을 거예요."

"그렇게 경솔하게 말할 일이 아니다."

"제 아이한테는 마찬가지일까요? 신부님이 하지 않더라도…… 마찬가지일까요? 제발 성자가 죄인을 대하듯 하지 마시고 한 사람 대 한 사람으로서, 절 가엾게 여기고 말씀해주세요!"

이런 문제들에 대해 신부 스스로 엄격하게 견지해온 의견과 자신의 대답 사이에서 어떤 타협이 있었는지 평신도로서 말하기는 어렵지만 사정을 설명할 수는 있다. 어떤 식으로든 마음이 움직인 그는 그 건에 대해 이렇게 대답했다.

"그렇게 해도 마찬가지다."

그래서 작은 전나무 상자에 넣은 아기를 낡은 부인용 숄로 덮어 그날 밤 교회 묘지로 운반했고, 묘지기에게 1실링을 주고 맥주 한 잔을 대접하여 등불을 밝힌 가운데 하느님이 할당해주신 초라한 구역에 아기를 묻었다. 쐐기풀이 자라는 그곳은 세례받지 못한 아기나 악명 높은 주정뱅이, 자살한 사람, 그리고 지옥으로 갔으리라고 추정되는 사람들이 묻힌 곳이었다. 주변이 으스스했지만 남의 눈에 띄지 않고 교회 묘지로 들어갈 수 있는 어느 날 저녁, 테스는 용기를 내어 나뭇가지 두 개와 끈으로 작은 십자가를 만들고 거기다 꽃을 매단 후 무덤 앞머리에 그것을 꽂았다. 그리고 또 같은 꽃으로 꽃다발을 만들어 오래가라고 작은 물병에 꽂아 발치에 놓았다. 무심한 관찰자의 눈이 물병에 붙은 '킬웰 마멀레이드' 상표를 읽어낸들 무슨 상관이랴? 더 높은 것을 올려다보는 모정의 눈에는 그런 것이 보이지 않았다.

15

"오래 방황하다 경험을 얻어 우리는 지름길을 찾게 된다"라고 로저 애스컴*은 말했다. 하지만 오래 방황하다 여행을 더이상 할 수 없게

---

* 16세기 중반의 학자로 엘리자베스 1세의 스승이기도 했음.

되는 경우도 없지 않은데, 그렇다면 우리의 경험이 무슨 소용이란 말인가. 테스 더버빌의 경험은 실격 처리되는 그런 종류의 것이었다. 드디어 그녀는 어떻게 처신해야 할지 알았다. 하지만 이제 누가 그녀의 처신을 액면 그대로 받아들이겠는가?

더버빌 저택으로 가기 전에 테스가 세상 사람들에게 일반적으로 통용되는 여러 가지 경구와 격언의 가르침을 엄격하게 따랐더라면 그렇게 속지 않았을 것이 분명하다. 하지만 그런 금과옥조의 진실을 온전하게 깨닫는 일은 그녀의 능력 밖이었고, 이 점에 있어서는 다른 사람들도 마찬가지이다. 그녀는—그리고 다른 많은 사람들도—성 아우구스티누스를 좇아 하느님께 이렇게 반어적으로 기도드릴 수 있었으리라. "당신께서는 우리에게 허락하신 길보다 더 좋은 길로 가라고 권면하셨나이다."

그녀는 겨울에 아버지의 집에 머물면서 닭털을 뽑거나, 칠면조나 거위 배에 소를 채워 넣는 일을 하거나, 더버빌의 선물이라 경멸하는 마음에 치워놓았던 화려한 옷들에서 동생들의 옷을 만들 옷감을 마련했다. 더버빌에게 도움을 청하는 일은 없으리라. 하지만 열심히 일을 해야 할 때에도 테스는 손을 머리 뒤로 깍지 낀 채 생각에 잠겼다.

1년을 지내면서 중요한 날들의 의미를 곰곰이 음미해보기도 했다. 체이스 숲의 어둠을 배경으로 몸을 버린 트랜트리지에서의 끔찍했던 밤, 아기가 태어난 날과 죽은 날, 자신의 생일, 그리고 자신의 행위로 개별적인 의미를 갖게 된 나날들. 어느 날 오후, 거울 속에 비친 자신의 아름다운 모습을 들여다보던 테스는 불현듯 이런 날들보다 더 중요한 날이 있다는 생각을 했다. 모든 아름다움이 사라져버릴 자신의 기일(忌日)이었다. 한 해의 다른 날들 가운데 슬그머니 숨어 있어 테스가 매년 그날을 지나 보낼 때 신호를 보내거나 소리를 내지 않는 날—그러나 분명히 존재하는 날. 그날은 언제일까? 해마다 그 차가운 친족을 지나치면서 왜 냉기를 느끼지 못했을까? 그녀는 제러미 테일러*처럼, 앞으로 언젠가 "오늘이 가엾은 테스 더비필드가 죽은 날이구나"라고 자신을 아는 사람들이 말하리라는 생각을 했다. 그렇게 말하면서 그들의 마음속에 무슨 특별한 생각이 떠오를 리 없다. 그날, 그녀의 인생을 영원히 마감하는 종착역이 될 그날이 어느 달, 어느 주, 어느 철, 또 어느 해가 될지 그녀는 알지 못했다.

그리하여 테스는 거의 단숨에 단순한 처녀에서 복잡한 여자로 바뀌었다. 깊은 사색의 흔적들이 그녀의 얼굴을 스쳐갔고, 목소리에는 이따금 비장함이 묻어났다. 눈은 더 커졌고 표정은 더 풍부해졌다. 그녀는 사람들이 빼어난 미인이라고 할 여자가 되었다. 그녀의 용모는 아름답고 매력적이었으며, 그녀의 영혼은 지난 한두 해의 거친 경험에도 때가 묻지 않았다. 세상 사람들의 입방아를 무시한다면 그녀가 겪은 일을 인문교육이라고 해도 무방하리라.

테스가 최근까지 은둔생활을 하다시피 했고 그녀의 불행이 애초에 널리 알려진 것도 아니라 말롯 마을 사람들은 그 일을 거의 잊었다. 하지만 부유한 더버빌가와 '일가친척'임을 내세우다, 그리고 딸을 이용해 더 가까운 관계를 만들려다 좌절한 일을 두루 알고 있는 마을에서 테스가 마음 편히 살 수 없음은 분명했다. 적어도 오랜 세월이 지

---

* 17세기 영국의 목사, 설교자. 『거룩한 삶』과 『거룩한 죽음』이라는 저서로 유명함.

나 테스의 예민한 자의식이 무뎌지기까지는 그곳이 불편할 수밖에 없었다. 그럼에도 테스는 희망찬 생명의 박동을 뜨겁게 느꼈다. 과거의 기억이 없는 곳에서라면 행복하게 살 수 있을 것 같았다. 과거와 과거에 부속된 모든 것에서 벗어나려면 그것을 지워야 하고, 그러자면 떠나는 수밖에 없었다.

한 번 잃으면 영원히 잃어버린다는 말이 순결에 관해 진짜 맞는 말일까? 그녀는 이렇게 자문하곤 했다. 지난 일을 베일로 덮을 수 있다면 그 말이 틀렸음을 입증할 수 있을 것 같았다. 유기적 자연에 팽배해 있는 재생력이 처녀성에만 주어지지 않을 리 없다.

그녀는 오래 기다렸지만 새로운 출발의 기회를 찾지 못했다. 유별나게 싱그러운 봄이 돌아오고, 새싹이 움트는 소리가 귀에 들리는 것 같았다. 들짐승들이 들뜨듯 테스의 마음도 들떠 어디론가 떠나고 싶었다. 드디어 5월 초 어느 날, 어머니의 옛 친구한테서 편지 한 통이 왔다. 테스는 그녀를 한 번도 만난 적은 없지만 한참 전에 일자리를 문의해놓았던 것이다. 남쪽으로 수마일 떨어진 목장에서 소젖 짜는 여자 일꾼을 구하는 목장주가 여름 한철 그녀를 고용할 용의가 있다는 내용이었다.

테스가 원하는 만큼 멀리 떨어진 곳은 아니었지만, 그녀의 생활 반경과 소문이 미치는 범위가 워낙 좁았기 때문에 충분히 멀다고 할 수도 있었다. 좁은 지역에서 평생을 살아온 사람들에게 몇 마일의 거리는 위도나 경도에 이르고, 마을은 주(州), 주는 나라나 왕국과 같은 것 아니겠는가.

테스가 굳게 마음먹은 것이 한 가지 있었다. 새 삶을 시작하면서 꿈이든 생시든 더버빌 공중누각은 짓지 않겠다는 것이었다. 자신은 소젖 짜는 일꾼 테스일 따름이다. 이 문제에 관해 이야기를 나눈 적은 없지만 어머니도 테스의 심경을 잘 알고 있어서 이제 기사 족보를 언급하는 일은 없었다.

하지만 새로 일자리를 얻은 곳이 그녀의 홍미를 끈 이유 중 하나는 조상들의 영지와 가깝다는 우연한 덕목이었으니 인간이란 모순된 존재라 아니할 수 없다. (그녀의 어머니는 블레이크모어 토박이지만, 부계 쪽의 고향은 블레이크모어가 아니었다.) 그녀가 가기로 되어 있는 탤버테이스라는 목장은 더버빌 가문의 이전 영지에서 그다지 멀지 않은 곳에 있었고, 근처에는 십수 대 거슬러 올라가는 할머니들과 세도깨나 부리던 그들의 남편들이 묻힌 커다란 가족 묘지가 있었다. 그곳에 가보면 바빌론과 마찬가지로 더버빌 가문도 몰락했다는 사실뿐 아니라 보잘것없는 후손의 순박한 영혼도 마찬가지로 조용히 사라질 수 있다는 사실을 환기하리라. 그러면서도 혹시 조상의 땅에 가면 예상치 못한 좋은 일이 생기지 않을까 하는 생각도 들었고, 그러자 나뭇가지의 수액처럼 마음속에서 저절로 기운이 났다. 그것은 일시적으로는 억눌리더라도 다시 솟아오르면서 희망을 불러오는 소모될 수 없는 젊음, 자신의 즐거움을 추구하는 제어할 수 없는 본능이었다.

제3단계

회복

16

백리향 내음 풍기고 새가 알에서 깨어나는 5월 아침, 트랜트리지에서 돌아오고 2년이 지나 3년째로 접어들 즈음—테스 더비필드에게는 조용한 회복기였다—그녀는 두번째로 집을 떠났다.

나중에 부칠 수 있도록 짐을 꾸려놓은 다음 그녀는 이륜 경마차를 임대해 스투어캐슬이라는 작은 마을을 향해 출발했다. 그 마을을 거쳐 처음 감행했던 여행과는 거의 정반대 방향으로 가야 했다. 떠나기를 갈망했지만 가장 가까운 산모퉁이에 이르자 그녀는 섭섭한 마음에 말롯 마을과 자기 집을 뒤돌아보았다.

저기 사는 식구들은 그녀가 먼 곳에 가 있고 그녀의 미소를 보지 못하더라도 즐거움이 크게 줄었다고 생각하지 않고 이전과 다름없이 하루하루를 살아가리라. 며칠이 지나면 아이들은 그녀가 남긴 빈자리를 느끼지 못하고 여전히 즐겁게 놀이에 열중하리라. 그녀는 어린 동생들의 곁을 떠나는 것이 최선이라는 판단을 내렸다. 남아 있으면 그녀가 아이들을 훈계해서 얻을 수 있는 이득보다 나쁜 본을 보여 해를 입힐 소지가 더 클 것 같았다.

테스는 스투어캐슬에서 내리지 않고 큰길의 교차로까지 계속 가서 서남쪽으로 가는 역마차를 기다릴 작정이었다. 내륙의 외곽을 돌아가는 철도선들이 있었지만, 아직 이곳을 지나가지는 않았다. 그런데 기다리는 동안 그녀와 거의 비슷한 방향으로 짐마차를 몰고 가는 농부가 나타났다. 낯선 사람이었지만 옆자리에 타라는 농부의 권유를―그의 호의가 단지 자신의 용모 때문임을 짐짓 모른 척하고―그녀는 받아들였다. 그는 웨더베리까지 가는 길이었다. 그곳까지 농부와 함께 간 다음 캐스터브리지를 경유하는 역마차를 타지 않고 나머지 거리를 걸어갈 작정이었다.

긴 여행이었지만 테스는 정오쯤 농부가 추천한 농가에서 먹는 둥 마는 둥하고 웨더베리를 곧 떠났다. 바구니를 손에 들고 히스 꽃이 무성한 넓은 언덕을 향해 걷기 시작했는데, 언덕은 이 지역과 경계를 이루었고 그 너머 골짜기에 초원이 펼쳐져 있었다. 그곳에 이날 여행길의 최종 목적지인 목장이 있었다.

테스는 이 고장을 방문한 적은 없었지만 풍경은 친근하게 다가왔다. 왼쪽으로 그리 멀지 않은 곳에 거무스름한 반점 같은 것이 눈에 들어왔다. 물어보니 킹스비어 주변의 숲이라 했다. 그 교구의 교회에 조상들―쓸모없는 조상들―의 유골이 묻혀 있으리라.

그녀는 이제 그들을 우러러보는 마음이 없었고, 그들로 인해 애를 먹은 터라 미움에 가까운 감정만 남아 있었다. 그들에게서 물려받은 것이라고는 오로지 낡아빠진 인장과 숟가락뿐이었다. "흥, 나한테는 아버지 말고 엄마 쪽 피도 있단 말이야!" 그녀가 말했다. "내가 예쁜 건 엄마한테 물려받은 거고, 엄마는 소젖 짜는 일꾼이었을 뿐이야."

거리는 사실 몇 마일에 불과했지만, 막상 당도해보니 에그던의 언덕과 초원을 가로질러 농장에 이르는 길은 생각했던 것보다 찾아가기가 훨씬 힘들었다. 길을 몇 번이나 잘못 드는 바람에 두 시간이 걸린 뒤에야 그렇게 오랫동안 찾아 헤매던 골짜기, 즉 '대 낙농장 계곡'이 바라보이는 언덕 꼭대기에 다다랐다. 이 골짜기에서는 우유와 버터가 썩어날 정도였다. 테스의 고향에서 나는 것보다 맛은 덜 부드러웠지만, 바 혹은 프룸이라는 이름의 강에서 물을 넉넉하게 공급받는 푸른 풀밭에서 훨씬 많은 양을 생산했다.

'대 낙농장 계곡'은—불운했던 트랜트리지에서의 체류를 제외하면—그녀가 여태 살아온 블랙무어 골짜기, 곧 '소 낙농장 계곡'과 근본적으로 달랐다. 이곳은 무엇이든 규모가 컸다. 담장을 친 목초지의 면적은 10에이커가 아니라 50에이커였고, 농장 건물도 훨씬 컸으며, 그곳에서 소떼가 몇 가족 정도라면 이곳에서는 부족(部族)이라고 해도 될 만큼 무리를 이루었다. 동쪽 끝에서 서쪽 끝까지 그녀의 시야에 들어오는 수많은 암소 떼는 그녀가 지금까지 한 번에 본 것으로는 가장 많았다. 푸른 풀밭 위에는 반 알스로트나 살라에르트*의 화폭에 사람들이 빽빽이 그려진 것처럼 소떼들이 들어차 있었다. 무르익은 적

---

* 17세기 전반 플랑드르 지방의 풍광과 일상을 그린 화가들.

갈색의 암소 떼가 저녁 햇살을 흡수한다면, 하얀 젖소들은 그녀가 서 있는 먼 언덕에서도 눈이 부실 지경으로 햇빛을 반사했다.

테스 앞에 펼쳐진 조감도는 그녀가 잘 아는 그곳처럼 울창하게 아름답다고 할 수는 없었지만 더 쾌적했다. 경쟁 상대인 골짜기의 짙푸른 대기와 점토질의 토양과 향기는 없었지만, 새로 들이마신 공기는 맑고 상쾌하고 신선했다. 이 이름난 목장의 풀밭과 소떼에 자양분을 공급해주는 강물도 블랙무어의 시냇물과 달랐다. 그곳의 시냇물은 느릿느릿 소리 없이 또 종종 탁하게 흐르며, 진흙 바닥 위로 넘쳐흐르기도 해서 부주의하게 시냇물을 건너려다 불의에 익사할 위험이 있었다. 프룸 강은 「요한의 묵시록」을 쓴 요한이 본 순수한 생명의 강처럼 맑고, 구름의 그림자처럼 빨랐으며, 조약돌이 깔린 여울은 하루 온종일 하늘을 향해 조잘거렸다. 그곳의 물가에서는 나리꽃이, 이곳의 물가에서는 미나리아재비가 피었다.

께느른하게 가라앉은 공기가 상쾌한 공기로 바뀌어서인지, 아니면 자신을 주시하는 눈길이 없는 새로운 장소에 왔음을 실감해서인지 그녀의 기분은 날아갈 것 같았다. 부드러운 남풍을 받으며 뛰어가는 동안 햇빛과 하나가 된 희망이 그녀를 완벽하게 감싸안은 빛의 공을 이루었다. 산들바람이 유쾌하게 말을 걸었고, 모든 새들의 노랫소리에 환희가 숨어 있었다.

최근에 그녀의 얼굴은 심리 상태의 변화에 따라, 즐거운지 우울한지에 따라 아름다움에서 평범함 사이를 끊임없이 오갔다. 어느 날은 티 하나 없이 맑은 얼굴에 홍조를 띠었고, 또 어느 날은 창백하고 수심이 가득했다. 홍조를 띠는 날은 창백한 날보다 감정에 덜 좌우될 때다. 그녀는 기분이 덜 고양되었을 때 더 완벽한 아름다움을 드러냈다. 격렬할 때 그녀는 덜 예뻤다. 지금 남풍을 받는 그녀의 얼굴이 외모로만 보면 최상의 상태였다.

어디에서든 즐거움과 만족을 찾으려는 저항할 수 없는 경향은 가장 미천한 것에서 가장 고귀한 것에 이르기까지 모든 생명체의 보편적이고 자연스러운 속성인데, 이것이 마침내 테스를 사로잡았다. 갓 스물인 여자에게, 또 정신적으로나 정서적으로 성장을 멈추지 않은 여자에게 세월이 승화할 수 없는 상흔을 남기는 사건은 없는 법이다.

그리하여 그녀의 용기와 감사와 희망은 점점 커져가기만 했다. 그녀는 민요 몇 곡을 불러보았으나 그것으로 성이 차지 않았다. 그러다 금단의 열매를 따 먹기 이전, 주일 아침이면 종종 눈길을 주었던 「시편」 찬송을 기억해내어 이렇게 노래했다. "오, 너희 해와 달이여…… 오, 너희 별들이여…… 너희 대지의 초목이여…… 너희 공중의 새들이여…… 짐승과 가축이여…… 사람의 자식들이여…… 하느님을 찬미하라, 영원히 그를 찬양하고 경배하라."*

그러다 그녀는 갑자기 노래를 멈추고 중얼거렸다. "하지만 난 아직 하느님을 잘 알지 못하는걸."

반쯤 무의식적인 이 송가는 일신교의 틀에서 물신주의를 표현한다고 해야 할 것 같다. 자연의 형상과 원기를 주된 벗 삼아 자란 여자들의 영혼에는 후대에 와서야 습득하게 된 제도 종교보다 옛 조상들의 이교적 환상이 남아 있게 마련이다. 하지만 테스는 적어도 자신의 감

---

* 실제는 「시편」이 아닌 찬송가 〈만물의 송가〉의 한 구절임.

정에 근접한 표현을 어린 시절부터 입에 익은 옛 성가에서 찾았고, 또 그것으로 충분했다. 독립적인 생활의 방편을 찾아나서는 것과 같은 사소한 첫걸음에도 크게 만족하는 것이 더비필드 집안의 기질이었다. 아버지와 달리 테스는 정말이지 똑바로 걷고 싶었다. 하지만 목하의 작은 성과에 만족한다는 점에서, 한때 권력을 휘두른 더버빌 가문이 지금의 처지에서 겨우 이뤄낼 수 있는 미미한 사회적 성공을 위해 애쓸 용의가 없다는 점에서 그녀는 아버지를 닮았다.

테스의 나이에 걸맞은 자연스러운 활력뿐 아니라 어머니 집안 쪽의 소진되지 않은 활력이 한동안 그녀를 완전히 압도한 그 경험 이후 되살아났다고 할 수도 있으리라. 사실을 말하자면 여자들은 대체로 그런 일로 죽지 않고 다시 기운을 되찾아 세상에 흥미를 갖는다. 친절한 이론가들의 주장과 달리 '버림받은' 여자에게 살아 있는 한 희망이 있다는 확신은 전적으로 낯선 것은 아니다.

그리하여 테스 더비필드는 낙천적으로 삶에 대한 의욕에 충만해 여행의 목적지인 낙농장을 향해 에그던의 비탈길을 내려갔다.

쌍벽을 이루는 두 계곡의 차이는 마지막에 더 뚜렷이 나타났다. 블랙무어의 신비는 주변의 높은 곳에서 내려다볼 때 가장 잘 드러났으나, 눈앞의 골짜기를 제대로 알기 위해서는 그 한가운데로 내려가야 했다. 이런 과업을 달성한 테스는 동쪽에서 서쪽으로 끝없이 펼쳐진 융단 같은 들판 위에 서 있는 자신을 발견했다.

강은 더 높은 지대에서 흙을 조금씩 훔쳐 이 골짜기에 평평한 대지를 만들었다. 그리고 이제는 지치고 늙고 쇠잔하여 과거의 약탈품 사이에 뱀처럼 구불구불 누워 있었다.

어느 방향으로 가야 할지 망설이면서 테스는—끝없이 긴 당구대 위에 앉은 한 마리 파리처럼—산으로 둘러싸인 신록의 평원 위에 조용히 서 있었다. 이 풍경 안에서 그녀가 파리 이상의 중요성을 갖는 것도 아니었다. 현재까지 그녀의 존재가 이 고요한 골짜기에 끼친 유일한 영향이라면 한 마리 외로운 왜가리의 호기심을 발동시킨 것뿐이었다. 왜가리는 오솔길 가까이 내려앉아 고개를 꼿꼿이 세운 채 그녀를 바라보았다.

갑자기 목초지 여기저기서 모음을 늘어뜨려 "워어이! 워어이! 워어이!" 하는 소리가 반복해서 들려왔다. 동쪽 끝에서 서쪽 끝까지 이 소리가 메아리쳐 퍼져나갔고, 때로는 개 짖는 소리가 섞여들었다. 아름다운 테스의 도착을 골짜기가 환영하는 표시는 아니었다. 여느 날처럼 젖 짜는 시간—남자 일꾼들이 젖소를 몰고 오는 네시 반—을 알리는 신호였다.

근처에서 심드렁하게 신호를 기다리던 붉은 소떼와 흰 소떼가 커다란 젖통을 덜렁거리며 초원 뒤쪽에 있는 목장의 부속건물 쪽으로 무리 지어 움직였다. 테스는 그 뒤를 천천히 따라가다가 짐승들이 들어가면서 열린 문을 지나 농가의 안뜰로 들어갔다. 지붕을 인 외양간들이 안뜰을 둘러싸고 있었고, 그 경사진 지붕에는 선명한 초록색 이끼가 덮여 있었다. 처마를 받치고 있는 나무 기둥들은 지난 세월—이제 가늠조차 할 수 없는 망각의 심연으로 사라진—수많은 암소와 송아지 들이 옆구리로 문질러서 반질반질 윤이 났다. 기둥 사이로 젖소들이 늘어서 있었는데, 약간의 상상력을 발동하면 이들의 뒷모습은 두 개의 기둥 사이에 걸려 있는 원반의 중심에서 회초리 하나가 진자처럼 움직이는 듯 보였다. 그동안 태양은 참을성 있는 소떼 뒤로 몸을 낮추어 정확히 안쪽 벽에 그들의 그림자를 만들었다. 이렇게 매일 저녁 태양은 이 미천하고 평범한 짐승들의 그림자를, 궁정 미녀의 옆모습을 궁궐의 담벼락에 비추듯 하나하나 정성 들여 만들어냈다. 먼 옛날 건물의 정면에 새겨진 올림포스 신들의 대리석 형상이나 알렉산더, 시저, 파라오의 윤곽을 모사하듯 이들을 모사했던 것이다.

외양간에 있는 암소들은 부산한 쪽이었다. 혼자 놔둬도 가만히 서 있는 소들은 마당 한가운데서 젖을 짰는데, 마당에는 그렇게 양순한 암소들이 기다리며 서 있었다. 모두가 이 골짜기 아니면 찾아보기 힘든 최상급의 젖소들이었다. (여기서도 항상 그런 것이 아니라 1년 중 생육이 가장 왕성한 계절에 영양분이 많은 목초지의 풀을 먹을 때만 최상의 상태가 된다.) 젖소의 하얀 얼룩 반점이 눈이 부실 만큼 햇빛을 반사했고, 뿔에 걸린 놋쇠 표지가 반짝여 군대를 사열하는 듯한 느낌을 주었다. 모래 부대처럼 묵직하게 처진 젖통에는 굵은 핏줄이 불거져나왔고, 젖꼭지는 집시들의 항아리 솥발 모양으로 튀어나왔다. 젖소들이 자기 차례를 기다리며 서성거리는 동안에도 우유가 배어나와 방울방울 땅바닥에 떨어졌다.

17

젖소들이 풀밭에서 돌아오자 소젖 짜는 남녀 일꾼들이 자기 집에서 혹은 목장 건물에서 나와 떼 지어 모여들었다. 비가 오지는 않았지만 마당에 깔아놓은 질척거리는 밀짚에 신발이 빠지지 않도록 여자 일꾼들은 나무 덧신을 신고 있었다. 각자 자신의 세발 의자에 앉아 고개를 옆으로 돌린 채 오른뺨을 젖소에 기대고 있던 터라 테스가 다가가자 그들은 젖소의 옆구리 사이로 그녀를 유심히 쳐다보았다. 남자 일꾼들은 모자를 푹 눌러쓰고 고개를 숙인 채 땅바닥을 내려다보고 있어서 그녀를 보지 못했다.

남자들 중에 건장한 체격의 중년이 있었는데―그의 긴 흰색 앞치마는 다른 사람들이 두른 것보다 좀더 깨끗하고 좋아 보였고, 그 안에 입은 윗도리도 시장에서 산 물건인 듯 번듯했다―그가 바로 그녀가 찾고 있던 목장 주인이었다. 일주일 중 엿새 동안은 목장에서 소젖을 짜고 버터를 만들다가, 이레째 되는 날 윤이 자르르 흐르는 양복을 입고 교회의 가족석에 나타나는 그의 양면이 무척 대조적이어서 이런 노래가 생겼다고 한다.

엿새 동안은
소젖을 짜는 딕이지만
주일에는 리처드 크릭 씨라네.

우두커니 서 있는 테스를 보고 그가 다가갔다. 목장 일을 하는 사람들은 젖을 짤 때 대개 날카로워지지만, 크릭 씨는 일손을 얻게 되어 기쁜 나머지―지금이 한창 바쁜 철인지라―그녀를 따뜻하게 맞이하면서 어머니와 다른 가족들의 안부를 물었다. (테스에 관한 짤막한 사무적인 편지를 받고 나서야 더비필드 부인의 존재를 알았으니 이런 안부 인사는 의례적인 것에 불과했다.)

"소싯적엔 그쪽 지방으로 뻔질나게 다녔제." 그가 안부 인사 끝에 덧붙였다. "그후로는 못 가봤구먼. 그런디 이 근방에 아흔 살 먹은 할머니가 사셨는디—오래전에 돌아가셨지만—블랙무어 골짜기에 처자와 비슷한 이름의 집안이 원래는 이곳 출신이라고 하셨제. 유서 깊은 집안인디 이제는 거의 대가 끊겼다나. 요즘 젊은 사람들이야 그런 걸 알 리 없제. 하기야 나도 할머니의 종작없는 이야기를 흘려버렸으니께."

"그럼요. 그게 뭐 대수인가요." 테스가 말했다.

그러고 나서는 일에 관한 이야기만 했다.

"소젖을 끝까지 짜겠어? 이맘때 젖이 말라붙으면 안 되니께."

그 점은 걱정 말라고 안심시키자 그는 그녀를 아래위로 훑어보았다. 집 안에 오래 틀어박혔던 터라 테스의 안색이 창백했기 때문이다.

"할 수 있는 게 확실혀? 고된 일을 해본 사람들이나 하지 온실 화초는 견뎌낼 재간이 없으니께."

그녀는 할 수 있다고 확언했고, 그는 그녀의 의욕과 결심을 마음에 들어 했다.

"그런디 차를 한잔하든지 아니면 뭐로 입을 다셔야 할 텐디, 안 그려? 아직은 괜찮여? 그럼 좋을 대로 하고. 아주 먼 길을 왔으니 나라면 목이 타겠구먼."

"손에 익게 곧바로 시작하겠어요." 테스가 말했다.

그녀가 요기를 대신해 우유를 조금 마시자 목장 주인 크릭은 좀 놀랐고, 사실은 약간 깔보는 마음도 들었다. 우유가 좋은 음료라는 생각을 해본 적이 없었기 때문이다. "그려, 우유를 마실 수 있으면 그러든 가." 누군가 그녀가 마실 수 있게 우유통을 받쳐주는 동안 그는 개의치 않는다는 투로 말했다. "우유를 입에 대지 않은 지 오래되었제. 난 안 마신다고. 빌어먹을 게 배 속에 들어가면 꼭 납덩어리를 넣은 거 같이 무지근해서 말이여…… 저 소를 한번 짜봐." 그는 이야기를 계속하며 가장 가까이 있는 소를 향해 고갯짓을 했다. "젖 짜기 쉬운 놈은 아녀. 사람도 그렇지만 젖소도 쉬운 놈이 있고 어려운 놈이 있제. 암튼 곧 구별이 될겨."

모자를 두건으로 바꿔 쓴 테스는 소 밑에 세발 의자를 놓고 앉았다. 두 손으로 짜낸 우유가 통 속으로 쏟아져 들어가는 것을 보았을 때, 그녀는 자신의 앞날을 위한 새로운 터전이 마련되었다는 기분이 확실하게 들었다. 확신은 마음의 평안을 낳았고 흥분이 가라앉으면서 주변을 둘러볼 여유가 생겼다.

소젖을 짜는 사람들은 남녀를 합해 일개 부대를 이룰 정도로 많았는데, 남자들은 젖꼭지가 단단한 쪽을, 여자들은 좀 무른 쪽을 맡았다. 큰 목장이었다. 크릭이 기르는 젖소는 모두 합해서 거의 백 마리가량 되었는데, 출타중만 아니면 젖 짜기가 제일 힘든 예닐곱 마리는 손수 짰다. 그가 부리는 일당 일꾼들은 대체로 붙박이가 아니었기 때문에 끝까지 짜지 않고 대충 짤까봐 그 예닐곱 마리를 그들에게 맡기지 않았다. 여자 일꾼들에게도 맡기지 않았는데, 손가락 힘이 부족해서 역시 끝까지 짜지 못할까 염려해서이다. 그런 식으로 시간이 지나면 젖이 말라붙는다. 젖을 대충 짜는 것이 당장 손해라서가 아니라, 수요가 줄어들면 차츰 양이 줄어들다 결국 공급 자체가 중단되기 때문에 심각한 문제인 것이다.

테스가 자기 소 앞에 자리를 잡자 한동안 마당에서는 이야기가 오가지 않았고, 이따금 소를 향해 돌아서라거나 가만히 있으라는 호통을 제외하면 우유통 속으로 우유 줄기가 가르랑거리며 쏟아지는 소리만 들렸다. 움직이는 것도 소젖 짜는 사람들의 오르락내리락하는 손놀림과 젖소들의 덜렁거리는 꼬리뿐이었다. 그들은 골짜기의 양쪽으로 펼쳐진 광대한 평원의 한가운데서 그렇게 작업을 계속했다. 평원의 풍경은 오래전에 잊힌 옛날 풍경들의 합성이었는데, 그 옛날 풍경이 지금 그들이 구성하는 풍경과 사뭇 다른 것은 말할 나위가 없다.

"오늘은," 목장 주인이 작업을 마친 젖소에서 벌떡 몸을 일으키면서 한 손에 세발 의자를, 다른 손에 우유통을 들고 젖을 짜기 힘든 또 다른 소 쪽으로 걸어가면서 말했다. "오늘은 소젖이 보통 때처럼 나올 것 같지 않다는 생각이 드는구먼. 정말이지 윙커의 젖이 이렇게 줄어들면 한여름에 이놈 젖을 짜겠다고 애쓸 일도 없겠어."

"새 일꾼이 들어왔다고 그러는 거래요." 조너선 케일이 말했다. "전에도 그런 적이 있잖아요."

"옳지. 그럴 수도 있겠구먼. 그 생각을 못 했어."

"그럴 땐 젖이 뿔로 올라간다고 하대요." 소젖을 짜던 여자 하나가 말했다.

"글쎄, 뿔로 올라간다고?" 마법을 부려도 해부학적으로 불가능한 것을 어쩌겠느냐는 미심쩍은 투로 목장 주인 크릭 씨가 대답했다. "그렇게 말할 수는 없제. 없고말고. 뿔 없는 소도 뿔 달린 것만큼 젖이 안 나올 때가 있는 걸 보면 동의할 수 없어. 조너선, 뿔 없는 젖소 수수께끼를 알고 있나? 뿔 없는 소들이 왜 뿔 달린 것들보다 1년 우유 생산량이 적을까?"

"모르겠네요." 소젖 짜는 여자가 중간에 끼어들었다. "왜 그려요?"

"숫자가 적으니까 그렇제." 목장 주인이 대답했다. "아무튼 이 고약한 것들이 오늘은 젖을 덜 내는 게 분명혀. 자, 노래나 한두 자락 뽑아보자고. 그것밖엔 약이 없으니께."

이 근방의 목장에서는 젖소가 평소처럼 젖을 낼 기미를 보이지 않으면 종종 노래를 유인책으로 썼다. 이런 주문에 따라 젖을 짜던 이들은 노래를 시작했는데, 완전히 사무적인 투였지 부르고 싶어서 하는 노래는 아니었다. 노래를 들려주면 우유가 잘 나온다고 그들은 확실히 믿고 있었다. 지옥의 불빛이 주변에 어른거려 어두울 때 잠자리에 들지 못하는 어느 살인자에 대한 유쾌한 민요를 열너댓 소절쯤 부르자 한 남자 일꾼이 말했다. "웅크리고 앉아서 노래를 부르자니 숨이 턱에 차누만요. 하프를 꺼내 오시죠. 바이올린이 제일 좋지만서도."

이야기에 귀를 기울이던 테스는 목장 주인에게 하는 말이라고 생각했으나 잘못 안 것이었다. "하프는 왜요?"라는 대답이 축사 안에 있는 밤색 젖소의 배 쪽에서 나왔던 것이다. 그 뒤에서 젖을 짜던 사람이 한 말이었는데 아직 그녀가 보지 못한 사람이었다.

"아, 그럼, 바이올린만 한 게 없제." 목장 주인이 말했다. "음악 소리가 암소보다는 황소한테 더 잘 통하지만 말이여. 내가 알기로는 그려…… 저 건너 멜스톡 마을에 윌리엄 듀이라는 노인이 살았는디, 운송 일을 크게 하던 집안 중 하나제. 조너선, 생각이 나는가? 친동기간처럼 가깝게 지낸 사이였다네. 그런디 윌리엄이 어느 날 결혼식에 가서 바이올린을 켜주고 집으로 가다가, 달빛이 환한 밤인지라 지름길 삼아 '40에이커'라는 들판을 가로질러 가는디, 거기 황소 한 마리가 풀을 뜯어 먹고 있더랴. 황소가 윌리엄을 보더니만, 젠장, 뿔을 땅에 한 번 받고는 달려오더라나. 잘사는 집 결혼식이었던 걸로 치면 술도 많이 마신 건 아니고, 죽어라 달리는데도 도무지 울타리를 무사히 넘어갈 거 같지 않았대. 그래서 최후 수단으로다 바이올린을 꺼내 지그를 켜기 시작했다는군. 그리고 황소를 향해 돌아선 다음 뒷걸음질로 구석으로 물러섰지. 황소가 누그러지더니 멈춰 서서 윌리엄 듀이를 빤히 보더래. 윌리엄이 계속해서 바이올린을 켜니까 마침내 황소가 씩 웃더라나. 그런디 연주를 멈추고 돌아서서 울타리를 넘어가려고 하니께 황소가 웃다 말고 윌리엄의 엉덩이로 뿔을 들이밀 기세더랴. 그래서 하는 수 없이 돌아서서 연주를 계속했는디, 새벽 세시밖에 안 된 터라 몇 시간 동안은 그 길로다 사람이 지나갈 성싶지 않고, 배가 고파 속이 쓰릴 지경인 데다 피곤해서 똑 죽을 거 같더라나. 새벽 네시까지 바이올린을 긁어대고 나니께 쓰러지기 일보 직전이라 이렇게 혼잣말을 했다는군. '이제 나하고 영생(永生) 사이에는 이 곡이 마지막이구나. 하늘이여 도우소서, 아니면 죽은 목숨입니다.' 그때 마침 크리스마스 전날에 소가 무릎을 꿇는 걸 본 기억이 나더랴. 그날이 크리스마스 전날은 아니지만 황소를 한번 속여넘기자는 생각이 퍼뜩 머리를 스쳤다나. 그래서 크리스마스 캐럴 부르러 다닐 때처럼 캐럴을 켜기 시작했는디, 보시라, 무식한 황소가 그날이 크리스마스 전날 저녁인 줄 알고 무릎을 꿇더라는겨. 뿔 달린 친구가 무릎을 꿇자마자 등을 돌린 윌리엄은 사냥개처럼 잽싸게 달려 울타리를 무사히 뛰어넘었

172

지. 기도하던 황소가 다시 일어나 쫓아오기 전에 말이여. 윌리엄이 늘 하는 말이 있었제. 바보 꼴을 당한 작자들을 숱하게 봤지만, 그날이 크리스마스 전날이 아니고, 신앙심을 농락당한 걸 알아차린 황소의 표정처럼 멍청한 꼴은 본 적이 없다고…… 그렇제, 윌리엄 듀이. 그게 그 친구 이름이라네. 지금 당장이라도 그 친구가 멜스톡 교회 묘지 어디에 묻혀 있는지 꼭 집어 말할 수 있어. 둘째 주목과 북쪽 측랑 사이지."

"신기한 이야기군요. 신앙이 삶에 녹아들어 있던 중세로 돌아간 것 같네요." 목장 마당에서 흔히 듣기 힘든 발언이 밤색 젖소 뒤쪽에서 흘러나왔다. 아무도 그 발언의 문맥을 이해하지 못했기 때문에, 자기 이야기의 신빙성에 대한 회의적 암시로 받아들인 이야기꾼을 제외하고는 반응이 없었다.

"어쨌거나 틀림없는 사실이여요. 제가 잘 아는 사람이라니께요."

"아, 물론이죠. 추호도 의심하는 건 아니랍니다." 밤색 젖소 뒤에 있는 사람이 말했다.

테스의 관심은 이제 주인과 이야기를 나누는 상대에게 쏠렸다. 하지만 그는 아주 고집스럽게 젖소 옆구리에 고개를 파묻고 있어서 옷자락만 조금 보일 뿐이었다. 그녀는 왜 목장 주인까지도 그에게 존대를 하는지 알 수 없었지만 아무도 설명해주지 않았다. 그는 세 마리 소의 젖을 짤 수 있을 만큼 오래 그 소를 붙들고 있었고, 뭐가 잘 안 되는지 혼잣말로 외마디 소리를 지르곤 했다.

"살살 하세요, 살살 허시라고요." 주인이 말했다. "요령으로 하는 거지 힘으로 하는 게 아니랍니다."

"그런 것 같습니다." 상대방은 그제야 몸을 일으키며 두 팔을 쭉 뻗고 대답했다. "이 녀석은 다 끝낸 것 같습니다만 손가락이 쑤실 정도네요."

그때서야 테스는 그의 모습을 볼 수 있었다. 그는 목장에서 일하는 사람들이 소젖을 짤 때 흔히 두르는 흰색 앞치마와 가죽 각반을 찼고, 장화에는 마당에 깔아놓은 지푸라기가 들러붙어 있었다. 하지만 이 장소에 맞춘 옷차림일 뿐 그 이면에는 뭐랄까, 교육받은 사람한테서 느껴지는 거리감, 예민함과 슬픔 그리고 남다름 같은 게 있었다.

그러다 그를 전에 본 적이 있다는 생각이 들면서 외관에 대한 꼼꼼한 관찰은 잠시 뒤로 미루었다. 그를 본 이후 겪은 우여곡절 때문에 테스는 그를 어디서 만났는지 금방 기억해낼 수 없었다. 그러다 불현듯 그가 바로 말롯 마을의 부녀회 들놀이에서 춤을 추러 들어왔던 그 여행자라는 사실이 생각났다. 어디서 나타났는지 알 수 없었으나 딴 처녀들과 춤을 추고는 그녀를 조롱하듯 버려두고 자기 일행과 길을 떠난 바로 그 외지인이었던 것이다.

그녀의 시련이 시작되기 전의 일화가 밀물 같은 기억들을 되살려놓자 테스는 순간 당황했다. 그가 자기를 알아보고 어떤 경로로든 자기 이야기를 알게 되지 않을까 걱정되었기 때문이다. 하지만 그가 알아보는 기색이 전혀 없자 걱정은 사라졌다. 조금씩 훔쳐본 결과 테스는 표정이 풍부한 그의 얼굴이 처음이자 유일한 만남 이후 더 사려 깊은 쪽으로 변했고, 청년의 콧수염과 턱수염이 보기 좋게 자리 잡았음을 알 수 있었다. 뺨에서 시작한 턱수염은 연한 밀짚 빛깔을 띠었는데 뿌리에서 멀어질수록 따뜻한 갈색으로 짙어졌다.

그는 소젖을 짤 때 쓰는 리넨 앞치마 안에 검은색 우단 윗도리를 받쳐 입었고, 코르덴 바지와 각반, 그리고 풀 먹인 흰 셔츠를 입었다. 리넨 앞치마만 아니었다면 그가 무슨 일을 하는 사람인지 짐작할 수 없었을 것이다. 괴팍한 지주나 점잖은 농부 어느 쪽이라고 해도 맞을 확률이 반반일 듯 보였다. 소 한 마리의 젖을 짜는 데 들인 시간을 보고 테스는 그가 목장 일에는 초보임을 곧 알아차렸다.

그러는 동안 소젖 짜는 여자 일꾼들 중 여럿이 신참을 놓고 "정말 이쁘네!"라고 속닥거렸다. 어느 정도까지는 진짜 너그러운 마음으로 보내는 찬사였으나, 듣는 쪽에서 그 말을 수정해주기를 바라는 심사도 반쯤은 없지 않았다. 그런 반응이 나올 수도 있는 것이, 엄격히 말해, 꼭 집어 예쁘다는 말로 테스가 사람들의 눈길을 끄는 이유를 설명할 수 없었기 때문이다. 그날 저녁의 소젖 짜기가 끝나자 그들은 하나둘씩 집 안으로 들어갔다. 집 안에서는 목장 주인의 아내인 크릭 부인이 —소젖을 짜기에는 지체가 높다고 생각하는 그녀는 여자 일꾼들이 날염한 무명옷을 입는다는 이유로 따뜻한 날에도 모직으로 된 긴 웃옷을 입었다— 우유통과 기타 등등을 감독하고 있었다. 일꾼들은 거의 자기 집으로 돌아갔고, 테스는 자기 말고 여자 일꾼 두셋만 목장에서 숙식한다는 사실을 알았다. 목장 주인의 이야기에 논평을 하던 그 신분 높은 일꾼은 식사 시간에는 보이지 않았다. 남은 저녁 시간 동안 침실의 잠자리를 정돈하면서 테스는 그에 관해 묻지 않았다. 침실은 우유 창고 위층에 있는 길이 9미터 정도의 큰 방이었는데, 이곳에서 기숙하는 다른 세 처녀의 침대도 같은 방에 있었다. 그들은 한창 나이의 처녀들로, 한 명을 제외하면 그녀보다 나이가 많은 듯 보였다. 잠자리에 들 시간이 되자 테스는 너무나 피곤한 나머지 금방 곯아떨어졌다.

하지만 옆 침대를 쓰는 처녀는 테스만큼 잠이 오지 않는지 그녀가 살게 된 목장의 구구절절한 내용을 굳이 전달하려고 했다. 그 처녀가 속삭이는 소리가 어둠과 섞여들어, 테스의 가물가물한 의식으로는 어둠에서 말소리가 흘러나와 둥둥 떠다니는 듯했다.

"소젖 짜는 일을 배우러 온 에인절 클레어 씨는 하프도 탈 줄 알제? 우리한테 별로 말을 걸거나 하지는 않아. 신부님 아들이고*, 무슨 생각을 그렇게 하는지 여자한테는 별로 관심이 없어. 목장 주인의 견습생인데 농장 일을 모두 배운댜. 딴 데서는 양치기를 배웠고 지금은 목장 일을 익히고 있제…… 그래, 진짜배기 신사여. 아버지가 에민스터의 클레어 신부랴. 여기서는 꽤 멀제."

"아, 성함은 들어봤어." 그때 잠이 깬 테스가 말했다. "아주 열성적인 신부님이라던디, 맞아?"

"응, 그려, 웨섹스를 통틀어 제일 열성적인 분이라고들 혀. 오랜 세월 이어온 저교회파의 마지막 후계자라나. 이 근방은 모두 고교회파거든.** 우리 클레어 씨 말고 다른 두 아들은 신부님이 되었다나봐."

테스는 시간이 시간인지라 문제의 클레어 씨가 형제들과 달리 왜 신부가 되지 않았는지 궁금하지 않았고, 다시 서서히 잠에 빠져들었다. 이야기꾼의 말들은 치즈를 보관하는 다락방에서 나는 냄새와 아

---

* 영국 성공회 신부는 가톨릭교회의 신부와 달리 결혼할 수 있음.
** 영국 성공회의 분파로 고교회파는 교회의 권위와 의식을, 저교회파는 개인의 개심과 구원을 중시함.

래층의 치즈 압착기에서 유장(乳漿)이 규칙적으로 떨어지는 소리에 섞여들었다.

<h1 style="text-align:center">18</h1>

과거에서 걸어나온 에인절 클레어는 눈길을 끄는 풍채라고 하기는 어려웠지만 남을 배려하는 목소리, 방심한 듯 뚫어지게 응시하는 눈길, 표정이 풍부한 입매를 가졌다. 남자치고는 입이 좀 작고 선이 고왔지만, 이따금 돌연 아랫입술을 굳게 다무는 모습은 우유부단의 혐의를 불식하기에 충분했다. 그럼에도 뭐랄까, 막연한 것에 몰두한 듯 애매한 태도와 시선은 자신의 세속적 미래에 대해 그렇게 분명한 목적이나 관심이 없는 사람 같다는 인상을 주었다. 하지만 십대에는 마음만 먹으면 뭐든지 해낼 재목이라는 평가를 받았다.

그는 이 주(州)의 저쪽 끝에 살고 있는 가난한 신부의 막내아들로 6개월 동안 견습생으로 탤버테이스 목장에 와 있었다. 농사를 짓는 데 필요한 여러 가지 실용적 기술을 익힐 목적으로 이미 다른 농장들을 순회한 뒤였는데, 상황을 봐서 식민지로 가든지 국내에서 농장을 임대할 계획이었다.

그가 농부나 목축업자의 대열에 합류한 것은 자신도 남들도 예상하지 못했던 진로였다.

부친인 클레어 신부는 첫번째 부인이 딸을 하나 남기고 죽자 뒤늦게 재혼을 했다. 두번째 부인이 뜻밖에 아들을 셋 낳아주어서 막내인 에인절과 교구 신부인 아버지 사이에는 거의 한 세대를 건너뛰었다고 할 만큼 나이 차가 있었다. 그의 세 아들 중 늘그막에 얻은 아들로 앞서 언급한 에인절만 유일하게 학위가 없었다. 하지만 어린 시절에는 세 아들 중 학문적 훈련을 받으면 재능을 발휘할 가능성이 가장 많이 엿보였다.

에인절이 말롯의 춤판에 나타나기 약 2, 3년 전, 학교를 마치고 집에서 공부를 계속하던 어느 날, 동네 서점에서 사제관의 제임스 클레어 신부 앞으로 소포가 한 꾸러미 배달되었다. 뜯어보니 책이 한 권 들어 있어서 신부는 몇 쪽을 읽다가 자리에서 벌떡 일어나 책을 옆구리에 끼고 곧장 서점으로 달려갔다.

"이게 왜 우리 집으로 배달되었는가?" 그는 책을 쳐들어 보이며 단호하게 물었다.

"주문받은 건데요, 신부님."

"나나 우리 가족 중 누구도 주문하지 않았다고 확실하게 말할 수 있네."

서점 점원은 주문 장부를 찾아보았다. "아, 수취인이 잘못되었군요, 신부님. 에인절 클레어 씨가 주문한 거라 그 앞으로 보냈어야 하는데요."

클레어 씨는 한 대 얻어맞은 것처럼 움찔했다. 그는 핏기 없는 얼굴로 맥없이 집으로 돌아와 에인절을 서재로 불렀다. "이 책을 봐라. 그리고 아는 대로 말해라." 그가 말했다.

"제가 주문한 책입니다." 에인절이 간단하게 대답했다.

"뭘 하려고?"

"읽으려고요."

"어떻게 이런 걸 읽을 생각을 했니?"

"어떻게 읽을 생각을 하다니요? 아니, 이건 철학의 체계를 다루는 책입니다. 출판된 책 중 이보다 더 도덕적인 책은 없습니다. 종교적이기까지 한걸요."

"그래, 도덕적이겠지. 그걸 부정하지는 않는다. 그렇지만 종교적이라니! 게다가 복음의 사역자가 되려는 네가?"

"그 문제를 언급하셨으니까, 아버지." 곤혹스러운 표정을 지으며 아들이 말했다. "이번에 아주 매듭을 짓고 싶어 드리는 말씀인데요, 전 성직자가 될 생각이 없어요. 양심에 거리껴 그럴 수 없을 것 같아요. 전 부모님을 사랑하듯 교회를 사랑해요. 그리고 교회에 대한 따뜻한 애정은 언제까지나 품고 있을 거예요. 교회의 역사보다 제가 더 깊은 경의를 표하는 제도는 없어요. 하지만 교회가 말도 안 되는 구원의 신학적 숭배를 탈피하지 않는 한 형들처럼 신부의 서품을 받을 수 없다는 게 제 솔직한 심정입니다."

고지식하고 단순한 교구 신부는 자신의 혈육이 이렇게 나올 줄 꿈에도 생각하지 못했다! 충격을 받아 멍해지면서 맥이 풀렸다. 에인절이 신부 서품을 받지 않겠다면 케임브리지에 보내봤자 무슨 소용인가? 고정관념에 사로잡힌 그에게 성직이 아닌 일을 하기 위한 준비 단계로서의 대학은 서문만 있고 본문은 없는 책에 불과했다. 그는 단지 신앙심이 깊은 정도가 아니라 독실한 신자였다. 요즈음 교회 안팎에서 신학적 문제를 시시콜콜하게 따지는 사람들이 아리송하게 풀이해놓은 의미에서가 아니라 복음주의 교파의 전통적이고 열정적인 의

미에서의 독실한 신자였다. 바로

> 18세기 전
> 영원한 신성(神性)이
> 진정 행하였음을
> 진심으로 믿는······*

사람이었던 것이다.

에인절의 아버지는 논쟁과 설득과 애원을 동원했다. "안 돼요, 아버지. 저는 4조를 「선서」에서 말하는 대로 '문자 그대로 문법적 의미로' 받아들일 수 없어요.** 다른 조항들은 문제 삼지 않더라도요. 그러니까 지금 상태로는 신부가 될 수 없습니다." 에인절이 말했다. "종교 문제에 관한 제 기본 생각은 개혁이에요. 아버지께서 좋아하시는 「히브리인들에게 보낸 편지」의 말씀을 인용하자면, '피조물들을 흔들어서 없애버린다는 것을 뜻하며, 따라서 흔들리지 않는 것은 그대로 남아 있게 하겠다'***는 거지요."

아버지가 몹시 상심한 모습을 보고 에인절은 몸이 아플 지경이었다. "네 어머니와 내가 너를 대학에 보내려고 아끼고 절약한 게 무슨 소용이냐? 그게 하느님의 영광과 영화를 위해 쓰이지 못한다면 말이

---

* 로버트 브라우닝의 「부활절」 8연.
** 영국 국교회의 성직자가 되려면 39개 조항으로 된 신앙 선서에 서명해야 하는데 4조는 예수의 부활에 관한 조항임.
*** 「히브리인들에게 보낸 편지」 12장 27절.

다." 아버지가 되풀이해 말했다.

"아버지, 사람의 영광과 영화를 위해 쓰일 수도 있어요."

고집을 세웠더라면 에인절도 형들처럼 케임브리지에 진학할 수 있었으리라. 하지만 학문의 터전을 단지 성직으로 가는 징검다리로 여기는 신부의 생각은 이미 집안의 전통으로 자리 잡았다. 아버지의 마음속에 이런 생각이 뿌리 깊게 자리 잡았음을 알고 있던 과민한 아들은 대학에 보내달라고 고집을 부리는 것이 아버지의 믿음을 악용하려는 저의요, 경건한 부모를 기만하는 것이라고 생각하게 되었다. 아버지가 넌지시 비친 대로 부모는 세 아들에게 똑같은 교육 기회를 주려고 예나 지금이나 허리띠를 졸라매왔던 것이다.

"전 케임브리지에 가지 않겠어요." 마침내 에인절이 말했다. "이런 상황에선 갈 자격이 없다고 해야 할 것 같네요."

이 결정적인 논쟁의 여파는 오래지 않아 나타났다. 그는 종작없이 이런저런 공부를 하다 일을 하다 생각에 잠겨 여러 해를 보냈고, 사회적 형식과 관습에 아주 무심한 태도를 보였다. 계급이나 재산의 물질적 구별을 점점 경멸하게 되어, 심지어 "유서 깊은 명문가"도—최근에 작고한 지방 유지가 좋아한 표현을 쓰자면—그 집안의 대표들이 새로운 다짐을 드러내지 않는다면 흥미를 불러일으키지 못했다. 이런 엄격함을 상쇄하듯, 세상 경험도 하고 또 취직을 하거나 사업을 시작할 생각으로 런던에 갔을 때 나이가 훨씬 많은 여자의 유혹에 빠져서 발목이 잡힐 뻔했다. 다행히도 그 사건에서 그는 큰 해를 입지 않고 빠져나올 수 있었다.

어려서부터 한적한 시골에서 산 탓인지 그는 현대의 도시생활에 대한 억누를 수 없는, 거의 이해하기 힘든 반감을 갖고 있었고, 그래서 성직이 안 되겠다 싶으면 세속적인 직업을 택해 성공을 추구할 길도 막혔다. 그러나 소중한 시간을 이미 많이 낭비한 터라 뭔가 하기는 해야 했다. 그러다 친지 중 식민지에서 농부로 성공적인 인생을 시작한 사람을 떠올렸고 에인절은 그것이 바람직한 방향일 수 있다는 생각을 했다. 농사는—식민지나 아메리카 대륙 아니면 본국에서라도, 아무튼 착실하게 농사 기술을 익히면—경제적 자립보다 그가 더 소중히 여기는 지적 자유를 희생시키지 않고 독립적인 삶을 영위하게 해주는 일일 것 같았다.

이리하여 우리는 스물여섯 살의 에인절 클레어가 탤버테이스 목장에 낙농 견습생으로, 또 근방에 편안히 숙박할 만한 곳이 없어서 목장 주인 집의 하숙생으로 와 있는 것을 목격하게 된다.

그는 낙농실 건물 전체에 걸쳐 있는 커다란 지붕 밑 방을 거처로 삼았다. 치즈를 보관하는 다락에서 사다리로 올라가야 하는 방으로, 그가 와서 은신처로 택하기 전에는 오랫동안 잠겨 있었다. 클레어는 널찍한 공간을 차지했고, 그래서 잠자리에 든 집안 사람들은 그가 왔다 갔다하는 소리를 듣곤 했다. 긴 방의 한쪽에 커튼을 쳐서 안쪽에 침대를 놓았고 바깥쪽은 소박한 거실로 꾸몄다.

처음에 그는 전적으로 위에서만 지냈다. 책을 많이 읽었고 경매장에서 산 낡은 하프를 서투르게 탔는데, 자조적인 기분이 들 때면 그 하프로 거리에서 밥을 빌어먹어야 할지도 모른다고 말하기도 했다. 하지만 그는 곧 주인 내외와 남녀 일꾼들과 함께—대체로 밝고 명랑한 모임이었다—아래층에 있는 부엌 겸 식당에서 식사를 하면서 인간성을 읽어내는 쪽을 선호하게 되었다. 그 집에서 잠을 자는 일꾼은 서넛뿐이었지만 식사 시간에는 여러 명이 합석했다. 그곳에 오래 머물수록 그는 그들과 동석하는 것에 대한 거부감이 줄어들었고, 오히려 함께 지내는 것을 좋아하게 됐다.

자신도 깜짝 놀랄 정도로, 정말이지, 그는 그들과의 교제에서 진정한 기쁨을 느꼈다. 며칠 목장에서 지내고 나자 농촌 사람들에 대한 그의 고정관념—신문과 잡지에서 '시골뜨기'라는 이름의 가련한 명칭으로 상투적으로 그리곤 하는—을 머릿속에서 지워버릴 수 있었다. 가까이서 보니 '시골뜨기'는 하나도 보이지 않았다. 사고방식이 전혀 다른 사회 집단을 떠난 지 얼마 안 된 초창기에는 그가 지금 어울리는 친구들이 약간은 이상하게 보였다. 처음에는 목장 주인의 식솔들과 동등한 한 사람으로서 식탁에 앉는다는 것이 체면 깎이는 일 같기도 했다. 그들의 생각과 생활방식 그리고 주변 환경 모두 퇴행적이고 무의미해 보였다. 하지만 하루하루 지낼수록 감수성이 예민한 이 하숙생은 그곳의 새로운 면모에 눈을 떴다. 외적인 변화는 전혀 없었지만 단조로움이 다양성으로 대체됐다. 주인과 그의 가족, 남녀 일꾼들을 잘 알게 되면서 클레어는 화학작용이라도 일어난 듯 그들을 구별하게 되었고, 파스칼의 다음과 같은 진술을 실감했다. "지혜로울수록 모든 사람의 고유성을 인식하게 된다. 범인(凡人)은 그런 차이를 보지 못한다." 전형적인 불변의 '시골뜨기'는 사라지고 없었다. 그들은 다양한 동료 인간들—각자 생각이 다른 사람들, 끝없는 차이를 드러내는 사람들—로 무수하게 분화되었다. 더러는 행복하고, 다수는 조용하고, 몇몇은 침울하고, 이따금 한둘은 천재적이라고 할 정도로 명석하고, 더러는 우둔하고, 어떤 이들은 삶을 즐기고, 어떤 이들은 금욕적이고, 침묵하는 밀턴이라고 할 만한 이들과 크롬웰의 잠재력을 가진 이들도 있었다. 그가 친구들에 대해 개인적인 견해를 갖고 있듯이 이들도 서로에 대해 나름대로 견해를 갖고 있고, 서로 칭찬하거나 비난하기도 하고, 상대방의 허물이나 잘못을 곱씹으며 재미있어하거나 슬퍼하며, 흙으로 돌아갈 죽음을 향해 각자 자기 나름의 삶을 살아가는 사람들이었다.

뜻밖에도 그는 들판에서의 삶을—자신의 장래 계획과 무관하게—그 자체로, 또 그것이 가져다주는 만족 때문에 좋아하게 되었다. 그가 처한 상황을 고려할 때, 자비로운 신의 섭리를 믿지 못하게 되면서 문명인들을 사로잡은 만성적 우울증을 그는 놀랄 만큼 털어버렸다. 최근에는 진로를 염두에 두고 주입식으로 책을 읽었는데, 몇 년 만에 처음으로 읽고 싶은 책을 읽을 수 있었다. 그가 내용을 숙달해야 한다고 생각한 몇 권 안 되는 농사용 지침서를 읽는 데는 많은 시간이 들지 않았기 때문이다.

그는 이전에 친했던 사람들과 멀어졌고, 인생과 인간성에서 뭔가 새로운 것을 발견했다. 그다음 단계로 예전에는 그냥 막연하게 알고 지내던 자연현상들—계절마다 달라지는 분위기, 아침과 저녁, 한밤과 대낮, 다른 기질을 가진 바람들, 나무들, 강물과 안개, 그늘과 고요, 그리고 무생물들이 내는 소리와도 친숙해졌다.

이른 아침은 아직도 꽤 쌀쌀해서 아침 식사를 하는 큰 방에 피워놓은 벽난로 불이 반갑게 느껴질 정도였다. 식사를 같이 하기에 에인절 클레어의 신분이 너무 높다고 생각한 크릭 부인의 지시에 따라, 그는 식사 시간이면 접을 수 있게 경첩이 달린 의자에 찻잔과 접시를 올려 놓고 벽난롯가 한구석에 앉아 식사하는 것을 관례로 삼았다. 건너편 창문의 길고 널찍한 세로 창살을 통해 흘러들어오는 햇빛이 그곳을 비추고, 굴뚝으로 흘러들어온 차가운 푸른빛까지 보태져서, 내키면 언제고 그 자리에서 책을 읽을 수 있었다. 클레어와 창문 사이에는 동료들이 앉는 식탁이 있었고, 그들이 음식을 씹는 옆모습이 유리창을 배경으로 선명히 드러났다. 옆쪽으로 우유 창고의 문이 열려 있어, 아침에 짠 우유가 꼭대기까지 찰랑거리는 직사각형의 우유통이 줄지어 서 있는 것이 보였다. 그 너머로 커다란 교유기(攪乳機)가 돌아가는 것이 보였고 덜컹거리는 소리도 들렸는데, 창밖으로 보이는 소년이 고삐를 잡은 원기 없는 말이 그 기계의 동력임을 알 수 있었다.

테스가 도착하고 며칠 동안 클레어는 우편으로 막 도착한 책이나 정기간행물, 악보 등에 정신이 팔려 그녀의 존재를 의식하지 못했다. 수다를 떠는 다른 처녀들과 달리 테스는 거의 말을 하지 않았기 때문에 재잘거림에 새로운 음성이 있음을 간과한 것이다. 그는 외부 환경을 전체적인 인상으로 받아들이면서 구체적인 사실들을 놓치는 경향이 있었다. 어느 날 갖고 있는 악보 중 하나를 읽으며 상상력의 힘을 빌려 머릿속으로 곡조를 연주하고 있는데, 악보 한 장을 부주의하게 난로 쪽으로 떨어뜨렸다. 장작불이 그의 눈에 들어오면서 아침 식사를 조리한 다음 사그라지는 불꽃 하나가 그가 속으로 흥얼거리는 가락에 맞춰 발끝을 들고 돌며 마지막 춤을 추는 것 같았다. 가로대에 매달린 두 개의 갈고리에 깃털처럼 붙어 있는 그을음도 같은 가락에 맞춰 떨었고, 반쯤 비어 있는 주전자도 잉잉거리며 반주를 했다. 식탁에서 이야기를 나누는 소리까지 공상의 오케스트라에 합류하다보니 퍼뜩 이런 생각이 들었다. "누구 목소리인지 피리 소리처럼 맑구나! 새로 온 일꾼인가보다." 클레어는 몸을 돌려 다른 여자 일꾼들과 같이 앉아 있는 그녀를 보았다.

그녀는 클레어가 있는 쪽을 향해 있지 않았다. 사실 그가 오랫동안 아무 말도 하지 않았기 때문에 사람들은 그가 방 안에 있다는 사실조차 거의 잊어버리고 있었다.

"유령에 대해서는 잘 모르지만," 그녀가 말하고 있었다. "살아 있는 상태에서 영혼이 몸에서 빠져나갈 수 있다는 건 알아요."

목장 주인이 음식을 한입 가득 문 채, 진지한 의문의 눈길로 그녀를 돌아보았고, 그의 큼직한 나이프와 포크는(이곳에서는 아침 식사 때 한 상 차려 먹는다) 교수대의 두 기둥처럼 식탁 위에 곧추세워져 있다. "뭐라고, 정말 그렇게 생각혀?" 그가 물었다.

"영혼이 빠져나가는 걸 아는 제일 쉬운 방법은," 테스가 말을 이었다. "밤중에 풀밭에 누워 크고 밝은 별 하나를 똑바로 쳐다보는 거예요. 그렇게 별에 마음을 집중하면 영혼이 곧 몸에서 수십만 마일 떨어져나가 몸이 조금도 필요하지 않은 느낌이 들거든요."

주인은 테스를 뚫어지게 바라보다 자기 아내 쪽으로 눈길을 돌렸다. "거참 모를 일일세. 크리스티애너, 안 그려? 지난 30년 동안 연애하랴, 장사하랴, 또 의사나 간호사의 왕진을 청하랴, 별이 빛나는 밤길을 숱하게 걸어다녔는디, 지금까지 그런 생각은 해보질 못했구면. 내 영혼이 옷깃 밖으로 한 치라도 나가는 걸 몰랐는디." 견습생을 포함해 좌중의 눈길이 자기에게 쏠리자 테스는 얼굴을 붉히며 공상일 뿐이라고 얼버무리고 아침 식사를 계속했다.

클레어는 그녀를 계속 지켜보았다. 곧 식사를 끝낸 그녀는 클레어가 자기를 보고 있음을 의식하고—길들여진 동물이 누군가 지켜본다고 느낄 때 위축되듯—손가락으로 식탁보 위에 아무렇게나 무늬를 그렸다.

"정말 순수하고 순결한 자연의 딸이로군!" 그는 혼자 되뇌었다.

그러고 나자 그녀가 어쩐지 낯익다는 느낌이 들었다. 먹고살 걱정으로 천국까지도 잿빛이 되기 이전, 장래 걱정 없이 유쾌하기만 했던 과거로 그를 이끌고 가는 무엇이었다. 어딘지는 알 수 없으나 그는 어디선가 그녀를 본 적이 있다는 결론을 내렸다. 시골을 여행하다가 어디선가 우연히 만난 것은 틀림없는데, 그곳이 어디였는지 크게 궁금하지는 않았다. 다만 그런 인연 때문에 주변의 여자들이 눈에 들어올 때 다른 예쁜 일꾼들보다 테스에게 눈길이 가곤 했다.

19

일꾼이 젖소를 고르지 않고 차례가 돌아오는 대로 젖을 짜는 것이 일반적이다. 그래도 어떤 소는 특정한 일꾼의 손을 선호하여, 자기가 좋아하는 손이 아니면 젖을 짜게 서 있지 않을 뿐 아니라 낯선 일꾼의 우유통을 무례하게 걷어찰 정도로 분명히 의사표시를 하기도 한다.

이런 선호가 굳어지는 것을 막기 위해 목장 주인 크릭은 계속 손을 바꾸는 원칙을 견지했다. 그렇게 하지 않으면 특정 일꾼이 목장 일을 그만둘 때 곤란을 겪을 수 있기 때문이다. 하지만 소젖 짜는 처녀들은 주인의 규칙과는 정반대의 속셈을 갖고 있었다. 매일 여덟 내지 열 마리의 소젖을 짠다고 할 때, 젖꼭지가 손에 익은 소를 고를 수만 있으면 놀라울 정도로 힘을 안 들이고 쉽게 작업할 수 있었기 때문이다.

테스도 동료들과 마찬가지로 어느 소가 자기 손놀림을 좋아하는지 금방 알게 되었다. 또 지난 2, 3년 동안 대체로 집 안에 틀어박혀 있은 덕에 손가락의 감촉이 섬세했기 때문에 젖소들의 비위를 맞출 수 있어 좋았다. 모두 아흔다섯 마리의 소 중에서 특히 여덟 마리―덤플링과 팬시, 로프티, 미스트, 엄마 프리티, 딸 프리티, 타이디 그리고 라우드―가 그랬다. 그중 한두 놈은 젖꼭지가 홍당무처럼 딱딱해도, 그냥 손가락만 갖다 대도 우유를 쏟아낼 정도로 일을 쉽게 만들었다. 하지만 주인의 바람을 잘 알고 있는 테스는, 자신이 아직은 다룰 수 없는 힘든 소를 제외하고는 곧이곧대로 차례를 지키려고 노력했다.

그런데 겉으로 보기에는 되는대로 서 있는 소들이 자신의 바람과 기묘하게 일치함을 곧 알게 되었고, 급기야 소의 순서가 그렇게 된 것이 우연이 아니라고 생각하기에 이르렀다. 주인의 견습생이 요즘 들어 소들을 집합시키는 일을 거들고 있었는데, 다섯번째인지 여섯번째인지 계속 좋아하는 소를 맡게 되었을 때 그녀는 젖소에 몸을 기댄 채 장난스러운 물음이 담긴 눈으로 그를 돌아보았다.

"클레어 씨, 젖소들을 줄 세우셨군요!" 그녀는 얼굴을 붉히며 물었다. 그렇게 비난하면서도 미소의 기미가 자기도 모르게 윗입술을 살짝 들어 이 끝을 드러냈다. 아랫입술은 조금도 움직이지 않았지만 말이다.

"그렇다고 뭐 달라질 건 없으니까. 테스는 여기서 계속 이놈들 젖을 짤 거니까." 그가 대답했다.

"그렇게 생각하세요? 그게 제 '바람'이에요! 하지만 '알' 수 없지요."

나중에 생각해보니 이 외딴곳을 택한 심상치 않은 이유를 알지 못하는 그가 자신의 말뜻을 오해할 수 있다는 생각에 그녀는 자신에게 화가 났다. 그의 존재가 그런 바람의 요인으로 작용하는 듯 너무 진지하게 말했던 것이다. 마음이 불편한 나머지 그녀는 소젖 짜기를 끝낸 어스름 무렵―그의 배려를 알아차렸다고 내비친 것을 후회하면서―혼자 뜰을 거닐었다.

전형적인 6월의 여름날 저녁이었다. 공기가 무척 미묘한 평정을 유지하는 한편 사방으로 퍼져나가 무생물까지도 오감은 아니더라도 두세 가지 감각은 가진 게 아닌가 생각되었다. 원근감이 사라져 귀를 기울이면 지평선 안에 존재하는 만물이 가까이 있는 느낌이 들었다. 고요함은 단순히 소리의 부재가 아니라 실재하는 무엇으로 그녀에게 다가왔다. 이런 정적을 하프 타는 소리가 깨뜨렸다.

테스는 머리 위 다락방에서 흘러나오는 하프 선율을 들은 적이 있었다. 하지만 방 안에 갇혀서 희미하고 무미하고 부자연스러운 소리를 냈기 때문에 고요한 대기에서 벌거벗은 양 뚜렷이 퍼져가는 지금처럼 호소력이 있지는 않았다. 엄격히 말하자면 악기나 악기를 다루는 솜씨는 그저 그랬다. 하지만 모든 것은 상대적이라 음악을 듣는 동안 테스는 뱀에 홀린 새처럼 그 자리를 뜰 수 없었다. 떠나기는커녕 연주자 쪽으로 다가갔는데, 그가 눈치채지 못하게 산울타리 뒤로 몸을 감추었다.

그녀가 서 있는 뜰의 가장자리는 여러 해 경작하지 않은 곳이어서 건드리기만 해도 꽃가루가 안개처럼 일어나는 축축한 잡초와, 꽃에서 고약한 냄새를 내뿜는 키 큰 잡초들로 무성했다. 빨강, 노랑, 보라 빛깔의 꽃을 피우는 이 잡초들은 화초만큼이나 눈부시게 다채로운 색조를 띠었다. 그녀는 무성한 잡초들 사이로 고양이처럼 가만히 나아갔다. 치마에는 좀매미 거품을 잔뜩 묻히고, 발로 달팽이를 밟아 바지직 소리를 내고, 엉겅퀴 진과 민달팽이 액으로 두 손을 물들이고, 사과나무 밑동에서는 눈처럼 하얗지만 살갗에 닿으면 새빨갛게 변하는 진디를 맨 팔에서 털어내면서 마침내 클레어의 눈에 띄지 않고 꽤 가깝게 다가갈 수 있었다.

테스는 시간과 공간을 넘어섰다. 마음먹고 별을 쳐다보면 무아경에 빠진다고 말했지만 마음먹지 않았는데도 빠져버린 것이다. 고물 하프의 가는 선율을 따라 그녀의 가슴은 부풀었고, 산들바람처럼 그녀를 스쳐가는 그 화음에 눈물이 고였다. 떠다니는 꽃가루는 선율의 음표 같았고, 습기는 감정이 북받친 뜰이 흘리는 눈물 같았다. 땅거미가 내려앉을 즈음이었지만 고약한 냄새를 풍기는 잡초의 꽃들은 봉오리를 오므릴 생각이 없는 듯 의미심장하게 빛을 발했다. 빛깔의 물결에 소리의 물결이 섞여들었다.

아직까지 남은 빛은 주로 서쪽의 구름층 사이로 난 커다란 틈에서 새어나왔다. 다른 곳은 어스름이 깔렸지만 그곳에만 우연히 낮이 한 조각 남아 있는 듯했다. 그는 애조 띤 곡조—별 기술이 필요 없는 매우 단순한 곡조 — 의 연주를 마쳤다. 그녀는 다음 곡이 시작되겠거니 하고 기다렸다. 하지만 연주에 싫증이 난 그는 발길 닿는 대로 걷다가 울타리를 돌아 그녀 뒤쪽으로 천천히 다가갔다. 두 빰이 달아오른 그녀는 가만히 몸을 피했다.

하지만 에인절은 그녀의 얇은 여름옷을 보고 말을 걸었다. 다소 떨어진 거리였지만 그의 나지막한 음성이 그녀의 귀에 들려왔다.

"왜 그렇게 급히 들어가는 거야, 테스? 무서워?" 그가 말했다.

"아, 아니에요, 클레어 씨…… 밖에 있는 것은 무섭지 않아요. 요즘같이 사과꽃이 떨어지고 모든 게 푸르기만 할 때는 더욱요."

"그럼 집 안에 무서운 게 있어? 그래?"

"글쎄요, 그래요."

"뭐가 무서운데?"

"딱히 뭐라고 말하기 힘들어요."

"우유가 상하는 거?"

"아니요."

"사는 게 그냥?"

"네, 그래요."

"아, 나도 그래. 종종. 비틀비틀 걸어가는 인생길이 위태롭지, 안 그래?"

"그래요, 그렇게 말씀하시니까요."

"네 나이에 벌써 그런 걸 알 리 없는데…… 어떻게 그런 생각을 하게 된 거야?"

그녀는 머뭇거리다 침묵을 지켰다.

"자, 테스, 아무한테도 이야기하지 않을게."

사물의 양상이 어떻게 나타나는지를 묻는 것이라고 생각하고 그녀가 수줍게 대답했다. "나무는 꼬치꼬치 캐묻는 눈을 가졌어요. 그렇지 않아요? 그렇게 보인다는 말이에요. 강물은 '왜 그런 표정으로 날 성가시게 하는 거야?'라고 말해요. 그리고 한 줄로 늘어선 수많은 내일이—맨 앞의 날은 크고 선명하고, 나머지 날들은 멀어질수록 작아지는데—모두 사납고 박정해 보여요. '내가 찾아갈 거야! 준비하고 기다려라!' 이렇게 말하는 것 같아요…… 하지만 클레어 씨는 그런 끔찍한 공상을 떨쳐낼 수 있겠지요. 음악으로 희망을 불러일으키시잖아요!"

젊디젊은 여자—소젖 짜는 여자일 뿐이지만 어딘지 남다른 데가 있어서 같은 집에 사는 사람들의 부러움을 살 뭔가가 엿보이는 여자—가 그렇게 슬픈 생각을 말로 정리하는 것을 보고 그는 놀랐다. 그녀는 이 시대 전체의 정서라고 해야 할 어떤 정서—현대화의 고통—를 자신이 아는 말로—초등학교 6년 교육의 도움을 약간 받아—표현하고 있었다. 이른바 진보적 사상도 사람들이 수세기 동안 막연하게나마 이해하려고 애쓴 감각들을 대체로 최신 유행에 따라—더 정확히 말하자면 무슨 '-학(學)'이니 무슨 '-주의(主義)' 등의 용어로—정의 내린 것뿐이라는 데 생각이 미치자 놀라움이 좀 가셨을 따름이다.

그럼에도 그렇게 어린 처녀가 그런 생각을 한다는 사실은 이상했다. 이상한 것을 넘어서 인상적이고 흥미롭고 또 가엾기까지 했다. 이유를 짐작할 수 없는 그로서는 경험이 지속보다는 강도의 문제임을 알 도리가 없었다. 잠깐의 육체적 침탈이 테스에게 정신적 성장으로 나타난 것이다.

한편 테스로서는 성직자 집안 출신에 배울 만큼 배웠고 먹고사느라 급급할 필요가 없는 사람이 왜 살아 있음을 불행으로 여기는지 이해가 되지 않았다. 불행한 순례자인 그녀로서야 그럴 만한 이유가 충분히 있었다. 하지만 멋있고 시적인 이 남자가 어떻게 '굴욕의 골짜기'*로 굴러떨어졌다고 느끼며 우즈의 사나이가 그랬듯이, 또 자신이 2, 3년 전에 그랬듯이 어떻게 "견딜 수 없는 이 고통을 당하느니 차라리 숨통이라도 막혔으면 좋겠습니다. 언제까지나 살 것도 아닌데"**라고 느낄 수 있단 말인가.

그가 현재 자신이 속한 계층에서 떨어져나온 것은 사실이다. 하지만 조선소의 표트르 대제***처럼, 배울 게 있어서 그러는 것임을 그녀는 알고 있었다. 그에게 소젖 짜는 일은 생계 수단이 아니라 낙농가나 지주, 농부, 목축업자로 부자가 되고 성공하기 위한 배움의 일환이다. 그는 아메리카나 오스트레일리아의 아브라함****이 되어 군주처럼 얼룩무늬나 고리무늬의 양떼와 소떼를, 남녀 하인들을 지휘하리라. 그래도 테스는 책과 음악과 사색을 즐기는 것이 분명한 이 젊은이가—아버지나 형제들을 따라 성직자가 되지 않고—일부러 농부의 길을 선택한 것이 이따금 의아했다.

---

* 존 버니언의 『천로역정』.
** 「욥기」 7장 15~16절. 우즈의 사나이는 욥을 가리킴.
*** 러시아의 황제. 선진 기술을 배우기 위해 왕의 신분을 숨기고 런던과 네덜란드의 조선소에서 노동자로 일했음.
**** 유대인의 조상. 그 자손이 하늘의 별과 같이 땅의 티끌같이 번창하리라는 하느님의 축복을 받음.

이렇게 상대방의 비밀을 모른 채, 겉으로 드러난 모습에 납득이 가지 않는 부분도 있었지만 내막을 캐려들지 않고, 이들은 서로의 성격과 기질을 새로 알게 될 때까지 기다렸다.

날이 가고 시간이 지나면서 그는 그녀의 천성을 조금씩 알아갔고 그녀도 마찬가지였다. 테스는 감정을 억누른 채 살려고 마음먹었지만 자신의 생명력이 얼마나 강한지 짐작도 하지 못했다.

처음에 테스는 에인절 클레어를 남자로보다는 지적 존재로 간주했고, 또 그렇게 그와 자신을 대비했다. 그의 무수한 통찰을 접할 때마다 그녀는 보잘것없는 자신의 지적 수준과, 높이를 잴 수 없는 안데스 산맥과 같은 그의 지적 수준을 비교하면서 기가 죽었고, 더이상 노력할 의욕조차 사라질 정도로 의기소침해졌다.

어느 날 별생각 없이 고대 그리스의 목가적 생활에 관해 이야기하던 그는 그녀가 금세 침울해진 것을 눈여겨보았다. 그가 말하는 동안 그녀는 강둑에서 천남성의 '귀족과 귀부인*'의 봉오리를 따서 모았다.

"왜 갑자기 그렇게 기운이 없어 보이니?"

"아, 그냥, 저 자신에 대해 생각을 좀 했어요." 힘없이 서글픈 웃음을 지으며 대답한 그녀는 천남성의 암꽃을 신경질적으로 벗기기 시작했다. "저도 뭘 이룰 수 있지 않았을까 하는 생각요. 기회가 주어지지 않아서 인생을 낭비한 것 같아요! 클레어 씨가 아는 것, 또 읽고 보고

---

* 천남성은 수꽃과 암꽃이 같이 피는데, 수꽃을 '귀족(lord)', 암꽃을 '귀부인(lady)'이라고도 부름.

생각한 것을 보면 저는 아무것도 아닌 존재라는 생각이 들거든요! 저는 성경에 나오는 불쌍한 세바의 여왕이나 마찬가지예요. 넋을 잃을 정도로 감탄스럽네요."*

"당치 않아. 그 문제로 속을 끓일 건 없어." 그가 다소 열의를 보이면서 말했다. "내가 기꺼이 도와줄게, 테스. 역사 쪽이든 다른 어느 쪽이든 읽고 싶은 게 있으면—"

"또 귀부인이네요." 벗겨낸 꽃봉오리를 내밀며 그녀가 그의 말을 가로막았다.

"뭐라고?"

"꽃봉오리를 벗기면 항상 귀족보다는 귀부인이 더 많다는 말이에요."

"그건 중요하지 않아. 무슨 공부를 해볼래, 역사가 좋겠어?"

"어떨 때는 제가 지금 알고 있는 것보다 더 알고 싶지 않을 때가 있어요."

"왜 그런데?"

"저 자신이 길게 늘어선 사람 중 하나라는 걸, 옛날 책에서 저하고 똑같은 사람이 살았다는 걸, 저도 그 역할을 되풀이하게 될 뿐이라는 걸 배워봐야 무슨 소용이 있겠어요. 슬플 따름이죠. 저라는 사람이 하는 일이 무수히 많은 사람들이 했던 일과 같고, 앞으로 할 일들도 무수히 많은 사람들이 했던 일과 같을 거라는 생각은 하지 않는 게 나아요."

"아니, 그럼 정말 아무것도 배우고 싶지 않다는 거야?"

---

* 「열왕기상」 10장 4~5절. 세바의 여왕은 솔로몬 왕의 지혜와 그가 지은 성전을 보고 "넋을 잃을 정도로 감탄하였다"고 함.

"태양이 올바른 사람과 나쁜 사람을 왜, 왜 똑같이 비춰주는지 그런 건 알고 싶어요." 그녀가 목소리를 약간 떨면서 대답했다. "하지만 책은 그런 걸 가르쳐주지는 않죠."

"테스, 그렇게 냉소적이면 못쓰지!" 과거에 그런 의문을 품은 적이 있던 그로서는 물론 인습적인 의무감에 입각해 한 말이었다. 그리고 세상 경험이 없는 그녀의 입과 입술을 바라보면서 그는 대지의 딸이 이런 생각을 어디선가 듣고 기계적으로 되풀이하는 것이라고 판단했다. 테스는 천남성의 꽃봉오리를 계속 벗겼다. 눈을 아래로 내리깔아 보드라운 뺨 위로 늘어진 파도 모양의 속눈썹을 잠시 바라보던 클레어는 망설이다가 자리를 떴다. 그가 가고 난 후 그녀는 마지막 봉오리를 벗기며 생각에 잠긴 채 잠시 서 있었다. 그러고는 백일몽에서 깨어나듯, 성마르게 모아놓은 꽃봉오리 귀족들을 마지막 꽃봉오리와 함께 땅바닥에 내팽개쳤다. 그녀는 바보같이 군 것에 갑자기 화가 치밀었고 가슴속 깊은 곳에서 뭔가 뜨거운 것이 솟구쳤다.

그가 그녀를 멍청이로 여길 것이 분명했다. 그에게 잘 보이고 싶은 마음에 그녀는 최근 잊으려고 노력한 사실, 불쾌한 결과를 낳은 사실—기사의 작위를 가졌던 더버빌 가문으로서의 정체성—을 상기했다. 무익한 징표요, 알고 난 다음 여러모로 불운했지만, 신사인 데다 역사를 공부하는 클레어 씨가 킹스비어 교회당의 퍼벡 대리석과 설화석고의 조상(彫像)들이 그녀의 직계 조상이고, 그녀가 트랜트리지의 그들처럼 돈과 야망이 야합한 가짜 더버빌이 아니라 뼛속까지 진짜 더버빌임을 알게 되면, 귀족이니 귀부인이니 하면서 어린애처럼 군 것을 간과하고 자신을 존중해줄 것만 같았다.

하지만 이 이야기를 할지 말지 마음을 정하지 못한 테스는 클레어 씨가 어떤 반응을 보일지 알아보려고 목장 주인에게 재산과 토지를 모두 잃은 지방의 명문가들을 클레어 씨가 어떻게 생각하는지 슬쩍 물어보았다.

"클레어 씨는," 목장 주인이 힘주어 말했다. "내가 아는 사람 중 가장 반항적인 괴짜구먼. 자기 집안사람들하고는 딴판이지. 무엇보다 끔찍하게 싫어하는 게 소위 뼈대 있는 가문이여. 오래된 가문은 옛날에 힘깨나 썼으니께 이젠 쓸 힘이 없는 게 당연하다나. 이 골짜기에도 빌렛이나 드렌크하드, 그레이, 세인트 퀸틴, 하디, 굴드 등의 명문가가 몇 마일씩 땅을 갖고 있었지만 이젠 재산이라고 해봐야 푼돈에 불과하잖여. 글쎄, 우리 집에서 일하는 레티 프리들도 패리델 집안 후손인디 킹스힌톡 너머에 땅이 많던 명문가였제. 이제는 그게 모두 웨섹스 백작 소유가 되어버린 거 아녀. 옛날에는 듣도 보도 못하던 집안인디 말이여. 그런디 클레어 씨가 이걸 알고는 며칠 동안이나 그 불쌍한 처녀를 꽤나 놀려먹었다는구먼. '소젖 짜는 일도 잘하기는 틀렸어. 너희 집안의 기량은 먼 옛날 팔레스타인에서 다 써버렸어. 한 천 년쯤 휴경기를 거쳐야 무슨 업적을 낼 힘이 생길걸' 하고 말이여. 일전에 웬 사내애가 일자리를 구하러 왔는디 이름이 맷이라고 해서 성이 뭐냐고 물었더니 성이 있다는 이야기도 들어본 적이 없다는겨. 왜 그러냐고 물었더니 자기 집안이 생긴 지 얼마 안 돼서 그런 거 같다고 하더라고. 그러니까 클레어 씨가 벌떡 일어나 악수를 청하더니 '아! 너야말로 내가 찾던 아이다. 너한테 기대가 크다' 하면서 반 크라운*을 주더라고. 천만에, 그 친구는 오랜 명문가 꼴을 못 보지!"

클레어의 생각을 익살스럽게 설명하는 말을 듣고 나서, 가엾은 테스는 마음이 약해진 순간 자기 집안 — 남달리 오랜 명문가라 한 바퀴 돌아 새로 시작하는 집안이라고 할 만했지만 — 이야기를 꺼내지 않은 것을 다행스럽게 여겼다. 다른 소젖 짜는 처녀 하나도 가문으로 치면 그녀 못지 않았다. 그녀는 더버빌 가문의 가족 묘지와 자기의 이름을 물려준 정복왕의 기사에 대해 입을 다물었다. 클레어의 성격을 알고 나니 자신이 그의 눈길을 끈 것은 자신에게서 전통과 무관한 신선함을 보았기 때문이리라는 생각이 들었다.

20

여름이 무르익었다. 또 한 해 뭇의 꽃과 잎사귀, 지빠귀와 개똥지빠귀, 피리새 등 덧없는 피조물들은 자신들이 아직 생식세포나 무기물의 분자에 불과했던 1년 전 다른 피조물들이 차지했던 곳에 새롭게 자리 잡았다. 아침 햇살은 꽃봉오리를 틔워 긴 꽃대를 뻗어냈고, 소리 없는 물길로 수액을 밀어 올려 꽃잎을 열었고, 보이지 않는 숨결로 뿜어나오는 향기를 빨아들였다.

목장 주인 크릭의 집에서 일하는 일꾼들은 안락하고 평온하게, 아니 즐겁게 지냈다. 사회계층을 망라해 그들의 위치가 가장 행복한 축이라고 할 수 있다. 가난에 쪼들리는 상황은 벗어났지만, 사회관습이

---

* 2실링 6펜스 값어치의 은화.

자연스러운 감정을 구속하고 가랑이가 찢어져라 유행을 좇으면서 유족함을 하찮게 여기는 상황에 이르지는 않았기 때문이다.

이렇듯 수목의 생장이 자연계의 유일한 목적인 듯 보이는 신록의 계절이 지나갔다. 테스와 클레어는 무의식중에 서로를 탐색했지만, 열정의 가장자리에서 균형을 잡고 서 있을 뿐 그 속으로 빠져든 것 같지는 않았다. 그럼에도 그들은 골짜기에 흐르는 두 물줄기가 합류할 수밖에 없듯 저항할 수 없는 법칙에 따라 가까워졌다.

테스는 근래에 이처럼 행복한 적이 없었고, 아마 앞으로도 다시 그럴 수 있을 것 같지 않았다. 우선 새로운 환경이 육체적으로나 정신적으로나 그녀에게 잘 맞았다. 처음 씨를 뿌릴 때 유독성의 지층에 뿌리를 내렸던 어린 나무가 더 깊이 뿌리를 내릴 수 있는 지층으로 이식된 셈이었다. 무엇보다도 아직까지 그녀는 ─ 클레어도 마찬가지였지만 ─ 호감과 사랑 사이의 애매한 지점에 서 있어서, 마음속 깊은 데를 들여다보고 심사숙고하면서 다음과 같은 거북한 질문을 던지기 이전이었다. "이런 새로운 흐름은 나를 어디로 데려갈까? 이것이 나의 미래에 어떤 의미를 가질까? 또 나의 과거와는 어떤 관계일까?"

에인절 클레어에게 테스는 아직 우연히 마주친 현상에 불과했다. 그의 의식에 터를 잡기 시작한 따스한 장밋빛 환영이었다. 그는 그녀가 자신의 마음을 사로잡도록 놔두었다. 그녀에 대한 관심을 지극히 새롭고, 신선하고, 흥미로운 여성상에 대한 철학적 관심으로 간주하면서 말이다.

그들은 계속 만났고, 만나지 않을 수도 없었다. 날마다 그 이상스럽고도 장엄한 중간 지점, 즉 여명에, 보랏빛이나 분홍빛 새벽에 만났다. 이곳에서는 아침 일찍, 아주 일찍 일어나야 했기 때문이다. 소젖 짜기를 꼭두새벽부터 하거니와 그전에 우유 위에 뜬 찌꺼기를 걷어내 야 하는데, 이 작업은 세시 조금 넘어서 시작되곤 했다. 대개 일꾼들 중에서 자명종 소리에 잠을 깬 사람이 다른 사람들을 깨우게 되어 있 었는데, 테스가 신참이고, 또 다른 사람들과 달리 자명종이 울려도 내 처 자지 않았기 때문에 종종 그녀가 이 임무를 떠맡았다. 세시를 알리 는 종이 울리면 그녀는 방에서 나와 주인의 방으로 달려갔다가 다시 사다리로 에인절의 방에 올라가 크게 속삭여 그를 부른 다음 동료들 을 깨웠다. 테스가 옷을 차려입었을 때쯤 클레어는 아래층으로 내려 와 습한 공기 바깥으로 나가 있었다. 나머지 처녀들과 주인은 잠자리 에서 꾸물거리다 십오 분 정도 더 있다 나타났다.

밝기의 정도가 같을지라도 동틀 무렵의 어중간한 회색빛은 해질녘 의 어중간한 회색빛과 다르다. 아침의 박명(薄明)에는 빛이 살아 움 직이고 어둠이 무기력해진다면, 저녁의 박명에는 살아 움직이며 커져 가는 것은 어둠이요, 거꾸로 움직임이 둔해지는 것은 빛이다.

거의 언제나—늘 우연은 아니었겠지만—목장에서 가장 먼저 일 어나다보니 그들은 세상에 깨어 있는 단 두 사람 같은 생각이 들었다. 처음 일을 시작한 몇 주 동안 테스는 우유의 찌꺼기 걷는 일을 하지 않았기 때문에 일어난 다음 곧 바깥으로 나갔는데, 그곳에서는 거의 언제나 그가 기다리고 있었다. 널찍한 풀밭에 고루 퍼진, 몽환적이고 물기 머금은 빛 때문에 세상에 그들만 있는 느낌이 들었다. 마치 아담 과 이브처럼. 하루가 희미하게 시작되는 시점의 테스는 성품으로나 풍모로나 당당한 위엄을, 거의 여왕의 권위를 드러낸다고 클레어는 생각했다. 자연이 깨어나기도 전에 야외를 거닐 그렇게 빼어나게 아름다운 여자는 근방에서, 아니 영국 전역을 통틀어 거의 없음을 알고 있었기 때문이다. 아름다운 여자들은 한여름의 새벽에는 으레 잠들어 있기 마련이다. 그녀는 바로 옆에 있었고, 다른 여자들은 어디에도 없었다.

젖소들이 누워 있는 곳으로 함께 걸어갈 때 특이한 빛을 내는 어둠은 종종 그에게 예수가 부활한 순간을 상기시켰다. 그는 막달라 마리아가 자기 옆에 있으리라고는 상상도 못 했다.* 주변의 풍경이 명확하지 않은 상황에서 그가 바라보는 동행의 얼굴이 안개층 위로 솟아오르면서 인광(燐光) 같은 것을 발하는 듯했다. 그녀는 육체에서 놓여난 영혼인 양 유령 같은 분위기를 풍겼다. 실제로는 그녀의 얼굴이 동북쪽에서 밝아오는 차가운 미광을 ― 그렇게 하려고 한 것은 아니었지만 ― 받았기 때문이고, 그의 얼굴 역시 ― 자신은 깨닫지 못했지만 ― 그녀에게 같은 인상을 주었다.

그녀의 모습이 가장 인상적인 것은 바로 그 순간이었다. 그에게 그녀는 더이상 소젖 짜는 처녀가 아니라 아름다운 여성의 정수, 곧 여성성이 응축된 하나의 전형이었다. 그는 반쯤은 장난스럽게 그녀를 아르테미스나 데메테르, 혹은 다른 신화적 이름으로 불렀다. 그녀는 무슨 뜻인지 모르는 이름으로 불리는 것을 좋아하지 않았다.

그럴 때 그녀는 얼굴을 옆으로 돌리고 "테스라고 불러줘요"라고 말하곤 했고, 그러면 그는 그렇게 했다.

---

* 막달라 마리아는 부활한 예수를 처음 만났음.

그러는 동안 아침이 밝아왔고 그녀는 한 명의 여자로 돌아왔다. 축복을 베푸는 신의 모습에서 축복을 갈구하는 인간의 모습으로 바뀐 것이다.

이렇게 인적이 드문 시간이면 그들은 물새들이 있는 곳에 꽤 가까이 다가갈 수 있었다. 그러면 그들이 자주 가는 목장 옆 조림지의 나뭇가지에서 왜가리들이 대문과 덧문을 열듯 힘찬 소리를 내며 날아올랐다. 두 사람이 지나갈 때 물속에 서 있는 왜가리들은 자세를 조금도 흐트러뜨리지 않고 마치 태엽을 감은 인형이 돌아가듯 천천히 수평으로 침착하게 고개를 돌리며 그들을 지켜보았다.

그럴 때면 그들은 언뜻 보아 홑이불처럼 얇은, 수평으로 층층이 쌓인 양털 같은 여름 안개가 작은 조각들로 흩어져 풀밭 위로 퍼지는 모습을 볼 수 있었다. 풀밭의 어스레한 습기 위로는 밤새 젖소들이 누운 흔적이 있었다. 소의 몸뚱이가 누웠던 자리만큼 마른 풀로 된 짙은 녹색의 섬이 이슬의 바다에 떠 있다고 할까. 섬마다 잠에서 깬 소가 꼴을 먹으러 어슬렁어슬렁 걸어간 길이 구불구불 나 있었고 그 길 끝에 소가 있었다. 그들을 발견하면 소는 콧구멍을 벌름거리며 주변의 안개보다 더 짙은 안개의 콧김을 뿜어댔다. 그러면 그들은 소를 안마당으로 몰고 가든지 아니면 그 자리에 앉아 바로 젖을 짰다.

간혹 여름 안개가 더 짙게 끼어 풀밭이 하얀 바다처럼 펼쳐지면, 그 바다 위로 나무들이 위험한 암초처럼 드문드문 모습을 드러냈다. 새들은 안개 위의 맑고 빛나는 대기 속으로 솟아올라 허공에 떠서 햇볕을 쬐거나, 유리 막대처럼 반짝이며 목장의 경계를 이루는 울타리 위에 내려앉곤 했다. 안개 속에서 나온 미세한 다이아몬드 같은 이슬방울이 테스의 속눈썹에 내려앉았고, 작은 진주알 같은 이슬방울이 머리카락에도 맺혔다. 늘 그렇듯 햇살이 뜨거워지고 날이 밝으면 이슬방울들은 사라졌고, 테스도 그 기묘한 천상의 아름다움을 벗어던졌다. 햇살 속에 치아와 입술과 두 눈이 반짝거리면 그녀는 다시 눈부실 만큼 아름다운 소젖 짜는 일꾼, 세상의 다른 여자들에 맞서 자신을 지켜야 하는 여자일 뿐이었다.

이때쯤 되면 목장 주인 크릭이 목장에서 숙식하지 않는 일꾼들에게 늦었다고 잔소리, 데버러 파이안더 노파에게는 손을 씻지 않았다고 싫은 소리 하는 것을 들을 수 있었다.

"제발 데브, 펌프에서 얼른 손 씻고 와요! 정말이지, 런던 사람들이 그 지저분헌 손을 봤다가는 우유하고 버터를 지금보다 더 깨작대면서 먹을겨. 그것만 혀도 보통 일이 아니라고."

소젖 짜는 일이 계속되었다. 끝이 날 때쯤 테스와 클레어는 다른 사람들과 마찬가지로 크릭 부인이 부엌의 벽 쪽에 붙여놓은 육중한 식탁을 끌어내는 소리를 들을 수 있었다. 이것은 어김없이 식사 시간을 예고하는 소리였다. 식탁을 치우고 제자리로 돌려놓을 때도 마찬가지로 끼익 끄는 소리가 났다.

21

아침 식사가 끝나자마자 낙농실에서 큰 소동이 벌어졌다. 교유기는 평소처럼 돌아가는데 버터가 나오지 않았던 것이다. 이런 일이 일어날 때마다 목장은 마비 상태에 빠졌다. 커다란 원통에서 우유가 철썩거리는 소리가 울렸지만 그들이 기다리는 소리는 나지 않았다.

목장 주인 크릭과 그의 아내, 여자 일꾼인 테스와 메리언, 레티 프리들, 이즈 휴엣, 그리고 마을에서 온 부인네들, 또 클레어 씨와 조너선 케일, 데버러 노파를 비롯한 모든 사람이 속수무책으로 교유기를 바라보며 서 있었다. 바깥에서 교유기의 동력인 말을 끄는 역할을 맡은 소년도 사태의 심각성을 알아차린 듯 눈을 크게 떴고, 처량하게 보이는 말도 한 바퀴씩 돌 때마다 실망스러운 의문의 눈길로 창문 안을 기웃거리는 것 같았다.

"에그던의 점쟁이 트렌들의 아들한테 가본 지도 여러 해 지났구먼. 여러 해 전이여!" 주인이 쓴 입맛을 다셨다. "그런디 제 아버지에 대면 아무것도 아녀. 이 얘기를 한 번만 더 하면 쉰 번이 넘겠지만, 암튼 난 그 친구가 하는 말 못 믿어. 난 그 친구가 하는 말 못 믿는다고. 사람들 수맥은 잘 찾아주더라만. 그래도 그 친구라도 살아 있으면 가볼 밖에. 아, 그럼, 계속 이런 식이면 도리가 없지!"

클레어 씨까지도 주인의 낙담에 비통한 표정을 지었다.

"캐스터브리지 너머에 폴이란 점쟁이가 있었지요? '와이드 오'라고들 불렀는디, 내가 어렸을 땐 아주 용하다고 소문이 났더랬어요." 조너선 케일이 말했다. "죽어서 흙으로 돌아간 지 오래됐구먼요."

"우리 할아버지는 멀리 아울스컴에 있는 민턴이라는 점쟁이한테 다니셨어. 영험하다고 하셨는디." 크릭 씨가 말을 이었다. "한디 요즘은 그런 진짜 점쟁이를 찾을 수가 있어야제!"

크릭 부인은 당면한 문제를 생각하고 있었다. "혹시 이 집안에 연애하는 사람이 있는 거 아닐까요." 그녀가 혹시나 말을 꺼냈다. "그럼 이런 일이 일어난다고 어릴 때 들은 적이 있어요. 아니, 여보, 몇 년 전에 우리 집에서 일하던 그 처녀 기억나요? 소젖 짜는 일꾼이랑 연애했잖아요. 그때도 버터가 잘 안 나와서—"

"그럼 생각나지. 하지만 그건 틀린 이야기여. 연애해서가 아녀. 이제 모두 기억나는디, 교유기가 망가져서 그랬던겨." 그는 클레어를 돌아보았다. "잭 달럽이라고 불상놈이 하나 여기서 소젖 짜는 일을 한 적이 있는디, 이놈이 저 너머 멜스톡에 사는 처녀한테 결혼하자고 꼬여서 갈 데까지 가고 나자 빠졌구먼요. 여자깨나 울린 작자였지요. 한디 이번에는 좀 다른 종류의 여자와 셈을 하게 됐답니다. 당사자 처녀는 아니고요. 달력에 있는 하고 많은 날 중 딱 성(聖) 목요일*에, 똑 지금처럼 여기 모여 있었는디—교유기는 돌아가지 않았지만—그때 그 처녀 엄마가 문간에 떡 하니 나타났어요. 놋쇠를 덧댄, 황소라도 때려잡을 큼지막한 우산을 손에 들고 소리를 지르데요. '잭 달럽이란 놈 여기서 일하지요? 좀 보자고 해요! 그놈한테 정말이지 할 말이 있으니께.' 엄마 뒤쪽에 잭의 그녀가 손수건에 눈물을 쏟으면서 걸어오더구먼요. 창밖으로 두 사람을 본 잭은 '이키, 올 것이 왔구먼. 날 죽이고 말걸! 어디로 숨을까, 어디 숨지? 내가 어디 있다고 말하지 마세요!' 이렇게 말하더니 교유기 뚜껑을 열고 그 속으로 기어들어가 안에서 문을 닫았답니다. 그때 처녀의 엄마가 문을 박차고 낙농실로 들이닥쳤어요. '이 악당 놈, 어디 있느냐? 잡기만 하면 상판을 다 쥐어뜯

---

* 부활절 전주의 목요일.

을 것이야 하고 소리를 질렀지요. 그러고는 갖은 욕을 퍼부으며 사방을 쥐 잡듯이 뒤지는디 잭은 교유기 안에서 숨이 막힐 지경이고, 불쌍한 여자아이는—처자라고 해야 맞겠지만—문간에서 눈알이 빠지도록 울고 서 있었는디, 그 광경을 어떻게 잊었어요, 절대 못 잊는다고요. 대리석이라도 녹여낼 눈물이었으니께. 하지만 아무리 뒤져도 잭을 못 찾았지요."

목장 주인은 잠시 숨을 돌렸고 귀를 기울이던 사람들이 한두 마디 논평을 붙였다.

사실 주인의 이야기는 끝이 아니면서 끝인 것처럼 보일 때가 종종 있어서, 그의 이야기를 처음 듣는 사람들은 끝에 가서 터뜨려야 할 감탄사를 미리 터뜨릴 때가 있었다. 하지만 그의 오랜 동료들은 기다렸고 이야기는 계속되었다.

"글쎄, 그 처녀의 엄마가 어떻게 알았는지 모르겠지만, 어쨌거나 잭이 교유기 안에 숨은 걸 눈치챈 겁니다. 한마디 말도 않고 손잡이를 잡더니—그때는 수동으로 돌렸거든요—돌리기 시작하자 잭이란 놈이 안에서 이리 쿵 저리 쿵 구르는 거예요. '살려줘! 교유기를 멈춰! 날 좀 꺼내줘!' 잭이 머리를 내밀고 말하더구먼요. 그런 놈들이 흔히 그렇듯 비겁자거든요. '처녀 아이를 망쳐놓았으니 보상을 할 때까지는 어림없제!' 처자의 엄마가 말했지요. '교유기를 멈추라니까, 이 늙은 마녀야!' 그가 고함을 쳤지요. '이 사기꾼, 늙은 마녀라니! 다섯 달 전부터 날 장모님으로 모셨어야 할 놈이!' 교유기는 계속 돌아가고 잭의 뼈가 다시 덜걱거렸답니다. 우리 중 누구도 가로막고 나서지 않았고요. 마침내 잭이 책임을 지겠다고 약속을 했지요. '그렇게 할게요,

약속을 지키겠어요!' 그래서 그날 소동은 끝났구먼요."

이야기를 듣던 사람들이 미소로 재미있다는 말을 대신하고 있는데, 등 뒤로 뭔가 빠르게 움직이는 소리가 났다. 얼굴이 하얗게 질린 테스가 문 쪽을 향하고 있었다.

"오늘은 너무 덥네요!" 들리지 않을 정도로 작은 소리로 그녀가 말했다.

정말 더운 날이라 아무도 그녀가 뒤로 물러선 것을 주인의 회고담과 연관시키지 않았다. 주인이 앞으로 나서서 문을 열어주며 농담조로 다정하게 말했다. "왜 그려, 아가씨." (그는 아이러니를 의식하지 않은 채 종종 테스에게 이런 애칭을 붙이곤 했다.) "우리 목장에서 제일 이쁜 일꾼이 말이여. 여름 날씨가 이제 겨우 시작됐을 뿐인디 기진맥진하면 어쩌려고. 이러다가 삼복더위에 나가떨어지면 곤란혀, 안 그려요, 클레어 씨."

"좀 어지러워서요. 바람을 쐬는 게 좋을 거 같아요." 그녀는 무표정하게 말하고 밖으로 사라졌다. 테스에게는 다행스럽게도 바로 그때 교유기 속에서 돌고 있던 우유의 찰랑거리는 소리가 선명하게 탁, 탁 하는 소리로 바뀌었다.

"버터가 나온다!" 크릭이 소리를 지르자 테스를 향했던 눈길이 모두 그쪽으로 향했다.

이 아름다운 여인은 외견상 곧 평정을 회복했다. 하지만 오후 내내 침울했다. 소젖 짜는 작업이 끝난 저녁 나절, 사람들과 같이 있고 싶지 않아서 그녀는 바깥으로 나가 무작정 걸었다. 그녀는 비참했다. 너무 비참했다. 그녀의 동료들에게 주인의 이야기는 익살스러운 일화일 뿐이었다. 자신을 제외하면 그 슬픔을 아는 사람은 아무도 없는 것 같았다. 그 이야기가 그녀의 경험에서 아픈 곳을 얼마나 잔인하게 후벼 팠는지 아무도 모르는 것이 확실했다. 저녁의 태양도 불타오르는 거대한 상처처럼 추해 보였다. 강가 덤불 속에서 목이 쉰 외로운 멧새 한 마리가 구슬픈 기계음을 내며 그녀를 반겼으나, 그 소리마저 우정이 과거지사가 되어버린 옛 친구의 목소리 같았다.

이렇게 낮이 긴 6월이면 처녀 일꾼들, 아니 사실상 온 집안 식구들이 해가 떨어질 즈음 잠자리에 든다. 우유의 양이 많은 시기에는 소젖짜기가 일찍 시작되거니와 일이 고됐기 때문이다. 테스는 대개 동료들을 따라 2층으로 올라갔지만 그날 밤은 함께 쓰는 방으로 제일 먼저 올라갔고, 다른 처녀들이 들어왔을 때는 이미 겉잠에 빠져든 뒤였다. 그녀는 오렌지색의 석양빛을 받으며 그들이 옷을 벗는 것을, 석양빛에 그들의 몸이 물드는 모습을 가물가물 바라보다가 다시 깜빡 잠이 들었다. 그러다 그들의 목소리에 다시 잠을 깼지만 기척을 내지 않고 그들을 지켜보았다.

그녀와 방을 쓰는 세 동료들은 잠자리에 들 생각을 하지 않은 채 잠옷을 입고 맨발로 창가에 모여 서 있었다. 서쪽에서 흘러들어오는 마지막 붉은 햇살이 아직 그들의 얼굴과 목덜미, 그리고 사방의 벽을 비추었다. 세 사람은 마당에 있는 사람을 유심히 지켜보느라 명랑하고 동그란 얼굴, 검은 머리에 창백한 얼굴, 그리고 적갈색 머리에 흰 얼굴을 맞대고 있었다.

"밀지 마, 너도 잘 보이면서." 적갈색 머리에 나이가 제일 어린 레티가 창문에서 눈을 떼지 않고 말했다.

"너나 나나 저 사람 좋아해봤자 헛거여, 레티." 큰언니 격인 명랑한 얼굴의 메리언이 장난스럽게 말했다. "저 사람은 너 말고 딴 데 마음이 있는걸."

레티 프리들은 여전히 밖을 내다봤고, 다른 둘도 마찬가지였다.

"저기 다시 나왔다!" 이즈 휴엣이 소리쳤다. 창백한 얼굴에 촉촉한 검은 머리, 그리고 입술 윤곽이 또렷한 처녀였다.

"말하지 않아도 알아, 이즈. 저 사람 그림자에 키스하는 걸 내가 다 본걸." 레티가 대답했다.

"뭘 하는 걸 봤다고?" 메리언이 물었다.

"아, 저 사람이 유장을 빼느라 유장통 앞에 서 있는디 뒤쪽 벽에 얼굴 그림자가 생겼걸랑. 이즈가 그 옆에서 우유를 통에 따르다가 벽에 비친 저 사람 그림자의 입에 입술을 대고 키스하는겨. 저 사람은 못 봤지만."

"저런, 이즈 휴엣!" 메리언이 말했다.

이즈 휴엣의 뺨 한가운데가 장밋빛으로 붉어졌다. "그게 어쨌다고. 그래서 뭐 잘못됐어?" 애써 태연한 척하면서 이즈가 대꾸했다. "나보고 저 사람을 좋아한다고 놀리지만, 너희 둘도 마찬가지잖아."

메리언의 통통한 얼굴은 원래 분홍빛이라서 더이상 빨개질 수가 없었다.

"내가!" 그녀가 말했다. "무슨 근거 없는 소릴! 아, 다시 나왔어! 저 눈, 저 얼굴, 사랑하는 클레어 씨!"

"저것 보라지, 이제야 털어놓으시네!"

"너도 그렇고, 우리 모두 똑같지 뭐. 다른 사람들한테 말하기는 좀 그렇지만, 우리끼리 있으면서 안 그런 척하는 것도 우습잖아. 그럴 수만 있으면 난 내일이라도 저 사람한테 시집갈게."

"나도 그려. 아니 그보다 더한 일도 할 수 있어."

"나도 나도." 더 소심한 레티가 속삭였다.

귀를 기울이던 테스의 얼굴이 달아올랐다.

"우리 모두 저 사람과 결혼할 수는 없잖아." 이즈가 말했다.

"더 속상한 건 우리 중 누구도 저 사람과 결혼 못 한다는 거야." 가장 나이가 많은 처녀가 말했다. "다시 나왔어!"

세 사람 모두 그를 향해 소리 없는 키스를 보냈다.

"왜?" 레티가 얼른 물었다.

"저 사람은 테스 더비필드를 제일 좋아허거든." 메리언이 목소리를 낮추며 말했다. "매일 저 사람을 지켜봤더니 알겠더라."

모두 생각에 잠긴 듯 침묵이 흘렀다. "하지만 테스는 저 사람한테 별로 관심이 없잖아?" 마침내 레티가 속삭였다.

"그려, 나도 그런 생각을 했어."

"하지만 바보 같은 짓거리여!" 이즈 휴엣이 조급하게 말했다. "저 사람은 우리 중 아무하고도, 또 테스하고도 결혼하지 않을 게 분명해―외국에 가서 농장을 경영해서 대지주가 될 신사의 아들이잖아! 우리한테 1년에 얼마 줄 테니 농장 일꾼으로 가자고 하는 게 고작이겠지!"

하나가 한숨을 쉬자 또 하나가 한숨을 쉬었고, 메리언의 통통한 몸에서 가장 큰 한숨이 새어나왔다. 가까운 침대에 누워 있던 또 한 사람도 한숨을 지었다. 이 지방 향토지에서 중요한 위치를 차지하는 패리델 가문의 마지막 꽃봉오리 — 빨간 머리의 귀여운 막내 레티 프리들의 두 눈에 눈물이 고였다. 여전히 머리를 맞댄 그들은 세 가지 머리카락 색을 뒤섞은 채 소리 없이 창밖을 더 지켜보았다. 하지만 이를 알 리 없는 클레어 씨가 안으로 들어가는 바람에 더는 그의 모습을 볼 수 없었다. 어둠이 깊어지자 그들은 각자 잠자리에 들었다. 메리언은 곧 코를 골았으나 이즈는 한동안 골몰히 생각에 잠겼다. 레티 프리들은 울다가 잠이 들었다.

더 깊은 격정에 사로잡힌 테스는 모두 잠든 다음에도 잠을 이룰 수가 없었다. 그들의 대화는 그날 그녀가 삼켜야 했던 또 하나의 쓴 약이었다. 마음속에서 질투의 감정은 거의 일지 않았다. 그녀는 에인절 클레어의 마음이 자신에게 쏠려 있음을, 말하자면 알고 있었다. 얼굴도 더 예쁘고 교육도 더 받았고 또 레티를 빼면 나이가 가장 어리지만 몸매는 누구보다 성숙했기 때문에, 아주 조금만 신경을 써도 사랑을 솔직하게 고백한 동료들에 맞서 에인절 클레어의 마음에서 자신의 자리를 지킬 수 있으리라는 생각도 들었다. 그런데 중요한 문제는 그렇게 해도 되느냐였다. 그의 정식 아내가 된다는 것은 그들 중 누구에게도 일어날 법한 일이 아니었다. 하지만 그가 여기 머무는 동안만이라도 그의 호감을 불러일으켜 주목을 받는 즐거움을 그들 중 하나가 맛보아도 되지 않을까. 신분의 차이가 많이 나도 결혼에 성공한 사례가 있다. 언젠가 클레어 씨가 우스갯소리로 만 에이커나 되는 식민지의 목장을 돌보고 가축을 키우고 곡식을 거둬야 하는데 양갓집 규수와 결혼하는 것이 무슨 도움이 되겠느냐고 하더라는 크릭 부인의 말을 들은 적이 있다. 농촌 출신의 여자라야 그에게 어울리는 아내감이라는 것이다. 하지만 클레어 씨의 말이 진담이라고 친들 어떤 남자와도 양심상 결혼할 수 없는 자신이, 또 절대로 결혼하지 않겠다고 경건히 맹세한 자신이 그가 탤버테이스에 잠시 머무는 동안 그의 눈길을 받는 행복을 맛보려고 다른 여자들에게 갈 수도 있는 관심을 가로막아도 된단 말인가?

22

이튿날 아침 그들은 하품을 하며 아래층으로 내려왔지만, 크림 걷어내는 일과 소젖 짜는 일은 여느 때와 마찬가지로 계속되었다. 아침 식사를 하러 안으로 들어가보니 목장 주인 크릭이 발을 동동 구르며 집 안을 왔다갔다하고 있었다. 버터에서 톡 쏘는 맛이 난다는 고객의 항의 편지를 받았던 것이다.

"제기랄, 정말 그렇구먼!" 주인은 버터 덩이 하나를 올려놓은 나무칼을 왼손에 들고 말했다. "원 참, 맛들 보슈!"

몇 사람이 그의 옆으로 모여들었다. 클레어 씨가 맛을 보고, 테스가 맛을 보고, 집 안으로 들어온 여자 일꾼들과 남자 일꾼 한두 명이 맛을 본 다음, 마지막으로 아침 식사를 차려놓고 기다리다 나온 크릭 부인이 맛을 보았다. 확실히 톡 쏘는 맛이 있었다.

그 맛이 어떤 독초에서 나왔는지 식별하기 위해 혼자 생각에 잠겨 있던 목장 주인이 갑자기 소리를 질렀다. "이거 마늘이여! 우리 풀밭에 마늘이라고는 한 잎도 남아 있지 않은 줄 알았는디!"

그러자 이곳에서 오래 일한 일꾼들은 최근에 마른 목초지 한곳에 소 몇 마리를 들여보냈는데, 몇 년 전에도 그 목초지 때문에 버터를 망친 사실을 기억해냈다. 주인은 그때 마늘 맛을 식별하지 못해 마법에 걸린 셈 쳤던 것이다.

"그 목초지를 샅샅이 뒤져야제." 그가 다시 입을 열었다. "이렇게 놔둘 수 없고말고!" 다들 끝이 뾰족한 낡은 칼을 들고 밖으로 나갔다. 지나가다 눈에 띄지 않은 것을 보면 그 해로운 풀은 극히 좁은 면적에서 자라고 있을 텐데, 풀이 무성하게 자란 들판에서 찾아내기란 거의 불가능해 보였다. 하지만 워낙 중차대한 문제인지라 모두 나서서 한 줄로 섰다. 자원하고 나선 클레어 씨가 목장 주인과 한쪽 끝에 섰고, 다음에 테스, 메리언, 이즈 휴엣, 레티, 빌 리웰, 조너선, 그리고 각자 자기 집에서 일하러 온 부인네 일꾼들—양털 같은 검은 머리에 눈알을 굴리는 벡 닙스와 습기 많은 목초지의 겨울 안개 때문에 폐병이 걸린 황갈색 머리칼의 프랜시스—이 다른 쪽 끝에 섰다.

땅에 시선을 고정한 채 그들은 들판의 한쪽을 길이로 천천히 기어갔다. 그 옆쪽을 다시 같은 방식으로 기어 돌아와서 일을 끝마치고 나면 그들의 눈길을 피한 곳은 한 치도 남지 않았다. 아주 지루한 작업이었지만 풀밭 전체에서 찾아낸 마늘 싹은 겨우 대여섯 개에 불과했다. 하지만 마늘의 매운맛이 얼마나 강한지 소 한 마리가 한 입만 먹어도 목장에서 그날 생산된 유제품의 맛을 바꾸어놓기에 충분했다.

성격이나 기질은 사실 서로 딴판이었지만, 허리를 굽힌 사람들이 이룬 줄은—소리를 내지 않는 기계처럼—이상할 만큼 동질적이었다. 근방을 지나가던 외지인이 그들을 목격하고 싸잡아 '시골뜨기'라고 하더라도 무리는 아니리라. 마을을 찾아 그렇게 고개를 처박고 기어가는 동안, 그들의 등 위로 한낮의 햇빛이 맹위를 떨쳤다. 그래도 그늘진 얼굴에는 미나리아재비에서 반사된 연노랑빛이 달빛을 받은 요정의 분위기를 풍겼다.

모든 일에 공산주의적으로 참여한다는 자신의 원칙을 고수한 에인절 클레어는 이따금 고개를 들어 둘러보았다. 물론 그가 테스 바로 옆에 자리 잡은 것은 우연이 아니었다.

"그래 잘 있었어?" 그가 중얼거렸다.

"네, 덕분에요." 그녀가 새침하게 대답했다.

두 사람이 개인적인 신상에 관해 많은 이야기를 나눈 지 삼십 분도 안 되었기 때문에 이런 식으로 말문을 여는 일은 불필요해 보였다. 그러고는 더 이야기를 나누지 않았다. 그들은 기고 또 기었다. 그녀의 치맛자락이 그의 각반에 닿기도 했고, 그의 팔꿈치가 가끔씩 그녀의 팔꿈치를 스쳤다. 마침내 옆에 있던 목장 주인이 더 못 버티겠던 모양이었다.

"정말이지 여기 이렇게 엎드려 있으니 허리가 끊어지겠다!" 얼굴을 찡그린 그는 똑바로 설 때까지 허리를 천천히 폈다. "테스 아가씨, 한 이틀 전에 몸이 안 좋다고 했잖아. 이 일을 계속하면 머리께나 아플 겨! 어지러우면 그만둬. 나머지는 다른 사람들한테 맡기고."

목장 주인이 뒤로 처지자 테스도 빠졌다. 클레어 씨도 줄에서 이탈해 임의로 잡초를 색출하기 시작했다. 그가 가까이 있음을 알게 되자 어젯밤에 들은 이야기 때문에 마음이 켕긴 테스는 먼저 말을 걸고 말았다.

214

"저애들 정말 예쁘네요!" 그녀가 말했다.

"누구 말인데?"

"이즈 휴엣하고 레티요."

테스는 두 처녀 다 농부의 좋은 아내감이라고 생각했고, 또 자신의 불행한 매력을 가리고 그들을 천거해야만 한다고 우울하게 결심했던 것이다.

"예쁘다고? 아, 그래. 예쁜 처녀들이지. 생기가 넘쳐. 늘 그렇게 생각한걸."

"하지만 안타깝게도 예쁜 건 오래가지 않아요."

"그렇지. 불행히도."

"소젖 짜는 건 또 얼마나 잘하고요."

"맞아. 그렇지만 너보다 잘하지는 못해."

"크림 걷는 건 저보다 잘해요."

"그래?"

클레어는 아가씨들을 계속 바라봤다. 물론 처녀들 쪽에서도 그를 훔쳐봤다.

"얼굴을 붉히네요." 테스가 초인적 희생정신을 발휘해 말을 이었다.

"누가?"

"레티 프리들요."

"아, 그건 왜?"

"클레어 씨가 보고 있으니까요."

자기희생을 할 용의가 있었지만, 테스는 차마 "양갓집 규수가 아니라 농장 일 도와줄 여자를 찾는다면 저애들 중 하나와 결혼하세요. 나하고 결혼할 생각은 하지 마세요!"라고 말할 수는 없었다. 목장 주인을 따라나선 그녀는 클레어가 뒤에 남기로 했다는 사실에 서글픈 만족을 느꼈다.

그날부터 그녀는 애써 그를 피했다. 순전히 우연으로 그와 마주쳐도 예전처럼 곁에 있으려고 하지 않았다. 그리고 다른 세 처녀에게 가능한 한 그와 함께 있을 기회를 만들어주었다.

처녀들의 사랑 고백을 들은 테스는 에인절 클레어가 원했다면 친구들이 몸을 허락했으리라는 것을 알 정도의 성인 여자였다. 그가 처녀들의 행복을 조금이라도 위태롭게 할까봐 조심하고 있음을 깨닫고 테스는 마음 따뜻해지는 존경심을 품게 되었다. 맞든 틀리든 그녀는 그가 절도 있는 책임감을 보였다고 생각했다. 남자들에게 전혀 기대하지 않았던 이런 면모를 그가 보이지 않았더라면, 그녀와 한방을 쓰는 순진한 처녀들 중 하나 혹은 그 이상이 울면서 인생의 순례길을 떠났을지도 모를 일이었다.

23

7월의 무더운 날씨가 불현듯 다가왔다. 평지로 이뤄진 골짜기의 공기는 마취제처럼 일꾼들과 젖소들과 수목들을 무겁게 짓눌렀다. 이따금 뜨거운 김이 나는 비가 쏟아져 젖소들이 풀을 뜯는 들판을 더 무성하게 만들었지만, 다른 들판에서 벌어지는 때늦은 건초 작업을 방해하기도 했다.

일요일 아침이었다. 소젖 짜는 일이 끝나서 출퇴근 하는 일꾼들은 집으로 돌아가고 없었다. 테스와 세 처녀는 목장에서 3, 4마일 떨어진 멜스톡 교회에 같이 가기로 한 터라 재빨리 옷을 갈아입었다. 탤버테이스에 온 지 두 달이 지난 테스로서는 첫번째 나들이였다.

어제 오후부터 밤새도록 천둥을 동반한 폭우가 요란하게 쏟아지는 바람에 건초 더미 일부가 강물로 떠내려가기도 했지만, 큰 비가 지나간 다음이라 아침에는 태양이 더 찬란하게 빛났고 공기도 신선하고 상쾌했다.

교구에서 멜스톡까지 가는 꼬불꼬불한 길은 일부 지대가 낮았는데, 가장 낮은 곳에 이르렀을 때 전날 내린 비 때문에 4, 5미터가량의 도로가 신발이 젖을 정도로 물이 찼음을 알게 되었다. 평일이라면 이 정도의 물은 큰 장애물이 아니었다. 굽이 높은 덧나막신이나 부츠를 신고 아무렇지도 않게 철벙거리며 건너갔을 것이다. 하지만 한껏 멋을 부린 태양의 날*에, 영적인 사무를 본다는 위선을 떨며 육체와 육체가 농탕치는 날에, 하얀 스타킹에 날렵한 구두, 분홍색 흰색 연보라색 옷에 한 점의 흙탕물이라도 용납할 수 없는 처지라 물웅덩이는 난처한 장애물일 수밖에 없었다. 교회 종소리가 그들을 불렀다. 하지만 아직도 1마일가량은 더 가야 했다.

"여름에 냇물이 이렇게 넘칠 줄 누가 알았나." 함께 길가의 둑 위로 기어 올라간 다음 메리언이 말했다. 그들은 둑의 비탈길을 따라 물웅덩이를 에둘러 갈 작정으로 어렵사리 걸음을 옮겼다.

---

* Sun's-day. 일요일(Sunday)을 말함.

"물웅덩이를 못 건너면 교회에 못 가겠네. 아니면 큰길로 돌아가야 하는디 그럼 많이 늦을 거 아녀!" 레티가 낙담한 듯 걸음을 멈추고 말했다.

"교회에 늦게 들어가면 사람들이 모두 쳐다보잖아. 그럼 얼굴이 달아올라서 '주님 뜻대로 하옵소서' 기도할 때나 겨우 가라앉는단 말이여." 메리언이 말했다.

그들이 둑에 매달리듯 서 있는데, 길모퉁이에서 철벅거리는 소리가 들리더니 곧 물웅덩이를 건너 그들 쪽으로 다가오는 에인절 클레어의 모습이 보였다.

네 사람의 가슴이 동시에 쿵쾅거렸다.

그의 복장은—교조적인 신부의 아들 중 그런 이들이 종종 있듯이—안식일 엄수주의에 역행하는 차림새였다. 목장에서 일할 때 입는 옷 그대로에 긴 장화를 신었고, 햇볕을 식히려고 모자 속에 양배추 잎을 넣었고, 한술 더 떠 엉겅퀴 제거용 작은 가래까지 들고 있었다.

"저 사람은 교회에 가지 않나봐." 메리언이 말했다.

"응, 가면 좋을 텐데." 테스가 웅얼거렸다.

사실 에인절은, 옳건 그르건, 화창한 여름날에는 교회나 예배당보다는 (둘러대기 잘하는 논객들의 모호한 용어를 빌리자면) 자연의 설교를 듣는 쪽을 선호했다. 게다가 오늘 아침에는 홍수로 건초 피해가 심한지 여부를 확인하겠다는 목표도 있었다. 길을 가던 그는 멀리서 처녀들을 봤지만, 물웅덩이를 건너는 문제에 골몰해 있던 그들은 그를 보지 못했다. 물이 넘친 지점을 건널 수 없으리라는 사실을 알고 있었기에 그는—그들, 특히 그중 한 명을 도울 방법이 있으리라는 막연한 생각에 ― 발걸음을 재촉했던 것이다.

장밋빛 뺨에 눈이 반짝거리는 네 처녀가 얇은 여름 원피스를 휘날리며 지붕의 경사면에 내려앉은 비둘기처럼 길가의 둑에 매달려 있는 모습이 너무 예뻐서 그는 가까이 다가서기 전 잠시 멈춰 서서 그들을 바라보았다. 얇은 천으로 된 치마가 풀밭을 스치면서 감아 올린 수많은 날파리와 나비가 투명한 천이 새장인 듯 도망도 못 가고 갇혀 있었다. 에인절의 눈길이 마침내 맨 뒤쪽에 서 있는 테스에게 멈췄다. 자신들의 궁색한 처지에 겨우 웃음을 참고 있던 테스는 환한 얼굴로 그의 눈길을 받지 않을 수 없었다.

그는 긴 장화 윗부분에 못 미치는 물길을 건너 그들 아래쪽으로 와서, 치마폭에 갇힌 날파리와 나비를 올려다보았다.

"교회에 가려고 그러는 거야?" 그는 앞에 서 있는 메리언에게 말했지만 그의 질문은 옆의 두 처녀를 포괄했다. 하지만 테스 쪽으로는 눈길을 주지 않았다.

"네. 예배 시간에 늦을 텐데, 그럼 얼굴이 달아올라서 ―"

"내가 안아서 건너가게 해주지. 한 사람도 빠짐없이."

하나의 심장이 뛰듯 네 사람 모두 얼굴을 붉혔다.

"제 생각엔 ― 그렇게 못 하실 거 같아요." 메리언이 말했다.

"건너려면 그 방법밖에 없어. 가만히 있어. 무슨 소리, 그렇게 무겁지 않아. 네 사람을 한꺼번에 나를 수도 있을 텐데 뭐. 자, 메리언, 조심해." 그가 말을 이었다. "두 팔로 내 어깨를 안아, 그렇지. 자, 꼭 잡아. 옳지, 그렇게 해."

메리언은 지시대로 그의 팔과 어깨로 몸을 낮췄고 에인절은 그녀를 안고 성큼성큼 건너갔다. 그의 호리호리한 몸매는 뒤에서 보면 마치 메리언이라는 커다란 꽃에 달린 줄기 같았다. 두 사람은 길모퉁이를 돌아 사라졌고, 철벅거리는 발소리와 메리언의 모자 꼭대기에 달린 리본만이 그들의 위치를 알려주었다. 몇 분 있다 그가 다시 나타났다. 둑 위의 순서로는 이즈 휴엣이 다음이었다.

"저기 와." 그녀가 중얼거렸는데, 긴장한 나머지 입술이 바작바작 말라붙는 것 같았다. "나도 메리언처럼 저 사람 목을 끌어안고 얼굴을 마주 봐야 혀."

"그게 뭐 대수롭다고." 테스가 얼른 되받았다.

"만사에는 때가 있는겨." 이즈가 개의치 않고 말을 이었다. "서로 껴안을 때가 있으면 그만둘 때가 있지. 나한테도 껴안을 때가 온겨."

"저런, 그건 성경 구절이잖아."

"알아." 이즈가 대답했다. "난 교회에 가면 멋있는 구절을 새겨듣거든." 이런 수고의 4분의 3이 평범한 친절의 행위일 뿐인 에인절 클레어가 이번에는 이즈에게 다가갔다. 그녀는 가만히 꿈꾸듯 그의 팔에 안겼고, 에인절은 절도 있게 그녀를 안고 걸어갔다. 그가 오는 소리가 세번째로 들리자 레티는 가슴이 너무 뛰어 덜덜 떨다시피 했다. 빨간 머리의 처녀에게 다가간 에인절은 그녀를 안아 내리면서 테스를 힐긋 쳐다보았다. "곧 우리 둘만 남을 거야!"라고 입술 모양을 만드는 것이 분명했다. 그의 속뜻을 이해했다는 표정이 그녀의 얼굴에 나타났다. 어쩔 수 없었다. 둘의 마음이 통했던 것이다.

가엾은 막내 레티는 셋 중 가장 가벼웠지만, 클레어로서는 가장 애를 먹인 '짐'이 되었다. 풍만한 메리언의 밀가루 부대처럼 축 늘어진 무게를 감당하느라 그는 문자 그대로 비틀거렸다. 이즈는 침착하고 조용히 안겨 건너갔는데, 레티는 거의 히스테리 발작을 일으키다시피 했다.

어쨌거나 그는 조바심치는 처녀를 안고 가서 내려놓고 돌아왔다. 테스는 멀리 산울타리 너머 길이 다시 나타난 둔덕 위에 그가 내려놓은 그대로 세 처녀가 모여 있는 모습을 봤다. 이제 그녀의 차례였다. 클레어 씨의 눈길을 받고 숨결을 느끼게 되었다고 흥분 상태에 빠진 동료들을 우스꽝스럽게 여겼던 테스는 가슴이 뛰는 것을 느끼고 당황스러웠다. 그래서 비밀이 드러날까 겁나 마지막 순간에 딴전을 부렸다.

"전 둑을 따라 기어 올라갈 수 있을 것 같아요. 쟤들보다 제가 잘 걸어요. 너무 지치셨을 거예요, 클레어 씨."

"아냐, 아냐, 테스!" 그가 재빨리 말했다. 그러다보니 테스는 자기도 모르는 새 그의 팔에 안겨 어깨에 얼굴을 기대고 있었다.

"세 명의 레아에 한 명의 라헬*일세."

"저보다 훌륭한 여자들이에요." 결심한 대로 그녀는 큰 마음을 써서 말했다.

"내게는 그렇지 않아." 에인절이 말했다.

그는 이 말에 그녀의 표정이 상기되는 것을 보았다. 그리고 그들은 말없이 몇 걸음을 더 나아갔다.

"저 무겁지 않아요?" 그녀는 소심하게 말했다.

"천만에. 메리언을 한번 들어봐! 아주 한 짐이야. 넌 햇살을 받으며

---

* 「창세기」 29장 16~30절. 야곱은 라헬과 결혼하기 위해 7년을 일했으나 그녀의 언니인 레아와 결혼해야 라헬과 결혼할 수 있다고 하여 레아와 결혼한 다음 다시 7년을 일했음.

따뜻하게 출렁거리는 물결 같아. 널 휘감은 이 얇은 천은 거품이고."

"제가 그렇게 보인다면―아주 예쁘다는 거네요."

"내가 이 고역의 4분의 3을 마지막 4분의 1을 위해 치렀다는 건 아니?"

"아뇨."

"오늘 이렇게 될 줄 몰랐어."

"저도요…… 물이 갑자기 불지 몰랐어요."

그가 물이 불었다는 사실을 언급했다고 이해한 것처럼 말했지만, 그녀의 가쁜 숨결이 반론을 제기했다. 클레어는 멈춰 서서 그녀의 얼굴 위로 고개를 숙였다.

"아, 테시!" 그가 외쳤다.

산들바람에 그녀의 뺨이 달아올랐고 감정이 드러날까봐 그의 눈을 똑바로 볼 수 없었다. 우발적인 상황을 다소 부당하게 이용하고 있다는 생각이 든 에인절은 더 밀어붙이지 않기로 했다. 아직 어느 쪽도 사랑한다는 말을 확실하게 입 밖에 내지는 않았고, 지금으로서는 보류하는 쪽이 나을 것 같았다. 하지만 그는 남아 있는 거리나마 걸음을 천천히 옮겨 가능한 한 시간을 끌었다. 그래도 결국 길모퉁이에 이르렀고 이제 그들의 모습은 세 사람에게 그대로 보였다. 마른 땅에 이르자 그가 그녀를 내려놓았다.

생각에 잠긴 그녀의 친구들은 눈을 크게 뜨고 둘을 주시했다. 그녀 이야기를 하고 있었음을 알 수 있었다. 그는 서둘러 작별하고 철벅거리며 물에 잠긴 도로를 따라 되돌아갔다.

네 사람이 이전처럼 걸어가는데 메리언이 불쑥 침묵을 깼다. "안 될 일이여, 정말이지. 쟤한테는 당할 수가 없어!" 그녀는 쓸쓸히 테스를 바라보았다.

"무슨 말이여?" 테스가 물었다.

"그 사람이 널 제일 좋아혀. 아주 좋아한단 말이여! 널 안고 오는 걸 보니까 알겠더라. 네가 아주 조금이라도 곁을 주었으면 키스했을 겨."

"아녀, 아녀." 그녀가 말했다.

함께 출발했을 때의 쾌활함은 아무래도 사라졌지만, 그렇다고 적의나 양심이 생긴 것은 아니었다. 그들은 너그러운 마음을 가진 처녀들이었다. 세상사를 숙명으로 받아들여온 외딴 농촌 마을에서 자란 터라 그들은 그녀를 탓하지 않았다. 사랑을 빼앗긴다면 어쩔 수 없는 일이었다.

테스는 마음이 아팠다. 자신이 에인절 클레어를 사랑한다는 사실을 스스로 인정하지 않을 수 없었는데, 어쩌면 다른 처녀들도 그에게 마음을 빼앗겼음을 알기에 더 열렬해졌는지도 모른다. 이런 감정은, 특히 여자들에게 있어서, 전염성이 강한 법이다. 하지만 사랑을 갈구하는 그녀의 마음속에 친구들에 대한 연민도 있었다. 테스의 정직한 본성은 이런 연민에 저항했지만 나약한 저항에 불과했고, 따라서 자연스럽게 이런 답이 나왔다.

"난 절대로 가로막고 나서지 않아. 니들 중 누구라도!" 그날 밤 잠자리에서 그녀는 (눈물을 줄줄 흘리면서) 레티에게 이렇게 선언했다. "그래서 우는 거 아녀! 그 사람 결혼 생각은 없어. 하지만 청혼받더라도 난 거절할겨. 어떤 남자의 청혼도 난 거절할 수밖에 없어."

"왜 그런디? 응?" 레티가 놀라서 물었다.

"난 그럴 수 없어! 솔직하게 말할게. 내가 아니더라도 그 사람이 너희 중 누구를 선택할 거 같지는 않아."

"그건 기대한 적도 없어. 생각해본 적도 없어." 레티가 신음했다. "하지만 똑 죽고 싶을 뿐이여!"

자신도 이해할 수 없는 감정에 사로잡힌 가엾은 아이는 그때 2층으로 올라온 다른 처녀들을 향했다. "우리 다시 테스랑 친구하자." 레티가 그들에게 말했다. "테스도 그 사람이 자기와 결혼할 거라고 생각하지 않아." 그래서 서먹했던 분위기가 사라지고 다시 다정하게 속마음을 털어놓았다.

"이젠 어떻게 되든 상관없다는 마음이 들어." 기분이 밑바닥까지 가라앉은 메리언이 말했다. "나한테 두 번 청혼한 목장 일꾼과 결혼할 생각이었어. 하지만, 정말이지, 그 사람의 아내가 되느니 차라리 죽는 게 나아! 이즈, 넌 왜 말이 없어?"

"그럼 나도 고백할게." 이즈가 말했다. "오늘 그 사람이 날 안고 건널 때 키스할 줄 알았어. 그래서 그 사람 가슴에 안긴 채 기다리고 기다리면서 꼼짝도 하지 않았지. 하지만 안 하더라. 난 이제 탤버테이스가 싫어졌어. 집에 가고 싶어."

침실의 공기조차 처녀들의 절망적인 열정을 좇아 요동하는 듯했다. 그들은 잔인한 자연의 법칙이 떠맡긴 감정 — 예측하지도, 원하지도 않았던 감정에 짓눌려 열병을 앓듯 몸부림쳤다. 낮에 있었던 사건은 가슴속으로 타들어가던 불꽃을 부채질해 밖으로 드러냈고, 그들은 거의 감당할 수 없을 정도로 고통스러웠다. 그들을 개인으로 구별하게 해주던 차이점들은 이 열정 때문에 사라졌고, 각자는 여성이라고 명명된 유기체의 부분을 이룰 뿐이었다. 희망이 없었으니 그만큼 솔직했고, 질투심도 거의 없었다. 모두 분별력 있는 처녀들이라 헛된 자만심으로 자신을 속이거나 사랑을 부정하려 들지 않았고, 돋보이려고 잰 체하지 않았다. 사회적 관점에서는 그들의 사랑이 무망함을, 목표점이 없는 시작임을, 스스로 안 되는 일임을 충분히 인식했다. (자연의 눈으로 보면 부족한 것이 없어도) 문명의 눈으로 보면 그 사랑의 존재를 정당화시켜줄 것이 전적으로 부족했다. 하지만 사랑이 존재한다는 사실이 그들을 죽을 것 같은 기쁨의 몰아지경으로 몰고 갔다. 이 모든 것이 그들에게 체념과 함께 자존감을 부여했다. 그를 남편으로 얻기 위해 계산적인 사심을 부렸다면 이런 경지에 이르지 못했을 것이다.

그들은 각자의 작은 침대에서 몸을 뒤척이며 잠을 이루지 못했고, 아래층의 치즈 압착기에서는 똑똑 물방울 떨어지는 소리가 단조롭게 들렸다.

"아직 안 자니, 테스?" 삼십 분쯤 뒤에 누군가 속삭였다. 이즈 휴엣의 목소리였다.

테스가 그렇다고 대답하자 레티와 메리언도 갑자기 이불을 걷어차고 한숨을 내쉬었다. "우리도 안 자!"

"어떻게 생겼는지 궁금해. 그 사람 집안에서 골라놓았다는 아가씨 말이여."

"나도 궁금혀." 이즈가 말했다.

"아가씨를 골라놓았다고?" 테스는 놀라서 숨이 막힐 것 같았다.

"그런 이야기는 못 들었는디!"

"맞는 이야기여. 소문이 그렸어. 신사 집안의 아가씨인디, 집안에서 점찍었다나봐. 아버지의 교구인 에민스터 근처에 사는 신학박사의 딸이랴. 그 사람은 별 관심이 없다고들 하지만 결국 결혼하겄지 뭐."

자세한 내용을 들은 건 아니었다. 하지만 한밤의 어둠 속에서 비참하고 슬픈 공상을 부풀리는 데는 충분했다. 그들은 그가 마침내 마음을 돌려 결혼하기로 동의한 다음의 결혼식 준비와 신부의 행복, 드레스와 면사포, 행복한 신혼생활 등을 세세하게 그려나갔다. 그때가 되면 그들의 기억에서 그에 대한 사랑을 지워버려야 할 것이었다. 그렇게 그들은 이야기하다가 가슴이 아파서 울었다. 잠이 그들의 슬픔을 잊게 해줄 때까지.

이런 사실을 알게 된 다음 테스는 클레어의 사려 깊은 배려에 진지하고 신중한 의도가 숨어 있을지도 모른다는 어리석은 생각을 접었다. 그녀의 미모에 반해 연애 기분을 잠시 즐기는 여름 한철의 사랑—그뿐이었다. 이런 서글픈 생각의 가슴 시린 정점은, 일시적이라 하더라도 그가 정말로 다른 처녀들보다 더 좋아한 자기가, 또 스스로 그들보다 더 열정적이고 영리하고 아름답다고 자부하는 자기가, 사회규범의 잣대로 재면 그의 눈에 차지 않는 평범한 여자들보다 훨씬 더 어울리지 않는다는 사실이었다.

24

바 골짜기의 기름진 토양이 따뜻한 날씨에 발효가 되고, 식물의 수정작용이 일어나면서 수액이 힘차게 솟아오르는 소리가 들릴 것만 같은 계절이 되면, 가장 허구적인 사랑마저도 열정적이 되지 않을 수 없었다. 그곳의 준비된 마음들은 이런 환경에서 사랑의 싹을 틔웠다.

7월이 휙 지나가고, 뒤이어 작열하는 8월의 열기는 탤버테이스 목장 젊은이들의 뜨거운 가슴에 부응하려는 자연의 노력인 것 같았다. 봄과 초여름에 그렇게 싱그럽던 이곳의 공기도 이제 후텁지근하니 바람 한 점 없었다. 묵직한 공기가 그들을 짓눌렀고, 정오가 되면 주위 풍경도 혼절한 듯 보였다. 목초지의 윗부분은 열대와 같은 햇볕에 갈색으로 변했고, 아직 물줄기가 흐르는 아래쪽에서만 푸른 풀이 윤기를 냈다. 바깥의 더위에 시달리는 만큼 클레어는 테스를 향한 부드럽고 조용한 열정이 커져가면서 마음이 무거워졌다.

우기가 지난 뒤여서 고지대는 바짝 말라 있었다. 시장에 갔다 바삐 돌아온 목장 주인의 짐마차는 큰길의 가루 같은 흙을 빨아들여 마치 화약 열차에 불이 붙은 것처럼 희뿌연 먼지 구름을 일으켰다. 쇠파리의 등쌀에 젖소들은 가로대 다섯 개로 된 헛간 문을 미친 듯이 뛰어넘었고, 목장 주인 크릭 씨는 월요일부터 토요일까지 팔소매를 걷어붙이고 지냈다. 문을 닫은 채 창문만 열어놓아서 통풍이 되지 않았고, 안뜰에서는 지빠귀와 개똥지빠귀 들이 날짐승이 아니라 네발 달린 짐승인 양 까치밥나무 아래를 기어다녔다. 부엌의 굼뜬 파리들은 스스럼없이 성가시게 굴었으며, 예상치 않은 장소—마룻바닥이나 서랍속, 소젖 짜는 처녀들의 손등 위에서 기어다녔다. 일사병이 대화의 소재였고, 버터를 만들고 더 나아가 저장하는 작업은 절망을 불러일으켰다.

일꾼들은 시원하기도 하고 편하기도 해서 젖소를 안마당으로 몰아넣지 않고 목초지에서 젖을 짰다. 짐승들도 낮에는 해가 자전하는 회전축에 따라 생기는 가장 작은 나무의 그늘조차 감지덕지하면서 쫓아다녔다. 소젖 짜는 사람들이 와도 파리 때문에 소가 가만히 서 있지를 않았다.

이렇게 지내던 어느 날 오후, 아직 젖을 짜지 않은 네댓 마리의 젖소가 무리와 떨어져 산울타리 모퉁이 뒤에 따로 서 있었다. 그중에는 그 누구보다 테스의 손길을 좋아하는 덤플링과 엄마 프리티가 있었다. 젖을 짜는 일을 마친 테스가 세발 의자에서 일어나자 그녀를 얼마 동안 지켜보던 에인절 클레어가 그다음에 덤플링과 엄마 프리티의 젖을 짜겠느냐고 물었다. 테스는 말없이 고개를 끄덕인 다음 세발 의자를 팔이 닿는 거리에 두고 무릎을 우유통에 기댄 채 소들이 서 있는 쪽으로 몸을 돌렸다. 곧 엄마 프리티의 젖이 우유통 속으로 쏟아지는 소리가 산울타리 너머로 들려왔고, 그러자 에인절도 모퉁이를 돌아가서 그쪽에 따로 떨어져 있는 까다로운 젖소를 짜보고 싶은 생각이 들었다. 이제 그도 목장 주인만큼 이런 소를 다룰 수 있게 되었다.

남자 일꾼들은 모두, 그리고 여자 일꾼들도 일부는 소젖을 짤 때 이마를 소에 들이밀고 우유통을 응시했다. 하지만 몇 명은—주로 젊은 층에서—머리를 옆으로 기대곤 했다. 테스 더비필드의 습관이 그러했다. 그녀는 자신의 관자놀이로 젖소의 옆구리를 누르면서 조용히 명상에 잠긴 사람처럼 목장 저 끝으로 눈길을 주었다. 이렇게 엄마 프리티의 젖을 짜고 있는데 햇살이 그녀를 거의 정면으로 비추어 분홍색 겉옷과 흰 차양을 드리운 모자, 그리고 옆얼굴이 젖소의 암갈색 바탕 위에 양각으로 새겨진 듯 선명하게 드러났다.

클레어가 따라와서 젖소에 이마를 대고 자신을 지켜보고 있음을 알지 못한 테스는 머리와 얼굴을 전혀 움직이지 않은 채, 눈을 뜨긴 했지만 아무것도 보이지 않는 몰아의 경지에 빠져 있는 것 같았다. 그 그림에서 움직이는 것은 엄마 프리티의 꼬리와 테스의 분홍빛 두 손뿐이었고, 그 손놀림은 반사적으로 뛰는 심장의 규칙적인 박동처럼 가볍게 움직였다.

에인절의 눈에 그녀의 얼굴은 무척 사랑스러웠다. 그렇다고 천상의 무엇 같지는 않았다. 생명력, 온기, 육신 ― 이 모든 것이 실재였다. 그리고 그녀의 아름다움은 입매에서 절정을 이루었다. 그렇게 그윽하고 표정이 풍부한 눈, 그렇게 고운 뺨과 동그란 이마, 그렇게 잘생긴 턱과 목덜미는 다른 여자에게서도 본 바가 있었다. 하지만 이 세상 어디서도 그녀의 입매와 견줄 수 있는 것은 본 적이 없었다. 피가 조금이라도 뜨거운 젊은이라면, 가운데가 살짝 들린 그녀의 붉은 윗입술을 보고 제정신을 차리기 힘들 것이다. 살짝 열린 입술이 눈에 덮인 장미라는 옛날 엘리자베스 시대의 비유*를 그렇게 계속 환기시키는 여자를 그는 본 적이 없었다. 연인으로서 그는 그녀를 한마디로 완벽하다고 표현할 수도 있었다. 하지만 아니었다 ― 완벽한 것은 아니었다. 완

* 엘리자베스 시대의 시인 토머스 캠피언이 연인의 얼굴을 아름다운 정원에 빗대면서 사용한 비유.

벽에 가까운 데서 나타나는 불완전의 기미가 사랑스러웠던 것이다. 그것이 인간미를 부여했기 때문이다.

클레어는 그 입술의 곡선을 수없이 지켜보았기 때문에 머릿속에서 쉽게 그려낼 수 있었다. 그런데 지금 생생한 빛깔을 입은 그 입술과 마주하고 보니 감각적 자극이, 미풍이 그의 신경을 관통해 거의 아찔한 느낌을 불러일으켰다. 그런데 이것이 신비한 생리작용을 통해 실제로는 산문적인 재채기로 나타났다.

그때서야 그녀는 그가 지켜보고 있음을 알아차렸다. 그러나 자세를 바꾸어 그 사실을 드러내지는 않았다. 꿈을 꾸는 듯 고정된 자세가 흐트러졌을 따름이다. 유심히 지켜본 사람은 장미 꽃잎과 같은 그녀의 얼굴에 홍조가 짙어졌다가 엷은 색조만 남기고 사라졌음을 포착했으리라.

하늘에서 내려온 영감인 양 클레어의 전신에 퍼진 홍분은 가라앉지 않았다. 결심과 자제, 신중과 두려움은 패잔병처럼 물러섰다. 그는 자리에서 벌떡 일어나 젖소가 우유통을 걷어찰 테면 차라고 놔둔 채 그가 그토록 원하는 여자에게로 달려갔다. 그리고 무릎을 꿇고 그녀를 껴안았다.

테스는 불의의 습격을 당한 셈이라 아무 생각 없이 그의 포옹을 필연으로 받아들였다. 진격을 한 사람이 다름 아니라 바로 사랑하는 사람임을 깨달은 그녀는 순간적인 기쁨에 벌어진 입술에서 황홀경의 탄성 비슷한 소리를 내면서 그의 품에 안겼다.

그는 너무도 유혹적인 입술에 막 키스할 참이었는데 테스를 애틋하게 배려하는 마음으로 자제했다. "미안해, 사랑하는 테스." 그가 속삭였다. "미리 물어봤어야 하는데. 난, 나도 모르게 그만. 널 쉽게 생각해서 그런 건 아냐. 난 열렬하게, 진심을 다해 널 사랑해, 테시!"

이때 엄마 프리티가 어리둥절한 듯 고개를 돌렸다. 아주 오랜 관습에 의하면 한 사람이 있어야 할 곳에 두 사람이 웅크리고 있는 모습을 발견하고 언짢은 기색으로 뒷다리를 들었다.

"얘가 성이 났어요. 우리가 왜 이러는지 모르니까요. 우유통을 찰기세예요!" 테스는 이렇게 말하고 살짝 그의 품을 벗어나려고 했다. 그녀의 눈은 소의 행동을 주시했지만 마음은 온통 클레어에게 가 있었다.

자리에서 미끄러지듯 일어난 그녀는 그와 마주 보고 섰다. 그의 팔은 여전히 그녀를 안고 있었다. 먼 곳에 고정된 테스의 눈에 눈물이 고였다.

"왜 우는 거야, 내 사랑?" 그가 말했다.

"오, 나도 몰라요!" 그녀가 낮은 목소리로 대답했다.

자신이 어떤 상황에 처했는지 확연히 알게 된 그녀는 마음의 동요를 느껴 몸을 빼려고 애썼다.

"그래. 내 마음을 결국 드러내고 말았어, 테스." 자포자기한 듯 묘한 한숨을 지으며 그가 말했다. 그의 열정이 판단력을 앞질러 갔음을 무의식적으로 알린 것이었다. "내가 널 열렬히 그리고 진심으로 사랑한다는 말은 할 필요가 없을 거야. 하지만 난. 지금은 여기까지 하자. 네가 불편할 테니까. 나도 너만큼 놀랐어. 네가 무방비 상태인 것을 무례하게 이용했다고 생각하지는 않겠지. 성급하고 사려 깊지 못했다고 그러는 거야?"

"아니, 뭐라고 말할 수 없어요."

그는 그녀가 품 안에서 빠져나가도록 놔두었고, 일이 분 후 각자 소젖 짜기를 재개했다. 중력의 작용인 양 두 사람이 하나가 됐음을 아무도 목격하지 못했다. 목장 주인이 몇 분 후에 산울타리로 가려진 모퉁이를 돌아왔을 때 뚜렷이 거리를 두고 앉은 두 사람이 서로 그저 아는 사이 이상임을 드러낼 표지는 아무것도 없었다. 하지만 목장 주인이 그들을 마지막으로 본 후 두 사람에게는 우주의 중심축을 바꾸는 일이 일어났다. 그는 실용적인 것에 가치를 두는 사람이라 그 사실을 알았더라도 대수롭지 않게 생각했을지 모른다. 그래도 그것은 이른바 현실적인 것들을 산더미같이 쌓아놓아도 고집스럽게 남아 있을, 저항할 수 없는 추세가 되었다. 앞을 가리던 장막이 휙 사라지고, 두 사람의 앞날에는 그 지점에서 새로운 지평이 열렸던 것이다. 잠시가 될지 오래갈지는 알 수 없었지만.

제4단계

결과

25

마음을 잡지 못한 클레어는 땅거미가 질 무렵 밖으로 나갔고, 그의 마음을 사로잡은 그녀는 방으로 들어갔다.

밤도 낮처럼 후텁지근했다. 어두워진 뒤에도 풀밭 빼고는 시원한 데가 없었다. 큰길이나 정원의 샛길, 건물 앞면, 그리고 안마당의 담 모두 벽난로처럼 달궈져서 정오의 열기를 몽유병자 같은 사내의 얼굴에 반사했다.

그는 목장의 안마당 동쪽 출입문 앞에 앉았으나 자신이 저지른 일을 어떻게 생각해야 할지 갈피를 잡을 수 없었다. 정말이지 감정이 판단력을 압도해버린 날이었다.

세 시간 전에 있었던 갑작스러운 포옹 이후 두 사람은 일부러 거리를 두었다. 사태의 진전으로 그녀는 기분이 가라앉았고 겁을 먹은 것 같기도 했다. 한편 새롭고 계획하지 않은 상황이 압도해오면서 두근거리는 가슴을 안고 생각에 잠긴 클레어도 불안감에 사로잡혔다. 그는 그들의 진짜 관계가 서로에게 어떤 의미인지, 앞으로 다른 사람들 앞에서 어떻게 처신해야 할지 막막했다.

에인절은 이 목장에 견습생으로 오면서, 이곳에서의 일시적 체류가 자신의 인생에서—금방 지나가고 곧 잊어버릴—사소한 삽화에 불과하다고 생각했다. 그는 말하자면 흥미진진한 바깥세상을 관조할 수 있는 감춰진 골방에서, 월트 휘트먼이 노래한 대로

통상 입는 옷을 차려입은 남녀의 무리,
당신들이 얼마나 나의 호기심을 불러일으키는지!*

그 세상 속으로 새롭게 뛰어들 계획을 세울 참이었다. 그런데, 보라, 그 흥미진진한 광경이 이곳으로 수입되었다. 그의 마음을 빼앗았던 바깥세상은 껍데기뿐인 지루한 무언극이 되었고, 반면에 겉보기에는 궁벽하고 무감동한 곳에서—다른 곳에서는 이런 일이 일어난 적이 한 번도 없었는데—새로운 경험이 활화산처럼 솟아올랐다.

건물의 창문이란 창문은 모두 열어놓아서 클레어는 마당 너머로 잠자리에 든 목장 식구들이 내는 아주 하찮은 소리까지 들을 수 있었다. 변변찮고 미미한 목장 건물, 지금까지는 어정쩡하게 머무르는 곳에 불과했기에 주어진 풍경 가운데 특별히 이 목장을 눈여겨봐야 한다고

---

* 월트 휘트먼의 「브루클린 다리를 건너며」 3행.

여겨본 적이 없었다. 이제는 어떤가? 벽돌로 지은 그 낡고 이끼 긴 박 공지붕은 "여기 머무르세요!"라고 속삭였다. 창문이 미소를 짓고, 출 입문은 어르며 손짓했고, 담쟁이덩굴은 수줍게 동맹을 제안했다. 그 건물 안에 있는 한 사람의 영향력이 실로 엄청나서 벽돌과 회반죽, 그 리고 머리 위에 드리운 하늘조차 불타는 감수성으로 울렁거렸다. 이 대단한 사람이 누구인가? 소젖 짜는 일을 하는 처녀였다.

이 이름 없는 목장에서의 생활이 그에게 참으로 놀라울 정도로 중 요해졌다. 이곳에서 새로운 사랑이 싹텄다는 사실이 한몫하긴 했겠지 만 전적으로 그렇지는 않았다. 에인절 말고도 많은 사람이 알고 있듯 삶의 크기는 외적인 위치가 아니라 내적인 경험에 좌우된다. 감정이 풍부한 농부가 둔감한 제왕보다 더 폭넓고 풍요로우며 극적인 삶을 산다. 이런 시각을 갖게 되면서 그는 이곳에서의 삶이 다른 어느 곳에 서의 삶과 마찬가지로 중요함을 알게 되었다.

이단적인 데다 결점과 약점이 있는 사람이었지만, 클레어는 도덕적 이었다. 테스는 장난을 치다가 버려도 되는 하찮은 여자가 아니라 자 기 나름의 소중한 삶을 살아가는 여자였고, 최고의 권력자에게 삶이 중요하듯 그녀에게도 그러했다. 테스에게 온 세계는 그녀의 감각에 달려 있고, 또 그녀의 존재를 통해 다른 모든 사람도 존재했다. 테스 에게 우주는 오직 그녀가 태어난 바로 그해, 바로 그날 존재하기 시작 했던 것이다.

그가 그녀의 의식에 끼어들게 된 일은 무정한 조물주가 테스에게 허락해준 유일한 생존의 기회─그녀의 전부이자 유일한 기회였다. 그런데 어떻게 그녀를 자신보다 하찮은 존재로, 애무하다가 싫증을 내도 될 하찮은 예쁜 것 정도로 생각할 수 있단 말인가? 사랑을 감추려고 아무리 애써도 그녀에게서 그토록 열렬하고 감성적인 사랑을 일깨웠음을 알면서 어떻게 진지하게 대하지 않을 수 있겠는가? 그로 인해 그녀가 고통을 당하고 파멸하지 않도록 해야 하지 않겠는가?

여태까지 해온 대로 그녀와 매일 만나면 이미 시작된 것이 진전되리라. 그렇게 가까이서 생활하다보면 정이 깊어져, 피와 살로 된 인간은 저항할 수 없게 마련이다. 그러다 다다를 결과에 관해 아직 결론을 내리지 못했기 때문에 그는 당분간 둘이 함께 일하는 자리를 피해야겠다고 결심했다. 지금이라면 물러서도 그녀가 큰 상처를 입지 않을 테니까.

하지만 그녀에게 다가가지 않겠다는 결심을 실천하기가 쉽지 않았다. 맥박이 뛸 때마다 그녀 쪽을 향하고 있는 자신을 발견했으니 말이다.

그는 부모님을 뵈러 가야겠다고 생각했다. 이 문제에 관해 부모님의 의중을 알아봐야 할 것 같았다. 견습 기간은 다섯 달도 채 남지 않았고, 다른 농장에서 두세 달 더 지내면 농사에 관한 지식은 충분히 쌓을 수 있을 테고, 그러면 혼자의 힘으로 시작할 수 있을 것이다. 농부에게는 아내가 필요한데, 농부의 아내가 응접실의 밀랍인형이어야 할까 아니면 농사를 아는 여자라야 할까? 침묵 속에서 돌아온 마음에 드는 대답에도 불구하고 그는 집에 갔다 오기로 결심했다.

어느 날 아침 탤버테이스 목장에서 아침 식사를 하러 둘러앉았을 때 한 처녀가 클레어 씨가 통 보이지 않는다고 말했다.

"여기 없으니께." 목장 주인 크릭이 말했다. "클레어 씨는 가족들이랑 며칠 보내겠다고 에민스터에 갔거든."

식탁에 둘러앉아 있던 뜨거운 가슴의 네 처녀에게 아침 햇살이 갑자기 빛을 잃었고, 새들의 노랫소리도 들리지 않았다. 하지만 어느 처녀도 말이나 몸짓으로 허전함을 드러내지 않았다.

"클레어 씨와 같이 지낼 시간도 얼마 남지 않았구먼." 목장 주인은 그의 무심함이 얼마나 잔인한지 의식하지 못한 채 말을 이었다. "슬슬 다른 데서 일을 배울 계획을 세워야 할겨."

"여긴 얼마나 더 있는디요?" 슬픔에 사로잡힌 처녀들 중에서 목소리를 떨지 않고 그렇게 질문할 수 있는 유일한 처녀인 이즈 휴엣이 물었다.

다른 처녀들은 목숨이 달린 듯 주인의 대답을 기다렸다. 레티는 입을 벌린 채 식탁보를 응시했고, 메리언은 흥분이 되어 얼굴이 더욱 빨개졌으며, 심장이 쿵쾅거리는 테스는 목초지를 내다보았다.

"글쎄, 정확한 날짜는 수첩을 들여다봐야 알겠는걸." 크릭이 역시 용서하기 힘든 무심한 어조로 답했다. "변동이 있을 수도 있고. 외양간에서 송아지 받는 걸 익힐 거면 좀더 있어야겠제. 연말까지는 있을 거라고 해도 될걸."

그와 함께하는 넉 달가량의 고통스러운 환희―"고통으로 띠를 두른 즐거움"* 다음 형언할 수 없는 밤의 어둠.

그날 아침 그 시간에 에인절 클레어는 아침 식사를 하는 이들로부터 10마일 떨어진 좁은 시골길을 따라 말을 달리고 있었다. 에민스터

---

* 빅토리아 시대의 시인 A. C. 스윈번의 「칼리돈의 아탈란타」에서 인용.

에 있는 아버지의 사제관을 향한 그는 크릭 부인이 성의의 표시로 부모님께 보내는 선지소시지와 꿀술 한 병이 든 작은 바구니를 위태롭게 들고 갔다. 그의 두 눈은 앞으로 뻗어 있는 하얀 길을 향했지만 길보다는 앞으로의 일을 응시하고 있었다. 그는 그녀를 사랑했다. 그렇다면 그녀와 결혼하는 것이 맞을까? 감히 결혼할 수 있을까? 어머니와 형들은 뭐라고 할까? 결혼하고 2, 3년 뒤 정작 자신은 뭐라고 할까? 일시적인 연애 감정에 견고한 동지애의 싹이 튼 것인지, 아니면 영속성의 기초 없이 다만 그녀의 외모에 감각적으로 끌린 것인지에 따라 결과가 달라질 터이다.

마침내 아버지의 교구인 언덕으로 둘러싸인 작은 마을과 붉은색 석재로 마감한 튜더풍의 교회 종탑, 그리고 사제관 근처의 숲이 눈 아래 펼쳐졌다. 눈에 익은 대문 쪽으로 말을 몰고 내려가다 교회 쪽으로 흘깃 눈길을 준 그는 제의실 문 옆에 서 있는 한 무리의 소녀들을 보았다. 열둘에서 열여섯 살가량으로 보이는 소녀들은 누군가를 기다리는 것 같았는데 잠시 후 그 사람이 모습을 나타냈다. 여학생들보다는 손위로 보이는 그녀는 챙이 넓은 모자에 풀을 빳빳이 먹인 흰 마직 드레스를 입었고 손에는 책을 두어 권 들고 있었다.

클레어는 그녀를 잘 알고 있었다. 그녀가 자기를 보았는지 확실하지 않았지만, 그녀에게 가서 인사하는 번거로움을 피하고 싶어서 내심 못 보았기를 바랐다. 그녀와 얼굴을 마주하기 싫은 마음을 억누를 수 없어 — 흠이라고는 없는 그녀였지만 — 못 보았겠거니 단정해버렸다. 그 처녀는 아버지의 이웃이자 친구의 외동딸인 머시 챈트 양이었다. 부모님은 내색은 하지 않았지만 그가 그녀와 결혼하기를 원했다.

그녀는 도덕률 폐기론*이나 성경 공부에 열심이었고, 지금도 성경을 가르치러 가는 것이 분명했다. 클레어의 마음은 바 골짜기의, 여름의 열기가 배어든 열정적인 미개인들과, 쇠똥이 튄 그들의 장밋빛 얼굴 그리고 그중에서도 가장 열정적인 한 사람을 향해 날아갔다.

에민스터까지 말을 달려온 것은 한순간의 충동이었고, 따라서 부모님께 편지로 미리 알리지는 않았다. 다만 두 분이 교구 일을 보러 나가기 전 아침 식사 시간쯤 도착할 작정이었는데, 조금 늦어 그들은 벌써 아침 식사를 하는 중이었다. 그가 들어서자 식사를 하던 가족은 자리에서 일어나 그를 반갑게 맞이했다. 그의 가족이란 아버지와 어머니, 근처 마을의 보좌신부로 이 주간 휴가를 받아 집에 와 있는 큰 형 펠릭스 신부, 그리고 고전학자이자 케임브리지 대학의 특별 연구원이요 학생감으로 여름방학을 맞아 역시 집에 와 있는 작은 형 커스버트 신부이다. 그의 어머니는 천 모자에 은테 안경을 썼고, 아버지는 그다운 모습―진지하고 경건한, 다소 여윈 육십대 중반 노인의 사색과 의지로 주름진 창백한 얼굴―을 하고 있었다. 벽에는 에인절보다 열여섯 살 위 누나인 맏이의 초상화가 걸려 있었는데, 그녀는 선교사와 결혼하여 아프리카에 체류중이었다.

아버지인 클레어 씨는 위클리프, 후스, 루터, 칼뱅 등의 영적인 직계 후손으로서 지난 20년 동안 당대의 삶에서 거의 멸종된 그런 유형의 성직자였다. 복음주의자 중의 복음주의자요, 회개와 개심에 역점을 두었으며, 생활과 사고방식에서 사도 시대의 소박함을 구현하는

---

* 구원이란 불가해한 신의 섭리이지 인간의 도덕적 행위에 대한 대가가 아니라고 주장하는 기독교의 교리.

그는 미숙한 어린 시절 단칼에 인간의 존재에 관한 심오한 의문들에 답하고 난 다음 더는 추론을 허용하지 않았다. 그는 같은 세대의, 같은 교리를 따르는 사람들 사이에서도 극단적인 인물로 간주되었다. 반면 그와 정반대편에 선 사람들은 그의 철저함이나, 원칙에 대한 어떤 의문 제기도 거부한 채 그것을 실천에 옮기는 놀라운 힘에 마지못해 경의를 표했다. 그는 다소의 바울*을 사랑했고, 성 요한을 좋아했고, 감히 그럴 수 있는 만큼 성 야고보를 싫어했으며, 디모테오와 디도, 빌레몬에 대해서는 양가적인 감정을 가지고 있었다. 그가 이해하기로 신약성서는 그리스도의 이야기라기보다 바울의 이야기이며, 논증이 아니라 도취였다. 그의 예정론적 신조는 거의 악폐의 경지에 이르렀고, 그 부정적인 측면에서는 쇼펜하우어와 레오파르디**의 사촌이라고 할 만큼 절망의 철학에 가까웠다. 그는 교회법과 예배 규정을 경멸하면서도 39개의 신조에 선서했으며, 어느 항목도 자신의 믿음과 배치되지 않는다고 생각했다. 사실 어느 면에서는 맞는 이야기일 수도 있다. 한 가지 분명한 것은 그가 진지하다는 사실이었다.

그의 아들 에인절이 최근에 바 골짜기에서 맛본 자연과 더불어 사는 삶이나, 관능적인 여성성이 주는 심미적이고 감각적이며 이교적인 쾌락에 대해서 그는—그것을 연구나 상상력으로 이해할 수 있는 범위 내에서—기질적으로 극도의 반감을 드러냈을 것이다. 언젠가 에인절은 아버지에게 짜증이 나서 인류를 위해서는 팔레스타인보다 그리스가 현대 문명의 종교적 기원이 되었으면 좋았을 것이라고 대든

---

* 다소는 사도 바울의 고향.
** 19세기 이탈리아의 유명한 시인으로 염세주의자.

적이 있었다. 그런 진술은 진실이 아니며, 부분적으로라도 진실이라 할 수 없음은 물론, 천분의 일의 진실도 숨어 있지 않다고 생각하는 아버지의 비탄은 필설로 형용할 수 없었다. 하지만 얼마의 시간이 지난 후 에인절을 엄하게 타이른 것이 전부였다. 워낙 다정한 사람이라 무엇에 관해서든 오랫동안 기분이 상한 티를 내는 적이 없었고, 오늘도 어린아이같이 천진스러운 미소를 지으며 아들을 맞이했다.

에인절은 식탁에 앉았고, 내 집에 돌아왔다는 느낌이 들었다. 하지만 예전처럼 자신이 그곳에 모인 가족의 일원이라는 생각이 들지는 않았다. 집에 돌아올 때마다 그는 그런 이질감을 느꼈는데, 사제관에서 마지막으로 생활한 이후로 여느 때보다 더 그런 느낌이 뚜렷해졌다. 아직도 천정(天頂)에는 천국이, 천저(天底)에는 지옥이 있다는 천동설의 세계관에 알게 모르게 입각해 현세를 초월하고자 하는 그들의 열망은 딴 별에 살고 있는 사람들의 몽상인 양 에인절에게 낯설었다. 최근에 그가 본 것은 '삶' 그 자체였다. 지혜로 충분히 조절할 수 있는 것을 쓸데없이 억제하려고 드는 교리들에 의해 뒤틀리거나 왜곡되거나 속박되지 않은 삶에서 존재의 강하고 열정적인 박동을 느꼈던 것이다.

그의 가족도 그에게서 큰 차이점을, 그가 예전의 에인절 클레어와 점점 멀어지고 있음을 느꼈다. 지금으로서는 주로 그의 거동에 나타나는 변화를 형들이 주목하는 정도였지만 말이다. 그는 농사짓는 사람처럼 행동했다. 두 다리를 느닷없이 쭉 내뻗었고, 얼굴 근육으로 풍부한 표정을 지었으며, 두 눈은 입으로 말하는 것만큼, 아니 더 많은 이야기를 담고 있었다. 학생 같은 모습은 거의 사라졌고, 실내에서 시간을 보내는 신사 집안 청년의 모습은 더 말할 나위 없었다. 법도를 따지는 사람은 그가 교양을 잃었다고, 숙녀연하는 여자라면 상스러워졌다고 하리라. 탤버테이스의 시골 처녀들과 목부들과 한집에서 친교를 쌓은 것이 그만큼 전염력이 강했다.

아침 식사를 마치고 그는 두 형과 산책을 했다. 비복음주의자에다가 고등교육을 받은, 보증수표 같은 젊은이들로서 머리에서 발끝까지 예의범절에 어긋나는 곳이라고는 없었다. 해마다 선반(旋盤)으로 깎아내듯 체계적인 교육을 받고 배출된 흠잡을 데 없는 모범 사례라고나 할까. 두 사람 다 약간 근시였는데, 남들이 줄 달린 외알 안경을 쓰면 그들도 그렇게 했고, 두알 안경을 쓰면 또 그렇게 했다. 자신들의 시력이 남들과 다르다는 점을 고려하지 않고 즉각 그렇게 했다. 워즈워스가 경애의 대상이었을 때 그들은 주머니에 그의 시집을 넣고 다녔고, 셸리를 깔보는 것이 시류이면 그의 시집이 책장에서 먼지가 쌓이도록 버려두었다. 모두들 코레조*의 성(聖)가족 그림이 좋다고 하면 그들도 그렇게 했고, 코레조보다는 벨라스케스가 훨씬 뛰어나다고 하면 개인적인 견해와 무관하게 그들도 부지런히 남들이 하는 대로 따랐다.

형들이 응접실의 사교 모임을 어색해하는 에인절의 모습에 주목했다면, 그는 형들의 정신적 한계를 더 뚜렷이 느꼈다. 펠릭스에게는 교회가, 커스버트에게는 대학이 세계의 전부였다. 전자에게는 주교 관구의 회의와 교구 시찰이, 후자에게는 케임브리지가 세계의 원동력이

---

* 16세기 초반 이탈리아의 화가.

었다. 문명사회에서는 대학의 일원도 성직자도 아닌 수천만의 중요하지 않은 외부인들이 있다는 사실을 그들은 솔직히 인정했다. 하지만 그들은 참고 견뎌야 할 대상이었지 존중하면서 상대해야 할 사람들은 아니었다.

둘 다 도리를 다하는 살뜰한 아들로 정기적으로 부모님을 찾아뵈었다. 펠릭스는 신학의 변천도로 보면 아버지보다 훨씬 현대적인 지류였고, 덜 희생적이었으며, 아버지처럼 사리사욕을 초월하지 못했다. 그는 신학적 견해를 달리하는 이들에게 아버지보다 관용을 보였지만, 그런 견해가 그들의 영혼에 위험하다고 판단해도 자신의 가르침을 경멸한다고 생각하면 아버지처럼 용서할 줄은 몰랐다. 커스버트는 대체로 관용의 범위가 더 넓었고 섬세하기는 했지만 인정미가 덜했다.

언덕을 따라 걷는 동안 에인절은 옛날에 했던 생각—그들이 자신과 비교해 어떤 이점을 갖고 있기는 하지만, 둘 다 있는 그대로 사는 삶을 알려고 하거나 그렇게 살려고 하지 않는다는 생각을 떠올렸다. 어쩌면 많은 사람들이 그렇듯, 그들에게는 눈여겨보는 기회가 말로 표현하는 기회만큼 많지 않았던 것이다. 둘 다 자신과 동료들이 떠 있는 잔잔하고 온화한 물결 바깥에서 복잡한 힘이 작용하고 있음을 충분히 파악하지 못했다. 특정한 시공간의 진리와 보편적 진리 사이의 차이를, 교회와 학교의 내부 세계에서 통하는 말이 바깥세상의 생각과 상당히 다를 수 있음을 알지 못했기 때문이다.

"에인절, 넌 이제 농사 이외의 진로는 생각할 수 없겠구나." 펠릭스가 이런저런 이야기를 하다 비통한 듯 준엄한 표정으로 막내를 향해 그렇게 말하고 안경 너머로 먼 들판을 바라보았다. "그러니 우리도 체

넘하고 받아들여야겠지. 그런데 가능한 한 도덕적 이상을 지향하는 삶을 살라고 권하고 싶구나. 농사가 물론 육체적으로 고되겠지만, 그럼에도 고상한 생각이 소박한 삶과 어울릴 수도 있으니까."

"물론이죠." 에인절이 대답했다. "1900년 전에 이미 입증된 것 아닌가요. 형의 영역을 좀 침범해서 말해도 된다면, 펠릭스 형, 어째서 내가 고상한 생각이나 도덕적 이상을 포기할 수 있다고 생각하죠?"

"글쎄다. 네가 보낸 편지의 어투와 우리가 나눈 대화에서 너의 지적 이해력이 어쩐 일인지 약해졌다는 느낌을 받았거든. 느낌에 불과할 수도 있어. 너도 그런 생각 하지 않았니, 커스버트?"

"펠릭스 형." 에인절이 냉담하게 말했다. "형도 알다시피 우리는 각자 정해진 영역에서 자기 길을 가면서 사이좋게 지내왔어요. 내 지적 능력 걱정은 말고, 교의를 놓고 논쟁하는 게 직업인 형의 지적 능력을 향상하는 데 힘써요."

그들은 점심 정찬을 하러 언덕을 내려왔다. 정찬 시간은 보통 부모님이 오전 교구 일과를 마치는 시간으로 정해져 있었다. 오후에 심방자를 쓰는 편의는 자기 몸을 돌볼 줄 모르는 클레어 씨 부부에게는 고려의 대상조차 되지 않았다.[*] 이 문제에 관한 한 부모님도 현대화에 순응하면 좋겠다고 세 아들이 입을 모아 설득에 나섰지만 말이다.

산책을 한 뒤라 시장했다. 야외에서 일하면서 목장에서 푸짐하게 차린 '집밥'을 먹는 데 익숙한 에인절은 특히 배가 고팠지만 부모님 중 어느 분도 돌아오지 않았다. 부모님은 아들들이 기다리다 지쳤을

---

[*] 교인 심방을 교구 목사가 직접 하지 않고 대리인을 보내는 것이 관행이었음.

때에야 돌아왔다. 자기희생적인 두 사람은 병든 교구민들의 식욕을 돋워 — 천국에 갈 사람들을 육체에 가둬두려고 한다는 점에서 자기모순적이라고 할 수 있지만 — 뭘 좀 먹게 하느라고 본인들의 식욕은 아예 잊었던 것이다.

가족이 식사를 하러 앉았다. 찬 음식으로 이뤄진 간소한 식사가 그들 앞에 놓였다. 에인절은 목장에서처럼 석쇠에 구우라고 일러둔 크릭 부인의 선지소시지를 찾았다. 부모님도 자기처럼 허브 향이 나는 풍미를 즐기기를 원했던 것이다.

"아, 애야, 선지소시지를 찾는 거로구나." 클레어의 어머니가 말했다. "네 아버지나 나는 소시지 맛을 못 봐도 괜찮다고 생각했는데, 너도 이유를 알면 그렇게 생각할 거다. 알코올성 섬망증으로 밥벌이를 못 하는 사람이 있단다. 크릭 부인이 마음을 써서 보내준 선물을 그집 애들한테 갖다주자고 네 아버지께 말씀드렸더니, 아주 좋아할 거라고 그러자고 하셨어. 그래서 갖다주었단다."

"잘하셨어요." 에인절은 쾌활하게 대답하고 꿀술을 찾느라 둘러보았다.

"그 꿀술은 도수가 너무 높더라." 어머니가 말을 이었다. "음료로 마시기에는 적합하지 않아. 하지만 럼주나 브랜디처럼 비상약으로는 소중하게 쓸 수 있겠어. 그래서 약장에 넣어두었지."

"우리는 식사중에 술을 마시지 않는 것을 원칙으로 한다." 그의 부친이 덧붙였다.

"하지만 목장 아주머니에게는 뭐라고 하죠?" 에인절이 말했다.

"물론 사실을 말해야지." 그의 아버지가 말했다.

"전 이렇게 말하고 싶었어요. 꿀술과 선지소시지를 우리 식구들이 아주 맛있게 먹었다고요. 마음씨 좋고 명랑한 아주머니는 제가 돌아가면 곧바로 입에 맞으셨는지 물을걸요."

"안 먹고 먹었다고 할 수야 없지." 클레어 씨가 명쾌하게 답했다.

"아, 그럼요. 그래도 그 꿀술은 화주로 꽤 센 놈이었는데."

"꽤 뭐라고?" 커스버트와 펠릭스가 동시에 물었다.

"아, 탤버테이스에서 쓰는 표현이에요." 에인절이 얼굴을 붉히며 대답했다. 선물을 보낸 사람에 대한 배려는 부족해도 부모님이 옳은 행동을 했다는 생각에 그는 입을 다물었다.

26

가족 예배가 끝난 저녁이 되어서야 에인절은 가슴에 담아두었던 속 이야기를 아버지에게 털어놓을 기회를 얻었다. 양탄자 위에 무릎을 꿇고 기도하는 동안 그는 형들의 구두 뒤축에 박힌 작은 못들을 골똘히 바라보면서 마음을 다잡았다. 예배가 끝나자 형들은 어머니와 함께 방을 나갔고, 그는 아버지와 남았다.

아들은 먼저 영국이나 식민지에서 농장을 큰 규모로 경영할 계획을 아버지에게 털어놓았다. 에인절을 케임브리지에 보내는 학비가 절감되었으므로 에인절이 부당하게 소홀한 대접을 받았다는 생각이 들지 않게끔 아버지는 언젠가 땅을 사거나 임대할 돈을 해마다 조금씩 저축해왔다고 말했다. "세속적인 재산으로 보자면," 그의 아버지가 말을 이었다. "몇 년 후 네가 형들보다 형편이 훨씬 나을 거다."

아버지의 자상한 배려에 용기를 얻어 에인절은 더 중요한 문제로 화제를 돌렸다. 그는 자신이 이제 스물여섯 살이며, 농장 경영을 시작하면 눈이 뒤에도 달려서 모든 일을 돌봐야 할 것이고, 또 들판에 나가 있는 동안 집안일을 보살필 사람이 필요하므로 결혼을 하는 것이 좋지 않겠느냐고 여쭈었다.

아버지는 이치에 닿는 말이라고 생각하는 것 같았다. 그러자 에인절이 다시 질문을 던졌다. "근검절약하는 농부가 될 제게 어떤 여자가 어울린다고 생각하세요?"

"네가 나갈 때나 들어올 때나 네게 도움이 되고 위로가 될 진실한 기독교인이라야겠지. 그 밖의 것은 별로 문제되지 않는다. 그런 여자가 있잖니. 내 친구이자 이웃인 진지한 챈트 박사네—"

"하지만 소젖을 짜고 좋은 버터를 만들고 치즈도 큰 덩어리로 만들 줄 아는 것이 우선 아니겠어요? 암탉과 칠면조가 알을 품게 할 줄 알고, 병아리도 기르고, 급할 때는 일꾼들을 부리고, 또 양이나 송아지 값도 가늠할 줄 아는 여자라야 되겠죠?"

"그래, 농부의 아내라면 그게 맞다. 그래야 되겠구나." 아버지 클레어 씨는 한 번도 이런 문제를 생각해본 적이 없음이 분명했다. "한마디 덧붙이자면," 그가 말했다. "정숙하고 경건한 여자를 찾는다면 네친구 머시보다 더 도움이 될 사람을 찾지는 못할 거다. 네 어머니나나는 그렇게 생각하고, 너도 관심이 있었잖니. 우리 이웃인 챈트의 딸이 최근에 이 근방 젊은 신부들의 유행을 좇아 교회의 축일에 성찬대를—그 아이가 어느 날 성찬대를 제단이라고 하는 걸 보고 충격을 받

았다만—꽃 등등으로 장식한 일이 있기는 했단다.* 그 아이의 아버지
도 나처럼 그런 허튼짓을 질색하는데, 바로잡을 수 있을 거라고 하더
라. 그 나이 때 처녀로 한번 별스럽게 굴어본 거지 계속 그럴 것 같지
는 않다."

"그럼요. 그렇고말고요. 머시가 착하고 신실하다는 건 저도 잘 알
지요. 하지만, 아버지, 머시만큼 정숙하고 또 덕성스러우면서—교회
조직에서의 경험은 부족하지만—농장에서 할 일을 농부만큼 잘 아는
여자가 제게 더 잘 어울릴 것 같지 않으세요?"

그의 아버지는 바울적인 인간관이 농부의 아내로서 가져야 할 상식
보다 우선한다는 자신의 신념을 고집했다. 성질이 급한 에인절은 아
버지의 기분을 존중하면서 마음속에 품은 목표를 밀고 나가려다 자신
의 생각과 배치되는 말을 하게 되었다. 요컨대, 운명인지 하느님의 섭
리인지 자기 앞에 한 여자가 나타났는데, 농부를 내조할 모든 자격을
갖춘 데다가 단연 성향이 진지하다. 아버지와 같이 정통의 저교회파
에 속한다고 말할 수는 없지만, 아마도 그 점은 도리를 따를 것이다
하고 말한 것이다. 주일마다 교회에 가고, 소박한 신앙에 정직한 심성
을 가졌고, 이해력이 빠르고 영리하고, 베스타 여신**처럼 순결하며
용모도 뛰어나게 아름답다고 덧붙였다.

"네가 결혼해도 괜찮을 만한 집안이냐? 한마디로 숙녀냔 말이다."
부자가 대화를 나누는 중에 서재로 조용히 들어온 어머니가 걱정이
된 나머지 물었다.

---

* 제단이라는 용어나 교회를 꽃으로 장식하는 것은 고교회파의 영향임.
** 로마신화에 나오는 벽난로와 불의 여신. 따라서 가정의 수호신.

"일반적으로 말하는 숙녀는 아닙니다." 에인절이 위축되지 않고 대답했다. "가난한 농부의 딸이니까요. 저는 자랑스럽게 말할 수 있어요. 하지만 그럼에도 숙녀랍니다, 감수성이나 천성으로는요."

"머시 챈트는 좋은 집안 아가씨야."

"참 나! 어머니, 그건 아무 도움도 안 돼요!" 에인절이 얼른 받아쳤다. "험한 일을 하고 앞으로도 그렇게 해야 할 사람한테 아내의 좋은 집안이 무슨 쓸모가 있다고요?"

"머시는 교양을 갖추었어. 그런 것이 기쁨을 줄 수 있단다."

"제가 살아갈 삶에서 외적인 교양이 무슨 소용이 있겠어요? 읽어야 할 책을 읽지 않은 게 걱정이라면 제가 읽힐게요. 만나보면 아시겠지만 총명한 학생이거든요. 그녀는 시로 넘쳐흘러요, 시의 구현이라고 표현해도 될 정도예요. 시인들이 종이 위에 쓰는 것을 그녀는 살아가지요…… 그리고 분명 흠잡을 데 없는 기독교인이에요. 어머니가 세상에 퍼뜨리고자 하시는 바로 그런 부족, 부류, 종류라고 할 수 있어요."

"오, 에인절, 너 나를 놀리는구나!"

"어머니, 그렇게 들렸다면 죄송해요. 하지만 주일 아침에 교회에 거의 빠지지 않는 훌륭한 기독교인이니까 그 점을 참작해서 사회적으로 모자라는 점이 있더라도 너그럽게 받아들여주세요. 이상한 여자를 데려와 결혼하겠다고 할 수도 있다, 그렇게 생각하시고요." 에인절은 사랑하는 테스의 다소 인습적인 정통성을 진지하게 역설했다. 그런 면모가 도움이 되리라고는 꿈에도 생각하지 못했던 그는 테스나 다른 일꾼들이 그런 신앙의 행태를 보일 때 경멸감을 드러내곤 했다. 기본적으로 범신론적 신앙이 자연스러운 곳에서 정통적인 기독교 신앙이 비현실적으로 느껴졌기 때문이다.

아들이 미지의 처녀를 정통 기독교인으로 옹호하자, 아들을 과연 그렇게 부를 수 있을까 마음 아프게 의심해온 클레어 씨 부부로서는 적어도 그녀가 올바른 생각을 가졌다는 점을 뚜렷한 강점으로 간주하게 되었다. 두 사람의 만남은 신의 섭리임에 틀림없었다. 에인절이 정통적 신앙을 결혼할 여자의 조건으로 내세운 적이 한 번도 없었기 때문이다. 부모님은 결혼을 서두르지 않는 게 좋겠다고 결론을 내렸지만 그녀를 만나보는 데 반대하지 않겠다고 말했다.

그래서 에인절은 현재로서는 더이상 상세한 이야기를 하지 않기로 했다. 그의 부모님은 신앙인으로서 일편단심 희생을 해온 분들이었지만, 그래도 중산층 출신으로 그 나름의 편견이 있었다. 이를 극복하려면 기술적으로 접근할 필요가 있다. 법적으로는 부모님의 허락 없이 결혼할 수 있는 나이이고, 부모님과 멀리 떨어져 살 테니 며느리의 조건이 그들의 삶에 실질적으로 크게 문제가 되지 않겠지만, 일생에서의 가장 중요한 결정을 내릴 때 두 분의 마음을 다치게 하고 싶지 않았다.

그는 테스의 삶에서 부수적인 것들을 핵심적인 특징인 양 역설한 자기모순을 반성했다. 그가 사랑하는 것은 그녀 그 자체였다. 그녀의 영혼과 마음, 그녀의 본질을 사랑했지, 목장 일꾼으로서의 숙련됨, 학생으로서의 총명함, 소박하고 공식적인 신앙고백을 사랑한 것은 결코 아니었다. 자연에서 있는 그대로의 모습으로 살아가는 그녀를 관습으로 포장해 그의 입맛에 맞추려는 것은 아니었다. 그는 교육이 가정의 행복을 좌우하는 감정이나 충동의 박동에 별 영향을 끼치지 못한다는 생각을 가지고 있었다. 여러 세대가 경과하고 나면 더 나은 도덕적, 지적 훈련 체계를 통해 인간의 본성 중 비의지적이거나 심지어 무의식적인 본능까지 상당한 정도로 혹은 현저히 향상시킬 수 있을지 모른다. 하지만 아직까지 교양이란 그 영향권 안에 있는 사람들의 정신적 표피에 무늬를 만들 따름이라는 것이 그의 생각이었다. 최근 교양 있는 중산층에서 범위를 넓혀 농촌 공동체의 여성을 만날 기회가 생기면서 이런 생각은 더 굳어졌다. 한 사회계층에서 선하고 지혜로운 여자와 다른 사회계층에서 선하고 지혜로운 여자 사이의 본질적 차이가 같은 계층 혹은 계급 내에서 선한 여자와 나쁜 여자, 지혜로운 여자와 어리석은 여자의 차이에 비해 월등히 적음을 확인했기 때문이다.

그가 목장으로 돌아가는 날 아침이었다. 형들은 이미 사제관을 출발해 북쪽으로 도보여행을 떠났다. 여행을 하다 한 명은 대학으로, 다른 한 명은 교구로 돌아갈 참이었다. 에인절은 그들과 동행할 수도 있었지만, 탤버테이스의 연인 곁으로 돌아가는 쪽을 택했다. 그가 끼면 분위기가 어색해질 여지도 있었다. 셋 중에서 가장 감식력이 있는 인문학자요 가장 인상적인 종교인이요 심지어 가장 박식한 신학자였지만, 그의 고지식함이 그를 위해 준비된 둥근 구멍에 맞지 않으리라는 자의식이 소원함으로 자리 잡았던 것이다. 형들에게는 테스 이야기를 꺼낼 생각도 하지 않았다.

어머니가 샌드위치를 만들어주었고, 아버지는 배웅을 하겠다고 말을 타고 나섰다. 마음먹고 온 일에 상당한 진척이 있었으므로, 에인절은 그늘진 길을 따라 말을 타고 가는 동안 아버지가 교구 일의 어려움과 그가 사랑하는 동료 성직자들의 냉담함에 대해 이야기하는 것을 기꺼이 경청했다. 그들이 해롭다고 여기는 칼뱅주의 교리에 입각해 아버지가 신약성경을 너무 엄격하게 해석한다고 경원한다는 것이었다. "해롭다니!" 클레어 신부가 온화하게 경멸을 내비쳤다. 그러고는 그것이 얼마나 터무니없는 주장인지를 보여주는 경험들을 서술하기 시작했다. 악한 삶을 영위하던 사람들이 그를 통해서 놀라운 개심을 한 사례들을 들었는데, 궁핍한 사람들뿐 아니라 유복하거나 부유한 사람들도 있었다고 했다. 물론 실패한 경우도 많았다고 솔직하게 인정했다.

후자의 예로 그는 약 40마일가량 떨어진 트랜트리지 마을 근방에 사는 더버빌이라는 이름의 젊은 졸부 이야기를 꺼냈다.

"킹스비어 등등에 영지를 갖고 있던 그 유서 깊은 더버빌 가문은 아니겠지요?" 아들이 물었다. "사두마차 유령 이야기로 야사에 남은 케케묵은 집안 말이에요?"

"아, 아니다. 원래 더버빌가는 60년에서 80년 전 몰락해서 사라졌어. 적어도 내가 알기로는 그렇단다. 이 친구의 집안은 그 이름만 취한 것으로 보이는데, 옛날 기사 가문의 명예를 위해서라도 위조 더버빌이기를 빌어야지. 그런데 네가 옛날 가문에 관심을 보이는 건 좀 이상하구나. 그런 걸 나보다도 더 우습게 아는 줄 알았는데."

"아버지, 제 말뜻을 오해하신 거예요. 종종 그러세요." 에인절은 약간 성질을 내며 말했다. "정치적으로는 오래된 가문의 미덕에 회의적입니다. 그들 중에는 햄릿의 말을 빌리면 '자신들이 대를 잇는 것을 반대하는' 현명한 사람들도 있어요. 하지만 저는 시적으로나 극적으로는 물론 역사적으로도 오래된 가문에 애착을 갖고 있답니다."

이런 구별이 절대로 미묘하지는 않았지만, 아버지 클레어 씨에게는 몹시 미묘했고, 그래서 그는 해주려던 이야기로 돌아갔다. 더버빌로 개명한 아버지가 죽고 난 다음 눈먼 홀어머니를 모셔야 할 그의 아들은 정신을 못 차리고 방탕의 길로 빠졌다고 한다. 그의 이력이 전도 집회를 하려고 그 지방을 방문한 클레어 신부의 귀에 들어갔다. 신부는 기회를 봐 담대하게 그 난봉꾼에게 영적 상태를 걱정하라는 취지의 말을 했다. 더버빌과는 생면부지에다가 남의 교구에서 설교를 하는 상황이었지만, 그렇게 하는 것이 자신의 의무라고 생각해서 「루가의 복음서」의 구절 "이 어리석은 자야, 바로 오늘 밤 네 영혼이 너에게서 떠나가리라"를 택했다. 젊은이는 이런 직접적인 공격에 대단히 분개했다. 두 사람은 만나서 설전을 벌였고, 젊은이는 클레어 신부의 백발을 보았음에도 불구하고 공개적으로 모욕을 주는 무례를 서슴지 않았다.

에인절은 속상한 나머지 얼굴이 벌게졌다. "아버지." 슬픔이 배어 나오는 목소리로 그가 말했다. "그런 못된 놈들에게 쓸데없이 고통을 당하는 일은 하시지 않으면 좋겠어요."

"고통이라니?" 소박한 얼굴에 자기희생의 열의를 띠며 아버지가 대답했다. "내가 고통을 당한다면 그 불쌍하고 어리석은 청년을 위해서란다. 그가 화를 내며 욕설을 하거나, 심지어 주먹질을 한들 내게 고통을 줄 수 있다고 생각하니? '우리를 욕하는 사람을 축복해주고 우리가 받는 박해를 참아내고 비방을 받을 때는 좋은 말로 대답해줍니다. 그래서 우리는 지금도 이 세상의 쓰레기처럼 인간의 찌꺼기처럼 살고 있습니다.'* 옛날 고린토 교회 사람들에게 주신 귀한 말씀이 지금도 엄밀한 의미에서 진리란다."

"아버지, 주먹질은 안 했죠? 그 자식이 주먹까지 쓰지는 않은 거죠?"

"그래, 그러지는 않았어. 술에 취해 미치광이가 된 사람들한테 맞은 적은 있다만."

"설마요!"

"웬걸, 열두어 번은 될 거다. 그러면 어떠냐? 그렇게 해서 자신의 육신을 죽이는 죄를 범하지 않도록 해주었으니 말이다. 그 사람들은 살아서 내게 감사하고 하느님을 찬양한단다."

"그 젊은이도 그렇게 되기를 빕니다!" 에인절이 진심으로 말했다. "하지만 아버지 말씀으로 봐서는 그럴 법하지 않군요."

"그래도 희망을 가져야지." 클레어 신부가 말했다. "아마도 이 세상에서 다시 그를 만날 것 같지는 않지만, 난 계속 기도하고 있단다. 부족하나마 내가 한 말이 언젠가 그의 마음속에서 뿌리를 내려 훌륭한 싹이 틀지도 모르는 일이니까."

항상 그렇듯 클레어 신부는 지금도 어린아이처럼 낙천적이었다. 아버지의 편협한 교리는 받아들일 수 없었지만, 아들은 그의 실천을 존경했고 경건주의자의 안에 든 영웅의 모습을 인정했다. 테스를 아내로 맞이하는 문제에 대해 그녀에게 경제적 여유가 있는지 무일푼인지를 물어볼 생각조차 하지 않는 아버지를 보고, 그는 어쩌면 어느 때보다 더 아버지의 실천을 존경하게 되었는지도 모른다. 바로 그 탈속성

---

* 「고린토인들에게 보낸 첫째 편지」 4장 12~13절.

이 에인절로 하여금 농부의 삶을 살아가도록 인도했고, 그의 형들도 목회 기간 내내 가난한 교구 목사의 자리에 머무르게 만들 것이다. 아무튼 에인절은 아버지의 그런 모습을 높이 평가했다. 정말이지, 자신의 이단적 생각에도 불구하고, 에인절은 종종 인간으로서는 그의 두 형 어느 쪽보다도 아버지가 더 자신과 가깝다는 생각을 했다.

27

한낮의 눈부신 햇빛을 받으며 20마일가량의 언덕과 골짜기를 오르내린 끝에 에인절은 오후에야 탤버테이스 서쪽에서 1, 2마일 떨어진 외딴 언덕에 도착했다. 거기서 수액이 넘쳐흐르고 습도가 높은 초목의 골짜기, 바 혹은 프룸이라고 불리는 골짜기를 한번 내려다보고 곧바로 언덕을 내려갔다. 아래쪽의 기름진 충적토로 들어서자 공기의 농도가 더 짙어졌다. 여름 과일과 안개, 건초, 꽃 등이 풍기는 나른한 향기는 그곳에 방향(芳香)의 거대한 웅덩이를 이룬 듯했고, 그 때문에 이 시간쯤 되면 짐승들, 벌과 나비까지도 조는 듯했다. 이제 이곳에 익숙해진 클레어는 풀밭에 점점이 흩어져 있는 소떼를 멀리서 보고도 이름을 알아맞힐 수 있었다. 이곳에 와서―학생 때는 전혀 알지 못했던―인생을 내면에서 관조하는 힘을 갖게 되었다고 생각하니 마음이 푸근해졌다. 부모님을 무척 사랑했지만, 지금처럼 집에 갔다 돌아오면 부목과 붕대를 벗어던진 기분이 드는 것은 어쩔 수 없었다. 거의 모든 영국 농촌 공동체의 분위기를 억압하는 한 가지 요소마저 이곳에는 없었다. 탤버테이스 목장 지역에서는 상주하는 지주가 없었던 것이다.

낙농실 건물 바깥에는 한 사람도 없었다. 목장에서 일하는 사람들은 여느 때처럼 한 시간가량 낮잠을 즐기고 있었는데, 여름철에는 꼭 두새벽에 일어나기 때문에 그렇게 하는 것이 불가피했다. 문간에는 나무로 테를 두른 우유통이 우유통 걸이로 세워놓은 Y자 모양의 껍질 벗긴 떡갈나무 가지에 걸려 있었다. 수없이 문질러댄 탓에 물에 붇고 탈색된 우유통은 모자걸이에 걸린 모자 같았다. 저녁에 우유를 짤 때 쓰려고 말리는 중이었다. 에인절은 집 안으로 들어가 조용한 복도를 지나 집 뒤쪽으로 가서 잠시 귀를 기울였다. 남자 일꾼 몇몇이 자고 있는 짐마차 창고에서 코 고는 소리가 계속해서 들려왔고, 더 멀리서는 더위에 지친 어린 돼지들의 찍찍 소리, 어른 돼지들의 꿀꿀 소리가 들려왔다. 잎이 넓은 대황과 양배추도 햇빛을 받은 큼직한 표면을 반쯤 접은 양산처럼 축 늘어뜨린 채 잠들어 있었다.

말고삐를 풀어주고 말에게 먹이를 주고 난 다음 다시 집 안으로 들어가자 시계가 세시를 쳤다. 세시는 오후에 우유의 크림을 걷는 시간이었다. 시계 소리와 함께 위층 마룻바닥이 삐걱거리더니 이어서 층계를 내려오는 발자국 소리가 들렸다. 테스의 소리였고, 곧 그녀가 눈앞에 나타났다.

인기척을 느끼지 못한 그녀는 그가 거기 있으리라고 생각도 못 했다. 하품을 하는 그녀의 새빨간 입안이 뱀의 그것같이 보였다. 감아 올려 똬리를 튼 머릿단 위로 그녀는 한쪽 팔을 높이 들어 기지개를 켰는데 햇볕에 그을린 살갗 위쪽으로 새틴처럼 매끄러운 속살이 보였다. 잠이 덜 깬 얼굴은 홍조를 띠었고, 눈까풀은 눈동자 위로 나른하게 내려앉아 있었다. 넘칠 것 같은 본연의 활력이 온몸으로 발산되었다. 한 여자의 영혼이 육체로 구현되는 바로 그 순간, 지극히 정신적인 아름다움이 육체로 모습을 나타내면서 여성성이 표출되는 순간이었다.

얼굴의 나머지가 완전히 깨어나기 전 비몽사몽중에 그녀의 두 눈동자가 환하게 빛을 발했다. 반가움과 수줍음, 놀라움이 묘하게 뒤섞인 표정으로 그녀가 소리쳤다. "아, 클레어 씨! 얼마나 놀랐다고요, 저는―"

처음에는 그의 사랑 고백 이후 둘의 관계가 변했다는 생각을 할 여유가 없었다. 하지만 층계 밑으로 다가온 클레어의 다정한 눈길을 받은 그녀의 얼굴에 그 일을 환기했음이 드러났다.

"사랑하는 테시!" 에인절은 그녀를 끌어안으면서 그녀의 상기된 뺨에 자신의 얼굴을 부비며 속삭였다. "제발 그놈의 '씨'자 좀 떼어버려. 너 때문에 이렇게 서둘러 돌아왔는데."

흥분하기 잘하는 테스의 심장이 대답이라도 하듯 그의 가슴에 안겨 쿵쾅거렸다. 그리고 그들은 현관의 붉은 벽돌 바닥 위에 서 있었다. 그가 그녀를 가슴에 꼭 껴안고 있는 동안 창문으로 비스듬히 스며든 햇빛은 그의 등과 그녀의 숙인 얼굴, 그녀의 관자놀이의 푸른 핏줄, 팔과 목덜미, 머리카락 속까지 비추었다. 옷을 입은 채 누워 있었기 때문에 그녀는 햇볕을 쬔 고양이처럼 따뜻했다. 처음에는 그를 똑바로 쳐다보려고 하지 않던 그녀가 눈을 들어 두번째 잠을 깬 이브가 아담을 바라보듯 그를 마주 보는 동안, 그는 그 깊이를 측량이라도 하듯 파란색, 검은색, 회색과 보라색으로 시시각각 변하면서 빛을 발하는 그녀의 눈동자를 들여다보았다.

"크림 걷으러 가야 해요." 그녀가 애원하듯 말했다. "그리고 오늘 저를 도와줄 사람은 데브 할머니밖에 없어요. 크릭 씨 내외는 장에 갔고, 레티는 몸이 안 좋고, 다른 사람들은 외출해서 젖을 짤 때가 돼야 돌아올 거예요."

그들이 우유 창고 쪽으로 가고 있을 때 데버러 파이안더가 층계에 나타났다.

"데버러 할멈, 나 돌아왔어요." 클레어가 위쪽을 향해 말했다. "내가 테스를 도와 크림을 걷을게요. 피곤할 테니 우유 짤 때까지 내려올 필요 없어요."

그날 오후 탤버테이스 목장의 우유에서 크림은 완벽하게 걷히지 못했으리라. 테스는 꿈속을 헤매듯 모든 것이 희미해 눈에 익은 물건들을 명암이나 위치로 겨우 식별했고, 작업을 하려고 그물 국자를 펌프 밑에서 식힐 때마다 손이 떨렸다. 그의 열정이 너무도 확연히 느껴져서 작열하는 태양빛을 받은 식물처럼 움츠러드는 느낌이었다.

그때 그가 다시 그녀를 자기 옆으로 끌어당겼다. 그녀가 크림 가장자리를 잘라내려고 우유 냄비를 집게손가락으로 돌리고 나면, 그는 자연의 방식으로 손가락을 닦아주었다. 행동에 구애받지 않는 탤버테이스 목장의 방식이 그 순간 소용에 닿았던 것이다. "나중에 말하느니 지금 하는 게 낫겠다." 그가 다정하게 말을 이었다. "네게 한 가지 물어볼 게 있어. 아주 현실적인 문제인데—지난주 풀밭에서 널 만난 이후 쭉 생각해온 일이야. 난 곧 결혼해야 해. 농부니까 농장 관리를 잘할 여자를 아내로 얻어야 한다고. 테시, 그 여자가 되어주겠어?" 충동에 이끌려 머리로는 반대할 짓을 저지른다고 그녀가 생각하지 않게 그는 이런 식으로 말했다.

그녀는 기운이 모두 빠져나간 듯 보였다. 반복되는 만남의 불가피한 결과에, 그를 사랑하는 필연에 이미 굴복했던 터였다. 하지만 이런 갑작스러운 결말은 예측하지 못했다. 사실 클레어도 그렇게 서두를 생각 없이 이야기를 꺼낸 것이었다. 그녀는 죽을 것 같은 고통을 느끼며, 염치가 있는 여자라면 해야 할 대답을 웅얼거렸다. "아, 클레어 씨. 전 당신의 아내가 될 수 없어요. 그럴 수 없어요!" 자신의 결심을 밝히는 소리에 테스의 가슴은 찢어지는 듯했고, 비탄에 잠겨 고개를 숙였다.

"그렇지만 테스!" 그녀의 대답에 놀란 그가 애타는 마음으로 껴안으며 말했다. "안 된다고 했어? 날 사랑하는 게 분명한데?"

"그래요, 정말 그래요! 이 세상 그 누구보다도 당신의 사람이 되고 싶어요." 고뇌에 휩싸인 처녀는 감미로우면서도 솔직한 목소리로 대답했다. "하지만 당신과 결혼할 수 없어요."

"테스." 팔을 뻗어 그녀의 어깨를 감싸안은 채 그가 말했다. "다른 사람과 결혼하기로 약속한 거야!"

"아니, 아니에요!"

"그럼 왜 내 청혼을 거절하는 거야?"

"전 결혼하고 싶지 않아요. 생각해본 적도 없어요. 안 돼요. 당신을 그냥 사랑할 수만 있으면 돼요."

"그렇다면 결혼은 왜 안 되는데?"

적당한 구실을 대야 하는 상황에서 그녀는 말을 더듬었다.

"아버님이 신부님이시잖아요. 어머님도 저 같은 사람과 결혼하는 걸 좋아하지 않으실 거고요. 양갓집 규수하고 결혼하길 바라실 거예요."

"말도 안 되는 소리. 두 분께 이미 말씀드렸어. 그러려고 겸사겸사 집에 갔다 온 거야."

"못할 거 같아요. 절대로, 절대로!" 그녀가 되풀이해서 말했다.

"청혼이 너무 갑작스러웠구나, 내 사랑?"

"네, 생각도 못 했어요."

"테시, 이쯤 해두고 싶다면 시간을 줄게. 돌아오자마자 너무 서둘렀나봐. 당분간 이 이야기를 꺼내지 않도록 하지."

그녀는 다시 반짝거리는 그물 국자를 집어들어 펌프 밑에서 식히고 다시 작업을 시작했다. 그러나 아무리 해도 여느 때처럼 정교한 솜씨로 크림만 떠낼 수 없었다. 때로는 우유를 찌르다가 때로는 허공을 갈랐다. 가없는 슬픔에 눈물이 솟구쳐 눈앞을 가렸지만, 절친한 친구이자 사랑하는 보호자에게 그 슬픔을 설명할 수 없었다.

"크림을 못 걷겠어요, 못 하겠어요!" 그에게 등을 돌리며 그녀가 말했다.

사려 깊은 클레어는 그녀의 평정을 흔들어 일을 방해하지 않으려고 더 일반적인 이야기를 꺼냈다. "우리 부모님을 완전히 오해한 거야. 누구보다 소박한 분들이고, 욕심이라곤 없으시다니까. 요즘 찾아보기 힘든 복음주의 계열이셔. 테시, 너도 복음주의 쪽이지?"

"전 몰라요."

"교회에도 꼬박꼬박 잘 나가잖아. 이곳 신부님은 고교회파가 아니라고 하던데."

주일마다 설교를 듣는 교구 신부의 견해에 대한 그녀의 생각은 한 번도 설교를 들어본 적이 없는 클레어보다 더 막연했다. "전 설교를 들을 때 지금보다 더 집중할 수 있으면 좋겠어요." 그녀는 안전한 일반론을 펼쳤다. "그렇지 못해서 때로는 아주 슬퍼요."

너무나 꾸밈없이 말했기 때문에 자신의 종교적 입장이 고교회파인지 저교회파인지, 또 광(廣)교회파인지는 모르는 그녀를 아버지가 종교적인 이유로 반대하지 않으리라는 확신이 들었다.* 에인절은 어린 시절부터 주입받았음에 분명한 그녀의 혼란스러운 믿음이 굳이 용어로 분류하자면 트랙터리언** 쪽이요, 본질은 범신론적임을 알고 있었다. 혼란스럽든 어떻든 그는 그녀의 믿음에 간섭할 생각이 전혀 없었다.

누이를 놔둬요, 그대여. 그녀가 기도할 때.
일찍부터 바라본 천국과 행복한 생각들도 놔둬요.
애매한 암시로 어지럽히지 마세요.
조화로운 날들로 이어지는 삶을.***

---

* 고교회파와 저교회파의 교리적 대립에 반대하는 광교회파는 자유주의 신학과 성경을 역사 텍스트로 읽는 성서비평이 특징임.
** 영국 교회가 로마 가톨릭교회의 의식과 전통으로 돌아가야 한다는 주장의 지지자들로 고교회파에 가까움.
*** 앨프레드 테니슨의 「인 메모리엄」 33연 5~8행.

그는 이런 충고가 음악적일 뿐 정직하지 않다고 생각했지만, 이제는 기꺼이 그 충고를 따를 수 있을 것 같았다.

그는 집에 갔을 때 있었던 일들, 아버지의 생활양식과 신앙인으로서의 열정 등에 대해 더 이야기해주었다. 그녀는 차츰 진정이 되었고, 크림을 걷을 때도 손이 떨리지 않았다. 그는 그녀가 우유 냄비를 하나씩 끝마칠 때마다 뒤따라와 우유를 따를 수 있게 마개를 뽑아주었다.

"들어왔을 때 기분이 좀 울적한가보다, 그런 생각을 했어요." 화제가 다시 자신으로 돌아올까봐 그녀가 용기를 내 한마디 했다.

"기분이 좀 그렇기는 해. 아버지가 걱정거리와 어려움이 있다는 말씀을 많이 하셨거든. 그런 이야기를 들으면 언제나 기분이 우울해져. 너무 열심히 전도하시다보니 당신과 생각이 다른 사람들한테 타박도 받고 주먹질도 당하시나봐. 그 연세에 그런 욕을 보신다는 이야기를 들으면 기분이 안 좋아. 열심도 지나치면 유익할 수 없다고 생각하니 더 그렇지…… 최근에 아버지가 당한 아주 불쾌한 사례를 하나 말씀해주셨어. 여기서 40마일 떨어진 트랜트리지 근처에 선교 단체 대표로 설교를 하러 가셨는데, 거기 어디서 만난 방종한 건달 같은 작자에게 훈계를 하기로 작정하신 모양이야. 그 지방 지주의 아들로 어머니는 앞을 못 본다나. 아버지가 그 친구에게 단도직입적으로 권면하셨고, 그래서 소동이 벌어졌다나봐. 아버지도 참 벽창호라는 생각이 들어. 낯선 사람 일에 간섭하고 나서서 설교를 해봐야 귓등으로도 안 들을 게 뻔한데 헛수고를 하신 셈 아냐. 하지만 아버지는 당신의 의무라고 생각하면 때와 장소를 가리지 않으시거든. 그러니 당연히 적이 많을밖에. 개중에는 정말로 몹쓸 죄인도 있지만, 그냥 편하게 살겠다는 사람들은 귀찮게 군다고 아주 싫어하거든. 아버지는 욕을 당하면 하느님께 영광을 돌리고 간접적으로나마 좋은 결과가 있을 거라고 말씀하셔. 하지만 이젠 아버지도 늙으셨는데 사서 고생하지 마시고 그런 완고한 죄인들은 그렇게 살다 죽게 놔두셨으면 좋겠어."

굳어진 테스의 얼굴이 초췌한 기색을 드러냈고, 그녀의 붉은 입술은 비극적으로 보였다. 하지만 더는 동요를 드러내지 않았다. 새삼 아버지 생각을 하느라 클레어는 그녀의 표정 변화를 눈여겨보지 않았다. 그래서 그들은 일렬로 세워놓은 장방형의 우유통들을 하나씩 비워나갔다. 일이 끝날 무렵 다른 처녀들이 돌아와서 자기 통을 가지고 나갔고 데브도 새 우유를 담을 우유 냄비를 끓는 물에 소독하려고 들어왔다. 테스도 젖소가 있는 들판으로 나가려고 하자 그가 나지막이 물었다. "테스, 내 질문은?"

"아, 안 돼, 안 돼요!" 알렉 더버빌 이야기가 나오자 과거의 혼란에 새삼 휘말린 그녀가 깊은 절망감에 빠져 대답했다. "그럴 수 없어요!"

슬픔에 짓눌린 마음을 야외에서 달래보려는 듯 그녀는 한달음에 다른 처녀들이 있는 들판으로 나갔다. 젖소들이 풀을 뜯고 있는 들판에 모여든 한 무리의 여자들은 광대한 공간이 익숙한 들짐승처럼 대담하고 우아하게—파도에 몸을 맡기고 헤엄치는 사람처럼—과감하고 거침없이 대기에 자신을 내맡겼다. 테스가 다시 눈에 들어오자 에인절은 인공의 거처가 아니라 자유로운 자연에서 짝을 고르는 것이 당연하다는 생각이 들었다.

28

그녀가 청혼을 거절하리라고는 예상하지 못했지만, 클레어의 낙담
은 오래가지 않았다. 그는 부정이 종종 긍정의 머리말일 수 있음을 알
만큼 여자 경험이 있었다. 하지만 테스의 부정이 짐짓 부끄러운 체 농
탕치는 태도와는 크게 다름을 알 만큼의 경험이 있었던 것은 아니다.
그는 확신의 증거로 그녀가 이미 그의 구애를 허락했음을 추가했다.
하지만 그는 농장에서 일하는 사람들은 "공연히 한숨짓는"* 연애를
결코 쓸데없는 낭비로 보지 않는다는 사실을 알지 못했다. 야심적으
로 가세를 불리려고 노심초사하는 집안의 처녀라면 재산가의 안주인
이 되려고 애면글면하는 탓에 열정 자체를 목표로 삼는 건강성이 훼
손된 반면, 이곳에서는 그런 계산 없이 연애의 달콤함 그 자체를 받아
들였다.

"테시, 왜 그렇게 딱 잘라서 안 된다고 한 거야?" 며칠이 지난 후에
그가 그녀에게 물었다.

그녀는 움찔했다. "묻지 마세요. 왜 안 되는지 대충 말했잖아요. 그
럴 자격이 없거든요. 당신과 어울리지 않아요."

"어째서? 신사 집안의 숙녀가 아니라서?"

"맞아요. 그런 거지요." 그녀가 나지막하게 대답했다. "가족들에게
깔보일 거예요."

"정말이지 그분들을 잘못 알고 있는 거야. 우리 아버지와 어머니

---

*『햄릿』 2막 2장.

말이야. 우리 형들은 뭐라고 하든 신경 안 써." 그는 그녀가 빠져나가지 못하도록 그녀의 등 뒤로 손가락 깍지를 꼈다. "자, 진심이 아니지, 응? 진심이 아니라고 난 믿어. 너 때문에 마음이 잡히지 않아 책도 읽을 수 없고, 하프도 탈 수 없고, 도무지 뭘 할 수가 없어. 마음이 급해서가 아니야, 테스. 다만 너의 그 보드라운 입술로 언젠가는 내 아내가 되겠다는 말을 듣고 싶단 말이야. 언제든지 네가 원할 때, 하지만 언젠가는?"

고개를 저으며 시선을 돌리는 것이 그녀가 할 수 있는 유일한 일이었다.

클레어는 주의 깊게―마치 상형문자라도 읽듯―그녀의 표정을 꼼꼼히 살펴봤다. 거절은 진심인 것 같았다. "그렇다면 이렇게 널 안고 있어서는 안 되지. 그렇지 않아? 그럴 권리가 없으니까. 너를 찾아나서도, 너와 같이 산책해서도 안 돼!…… 테스, 솔직하게 말해줘. 따로 사랑하는 사람이 있는 거야?"

"어떻게 그런 말을!" 여전히 자신의 감정을 억누르며 그녀가 말했다.

"그렇지 않다는 건 나도 잘 알아. 그렇다면 왜 날 밀치는 거야?"

"밀치는 게 아니에요. 당신이 날 사랑한다고 말해주길 원해요. 나랑 있을 때 언제든지 그렇게 말해주세요. 그게 싫은 게 아니에요."

"그런데 남편으로는 싫다는 거야?"

"아, 그건 달라요. 정말이지, 당신을 사랑해서 그러는 거예요! 아, 믿어주세요. 오로지 당신을 위해서예요! 당신의 여자가 되겠다는 약속으로 누릴 수 있는 크나큰 행복은 제 것이 아니에요. 왜냐하면, 왜

냐하면, 결코 그래서는 안 될 일이니까요."

"하지만 넌 날 행복하게 해줄 수 있어!"

"아, 그렇게 생각하겠죠. 잘 몰라서 그러는 거예요!"

이럴 때면 청혼을 거절하는 이유가 신사 집안의 관습이나 예의범절을 모른다는 겸양 때문이라는 생각이 들었다. 그러면 그는 그녀가 아는 것도 많고 재주도 많다고 말하곤 했다. 그건 분명 사실이었다. 타고난 영민함과 그를 경애하는 마음 때문에 그녀는 그의 어휘나 억양, 단편적인 지식까지도 놀랄 만큼 빨리 습득했다. 이렇게 다정한 말싸움이 테스의 승리로 끝나고 난 다음, 그녀는 소젖 짜는 시간에는 혼자 가장 멀리 떨어진 소가 있는 데로, 휴식 시간에는 사초(莎草) 덤불 아니면 자기 방으로 가서 겉으로 냉담하게 거절한 지 일 분도 안 되어 소리 없이 비탄에 잠기곤 했다.

갈등은 격심했다. 그녀의 마음은 심하게 그의 편으로 기울어 — 열렬한 사랑에 빠진 두 마음이 하나의 양심과 싸우는 격이라고 할까 — 테스는 자신의 결심을 지키기 위해 모든 수단을 동원하지 않으면 안 되었다. 그녀는 굳은 결심을 하고 탤버테이스 목장에 왔다. 결혼을 한다면 남편이 모르고 결혼했다고 후회하는 일이 절대로 없도록 하겠다고. 주관적인 감정에 휘둘리지 않을 때 양심에 따라 결정한 일을 지금에 와서 뒤엎을 수 없다는 것이 그녀의 생각이었다.

"누가 그 사람한테 내 이야기를 해주었으면! 40마일밖에 안 떨어진 곳인데, 왜 소문이 여기까지 퍼지지 않았을까. 아는 사람이 있을 텐데."

하지만 아무도 알지 못하는 것 같았다. 아무도 그에게 말해주지 않왔다.

이삼 일 동안 그는 더 이야기를 꺼내지 않았다. 한방을 쓰는 동료들의 슬픈 표정으로 미루어 그들이 그가 그녀를 제일 좋아하는 정도가 아니라 선택했음을 알고 있구나, 테스는 짐작했다. 하지만 그녀가 굳이 그와 마주치려 하지 않는다는 사실도 눈여겨봤다.

여태까지 테스의 삶에서 인생의 실타래가 이처럼 분명하게 순전한 기쁨과 순전한 고통의 두 갈래로 엮여 있었던 적은 없었다. 그다음 치즈를 만들 때 두 사람은 단둘이 남게 되었다. 보통 목장 주인이 거드는데, 크릭 부인뿐 아니라 크릭 씨도 최근 둘 사이가 예사롭지 않음을 눈치챘던 것이다. 둘 다 처신을 아주 조심했기 때문에 약간 의심스럽다는 정도였지만. 어쨌든 목장 주인은 둘만 남겨두고 자리를 떴다.

그들은 엉긴 우유 덩어리를 큰 통에 넣기 전에 부서뜨렸다. 이 작업은 아주 큰 덩어리의 빵을 부스러기로 만드는 일과 비슷했다. 티 한 점 없이 하얀 우유 덩어리를 배경으로 테스 더비필드의 손은 분홍색 장미 같았다. 두 손으로 우유 덩어리를 큰 통에 옮겨 넣고 있던 에인절은 갑자기 하던 일을 멈추고는 그녀의 손 위에 자기 손을 포개놓았다. 그는 허리를 숙여 소매를 팔꿈치까지 걷어올린 그녀의 팔 안쪽 푸른 핏줄에 키스했다.

9월 초순의 날씨는 후덥지근했지만, 우유 덩어리에 잠겨 있던 그녀의 팔은 갓 솟아오른 버섯처럼 차고 촉촉했고 유장의 맛이 났다. 하지만 감각이 얼마나 예민하던지 그의 손길이 닿자마자 맥박이 빨라져 피가 손가락 끝으로 모이면서 차갑던 팔이 뜨겁게 달아올랐다. 그 순간 마음속으로 "수줍은 척 빼는 게 더 필요할까? 남자들 사이에서와 마찬가지로 남자와 여자 사이에서도 진실은 진실이다"라고 생각하는 듯, 그녀는 눈길을 들어 다정하게 반쯤 미소를 지었고 환한 얼굴로 깊은 애정을 담아 그의 눈을 들여다보았다.

"내가 왜 그랬는지 알아, 테스?" 그가 말했다.

"날 아주 사랑하니까요!"

"그래, 그리고 새로 청을 넣을 준비 단계이기도 하지."

"또요!" 자신의 욕망이 저항을 무너뜨릴지 모른다는 생각에 갑작스러운 두려움이 솟구쳤다.

"오, 테시!" 그는 말을 이었다. "왜 이렇게 사람을 애먹이는지 모르겠다. 날 이렇게 절망에 빠뜨려도 되는 거야? 어떨 땐 네가 요부 같아. 정말이지 그래. 도시 수준에서도 일급의 요부 말이야! 열정적이다가 냉정했다가 — 똑같다니까. 탤버테이스 같은 촌구석에서 맞닥뜨리리라고 누가 생각이나 했겠어…… 하지만 테스." 그녀가 자신의 말에 마음이 상한 것을 보고 그는 얼른 말을 이었다. "난 네가 누구보다도 정직하고 순결하다는 걸 알아. 그러니 널 바람둥이라고 생각하는 건 아니야. 테스, 날 사랑한다는 게 진심이라면, 어떻게 내 아내가 되는 걸 원치 않을 수 있어?"

"원치 않는다고 한 적 없어요. 어떻게 그런 말을 할 수 있겠어요, 사실이 아닌걸요!" 견딜 수 없을 정도로 신경이 곤두서자 그녀는 입술을 떨면서 자리를 뜰 수밖에 없었다.

클레어는 마음이 너무 아프고 당황한 나머지 복도까지 따라가 그녀를 붙잡았다. "말해줘, 응!" 그는 손에 우유 덩어리가 묻었음을 잊은 채 열정적으로 그녀를 껴안았다. "나 말고는 누구에게도 마음을 주지 않겠다고 말해줘!"

"그럴게요, 그렇게 말할게요!" 그녀가 소리쳤다. "지금 날 놓아주면 모두 다 말할게요. 내 경험을, 나 자신에 대한 모든 것을 다 말할게요!"

"네 경험이라니. 그래, 좋아. 꽤 많이 겪으셨겠지." 그는 그녀의 얼굴을 빤히 들여다보며 애정 어린 냉소를 날렸다. "우리 테스는 저기 마당 울타리에 오늘 아침 처음 꽃을 피운 야생 메꽃만큼 경험이 많을 게 분명해. 아무 이야기나 해도 좋은데, 나와 어울리지 않는다는 그런 끔찍한 말만 하지 마."

"그런 말 안 하도록 노력할게요! 내일, 다음 주에 설명할게요."

"일요일은 어때?"

"그래요, 일요일에요."

드디어 그녀가 몸을 뺐다. 그리고 안마당 아래쪽의 가지치기한 버드나무 숲에 도달할 때까지 걸어가 남의 눈에 띄지 않게 숨어버렸다. 그리고 와삭거리는 개밀 덤불이 침대인 양 몸을 던졌다. 참담한 마음에 웅크린 채 몸을 떨면서도 터질 것 같은 기쁨이 솟아나왔다. 결말에 대한 두려움조차 그 기쁨을 억누를 수 없었다.

사실 그녀는 청혼을 받아들이는 쪽으로 흘러가고 있었다. 그녀의 들숨과 날숨, 피의 굽이침, 귀에서 울리는 맥박—이 모든 것이 자연의 법칙과 목소리를 합해 그녀의 양심에 반기를 들었다. 무모하게, 아무 생각 없이 그를 받아들이자. 아무것도 밝히지 않은 채, 발각 여부는 운명에 맡기고, 교회의 제단 앞에서 그와 결말을 짓자. 고통의 쇠이빨이 그녀를 삼켜버리기 전에 절정의 쾌락을 낚아채자. 사랑은 이렇게 충고했다. 거의 황홀한 두려움에 떨며 테스는—여러 달에 걸쳐

서 혼자 자책하고, 번민하고, 심사숙고하고, 앞으로 금욕적인 고립의
삶을 영위할 계획까지 세웠음에도— 결국 사랑의 충고가 이기고 말
리라는 것을 예감했다.

오후 늦은 시간이 되었지만, 그녀는 버드나무 숲에 남아 있었다. Y자
모양의 나무걸이에서 우유통을 덜그덕거리며 내리는 소리가 들렸다.
"워이 워이!" 뒤이어 소떼를 불러 모으는 소리가 들려왔다. 그렇지만
그녀는 소젖을 짜러 가지 않았다. 그녀가 흥분 상태임을 사람들이 눈
치챌 것이고, 목장 주인은 연애중이라 그러려니 지레짐작하고 유쾌하
게 놀려댈 텐데, 그런 괴로움을 견딜 수 있을 것 같지 않았다.

그녀의 격앙된 상태를 짐작한 에인절이 뭐라고 둘러댔는지, 아무도
테스가 왜 나오지 않느냐고 묻지도, 어디 있느냐고 부르지도 않았다.
여섯시 반이 되자 하늘에 걸린 커다란 용광로 형상의 해가 평원 너머
로 가라앉았고, 얼마 있다가 둥근 단호박같이 기괴한 모양의 달이 반
대쪽에서 솟아올랐다. 버드나무들은 끝없이 가지를 잘라대는 고문을
당한 까닭인지 달빛을 배경으로 가시투성이 머리카락을 가진 괴물처
럼 서 있었다. 그녀는 안으로 들어가서 촛불도 켜지 않고 2층으로 올
라갔다.

이제 수요일이었다. 목요일이 되었고, 생각에 잠긴 에인절은 멀리
서 그녀를 지켜볼 뿐 앞을 가로막고 말을 걸거나 하지는 않았다. 메리
언과 다른 처녀 일꾼들도 뭔가 결정적인 사건이 임박했음을 짐작했는
지 방에 있을 때 그녀에게 억지로 말을 시키지 않았다. 금요일이 지나
가고 토요일. 내일이 그날이었다.

"난 못 버틸 거야. 결혼하겠다고 말할 거야. 그 사람이 나와 결혼하

게 놔둘 거야. 나도 어쩔 수 없어!" 그날 밤 처녀 하나가 잠꼬대로 에인절을 부르는 소리를 듣고, 열이 오른 얼굴을 베개에 파묻은 테스는 질투심에 거친 숨을 내쉬며 중얼거렸다. "나 말고 다른 여자가 그 사람을 차지하는 꼴은 못 봐! 하지만 그 사람에게 못 할 짓을 하는 건데. 사실을 알면 죽을 만큼 괴로울 텐데! 가슴이 찢어질 것 같아. 오, 오, 오!"

29

"자, 오늘 아침 내가 누구 소식을 들었는지 맞춰볼텨?" 목장 주인 크릭이 그다음 날 아침 식사 자리에서 수수께끼라도 내듯 남녀 일꾼들을 둘러보며 말했다. "자, 누굴까?"

일꾼들은 저마다 이름을 댔다. 답을 이미 알고 있는 크릭 부인만 가만히 있었다. "글쎄 말이여." 목장 주인이 말했다. "게을러터진 불상놈 잭 달럽 소식이여. 최근에 과부랑 결혼을 했다는구면."

"잭 달럽요? 그 악당 놈이 결혼을요!" 일꾼 하나가 말했다.

테스 더비필드는 그 이름이 누구를 가리키는지 금방 알아차렸다. 처녀를 꼬여 몸을 망쳐놓고 그 어머니한테 단단히 혼이 난 버터 교유기 안의 남자였다.

"약속한 대로 그 용맹스러운 아주머니의 딸과 결혼했나요?" 크릭 부인이 신사 대접을 한다고 상을 따로 차려준 작은 테이블에서 신문을 넘기던 에인절 클레어가 무심하게 물었다.

"그놈이 그럴 리가요. 애당초 그럴 생각도 없었거든요." 목장 주인이 대답했다. "아까 이야기한 대로 과부라네요. 돈이 좀 있는 과부라지. 1년에 50파운드가량 된다니 그놈이 그걸 노린 거여. 아주 서둘러 결혼을 했는디, 그러고 나서 여자가 재혼을 하면 1년에 50파운드를 못 받게 된다고 털어놓은겨. 그 소식을 듣고 우리 신사분의 심경이 어땠을지 그림이 그려지제! 그후로는 개와 고양이처럼 아옹다옹 살고 있다나. 그놈은 그래도 싼디, 운수 기박한 여자가 당하고 살 테니 가엾지 뭐여."

"참 나, 여편네가 어리석기는. 전남편의 귀신이 가만있지 않을 거라고 미리 말했어야지요."

"그려, 그려." 목장 주인이 어정쩡하게 추임새를 넣었다. "그런디 말하지 않은 사연도 알 만하잖어. 재혼은 하고 싶고, 남자가 줄행랑을 칠 위험이 있으니 그랬던 게지. 어떻게들 생각혀?" 그가 처녀 일꾼들 쪽으로 눈길을 주며 말했다.

"교회에 가기 직전 말하는 게 좋은디. 그럼 빼도 박도 못하지요." 메리언이 큰 소리로 말했다.

"맞아요, 그러면 되는걸." 이즈가 맞장구를 쳤다.

"남자가 뭘 노리는지 알았을 텐데 청혼을 거절했어야죠!" 레티가 갑자기 목소리를 높였다.

"테스는 어떻게 생각혀?" 목장 주인이 테스에게 물었다.

"여자가 사정을 제대로 이야기혔어야지요. 아니면 청혼을 거절하든지요. 잘 모르겠어요." 버터 바른 빵을 먹다 목이 메인 테스가 대답했다.

"빌어먹을, 나 같으면 둘 다 안 한다." 마을에서 출퇴근하는 유부녀 일꾼 중 하나인 벡 닙스가 말했다. "연애하고 전쟁에서는 무슨 수를 써도 되는거. 내가 그 여자라도 결혼했을걸. 그러고 난 다음 왜 미리 전남편 유언장 이야기를 하지 않았느냐고 두 마디만 해봐. 이 밀대 방 망이로 때려눕히고 말걸. 그런 말라비틀어진 놈 하나쯤이야! 어떤 여 자라도 할 수 있제!"

이런 익살에 모두 웃음을 터뜨렸지만, 테스는 마지못해 어색한 미 소를 띠는 것으로 대신했다. 남에게 희극이 그녀에게는 비극이라 그 들의 유쾌함을 견디기 힘들었다. 그녀는 곧 식탁에서 일어나 나왔는 데 클레어가 따라올 것 같았다. 꼬불꼬불한 오솔길을 따라 물을 대는 수로의 이쪽저쪽을 건너면서 바 강의 본류에 이르렀다. 상류에서 수 초를 베는지 큰 덩어리가 떠내려왔는데, 움직이는 섬 같은 초록색 미 나리아재비 더미는 그녀가 올라탈 수 있을 만큼 컸다. 소가 건너가지 못하도록 박아놓은 말뚝에 긴 잡초 다발들이 걸려 있었다.

그렇다. 아픔은 거기 있었다. 결혼할 남자에게 자기 이야기를 할 것 이냐 아니냐는 당사자인 여자에게 가장 큰 십자가인데, 다른 사람들 에게는 웃자고 하는 이야기에 불과했다. 사람들이 순교(殉敎)를 비웃 는 듯한, 그런 느낌이 들었다.

"테시!" 뒤에서 부르는 소리가 들리면서 클레어가 도랑을 건너뛰어 그녀의 옆에 섰다. "내 아내—곧!"

"아니, 아니. 할 수 없어요. 당신을 위해서, 오, 클레어 씨. 그래서 안 된다고 하는 거예요."

"테스!"

"그래도 안 돼요." 그녀가 반복했다.

이런 대답을 예상하지 못한 그는 그녀가 말을 마쳤을 때 길게 땋아 늘인 머리 다발 밑에 팔을 넣어 그녀의 허리를 살짝 안고 있었다. (테스를 포함해서 처녀 일꾼들은 일요일 아침에는 머리를 내리고 식사를 한 다음 교회에 가기 전 위로 틀어 올렸는데, 젖소에 머리를 대고 소젖을 짤 때는 할 수 없는 머리 모양이었다.) "아니요"라고 하지 않고 "예"라고 했다면 그는 그녀에게 키스했을 것이다. 그것이 그의 의도였음이 분명했다. 그러나 그녀의 단호한 거절은 가뜩이나 신중한 그의 행동에 제약을 가했다. 한집에서 동료로 일하면서 마주칠 수밖에 없는 상황이 여자 쪽에서 보면 너무도 불리한 조건이라, 감언으로 밀어붙이는 것이 — 그녀가 그를 쉽게 피할 수 있는 상황이라면 정말이지 그렇게 해보겠지만 — 떳떳하지 못한 행동이라는 생각이 들었던 것이다. 그는 잠시 안았던 허리를 풀어주고 하려던 키스도 보류했다.

손을 놓음으로써 모든 것이 달라졌다. 테스가 이번에 그를 거절할 수 있었던 것은 오로지 목장 주인이 해준 과부 이야기 때문이었는데 한순간만 지났으면 이를 극복했으리라. 하지만 에인절은 아무 말도 더 하지 않았고 당혹스러운 표정으로 자리를 떴다.

이전보다 빈도는 좀 줄었지만 그들은 매일 마주쳤다. 그렇게 이삼 주가 지나갔다. 9월도 다 갈 즈음 그녀는 그의 눈길에서 다시 청혼을 할 것 같다는 느낌을 받았다.

이번에는 그가 다른 방식으로 접근했다. 그는 그녀의 부정적인 대답이 청혼이라는 새로운 경험에 놀란 어린 처녀의 수줍음일 따름이라고 결론을 내린 모양이었다. 그 문제를 거론할 때마다 경기를 일으키며 피하는 모양이 이런 결론을 뒷받침했다. 그래서 그는 슬슬 구슬리는 작전으로 돌입했다. 껴안는 등 신체 접촉을 시도하진 않았지만, 구애의 말을 하는 선에서 구두로 할 수 있는 최선을 다했다.

이런 식으로 클레어는 졸졸 흐르는 우유처럼 나지막한 목소리로 집요하게 구애했다. 젖소 옆에서, 크림을 걷으면서, 버터와 치즈를 만들면서, 알을 품은 닭들이나 새끼를 낳는 돼지 사이에서. 소젖 짜는 일꾼으로 누구도 그런 남자의 구애를 받아본 적은 없으리라.

테스는 자신의 저항이 무너질 것을 알았다. 첫번째 관계를 가진 남자와 결혼해야 한다는 종교적 판단이나, 정직하게 밝혀야 한다는 양심의 소리도 더는 버텨낼 수 없었다. 그녀는 그를 너무도 열렬히 사랑했다. 그녀의 눈에 그는 신적인 존재였다. 교양을 쌓는 훈련을 받지 못했지만 품격을 타고난 그녀는 기질적으로 그의 지도와 감독을 열망했다. 그리하여 테스는 "난 그의 아내가 될 수 없어"라고 되풀이해 중얼거렸지만, 아무 소용도 없는 일이었다. 조용히 결단을 내릴 힘이 있다면 굳이 입 밖에 낼 필요도 없는 말을 하고 있다는 사실—그것이 그녀의 의지가 약하다는 증거였다. 오래 묵은 문제를 다시 꺼내는 그의 목소리 한 음절 한 음절이 그녀에게서 두려운 황홀을 불러일으켰다. 그녀는 그의 설득을 두려워하면서도 갈망했다.

그는—어떤 남자가 그러지 않겠는가—어떤 상황에서도, 어떤 변화가 있더라도, 어떤 비난이 제기되고 비밀이 드러나더라도 그녀를 사랑하고 아끼고 지켜줄 남자의 태도를 취했기 때문에 그의 사랑을 받으면 우울한 마음이 가벼워졌다. 그러는 동안 계절은 추분에 가까워졌다. 날씨는 여전히 좋았지만 낮은 훨씬 짧아져서 목장에서 아침 일을 할 때 촛불을 켜놓는 시간이 길어졌다. 그러던 어느 날 새벽 세 시와 네시 사이 클레어가 새롭게 설득을 시작했다.

여느 때와 같이 그녀는 잠옷 바람으로 그를 깨우려고 뛰어 올라가 문을 두드리고 난 다음 돌아와서 옷을 갈아입고 다른 사람들을 깨웠다. 그리고 십 분 후에 촛불을 손에 들고 계단을 내려가려는데 셔츠 바람의 에인절이 내려와서 팔을 벌리고 계단을 막았다.

"자, 내려가기 전에, 바람둥이 아가씨." 그가 단호히 말했다. "내가 말을 꺼낸 지 이 주일이 지났어. 더이상 이런 식으로 갈 수는 없지. 어쩌자는 건지 본심을 말해봐. 아니면 난 이 집을 떠나야 해. 아까 방문이 약간 열려 있어서 널 봤는데, 네 안전을 위해서라도 떠나야겠어. 무슨 말인지 모르겠지만. 자, 이제 내 청혼을 받아들일 거야?"

"클레어 씨, 전 방금 일어났어요. 절 혼내기에는 너무 이르지 않나요!" 그녀는 토라진 표정을 지었다. "절 바람둥이라고 부를 것까지는 없잖아요. 가시가 있는 말이고 사실도 아니에요. 조금만 더 기다려줘요. 제발 조금만 더 기다려줘요. 조만간 정말로 이 문제를 심각하게 생각해볼게요. 이제 내려가게 해줘요."

촛불을 옆으로 들고 그가 심각하게 한 말을 웃어넘기려는 그녀가 그의 말대로 약간은 바람둥이같이 보였다. "그럼 클레어 씨라고 하지 말고 에인절이라고 불러."

"에인절."

"사랑하는 에인절은 어때?"

"그럼 청혼을 받아들인다는 뜻이 되나요?"

"나와 결혼할 수 없어도 사랑한다는 뜻이지. 그건 오래전에 인정했잖아."

"알았어요, 그럼. '사랑하는 에인절.' 그렇게 해야 한다면." 촛불을 바라보며 중얼거린 그녀는 불안감에도 불구하고 장난스럽게 입을 삐죽거렸다.

클레어는 그녀가 결혼을 약속하기까지 절대로 키스하지 않겠다고 결심했었다. 하지만 크림을 걷고 우유를 짜는 일이 끝나기까지 손질할 여유가 없어 대충 틀어 올린 머리카락에 옷소매를 걷은 채 젖소 짜는 일꾼의 복장을 하고 귀엽게 서 있는 테스를 보자 결심이 무너져내려 입술을 그녀의 뺨에 잠깐 댔다. 그녀는 그를 돌아보지도, 한마디 말도 덧붙이지도 않고 재빨리 아래층으로 내려갔다. 다른 처녀들이 이미 아래층에 내려와 있어서 사태가 더 진전될 수 없었다. 메리언을 빼고 모두 아침 촛불이 발하는 슬픈 노란빛을—새벽을 알리는 바깥의 차가운 빛과 대조를 이루는—받는 한 쌍을 동경하는 듯 미심쩍게 바라보았다.

크림 걷는 일이 끝나자—가을이 깊어지고 우유의 양이 줄어들면서 그 과정도 나날이 짧아졌다—레티와 다른 사람들은 밖으로 나갔다. 연인들도 뒤를 따랐다.

"설렘이 있는 우리의 삶은 저들의 삶과 아주 달라, 그렇지 않아?" 쌀쌀한 여명의 흐릿한 빛 속으로 경쾌하게 걸어가는 세 사람을 지켜보며 그가 꿈을 꾸듯 말했다.

"그렇게 다르지는 않을 거예요." 그녀가 말했다.

"그렇게 생각하는 근거가 뭐야?"

"설렘이 없는 여자는 거의 없어요." 새로운 단어가 마음에 각인된 듯 테스가 잠시 뜸을 들이다가 대답했다. "저 세 사람한테도 당신이 생각하는 것 이상의 무엇이 있어요."

"무엇이 있는데?"

"거의 다. 세 사람 모두," 그녀가 어렵사리 말을 꺼냈다. "저보다 더 훌륭한, 아마도 더 훌륭한 아내가 될 거예요. 그리고 아마도 저만큼, 거의 저만큼 당신을 사랑해요."

"오, 테시!"

담대하게 관대함을 발휘해 자신에게 불리한 일을 하기로 결심했지만, 그가 성마르게 내지르는 불만의 탄성을 듣고 달콤한 안도감을 느꼈다. 그 일은 이제 지나갔다. 다시는 자신을 희생 제물로 내놓을 힘은 없었다. 마을에서 온 일꾼 한 사람이 중간에 합류하는 바람에 그들이 깊이 관심을 갖는 문제를 더 이야기할 수 없었다. 그러나 테스는 오늘 결정이 나리라는 것을 알았다.

오후에 붙박이 일꾼들과 보조 일용직들 몇몇이 여느 때와 같이 목장에서 멀리 떨어진 들판으로 나갔다. 그곳에는 목장으로 몰고 오지 않고 그 자리에서 젖을 짜는 소가 많았다. 새끼를 밴 젖소의 산달이 다가오면서 우유 공급량이 줄었고, 풀이 무성한 계절에 임시로 고용했던 일꾼들은 이미 그만두고 없었다.

작업은 여유 있게 진행되었다. 우유통이 가득 차면 작업 현장까지 갖다 댄 대형 짐마차에 실어놓은 키 큰 양철통에 우유를 쏟아부었다. 일을 마친 젖소들은 천천히 멀어져 갔다.

납빛 저녁 하늘을 배경으로 신기할 정도로 흰빛을 발하는 실내복 차림의 목장 주인 크릭이 불현듯 자신의 무거운 회중시계를 꺼내 보더니 함께 있던 일꾼들을 둘러보았다.

"이런, 생각보다 시간이 늦었구먼." 그가 말했다. "제기랄! 서두르지 않다간 우유를 기차 시간에 못 대겠는걸. 집에 갖고 가서 딴 우유와 섞을 시간이 없겠네. 여기서 기차역으로 곧바로 가야겠어. 마차 몰고 갔다 올 사람 없나?"

자기 일이 아닌데도 클레어 씨가 가겠다고 자원하면서 테스에게 동행을 청했다. 해가 진 후였지만 늦더위로 꽤 후덥지근했다. 테스는 일할 때 쓰는 모자를 썼을 뿐 민소매에 겉옷도 걸치지 않아서 마차를 탈 차림은 아니었다. 따라서 그녀는 옷을 제대로 차려입지 않은 자신을 돌아보는 것으로 대답을 대신했지만, 클레어는 다정하게 어서 가자고 재촉했다. 그녀는 자기 우유통과 의자를 집에 가져가라고 목장 주인에게 맡기고 마차에 올라 클레어 옆에 앉았다.

30

햇빛이 조금씩 스러지는 가운데 그들은 평원 사이로 난 평탄한 도로를 따라 달렸다. 어스름한 평원은 몇 마일에 걸쳐 뻗어 있었고, 아득히 먼 저 끝에는 거무스름한 에그던 히스의 가파른 경사면이 병풍처럼 펼쳐져 있었다. 그 꼭대기에 전나무가 숲을 이뤄 길게 뻗어 있었는데, 뾰족뾰족한 나무 끝이 어두운 마법의 성에 솟아오른, 성첩(城堞)을 앉힌 탑처럼 보였다.

두 사람은 같이 있는 것만으로 좋아 한참 동안은 아무 말도 하지 않았다. 등 뒤 키 큰 통에 담긴 우유의 출렁거리는 소리가 정적을 깰 따름이었다. 마찻길은 아주 한적한 곳이어서 개암나무 열매가 저절로 벌어져 떨어질 때까지 가지에 매달려 있었고, 검은 산딸기가 송이송이 무겁게 늘어져 있었다. 이따금 에인절은 채찍을 휘둘러 산딸기 송이를 따서 길동무에게 주었다.

찌푸린 날씨는 간간이 빗방울을 흩뿌려 비를 예고했고, 낮에는 바람 한 점 없더니 이따금씩 산들바람이 그들의 얼굴을 스쳤다. 수은처럼 반들거리던 강과 연못의 수면이 거대한 빛의 거울에서 무광택의 납덩이로 바뀌면서 거친 강판처럼 보였다. 하지만 생각에 몰두해 있던 테스의 눈에는 이런 광경이 들어오지 않았다. 여름 볕에 살짝 탄 그녀의 연분홍빛 피부가 빗방울을 맞으면서 조금 더 짙은 색조를 띠었다. 젖소 옆구리에 눌린 그녀의 머리카락은 여느 때처럼 풀어져 옥양목 모자 밑으로 제멋대로 흘러내렸는데, 비를 맞자 달라붙어 해초보다 나을 것이 없어 보였다.

"따라나서지 말걸 그랬나봐요." 하늘을 쳐다보며 테스가 중얼거렸다.

"비를 맞게 해서 미안하지만 난 네가 옆에 있어서 좋은걸!" 그가 대답했다.

저 멀리 보이던 에그던은 비의 휘장 너머로 차츰 모습을 감추었다. 날은 더 어두워졌고, 풀밭으로 출입하는 문들이 길을 가로지르고 있어서 보행속도보다 더 빨리 말을 모는 것은 위험했다. 공기는 꽤 싸늘했다.

"감기 걸릴까봐 걱정이다. 민소매에 겉옷도 안 걸쳤으니." 그가 말

했다. "바짝 다가앉아. 그럼 가랑비를 좀 맞아도 괜찮을지 몰라. 비가
날 돕는다고 생각하지 않았으면 더 미안한 마음이 들 텐데 말이야."

그녀가 아주 조금 가까이 다가앉자 그는 우유통의 햇빛 가리개로
쓰기도 하는 큼지막한 범포(帆布)로 자신과 테스를 감쌌다. 클레어는
고삐를 잡아야 해서 테스가 천이 흘러내리지 않도록 잡고 있었다.

"이제 됐다. 아, 아니야! 비가 내 목으로 좀 흘러내리는 걸 보니 넌
더 젖겠구나…… 이게 훨씬 낫다. 테스, 팔이 차가운 대리석 같아. 천
으로 물기를 닦아내. 이제 가만히 있으면 한 방울도 더 안 맞을 거야.
그런데 테스, 내가 물었던 거 말이야, 오래 미뤄놓은 그 문제는 어떻
게 할 거야?"

그리고 한참 동안 그의 귀에 들리는 것은 질척거리는 길에서 철벅
거리는 말발굽 소리와 등 뒤의 우유통에서 우유가 찰랑거리는 소리뿐
이었다.

"네가 한 말은 기억하니?"

"기억해요."

"집에 돌아가기 전에, 알았지?"

"그러도록 해볼게요."

그러자 그는 입을 다물었다. 마차를 몰고 가는 중에 캐럴라인 시대*
장원(莊園)의 낡은 영주 저택 일부가 하늘 위로 솟아올랐다가 곧 뒤
로 사라졌다.

"저건," 재미 삼아 그가 이야기를 시작했다. "흥미로운 고택이야.

---

* 찰스 1세의 재위 기간인 1625년에서 1649년을 가리킴.

이 지방에서 대단한 위세를 떨쳤던 유서 깊은 노르망디 가문 소유의 영주 저택 중 하나지—더버빌이라고 말이야. 이런 고택을 지나칠 때마다 그 가문 생각을 하게 되는데, 명문가의 폐절(廢絶)에는 어딘지 비감한 데가 있어. 모질게 굴고 세도를 부리는 봉건 영주로 악명이 높았다고 해도 말이야."

"그래요." 그녀가 말했다.

그들은 광대한 어둠 속에서 희미한 불빛으로 자신의 위치를 드러내고 있는 어떤 지점을 향해 천천히 나아갔다. 낮에는 짙은 녹음을 배경으로 이따금 흰 연기 줄기로 외딴 세계와 현대의 삶 사이의 간헐적인 접촉을 보여주는 곳이었다. 현대의 삶은 하루에 서너 번씩 이 지점까지 증기 더듬이를 뻗어서 그 지방의 생활방식을 건드리고는 마음에 맞지 않는다는 듯 다시 재빨리 거두어들였다.

그들은 희미한 불빛이 비치는 곳에 도착했다. 빛은 작은 철도역의 연기를 피우는 등잔에서 새어나왔다. 지극히 초라한 지상의 별이었지만 굴욕적으로 대비를 이루는 천상의 별보다 탤버테이스 목장과 사람들에게는 어떤 의미에서 더 중요한 존재였다. 그가 빗속에서 신선한 우유를 담은 우유통을 내리는 동안 테스는 근처 호랑가시나무 밑에서 비를 피했다.

그때 칙칙 소리가 나면서 젖은 철로에 기차가 조용히 멈추어 섰고, 우유는 한 통씩 신속하게 무개화차에 실렸다. 기차 엔진의 불빛이 호랑가시나무 밑에서 꼼짝도 않고 서 있는 테스 더비필드의 모습을 잠깐 비추었다. 번쩍거리는 크랭크와 기차 바퀴의 눈에 세상의 어느 것도—통통한 맨 팔에 비에 젖은 얼굴과 머리카락, 잠시 숨을 돌리듯 멈춘 온순한 표범의 자세로 낡아빠지고 볼품없는 날염 원피스에 이마까지 내려오는 옥양목 모자를 뒤집어쓴—이 순박한 처녀보다 더 낯설어 보이지는 않을 것이다.

천성이 정열적인 사람들이 이따금 묵묵히 순종하는 모습을 보이듯 그녀는 다시 사랑하는 사람 옆에 올라탔다. 범포를 다시 잘 덮어쓴 다음 그들은 이제 칠흑같이 깜깜해진 밤으로 다시 말을 몰았다. 감수성이 예민한 테스는 물질적 진보의 소용돌이와 순간적으로 접촉한 일을 곱씹고 있었다.

"런던 사람들이 내일 아침 저 우유를 마시겠네요, 그렇죠?" 그녀가 물었다. "한 번도 본 적이 없는 낯선 사람들이 말이에요."

"그래, 그렇겠지. 하지만 우리가 보낸 그대로는 아닐 거야. 너무 진해서 어지러울 지경일 테니 농도를 낮출걸."

"고귀한 태생의 남자와 여자, 사절과 백인대장, 귀부인과 여자 상인, 그리고 젖소라곤 본 적도 없는 아기들이 말이에요."

"그래, 아마 그럴 거야. 특히 백인대장들이 마시겠지."

"그 사람들은 우리에 관해 아무것도 모르고, 우유가 어디서 왔는지, 또 우유가 제 시간에 배달되도록 우리가 오늘 밤 수마일 황야를 가로질러 빗속을 달려왔다는 것도 모르겠죠?"

"대단하신 런던 시민들을 위해서만 온 건 아니고. 우리 볼일도 보려고 온 거야. 네가 매듭을 지을 거라고 확신하는 그 성가신 문제 때문이라고 할 수 있지, 사랑하는 테스. 자, 이렇게 표현해도 된다면 넌 이미 내 사람이야. 네 마음은 내 거란 말이야. 그렇지 않아?"

"저만큼 잘 아시잖아요. 오, 그래요, 맞아요!"

"그런데 네 마음은 내 거라면서 결혼은 왜 못 하겠다는 거야?"

"그건 오로지 당신 때문에, 문제가 있기 때문에 그랬던 거예요. 할 말이 있어요."

"결혼이 전적으로 나의 행복과 삶의 편의를 위한 거라고 해도?"

"오, 그래요. 당신의 행복과 편의를 위한 거라면. 하지만 여기 오기 전의 삶은—내가 하고 싶은 말은—"

"그래. 결혼은 내 행복뿐 아니라 편의를 위한 것이기도 해. 내가 국 내에 있든 식민지로 가든 큰 농장을 운영하게 되면 아내로서 넌 없어 서는 안 될 존재니까. 이 지방에서 가장 큰 저택에 사는 여자보다 네 가 더 도움이 될 거야. 그러니 제발, 사랑하는 테스. 내 앞길에 방해가 된다는 어리석은 생각일랑 제발 떨쳐버려."

"그렇지만 제 이야기를—알고 있는 게 좋겠어요—말하게 해줘요. 그러고 나면 절 그렇게 좋아하지 않을걸요."

"그렇게 말하고 싶으면 들어보지 뭐. 그 대단한 이야기 말이야. 그 래, 서기 몇 년에 어디서 태어났는지—"

"말롯에서 태어났어요." 에인절이 농담조로 한 말이지만 그 말을 단초로 그녀가 이야기를 시작했다. "그리고 거기서 자랐죠. 초등학교 6년을 마치고 학교를 그만두었는데, 아주 똑똑하다고, 좋은 선생님이 될 거라고들 해서 그럴 마음을 먹었죠. 그런데 우리 집에 문제가 좀 있었어요. 아버지가 일을 열심히 하시지 않은 데다 술이 좀 과하셨거 든요."

"그래, 그랬구나. 가엾은 것! 다 알 만한 얘기네." 그는 그녀를 자기 쪽으로 끌어당겼다.

"그러다가—아주 이상한 이야기인데요—저에 관한. 전, 제가—"

테스는 숨이 가빠졌다.

"괜찮아, 말해봐."

"전, 제…… 성은 더비필드가 아니라 더버빌이에요. 우리가 지나쳐 온 고택 주인의 후손이죠. 그런데 지금은 완전히 몰락해버렸어요!"

"더버빌이라고…… 그랬군! 걱정거리라는 게 그거였어, 테스?"

"네." 그녀가 힘없이 대답했다.

"그런데 어째서 내가 그 사실을 알면 널 좋아하지 않을 거라는 생각을 했어?"

"목장 주인 아저씨가 당신은 뼈대 있는 명문가를 싫어한다고 했어요."

그가 웃음을 터뜨렸다. "아, 맞아. 어떤 점에서는 맞는 말이야. 난 귀족 혈통을 최우선으로 내세우는 걸 경멸해. 지혜와 덕성을 갖춘 사람들로 이뤄진 정신적 가계를 존중해야 할 유일한 혈통으로 보는 게 타당하다고 생각하지. 육체적 혈통과 무관하게 말이야. 그런데 이건 아주 흥미로운 사실인걸. 이 이야기가 얼마나 내 흥미를 불러일으키는지 넌 모를 거다! 너는 네가 그렇게 유명한 가문의 후손이라는 데 관심이 없어?"

"없어요. 그냥 서글픈 생각이 들었어요. 여기 온 뒤로는 더 그랬지요. 눈에 보이는 수많은 언덕과 들판이 한때 아버지 조상들 소유였다고 생각하니까. 하지만 다른 땅은 레티네 조상 소유고, 또 다른 땅은 메리언네 집안 소유일 수도 있는데 뭐 특별할 것도 없죠."

"맞아. 지금 소작을 부치는 사람들 중 상당수가 한때 그 땅의 주인이었다는 게 놀랍잖아. 이런 상황을 정치적으로 이용할 법한 학파가 있는데 그러지 않는 게 이상할 따름이야. 몰라서 그럴 테지…… 네 이름이 더버빌과 유사하다는 사실을 놓치다니. 발음이 변한 게 분명한데. 이게 그 성가신 비밀이라니!"

그녀는 말을 못 했다. 마지막 순간 용기가 꺾였고, 왜 진작 이야기하지 않았느냐고 그가 원망할까봐 겁이 났다. 자기보호 본능이 정직하고 싶은 마음보다 더 강했던 것이다.

"물론," 아무것도 모르는 클레어가 말을 이어갔다. "난 네가 부계모계 할 것 없이 오래 말없이 고통당했고 역사에 기록조차 되지 않은 평범한 민초의 후손이라면 더 기뻐했을 거야. 사람들 위에 군림하면서 권력을 누려온 자기 본위의 특권층이 조상인 것보다 말이지. 하지만 테스. 널 사랑하다보니 타락해서(그는 이 말을 하며 웃었다) 나도 비슷하게 자기 본위가 되어버렸어. 너를 위해서 네 혈통은 기뻐할 일이야. 내가 속한 계층의 사람들은 구제불능으로 속물적이거든. 네가 교양을 쌓도록 하려는 게 내 계획인데, 그러고 난 다음 친척들이 널 내 아내로 받아들이는 데 뼈대 있는 가문의 후손이라는 사실이 현저한 차이를 만들 수 있지. 우리 어머니도, 가엾은 분, 네 혈통 때문에 널 훨씬 더 호의적으로 생각하실걸. 테스, 당장 오늘부터라도 네 이름을 원래대로 더버빌이라고 쓰도록 해."

"전 다른 이름이 좋아요, 그게 더 나은데."

"하지만 써야만 해! 나 원 참, 우후죽순 생겨난 벼락부자들이 그 가문의 후손인 척 달려드는 판에! 그건 그렇고, 그런 부류 중 그 이름을 써먹는 작자가 하나 있었던 것 같은데. 어디서 들었더라? 체이스 숲

위쪽 인근이라고 했던 것 같은데. 맞아, 우리 아버지에게 덤벼들었다는 그놈 말이야. 내가 이야기했잖아. 참 희한한 우연의 일치로군!"

"에인절, 그 이름은 쓰지 않는 게 좋겠어요! 불길한 느낌이 들어요!" 그녀는 매우 불안해 보였다.

"자, 그러면 테레사 더버빌 양, 이제 넌 내 거야. 그 이름에서 벗어나기 위해서라도 클레어 부인이 되겠다고 해! 비밀이 밝혀졌으니 청혼을 더는 거절하지 않겠지?"

"절 아내로 맞아 행복할 게 분명하다면, 또 저와 정말로 정말로 결혼하고 싶다면—"

"정말이고말고, 사랑하는 테스, 물론이야!"

"제 말은, 당신이 정말로 원해서, 그리고 제게 어떤 잘못이 있더라도 저 없이는 살 수 없다고 하니까, 결혼하겠다고 해야 될 것 같다는 뜻이에요."

"결혼하게 될 거야—그렇게 말한 거나 진배없어! 넌 영원히 내 거야." 그는 그녀를 꼭 껴안고 키스했다.

"네." 이 말을 하자마자 그녀는 눈물 없이 목 놓아 울었는데 가슴이 찢어지는 듯 격렬한 통곡이었다. 테스가 결코 히스테리 발작을 일으킬 여자가 아니었기 때문에 그는 깜짝 놀랐다.

"왜 우는 거야, 내 사랑?"

"말로는—표현 못 하겠어요! 당신의 아내가 되어 당신을 행복하게 만든다고 생각하니까 너무 기뻐서요!"

"하지만 기뻐서 우는 것 같지는 않은데, 테시."

"그건요, 맹세를 깨뜨렸기 때문에 우는 거예요! 전 죽을 때까지 결혼하지 않기로 했거든요!"

"하지만 날 사랑한다면 내가 남편이 되는 게 좋지 않겠어?"

"그럼요, 좋아요, 정말이에요! 그래도 오, 이 세상에 태어나지 않았더라면 하고 생각할 때가 있거든요!"

"그런데 테스, 네가 지금 무척 흥분했고 또 세상 경험이 전혀 없다는 걸 아니까 망정이지 좀 듣기 거북한 말이구나. 날 좋아한다면서 어떻게 그런 생각을 할 수 있니? 날 좋아해? 네가 어떤 식으로든 증거를 보여주면 좋겠어."

"지금까지 한 것보다 어떻게 더 보여줄 수 있나요?" 그녀는 솟구치는 사랑의 감정에 제정신이 아닌 듯 소리쳤다. "이렇게 하면 더 확실할까요?" 그녀는 그의 목을 끌어안았고, 클레어는 한 여자가 몸과 마음을 바쳐 사랑하는 사람의 입술에 뜨거운 키스를 할 때 그것이 어떤 것인지를 처음으로 느낄 수 있었다. 테스는 그렇게 에인절을 사랑했다. "자, 이제 믿을 수 있나요?" 그녀는 얼굴을 붉히며 묻고 눈물을 닦았다.

"그럼, 절대로 의심한 적이 없어. 절대로, 절대로!"

그들은 그렇게 범포 안에서 하나가 되어 어둠 속을 달렸다. 빗발을 맞으며 말은 알아서 달려갔다. 그녀는 청혼을 받아들였다. 처음에 받아들인 편이 나았을 것이다. 모든 피조물을 지배하는 '기쁨에의 갈망'을, 조수가 무력한 해초를 쓸어가듯 목표를 향해 인간을 몰고 가는 거대한 힘을 사회규범에 대한 막연한 두려움으로 막을 수는 없다.

"엄마에게 편지를 써야겠어요. 그래도 괜찮죠?" 그녀가 말했다.

"물론이지, 우리 아기. 넌 꼭 어린애 같아, 테스. 이럴 때는 어머니

께 편지를 드리는 게 마땅하고, 내가 안 된다고 하는 게 이상하다는
걸 모르다니. 어머니는 어디 사시지?"

"같은 데요. 말롯. 블랙무어 계곡 저쪽에 있어요."

"아, 그렇다면 그전에 널 만난 적이 있었겠는걸?"

"맞아요. 풀밭에서 춤출 때였죠. 하지만 저한테 춤을 청하지 않았
어요. 오, 그게 나쁜 징조가 아니었으면 좋겠어요!"

31

테스는 바로 다음 날 어머니에게 아주 비장하고 절박한 편지를 썼고,
주말에 괴발개발 구식 필체로 쓴 조앤 더비필드의 답신이 도착했다.

테스 보아라. 몸 성히 지내기를 빌며 엄마가 몇 자 적는다. 주님
의 은혜로 엄마도 잘 지낸다. 테스야, 니가 곧 진짜로 결혼한다는
소식을 듣고 식구들 모두 기뻐하고 있다. 그렇지만 테스야, 니가 물
어온 것에 관해서는 우리끼리 하는 이야기로 하자. 무슨 일이 있더
라도 그 옛날 일을 그 사람한테 절대 말해서는 안 된다. 나도 니 아
부지한테 모든 걸 말하지 않았다. 체면을 중히 여기는 사람이라 그
렸는데, 니 약혼자도 마찬가지일 거다. 많은 여자들이 — 이 나라에
서 제일 지체 높은 여자들도 — 한때 그렇고 그런 일이 있었단다. 그
런디 그 여자들도 다 가만 있는디 유독 너만 나발 불고 나설 일이
뭐 있겠냐. 어떤 여자도 그런 바보 같은 짓은 하지 않을 것이다. 하

물며 그게 먼 옛날 일이고 또 결단코 니 잘못도 아니잖냐. 쉰 번을 물어도 엄마는 똑같은 대답을 할 참이다. 게다가 어린애같이 순진 혀빠져서 니가 속에 있는 말을 다 하는 걸 잘 아니께 니 행복을 위해 말로든 행동으로든 그 일을 발설하지 않겠다고 약속을 하라고 했고, 너도 이 집을 나서기 전 엄숙하게 약속혔던 걸 명심하기 바란다. 엄마는 니가 물어온 거나 니가 곧 결혼한다는 이야기를 아버지한테는 하지 않았다. 그 철없는 양반이 또 동네방네 떠들고 다닐테니께.

테스야, 기운을 내라. 집에서는 니 결혼식에 사과주 한 통을 보낼참이다. 거기는 사과주가 많지 않고 그나마 시고 멀겋다고 하더라. 그럼 오늘은 이만 줄인다. 신랑 될 사람에게 안부를 전해다오.

사랑하는 엄마 씀

"아, 엄마! 엄마!" 테스는 낮은 소리로 중얼거렸다.

테스는 숨이 막히게 답답한 일도 융통성 많은 어머니가 가볍게 지나쳤음을 새삼 떠올렸다. 그녀가 삶을 바라보는 방식은 테스와 달랐다. 뇌리를 짓누르는 지난날의 사건도 그녀에게는 한때의 사고에 불과했다. 하지만 이유야 어떻든 앞으로는 어머니의 말을 따르는 것이 맞을 것 같았다. 침묵을 지키는 것이 그녀가 사랑하는 사람의 행복을 위해서는 최선으로 보였고, 그렇다면 침묵을 지켜야 한다.

이렇게 자신의 행동을 조금이라도 통제할 권리가 있는 유일한 사람의 지시에 따라 안정을 되찾은 테스는 한결 침착해졌다. 책임을 어머니에게 전가하고 나니 몇 주일 만에 마음도 가벼워졌다. 청혼을 받아들이고 10월에 접어들면서 시작된 늦가을의 나날들은 그녀가 인생에 서 최고의 황홀경에 도달한 시기였다.

클레어를 향한 그녀의 사랑에는 현실적인 데가 거의 없었다. 그를 숭고하게 신뢰하는 그녀에게 그는 선(善)이 이룰 수 있는 전부였고, 인도자요 현인이요 친구로서 갖춰야 할 모든 지식을 갖춘 존재였다. 테스는 그의 외모의 모든 특징을 남성미의 극치로, 그의 영혼을 성인 의 그것으로, 그의 지성을 예언자의 그것으로 간주했다. 그에 대한 그 녀의 사랑은 사랑의 지혜로 왕관을 쓰고 있는 듯한 기품을 그녀에게 부여했다. 자신을 향한 그의 사랑에서 애틋함을 읽을 때면 그녀는 헌 신적으로 그에게 마음을 바쳤다. 깊이를 알 수 없는 그의 커다란 두 눈이 그 심연에서 불멸의 존재인 듯 우러러보는 그녀의 눈길과 마주 치곤 했다.

테스는 과거를 깨끗이 잊어버렸다. 불씨가 남아 위험한 탄불을 밟 아 끄듯 과거를 짓밟았다.

연애를 할 때 흑심을 드러내기는커녕 정중하게 보호해주려고 애쓰 는 남자를 테스는 에인절 말고는 본 적이 없었다. 그녀의 이런 생각은 사실 에인절 클레어의 본색과 거리가 멀었다. 정말이지 터무니없이 거리가 멀었다. 하지만 그는 동물적이라기보다는 정신적인 쪽이었고, 자신의 욕망을 잘 절제했고, 특히 육체의 욕망에서 자유로웠다. 차가 운 성격은 아니었지만 뜨겁다기보다는 빛나는 쪽이었고, 바이런적이 라기보다는 셸리적이었다. 절박한 사랑에 빠질 수도 있지만, 공상적 이고 플라토닉한 사랑을 선호했다. 자신의 욕망까지 억눌러 연인을 지켜내겠다는 까다롭게 결벽적인 사랑이었던 것이다. 한 번의 남자 경험에서 불운을 겪은 테스에게 이런 사랑은 놀랍고 황홀하기까지 했다. 남성에 대한 분노의 반작용으로 그녀는 클레어를 과도하게 존경했다.

그들은 자연스럽게 서로를 찾아나섰고, 그를 전적으로 믿은 테스는 그와 함께 있고 싶은 마음을 감추지 않았다. 이 문제에 관한 그녀의 직관을 말로 옮기자면, 여자들의 알쏭달쏭한 태도가 일반적으로는 남자들의 관심을 끌지만, 사랑한다고 말한 다음에도 그렇게 행동하는 것은—가식의 혐의가 내재하기 때문에—그처럼 완벽한 남자에겐 혐오를 불러일으킨다는 것이었다.

약혼 기간중 연인들이 스스럼없이 함께 다니는 시골 풍습은 그녀가 알고 있는 유일한 풍습이었고, 하나도 이상할 것이 없었다. 하지만 클레어에게는—그녀가 목장의 다른 사람들과 마찬가지로 그것을 당연하게 받아들인다는 사실을 깨닫기 전에는—이상하게 앞서 가는 것처럼 보였다. 이렇게 10월의 빛나는 오후에 그들은 졸졸 흐르는 작은 시냇가의 굽이진 오솔길을 따라 목초지를 거닐었고, 작은 나무다리를 깡충 뛰어 건너갔다가 되돌아오곤 했다. 어디로 산책을 나가건 강둑에 부딪치는 물소리가 따라오면서 그들이 속삭이는 소리에 장단을 맞췄고, 목초지에 거의 수평으로 내리쬐는 햇살은 풍경을 빛의 꽃가루로 감쌌다. 햇빛이 환할 때도 나무와 산울타리 그늘에서는 푸르스름한 안개의 작은 덩어리들을 볼 수 있었다. 해가 땅에 닿을 즈음이고 초지(草地)가 워낙 평탄했기 때문에 클레어와 테스의 그림자는 두 사람 앞으로 4분의 1마일이나 길게 뻗어, 멀리 초록의 충적토 지대와 골짜기의 비탈진 산허리가 만나는 지점을 가리키는 두 개의 길쭉한 손가락 같았다.

여기저기서 일꾼들이 보였다. 목초지를 손질하고, 겨울에 대비해 작은 수로를 청소하고, 또 젖소들이 밟아 무너뜨린 강둑을 보수하는 시기였기 때문이다. 한 삽씩 퍼올린 흑옥 같은 흙은 흙의 정수라고 할 수 있을 만큼 비옥했다. 강이 골짜기 전부를 차지할 만큼 넓었을 때 밀려와 오랜 세월 강물에 씻기고 정제되어 가루처럼 고와진 이 놀랄 만큼 비옥한 흙 덕분에 목초가 그렇게 잘 자라고 또 거기서 풀을 뜯는 소들도 잘 자랐다.

수로의 일꾼들이 보는데도 클레어는 대놓고 농탕질 치는 데 익숙한 남자인 듯 대담하게 그녀의 허리를 안았다. 하지만 실은 입술을 연 채 일꾼들을 곁눈질하며 수줍은 표정을 짓고 있는 그녀와 마찬가지로 그도 내내 경계하는 동물의 표정이었다.

"사람들 앞에서 내 여자라 인정하는 게 창피하지 않은가봐요!" 그녀는 기쁨에 들떠 말했다.

"창피하다니!"

"그렇지만 저 같은 목장 일꾼과 손잡고 나다닌다는 소문이 에민스터에 있는 가족들 귀에 들어가면—"

"목장 일꾼 중 가장 매혹적인 처녀지."

"체면이 상했다고 생각할지도 몰라요."

"사랑하는 테스, 더버빌 가문이 클레어 가문의 체면을 상하게 하다니! 네가 그런 가문의 후손이라는 건 정말 근사한 카드 패야. 트링엄 신부한테 네 혈통 증명을 얻어서 결혼할 때 극적으로 발표하려고 남겨놓았지. 그 일을 제외하면 내 앞날은 우리 가족들과 아무 상관이 없어. 그들의 삶에 표면적인 변화도 주지 않을걸 뭐. 우린 이 고장을 떠날 거야, 아니 영국이란 나라를 떠날지도 몰라. 그리고 여기서 사람들이 우리를 어떻게 보든 무슨 상관이야? 떠나는 게 좋지, 그렇지?"

그의 동반자가 되어 세상을 경험한다는 생각에 가슴이 벅차오른 그녀는 겨우 긍정을 뜻하는 반응을 보이는 데 그쳤다. 파도처럼 밀려오는 감정의 격랑이 귀를 채우더니 눈으로 솟구쳤다. 그녀는 그의 손을 잡았고, 손을 잡은 채 다리 밑에서 물결에 반사된 햇빛이 눈부시게 반짝이는 곳까지 걸었다. 해는 다리에 가려 보이지 않았지만 용광로의 금속 불꽃 같은 붉은빛에 눈이 부실 지경이었다. 그들이 걸음을 멈추고 조용히 서 있자 들짐승과 날짐승의 머리들이 잔잔한 수면 위로 솟아오르다가 방해자들이 지나가지 않고 멈춰 섰음을 발견하고는 다시 사라졌다. 짙은 안개에 휩싸일 때까지 그들은 그곳을 서성거렸다. 이맘때 저녁으로는 꽤 일찍 짙어진 안개가 그녀의 속눈썹에 내려앉아 수정처럼 머물렀고, 그의 눈썹과 머리카락에도 자리 잡았다.

일요일에는 꽤 어두워질 때까지 산책을 했다. 결혼하기로 하고 첫 일요일 저녁, 역시 바깥에 나와 있던 목장 사람들 중 몇몇은—너무 멀어서 주고받는 대화를 알아들을 수는 없었지만—그녀의 격정적인 말소리를, 환희에 겨운 외마디 소리들을 들을 수 있었다. 그의 팔에 기대 걸으면서 말하던 테스가 갑자기 목이 메고 심장이 뛰는 바람에 음절이 끊어졌기 때문이다. 기쁨에 겨운 침묵, 그리고 그녀의 영혼이 붕 뜬 듯 이따금 들리는 작은 웃음소리—다른 여자들을 물리치고 사랑하는 남자와 함께하는 여인의 웃음이었고, 세상의 무엇과도 다른 소리였다. 사람들은 땅 위에 완전히 내려앉지 않고 미끄러지듯 스쳐 날아가는 새처럼 탄력 있는 그녀의 걸음걸이에 주목했다.

그를 사랑하는 것은 이제 테스의 호흡이자 빛이었다. 그것은 빛의 공처럼 그녀를 에워싸고 빛을 발하여 그녀의 지난 슬픔들을 망각 속으로 밀어넣었고, 끈덕지게 그녀에게 달라붙으려고 덤비는 음울한 유령들—의심과 공포, 침울, 근심, 수치를 물리쳤다. 그녀를 비추는 환한 빛 바로 바깥에 그 유령들이 늑대처럼 매복해 있음을 알고 있었지만, 그녀는 꽤 오랫동안 그 허기진 놈들이 엎드려 있게 만들 수 있었다.

마음으로는 잊었으나 머리로는 기억했다. 그녀는 밝은 빛을 받으며 걷고 있으나, 이면에 어둠의 형상들이 언제나 도사리고 있음을 알았다. 그 형상들은 매일 조금씩 물러설 수도 있지만 다가설 수도 있었다. 둘 중 하나였다.

어느 날 저녁 식구들이 모두 출타해 집을 지키느라 테스와 클레어는 밖에 나가지 못했다. 이야기를 하던 중에 그녀는 무슨 생각을 하는 듯 그를 바라보다가 다정스러운 그의 눈과 마주쳤다.

"전 당신의 짝이 될 자격이 없어요. 그래요, 그럴 자격이 없어요!" 그녀는 낮은 걸상에서 벌떡 일어나 그의 지극한 사랑과 이를 마음껏 누리는 기쁨에 소스라쳐 놀란 듯 소리를 질렀다.

클레어는 그녀의 감정적 격앙에 더 큰 이유가 있으리라고 판단하고 이렇게 말했다. "사랑하는 테스, 그렇게 말하지 않았으면 좋겠어! 우월성은 하찮은 관습에 익숙하느냐 아니냐에 달려 있는 게 아니라, 참되고 정직하고 올바르고 순결하며 또 사랑할 만하고 칭찬할 만한 사람이냐 아니냐에 달려 있어.* 넌 그런 사람이야, 테스."

그녀는 복받치는 흐느낌을 억누르느라 애를 썼다. 지난 몇 해 동안 교회 강단에서 그런 일련의 미덕들을 언급할 때마다 그녀의 어린 가슴이 얼마나 아팠던가. 그리고 그 구절을 지금 이 사람이 인용한다는 사실이 얼마나 이상한가. "왜 그때, 제가 열여섯일 때 남아서 절 사랑하지 않았어요? 어린 동생들하고 같이 살면서 풀밭에서 춤을 출 때— 오, 왜, 왜 그러지 않았어요?" 그녀는 두 손을 격정적으로 맞잡고 말했다.

에인절은 그녀를 위로하고 다독거리면서, 감정의 기복이 심하구나, 그러니 그녀의 행복이 전적으로 내 손에 달리게 되면 기분을 조심스레 맞춰줘야겠구나, 진심으로 그런 생각을 했다. "아, 왜 그때 남아 있지 않았을까?" 그가 말했다. "나도 그런 생각을 해. 그때 알았더라면! 그렇지만 그렇게 가슴을 치며 한탄할 것까진 없잖아. 왜 그래야 하는데?"

비밀을 감추고 싶은 여자의 본능에 따라 그녀는 재빨리 말머리를 돌렸다. "4년이나 더 당신의 사랑을 받았을 텐데 그 세월을 잃었잖아요. 그랬으면 시간도 낭비하지 않았을 거고, 더 오래 행복을 누렸을 테니까요!"

길고 어두운 남성 편력의 과거를 감추고 있는 성숙한 여인이 아니라, 철도 들기 전에 새처럼 덫에 걸리고 만 스물한 살이 채 못 된 순박한 처녀가 고통으로 몸부림치고 있었다. 마음을 완전히 진정시키려

---

* 「필립비인들에게 보낸 편지」 4장 8절을 인용하고 있음.

고 작은 걸상에서 일어나 방을 나가려는데, 걸상이 치마에 걸려 넘어졌다.

그는 장작 받침대 위에 한 다발이나 쌓아놓은 푸른 물푸레나무 가지에서 기분 좋게 타오르는 불꽃을 바라보며 앉아 있었다. 나뭇가지는 유쾌하게 탁탁거렸고, 가지 끝에서는 나무 진이 쉭쉭 소리를 내며 거품을 물었다. 돌아온 그녀는 진정이 되었다.

"테스, 네가 생각해도 조금은 오락가락 변덕을 부린다고 생각하지 않니?" 걸상 위에 방석을 깔아주고 자신은 그 옆에 있는 긴 의자에 자리를 잡으며 그가 명랑하게 물었다. "너한테 뭔가 물어보려고 했는데 바로 그때 네가 도망가버렸어."

"맞아요, 변덕스러운 데가 있을지도 모르죠." 그녀가 낮은 목소리로 대답했다. 테스는 갑자기 그에게 다가가서 두 손을 그의 양팔에 얹었다. "아니에요, 에인절. 사실은 그렇지 않아요. 원래는 그렇지 않단 뜻이에요!" 자신이 그렇지 않다는 사실을 좀더 확실히 각인시키기 위해 그녀는 클레어의 의자 옆으로 다가가서 그의 어깨에 머리를 기대고 앉아 다소곳이 말을 이었다. "묻고 싶은 게 뭔데요? 분명하게 답할게요."

"그러니까, 당신이 날 사랑하고 또 결혼하기로 동의했으니까, 이제 세번째 일이 남았어. 그날이 언제야?"

"전 이대로가 좋아요."

"그렇지만 새해가 되면—조금 늦어질 수도 있겠지만—난 독립해서 농장 경영을 시작할 작정이야. 새로 일을 벌여 여러 가지 복잡한 일이 생기기 전에 결혼해서 자리를 잡는 게 좋겠어."

"하지만," 그녀가 소심하게 말을 받았다. "현실적으로 보면, 복잡한 일이 마무리될 때까지 결혼을 미루는 게 낫지 않을까요? 절 여기 두고 당신 혼자 떠난다는 생각은 하기도 싫지만요!"

"그럼, 그럴 수야 없지. 게다가 이 경우에는 그게 최선도 아니야. 농장 일을 시작할 때 난 여러모로 네 도움이 필요해. 언제로 할까? 앞으로 이 주 후가 어때?"

"안 돼요." 그녀가 정색하며 말했다. "먼저 생각해야 할 게 많아요."

"하지만—" 그는 그녀를 더 가까이 다정하게 끌어안았다.

결혼이 코앞의 현실로 닥치자 테스는 와락 겁이 났다. 하지만 이야기가 더 진전되기 전에 목장 주인 크릭 부부와 소젖 짜는 처녀 둘이 긴 의자 뒤를 돌아 난롯불이 환하게 비추는 방으로 들어섰다.

테스는 그의 옆자리에서 고무공이 튀듯 벌떡 일어났고, 빨개진 얼굴의 두 눈이 벽난로 불빛을 받아 반짝거렸다. "옆에 붙어 앉아 있으면 이럴 줄 알았어요!" 그녀는 속이 상해서 소리쳤다. "사람들 눈에 틀림없이 띌 거라고 생각했거든요! 무릎에 앉은 것처럼 보였을지 몰라도 절대로 아니에요."

"그렸어? 그런 말을 하지 않았으면 희미한 불빛에 어디 앉아 있건 알게 뭐여." 목장 주인이 대답했다. 결혼생활에는 감정이 개입되지 않는다는 듯 주인이 무덤덤하게 아내에게 말했다. "자, 크리스티애너. 남들은 아무 생각도 안 하는디 물색없이 넘겨짚어서는 안 되겠지. 천만에. 테스가 말을 하지 않았으면 어디 앉아 있었는지 알 게 뭐람. 진짜여."

"우린 곧 결혼할 겁니다." 냉정을 가장해 클레어가 말했다.

"아, 그러세요! 정말 반가운 소식이네요. 얼마 전부터 그런가보다 짐작은 했지요. 목장에서 일하긴 아까운 처녀지요. 처음 본 날 그렇게 말한걸요. 어떤 남자라도 복권 당첨이 됐다고 생각할 텐데 신사 농부의 아내로는 더 안성맞춤이지요. 테스가 옆에 있으면 농장 관리인 손에 놀아나는 일은 없을 테니까요."

테스는 어느 틈에 사라지고 없었다. 크릭이 대놓고 칭찬하는 것이 무안해서라기보다는 뒤따라 들어온 처녀들의 표정에 훨씬 더 충격을 받았기 때문이다.

저녁밥을 먹고 방으로 들어가자 처녀들이 모두 모여 있었다. 등불 하나를 켜둔 채 하얀 잠옷을 입고 침대에 앉아 테스를 기다리는 그들은 복수를 하려고 줄지어 있는 유령들처럼 보였다.

하지만 그녀는 곧 그들에게 악의가 없음을 알아차렸다. 가질 수 있다고 기대하지 않은 것을 잃었다고 섭섭해할 것도 없었다. 그들의 마음 상태는 객관적이고 사색적이었다.

"그 사람이 테스하고 결혼한다!" 테스에게서 시종 눈길을 떼지 않으면서 레티가 나지막이 말했다. "테스 얼굴에 그렇게 쓰여 있어!"

"그 사람하고 결혼헐겨?" 메리언이 물었다.

"응." 테스가 대답했다.

"언제?"

"언젠가."

그들은 그녀가 어물쩍 둘러댄다고 생각했다. "그려, 그 사람하고 결혼한다는 거지, 신사하고!" 이즈 휴엣이 같은 말을 되풀이했다. 그러고는 무엇에 홀린 듯 하나씩 둘씩 침대에서 내려와 맨발로 테스를 둘러쌌다. 이런 기적이 일어난 다음 친구의 몸이 승천하지 않고 남아 있는지 확인이라도 하듯 레티가 두 손을 테스의 어깨에 얹었고 다른 두 처녀는 허리를 껴안았다. 모두 그녀의 얼굴을 들여다보았다.

"얼굴에 다 나타나! 내가 상상했던 것보다 더 말이여!" 이즈 휴엣이 말했다.

메리언이 테스에게 키스를 했다. "그려." 입술을 떼면서 그녀가 중얼거렸다.

"테스가 좋아서 그러는겨, 아니면 조금 전에 그 사람 입술이 닿았다고 그러는겨?" 이즈가 무미건조하게 메리언에게 말했다.

"그런 생각은 허지도 않았어." 메리언이 솔직히 답했다. "그저 너무 신기할 뿐이여, 테스가 그 사람 아내가 된다는 게. 난 유감 없어. 너희도 그렇제? 결혼은 꿈도 못 꾸고 그냥 좋아한 거니께. 그려도 비단이랑 새틴으로 치장한 신사 집안 아가씨가 아니라, 우리처럼 살아온 테스가 그 사람과 결혼하는 거잖여."

"정말 내가 밉지 않아?" 테스가 나지막한 목소리로 물었다.

흰 잠옷을 입은 그들은 테스의 표정을 보고 대답을 하겠다는 듯 그녀를 물끄러미 지켜보았다. "몰라, 몰라." 레티 프리들이 중얼거렸다. "미워하고 싶은디 미워할 수가 없어!"

"나도 그려." 이즈와 메리언이 되풀이했다. "미워할 수가 없어. 어떻게 했는지는 몰라도 얘가 미워하지 못하게 하나벼!"

"그 사람이 너희 중에서 골랐어야 하는 건디." 테스가 중얼거리듯 말했다.

"왜?"

"너희가 나보다 낫잖여."

"우리가 너보다 낫다고?" 처녀들이 낮은 소리로 천천히 속삭였다. "아녀, 테스, 아녀!"

"너희가 나아!" 그녀는 격렬하게 반박했다. 그리고 그들의 팔을 갑자기 뿌리친 다음 발작적으로 울음을 터뜨렸다. 서랍장 위에 몸을 엎드린 채 끊임없이 "맞아, 맞아, 정말이여!"를 되풀이했다.

한 번 무너지자 그녀는 울음을 그칠 수 없었다. "그 사람이 너희 중 하나를 골랐어야 하는 건디!" 그녀가 큰 소리로 말했다. "지금이라도 그 사람한테 말해야 혀! 그 사람한테는 너희가 훨씬 더—무슨 말을 하는 건지 나도 몰러—엉엉!"

그들이 다가와서 꼭 껴안았지만 그녀는 계속 울부짖었다. "물 좀 떠 와." 메리언이 말했다. "우리한테 미안혀서 저러는겨. 가엾은 거, 가엾은 거!"

그들은 다정하게 그녀를 침대 쪽으로 앉히고는 따뜻하게 키스해주었다.

"그 사람한테는 니가 최고여." 메리언이 말했다. "우리보다 더 숙녀답고 아는 것도 더 많고 또 그 사람이 널 많이 가르쳤잖아. 그렇지만 너도 자랑스러울겨. 자랑스러울 거라고 믿어!"

"그래, 맞아." 테스가 말했다. "울고불고 해서 남우세스럽다!"

모두 잠자리에 들고 불을 끈 다음 메리언이 속삭였다. "테스, 그 사람 아내가 된 다음에도 우리를 잊지 않을 거지. 우리도 그 사람을 사랑한다고 말혔던 거며, 우리가 널 미워하지 않으려고 애를 써서 미워하지 않았고, 또 미워할 수도 없었단 거 말이여. 그 사람이 널 선택했잖아. 우린 그런 걸 꿈도 못 꿨으니께."

이 말에 테스의 베개 위에 소금기 어린 따가운 눈물이 새삼 흘러내렸고, 어머니의 당부에도 불구하고 터질 듯한 가슴으로 에인절 클레어에게 자신의 과거를 털어놓기로 결심했음을 그들은 알지 못했다. 목숨보다 더 사랑하는 사람에게 멸시당하고 어머니에게 바보라는 소리를 듣는 편이, 그 사람에 대한 배반이라고 여겨질 침묵으로 친구들에게도 못 할 짓을 하는 것보다 낫다고 생각한 것이다.

32

속죄하는 마음 때문에 그녀는 결혼 날짜를 정하지 못했다. 기회가 무르익었다 싶을 때마다 에인절이 그녀에게 물었지만, 11월 초가 되어도 날짜는 여전히 미정이었다. 테스는 모든 것이 지금처럼 지속되는 영원한 약혼을 원하는 것 같았다.

목초지도 변화하고 있었다. 하지만 소젖을 짜기 전 이른 오후에는 잠시 한가롭게 거닐 수 있을 만큼 따뜻했고, 이맘때쯤이면 목장 일도 한 시간쯤 게으름을 부릴 여유가 있었다. 햇빛이 비추는 쪽으로 축축한 잔디밭을 바라보면 바다 위에 어린 달빛처럼 잔물결 무늬의 거미줄이 햇빛 아래 모습을 드러냈다. 자신의 영광이 한순간임을 알지 못하는 각다귀들이 희미하게 반짝거리는 거미줄 길을 날아다니며 불빛을 내장한 듯 빛을 발하다가 선을 넘어가 사멸했다. 이런 풍경을 배경으로 그는 결혼식 날짜가 아직 현안임을 상기시켰다.

혹은 크릭 부인이 데이트할 기회를 주려고 테스에게 일부러 심부름을 보내면, 그는 밤길에 그녀와 동행하며 졸라대곤 했다. 대개 골짜기 위쪽 비탈에 있는 농가로 가서 출산이 가까워져 짚을 간 헛간에 옮겨 놓은 암소들을 살펴보는 일이었다. 이때가 되면 암소들의 세계에 엄청난 변화가 일어났다. 임신한 젖소들이 한 무리씩 산원으로 가서 송아지가 태어날 때까지 밀짚 위에서 지내다 새끼를 낳고, 송아지가 걸을 수 있게 되면 어미와 새끼를 함께 목장으로 몰고 왔다. 송아지가 젖을 먹는 동안에야 물론 소젖 짤 일이 없지만, 송아지를 팔고 나면 다시 평소의 일과로 돌아갔다.

어두운 밤길 산책에서 돌아오던 어느 날, 그들은 평지 위로 솟아오른 거대한 바위 절벽에서 걸음을 멈추고 귀를 기울였다. 불어난 강물이 둑을 넘어 배수 도랑에서 찰랑거렸다. 작은 도랑까지 물이 넘친 탓에 지름길을 찾아볼 엄두를 내지 못하고 늘 다니던 길로 가야만 했다. 캄캄한 계곡 사방에서 온갖 소리가 들려왔다. 그들의 발밑에 대도시가 있고, 물소리는 그곳에 사는 사람들의 소란이라는 엉뚱한 생각이 들 정도였다.

"수만 명의 사람들이 장터에 모여 회의를 열어 토론하고, 설교하고, 싸우고, 흐느끼고, 신음하고, 기도하고, 저주하는 것 같아요." 테스가 말했다. 클레어는 그녀의 말을 건성으로 듣는 것 같았다.

"오늘 크릭이 말하지 않았어? 겨울철엔 일손이 별로 필요하지 않다고."

"아니요."

"젖소들의 젖이 빨리 마르던데."

"그래요. 어제 예닐곱 마리가 헛간으로 올라갔고, 그저께는 세 마리가 갔으니까 벌써 스무 마리가량 될 거예요. 아, 주인 아저씨가 젖소 해산구완에 제 도움이 필요하지 않다고 했어요? 여기서 필요하지 않은 사람이 됐나봐요! 그렇게 열심히 했는데—"

"그렇게 딱 부러지게 말하지는 않았어. 우리가 결혼할 사이인 걸 아니까 아주 친절하고 정중하게 내가 크리스마스에 여길 떠날 때 너도 같이 가는 것으로 알겠다고 하더군. 그래서 너 없어도 지장이 없느냐고 물었더니, 사실 겨울에는 여자들 일손이 많이 필요하지 않다고 하더라. 네가 행동을 취할 수밖에 없는 상황이 좋은 걸 보니 난 나쁜 놈인가봐."

"에인절, 좋아해서는 안 되죠. 아무리 일이 용이하게 됐다고 해도 쓸모없다는 말은 언제나 슬픈걸요."

"그럼, 일이 용이하게 됐지. 너도 그걸 인정하는구나." 그녀의 볼에 손가락을 대며 그가 말했다. "이런!"

"왜요?"

"마음을 들켜서 얼굴이 달아오른걸!…… 그런데 내가 농담할 때가 아닌데. 우리 실없이 굴지 말자. 인생은 너무 심각해."

"그래요. 어쩌면 그건 제가 먼저 알았을 거예요."

그녀는 그 순간 깨달았다. 어젯밤의 감정에 따라 결국 결혼을 거부하고 이 목장을 떠난다는 것은 목장이 아닌 다른 낯선 곳에 가야 함을 의미했다. 젖소가 송아지를 낳는 철인 지금 목장에서 여자 일꾼을 구할 리 없었다. 결국 밭일을 하는 농장에 가야 하는데, 그곳에서는 에인절 클레어 같은 멋진 존재가 없었다. 끔찍한 생각이었고, 집에 갈 생각을 하니 더 끔찍했다.

"그러니까, 심각하게 말이야, 테스." 그가 말을 이었다. "크리스마스 때쯤이면 아마 너도 이곳을 떠나야 할 테니까 그때 내 사람이 되어서 같이 가는 게 여러모로 바람직하고 형편에 맞아. 네가 세상에서 가장 순진한 여자라고 해도 우리가 영원히 이렇게 지낼 수 없다는 건 알겠지."

"그럴 수 있다면 얼마나 좋겠어요. 언제나 여름과 가을이고, 언제나 당신이 구애를 하고, 또 언제나 지난여름처럼 제 생각만 한다면요."

"언제나 네 생각만 할 거야."

"오, 그럴 줄 알았어요!" 그에 대한 열렬한 믿음이 솟구친 그녀가 큰 소리로 말했다. "에인절, 제가 영원히 당신의 여자가 될 날짜를 정할게요."

이렇게 어두운 밤길을 걸어오는 동안, 왼쪽 오른쪽에서 물소리가 들리는 가운데 두 사람은 마침내 결혼식 날짜를 정했다.

목장에 돌아와서 그들은 즉각 크릭 부부에게 이 사실을 — 비밀로 해달라는 부탁과 함께 — 통보했다. 둘 다 결혼식을 가능한 한 조용히 치르기를 원했기 때문이다. 목장 주인은 그녀를 곧 내보낼 생각이었지만, 좋은 일꾼을 잃게 되었다고 한걱정을 하기 시작했다. 크림 걷는 일은 어떻게 할 것이며 앵글베리나 샌드본의 귀부인들이 찾는 장식용 버터는 누가 만든단 말인가? 크릭 부인은 드디어 결단을 내린 것을 축하하면서 테스를 처음 본 순간 평범한 노동자 차지가 되지 않을 줄 알았다고 말했다. 테스가 도착하던 날 오후, 안마당으로 들어올 때 남달리 돋보였기 때문에 좋은 집안 처녀라고 단정했다는 것이다. 테스가 가까이 다가왔을 때 크릭 부인이 단아하고 잘생긴 처녀라고 생각한 것은 맞다. 하지만 남달리 돋보였다는 말은 나중에 알게 된 사실을 소급해 상상력을 부풀려 한 말일 가능성이 크다.

테스는 의지를 배제한 채 시간의 날개에 몸을 맡겼다. 결혼하겠다고 말했고 날짜도 정해졌다. 그녀의 타고난 명석함이 농사짓는 사람들이나 자연현상과 폭넓게 교제하는 사람들이 드러내는 숙명론을 받아들이기 시작했다. 이런 마음 상태의 특징이 그러하듯 그녀는 수동적으로 연인이 하자는 대로 따라갔다.

하지만 어머니에게 재차 편지 쓰는 일은 혼자서 결정했다. 표면적으로는 결혼식 날짜를 알리기 위해서였지만, 실질적으로는 조언을 다시 구하기 위해서였다. 결혼하기로 한 남자가 신사 계층인데, 혹시 이점을 어머니가 충분히 고려하지 않은 게 아니냐는 내용이었다. 좀 덜 세련된 계층의 남자라면 결혼 후에 고백하더라도 가볍게 받아들이겠지만, 그 사람은 그런 식으로 넘기지 않을 것 같다고 했다. 하지만 더비필드 댁은 이 편지에 답장을 하지 않았다.

서둘러 결혼해야 할 실질적 필요성을 자신과 테스에게 그럴듯하게 설명했지만, 사실, 나중에 드러나듯이 그의 결정은 성급하다고 할 여지가 있었다. 그는 그녀를 지극히 사랑했지만—그를 향한 테스의 감정이 철두철미 열정적인 데 반해—관념적이고 공상적인 편이었다. 지적인 것과 무관한 시골생활을 할 수 없이 주어진 운명으로 받아들였을 때, 그는 실제로 살아보면 이 목가적인 존재에게서 매혹 같은 것을 느끼리라고는 상상조차 하지 못했다. 이곳에 오기 전, 순박함은 화젯거리였을 뿐 실감할 수 있는 무엇이 아니었다. 더욱이 앞길이 분명하게 보인다고 하려면 갈 길이 멀었고, 그런대로 자리를 잡았다고 하려면 한두 해 더 지나봐야 했다. 성급한 결정의 실마리는 집안의 편견 때문에 진짜 하고 싶은 일을 못 하게 되었다는 생각이 그의 이력과 성격에 무모함을 가미한 데서 찾을 수 있으리라.

"중부 지방의 농장이 자리를 잡을 때까지 기다리는 게 나을 것 같지 않아요?" 언젠가 그녀가 조심스럽게 물었다. (중부 지방으로 가겠다는 것이 그 당시의 계획이었다.)

"테스, 솔직히 말해서 내가 보호하고 사랑할 수 없는 곳에 널 혼자 남겨두고 싶지 않아."

이유로 치자면 이보다 더 타당할 수는 없었다. 그의 영향력이 얼마나 뚜렷한지 그녀는 그의 거동과 습관, 말투와 어휘, 그의 호불호까지 습득했다. 그녀를 농장 같은 데 두고 가면 원래 상태로 돌아가 그와의 계급적 차이를 좁힐 수 없을 것이다. 그녀를 옆에 두고 싶은 이유가 한 가지 더 있었다. 부모님은 당연히 그녀를 데리고—국내든 해외든—먼 곳에 정착하러 떠나기 전 적어도 한 번은 그녀를 보고 싶어 했다. 그들이 뭐라고 하든 자신의 계획을 바꾸지는 않을 테지만, 적당한 농장을 찾는 동안 방을 얻어서 두어 달 그녀와 함께 지내면, 그녀가 호된 시련이라고 느낄 일—사제관에서 시어머니와 첫 대면—을 치를 때 흠을 잡히지 않을 정도로 예절을 익히는 데 도움이 되리라고 판단한 것이다.

그다음으로, 밀농사에 제분소 운영을 겸할 생각이라 방앗간의 작동 원리를 조금 알아보고 싶었다. 한때 수도원 소유였던, 웰브리지에 있는 커다란 옛날 물방앗간의 주인이 그에게 언제든지 시간이 될 때 와서 전통적인 방식을 점검하고 며칠 동안 손수 작동해보라고 초대한 적이 있었다. 그래서 클레어는 하루 날을 잡아 몇 마일 떨어진 그곳에 가서 세세한 것을 물어보고 저녁때가 되어 탤버테이스에 돌아왔다. 그는 웰브리지 제분소에서 단기간 머무르기로 결정했음을 테스에게 알렸다. 어떻게 그런 결정을 내리게 됐는가? 밀을 빻아서 가루로 체질하는 과정을 속속들이 알 수 있는 기회라서가 아니었다. 더버빌 가문 방계 집안의 퇴락한 저택이 농가로 전락했는데, 바로 그곳에서 숙박할 수 있다는 우연한 사실 때문이었다. 클레어가 현실적인 문제들을 처리하는 방식이 늘 그랬다. 현실적인 문제와 무관한 감상이 우선했다. 그들은 결혼식을 올리고 난 다음, 읍내나 여관을 돌아다니는 대신 곧바로 그곳으로 가서 이 주일을 머무르기로 했다. "그러고 나서 내가 소문으로 들은 런던 저쪽의 농장들을 살펴보도록 하자. 3월이나 4월쯤 우리 부모님을 찾아뵙도록 하고." 그가 말했다.

이런 식으로 진행의 문제가 정리되고, 드디어 그날, 그의 아내가 되는 그 믿을 수 없는 날이 눈앞에 다가왔다. 12월 31일, 새해 바로 전날이 그날이었다. 그의 아내 — 테스는 혼자서 되뇌었다. 정말 그렇게 될 수 있을까? 두 사람이 한 몸이 되고, 무엇도 그들을 갈라놓을 수 없으며, 모든 일을 함께 할 수 있으리라. 안 될 이유가 무엇인가? 하지만 꼭 그렇게 되어야 할 이유가 또 무엇인가?

어느 일요일 아침 이즈 휴엣이 교회에 갔다 와서 테스를 따로 불러 말했다.

"오늘 아침에 결혼예고*를 안 하더라."

"뭐라고?"

"오늘이 결혼예고를 하는 첫 주일이잖아." 테스를 조용히 바라보며 그녀가 대답했다. "너 섣달 그믐날 결혼할 거지?"

테스가 그렇다고 얼른 대답했다.

"결혼예고는 세 번 혀야 하는디, 결혼식 전에 주일이 두 번밖에 안 남았잖아."

테스는 얼굴이 하얘지는 것을 느꼈다. 이즈의 말이 맞다. 세 번 해야 한다. 그이가 잊은 걸까? 그렇다면 결혼식을 일주일 연기해야 하는데, 그건 불길한 징조다. 그이에게 어떻게 말을 꺼내야 할까? 그렇게 뒤를 빼던 그녀가 갑자기 결혼하고 싶어 안달하고 소중한 것을 잃을까봐 불안해졌다.

이런 불안은 자연스럽게 해소되었다. 이즈가 결혼예고가 없었다는 이야기를 크릭 부인에게 했고, 크릭 부인이 아줌마의 특권을 발휘해 에인절에게 대놓고 물어보았다. "깜빡하셨나봐요, 클레어 씨. 결혼예고 말이에요."

"천만에요, 잊지 않았어요."

테스와 단둘이 남자 그는 곧 그녀를 안심시켰다. "결혼예고 때문에 놀림 받아 속상했구나. 결혼허가증을 받아서 조용히 치르는 게 나을 거 같아서 너랑 상의하지 않고 그렇게 결정했어. 주일날 아침 교회에서 네 이름을 부르는 걸 듣고 싶어도 들을 수 없을 거야."

"듣고 싶지도 않았어요." 자랑스러운 마음으로 그녀가 대답했다.

일이 잘못된 것이 아님을 알게 되자, 결혼예고를 하면 누군가 자신

＊ 결혼식을 올리기 전 삼 주 연속하여 예배 시간에 결혼을 예고함으로써 이의 여부를 묻는 관습.

의 과거를 들춰내어 이의를 제기하지 않을까 걱정했던 테스는 안도의 한숨을 쉬었다. 일이 그녀에게 유리하게 진행되는 것 아닌가.

"마음이 아주 편하지는 않아." 그녀가 혼자 중얼거렸다. "이 모든 행운 때문에 나중에 더 큰 불행으로 벌을 받을지도 몰라. 하늘이 하는 일은 그렇거든. 그냥 평범하게 결혼예고를 했으면 좋았을걸!"

그러나 모든 일이 순조롭게 진행되었다. 그녀는 결혼식 날 지금 갖고 있는 옷 중에서 가장 좋은 흰옷을 입는 것을 그가 좋아할지 아니면 새 옷을 장만해야 할지 망설였다. 이 문제는 그의 배려로 해결되었다. 그녀 앞으로 배달된 커다란 소포 몇 꾸러미 안에 둘이 계획한 소박한 결혼식에 잘 어울리는 완벽한 예복과 모자에서 스타킹까지 일습이 들어 있었다. 소포가 도착하고 곧 집 안으로 들어온 그는 그녀가 2층에서 포장을 뜯는 소리를 들었다.

잠시 후 그녀가 상기된 얼굴로 눈물을 글썽거리며 내려왔다.

"어쩜 이렇게 마음을 썼어요!" 그의 어깨에 머리를 기대고 그녀가 낮은 목소리로 말했다. "장갑과 손수건까지! 내 사랑, 너무나 훌륭하고 자상한 사람!"

"과찬이야, 테스. 런던에 있는 여자 상인에게 주문한 것뿐인데. 그 정도야 뭐."

그를 무척 대단하게 생각하는 그녀의 주의를 딴 데로 돌리기 위해 에인절은 2층으로 올라가서 옷이 맞는지 찬찬히 살펴보라고 말했다. 혹시 맞지 않으면 마을의 재봉사에게 수선을 맡기라고 했다.

그 말에 따라 그녀는 2층으로 올라가서 비단 드레스를 입고 자신의 모습을 혼자 잠시 거울에 비춰 봤다. 그런데 불현듯 엄마가 들려준 신비스러운 옷에 관한 민요가 떠올랐다.

한 번 잘못을 저지른 아내에게는
어울리지 않는 옷.

테스가 어렸을 때 더비필드 댁이 요람 받침대에 발을 올리고 가락에 맞춰 흔들거리며 유쾌하고 장난스럽게 불러주던 노래였다. 그 옷때문에 기네비어 왕비*의 비밀이 까발려졌듯, 이 옷도 색깔이 변하면서 그녀의 비밀을 폭로하지 않을까. 목장에 온 이후로 한 번 생각한적도 없는 노래였다.

33

에인절은 결혼식을 치르기 전 목장을 벗어나 연인 사이로는 마지막으로 테스와 하루 소풍을 다녀오고 싶은 생각이 들었다. 중요한 그날이 빛을 발하며 눈앞에 다가온 시점에 다시는 돌아오지 않을 낭만적하루를 보내고 싶었던 것이다. 그래서 그전 주일에 가장 가까운 읍내로 가서 몇 가지 물건을 사자고 제안했고, 둘은 함께 길을 나섰다.

목장에서 클레어의 생활은 그가 속한 계급의 관점에서 보면 은둔자의 그것이었다. 몇 달 동안 읍내 근처에도 가지 않았고, 타고 다닐 일

---

* 아서 왕의 왕비로 남편의 신하인 랜슬럿을 사랑해 간통을 범했음.

이 없어서 말과 마차를 사지 않았으며, 그럴 일이 있으면 목장 주인의 것을 빌렸다. 그날 그들은 목장 주인의 이륜마차를 타고 갔다.

이리하여 그들은 생전 처음으로 공동의 관심사를 가진 동반자로서 물건을 구입했다. 크리스마스 전날이라 호랑가시나무와 겨우살이가 바리바리 쌓여 있었고, 명절을 맞아 읍내는 주변 각처에서 모여든 외지 사람들로 바글거렸다. 빼어난 미인인 데다 행복한 표정까지 더해진 테스는 에인절과 팔짱을 끼고 사람들 사이를 헤치고 돌아다니게 되자 주목을 받는 불편을 겪어야 했다.

밤이 되어 그들은 이륜마차를 맡긴 여관으로 돌아왔고, 에인절이 문 앞에 마차를 댔나 보러 간 사이 테스는 여관 건물 입구에서 기다렸다. 홀 안은 손님으로 가득 찼는데, 손님이 끊임없이 드나들면서 문을 여닫을 때마다 홀의 불빛이 테스의 얼굴을 환하게 비추었다. 다른 사람들과 함께 남자 둘이 나와 그녀 앞을 지나쳤다. 그중 하나가 흠칫 놀라 그녀를 아래위로 훑어보았고, 테스는 그가 트랜트리지 마을 사람일지도 모른다는 생각이 들었다. 멀리 떨어진 곳이라 여기서 마주칠 가능성은 희박했지만 말이다.

"이쁜디, 저 처녀 말이여." 한 남자가 말했다.

"그려, 아주 이쁘네. 그런디 내가 사람을 잘못 본 게 아니라면—" 그리고 이어서 예쁜 처녀라는 정의에 부정적인 설명을 덧붙였다.

클레어가 마침 마구간에서 돌아와 현관 쪽에서 그 남자와 맞닥뜨렸고 그 말에 움츠러드는 테스를 보았다. 그녀가 모욕을 당했다는 생각에 격분한 나머지 그는 두 번 생각도 하지 않고 주먹으로 힘껏 사내의 턱을 후려갈겼다. 불의에 일격을 당한 사내는 비틀거리며 벽 쪽으로 몇 걸음 물러섰다.

사내가 정신을 차리고 덤벼들 기세를 보이자 클레어는 문밖으로 나가 방어 태세를 갖추었다. 그러나 상대방이 생각을 고쳐먹었다. 그는 테스 옆을 지나면서 다시 한 번 눈여겨보더니 클레어에게 말했다. "죄송하구먼요. 제가 사람을 잘못 알아봤어요. 여기서 40마일 떨어진 데 사는 여잔 줄 알았어요."

너무 성급했다는 생각이 든 클레어는 여관 통로 앞에 그녀를 세워 둔 자신의 불찰이라는 생각이 들어 이런 상황에서 그가 할 법한 일을 했다. 사내에게 치료비 조로 5실링을 준 것이다. 그렇게 그들은 화해의 인사말을 나누고 헤어졌다. 마부에게서 고삐를 받아 든 클레어가 테스와 함께 마차를 몰고 떠나자 두 남자도 반대쪽으로 향했다.

"잘못 본거?" 다른 남자가 물었다.

"천만에 만만에. 그 신사의 기분을 상하게 하고 싶지 않았을 뿐이여. 내가 나설 일도 아니고."

그동안 두 연인은 마차를 타고 달려갔다. "우리 결혼식을 좀 나중으로 미루면 안 될까요?" 테스가 힘없이 메마른 목소리로 물었다. "그러고 싶으면 말이에요."

"무슨 소리야, 내 사랑. 진정해. 그 친구가 날 폭행으로 고소해 소환당할 시간을 벌자는 거야?" 클레어가 유머러스하게 받았다.

"아니에요, 제 말은—혹시 연기를 해야 한다면요."

무슨 뜻으로 하는 말인지 분명치 않아서 그는 그런 쓸데없는 생각은 하지 말라는 지시를 내렸고 그녀는 고분고분 따랐다. 하지만 집으로 가는 동안 그녀는 내내 아주 침울했다. 그러다 이런 생각을 했다.

'우린 떠날 거야. 아주 멀리, 이 지방에서 수백 마일 떨어진 곳으로. 이런 일은 다시 일어나지 않을 거야. 과거의 유령이 거기까지 따라오지는 않을 거야.'

그날 밤 그들은 층계참에서 다정하게 헤어졌고, 클레어는 지붕 밑 방으로 올라갔다. 테스는 남은 며칠 동안 꼭 해야 할 자질구레한 일들을 처리할 시간이 없을까봐 잠자리에 들지 않았다. 그렇게 앉아 있는데 위층 에인절의 방에서 쿵쿵하며 버둥거리는 소리가 들렸다. 집안 사람들은 모두 잠들었다. 클레어가 아플지도 모른다는 생각에 뛰어 올라간 그녀는 문을 두드리면서 무슨 일이냐고 물었다.

"아, 테스. 아무것도 아니야." 그가 방 안에서 대답했다. "잠을 깨워서 미안해! 그런데 소란을 떤 이유가 재미있어. 잠이 들어 꿈을 꿨는데 널 모욕한 그 친구와 다시 싸움이 붙었거든. 네가 들은 소리는 짐을 싸려고 내가 꺼내놓은 여행 가방을 주먹으로 두들겨 패던 소리야. 나 자다가 가끔 이런 괴상한 짓을 하거든. 걱정 말고 가서 자."

이것이 오락가락하던 그녀의 마음을 한쪽으로 기울게 한 저울추로 작용했다. 그의 얼굴을 맞대고 과거를 고백하는 일은 할 수 없었다. 하지만 다른 방법이 있었다. 그녀는 앉은 자리에서 3, 4년 전에 있었던 일을 종이 넉 장에 간략하게 적어서 봉투에 넣은 다음 겉봉에 클레어의 이름을 적었다. 그런 다음 다시 마음이 약해지기 전에 신발도 신지 않고 가만히 위층으로 올라가서 그의 방문 밑으로 봉투를 밀어 넣었다.

그녀는 당연히 잠을 제대로 이루지 못했고, 위층에서 희미한 소리라도 나나 귀를 기울였다. 여느 때와 다름없이 소리가 들렸고, 여느 때와 다름없이 그가 내려왔다. 테스가 층계를 내려가자 밑에서 기다리던 그는 키스를 했다. 여전히 뜨거운 키스였다.

잠을 푹 자지 못했는지 그가 피곤해 보이기는 했다. 그러나 단둘이 있을 때도 그녀의 고백에 관해 일언반구 말이 없었다. 편지를 봤을까? 그가 말하기 전에 이야기를 꺼낼 수도 없었다. 그렇게 그날은 지나갔다. 그가 무슨 생각을 했든 가슴에 묻어두기로 한 것이 분명했다. 그는 전과 마찬가지로 꾸밈없이 다정하게 대해주었다. 그에 대한 의구심이 어리석었던 걸까? 그는 그녀를 용서했고, 있는 그대로 그녀를 사랑하고, 그녀의 걱정을 하찮은 악몽 정도로 웃어넘긴 걸까? 그녀의 편지를 봤을까? 테스는 그의 방 안을 대강 훑어보았으나 편지는 눈에 띄지 않았다. 그가 용서했을지 모른다. 그가 편지를 보지 못했더라도 용서해줄 것이 틀림없다는 열망이 그녀를 사로잡았다.

그의 태도는 매일 아침저녁으로 여전했고, 마침내 결혼식을 치를 섣달 그믐날이 밝아왔다. 연인들은 소젖 짜는 시간에 일어나지 않았다. 목장에서 머무는 마지막 한 주일 동안 두 사람은 손님 대접을 받았고, 테스는 심지어 독방을 쓰는 특별 대우를 받았다. 아침 식사 시간에 아래층에 내려간 두 사람은 그들의 결혼을 축하하려고 식당 겸 부엌을 새로 단장한 것을 보고 깜짝 놀랐다. 모두들 잠든 밤에 목장 주인이 틈이 벌어진 벽난로를 흰색으로, 벽돌로 된 난롯가를 붉은색 페인트로 칠했다. 벽난로의 아치 위에서 통풍을 돕던 검은 나뭇가지 무늬의 때묻은 푸른색 면 커튼 대신 눈부시게 빛나는 노란 비단도 매달아놓았다. 사실상 방의 중심인 벽난로를 새롭게 단장하고 나니 찌푸린 겨울 아침인데도 분위기가 한결 밝아졌다.

"결혼을 축하하려고 뭔가 하고 싶었는디요." 목장 주인이 말했다. "옛날 풍습대로 바이올린이랑 콘트라베이스랑 악대를 불러 한바탕 풍악을 울리는 건 싫다고 하시니께, 소리 안 내고 할 일은 이거밖에 생각나는 게 없었구먼요."

테스의 친지들은 너무 먼 곳에 살아서 초대를 받았다 하더라도 결혼식에 올 형편이 못 되었고, 실제로 말롯에는 청첩장을 보내지 않았다. 에인절은 가족들에게 편지를 써서 일시를 알렸고, 그날 한 사람이라도 참석해주면 기쁘겠다고 분명히 말했다. 화가 난 형들은 답장을 하지 않았다. 부모님은 결혼을 경솔하게 서두른 것에 유감의 뜻을 표하는 편지를 보내왔다. 소젖 짜는 일꾼이 당신들이 기대한 며느릿감과는 거리가 멀었지만, 아들이 자기 일을 알아서 할 나이가 되었다고 말함으로써 체념을 내비쳤다.

머지 않아 가족들을 놀래줄 비장의 카드가 있었기 때문에 클레어는 가족들의 냉담함에 크게 상처받지 않았다. 목장에서 갓 빠져나온 테스를 더버빌 혈통의 귀부인으로 내놓는 일은 무모하고 위험하다는 것이 그의 생각이었다. 그래서 몇 달 동안 함께 여행도 하고 책도 읽히면서 양갓집 규수의 처신에 익숙해질 때까지 더버빌 가문의 후손임을 숨겨왔던 것이고, 그다음에 부모님을 방문해 옛 명문가의 혈통에 값할 만한 처녀로 그녀를 자랑스럽게 선보일 계획이었다. 이것은 사랑에 빠진 남자의 귀여운 꿈이었다. 그 이상은 아니었지만. 테스의 명문가 혈통은 이 세상 누구보다도 그에게 소중해졌다.

편지로 고백했음에도 자신을 대하는 그의 태도가 조금도 달라지지 않은 것을 보고 테스는 떳떳하지 못한 마음에 그가 과연 편지를 보았

는지 의구심이 들었다. 그가 아침 식사를 마치기 전에 식탁에서 일어
난 그녀는 서둘러 위층으로 올라갔다. 그렇게 오랫동안 클레어의 밀
실이었고 요새였던 그 특이하고 휑한 방에 한 번 더 가봐야겠다는 생
각이 든 것이다. 사다리를 올라가 열려 있는 문 앞에 선 그녀는 생각
에 잠겨 둘러보았다. 그리고 허리를 굽혀 이삼 일 전 흥분 상태에서
편지를 밀어 넣었던 문지방 밑을 살폈다. 문지방에 바싹 붙어 있는 양
탄자의 가장자리에 편지가 든 흰 봉투의 윤곽이 희미하게 보였다. 너
무 서둘러 문틈으로 넣다가 양탄자 아래로 들어가는 바람에 그가 보
지 못했음이 분명했다.

그녀는 현기증을 느끼면서 편지를 꺼냈다. 편지는 그녀의 손을 떠
난 그대로 봉인되어 있었다. 기적은 일어나지 않았다. 집안이 결혼식
준비로 법석인데 이제 와서 그에게 편지를 읽으라고 할 수는 없었다.
그녀는 방으로 내려와 편지를 없애버렸다.

에인절이 다시 테스를 봤을 때 그녀의 얼굴이 너무 창백해 걱정이
됐다. 그녀는 편지가 전달되지 않은 것을 고백하지 말라는 암시로 얼
른 받아들이고 싶었다. 하지만 양심의 소리는, 꼭 그런 것은 아니라
고, 아직 고백할 시간이 있다고 말했다. 하지만 결혼식 준비로 사람들
이 들락날락하면서 난리법석이 벌어졌다. 모두 옷을 차려입어야 했
고, 목장 주인 내외는 증인으로 서기 위해 그들과 함께 가기로 되어
있었다. 생각을 하거나 찬찬히 이야기한다는 것은 거의 불가능했다.
테스는 층계참에서 딱 일 분 클레어와 단둘만 있는 시간을 가졌다.

"꼭 할 이야기가 있어요. 제 결점과 실수를 다 고백해야겠어요!" 그
녀는 명랑함을 가장해 말했다.

"안 돼, 안 돼. 지금 결점 이야기를 할 수야 없지. 오늘만은 완벽하게 보여야지, 내 사랑." 그가 큰 소리로 말했다. "우리의 결점에 대해서 이야기할 시간이 앞으로 충분히 있을 거야. 내 결점도 함께 고백할 거야."

"하지만 제 생각에는 지금 하는 게 좋을 것 같은데. 그래야 나중에—"

"자, 우리 돈키호테 아가씨, 뭐든지 말해도 좋아. 지금 말고 숙소로 잡아놓은 곳에 가서 짐을 푼 다음에. 나도 그때 내 결점을 말하도록 하지. 하지만 그런 이야기로 오늘을 망칠 순 없어. 심심할 때 적당한 화제일걸."

"정말 듣고 싶지 않아요?"

"그럼, 테시, 정말이야."

옷을 차려입고 출발하느라 서둘러야 했기 때문에 이야기할 시간이 없었다. 곰곰이 생각해보니 그의 말이 위안이 되었다. 결정적으로 중요한 다음 두 시간 동안 그녀는 그에 대한 헌신의 파도에 압도되어 계속 앞으로 나아갔고, 더이상 조용히 생각할 겨를이 없었다. 그렇게 오래 저항했던 그녀의 한 가지 소망, 그의 사람이 되어 그를 자기만의 남자로 만들고 싶다는—그러고 난 다음 죽어야 한다면 죽겠다는—소망은 마침내 끊임없이 맴돌던 생각의 미로를 벗어날 수 있게 해주었다. 옷을 차려입는 동안 그녀는 구름에 붕 뜬 듯 여러 가지 빛깔의 희망에 휩싸여 있었는데, 앞으로 일어날지도 모를 모든 불길한 사태는 그 밝은 빛 때문에 보이지 않았다.

교회가 멀리 떨어져 있고, 더욱이 겨울이어서 마차를 타고 가야 했다. 그래서 길가의 여관에서 역마차로 여행하던 시절에 쓰던 지붕이 있는 마차를 임대했다. 튼튼한 바퀴살, 육중한 바퀴테, 크게 굽이진 바닥면, 큼직한 가죽 손잡이와 받침대, 성벽을 부수는 데 쓰는 망치 모양의 깃대가 붙어 있는 마차였다. 마부는 고색창연한 환갑의 노인 이었는데, 어려서부터 한데서 고된 일을 독주(毒酒)로 씻어내린 결과 류머티즘 통풍으로 고생하고 있었다. 역마차 마부라는 직업이 없어진 다음에도 그는 25년 동안 한결같이 옛날이 다시 돌아오기를 기다리듯 하릴없이 여관 앞을 서성거렸다. 고름이 계속 나는 오른쪽 다리 바깥 쪽 상처는 캐스터브리지 킹스암스 여관의 정규직 마부로 여러 해 일 하던 시절, 귀족들 마차의 끌채에 계속 타박을 입은 상처였다.

이 투박하고 삐걱거리는 마차 안에, 그리고 노쇠한 마부의 뒷자리 에 신랑과 신부, 크릭 부부 두 쌍이 자리 잡았다. 에인절은 형들 중 한 사람만이라도 신랑 들러리로 참석해주었으면 했다. 하지만 그렇게 은 근히 암시한 편지에 답장을 하지 않았으니 오고 싶지 않다는 뜻이었 다. 그들은 이 결혼에 반대했고, 결혼식에 참석함으로써 암묵적으로 승인할 생각이 없었다. 어쩌면 형들이 참석하지 않는 편이 나을지 몰 랐다. 염량세태를 따르는 젊은이들은 아니지만, 편견을 갖고 까다롭 게 따지는 입장에서―결혼도 마음에 들지 않는 판국에―목장 일꾼 들과 만나 말을 섞게 되는 상황을 불쾌하게 여겼으리라.

시간의 힘에 떠밀려 흘러가던 테스는 이런 일을 알지 못했다. 그녀 의 눈에는 아무것도 들어오지 않았고, 어느 길로 교회에 가고 있는지 도 알지 못했다. 에인절이 곁에 있음을 의식할 뿐 그 밖의 모든 것은 빛을 발하는 안개였다. 그녀는 시가 숨결을 불어넣은 천상의 존재였고, 두 사람이 산책할 때 클레어가 그녀에게 이야기해주던 그리스 로마 신화의 여신들 중 하나였다.

결혼허가증을 받아 하는 결혼이었기 때문에 교회에는 열두어 명밖에 없었다. 하객이 천 명이었다 하더라도 그녀는 아무런 차이를 느끼지 못했을 것이다. 그들은 현재의 세계에서 별처럼 먼 곳으로 떨어져 나갔다. 부부 간의 정절을 지키겠노라고 맹세하는 황홀하고 장중한 순간에는 성(性)에 대한 통상적인 생각조차 부박하게 느껴졌다. 예배 의식중 잠시 침묵이 흐를 때, 에인절과 함께 무릎을 꿇고 있던 테스는 무의식적으로 어깨를 그의 팔에 기댔다. 스쳐 지나가는 생각에 겁이 나서 반사적으로 그가 그곳에 정말 있음을 확인하고, 그의 사랑이 모든 것을 막아주리라는 믿음을 확고히 하기 위해서였다.

테스가 그를 사랑한다는 것을 클레어는 알고 있었다. 그녀의 몸 전체에서 그것이 드러났다. 그러나 그 당시에는 그녀의 헌신적인 사랑이 얼마나 깊고 얼마나 일편단심이며 순종적인지, 또 얼마나 오랜 고통과 정직과 인내와 성실을 보장하는지 알지 못했다.

그들이 교회 밖으로 나갔을 때 종지기가 받침대를 치우고 종을 울렸고, 수수한 세 가지 음조의 종소리가 울려퍼졌다. 교회 건물을 세운 이들은 이 작은 교구의 경사에는 그 정도로 충분하다고 생각했던 것 같다. 남편과 함께 대문 쪽을 향해 가다가 지붕이 둥근 종탑을 지나면서 그녀는 윙윙거리며 퍼져나가는 소리의 반향을 느낄 수 있었다. 그것은 그녀가 살아내고 있는 팽팽한 긴장 상태와 맞아떨어졌다.

사도 요한이 본 태양 안의 천사처럼 테스는 자신의 것이 아닌 광휘로 영광을 입었다는 생각을 했다. 이런 심리 상태는 교회 종소리가 잦아들고 결혼식의 흥분이 가라앉을 때까지 지속되었다. 그제야 세세한 것들이 눈에 들어왔다. 이륜마차를 보내라고 미리 지시해놓은 크릭씨 부부가 마차를 신혼부부에게 내주어서, 테스는 처음으로 마차의 만듦새와 모양새를 살펴볼 수 있었다. 그녀는 아무 말 없이 앉아 마차를 오래 응시했다.

"기분이 가라앉은 것 같아, 테스." 클레어가 말했다.

"네." 손으로 이마를 짚으며 그녀가 대답했다. "모든 게 불안해요. 너무 엄숙한 일이잖아요. 그런데 이 마차를 그전에 본 적이 있는 것 같아요. 아주 낯이 익어요. 정말 이상하네요. 꿈에서 봤나봐요."

"아, 더버빌가 마차의 전설을 들은 모양이군. 너희 집안이 이 고장에서 세도를 부릴 때 나돌던 미신인데, 이 덜컹거리는 고물을 보니 생각이 난 거야."

"들은 적 없어요. 무슨 전설인지 이야기해줄래요?"

"음, 지금은 자세한 이야기를 안 하는 게 좋을 것 같아. 16세기인가 17세기쯤 더버빌 집안의 누군가가 자기 집 소유의 마차 안에서 끔찍한 살인을 저질렀는데, 그 후로 그 집안사람들에게 낡은 마차가 보이거나 소리가 들리면…… 다른 날 이야기하자, 좀 음울한 이야기니까. 이 고색창연한 마차를 보니까 희미해진 기억이 되살아난 거야."

"그런 이야기는 들은 적이 없는데." 그녀가 낮은 목소리로 말했다. "에인절, 우리 집안사람들이 그걸 보면 죽을 때가 되었다는 건가요? 아니면 무슨 죄를 지었을 때 보인다는 건가요?"

"이제 그만, 테스!" 그는 키스로 테스의 입을 막았다.

집에 도착할 무렵 그녀는 양심의 가책으로 의기소침해 있었다. 이제 정말 에인절 클레어 부인이 되었는데 도덕적으로 그런 칭호를 받을 자격이 있을까? 실질적으로는 알렉산더 더버빌 부인이 아닌가? 강직한 사람이라면 죄로 여길 침묵을 사랑의 이름으로 정당화할 수 있을까? 이런 상황에 처한 여자가 어떻게 해야 하는지 그녀는 알지 못했고 의논할 상대도 없었다.

하지만 잠시 자기 방에 혼자 있게 되었을 때—오늘로 이 방도 마지막이었다—그녀는 무릎을 꿇고 기도를 했다. 그녀는 신에게 기도하려고 했으나, 사실 탄원의 대상은 남편이었다. 그를 우상으로 숭배하는 정도가 하도 심해서 그녀 자신조차 불길한 전조라는 생각이 들곤했다. "이 격렬한 기쁨은 격렬한 종말을 맞이하리라"라고 말한 로런스 수사의 표현*이 떠올랐다. 그런 사랑은 인간의 조건에 너무 처절하고, 너무 지독하고, 너무 거칠고, 너무 치명적인 것 같았다. "오, 내 사랑, 내 사랑. 난 왜 이렇게 당신을 사랑할까요!" 그녀는 그곳에서 혼자 중얼거렸다. "당신이 사랑하는 여자는 진짜 내가 아니라 내 모습을 하고 있는, 내가 될 수도 있었을 여자랍니다."

오후가 되어 떠날 시간이 됐다. 그들은 웰브리지 방앗간 근처에 있는 옛 농가를 숙소로 정하고 며칠간 머문다는 계획을 실행에 옮기기로 했는데, 그곳에 있는 동안 그는 제분 작업을 살펴볼 계획이었다. 두시가 되자 이제 떠나는 것 말고는 남은 일이 없었다. 목장 일꾼들은 모두 그들을 배웅하기 위해 붉은 벽돌로 된 현관에 서 있었고, 목장 주인 부부도 현관까지 배웅을 나왔다. 테스는 한방을 쓰던 세 친구가

---

*『로미오와 줄리엣』 2막 6장.

슬픈 표정으로 고개를 숙인 채 벽을 등지고 나란히 서 있는 모습을 보았다. 그들이 작별 인사를 하러 나타날까 궁금했는데, 그들은 끝까지 의연하고 참을성 있게 거기 서 있었다. 섬세한 레티가 왜 그렇게 기운이 없고, 이즈가 왜 그렇게 비극적으로 슬퍼 보이는지, 메리언이 왜 그렇게 무표정한지 그녀는 알았다. 그들의 슬픔을 생각하느라 테스는 끈질기게 따라붙는 슬픔의 그림자를 잠시 잊었다.

순간적인 충동에 그녀가 그에게 속삭였다. "저 가엾은 친구들에게 처음이자 마지막으로 키스해줄래요?"

클레어는 그런 작별 절차 — 그에게는 그 이상의 의미가 없으므로 — 에 반대할 까닭이 없었다. 그래서 그들을 지나치면서 서 있는 차례대로 키스하면서 "잘 있어요"라고 인사를 건넸다. 문간에 도달했을 때 테스는 여자다운 호기심에 자선으로 베푼 키스가 불러일으킨 효과를 가늠하려고 뒤를 돌아보았다. 승리의 표정을 띨 만도 했으나 그러지 않았다. 승리감이 있었다 하더라도 친구들의 마음이 크게 동요했음을 보고 사라졌으리라. 에인절의 키스는 그들이 애써 억누르고 있던 감정을 다시 일깨움으로써 해를 끼친 것이 분명했다.

이 모든 것을 클레어는 알지 못했다. 쪽문을 지나면서 그는 목장 주인 부부와 악수를 했고 그들의 배려에 마지막으로 감사를 표했다. 그러고 나서 걸음을 옮기기 전 잠시 침묵이 흘렀는데 수탉 우는 소리에 침묵이 깨졌다. 장밋빛 볏을 가진 하얀 수탉 한 마리가 그들한테서 몇 미터 떨어진 집 앞 울타리에 앉아 있었다. 꼬끼오 하는 소리가 그들의 귀를 때린 다음 바위 골짜기로 메아리쳐 사라졌다.

"어머나? 오후에 수탉이 우네?" 크릭 부인이 말했다.

마당 문을 열고 서 있던 두 남자 중 하나가 쪽문에 있는 사람들의 귀에 들릴 것이라는 생각을 못 하고 "안 좋은 징조여"라고 속삭였다.

수탉이 정면으로 클레어를 향해 다시 울었다.

"허 참!" 목장 주인이 말했다.

"저 소리 듣기 싫어요!" 테스가 남편에게 말했다. "마부한테 출발하라고 하세요. 안녕히 계세요! 안녕히 계세요!"

수탉이 다시 울었다.

"워이! 얼른 꺼져라 이놈. 아님 모가지를 비틀어버릴 테니께!" 닭을 쫓는 목장 주인의 목소리에 걱정이 배어 있었다. 그리고 집 안으로 들어가면서 아내에게 말했다. "허 참, 하필 오늘이냐고. 1년 내 오후에 우는 적이 한 번도 없었는디."

"날씨가 바뀌려고 그러는 거예요." 그의 아내가 받았다. "당신이 생각하는 그런 일은 아닐 거유. 그럴 리 없어요!"

34

신혼부부는 골짜기를 따라 평평한 길을 몇 마일 달려 웰브리지에 도착한 다음 왼쪽으로 방향을 틀어 엘리자베스 시대에 세운 장대한 다리를 건넜다. 마을 이름의 절반은 여기서 온 것이었다. 바로 뒤쪽에 하숙으로 정한 집이 있었는데, 그 외양은 프룸 골짜기를 지나는 관광객들에게 잘 알려져 있었다. 한때는 훌륭한 장원의 일부요 더버빌 가문 방계 소유의 영주 저택이었지만, 부분적으로 무너지고 난 다음 농장 주인의 주택이 되었다.

"선조의 저택에 온 것을 환영한다." 클레어가 마차에서 내릴 때 그녀의 손을 잡아주며 말했다. 그러나 그는 곧 그런 농담을 한 것을 후회했다. 조롱조로 들렸기 때문이다.

빌려 쓰기로 한 방은 두 개였지만, 집에 들어서자 그들이 유숙하는 동안 농장 주인은 신년 인사차 친구들을 만나러 떠났음을 알게 되었다. 동네 아낙네에게 시중을 들어주라고 부탁하고 말이다. 집을 독차지한다는 생각에 그들은 기분이 좋았고, 한 지붕 아래서 처음으로 두 사람만 같이 지내게 되었음을 실감했다.

하지만 곰팡내 나는 낡은 집 때문에 신부가 침울해진 것을 신랑이 눈치챘다. 마차가 돌아가자 그들은 아낙네의 안내를 받아 손을 씻으러 층계를 올라갔는데, 층계참에서 테스가 움찔하며 걸음을 멈추었다.

"왜 그래?" 그가 물었다.

"저 끔찍한 여자들 때문에요!" 그녀는 미소를 지으며 대답했다. "무서워죽겠어요."

고개를 들자 석조 건축물에 벽널로 끼워 넣은 실물 크기의 초상화 두 점이 보였다. 이 저택을 방문한 사람이라면 누구나 주목했을 만한 약 200년 전에 살던 중년 여인들의 초상이었는데, 한 번 보면 절대로 잊을 수 없는 얼굴들이었다. 하나는 길고 뾰족한 얼굴에 가늘게 찢어진 눈, 그리고 냉혹한 배신을 암시하는 억지웃음을 띠었고, 다른 하나는 매부리코에 큼직한 앞니, 그리고 뻔뻔한 눈매가 잔인하다고 할 정도로 거만스러워 보였다. 꿈자리를 사납게 할 얼굴들이었다.

"누구의 초상화인지 아는가?" 클레어가 시중드는 아낙네에게 물었다.

"노인들 말로는 옛날 영주였던 더버빌 댁 귀부인들이래요. 벽에 붙박이로 박혀 있어서 뗄 수도 없나봐요." 그녀가 대답했다.

그림 때문에 테스가 놀라기도 했지만, 기분 나쁜 것은 그녀의 잘생긴 이목구비가 과장된 형태로 그림 속의 여인들과 닮아 있다는 점이었다. 하지만 클레어는 논평을 삼갔고, 신혼을 보낼 집으로 하필 이런 집을 골랐을까 후회하면서 옆방으로 들어갔다. 그들을 맞이할 준비가 황급히 이뤄진 탓인지 손을 씻을 대야가 하나밖에 없었다. 클레어의 손이 물속에서 그녀의 손과 닿았다.

"어떤 게 내 손가락이고 어떤 게 네 손가락이지?" 그가 눈을 들어 물었다. "완전히 섞여버렸는걸."

"모두 당신 거예요." 그녀는 아주 애교 있게 말했고 애써 기분을 북돋우려고 했다. 생각에 잠긴 그녀의 모습에 그는 기분이 상하지 않았다. 분별이 있는 여자라면 그런 상황에서 누구나 기분이 가라앉으리라. 하지만 지나치게 시름에 잠겨 있었다고 생각한 테스는 기분을 북돋우려 애썼다.

한 해의 마지막 날 짧은 오후의 해가 저물면서 작은 틈새로 스며든 햇빛이 그녀의 치마에 긴 황금빛 줄무늬를 만들었는데, 물감이 묻어 생긴 얼룩처럼 보였다. 차를 마시러 고풍스러운 거실로 들어가서 처음으로 둘만의 식사를 했다. 그들은, 아니 클레어는 어린아이같이 그녀와 빵 접시를 같이 쓰고, 그녀의 입술에 묻은 빵 부스러기를 자기 입술로 닦아주는 것을 재미있어했다. 그는 그녀가 자기처럼 신이 나서 장난을 치지 않는 것이 조금 의아했다.

한참을 가만히 그녀를 바라보던 그는 어려운 구문의 구조를 마침내 파악한 사람처럼 혼잣말을 했다. "사랑스러운, 사랑스러운 테스. 이 조그마한 여자가 내가 잘되든 잘못되든 내 신의와 번영에 전적으로 그리고 돌이킬 수 없이 예속되어 있음을 엄숙하게 인식하고 있는가? 그렇지 않은 것 같다. 내가 여자가 아닌 한 완전히 알 수는 없을 것 같기도 하다. 나의 사회적 지위가 이 여자의 지위가 될 것이다. 내가 무엇이 되든 그녀도 따라야만 한다. 내가 될 수 없는 것은 이 여자도 될 수 없으리라. 그렇다면 내가 이 여자를 소홀히 하고, 상처를 주고, 소중히 생각하지 않는 일이 있을 수 있을까? 그런 죄를 범하지 않게 하소서!"

그들은 식탁에 앉아 짐이 도착하기를 기다렸지만 어둑어둑해지도록 소식이 없었다. 목장 주인이 날이 저물기 전에 짐을 보내주기로 해서 입고 있는 옷 빼고는 아무것도 들고 오지 않았는데 말이다. 온화한 겨울날이 해가 지자 달라졌다. 창밖에서 비단을 세게 문지르는 소리가 나더니 지난가을의 낙엽들이 성난 듯 다시 일어나 마지못해 휘몰아치다 덧창에 와서 부딪쳤다. 곧 비가 내리기 시작했다.

"수탉이 날씨가 바뀔 걸 알았나봐." 클레어가 말했다.

시중을 들던 여자는 밤이 되자 탁자 위에 양초를 몇 개 갖다놓고 집으로 돌아갔다. 촛불을 켜자 불꽃이 벽난로 쪽으로 너울거렸다.

"낡은 집들은 외풍이 세단 말이야." 에인절이 불꽃과 옆으로 흘러내리는 촛농을 바라보며 말했다. "우리 짐은 어디까지 온 거야? 솔이고 빗이고 아무것도 없는데."

"저도 모르겠어요." 테스가 건성으로 대답했다.

"테스, 넌 오늘 저녁 기분이 영 아닌가보다. 보통 때의 너와는 달라. 벽에 걸린 심술쟁이 노파들 때문에 마음이 불안해진 모양이야. 괜히 여기로 널 데리고 왔나보다. 진짜 날 사랑하는 거 맞아?"

그녀의 사랑을 알고 있기에 진지한 의도로 던진 질문은 아니었다. 하지만 감정적으로 과부하 상태인 테스는 상처 받은 동물처럼 움츠러들었다. 울지 않으려고 했지만 눈물이 한두 방울 흐르는 것은 어쩔 수 없었다.

"농담이야." 그가 미안해하며 말했다. "짐이 오지 않아서 걱정하는 건 알아. 조너선 영감은 왜 아직 안 오는 거야. 이런, 일곱시잖아……아, 왔나보다!"

문 두드리는 소리가 들렸고, 집에 둘밖에 없었으므로 클레어가 내려갔다. 그는 작은 꾸러미를 들고 방으로 돌아왔다.

"그런데 조너선 영감은 아니야." 그가 말했다.

"정말 속상하네요." 테스가 말했다.

소포는 에민스터 사제관에서 특별 배달인을 사서 보낸 것이었다. 배달인은 신혼부부가 탤버테이스 목장을 떠난 직후 그곳에 도착했고, 다른 사람에게 맡기지 말고 직접 전하라는 지시에 따라 여기까지 뒤쫓아 온 것이었다. 클레어는 불빛 가까이 소포 꾸러미를 가져갔다. 한 자가 채 안 되는 길이에 범포 천으로 싸서 꿰맨 다음 아버지 클레어 씨의 인장으로 봉인했고 그의 필체로 "에인절 클레어 부인 앞"이라고 쓰여 있었다.

"너한테 작은 결혼 선물을 보내셨나봐, 테스." 그는 그녀에게 꾸러미를 건네주며 말했다. "정말 생각이 깊은 분들이야."

그것을 받아든 테스는 어쩔 줄 몰라 했다. "당신이 풀어주는 게 좋겠어요." 이렇게 말하고 그녀는 꾸러미를 도로 에인절에게 건넸다. "이렇게 굉장한 봉인을 뜯고 싶지 않아요. 너무 엄숙한 일이잖아요. 당신이 대신 해줘요."

그가 꾸러미를 풀었다. 안에는 모로코가죽으로 만든 상자가 있었고 그 위에 편지와 열쇠가 놓여 있었다.

편지는 클레어에게 보낸 것이고, 내용은 다음과 같았다.

사랑하는 아들에게

너의 대모인 피트니 부인이―허영기가 있었지만 마음은 따뜻한 분이었지―임종하실 때 갖고 있던 보석 중 일부를 네 아내에게―네가 결혼하면 너와 네가 선택한 사람에 대한 애정의 표시로―전해달라고 맡긴 것을 넌 아마 잊어버렸지 싶다. 내가 맡은 책임을 이행하려고 그동안 다이아몬드 장신구들을 은행 금고에 보관해두었다. 상황에 다소 맞지 않는다는 생각이 들기는 한다만, 이것들을 평생 사용할 권리를 가진 네 부인에게 전하는 것이 내 의무이고, 보다시피 그래서 즉각 보낸다. 대모의 유언장에 의하면, 이것들은 대대로 물려줄 상속 동산이다. 이에 관한 유언장 조항의 정확한 문구를 동봉한다.

"이제 기억난다." 클레어가 말했다. "까맣게 잊고 있었어."

상자를 열자 그 속에는 다이아몬드 펜던트가 달린 목걸이, 팔찌, 귀걸이 세트가 들어 있었고, 그 밖에 소소한 장신구들도 있었다.

테스는 처음에는 만지기도 겁나하는 것 같았지만, 클레어가 다이아 몬드 세트를 펼쳐 보이는 순간 그녀의 눈은 다이아몬드만큼이나 반짝 거렸다. "이게 제 거예요?" 그녀가 믿어지지 않는 듯 물었다.

"그럼, 물론이야." 그가 말했다.

그는 벽난로 불을 들여다보았다. 기억이 났다. 그가 열다섯 살의 소년이었을 때 그의 대모인 교구의 대지주 부인은—그가 만난 유일한 부자였다—그의 성공을 확신하고 앞으로 크게 출세할 것이라 예언했다. 이렇게 빛나는 장래를 예측했기 때문에 그의 아내와, 후손들의 아내를 위해 이런 화려한 장신구를 마련해두는 일이 이상할 것 없다고 생각했다. 하지만 지금 보석들은 어쩐지 비웃는 듯 반짝거렸다. "그렇지만 왜?" 그는 자문했다. 전적으로 허영의 문제였다. 허영의 등식이 한쪽에 적용된다면 반대쪽에도 적용되어야 했다. 그의 아내는 더버빌이었다. 그녀보다 더 보석이 어울릴 사람이 어디 있겠는가?

갑자기 그는 열의를 보이며 말했다. "테스, 보석을 걸고 달아봐. 어서!" 그리고 거들기 위해 벽난로에서 등을 돌렸다.

하지만 마술이라도 부린 듯 그녀는 이미 목걸이며 귀걸이며 팔찌를 하고 있었다.

"그런데 그 옷과는 어울리지 않아, 테스." 클레어가 말했다. "그런 보석을 할 때는 목이 깊이 팬 옷을 입어야 해."

"그래요?"

"그럼." 그는 야회복과 비슷하게 보이도록 윗도리의 목 부분을 접어 넣으라고 조언했다. 그렇게 해서 목걸이의 디자인이 의도한 대로 다이아몬드 펜던트가 하얀 목 위에 홀로 빛을 발하게 되자 그는 한 걸음 물러서서 그녀를 바라보았다.

"세상에. 넌 정말 아름답구나!" 클레어가 말했다.

누구나 알다시피 옷이 날개인 법이다. 그저 약간 호감을 줄 정도라며 무심코 지나친 소박하게 차려입은 시골 처녀가 인공적인 도움을 받아 귀부인으로 차려입으면 놀라운 미인으로 화려하게 변신할 수 있다. 반면에 무도회의 밤에는 홀릴 정도로 미인이라 하더라도 밭일하는 여자의 겉옷을 입혀 흐린 날 따분한 무밭에 세워두면 볼품없기 십상이다. 클레어는 지금까지 테스의 몸매와 이목구비가 예술의 경지에 이르렀음을 알지 못했다.

"널 무도회에 데리고 갔으면!" 그가 말했다. "아니야, 아니야. 난 차양 달린 모자에 면 작업복을 입은 네 모습이 가장 사랑스러워. 그래, 이런 차림도 기품 있게 잘 소화하지만 말이야."

스스로 눈이 부실 정도의 모습에 테스는 흥분해서 얼굴이 상기되었지만 행복해서는 아니었다. "그만할래요." 그녀가 말했다. "조녀선 영감님이 볼까봐요. 저한테는 안 어울려요, 그렇죠? 팔아야 되겠죠?"

"좀더 하고 있어. 팔다니? 안 될 말이지. 그건 배신 행위야."

다시 생각해보고 그녀는 순순히 그의 말을 따랐다. 이야기할 게 있는데 이런 차림이 도움이 될지도 몰랐다. 그녀는 보석을 한 채로 앉아 있었고, 그들은 다시 조녀선 영감이 짐을 가지고 어디쯤 왔을까 추측하기 시작했다. 그가 오면 마시라고 따라놓은 맥주는 시간이 지나면서 김이 빠졌다.

잠시 후 그들은 벽 쪽으로 밀어놓은 테이블에 미리 차려져 있던 저녁 식사를 시작했다. 식사를 마치기 전에 거인이 굴뚝을 손으로 잠시 막은 듯 벽난로의 연기가 풀썩 일어나면서 방 안에 연기 다발이 퍼져 나갔다. 현관문이 열리면서 생긴 일이었다. 복도에서 무거운 발소리가 들려 에인절이 나가보았다.

"아무리 문을 두드려도 누가 나와야지요." 마침내 나타난 조너선 케일이 해명을 했다. "비도 내리고 혀서 문을 열고 들어왔구먼요. 짐은 여기 있고요."

"이렇게 반가울 수가…… 그런데 너무 늦었구려."

"그랬구면요." 낮과는 달리 조너선 케일의 어조에 어쩐지 그늘이 드리워 있었다. 그의 이마에는 세월의 주름살 말고도 걱정의 주름살이 파여 있었다. 그가 말을 이었다. "오후에 여기 아씨하고—이제 아씨라고 불러야겠지요—두 분이 떠나고 난 다음 목장에서 아주 큰일을 당할 뻔혔지 뭐여요. 오후에 수탉이 울던 걸 기억하시지요?"

"저런, 무슨—"

"그러니께 그걸 가지고 이러쿵저러쿵 말이 많았는디, 무슨 일이 벌어졌는고 하면 가엾은 레티 프리들이 강물에 몸을 던졌구먼요."

"설마! 정말이오? 다른 사람들과 다 함께 작별 인사를 했는데—"

"예, 그렸지요. 아까 말씀드린 대로 여기 아씨하고—그렇게 불러야 맞겠지요—두 분이 탄 마차가 떠나고 레티랑 메리언이 모자를 쓰고 나갔는디, 새해 전날이라 할 일도 별로 없고 모두 거나하게 취혀서 그러려니 했지요. 둘이서 루에버라드 술집까지 걸어가서 술을 마시고 드리암드 크로스 술집으로 갔다가 거기서 헤어졌나봐요. 레티는 집에 갈 것처럼 강가 목초지로 내려갔고, 메리언은 옆 마을 술집으로 갔고요. 수문지기가 집에 가는 길에 그레이트풀 저수지 근처에서 뭔가를 볼 때까지 레티를 본 사람이 없었는디, 그게 뭐고 하니 모자하고 숄을 뭉쳐놓은 거였어요. 수문지기가 다른 한 사람하고 레티를 물에서 건 져가지고 집으로 데려왔는디 처음에는 죽은 줄 알았지만 차츰 정신이 돌아왔지요."

에인절은 테스가 이 우울한 이야기를 귓결에 들을 수 있겠다는 생 각이 번쩍 들어 그녀가 있는 안쪽 거실로 통하는 곁방과 복도 사이의 문을 닫으러 갔다. 하지만 그의 아내는 수건을 두른 채 곁방으로 나와 짐 꾸러미와 그 위에서 반짝거리는 빗방울을 멍하니 바라보면서 노인 의 이야기를 듣고 있었다.

"게다가 메리언까지 — 맥주 한 잔이 주량인 애가 — 얼굴을 보면 아 시다시피 먹성은 좋지만 — 버드나무 숲에서 만취해 쓰러져 있더래요. 우리 목장 처녀들이 모두 정신이 어떻게 된 모양이에요!"

"이즈는요?" 테스가 물었다.

"이즈는 그냥 집에 있었는디 왜들 그랬는지 알 만하다고만 하더라 고요. 가엾게도 아주 침울해 보였어요. 당연하지요. 클레어 씨 가방하 고 아씨 잠옷이며 세면도구 같은 걸 짐마차에 싣는 새 일이 벌어져서 이렇게 늦고 말았구먼요."

"알았소, 영감. 짐을 위층으로 옮기고 맥주나 한잔하구려. 그리고 집에서 찾을지 모르니까 서둘러 돌아가도록 하고."

테스는 안쪽 거실로 돌아가 벽난로 앞에 앉아 불꽃을 바라보며 생 각에 잠겼다. 짐을 위층에 옮겨놓느라고 층계를 오르내리는 조녀선 케일의 무거운 발소리, 남편이 건네준 맥주와 행하(行下)를 받고 고 맙다고 인사하는 소리가 들렸다. 그러더니 조녀선의 발소리는 문간에서 사라졌고 짐마차가 삐걱거리며 떠났다.

에인절은 큼직한 참나무 빗장을 질러 문을 잠근 다음, 그녀가 앉아 있는 난롯가로 다가가 뒤에서 그녀의 뺨을 두 손으로 감쌌다. 그녀가 기분 좋게 일어나 고대하던 세면도구를 열어볼 줄 알았으나 일어나지도 않자 그도 난롯불 앞에 앉았다. 식탁 위의 촛불은 빛이 희미해 이글거리는 난롯불에 비할 바가 못 됐다.

"친구들의 슬픈 이야기를 듣게 만들어 미안해." 그가 말했다. "그렇다고 기분이 가라앉을 건 없어. 레티는 원래 좀 우울한 편이었잖아."

"우울할 이유가 조금도 없는데 말이지요." 테스가 말했다. "우울해야 할 이유가 있는 사람은 그걸 감추고 아닌 척하는데."

이 사건은 그녀의 마음을 고백하는 쪽으로 돌려놓고 말았다. 그녀의 친구들은 짝사랑의 불행에 빠진 소박하고 순진한 처녀들이었다. 그들은 운명의 여신에게서 더 나은 대접을 받을 자격이 있고, 자신은 그렇지 못한데도 선택을 받았다. 대가를 치르지 않고 전부를 가진다는 것은 나쁜 짓이다. 그녀는 마지막 한 푼까지 대가를 치를 것이다. 고백해야 한다. 지금 당장. 그에게 손을 잡힌 채 불 속을 들여다보며 그녀는 최종 결론을 내렸다.

불꽃이 사그라진 깜부기불이 꾸준히 빛을 발해 벽난로의 옆쪽과 뒤쪽, 반들거리는 철제 장식 받침, 그리고 이가 맞지 않는 낡은 놋쇠 부젓가락을 빨갛게 물들였다. 벽난로 선반 아래쪽과 벽난로 가까이 있는 식탁 다리도 붉은빛을 발했다. 테스의 얼굴과 목덜미도 마찬가지로 따스한 빛을 반사했고, 그 빛은 보석에 비치어 황소자리나 천랑성의 별자리를 만들었다. 흰색, 붉은색, 그리고 초록색으로 반짝이는 별

자리는 그녀의 맥박이 뛸 때마다 색조가 달라졌다.

"오늘 아침에 서로 과거의 잘못을 털어놓자고 얘기했던 거 생각나?" 미동도 하지 않는 그녀를 보고 클레어가 불쑥 말을 꺼냈다. "지나가는 말이었지만. 특히 넌 말이야. 그런데 난 그렇지 않았어. 너한테 고백할 게 있어, 내 사랑."

그가 뜻밖에 시의적절한 화제를 꺼내자 테스는 신의 섭리가 아닌가 하는 생각까지 들었다. "고백할 게 있다고요?" 그녀는 반가움과 안도감에 얼른 되받았다.

"내가 고백할 게 있을 줄은 몰랐지? 아, 넌 날 너무 높이 평가해. 자, 들어봐. 머리를 거기 기대고. 네가 용서해주기를 바랄 뿐이고, 또 미리 말하지 않았다고 화를 내지 않았으면 좋겠어. 사실 진작 고백했어야 하는데."

참으로 신기한 일이었다! 그는 그녀의 분신처럼 말했다. 그녀가 가만히 있자 클레어는 말을 이었다.

"내가 이야기를 하지 않았던 건 내 인생 최고의 선물인 널 놓칠까봐 겁이 났기 때문이야. 넌 나의 연구 장학금이야. 우리 형은 대학에서 연구 장학금을 받았지만 난 탤버테이스 목장에서 받은 셈이지. 아무튼 그런 위험을 감수하고 싶지 않았어. 한 달 전에, 네가 내 사람이 되기로 약속했을 때 말하려다 못 하고 말았어. 네가 놀라서 달아날 것 같았거든. 그래서 미루고 말았는데, 어제도 고백해야겠다고 생각했어. 적어도 네가 달아날 기회는 줘야 하니까. 하지만 그러지 못했어. 오늘 아침에 네가 층계참에서 과거의 잘못을 털어놓자는 이야기를 했을 때도 못 했지. 죄가 많은 몸이라 말이야. 그런데 그렇게 엄숙하게 앉아 있는 널 보니 고백해야겠어. 날 용서해줄지 모르겠다."

"오, 그럼요! 물론—"

"그래주기를 바라. 하지만 잠깐. 내가 무슨 이야기를 할지 모르잖아. 그럼 처음부터 시작해볼까. 우리 아버지는 불건전한 생각 때문에 내가 영생을 잃을까봐 노심초사하시는데, 사실은 너와 다르지 않게 나도 도덕적인 삶의 신봉자야. 사람들을 가르치는 사람이 되고 싶었던 적이 있었고, 그래서 성직자가 될 수 없다는 걸 알았을 때 크게 좌절했지. 난 오점 하나 없이 결백한 상태를 사모했고—내가 현재 그렇다고 할 수는 없지만—죄의 더러움을 혐오했어. 그건 지금도 마찬가지야. 완전영감설*에 대해서는 의견을 달리할 수 있지만, 바울이 이렇게 말한 것에는 모두 공감하잖아. '말에나 행실에나 사랑에나 믿음에나 순결에 있어서 신도들의 모범이 되시오'** 이것이 부족한 우리 인간들에게 유일한 안전장치야. 바울과 나란히 놓기는 좀 그렇지만 고대 로마의 한 시인***은 이를 '올바른 삶'으로 규정했지.

올바른 삶을 사는 사람은 인간적 약점에서 자유로우니
무어족의 창이나 활을 필요로 하지 않는다.

글쎄, 어떤 곳은 선의로 포장되어 있다****고 하던데, 이런 확신으

---

* 성경이 성령의 계시에 따라 기술되었기 때문에 절대 무류(無謬)의 진실로 받아들여야 한다는 주장.
** 「디모테오에게 보낸 첫째 편지」 4장 12절.
*** 호라티우스.
**** "지옥으로 가는 길은 선의로 포장되어 있다"는 속담을 염두에 둔 말.

로 다른 사람들을 인도하겠다는 훌륭한 목표를 가진 내가 유혹에 무너졌으니 얼마나 자책했는지 짐작이 될 거야."

그러고 나서 그는—이미 언급한—그의 인생의 한 시기에 대해 이야기했다. 파도 위에 떠 있는 코르크마개처럼 회의와 고통에 시달리며 런던에서 지내던 시절, 낯선 여자와 이틀 동안 방탕한 시간을 보냈다는 것이다.

"다행히 어리석은 짓이라는 걸 곧 깨달았어." 그가 말을 이었다. "그래서 그 여자와 더는 말을 섞지 않고 집으로 돌아왔지. 그러고 나서 다시는 그런 잘못을 저지르지 않았어. 하지만 너한테는 한 치의 거짓 없이 정정당당하고 싶었어. 그런데 이 이야기를 하지 않으면 그럴 수 없잖아. 날 용서해주겠니?"

테스는 대답을 대신해 그의 손을 꼭 잡았다.

"그러면 이건 영원히 잊어버리자! 오늘 같은 날 괴로운 이야기는 맞지 않아. 좀 가벼운 이야기를 하자."

"오, 에인절. 오히려 기쁜걸요. 이번엔 제 잘못을 당신이 용서해줄 수 있으니까요! 저는 아직 고백하지 않았어요. 저도 고백할 게 있거든요. 그렇게 말한 거 기억해요?"

"아, 물론이지! 그럼 시작해보시지요, 우리 작은 악녀."

"웃어넘길 일은 아니에요. 당신의 잘못만큼 심각하거나 더 심각할 수도 있어요."

"어떻게 그럴 수 있겠어, 내 사랑."

"그럴 리 없겠지요? 오, 그럴 리 없어요!" 그녀는 희망에 부풀어 기쁜 마음에 벌떡 일어나 소리쳤다. "그래요. 분명 더 심각하지 않을 거예요. 같은 이야기니까요! 이야기할게요."

그녀는 다시 자리에 앉았다.

그들은 여전히 손을 맞잡고 있었다. 벽난로 받침대의 재에 수직으로 불이 붙어 타는 듯 뜨거운 황야처럼 보였다. 상상력을 발동하면 최후의 심판 날의 무시무시한 불바다를 연상할 수도 있으리라. 벌건 석탄 불빛은 그의 얼굴과 손을 비추었고, 그녀의 이마 위 흐트러진 머리카락 속으로 스며들어 그 안의 고운 살결까지 불타오르게 만들었다. 그녀의 거대한 그림자가 벽과 천장에 비쳤다. 그녀가 몸을 굽히자 목걸이의 다이아몬드들이 두꺼비가 눈을 껌벅거리듯 불길한 빛을 발했다. 이마를 그의 관자놀이에 대고 눈을 내리깐 채 테스는 알렉 더버빌을 만난 경위와 그 결과를 나지막한 목소리로 담담히 이야기하기 시작했다.

제5단계

여자, 대가를 치르다

35

그녀의 이야기가 끝이 났다. 강조할 부분을 강조하고 부연 설명까지 마쳤다. 테스의 어조는 시작할 때와 같았다. 그녀는 어떤 식의 변명도 하지 않았고 울지도 않았다.

그러나 그녀가 과거를 고백하는 동안 주변 사물의 외양이 바뀌었다. 벽난로의 불빛은—그녀의 곤경은 안중에 없이—재미있어죽겠다는 듯 악동처럼 너울거렸다. 벽난로의 망 역시 아랑곳하지 않겠다는 듯 이를 드러내고 웃었다. 물병에서 반사된 빛은 오로지 빛깔의 구성에만 몰두했다. 주변의 모든 것은 무관심을 끔찍이도 반복해 선언했다. 하지만 클레어가 테스에게 키스하고 난 후 아무것도 변하지 않았다. 아니, 사물의 내용은 그대로였고 본질은 변했다.

그녀가 이야기를 마치자 귓가를 맴돌던 사랑의 속삭임은 뇌의 구석으로 떠밀려 극도로 우매한 반소경 상태에서 울려오는 소리로 메아리 쳤다.

클레어는 멍한 상태로 난롯불을 뒤적거렸다. 주어진 정보는 그의 머리에 아직 입력되지 않았다. 깜부기불을 뒤적거리던 그가 갑자기 몸을 일으켰다. 그녀가 털어놓은 이야기가 그제야 그를 강타한 것이다. 그의 얼굴에서 윤기가 사라졌다. 정신을 집중하려고 애를 쓰면서 그는 발작적으로 걸음을 떼었다. 아무리 애써도 생각을 차분히 가다듬을 수 없었다. 막연히 왔다갔다한 것은 그래서였다. 그가 입을 열었을 때, 보통 때 들어왔던 여러 가지 어조 중 가장 어색하고 무미건조한 목소리가 흘러나왔다.

"테스!"

"네, 여보."

"이걸 나보고 믿으라고? 네가 하는 양으로 보아 사실로 받아들여야 할 거 같은데. 혹시 정신이 어떻게 된 거 아냐? 그런 게 틀림없어! 하지만 정신이 나가진 않았어…… 나의 아내, 나의 테스. 제정신이 아니라고 볼 근거는 전혀 없는 거지?"

"제정신으로 말한 거예요."

"그렇지만—" 그는 멍하니 그녀를 바라보다 망연자실한 상태에서 말을 이었다. "왜 미리 말하지 않았어? 아, 맞아. 이야기하려고 했다고 할 수 있지. 내가 못 하게 막은 셈이지. 이제 알겠다!"

그는 이렇게 말하고 다른 말도 했지만, 마음 깊은 곳은 마비된 채로 입만 기계적으로 움직였다. 그는 등을 돌리고 의자 위로 몸을 숙였다. 테스는 방 한가운데로 따라가서 메마른 눈으로 그를 지켜보고 서 있었다. 이윽고 그녀는 미끄러지듯 그의 발아래 무릎을 꿇고 그 자세로 몸을 웅크렸다. "우리 사랑의 이름으로 용서해주세요." 그녀는 바싹 마른 입술로 속삭였다. "나도 같은 일을 용서했어요." 그가 대답하지 않자 그녀는 다시 말했다. "당신이 용서받은 것처럼 절 용서해줘요. 전 당신을 용서해요, 에인절."

"네가—그래, 용서했지."

"그럼 당신은 용서하지 않나요?"

"오, 테스. 이 경우엔 용서라는 말을 적용할 수 없어. 넌 이런 사람 이었다가 갑자기 다른 사람이 되었어. 맙소사, 어떻게 용서가 그런 가 증스럽고 교활한 속임수에 적용되겠어."

그는 말을 멈추고 자신이 내린 용서의 정의를 곰곰이 생각해보았 다. 그러다 갑자기 기분 나쁜 웃음을 터뜨렸다. 지옥에서 울리듯 몰인 정하고 소름 끼치는 웃음이었다.

"그러지 마요, 그만! 죽을 거 같아요, 그건!" 그녀가 비명을 질렀다. "절 가엾게 여길 수 없나요, 가엾게 생각해주세요!"

그는 대답하지 않았다. 그러자 백지장같이 창백한 얼굴로 그녀가 벌떡 일어섰다. "에인절, 에인절? 그 웃음의 의미가 뭔가요?" 테스는 소리쳤다. "알아요? 이게 도대체 나한테 뭘 의미하는지?"

그는 고개를 저었다.

"당신을 행복하게 해주길 바라고 원하고 기도해왔어요. 그게 얼마 나 큰 기쁨이며, 그렇게 하지 못한다면 아내로서 얼마나 부끄러운 일 일까! 제 마음이 그랬어요, 에인절."

"알고 있어."

"당신이 절, 있는 그대로의 절 사랑한다고 생각했어요! 당신이 사랑하는 사람이 저라면 어떻게 그런 표정을 짓고 그런 말을 할 수 있나요? 무서워요! 당신을 사랑하기 시작했기 때문에 전 영원히 당신을 사랑해요. 어떤 변화나 어떤 수모를 겪더라도 당신은 당신이니까요. 그 이상은 바라지 않아요. 그런데 제 남편인 당신이 어떻게 절 사랑하는 걸 그만둘 수 있나요?"

"다시 말하지만, 내가 사랑한 여자는 네가 아니야."

"그럼 누구예요?"

"당신의 모습을 한 다른 여자지."

그의 진술로 그녀가 우려했던 불길한 예감이 현실로 다가왔다. 그는 테스를 일종의 사기꾼으로, 순결을 가장한 간악한 여인으로 생각하는 것이었다. 그 사실을 깨닫는 순간 그녀의 창백한 얼굴에 공포가 엄습했다. 뺨은 탄력을 잃었고, 입은 조그마한 둥근 구멍에 불과한 듯했다. 그가 자신을 그렇게 본다는 끔찍한 생각에 온몸의 힘이 빠져나가 그녀는 휘청거렸다. 그녀가 쓰러질까봐 그가 앞으로 나섰다.

"앉아, 앉아." 그가 상냥하게 말했다. "몸이 안 좋은 모양이다. 그럴 만도 하지."

어디에 앉는지도 모른 채 그녀가 자리에 앉았다. 얼굴에는 여전히 뻣뻣하게 긴장된 표정이 나타났고, 그녀의 눈을 본 에인절은 등골이 오싹할 정도였다. "그럼 이제 전 당신의 사람이 아니군요. 그런가요, 에인절?" 그녀는 절망적으로 물었다. "저이는 내가 아니고 날 닮은 다른 여자를 사랑했다고 말하는구나." 그녀를 닮은 여자의 형상을 떠올리자 부당한 취급을 당하는 자신의 처지가 너무 불쌍해 눈에 눈물이 고였다. 그녀는 돌아앉아 자신을 동정하는 울음을 터뜨렸다.

클레어는 이런 변화에 안도감을 느꼈다. 현재의 사태가 그녀에게 끼친 영향을 목격해야 하는 고통이 고백 그 자체가 야기한 고통에 거의 근접했기 때문이다. 그는 그녀의 격한 설움이 소진되고 통곡이 흐느낌으로 잦아들 때까지 참을성 있게, 그리고 냉담하게 기다렸다.

"에인절." 공포에 사로잡혀 광기 어린 메마른 목소리 대신 불현듯 본래의 어조로 돌아온 테스가 말했다. "에인절, 당신과 함께 살기에 제가 너무 나쁜 여자인가요?"

"어떻게 해야 할지 아직 생각 못 해봤어."

"같이 살게 해달라고 하지는 않겠어요, 에인절. 그럴 권리가 없으니까요. 어머니와 동생들에게 결혼할 거라는 편지를 썼지만, 결혼했다는 편지는 쓰지 않겠어요. 그리고 이 집에 머무는 동안 만들려고 재단해놓은 반짇고리도 완성하지 않겠어요."

"그래?"

"네. 당신이 하라는 일이 아니면 아무것도 하지 않겠어요. 그리고 절 두고 떠난다 하더라도 따라가지 않겠어요. 앞으로 저한테 말 한마디 하지 않는다 하더라도 당신이 허락하지 않는 한 왜 그러냐고 묻지 않겠어요."

"내가 뭘 하라고 한다면?"

"비천한 노예처럼 순종하겠어요. 누운 자리에서 죽으라고 해도요."

"너 정말 착하구나. 하지만 현재의 자기희생과 과거의 자기보존 사이에 괴리가 있다는 생각이 든다."

적의가 실린 첫번째 발언이었다. 하지만 테스에게 슬쩍 비틀어 비꼬는 말을 던지는 것은 개나 고양이에게 말을 거는 일이나 매한가지였다. 그 미묘한 의도를 알아차리는 대신, 그녀는 그 말을 분노가 지배하는 적대적인 소리로 받아들였다. 그가 그녀에 대한 애정을 짓밟아 죽이려고 한다는 사실을 모른 채 그녀는 벙어리처럼 앉아 있었다. 그의 뺨 위로 눈물 한 방울이 천천히 흘러내린 것을 그녀는 알지 못했다. 워낙 큰 눈물방울이라 현미경의 대물렌즈처럼 땀구멍이 확대되어 보였다. 그러는 동안 그는 테스의 고백이 그의 삶과 세계에 몰고 온 끔찍하고 전면적인 변화를 다시 떠올렸고, 자신이 서 있는 새로운 상황에서 앞으로 나아가려고 필사적으로 노력했다. 뭔가 후속 조처가 필요했다. 하지만 뭘 해야 하나?

"테스." 그는 할 수 있는 한 부드럽게 말했다. "이 방에 ― 못 있겠어 ― 지금은. 나가서 좀 걸을게." 그는 조용히 방에서 나갔고, 저녁 식사를 하면서 마시려고 따라놓은 두 잔의 포도주는 그대로 남아 있었다. 한 잔은 그의 것이고, 다른 한 잔은 그녀의 것이었다. '사랑의 만찬'이 이런 결말에 다다른 것이다. 두세 시간 전에는 장난스러운 애정의 표시로 차를 하나의 잔으로 나눠 마셨는데 말이다.

그는 가만히 문을 열고 나가 가만히 문을 닫았지만, 그 소리에 테스는 망연자실한 상태에서 깨어났다. 그가 가버렸는데 그대로 남아 있을 수 없었다. 서둘러 망토를 걸친 그녀는 다시는 돌아오지 않을 양으로 촛불을 다 끈 다음 문을 열고 그의 뒤를 따랐다. 비는 그쳤고 밤하늘은 맑게 개었다.

클레어가 지향 없이 천천히 걸어갔기에 그녀는 곧 그를 따라잡았다. 연한 회색 옷을 걸친 그녀와 대비를 이뤄 그는 어둡고 불길하고 무섭게 보였다. 잠시나마 자랑스럽게 여겼던 보석의 촉감이 빈정거리는 것 같았다. 클레어는 발소리를 듣고 고개를 돌렸지만, 그녀가 옆에 있음을 인식하는 것이 아무런 차이를 만들지 않는다는 듯 집 앞에 있는 거대한 다리의 입 벌린 아치를 다섯 개나 건너갔다.

길바닥에 파인 소와 말의 발자국들에는 물이 고여 있었다. 비가 물웅덩이를 만들 만큼 내리기는 했으나 발자국을 쓸어버릴 만큼 많이 내리지는 않았다. 그녀가 지나갈 때 이 작은 물웅덩이 위로 별빛도 재빨리 지나갔다. 그곳에 반사된 별빛을 보지 못했더라면 머리 위로 별들이 반짝이고 있음을 몰랐으리라. 거대한 우주가 그렇게 하잘것없는 곳에서 반사되고 있었다.

그들이 오늘 도착한 곳은 탤버테이스 목장과 같은 골짜기에 있었지만 몇 마일 하류 쪽이었다. 주변이 평지라 테스는 그를 놓치지 않고 쉽게 따라갈 수 있었다. 집에서 멀어지면서 길은 목초지 사이로 꾸불꾸불 뻗어 있었고, 이 길을 따라 클레어를 따라잡거나 관심을 끌겠다는 생각 없이 묵묵히, 마음을 비운 상태로 그저 헌신의 마음으로 뒤따랐다.

맥없이 걷던 그녀가 결국 그와 나란히 걷게 되었지만 그는 아무 말도 하지 않았다. 진심이 우롱당했음을 깨닫고 난 다음에는 무자비해질 수 있는 법이고, 지금 클레어의 마음에는 무자비함이 승했다. 바깥 공기를 쐬더니 충동적인 성향은 완전히 없어진 것 같았다. 테스는 그가 후광이 없어진—그대로 노출된 상태의 자신을 바라보고 있음을, 시간의 신이 그녀를 향해 풍자적인 성가를 부르고 있음을 알 수 있었다.

보라, 네 맨 얼굴이 드러날 때 널 사랑했던 그가 널 증오하리라.

네 운이 다했을 때 네 얼굴은 더이상 아름답지 않으리라.

네 생명은 낙엽처럼 떨어지고 빗방울처럼 내릴 터이니

네 머리를 가린 베일은 슬픔이고 왕관은 고통이 되리라.*

그는 여전히 열심히 생각하고 있었고, 이제 그녀가 옆에 있다는 사실은 생각의 흐름을 끊어놓거나 돌리기에 충분한 힘을 발휘하지 못했다. 그녀의 존재감은 이제 그에게 아무 힘도 발휘할 수 없었다! 그래도 클레어를 향해 말하지 않을 수 없었다.

"제가 무슨 잘못을 저질렀다고, 제가 저지른 잘못이 무엇인가요? 제 과거가 당신을 사랑하는 마음과 상충되거나 제 사랑을 거짓으로 입증하지 않아요. 제가 계획적으로 그랬다고 생각하는 건 아니죠? 에인절, 당신이 화를 내는 대상은 당신 마음속에 있어요. 저 때문이 아니에요. 제 안에 있지 않아요. 전 당신이 생각하는 속임수나 쓰는 그런 여자가 아니에요!"

"흠, 그래. 속임수를 쓰지는 않았다고 해두지, 나의 아내여. 하지만 이전과 같을 수는 없어. 아냐. 같은 사람일 수 없어. 하지만 내가 널 비난하게 만들지는 말아줘. 그렇게 하지 않겠다고 맹세했고, 그러지 않으려고 최선을 다할 테니까."

그러나 그녀는 미친 듯이 계속 애원했고, 하지 않았으면 좋았을 말까지 하고 말았다. "에인절, 에인절. 전 어린애였어요. 그 일을 당했

---

* 「칼리돈의 아탈란타」에서 인용.

을 때 전 어린애였어요! 남자가 뭔지 알지도 못했어요."

"네가 죄를 지었다기보다는 죄지음을 당한 거지.* 그건 인정한다."

"그렇다면 용서해주지 않겠어요?"

"물론 용서하지. 하지만 용서가 전부는 아니야."

"절 사랑해줄 건가요?"

이 질문에 그는 답하지 않았다.

"에인절. 우리 어머니는 이런 일이 간혹 있다고 했어요. 저보다 더 심한 경우도 몇 건 아는데 결혼한 남자가 대수롭지 않게 생각했고, 그냥 넘어갔다고 했어요. 그 여자들이 제가 당신을 사랑한 만큼 사랑한 것도 아닌데도요!"

"그만해, 테스. 따지려고 하지 마. 사는 곳마다 풍습이 다른 법. 그런 말을 하면 '난 사회관습이 어떻게 돌아가는지 들은 적도 없는 무지한 농투성이예요' 하고 광고하는 격이야. 넌 네가 무슨 말을 하는지도 몰라."

"사회적 신분은 그렇지만 타고난 본성은 그렇지 않아요."

분노가 치밀어 한 말이었지만 분노는 곧 사라졌다.

"타고난 본성 때문에 그만큼 더 나쁜 거야. 너희 집안의 가계도를 밝혀낸 그 신부가 입을 다물었다면 좋았을 뻔했어. 가문의 몰락을 너의 의지박약과 결부시키지 않을 수 없으니 말이야. 노쇠한 가문은 나약한 의지와 부도덕한 행실을 수반하지. 맙소사. 왜 더버빌 가문이라는 이야기를 꺼내 널 더 경멸할 구실을 마련해줬는지 모르겠다! 널 새

---

*『리어왕』 3막 2장.

로 돋아난 자연의 산물로 생각했는데, 알고 보니 퇴락한 귀족 가문이 뒤늦게 싹을 틔운 거였어!"

"퇴락한 귀족 가문으로 치면 우리 집안보다 더한 집안도 많아요. 레티네는 대지주였고, 목장 일꾼인 빌렛네도 그렇대요. 지금은 짐마차 운송을 하는 데비하우스네는 드베이유 가문의 후손이라고 들었어요. 저 같은 사람 많아요. 이 지방의 특성이 그런데 왜 내 탓을 해요?"

"이 지방을 위해서 불행한 일이지."

테스는 이런 비난들을 구체적으로 따져보지 않고 그냥 통째로 받아들였다. 지금까지와 달리 그는 그녀를 사랑하지 않는다. 그 밖의 것에 그녀는 관심이 없었다.

그들은 다시 말없이 걸었다. 훗날 이런 이야기가 떠돌았다. 웰브리지에 사는 농장 일꾼 하나가 의사의 왕진을 청하러 나갔다가 목초지에서 장례식 행렬처럼 아주 천천히, 대화도 나누지 않고 걷고 있는 두 연인을 만났다고. 그들의 얼굴을 흘깃 본 인상으로는 수심에 가득 차 보였다고. 돌아오는 길에 같은 장소에서 그들을 다시 지나쳤는데, 시간의 경과나 음산한 밤 날씨에 아랑곳하지 않고 이전과 마찬가지로 천천히 걸어가고 있었다고. 자기 문제에 정신이 팔린 데다 우환중이라 농부는 그 이상스러운 일을 염두에 두지 않았지만, 한참 지나고 난 다음 그 일이 생각났던 것이다.

농부가 왔다갔다하는 사이 테스가 에인절에게 말했다. "내가 어떻게 해도 당신에게 평생 고통의 원인이 될 수밖에 없다는 생각이 들어요. 저 아래 강에 가서 목숨을 끊을게요. 난 두렵지 않아요."

"내가 저지른 어리석은 행동에 살인까지 더하고 싶지는 않아." 그가 말했다.

"뭔가를 남겨놓을게요. 저 스스로 부끄러운 마음에 그랬다고요. 그럼 사람들이 당신을 탓하지 않을 거예요."

"그런 바보 같은 소리 집어치워. 듣고 싶지 않아. 비극보다는 비웃음이 더 어울리는 상황에서 그런 생각을 하다니, 제정신이야? 넌 이 불운의 성격을 전혀 이해하지 못하고 있어. 세상 사람들이 알면 십중팔구 우스갯거리로 만들걸. 제발 집으로 돌아가 잠자리에 들면 고맙겠다."

"그럴게요." 그녀가 순종적으로 답했다.

그들이 정처 없이 걸어다닌 곳은 방앗간 뒤에 위치한 유명한 시토회* 수도원의 폐허로 가는 길 근처였다. 방앗간은 수백 년 전에 수도원의 부속건물이었다. 식량은 언제나 필요하니 방앗간은 여전히 돌아가고 있었지만, 교리는 덧없는 것이라 수도원은 사라지고 없었다. 우리는 종종 일시적인 것을 위한 일이 영원한 것을 위한 일보다 오래 지속되는 광경을 보게 된다. 같은 곳을 맴돌았기 때문에 그들은 집에서 멀리 떨어져 있지 않았다. 그의 지시를 따르기 위해 그녀는 강을 가로지르는 큰 돌다리로 가서 몇 미터만 길을 따라가면 되었다. 돌아왔을 때 모든 것이 집을 나섰을 때와 같았다. 난롯불도 여전히 타고 있었다. 그녀는 아래층에서 지체하지 않고 곧 짐을 갖다놓은 방으로 올라갔다. 그리고 침대 끝에 걸터앉아 멍하니 주변을 둘러보다가 옷을 벗기 시작했다. 침대 머리 쪽으로 촛불을 옮기자 불빛이 닫집의 돋을무

---

* 11세기 말 프랑스에서 창설된 수도회.

늬 무명 커튼을 비췄다. 그 아래 뭐가 걸려 있는 것 같아서 촛불을 들어 살펴보았다. 겨우살이 가지였다. 에인절이 걸어놓았음을 그녀는 즉각 알아차렸다. 싸서 운반하는 데 애를 먹인 미지의 물건이 이것이었구나. 그는 그 안에 무엇이 들었는지 말해주지 않았고, 때가 되면 그 목적을 알 수 있을 것이라고 말했다.[*] 지금은 겨우살이가 얼마나 미련스럽고 부적절해 보이는지!

그의 마음이 누그러질 가능성이 전혀 없었기 때문에 두려워할 것도 기대할 것도 없이 그녀는 멍하니 누워 있었다. 비탄이 끝나면 잠이 호시탐탐 기회를 노린다. 행복한 기분이면 잠을 이루지 못하지만, 이런 기분은 잠을 반기게 마련이라 몇 분 지나지 않아 외로운 테스는 어쩌면 한때 조상의 신방이었을 침실의 향기로운 정적에 둘러싸여 자신의 존재를 잊었다.

한참 후에 클레어도 집으로 발걸음을 옮겼다. 가만히 거실로 들어간 그는 촛불을 켠 다음 어떻게 할지 미리 생각한 사람처럼 거실의 낡은 마미단(馬尾緞) 소파에 담요를 펼쳐 대충 잠자리를 만들었다. 눕기 전에 그는 신발을 벗은 채 2층으로 살금살금 올라가 그녀의 방문 앞에서 귀를 기울였다. 고른 숨소리로 미루어 그녀가 깊이 잠들었음을 알 수 있었다.

"다행이군!" 클레어가 중얼거렸다. 하지만 그녀가 인생의 짐을 그의 어깨에 옮겨놓고 근심걱정 없이 쉬고 있다는 생각에 — 전적으로 사실은 아니지만 대체로 사실이었다 — 쓰라린 마음의 고통을 느꼈다.

---

[*] 크리스마스 풍습의 하나로 겨우살이 가지를 걸어놓은 곳에서 만난 남녀는 키스해야 함.

그는 층계를 내려가려고 돌아서다 망설이면서 그녀의 방문 쪽으로 고개를 돌렸다. 그러다가 테스의 침실 입구 바로 위에 걸려 있는 더버빌가 귀부인의 초상 하나가 눈에 들어왔다. 불빛에서 보니 그림은 기분 나쁜 정도가 아니었다. 그녀의 얼굴에는 음흉한 음모, 남자들에 대한 복수의 집념이 도사리고 있었다. 적어도 그 순간 그에게는 그렇게 보였다. 캐럴라인 시대의 꼭 끼는 웃옷은 목이 깊게 파여서, 목걸이가 잘 보이도록 그가 윗단을 접어 넣어준 그녀의 옷과 똑같았다. 다시 한번 닮은 점에 주목한 그는 괴로운 기분에 빠져들었다.

　그것은 테스에게 가고 싶은 마음을 억누르기에 충분했다. 그는 고개를 다시 돌려 계단을 내려갔다.

　그의 태도는 침착하고 냉정했고, 꼭 다문 작은 입은 자제력을 드러냈다. 그녀의 고백을 들은 다음 자리 잡은 무서우리만큼 메마른 표정도 여전했다. 열정의 노예 상태에서 해방되었지만 아무런 이익을 얻지 못한 사내의 얼굴이었다. 그는 인간 경험의 괴로운 우연을, 세상사의 예측불허를 응시할 따름이었다. 그가 테스를 연모하는 동안, 한 시간 전까지, 그녀보다 청순하고 예쁘고 순결한 것은 이 세상에 있을 것 같지 않았다. 그러나

　조금 덜하다고 세상이 이렇게 달라진단 말인가!*

　순수하고 싱싱한 그녀의 얼굴에는 속마음이 드러나지 않는다고 마

---

* 로버트 브라우닝의 「난롯가에서」 39연.

음속으로 주장을 펼쳤을 때 그의 생각은 틀렸다. 하지만 이를 바로잡아줄 변호인이 테스에게는 없었다. 그는 이렇게 자문했다. 입으로 말하는 것과 전혀 괴리가 없어 보이는 그녀의 눈이 겉으로 보이는 세계와는 대조적이고 모순적인 다른 세계를 바라보았던 것일까?

그는 거실의 소파에 누워 불을 껐다. 밤이 깊어갔고, 무신경하고 무관심하게 자리를 잡았다. 밤은 그의 행복을 삼키고 무심히 소화시키고 있었다. 그리고 조금의 동요도 없이, 표정 하나 변하지 않고 수많은 다른 사람들의 행복을 집어삼킬 기세였다.

36

범죄에 연루된 듯 슬그머니 찾아온 회색의 새벽빛에 일어난 클레어는 깜부기불마저 꺼진 벽난로와 마주했다. 차려놓은 저녁상에 입도 대지 않은 두 잔의 포도주는 김이 빠져 탁해졌다. 그녀의 빈 의자와 그의 의자, 그리고 다른 가구들은 어쩔 수 없다는 표정으로 "어떻게 하면 좋을까"라는 애타는 질문을 던졌다. 위층에서는 아무 소리도 들리지 않았지만 몇 분 후 현관문 두드리는 소리가 들렸다. 그들이 머무는 동안 파출부 일을 해주기로 한 이웃집 농장 아낙네일 거라는 생각이 들었다.

지금으로서는 집 안에 제삼자가 들어오면 몹시 거북할 것 같았다. 이미 옷을 차려입은 그는 창문을 열고 오늘 아침에는 둘이서 어떻게 해보겠으니 손에 들고 있는 우유통은 문 앞에 두고 가라고 했다. 여자가 사라지자 그는 집 뒤로 가서 땔감을 갖다가 얼른 불을 피웠다. 식품 창고에 달걀과 버터, 빵 등이 잔뜩 있어서 클레어는 곧 아침상을 차렸다. 목장에서의 경험 덕분에 그 정도의 집안일은 쉽게 할 수 있었다. 불을 붙인 땔감의 연기가 굴뚝으로 솟아올라 연꽃이 달린 기둥 모양을 만들어냈다. 지나가던 동네 사람들이 그것을 보고 신혼부부의 행복을 부러워했다.

에인절은 마지막으로 한 번 둘러본 다음 계단 밑으로 가서 감정을 배제한 목소리로 소리쳤다. "아침 식사 준비되었어!"

그는 현관문을 열고 아침 공기 속으로 몇 걸음 나아갔다. 잠시 후 돌아왔을 때 그녀는 거실로 내려와 차려놓은 아침상을 기계적으로 손보고 있었다. 이삼 분밖에 경과하지 않은 것으로 보아 내려오라고 불렀을 때 이미 옷을 다 차려입었거나 옷을 입고 있었던 듯했다. 그녀는 머리카락을 꼬아 크고 둥글게 틀어 올렸고 목에 흰 주름장식이 달린 연하늘색 모직 드레스를 입었다. 새로 장만한 옷 중의 하나였다. 불을 때지 않은 침실에서 오랫동안 앉아 있어서인지 손과 얼굴은 차가워 보였다. 클레어가 뚜렷이 정중한 어조로 불렀기 때문에 잠시나마 한 가닥 희망이 솟아났지만, 그를 바라보자 곧 사그라졌다.

사실 두 사람은 이전에 타오르던 불꽃의 잿더미에 불과했다. 전날 밤의 뜨거운 슬픔이 낙담으로 대체되었다. 이 세상의 무엇도 그들을 열렬한 흥분 상태로 빠뜨릴 수 없을 것만 같았다.

그는 온화하게 말을 걸었고, 그녀도 그녀답게 조용조용 대답했다. 마침내 그녀가 그에게 다가가 자신의 얼굴도 눈에 띄게 상했음을 의식하지 못하는 사람처럼 그의 수척해진 얼굴을 들여다보았다.

"에인절?" 그녀는 그렇게 부르고 한때 자신의 연인이었던 남자가 육체의 형태로 그곳에 있음을 믿지 못하겠다는 듯 손가락으로 그를 살짝 건드렸다. 그녀의 눈은 반짝거렸다. 여전히 통통하지만 창백한 그녀의 뺨에는 말라붙은 눈물자국이 남아 있었다. 평상시에는 무르익은 붉은색의 입술까지 뺨의 창백함을 방불케 할 정도로 색이 바랬다. 아직은 심장이 힘차게 뛰고 있지만, 정신적인 타격으로 생명의 박동이 흐트러져 조금만 더 타격을 받으면 정말 병이 나서 그녀 특유의 눈이 빛을 잃고 입술도 파리해질 것 같았다.

그녀는 정말 순수해 보였다. 자연의 여신은 변덕스러운 장난을 부려 테스의 얼굴에 더할 나위 없는 순결의 도장을 찍어놓았기 때문에 그는 얼빠진 듯 그녀를 바라보았다.

"테스, 사실이 아니라고 말해! 그래, 사실이 아니야!"

"사실이에요."

"전부 다?"

"전부 다요."

그는 애원하듯 그녀를 바라보았다. 그녀가 번복만 해준다면, 거짓말임을 알면서, 어떤 궤변을 동원해서라도 기꺼이 타당하게 부정할 작정인 것처럼 보였다. 하지만 그녀는 같은 말을 반복할 따름이었다.

"사실이에요."

"살아 있나?" 에인절이 물었다.

"아기는 죽었어요."

"그렇다면 그 남자는?"

"살아 있어요."

클레어의 얼굴에 마지막으로 절망의 빛이 스쳐갔다. "영국에 있어?"

"네."

그는 막연하게 몇 걸음 옮겼다. "내 입장은 이래." 그가 불쑥 말했다. "나는 — 어느 남자라도 그렇게 생각하겠지만 — 사회적 지위나 재산, 세상사에 정통한 아내를 얻겠다는 욕심을 버린다면, 분홍빛 뺨의 순수한 시골 처녀를 취할 수 있으리라고 생각했어. 하지만 난 널 비난할 자격이 없어. 그럴 생각도 없고."

그의 입장에 전적으로 공감하는 테스에게 하지 않아도 될 말이었다. 바로 그것 때문에 마음이 아팠다. 그녀는 그가 이것도 저것도 잃었음을 깨달았다.

"에인절, 당신에게 빠져나갈 마지막 방법이 있다는 걸 몰랐다면 결혼까지 하지는 않았을 거예요. 물론 당신이 그러지 않기를 바랐지만 —" 테스의 목이 쉬었다.

"마지막 방법이라니?"

"절 버리라는 뜻이에요. 당신은 날 버릴 수 있어요."

"어떻게?"

"이혼하는 거죠."

"나 참, 어쩜 이렇게 단순한지! 내가 어떻게 이혼을 해!"

"제가 이야기를 했는데도 할 수 없어요? 과거를 고백한 것이 이혼 사유가 된다고 생각했는데."

"아 테스, 넌 너무나, 너무나 어린아이 같아 — 미숙하고 경험이 없어! 넌 도대체 뭐 하는 사람이냐. 넌 법을 알지도 못하잖아, 알지도 못

하잖아!"

"뭐라고요, 못한다고요?"

"못하고말고."

그 말을 들은 테스의 얼굴에 고통과 뒤섞인 수치심이 퍼져나갔다. "전, 제 생각에는ㅡ" 그녀가 낮은 목소리로 말했다. "오, 이제 제가 얼마나 나쁜 여자로 보이는지 알겠어요. 믿어주세요, 믿어주세요. 제 목숨을 걸고, 이혼할 수 없으리라고는 생각 못 했어요! 그러지 않기를 바라긴 했지만, 당신이 마음만 먹으면, 그리고 절 조금, 조금도 사랑 하지 않는다면 버릴 수 있다고 추호도 의심하지 않았어요."

"잘못 안 거야." 그가 말했다.

"오, 그렇다면 어젯밤에 했어야 하는데, 했어야 하는데! 하지만 용기가 없었어요. 전 그 정도밖에 안 돼요!"

"무슨 용기 말이야?"

그녀가 대답하지 않자 그가 그녀의 손을 잡았다. "무슨 짓을 하려 고 한 거야?" 그가 물었다.

"목숨을 끊으려고요."

"언제?"

그의 심문하는 듯한 태도에 그녀는 어쩔 줄 몰라 했다. "어젯밤에 요." 그녀가 대답했다.

"어디서?"

"당신이 걸어놓은 겨우살이 아래서."

"맙소사! 어떻게?" 그가 다그쳤다.

"이야기할게요, 화내지 않는다면!" 그녀는 움츠러들면서 말했다.

"상자를 묶었던 끈으로 하려고 했어요. 그렇지만 못 했어요, 끝까지 갈 수 없었어요! 추문으로 당신의 이름을 더럽힐까봐 겁이 났어요."

자발적으로 털어놓지 않고 억지로 끌어낸 예기치 못한 고백에 그는 충격을 받았다. 그렇지만 그는 아직도 그녀의 손을 잡고 있었고, 그녀를 바라보다가 눈길을 돌리며 이렇게 말했다. "자, 내 말 잘 들어. 그런 끔찍한 일은 생각조차 하지 마! 어떻게 그런 생각을! 날 남편으로 생각한다면 그런 짓은 절대로 하지 않겠다고 약속해."

"약속하겠어요. 얼마나 악한 일인지 알았어요."

"악하다마다! 말로 다 할 수 없이 너답지 않은 짓이야."

"하지만 에인절." 눈을 크게 뜨고 무심한 듯 평온하게 그를 바라보며 그녀가 항변했다. "순전히 당신을 생각해서 그런 거예요. 당신이 이혼을 청구해야 한다고 생각했으니까, 그런 불명예를 겪게 하지 않고 당신을 자유롭게 해주려고요. 저 자신을 위해서는 그럴 생각도 하지 않았어요. 자진은 제게 과분해요. 제가 망쳐놓은 남편의 손에 죽어야 마땅하지요. 그럴 수 있다면 ─ 달리 제게서 놓여날 방법이 없다고 하니 ─ 당신이 그렇게 할 수만 있다면 당신을 더 사랑할 수 있을 거 같아요. 제가 아무 쓸모없는 존재라는 생각이 들어요. 아주 큰 장애물이고요!"

"쉿!"

"당신이 그러면 안 된다고 하니 안 그럴게요. 당신의 뜻을 거스를 마음은 조금도 없어요."

그녀의 말을 액면 그대로 받아들여도 될 것 같았다. 어젯밤 절망적인 자포자기에 빠진 이후 기력이 고갈된 그녀가 더이상 경솔한 짓을 저지를 염려는 없었다.

테스는 다시 아침 식사를 준비하느라 바삐 움직였고, 그럭저럭 시늉은 했다. 둘 다 식탁의 같은 쪽에 앉아서 시선이 마주치지는 않았다. 처음에는 서로 먹고 마시는 소리를 듣는 것이 어색했으나 어쩔 수 없었다. 게다가 둘 다 식사를 조금밖에 하지 않았다. 아침 식사를 마치고 일어선 그는 점심 식사를 언제 할지 알려주고 방앗간으로 갔다. 그가 이곳에 온 유일한 실용적인 이유인, 방앗간 일을 배운다는 원래의 계획을 기계적으로 이행하기 위해서였다.

그가 나가자 테스는 창가에 서서, 잠시 후 방앗간 구내를 향해 커다란 돌다리를 건너가는 그의 모습을 지켜봤다. 다리 뒤쪽으로 내려간 그는 철길을 건너서 사라졌다. 그러고 나서 그녀는 이내 방 안을 둘러본 다음 상을 치우고 정돈하기 시작했다.

바로 파출부가 나타났다. 처음에는 그녀의 존재가 신경 쓰였는데 곧 고통이 경감되었다. 열두시 반이 되자 그녀는 파출부를 부엌에 남겨두고 거실로 돌아와 에인절의 모습이 다리 너머에서 다시 나타나기를 기다렸다.

한시쯤 그가 모습을 보였다. 몇백 미터 밖에 서 있는데도 그녀의 얼굴은 달아올랐다. 그녀는 부엌으로 달려가 그가 도착할 때까지 식사 준비를 했다. 그 전날 두 사람이 함께 손을 씻었던 방으로 먼저 간 그가 거실로 들어서는 순간 접시 덮개가 열렸다.

"시간을 딱 맞췄네." 그가 말했다.

"네, 다리를 건너오는 걸 봤어요." 그녀가 대답했다.

수도원 방앗간에서 아침에 한 일이며, 밀가루를 체질하는 방식, 구식 기계 등에 대해 판에 박힌 이야기를 하면서 식사 시간이 지나갔다. 이제 무너져 폐허가 되어버린 인접한 수도원 건물에서 수도사들을 위해 밀가루를 빻던 시절부터 계속 사용되어온 듯한 기계들도 있는데, 현대적으로 개량된 기술을 익히는 데 도움이 될 것 같지 않다고도 말했다. 한 시간쯤 있다가 그는 다시 집을 나서 해질녘에 돌아왔고, 저녁 내내 서류들을 뒤척거리며 시간을 보냈다. 그녀는 방해가 될까봐 파출부가 돌아가고 난 다음 부엌으로 가서 한 시간 넘게 분주하게 일했다.

클레어의 형상이 문 앞에 나타났다. "그렇게 일해서는 안 돼." 그가 말했다. "넌 내 아내지 하녀가 아니야."

애써 밝은 표정을 지으며 테스는 그를 바라보았다. "당신의 아내라고 생각해도 되나요? 정말요?" 그녀는 측은하게 농담하듯 중얼거렸다. "명목상으로 그렇다는 거죠! 맞아요, 저도 그 이상은 바라지 않으니까요."

"생각해도 되느냐고, 테스? 사실이 그런데 그게 무슨 말이야?"

"모르겠어요." 그녀는 울먹임이 섞인 목소리로 얼른 답했다. "제 생각에는, 제가 본데없이 자라서, 제 말은…… 그전에 우리는 신분이 다르다고 말했지요. 그래서 결혼할 수 없다고 한 거예요. 그런데, 그런데 당신이 자꾸 하자고 하는 바람에!" 그녀는 흐느끼면서 등을 돌렸다.

에인절 클레어가 아닌 다른 남자라면 그런 모습을 보고 마음을 돌렸을 것이다. 그의 성격은 부드럽고 온화한 편이었지만, 마음 깊은 곳 부드러운 흙 밑에 금속의 광맥처럼 단단한 논리의 광상(鑛床)이 숨어 있어서 뚫고 지나가려고 하는 모든 것을 퉁겨냈다. 그것이 교회를 받아들이는 것을 가로막았고, 그것이 테스를 받아들이는 것을 가로막았다. 게다가 그의 애정은 불이라기보다는 빛에 가까웠고, 여자관계에서도 믿음이 사라지면 흥미를 잃었다. 이 점에 있어서 머리로 경멸하면서 몸으로 탐닉하는, 지적이라기보다는 감각적인 무리들과 대조를 이루었다. 그는 그녀의 흐느낌이 잦아들 때까지 기다렸다.

"우리 나라 여자들의 절반만이라도 너처럼 양갓집 규수 같으면 좋겠다." 여성 일반에 대한 적개심을 내비치며 그가 말했다. "이건 사회적 지위의 문제가 아니라 원칙의 문제야."

그는 이런 이야기를 했고 이와 비슷한 종류의 이야기를 했다. 고지식한 사람이 일단 겉모습에 속았다는 사실을 깨달으면 고집스레 역심을 품듯, 반감의 파도 위에서 요동쳤던 것이다. 그 파도 밑에 연민의 역류가 흐르고 있는 것도 사실이었다. 따라서 세상사에 능통한 여자라면 그것을 이용해 그의 마음을 돌려놓을 수도 있었으리라. 하지만 테스는 그럴 생각조차 하지 않았다. 이 모든 것을 응분의 벌로 받아들였고 따라서 말없이 처분만 기다렸다. 정말이지 그녀의 견고한 헌신은 애처로웠다. 원래 발끈하는 성미가 있었지만, 그녀는 어떤 말을 들어도 얼굴을 찌푸리지 않았다. 그녀는 자기의 사욕을 품지 않았고, 성을 내지 않았고, 그가 자신을 홀대해도 앙심을 품지 않았다. 초기 기독교 시대의 사랑이 자기본위의 현대 사회로 돌아왔다고 해도 될 정도였다.

이날 저녁과 밤 그리고 다음 날 아침은 이전과 똑같이 지나갔다. 테스가 예전의 스스럼없는 모습으로 자발적인 애정 표현을 한 것은 한 번, 딱 한 번뿐이었다. 식사를 마치고 그가 세번째로 방앗간을 향하던 때였다. 그가 식탁에서 일어나서 다녀오겠다고 말하자 그녀도 다녀오라고 인사하면서 그를 향해 입술을 내밀었다. 그는 이런 초대에 응하지 않았고 서둘러 얼굴을 돌리며 이렇게 말했다. "시간에 맞춰 돌아올 거야."

테스는 한 대 얻어맞은 것처럼 움츠러들었다. 안 된다고 하는데도 몇 번이고 그 입술에 입을 맞추려고 하지 않았던가. 그녀의 입술과 숨결에서 늘 먹는 버터, 달걀, 우유와 꿀의 맛이 난다고 하면서 자기도 거기서 영양분을 얻는다는 둥 실없는 소리를 유쾌하게 속삭이곤 하지 않았던가. 하지만 그는 그 입술을 더는 원하지 않았다. 소스라치듯 움찔하는 테스를 보고 그가 부드럽게 말했다. "앞으로 어떻게 할지 결정해야 하는 거 알지…… 곧바로 별거하면 널 갖고 이러쿵저러쿵 말이 많을 테니 얼마 동안은 같이 지내야 해. 하지만 형식상의 부부일 뿐이라는 점을 기억해줘."

"네." 대답을 하고 테스가 멍하니 앉아 있는 동안 그가 나갔다. 방앗간으로 가다가 걸음을 멈춘 그는 일순간 말이라도 다정하게 하고 한 번쯤은 키스해줄걸 하는 생각을 했다.

그렇게 그들은 절망의 하루 그리고 또 하루를 보냈다. 한집에 살기는 했지만, 사실 연인 사이일 때보다 더 멀리 떨어져 있었다. 테스에게 말한 대로 향후 거취를 생각하느라 그가 활동 불능 상태에 빠졌음을 테스는 알 수 있었다. 겉으로는 그렇게 부드러워 보이는데 속에 그런 단호함이 있음을 발견하고 그녀는 두려움에 사로잡혔다. 그의 일관성은 정말이지 너무 잔인했다. 그녀는 이제 용서를 바라지 않았다.

그가 방앗간에 간 사이 떠나버릴까 하는 생각도 여러 번 했다. 하지만 그것이 도움이 되기는커녕 세상 사람들의 입방아에 올라 창피를 당하고 그의 앞길을 가로막는 일이 될까봐 겁이 났다.

한편 클레어는 깊은 생각에 잠겼다. 그는 생각을 멈출 수가 없었다. 그는 생각하느라 병이 나고, 생각하느라 몸이 축나고 말라 죽을 지경이었다. 그러면서 한때 그의 가슴을 설레게 했던 부드러운 가정에의 애착을 마음에서 축출해버렸다. 그는 걸어다니면서도 혼잣말을 했다. "어떻게 해야 하나, 어떻게 해야 하나!" 우연히 그의 혼잣말을 듣고 그때까지 그들의 장래에 대해 침묵했던 테스가 말을 꺼냈다.

"저랑 같이 오래오래 살지는 않을 거죠, 그렇죠, 에인절?" 그녀가 물었다. 입술 양쪽 끝이 쏙 들어간 것으로 보아 감정을 배제한 담담한 표정이 전적으로 물리적인 노력임을 알 수 있었다.

"그러면 나 자신을 경멸하게 될 거야. 더 나쁜 건 널 경멸하게 될지도 모른다는 거지. 내 말은 물론 통상적인 의미로 너와 같이 살 수 없다는 거야. 지금의 내 감정이 어떻든 널 경멸하지는 않아. 다 털어놓고 이야기하는 게 좋겠다. 아니면 내가 직면한 어려움을 모두 이해하지 못할 테니까. 그 남자가 살아 있는데 어떻게 우리가 부부로 함께 살 수 있겠어? 내가 아니라 그 남자가 네 진짜 남편인걸. 죽었다면 이야기가 달라지지만…… 게다가 그게 문제의 전부가 아니야. 우리의 미래 말고 다른 사람들의 미래도 염두에 두어야 해. 세월이 지나 아이들이 생겼는데 엄마의 과거를 알게 된다고 생각해봐. 세상에 비밀은 없거든. 아무리 외딴곳이라 해도 오가는 사람이 있게 마련이야. 가엾은 우리의 혈육이 조롱의 눈길을 받을 테고, 나이가 들면서 점점 이런 눈길의 의미를 의식하지 않겠어? 얼마나 심한 환멸을 느낄까! 기막힌 앞날이 펼쳐지겠지! 이런 가능성을 고려한다면 진심으로 나한테 같이 있어달라고 말하지는 못할 거야. 다른 재난으로 달려가느니 현재의 재난을 참는 것이 낫지 않을까?"

고통의 무게에 그녀의 눈까풀은 계속 내려앉았다. "같이 있어달라고 말할 수 없지요." 그녀가 대답했다. "그럴 수 없어요. 그렇게 멀리 내다보지도 못했고요."

테스의 여자다운 소망은—사실대로 고백하자면—끈질긴 회복력을 보여 에인절과 부부로 사는 은밀한 상상을 마음속에 되살려냈다. 같은 집에서 오래 지내다보면 이성적인 판단에 역행하여 그의 냉정함이 녹아내릴 것이라고 기대했다. 통상적인 의미에서 순진하다고 할 수 있었지만 그렇다고 테스가 모자란 것은 아니었다. 한 지붕 아래서 지내는 일이 얼마나 큰 위력을 발휘할 수 있는지 본능적으로 알지 못했다면 성숙한 여자로서 결함이 있다고 할 수밖에 없으리라. 테스는 그래도 안 되면 도리가 없다고 생각했다. 술수의 성격을 띤 방법에 희망을 걸어서는 안 돼 하고 혼잣말로 되뇌었지만 그런 희망의 불씨마저 꺼뜨릴 수는 없었다. 그의 최후 진술이 끝난 지금, 그녀가 말한 대로 완전히 새로운 미래가 보였다. 그녀는 정말이지 그렇게 멀리 내다보지 못했다. 자식들이 태어나서 그녀를 경멸하리라는 그의 생생한 묘사는 사람에 대한 배려가 핵을 이루는 진실한 마음에 지독한 양심의 가책을 가했다. 선한 삶을 영위하는 것보다 어떤 삶도 영위하지 않는 것이 더 나은 경우가 있음을 순전히 경험을 통해 체득한 그녀 아니던가. 고통을 당하면서 선견지명을 갖게 된 모든 사람들처럼 그녀는,

쉴리프뤼돔*이 말했듯, "세상에 태어날지어다"라는 절대 엄명에서 형벌의 선고를 들었다. 특별히 이런 명령이 그녀의 잠재적 자손에게 내려진다면 더욱더 그랬다.

하지만 자연의 여신이 어찌나 여우처럼 은밀한지, 지금까지 클레어를 향한 사랑에 눈이 멀어 있었던 테스는 그 사랑으로 생명을 잉태해 자신이 애통해한 불운을 물려줄 수 있음을 간과했다.

그러므로 그녀는 그의 주장에 반론을 제기할 수 없었다. 하지만 지나치게 예민한 사람들이 자신과 논쟁을 벌이는 경향을 드러내는 것처럼 에인절도 스스로 반론을 제기했다. 그는 테스 자신이 유리하게 활용할 수도 있었을 그녀의 빼어난 육체적 매력에 설득을 당할까봐 두려웠다. 게다가 그녀가 이렇게 덧붙일 수도 있었다. "오스트레일리아의 고원이나 텍사스의 평원에서 누가 내 불행을 알아 관심을 가질 것이며, 당신과 날 비난하겠어요?" 하지만 대다수의 여자들처럼 그녀는 그 순간의 상황 서술을 불가피한 운명으로 받아들였다. 그리고 그녀의 생각이 맞을지도 모른다. 여인의 직관은 자신의 괴로움뿐 아니라 남편의 괴로움까지 아는 법이다. 낯선 사람들이 그와 그의 자식들에게 그와 같은 가상의 비난을 가하지 않는다 하더라도 까다로운 그의 두뇌가 비난이 들리도록 만들었을 테니 말이다.

둘의 관계가 소원해지고 사흘째 되는 날이었다. 클레어에게 조금 더 동물적인 데가 있었다면 더 훌륭한 남자가 되었으리라는 묘한 역설을 감히 제기할 사람이 있을지 모르겠다. 그렇게까지 말하지는 않

---

* 1901년 노벨 문학상을 받은 프랑스의 시인.

겠다. 다만 클레어의 사랑이 지나칠 정도로 정신적이고, 비현실적일 정도로 공상적임은 의심의 여지가 없었다. 이런 성향의 사람들은 눈에 보이는 것보다는 보이지 않는 것에 더 매력을 느끼곤 한다. 대상이 부재할 때 현실의 결함을 입맛에 맞게 지워버린 이상적 존재를 만들어낼 수 있기 때문이다. 테스는 자신의 존재감이 기대한 만큼 강력히 자신을 변호하고 나서지 못함을 깨달았다. 그의 비유적인 표현이 정확했다. 그녀는 그의 욕망을 불러일으킨 그 여자가 아니라 다른 여자였다.

"당신이 한 말을 곰곰이 생각해봤는데요." 그녀는 집게손가락으로 식탁보 위에 그림을 그리며 말했다. 두 사람을 조롱하는 결혼반지를 낀 다른 손으로는 이마를 괴고 있었다. "모두 지당한 말이에요. 그렇게 해야 해요. 여기를 떠나도록 해요."

"그럼 넌 어쩌려고?"

"집으로 가면 돼요."

클레어는 그 가능성을 생각하지 못했다. "정말이야?" 그가 물었다.

"그럼요. 우린 헤어져야 해요. 이왕 그럴 거면 빨리 해치워버리는 게 좋겠어요. 제가 남자들의 판단을 흐려 마음을 빼앗을 수 있는 여자라고 말한 적이 있지요. 제가 눈앞에서 왔다갔다하면 당신의 생각이나 소망에 반하는 행동을 하게 만들 수 있잖아요. 그러고 나면 당신의 후회나 제 슬픔이 훨씬 심해질 거예요."

"집으로 가고 싶은 거야?"

"당신 곁을 떠나고 싶어요. 집으로 갈게요."

"그럼 그렇게 하자."

고개를 들어 그를 바라보지 않았지만 그녀는 흠칫했다. 제안과 서약 사이에는 차이가 있었다. 유감스럽게도 그녀는 그 차이를 금세 느꼈다.

"이렇게 될까봐 두려웠어요." 그녀는 온순하지만 굳은 표정으로 중얼거렸다. "원망하는 거 아니에요, 에인절. 그, 그렇게 하는 것이 최선이라고 생각해요. 당신의 말을 듣고 확신을 갖게 됐어요. 그래요. 아무도 제 과거를 비난하지 않는다 하더라도, 우리가 같이 살다보면, 제 과거를 아는 당신이, 언젠가, 세월이 지나고 난 다음, 사소한 일로 제게 화가 나서 그 일을 입 밖에 낼지도 모르고, 그래서 제 아이들이 알게 될 수도 있지요. 오, 지금은 마음이 아플 따름이지만 그렇게 되면 죽고 싶을 만큼 고통스러울 거예요. 떠날래요. 내일 당장."

"그럼 나도 여기 더 머물지 않을 테야. 나도 당분간은 헤어져 있는 게 맞다고 생각했어. 먼저 이야기를 꺼내고 싶지는 않았지만. 주어진 상황을 더 잘 파악할 수 있게 되면 내가 편지할게."

테스는 남편을 흘깃 훔쳐보았다. 그는 창백했고 떨기까지 했지만, 테스는 자신이 결혼한 이 온순한 남자의 마음속 깊은 곳에서 드러나는 결의에—거친 감정을 미묘한 감정에, 물질을 정신에, 육체를 영혼에 굴복시키는 의지에 다시 한 번 가슴이 섬뜩했다. 그가 이상에 몰두할 때 성벽과 경향, 습관은 거센 바람에 날리는 죽은 잎사귀에 불과했다.

그녀의 표정을 보았는지 그가 설명했다. "난 누구랑 같이 있을 때보다는 떨어져 있을 때 더 관대한 편이지." 그리고 냉소적으로 덧붙였다. "누가 알아? 수많은 사람들이 그래왔듯이 지쳐 떨어져서 언젠가 함께 둥지를 틀게 될지!"

그날 그는 짐을 싸기 시작했고, 그녀도 2층으로 가서 짐을 싸기 시작했다. 두 사람 다 마음속으로 그다음 날 작별이 영원한 작별일 수 있다고 생각했다. 두 사람 다 확고하게 영영 이별이라는 식으로 헤어지는 것을 견디지 못하는 사람들이기 때문에 재결합의 가능성으로 고통을 경감할 따름이었다. 각자 상대방을 사로잡았던 매력은—테스의 경우 외모에 반한 것은 아니었다—헤어지고 처음 얼마간은 이전보다 더 강한 힘을 발휘할지 모르지만 시간이 지나면 약화될 것임을 그도 그녀도 알고 있었다. 거리를 두고 냉정하게 바라보면 그녀와 같은 지붕 아래 사는 일이 불가하다는 현실 인식이 더 확고해지리라. 게다가 일단 헤어져서 공동의 주소와 공동의 환경에서 벗어나면 새싹이 서서히 움터 각자의 빈자리를 채울 것이다. 예상치 못한 우연이 의도를 무산시키면서 옛날 계획은 잊히게 마련이다.

37

자정이 소리 없이 다가와 조용히 지나갔다. 프룸 골짜기에는 자정을 알리는 것이 없었기 때문이다.

한시가 조금 지났을 때, 한때 더버빌가의 저택이었던 어두운 농가에서 조그맣게 삐걱거리는 소리가 들렸다. 2층에 있는 방에서 잠이 든 테스는 그 소리를 듣고 깼다. 여느 때와 마찬가지로 못이 헐거워진 계단의 모퉁이에서 나는 소리였다. 침실 문이 열리고 이상하게 조심스러운 발걸음으로 달빛의 흐름을 거슬러 오는 남편의 모습이 보였다. 셔츠와 바지만 입은 그를 처음 봤을 때 테스의 마음에 솟구친 기쁨은 허공을 향해 부자연스럽게 고정된 눈을 본 순간 사라졌다. 방 한가운데서 멈춰 선 그는 형언할 수 없이 슬픈 어조로 이렇게 중얼거렸다. "죽었어. 죽었어. 죽었어!"

뭔가 정신적으로 마음이 산란할 때 클레어는 가끔 몽유 증세를 보이고 특이한 행동을 하기도 했다. 결혼하기 직전 읍내에 갔다 돌아오던 날 밤 자기 방에서 테스를 모욕한 사내와 격투를 재현한 것이 단적인 예이다. 정신적 고통이 오래 지속되면서 남편이 몽유 상태에 빠졌음을 테스는 직감했다.

깨어 있건 잠이 들었건 그를 마음속 깊이 신뢰하는 테스로서는 조금도 신변의 위협을 느끼지 않았다. 그가 손에 권총을 들고 방으로 돌아왔다 해도 그녀를 지켜줄 것이라는 믿음은 흔들리지 않았으리라.

클레어는 가까이 다가와 그녀 위로 몸을 숙이며 중얼거렸다. "죽었어. 죽었어. 죽었어!"

말로 표현할 수 없는 고뇌를 담은 눈길로 그는 얼마 동안 그녀를 뚫어지게 응시했다. 그러더니 몸을 숙여 그녀를 두 팔로 안고 홑이불을 수의 삼아 감싸고는 시신에 경의를 표하듯 정중하게 침대에서 안아 올렸다. 방을 나서면서 그는 이렇게 중얼거렸다. "내 가엾은 테스, 내 사랑하는 아내 테스! 그토록 사랑스럽고 착하고 진실한 테스!"

깨어 있을 때는 그렇게 엄격하게 억제하던 애정 표현들이 버림받고 굶주린 그녀의 마음에 이루 말할 수 없이 감미로운 위로가 되었다. 자신의 고단한 삶을 마감하는 한이 있더라도 현재의 상황에서 벗어나기 위해 움직이거나 버둥거릴 생각은 추호도 없었다. 그래서 그녀는 숨을 죽인 채 꼼짝도 않고 가만히 있었다. 그가 자기를 어쩌려고 그러는지 궁금했지만 그가 그녀를 안고 내려가게 놓아두었다. "내 아내─죽었어, 죽었어!" 그가 말했다.

층계참에서 그는 그녀를 난간에 기대놓고 잠시 멈춰 섰다. 그녀를 밑으로 내던지려는 걸까? 자신의 안위에 대한 걱정은 안중에 없었다. 그는 내일 떠날 계획이고, 영원히 헤어질 수도 있었기에, 이렇게 위태로운 상태로나마 그의 팔에 안겨 있자 두렵기는커녕 호사를 누리는 기분이었다. 두 사람이 같이 떨어질 수 있다면, 그래서 둘 다 산산조각이 날 수 있다면 얼마나 좋을까, 얼마나 기쁠까.

하지만 그는 그녀를 내던지지 않았고, 난간을 받침대 삼아 그녀의 입술에, 낮에는 경멸했던 그 입술에 키스했다. 그러고는 다시 그녀를 추슬러 안고 계단을 내려갔다. 헐거워진 계단의 삐걱거리는 소리에도 깨지 않고 그는 아래층으로 무사히 내려갔다. 그녀를 안았던 두 손 중 하나를 빼서 빗장을 열더니 밖으로 나갔다. 양말만 신은 그의 발끝이 문의 모서리에 살짝 부딪혔지만 그는 개의치 않았고, 문밖으로 나와서 운신할 여유가 생기자 힘이 덜 들게끔 그녀를 어깨에 짊어졌다. 그녀가 옷을 차려입은 상태가 아니라 그만큼 쉬웠다. 그렇게 농장 마당을 빠져나온 그는 몇 미터 떨어진 강으로 향했다.

그의 궁극적 의도가─과연 그런 것이 있다면─무엇인지 그녀로서는 가늠할 수 없었고, 제삼자로 사태의 추이를 지켜보는 느낌이었다. 너무나 편안하게 자신의 전 존재를 그에게 내어놓았기 때문에 마음대로 할 수 있는 절대적 소유물로 여겨준다는 사실이 고마울 따름이었다. 내일이면 헤어져야 한다는 두려움에 떨다가 그가 그녀를 내

치는 대신 자신의 아내 테스로 인정한다고 생각하자—그 과정에서
그가 그녀를 해칠 권리를 갖게 된다 하더라도—위로가 되었다.

아, 이제 그가 무슨 꿈을 꾸는지 알 것 같았다. 그녀와 목장의 다른
처녀 일꾼들을 안아 강을 건네주던 그 일요일 아침으로 돌아간 것이
다. 그 친구들도 거의 그녀만큼 그를 사랑했다(하지만 그녀만큼 그를
사랑할 수는 없고, 그럴 수 있다고도 테스는 인정하지 않았다). 테스
를 어깨에 둘러멘 그는 다리를 건너는 대신 근처의 방앗간 쪽으로 몇
걸음 옮기다가 드디어 강가에 조용히 멈춰 섰다.

목초지를 몇 마일이고 천천히 흘러 내려오는 동안 강물은 여러 지
점에서 갈라져 의미 없는 곡선을 그리며 꾸불꾸불 흘렀고, 이름 없는
작은 섬들을 에둘러 다시 만나 거대한 본류와 합쳐졌다. 그가 그녀를
안아 온 곳의 건너편은 여러 물줄기가 합류하는 지점으로 이에 걸맞
게 수량도 많고 수심도 깊었다. 그곳에 놓인 좁은 인도교는 가을 홍수
에 난간이 떨어져나가서 나무판자로 된 바닥만 남아 있었다. 빠른 물
살이 겨우 10여 센티미터 아래 흐르고 있어서 침착한 사람이라도 건
너가려면 현기증이 날 지경이었다. 청년들이 묘기라도 부리듯 균형을
잡으며 다리를 건너는 모습을 테스는 낮에 창밖으로 본 적이 있었다.
그녀의 남편도 그런 광경을 보았을 것이다. 어쨌든 그는 한쪽 발을 판
자에 올려놓더니 다리를 건너가기 시작했다.

물에 빠뜨릴 작정일까? 그럴지도 모른다. 외진 곳이었고, 강물이
깊고 강폭이 넓어서 그런 목적을 달성하기에 알맞았다. 마음만 먹으
면 그는 그녀를 강물에 빠뜨릴 수 있을 것이다. 내일 작별하고 남남이
되느니 그게 나을 것 같았다.

빠른 물살이 그들의 발아래서 흘러가며 물 위에 비친 달그림자를 들까불고 일그러뜨리고 흩뜨리면서 소용돌이쳤다. 물거품이 점점이 떠내려가고 말뚝에 걸린 잡초가 너울거렸다. 서로 꼭 껴안은 두 사람이 지금 물속으로 떨어진다면 목숨을 부지할 수 없을 것이다. 그들은 거의 고통 없이 세상을 떠날 것이며, 누구도 그녀를 비난하거나, 그녀와 결혼했다고 그를 비난하지 않을 것이다. 그녀와 함께 보낸 마지막 반 시간은 애정이 깃든 것이 되리라. 반면에 그가 정신을 차릴 때까지 살아 있다면, 낮의 거부감이 되살아나 이 시간도 덧없는 꿈으로 남으리라.

몸을 움직여 함께 물속으로 떨어지고 싶은 충동이 일었지만, 그녀는 감히 자신의 바람대로 하지 못했다. 테스가 자기 목숨을 끊을 용의가 있음은 이미 입증된 바다. 하지만 그의 목숨을 그녀 마음대로 할 수는 없었다. 그는 그녀를 안고 무사히 건너편에 닿았다.

그들은 수도원 구내였던 수목원 안으로 들어갔다. 그는 그녀를 다시 고쳐 메고 몇 걸음 더 나아가 폐허가 된 수도원 교회의 성가대 자리에 이르렀다. 북쪽 벽에 수도원장의 텅 빈 석관이 놓여 있었는데, 기괴한 유머 감각을 가진 관광객들은 들어가 누워보기도 했다. 여기에 클레어는 테스를 조심스럽게 눕혔다. 그리고 그녀의 입술에 두번째 키스를 한 다음 몹시 하고 싶던 일을 끝마친 양 긴 숨을 내쉬었다. 그러고 나서 그 옆의 땅바닥에 누웠고 기진맥진한 나머지 죽은 듯 깊은 잠에 빠져들었다. 그런 초인적 힘을 발휘할 수 있게 한 정신적 흥분이 잦아든 것이었다.

테스는 관에서 일어나 앉았다. 한겨울인 점을 감안하면 밤 날씨는 건조하고 포근한 편이었지만, 얇은 옷차림으로 여기 오래 있는 것이 위험할 만큼은 추웠다. 에인절을 그대로 놔둔다면 아침까지 잠을 깨지 않을 테고, 그러면 저체온증으로 죽을 것이 분명했다. 그녀는 몽유병 환자들이 돌아다니다 그렇게 죽었다는 이야기를 들은 적이 있었다. 하지만 그녀와 관련해 어리석은 행동을 했음을 알면 굴욕감을 느낄 텐데, 어떻게 그를 깨워서 당신이 이리저리 했다고 말하겠는가? 그래도 테스는 석관에서 일어나 나왔다. 그를 살짝 흔들어보았지만 그렇게 해서는 깨울 수 없을 것 같았다. 뭔가 조처를 취해야만 했다. 홑이불이 추위를 막는 데 도움이 되지 않아서 테스의 몸도 덜덜 떨리기 시작했다. 모험이 지속되는 얼마간은 흥분 상태라 추운 줄도 몰랐지만 행복에 겨운 시간은 지나갔다.

문득 말로 설득해보자는 생각이 떠올랐다. 그래서 최대한 단호한 어조로 그의 귀에 대고 속삭였다. "우리 더 걸어요, 여보." 그리고 암시를 주듯 그의 팔을 잡아끌었다. 다행히도 그는 저항 없이 따라나섰다. 그녀의 말에 그는 다시 몽유 상태로 돌아갔는데 새로운 단계로 접어든 것처럼 보였다. 죽은 그녀가 영혼으로 깨어나 그를 천국으로 인도한다고 생각하는 모양이었다. 이렇게 그녀는 그의 팔을 잡고 집 앞에 있는 돌다리로 데리고 왔고, 다리를 건너 집 앞에 이르렀다. 테스의 맨발은 상처가 나고 뼛속까지 시렸다. 하지만 클레어는 털양말을 신고 있어서인지 불편을 느끼지 않는 것 같았다.

이제 어려움은 없었다. 그녀는 소파 침대에 그를 눕히고 포근하게 이불을 덮어준 다음 임시변통으로 장작불을 피워 그의 젖은 몸을 말렸다. 응급조처를 하면서 나는 소리에 그가 깰지도 모른다는 생각을 했고, 내심 깼으면 하는 바람도 있었다. 하지만 심신의 피로가 얼마나 심한지 그는 아무 소리도 듣지 못하고 잠들어 있었다.

다음 날 아침 다시 얼굴을 마주했을 때 테스는 에인절이 한자리에서 내처 잠을 잔 것 같지는 않지만 몽유 상태로 밖에 나갔다 온 일은 모르는구나, 짐작했다. 사실 그날 아침 그는 죽음처럼 깊은 잠에서 깨어났다. 삼손이 일어나 뛰쳐나가듯* 뇌가 활동을 시작하는 처음 얼마 동안은 밤새 색다른 일이 일어났다는 희미한 기억이 있었다. 하지만 곧 주어진 현실이 그에 관한 궁금증을 뒷전으로 미뤄놓았다.

그는 뭔가 정신적인 방향타가 나타나겠거니 하고 기다렸다. 전날 밤 결정한 계획이 아침 햇살에 스러지지 않는다면, 그 계획이 충동적인 감정에서 출발했다 하더라도 이성적이라고 할 만한 근거가 있으며 그런 의미에서 믿을 만하다는 것이 그의 생각이었다. 그리하여 그는 희미한 여명을 받으며 그녀와 헤어지기로 한 결심을 확인했다. 분노에 불타오르는 본능 때문이 아니라 본능을 불태운 열정은 사라진 채 그 뼈대만 남은 상태에서 내린 결심이었다. 해골밖에 남지 않았지만, 그럼에도 그것은 있었다. 클레어는 더 망설이지 않았다.

아침 식사를 하는 동안, 그리고 남아 있는 몇 가지 물건들을 꾸리는 동안, 어젯밤에 기력을 소진한 에인절은 지친 기색이 역력했다. 그래서 테스는 무슨 일이 있었는지 모두 이야기할까 하는 생각도 했다. 하지만 남편이 맨 정신으로는 부정하는 애정을 본능적으로 드러냈고, 그녀에게 끌리는 마음 때문에 이성이 잠든 동안 자존심이 깎이는 행

---

* 「판관기」 16장 20절.

동을 했음을 알면 분노하고 슬퍼하고 무안해할까봐 생각을 고쳐먹었다. 술에 취한 사람이 추태를 부린 것을 가지고 깬 다음 비웃는 일과 무엇이 다른가.

엉뚱한 방식으로 애정을 표현한 것을 에인절이 희미하게나마 기억하지만, 자기가 이를 떠나지 말라고 새삼 호소하는 기회로 삼을까봐 그 이야기를 꺼내지 않는지도 모른다는 생각이 머리를 스치기도 했다.

클레어는 가장 가까운 읍내에 우편으로 마차 임대를 신청해놓았고, 아침 식사가 끝나자 마차는 도착해 있었다. 테스는 마차를 보고 끝이 다가왔음을 실감했다. 최소한 끝이 일시적이리라는 희망은 있었다. 어젯밤의 사건으로 그의 애정을 확인했으므로 그와의 미래가 가능하다고 꿈꿀 수 있었기 때문이다. 마부는 짐을 마차 지붕 위에 실은 다음 그들을 태우고 떠났다. 방앗간 주인과 늙은 파출부 아주머니가 돌연한 작별에 다소 놀랐지만, 클레어는 방앗간 기계가 자신이 관심을 가질 만큼 현대적이 아니라서 더 머물 필요가 없다고 둘러댔고, 사실과 다른 말은 아니었다. 갑작스럽다는 점을 제외하고는 그들이 떠나는 모양새에서 파경을 암시하거나 같이 친지들을 방문하러 가는 것이 아니라고 짐작할 여지는 없었다.

마차를 타고 가는 길에 며칠 전 서로에게서 그렇게 엄숙한 기쁨을 느끼며 출발했던 목장 근처를 지나가게 되었다. 클레어가 크릭 씨와 처리해야 할 일을 마무리 짓고자 해서 테스는 인사차 크릭 부인을 방문하지 않을 수 없었다. 그렇게 하지 않으면 그들의 불행을 눈치챌 테니 말이다.

될 수 있는 한 주목을 받지 않으려고 그들은 큰길에서 목장으로 들어가는 쪽문 옆에 마차를 세워놓고 나란히 길을 걸어 내려갔다. 버드나무 숲은 베어졌고, 그 그루터기 너머로 클레어가 결혼하자고 졸라대며 테스를 따라다닌 곳이 눈에 들어왔다. 왼쪽으로는 테스가 그의 하프 소리에 매료되었던 울안이, 저 멀리 축사 뒤쪽으로는 그들이 처음 포옹했던 목초지가 보였다. 황금빛 여름 풍경은 이제 잿빛으로 바뀌었다. 색깔은 바랬고, 기름진 토양은 진흙으로 변했고, 강물은 차가워졌다.

안마당 사립문 너머로 목장 주인이 그들을 보고, 탤버테이스 주변에서 신혼부부가 신혼여행에서 돌아왔을 때 적절하다고 생각하는 짓궂은 표정을 지었다. 그러고 나자 낯익은 얼굴들이 크릭 부인과 함께 집에서 나왔다. 하지만 메리언과 레티의 얼굴은 보이지 않았다.

테스는 그들의 은밀한 공격과 다정한 익살을 씩씩하게 견뎌냈다. 그것은 그들의 생각과는 전혀 다르게 그녀의 기분에 작용했다. 별거를 비밀로 하기로 묵시적으로 약속했기 때문에 그녀와 클레어는 신혼부부가 통상 그렇게 할 것처럼 처신했다. 테스는 목장 식구들이 메리언과 레티 이야기를 꺼내지 않기를 바랐지만, 결국 자세한 뒷이야기를 듣게 되었다. 레티는 집으로 돌아갔고, 메리언은 다른 일자리를 찾아 떠났지만 잘 풀릴 것 같지 않다는 얘기였다.

이야기를 듣고 슬퍼진 마음을 달래기 위해 테스는 제일 정들었던 젖소들에게로 가서 한 마리씩 손으로 쓰다듬으며 작별 인사를 했다. 떠나려는 테스와 클레어가 마치 영육이 하나인 듯 나란히 섰을 때, 정확한 눈을 가진 사람이라면 그들의 모습에서 묘하게 서툰 데가 있음을 알아차렸을 것이다. 겉으로 보기에 그들은 한 사람의 팔다리인 듯 나란히—그의 팔이 그녀의 팔을 감싸 안고, 그녀의 치맛자락이 그의 다리를 휘감으며—농장 사람들과 마주 보고 서서 '우리'로서 작별 인사를 했지만, 남극과 북극만큼이나 떨어져 있었다. 어쩌면 그들의 태도에 신혼부부의 꾸밈없는 수줍음과 다른, 뭔가 이상하게 뻣뻣하고 당혹스러운, 사이가 좋은 듯 내세울 때 나타나는 어색함 같은 것이 나타났는지 모른다. 그래서인지 그들이 떠나자 크릭 부인은 남편에게 이렇게 말했다. "테스의 눈이 얼마나 이상하게 빛나던지! 밀랍인형처럼 서서 꿈에서 말하는 거 같더라니께! 테스는 원래 어딘지 모르게 묘한 데가 있었지만 유복한 신랑의 자랑스러운 신부답지 않아요."

신혼부부는 다시 마차를 타고 웨더베리와 스태그풋레인 방향으로 계속 말을 달려 레인 여관에 도착했고, 클레어는 거기서 마차와 마부를 돌려보냈다. 거기서 잠시 휴식을 취한 다음 두 사람이 부부임을 모르는 마부에게 테스의 집이 있는 골짜기로 마차를 몰게 했다. 중간쯤 왔을 때, 너틀베리를 지나 네거리가 있는 지점에서 클레어는 마차를 멈춰 세우고 테스가 집으로 돌아갈 생각이라면 자기는 여기서 작별하겠다고 말했다. 마부가 있는 데서 속 이야기를 할 수 없었던 그는 그녀에게 잠깐 같이 걷자고 했다. 그녀가 동의하자 마부에게 잠시 기다리라고 하고 샛길로 발걸음을 떼었다.

"자, 이야기를 분명히 해두자." 그가 부드럽게 말했다. "우리 사이에 분노 같은 건 없어. 지금은 내가 견딜 수 없는 부분이 있지만, 견뎌보도록 노력할 작정이야. 내가 어디로 갈지 결정하면 알려줄게. 그리고 그렇게 할 수 있으면—그게 바람직하고 가능하다면—네게 가도록 할게. 하지만 내가 갈 때까지 날 찾아오지 않는 게 좋겠어."

가혹한 선고를 듣고 테스는 죽을 것만 같았다. 그가 그녀를 어떻게 생각하는지 분명히 알 수 있었다. 그녀는 그에게 엄청난 사기를 친 여자 이상도 이하도 아니었다. 그래도 그런 잘못을 저지른 여자라고 이런 대접을 받아야 하나? 하지만 테스는 그에게 따지고 들 수 없었다. 그저 그의 말을 되풀이할 따름이었다.

"당신이 찾을 때까지 찾아오지 말라고요."

"그래."

"편지는 써도 되나요?"

"물론이지. 아프거나 뭔가 필요하면 편지해. 그런 일이 없기를 바란다만. 그러니 아마도 내가 먼저 편지를 쓸 거 같구나."

"그런 조건에 동의해요, 에인절. 제가 어떻게 속죄해야 할지 당신이 제일 잘 알 테니까요. 다만, 다만, 제가 할 수 있는 것 이상을 요구하지는 마요."

이것이 그 문제에 관해 테스가 말한 전부였다. 그녀가 영악한 머리를 써서 외딴 샛길에서 소동을 벌이고 기절해 쓰러지고 미친 듯이 울부짖었다면, 에인절이 아무리 까다로운 분노에 사로잡혔다 하더라도 버티지 못했을 것이다. 하지만 참고 견디겠다는 테스의 마음가짐이 그의 뜻대로 하기 쉽게 해주었다. 그녀가 그의 가장 좋은 변호인이었던 것이다. 자존심도 그녀의 순종에 한몫 거들었다. 이것이 더버빌 집안사람들에게 뚜렷이 나타나는바, 운명에 묵묵히 따르는 무모함의 증후일지 모른다. 읍소로 그의 마음의 현을 다양하게 연주할 수 있었을 텐데 그녀는 손끝 하나 움직이지 않았다.

이제 남은 일은 사무 처리뿐이었다. 그는 상당한 액수의 돈이 든 봉투를 그녀의 손에 건넸다. 그녀에게 주려고 은행에서 찾아온 돈이었다. 다이아몬드 세트는 테스의 소유지만(그가 유언장의 문구를 제대로 이해했다면) 마음대로 처분해도 되는 것은 아니니 안전하게 은행에 보관하는 것이 어떻겠냐고 그가 권했고 그녀는 얼른 동의했다.

이렇게 정리를 하고 그는 테스와 함께 마차로 되돌아가서 그녀가 마차에 올라타도록 도왔다. 마부에게 품삯을 치르면서 그녀를 어디로 데려다주라고 말했고, 가방과 우산을 내린 다음—그가 가져온 짐은 그것뿐이었다—그녀에게 작별 인사를 했고 그 자리에서 헤어졌다.

마차는 기어가듯 언덕을 올라갔고, 클레어는 테스가 한 번만이라도 창밖을 내다보았으면 하는 갑작스러운 기대를 품고 마차를 바라보았다. 하지만 마차 안에서 반쯤 죽은 듯 쓰러져 있던 그녀는 그럴 생각도 하지 못했고, 감히 그럴 마음을 먹지도 못했다. 이렇게 그는 그녀가 멀어지는 것을 지켜보았고, 찢어질 듯 괴로운 마음으로 어느 시인의 시 한 구절을 자기 나름으로 개작해 읊조렸다.

하느님은 하늘에 계시지 않고, 세상 모든 것은 잘못 돌아간다!*

테스가 언덕 너머로 사라지자 그는 갈 길을 가려고 몸을 돌렸는데, 그녀를 여전히 사랑하고 있음을 전혀 알지 못했다.

---

* 로버트 브라우닝의 『피파 지나가다』에서 여주인공 피파가 부르는 노래의 한 대목을 에인절이 바꾼 것. 원문은 "하느님은 하늘에 계시고, 세상 모든 것은 잘 돌아간다."

38

마차가 블랙무어 골짜기에 접어들어 어린 시절의 풍경이 눈앞에 펼쳐지자 테스는 혼미한 정신을 수습했다. 맨 처음 그녀의 머리에 떠오른 생각은 부모님의 얼굴을 어떻게 대할까 하는 것이었다.

마을로 들어가는 큰길의 통행세 받는 곳에 도착하자 낯선 사람이 문을 열어주었다. 여러 해 동안 그 자리를 지키던 노인은 아는 분이었는데, 통상 교체가 이뤄지는 새해를 맞아 문지기가 바뀐 모양이었다. 최근 들어 집에서 편지를 받지 못한 터라 그녀는 문지기에게 마을 소식을 물었다.

"별일 없구먼요, 아가씨." 그가 대답했다. "말롯에 무슨 일이 있겠어요. 세상 떠난 사람들이 있고 뭐 그 정도지요. 존 더비필드가 이번 주에 딸을 신사 농부에게 시집보냈고요. 결혼식은 여기서 못 올리고 딴 데서 혔지만서도. 그 신사가 지체가 얼마나 높으신지 존의 가족들은 결혼식에 참석할 형편이 못 된다고 생각한 모양입디다. 존이 혈통으로는 오래된 귀족 가문 후손이란 걸 신랑이 몰랐나봐요. 조상들의 유골이 아직도 가족 납골당에 남아 있다나. 로마 시대부터 있던 재산은 다 없어졌지만요. 하지만 존 경은—우리 모두 그렇게 부른답니다—결혼식 날에 마을 잔치를 벌여 나름 기분을 냈구먼요. 존의 마누라가 퓨어드롭 술집에서 밤 늦게까지 노래를 불렀고요."

이 말을 듣고 테스는 마음이 너무 아파서 가방과 소지품을 싣고 마차로 공공연하게 집 앞까지 갈 수 없다고 생각했다. 그녀는 문지기에게 잠시 짐을 맡아주겠느냐고 물었다. 그가 괜찮다고 하자 마차를 돌려보내고 혼자 뒷길로 마을을 향했다.

고향 집 굴뚝이 보이자 그녀는 어떻게 집에 들어가야 하나 자문했다. 가족들은 자신을 엄청 호강시켜줄 돈 많은 신랑과 멀리 신혼여행을 떠났으려니 편안하게 생각하고 있을 텐데, 정작 그녀는 의지가지없이, 세상에 갈 곳이 여기밖에 없어서 낡은 집 대문 쪽으로 발소리를 죽이며 걸어가고 있었다.

눈에 띄지 않고 집에 들어가겠다는 계획은 무산되었다. 마당의 산울타리 바로 앞에서 아는 처녀를 만난 것이다. 학교 다닐 때 친했던 두세 명 중 하나였다. 친구는 테스에게 어떻게 집에 왔느냐고 몇 마디 묻더니 그녀의 서글픈 표정을 놓쳤는지 불쑥 물었다. "그런디 테스야, 네 신사 신랑은 어디 있어?"

테스는 일이 생겨 남편은 같이 못 왔다고 얼버무리고 친구를 남겨둔 채 산울타리를 가로질러 집 안으로 들어갔다. 마당의 좁은 길을 따라 걸어 올라가다 그녀는 뒷문 옆에서 어머니가 노래를 부르는 소리를 들었다. 뒷문으로 다가가자 문 앞 계단에서 홑이불 빨래를 짜고 있는 어머니가 보였다. 일을 마친 어머니는 테스를 보지 못하고 집 안으로 들어갔고, 딸은 그녀의 뒤를 따랐다.

커다란 물통으로 받쳐놓은 빨래통은 옛날과 같은 자리에 있었고, 홑이불을 옆으로 던져놓은 어머니는 빨래통에 손을 다시 담글 태세였다.

"이게 누구여, 테스, 내 새끼. 니가 결혼한 줄 알았는디. 이번에는 참말로, 진짜로 말이여. 사과주도 보냈고—"

"맞아, 엄마. 나 결혼했어."

"결혼한다고?"

"아니, 결혼했다고."

"결혼했어? 그럼 니 남편은 어디 있는겨?"

"얼마간 떨어져 지내게 됐어."

"떨어져 지내? 결혼식을 언제 올렸는디? 니가 말한 날?"

"응, 엄마. 수요일에."

"오늘이 겨우 토요일인디, 그런디 가버렸단 말이여?"

"응, 가버렸어."

"그게 뭔 수작이래? 너는 어디서 남편이라고 그런 빌어먹을 놈만 걸려드냐고!"

"엄마ー" 테스는 조앤 더비필드에게로 가서 가슴에 얼굴을 파묻고 울음을 터뜨렸다. "어떻게 말해야 할지 모르겠어, 엄마!…… 그 사람한테 말하지 말라고 엄마가 말했제. 편지에도 썼고. 그런디 말했어, 안 할 수가 없었어. 그렸더니 그 사람이 가버렸어!"

"아이고, 이 바보, 이 철없는 것아!" 흥분한 더비필드 댁은 테스와 자신에게 물을 튀겨가며 소리를 질렀다. "오, 주여, 다시는 이런 말을 하지 않게 되기를 바랐건만, 또 하게 되었네. 이 바보, 이 철없는 것아!"

테스는 몸부림치며 통곡하면서 여러 날 지속된 긴장 상태에서 드디어 놓여났다. "나도 알아, 알아, 안다고!" 흐느낌 사이로 숨을 헐떡이며 말을 이어갔다. "그런디 엄마, 말 안 할 수가 없었어! 너무 좋은 사람이라 지난 일을 그 사람에게 숨기는 건 너무 나쁜 짓 같았어. 만약에, 만약에, 다시 그날로 돌아가도 그렇게 할겨. 그 사람한테 그런 나쁜 짓을 할 수 없어ー어떻게 그려!"

"그랬으면 애시당초 결혼을 말았어야제."

"맞아. 그래서 마음이 너무 괴로워. 하지만 그 사람이 그 일을 눈감아줄 수 없다고 마음먹으면 법적으로 날 버릴 수 있는 줄 알았어. 내가 얼마나 그 사람을 사랑했는지, 내 사람으로 만들고 싶어 얼마나 애태웠는지, 그 사람을 더없이 좋아하는 마음과 그 사람에게 몹쓸 짓을 허지 말자는 마음 사이에서 얼마나 괴로웠는지 엄마는 절반도 몰라!" 테스는 몸을 부들부들 떨다 더 말을 못 하고 무너지듯 의자에 주저앉고 말았다.

"그려. 엎질러진 물인디 어쩌겠냐. 다른 집 자식들은 다 멀쩡한디 어쩌서 내가 낳은 자식들만 하나같이 숙맥인지 알다가도 모르겠다. 그런 걸 말하면 안 된다는 걸 왜 모르는겨. 나중에 알게 되더라도 그때 가서 어쩌겠어!" 이렇게 말한 더비필드 댁은 그런 자식의 어머니로서 자신의 처지가 처량해 눈물을 흘리기 시작했다. "니 아부지가 뭐라고 할지, 난 모르겠다!" 그녀가 말을 이었다. "결혼식을 하고 난 다음 롤리버나 퓨어드롭 술집에서 날이면 날마다 그 이야기를 떠벌리는디, 너로 인해 가문이 제자리를 잡아간다고 흰소리를 하는디, 가엾은 양반, 니가 이렇게 엉망을 만들어놓았으니! 아이고, 하느님 맙소사!"

이야기가 나온 김에 결론을 내라는 듯, 그 순간 아버지의 목소리가 들려왔다. 그러나 아버지는 곧바로 들어오지는 않았다. 더비필드 댁은 나쁜 소식을 자신이 전할 테니 테스보고 잠시 눈에 띄지 않는 곳에 가 있으라고 말했다. 처음에는 크게 실망했지만 어머니는 이번의 불운을—테스가 처음 불상사를 당했을 때와 마찬가지로—축제일에 비가 온다거나 감자 농사를 망친 정도로, 본인의 잘잘못과 관계없이 일어나는 일이요, 교훈을 삼기보다는 참고 견뎌야 할 우연한 외적 충격 정도로 받아들였다.

2층으로 몸을 피한 테스는 침대 배치를 새로 했음을 알 수 있었다. 그녀가 옛날에 쓰던 침대를 고쳐서 어린 동생 둘이 쓰고 있었다. 이제 여기도 그녀가 머물 곳이 아니었다.

천장을 대지 않은 아래층 방에서 나는 소리는 위층에 다 들렸다. 아버지가 암탉 한 마리를 들고 들어온 모양이었다. 알렉이 사준 말을 팔아먹은 터라 그는 바구니를 들고 걸어서 행상 일을 한답시고 다녔다. 오늘 아침에 암탉을 갖고 나간 것도 종종 그렇게 하듯 일을 하고 있음을 전시하기 위해서였다. 사실 암탉은 다리를 줄로 묶인 채 한 시간 이상을 롤리버 술집의 술상 아래서 보냈다.

"우리가 뭔 이야기를 했냐면 말이여—" 이렇게 서두를 뗀 더비필드는 그의 딸이 신부 집안으로 시집간 이야기를 하다가 술집에서 벌어진 토론의 내용을 아내에게 늘어놓았다. "우리 조상들처럼 신부도 옛날에는 경(卿)을 붙였다는구먼. 지금은, 엄격하게 말해서, '서기'라는 칭호가 맞제." 결혼 이야기를 하고 다니지 말라는 테스의 부탁 때문에 자세한 이야기를 할 수 없었던 그는 딸이 함구령을 곧 해제하기를 바랐다. 딸네 부부가 변형이 되기 전, 테스의 원래 성인 더버빌을 썼으면—남편의 성보다 나으니—좋겠다고 말하기도 했다. 그리고 그는 딸에게서 편지가 왔느냐고 물었다.

그러자 더비필드 댁은 편지는 오지 않았고, 유감스럽게도 테스가 왔다고 알려주었다.

테스의 결혼이 파경에 이르렀다는 설명을 마침내 다 듣고 난 더비필드는 한잔 걸쳐서 기분이 좋았음에도 평소의 그답지 않게 치욕에 기분이 우울해졌다. 하지만 사건의 내용보다는 예측할 수 있는 사람들의 반응이 그의 예민한 자존심을 건드렸다.

"정말이제, 겨우 이렇게 끝장이 났구먼." 존 경이 말했다. "이 몸은 킹스비어 성당 지하에 잘러드 댁의 맥주 창고보다 더 큰 가족 묘지를 갖고 있어. 그곳에 우리 조상들이 떼거리로 누워 있다고. 역사책에 나오는 이 지방 최고의 순혈 귀족들이제. 그런디 이제 롤리버나 퓨어드롭에 가면 사람들이 뭐라고 하겄어. 곁눈질로 실실 비웃으며 말하겄지. '대단한 혼사라더니, 노르망디 왕 시대 조상들의 원래 지위를 되찾는 거라더니, 이게 그거여!' 이건 너무한 거 아녀, 마누라. 작위고 뭐고 이 세상과 하직하고 말겠어, 더는 못 참겠어!…… 한디 결혼을 혔다면 그 작자한테 먹여 살리라고 할 수 있잖여?"

"그려요. 그런디 테스가 그러고 싶지 않다네요."

"결혼하기는 한거? 행여 먼젓번처럼—"

가엾은 테스는 여기까지 듣다 귀를 막아버렸다. 자신의 말을 여기서, 부모가 있는 지붕 아래서조차 의심한다는 생각이 들자 집에 오만 정이 떨어졌다. 운명의 기습은 예측불허였다. 아버지가 자기 말을 믿지 못한다면 이웃이나 친지들은 더하지 않겠는가? 이 집에 오래 머물 수 없었다.

그래서 며칠만 있기로 작정했는데, 기한이 다 될 즈음 클레어한테서 짤막한 편지를 받았다. 잉글랜드 북부 지방에 있는 농장에 가보려고 한다는 내용이었다. 그의 아내라는 진짜 신분의 명예를 갈망하는 그녀는 부부 사이가 돌이킬 수 없을 정도로 벌어졌음을 감추기 위해

이 편지를 핑계 삼아 작별을 고했다. 남편과 합치려고 떠난다는 인상을 준 것이다. 더 나아가 남편이 자기를 박대한다는 비난을 받지 않도록 클레어가 준 50파운드에서 절반을 뚝 떼어 어머니에게 주었다. 에인절 클레어 같은 사람의 아내라면 그 정도의 여유는 있다는 듯, 지난 몇 년 동안 부모님의 마음고생을 시키고 낯이 깎이게 만든 데 대한 약소한 보답이라고 말했다. 이렇게 자존심을 세우고 난 다음 그녀는 집을 떠났다. 그후 얼마 동안 더비필드 가족은 테스가 내놓은 돈 덕분에 활기가 넘쳤다. 어머니는 딸 부부가 떨어져 살 수 없을 만큼 열렬히 사랑해서 불화가 저절로 해소되었다고 말했고, 실제로 그렇게 믿었다.

<h2 style="text-align:center">39</h2>

결혼하고 삼 주가 지나서야 클레어는 눈에 익은 아버지의 사제관이 보이는 언덕을 내려가고 있었다. 저녁 하늘 위로 솟아오른 교회의 첨탑이 내리막길에 선 그에게 왜 돌아왔느냐고 묻는 것 같았다. 땅거미가 진 마을에서는 그를 눈여겨보는 사람은 아무도 없었고, 기다리는 사람은 더더욱 없었다. 유령처럼 고향을 찾아온 그는 자신의 발소리마저 없애버려야 할 장애물이라는 느낌이 들었다.

그의 눈앞에 펼쳐진 인생의 그림이 바뀌었다. 지금까지는 인생을 사색을 통해 이해했다면, 이제는 현실을 통해 이해하게 되었다고 생각했다. 그럴까. 아직 아닐 수도 있다. 어쨌거나 그는 인간성을 이탈리아 미술의 관조적 감미로움보다는, 비에르츠 미술관에 전시된 그림 속의 사람을 노려보는 소름 끼치는 모습이나 반 베이르스*의 습작에서 볼 수 있는 고약스러운 눈길에서 찾게 되었다.

처음 몇 주 동안 그의 행적은 그야말로 종잡을 수 없었다. 그는 고금의 위대한 현인들이 충고한 대로, 별일 아니라는 듯 감정을 배제한 채 농사 계획을 추진하려고 애쓰다가, 그 위대한 현인들 중 자신의 가르침이 실행 가능한지 검증할 만큼 광범위한 인생 경험을 한 사람은 거의 없다는 결론에 이르렀다. "가장 중요한 것은 이것이로다. 마음을 어지럽히지 마라"고 이교도 윤리학자**는 말했다. "걱정하거나 두려워하지 마라"고 나자렛 사람은 설교했다.*** 클레어는 이 말에 충심으로 동의했으나 마음은 여전히 근심에 싸여 있었다. 이 위대한 사상가들과 얼굴을 맞대고 인간 대 인간으로, 어떻게 해야 마음의 평안을 얻을지 가르쳐달라고 간절히 부탁하고 싶었다.

그의 기분은 이제 완강한 무관심으로 바뀌었고 급기야 그는 자신의 존재를 제삼자의 시큰둥한 마음으로 바라보게 되었구나 하는 생각마저 들었다.

테스가 더버빌 가문의 후손이라는 우연한 사실이 이런 파국으로 이어졌다는 확신 때문에 그는 더 씁쓸한 마음이었다. 테스가—자신이 마음 뿌듯하게 생각했듯—하층계급의 새로운 부족이 아니라 몰락한 귀족 가문 출신임을 알았을 때, 왜 자신의 원칙을 충실하게 지켜 그녀를

---

* 비에르츠와 반 베이르스는 19세기에 활동한 벨기에의 화가.
** 스토아 철학자였던 로마 황제 마르쿠스 아우렐리우스.
*** 「요한의 복음서」 14장 27절.

포기하지 않았던가? 이것은 변절의 결과였고 벌을 받는 것은 당연했다.

그러다 그는 지쳤고 불안했다. 그녀에게 잘못한 것이 아닌가 하는 생각도 들었다. 그는 무엇을 먹는지 모르고 식사를 했고, 맛도 모른 채 술을 마셨다. 시간이 흘러 지난날 했던 수많은 행동들의 동기 하나하나를 돌이켜보자 그의 계획, 말, 행동 모두가 테스를 소중한 내 사람으로 만들고 싶은 마음과 밀접하게 연관되어 있었음을 깨닫게 되었다.

이리저리 떠돌아다니던 그는 어느 작은 읍내의 외곽에서 농업 이민의 꿈을 펼치기에 대단한 이점이 있는 곳으로 브라질 제국을 선전하는 울긋불긋한 벽보를 보았다. 토지를 아주 유리한 조건으로 제공한다는 것이었다. 새로운 아이디어로 브라질이 어쩐지 그의 흥미를 끌었다. 테스도 나중에 데리고 갈 수 있으리라. 테스와 함께 사는 것을 가로막는 인습들이 환경과 생각과 습성이 전혀 다른 고장에서라면 크게 작용하지 않으리라. 한마디로 그는 브라질로 가는 일을 한번 시도해보기로 했고, 무엇보다도 그곳으로 떠나는 일자가 임박한 것이 마음에 들었다.

그는 부모님에게 자신의 이런 계획을 알리기 위해 에민스터로 돌아가는 중이었다. 테스를 데리고 오지 않은 것에 대해서는 별거의 이유를 밝히지 않고 적당히 둘러댈 참이었다. 문 앞에 이르렀을 때 초승달이 그의 얼굴을 비추었다. 아내를 안고 강을 건너 수도사들의 무덤을 향해 가던 어느 날, 깊은 밤의 그믐달이 그의 얼굴을 비추었듯 말이다. 다만 지금의 얼굴이 그때보다 더 수척했다.

클레어는 집에 간다고 부모님에게 기별하지 않았고, 그래서 그의 도착은 물총새가 조용한 물웅덩이에 뛰어들어 파문을 일으키듯 사제관의 분위기를 부산하게 만들었다. 부모님은 두 분 다 응접실에 있었지만, 형들은 집에 없었다.

"그런데 에인절. 네 처는 어디 있냐?" 어머니가 소리쳤다. "얼마나 놀랐는지!"

"친정에 갔어요. 당분간요. 브라질로 가기로 결정해서 집에 서둘러 왔어요."

"브라질이라고! 거기 사는 사람들은 모두 구교 신자들이잖아!"

"그래요? 그 생각은 못 했네요."

아들이 구교를 믿는 나라에 간다는 사실이 놀랍고 마음 아팠지만, 클레어 신부 부부가 당연히 궁금해하는 아들의 결혼으로 화제가 옮겨 가는 데는 오래 걸리지 않았다. "결혼식을 올렸다는 짧은 편지를 삼 주 전에 받았단다." 클레어 부인이 말했다. "그래서 알다시피 아버지가 대모의 선물을 네 아내에게 보낸 거란다. 우리가 참석하지 않은 것은 잘한 일 같다. 네가 신부의 집이 아니라—그곳이 어딘지도 모르지만—목장에서 결혼식을 올리겠다고 했으니 말이야. 너도 어색했을 테고 우리도 흔쾌한 마음은 아니었을 거야. 네 형들은 펄펄 뛰더라. 이제 지나간 일이니 되짚을 건 없어. 무엇보다도 복음을 전하는 일 대신 네가 하기로 한 일에 그 아이가 도움이 될 거라고 하니까…… 하지만 에인절, 우리가 그 아이를 먼저 만나봤더라면 하는 마음은 있단다. 그 아이에 대해 아는 것이 너무 없더라. 선물을 보내지 않은 것도 뭘 좋아할지 알 수가 있어야지. 넌 배달이 지연되었나보다 했겠지만. 나나 네 아버지나 결혼 때문에 너한테 감정이 상했거나 그렇지는 않단다. 하지만 네 아내를 우리 눈으로 본 다음 그 아이를 좋아해도 늦지 않다고 생각했어. 그런데 그 아이를 데리고 오지 않았네. 느낌이 좋지 않구나. 무슨 일이 있었니?"

그는 집에 다녀오는 동안 친정에 가 있는 게 좋을 것 같아 그렇게 했다고 말했다.

"솔직히 말씀드리는데요." 그가 말했다. "제 아내가 어머니의 감탄을 자아낼 거라는 확신이 들 때까지 이 집에 데리고 오지 않을 작정이에요. 게다가 브라질에 갈 생각은 최근에야 했거든요. 그곳에 간다면 초행길에는 아내를 데려가지 않는 게 좋겠지요. 제가 돌아올 때까지 친정에 머무르기로 했답니다."

"그럼 네가 떠나기 전에 그 아이를 만날 수 없다는 거냐?"

유감스럽지만 그럴 수 없을 것 같다고 대답하고 다음과 같이 설명했다. 이미 말한 대로 당분간 그녀를 집에 데리고 오지 않는 것이 원래 계획이었다. 부모님이 편견을 갖거나 기분 상하지 않도록 그런 것이지만 그 밖의 다른 고려 사항들도 있다, 당장 떠난다면 1년 안에 귀국해야 할 테니 그녀와 함께 두번째로 출국할 때 집으로 데려와 인사를 시키겠다 하고 말이다.

서둘러 차린 상 앞에서 클레어는 자신의 계획을 좀더 상세히 설명했다. 그래도 신부를 보지 못한 어머니의 섭섭한 마음은 그대로 남아 있었다. 지난번에 클레어가 테스를 열렬하게 칭찬한 것이 모성의 공감대를 자극해서 급기야 나자렛에서 신통한 것이 나온 것처럼*, 탤버

---

* 「요한의 복음서」 1장 46절. 예수에 대한 언급.

테이스 농장에서도 호감이 가는 여성이 나올 수 있다고 믿게 된 것 같
았다. 어머니는 식사하는 아들을 지켜보았다.

"그 아이의 생김새를 말해보렴, 에인절. 아주 예쁘겠지?"

"그건 두말하면 잔소리죠!" 그는 쓸쓸한 마음을 감추려고 열을 올
려 말했다.

"말할 나위 없이 순결하고 정숙하고."

"순결하고 정숙하죠. 물론이에요."

"눈앞에 보이는 듯 그려볼 수 있겠다. 지난번에 네가 인물이 좋다
고 했잖아. 통통한 몸매에 큐피드의 활같이 붉디붉은 입술, 까만 속눈
썹과 눈썹, 배에서 쓰는 굵은 밧줄처럼 삼단 같은 머리, 눈이 크고 보
라색 푸른색 검은색이 뒤섞였다고 했던가?"

"맞아요, 어머니."

"그려볼 수 있겠다. 그렇게 외딴곳에 살았으니 널 만나기 전에는
젊은 남자라곤 만난 적이 거의 없겠구나."

"거의 없죠."

"네가 그 아이의 첫사랑이냐?"

"물론이죠."

"장밋빛 입술의 순박하고 건강한 시골 처녀들보다 더 나쁜 아내도
있는 법이다. 물론 내가 원했던 건—그래, 내 아들이 농부가 된다고
하니 들일에 익숙한 아내를 취하는 것이 맞겠다는 생각도 드는구나."

아버지는 어머니처럼 꼬치꼬치 캐묻지 않았다. 하지만 저녁 기도
시간 전에 늘 하듯 성경 구절을 봉독할 때 신부는 아내에게 말했다.
"에인절이 왔으니 우리가 읽던 순서를 무시하고 「잠언」 31장을 읽는

게 맞다는 생각이 드는데?"

"그래요, 그게 좋겠어요. 르무엘 왕이 한 말씀이지요?" (그녀는 남편 못지않게 성경의 장과 절을 인용할 줄 알았다.) "애야, 아버지는 「잠언」에서 어진 아내를 찬양하는 장을 읽겠다고 하시는구나. 이 말씀이 지금 이 자리에 없는 사람을 두고 하는 이야기라는 건 말할 필요도 없겠지. 하느님께서 만사에 그 아이를 지켜주시기를."

클레어는 목이 메었다. 구석에서 간이 성서대를 꺼내 벽난로 앞 한가운데로 옮겨놓았다. 늙은 하인 두 사람이 들어오자 에인절의 아버지는 앞서 말한 장의 10절부터 읽기 시작했다.

"누가 어진 아내를 얻을까? 그 값은 진주보다 더하다. 아직 어두울 때 일어나 식구들에게 음식을 나누어주고…… 허리를 동인 모습은 힘차고 일하는 두 팔은 억세기만 하다. 머리가 잘 돌아 하는 일마다 잘되고 밤에 등불이 꺼지는 일도 없다. 항상 집안일을 보살피고 놀고먹는 일 없다. 그래서 아들들이 일어나 찬양하고 남편도 칭찬하기를, 살림 잘하는 여자가 많아도 당신 같은 사람은 없소 한다."

저녁 기도 시간이 끝나자 어머니가 말했다. "아버지가 읽으신 성경 구절 중 어떤 부분들은 네가 선택한 여자에게 딱 들어맞는다는 생각이 들더라. 완벽한 여자는 일하는 여자란다. 게으름뱅이나 귀부인이 아니라 다른 사람들을 위해 자기 손과 머리와 마음을 쓰는 여자야. '아들들이 일어나 찬양하고 남편도 칭찬하기를, 살림 잘하는 여자가 많아도 당신 같은 사람은 없소 한다.' 그래, 그 아이를 만나봤으면 좋았을걸. 세련된 예의범절을 익히지 못했더라도 난 순결하고 정숙한 것으로 충분한데."

클레어는 더이상 견딜 수가 없었다. 두 눈에는 녹은 납 같은 눈물방울이 고였다. 그는 그토록 사랑하는, 진실하고 소박한 분들에게 안녕히 주무시라고 황급히 인사하고 자기 방으로 갔다. 그들의 마음속에는 세상도 육체도 악마도 없었다. 그들은 이런 것들을 저 밖에 존재하는 막연한 무엇으로만 알고 있을 따름이었다.

어머니가 따라 올라와 문을 두드렸다. 클레어는 문을 열고 걱정스러운 눈빛으로 밖에 서 있는 어머니와 마주했다.

"에인절." 그녀가 물었다. "그렇게 서둘러 떠난다니 뭐가 잘못되었니? 네가 완전히 평심이 아닌 건 확실해!"

"네, 완전히 평심은 아니에요, 어머니." 그가 대답했다.

"그 아이 때문이냐? 얘야, 그래서구나. 그 아이 때문인 게 확실하다. 삼 주밖에 안 됐는데 싸운 거냐?"

"정확히 말해서 싸우지는 않았어요. 생각이 좀 달라서요."

"에인절, 그 아이 내력을 알아봐도 별게 나오지는 않겠지?" 어머니다운 육감으로 클레어 부인은 아들의 평정을 어지럽힌 고통스러운 문제의 정곡을 찔렀다.

"안사람은 눈처럼 순결해요!" 그가 대답했다. 이런 거짓말로 그 순간 지옥에 떨어진다 하더라도 그렇게 말할 수밖에 없다고 생각했다.

"그럼 걱정할 거 없다. 순박한 시골 처녀보다 더 순결한 존재는 이 세상에 없는 법이다. 처음엔 투박한 태도가 너처럼 교육받은 사람들에게 거슬리겠지만, 너하고 같이 살면서 배우다보면 차츰 나아질 게 확실하다."

어머니가 사실을 모르고 베푸는 관용이 지독한 냉소로 다가오면서,

클레어는 결혼으로 자신의 장래를 완전히 망쳐버렸음을 깨달았다. 테스의 비밀을 처음 알게 되었을 때는 생각지 못했던 것이다. 자기 자신을 위한 장래 걱정은 거의 하지 않는 클레어였지만, 부모 형제들을 위해서 최소한 흉한 모습은 보이고 싶지 않았다. 촛불을 들여다보고 있는 지금, 소리 없는 불꽃은 분별 있는 사람을 비추지 얼간이나 실패자의 얼굴은 비추고 싶지 않다고 말하는 것 같았다.

마음의 동요가 가라앉자, 매순간 부모님을 속이지 않을 수 없는 상황을 야기한 가엾은 아내에게 분노가 치밀었다. 그녀가 방에 있기라도 한 듯 소리 내어 화를 낼 뻔했다. 그러자 어둠 속에서 애처롭게 호소하는 다정한 목소리가 울렸고, 벨벳 같은 그녀의 입술이 이마를 스쳤으며, 공기 중에서 그녀의 따스한 숨결을 느낄 수 있었다.

그날 밤 그가 무시하고 업신여기는 여자는 자기 남편이 얼마나 훌륭하고 좋은 사람인지 생각하고 있었다. 하지만 그들 두 사람의 머리 위에는 에인절 클레어가 인식하는 그림자보다 더 깊은, 그 자신의 한계라는 그림자가 드리워 있었다. 지난 사반 세기의 견본 사례인 이 진보적이고 선량한 청년은 독자적인 판단을 내리려고 노력을 기울였음에도 불구하고 부지불식간에 어린 시절의 가르침으로 돌아가고 나면 관습과 인습의 노예에 불과했다. 테스의 도덕적 가치는 행동이 아니라 성향으로 가늠해야 하고, 따라서 악을 혐오하는 다른 여자들과 마찬가지로 그의 젊은 아내도 본질적으로 르무엘 왕의 칭송을 받을 만한 여자임을 그에게 가르쳐준 예언자는 없었다. 그렇다고 스스로 이를 깨칠 만한 예지도 없었다. 게다가 이런 경우 가까이 있는 인물은 결점이 다 드러나기 때문에 손해를 보지만, 멀리 있는 희미한 형상은 거리로 인해 오점까지 예술적 장점으로 칭송받는다. 테스가 갖고 있지 않은 것에 골몰한 나머지 그는 그녀가 갖고 있는 것을 간과했고, 부족한 사람들이 완벽한 사람들보다 더 나을 수 있음을 잊었다.

40

아침 식사 시간에는 브라질이 화제였다. 그들은 그곳으로 이민 갔다가 1년 안에 돌아온 농장 노동자들의 부정적인 전언에도 불구하고, 그 나라의 토양과 씨름해보겠다는 에인절의 시도를 희망적으로 전망하려고 애썼다. 아침 식사를 마친 에인절은 작은 읍내로 나가서 자신과 관련된 자질구레한 일들을 처리하고, 그곳 은행에 맡겨둔 돈을 모두 찾았다. 집으로 돌아오는 길에 성당 벽에서 불현듯 솟아나온 환영과 같은 머시 챈트 양과 마주쳤다. 주일학교에서 나눠줄 성경을 한 아름 안고 있었다. 그녀는 다른 사람들이 가슴 아프게 바라보는 사건들을 더없는 행복의 미소로 보는 그런 인생관을 가졌다. 부러워할 만한 일이기는 했지만, 에인절의 생각으로는 신비주의에 인간성을 기묘하고도 이상하게 희생해 얻은 결과였다.

그녀는 그가 곧 영국을 떠난다는 사실을 알고 있었고, 대단히 훌륭하고 장래성이 있는 계획 같다는 말도 덧붙였다.

"그래. 상업적인 의미에서는 물론 그럴 법한 계획이라고 할 수 있지." 그가 대답했다. "하지만 머시, 존재의 연속성을 단박에 끊어버리는 일이기도 해. 차라리 수도원으로 가는 게 나을지도 몰라."

"수도원이라니! 어쩌면, 에인절 클레어!"

"왜 그러는데?"

"왜 그러긴, 나쁜 사람 같으니. 수도원은 수도사를, 수도사는 구교를 의미하잖아."

"그리고 구교는 죄고, 죄는 멸망이라. 그대는 몹시 위험한 처지에 놓여 있도다, 에인절 클레어."*

"난 개신교 신앙을 자랑스럽게 생각해." 그녀가 엄숙하게 말했다.

그러자 클레어는—지독한 괴로움을 당하는 사람이 악마적인 기분에 사로잡혀 자신의 원래 원칙과 어긋나게 행동하듯—그녀를 가까이 오라고 한 다음 귀에다 대고 생각해낼 수 있는 가장 이단적인 생각들을 악마처럼 속삭였다. 그녀의 얼굴에 나타난 공포를 본 그는 순간적으로 웃음을 터뜨렸지만, 그 웃음은 자신의 안녕에 대한 고뇌와 염려가 떠오르면서 스러졌다. "머시, 날 용서해! 난 아무래도 제정신이 아닌 것 같아!"

정말 그런지도 모르겠다고 생각하면서 그녀는 작별 인사를 했고, 클레어도 사제관으로 돌아왔다. 더 행복한 날이 올 때까지 보석들은 동네 은행에 맡겼다. 또 몇 달 안에 테스가 요구하면 보내주라고 30파운드를 은행에 불입했다. 그리고 블랙무어 골짜기에 있는 그녀의 집으로 편지를 보내 이 사실을 알렸다. 이미 준 약 50파운드에다 이 정도의 돈을 더하면 당분간 넉넉하게 지낼 수 있겠지—그는 그렇게 생각했다. 급하게 돈이 필요하면 그의 아버지에게 말씀드리라고 했으니

---

* 셰익스피어의 『좋으실 대로』 3막 2장에서 터치스톤이 하는 말을 조금 바꿔서 야유하고 있음.

더욱 그랬다.

그는 부모님에게 그녀의 주소를 알려주어 편지가 오가는 일이 없도록 하는 것이 낫겠다고 생각했다. 그리고 무슨 일로 두 사람의 사이가 벌어졌는지 알지 못하는 부모님으로서는 주소를 굳이 알려고 하지 않았다. 해치워야 할 일을 빨리 마무리 짓고 싶어서 그는 그날 중으로 사제관을 떠났다.

이 지방을 떠나기 전에 그가 마지막으로 처리해야 할 일은 테스와 함께 결혼생활의 첫 사흘을 보낸 웰브리지의 농가를 방문하는 일이었다. 소액이었지만 방세를 치르고, 쓰던 방의 열쇠를 돌려주고, 남겨두고 온 두세 가지 물건을 갖고 와야 했다. 그의 인생에서 가장 어두운 그림자가 덮쳐 그 어둠을 그에게 드리운 곳이 바로 그 지붕 밑이었다. 하지만 거실 문을 열고 집 안을 들여다보았을 때 그날 그때쯤 행복에 겨워 도착한 순간이 제일 먼저 떠올랐다. 처음으로 한집에서 살게 되었음을 새록새록 실감하고, 처음으로 식사를 같이 하고, 손을 잡고 벽난로에서 수다를 떨었던 순간들의 기억이 스쳐갔다.

그가 방문했을 때 농부와 그의 아내는 들에 나가서 클레어는 얼마간 혼자서 집 안에 있었다. 완전히 청산하지 못한 감정들로 가슴이 새삼 벅차서 그는 2층의 테스 방─신방이 되지 못한 방─으로 올라갔다. 침대는 떠나던 날 아침 그녀가 자기 손으로 정돈해놓은 그대로 남아 있었다. 겨우살이도 그가 달아놓은 그대로 침대의 덮개 휘장 밑에 달려 있었다. 삼사 주가 지났기 때문에 변색되었고 잎과 열매도 말라서 쪼그라들었다. 에인절은 겨우살이를 떼어내어 벽난로에 처박았다. 그 자리에서 처음으로 그는 자신이 취한 조처가 관대하지 않은 것은 물론 현명하지도 않았을지 모른다는 의구심이 들었다. 자신이 잔인하리만치 시야가 좁았던 건 아닌가? 갈피를 잡기 힘들 만큼 갖가지 감정이 북받쳐오르면서 눈물이 핑 돌아 그는 침대 옆에 무릎을 꿇고 한탄했다. "아, 테스! 조금만 일찍 얘기했어도 용서했을 텐데!"

아래층에서 나는 발소리를 들은 그는 일어나 층계 꼭대기로 갔다. 층계 밑에 한 여자가 서 있었는데, 얼굴을 들자 창백한 얼굴에 검은 눈동자가 또렷한 이즈 휴엣이었다.

"클레어 씨." 그녀가 말했다. "내외분께 인사차 왔어요. 다시 여기로 오실 거 같아서요."

그는 그녀의 비밀을 알지만 그녀는 그의 비밀을 짐작하지 못한다. 그를 사랑하는 진실한 처녀, 테스만큼 혹은 거의 그녀만큼 진짜 농사꾼의 아내가 될 수 있는 처녀였다.

"나 혼자야." 그가 말했다. "우리는 이제 여기 살지 않아." 이곳에 왜 왔는지 설명하고 난 다음 그가 물었다. "어느 길로 해서 집에 가려고 하니, 이즈?"

"저도 탤버테이스 목장에서 살지 않아요." 그녀가 대답했다.

"어쩌다가?"

이즈가 고개를 숙였다. "너무 쓸쓸해서 떠났어요. 저쪽에 살아요." 그녀는 목장과 반대 방향을 가리켰는데 그가 가는 방향이었다.

"그래, 지금 그리로 가는 거야? 원한다면 마차로 데려다줄게."

그녀의 올리브색 얼굴이 더 짙은 빛깔로 상기되었다. "고맙구면요, 클레어 씨."

그는 곧 농부를 만나 방세와 갑자기 하숙을 취소함으로써 생겨난 몇 가지 문제를 해결했다. 클레어가 이륜마차로 돌아오자 이즈는 그의 옆에 올라탔다.

"난 영국을 떠날 작정이야, 이즈." 마차를 몰면서 그가 말했다. "브라질로 갈 거거든."

"클레어 부인도 가는 걸 좋다고 혀나요?"

"그 사람은 이번에 같이 안 가. 아마 1년쯤 지나야 될걸. 탐색하러 가는 거야, 그곳이 살 만한지 알아보려고."

동쪽으로 상당한 거리를 달리는 동안 이즈는 아무 말도 하지 않았다. "다른 친구들은 잘 있어? 레티는 어떻게 지내?" 그가 물었다.

"지난번에 봤을 때 애가 불안정해 보였어요. 뺨이 홀쭉하니 말라서 폐병 환자 같더라고요. 이제 레티에게 눈길을 줄 남자는 없을 거예요." 이즈가 멍하니 말했다.

"그럼 메리언은?"

이즈가 목소리를 낮췄다. "메리언은 술꾼이 됐어요."

"설마!"

"정말이에요. 그래서 목장 주인 아저씨가 내보낸걸요."

"넌 괜찮아?"

"술도 안 마시고 폐병도 아니지만 아침 먹기 전에 한 곡조 뽑고 싶은 생각은 없어졌죠."

"그건 또 왜? 아침에 소젖 짤 때 〈큐피드의 정원에서〉나 〈재봉사의 바지〉 같은 노래를 멋들어지게 불렀던 걸 기억하는데."

"아, 그래요. 클레어 씨가 목장에 오시고 처음엔 그랬죠. 하지만 조금 지나고 나서부터는 그만두었잖아요."

"왜 그만두었지?"

그의 얼굴을 바라보며 검은 눈동자를 잠시 번쩍이는 것으로 그녀는 대답을 대신했다.

"이즈! 그렇게 마음이 약해서 어떻게 하냐, 나 같은 사람 때문에!" 그는 그렇게 말하고 생각에 잠겼다. "그럼, 내가 너한테 결혼하자고 했으면?"

"그랬다면 네 하고 대답혔을 거고, 클레어 씨는 사랑에 빠진 여자 와 결혼혔을 거예요."

"정말?"

"정말이다마다요!" 그녀가 열정적으로 속삭였다. "맙소사! 여태껏 눈치도 못 챘나요!"

이윽고 그들은 마을로 들어가는 샛길에 도달했다. "이제 내려주세요. 저기 살거든요." 사랑을 고백한 뒤로 한마디도 하지 않은 이즈가 갑자기 말을 꺼냈다.

클레어는 말의 속도를 늦추었다. 그는 자신의 운명에 분개했고, 사회규범에 적개심을 느꼈다. 그를 궁지에 몰아넣어 정당한 방법으로 빠져나갈 길을 막아버린 것 아닌가. 이렇게 올가미에 걸려 인습의 회초리를 고스란히 맞기보다는 앞으로 제멋대로 동거하면서 사회에 복수를 하는 게 낫지 않을까?

"난 브라질에 혼자 가, 이즈." 그가 말했다. "뱃길이 험해서가 아니라 개인적인 이유로 아내와 별거중이야. 다시 합치지 않을 수도 있어. 지금은 널 사랑한다고 할 수는 없지만, 테스 대신 나와 같이 가주겠니?"

"진짜 저하고 같이 가고 싶으세요?"

"그래. 하도 심하게 당한 터라 위안이 필요하거든. 적어도 넌 날 사심 없이 사랑하잖아."

"그래요, 가겠어요."

"그래줄래? 그게 무슨 의미인지 알지?"

"그곳에서 사는 동안만 동거한다는 뜻이죠. 그래도 좋아요."

"이제 내가 도덕적으로 믿을 수 없는 사람인 걸 염두에 두도록. 하지만 문명, 다시 말해 서구 문명의 관점에서 부도덕할 따름이지."

"그런 건 아무래도 좋아요. 못 견디게 고통스러운데 달리 방법이 없으면 어떤 여자라도 그런 건 상관하지 않아요."

"그럼 내리지 말고 그대로 앉아 있어."

샛길을 지나 1마일, 2마일을 계속 달렸지만, 그는 아무런 애정 표시도 하지 않았다. "넌 날 아주 많이 사랑하지, 이즈?" 그가 갑자기 물었다. "그럼요. 그렇다고 했잖아요. 목장에서 같이 지내는 동안 내내 그렸는걸요."

"테스보다도 더?"

그녀는 고개를 저었다. "아니에요." 그녀가 작은 소리로 말했다. "테스보다 더는 아니에요."

"어째서?"

"아무도 테스보다 더 사랑할 순 없어요!…… 그애는 클레어 씨를 위해서라면 목숨까지 내놓을 텐디 그렇게는 못 하거든요."

브올 산 꼭대기의 예언자*처럼 이즈 휴엣도 그 순간 거짓말을 하고

---

* 「민수기」 23~24장. 이스라엘 백성을 저주하라는 부탁을 받았으나 거꾸로 축복의 예언을 하게 된 예언자 발람을 가리킴.

싫었겠지만, 테스의 성품이 다소 거친 성정의 그녀를 사로잡았기 때문에 아량을 발휘했다.

클레어는 침묵했다. 예상하지 못한 순간에 믿을 수밖에 없는 사람에게서 이렇게 직선적인 대답을 듣자 가슴이 북받쳐올랐다. 울음이 나오다 말고 목구멍에 걸린 것 같았다. 그녀의 말이 다시 귀에 맴돌았다. "그애는 클레어 씨를 위해서라면 목숨까지 내놓을 텐디 그렇게는 못 하거든요."

"우리가 나눈 실없는 이야기는 잊어버려, 이즈." 갑자기 말 머리를 돌리며 그가 말했다. "무슨 생각으로 그런 말을 했는지 모르겠어! 아까 그 샛길로 데려다줄게."

"정직의 보상이 이거네요! 아, 어떻게 견디라고요, 어떻게. 나보고 어떻게 견디라고요!" 자기가 무슨 짓을 저질렀는지 깨닫고 이즈 휴엣은 이마를 치면서 격한 울음을 터뜨렸다.

"이 자리에 없는 사람을 공정하게 평가한 작은 선행을 후회하는 거야? 아, 이즈, 후회로 선행을 망치지 않았으면 좋겠다."

그녀는 차츰 진정이 되었다. "알았어요. 가겠다고 혔을 때, 무슨 생각으로 그랬는지 모르겠어요. 가질 수 없는 걸 바랐나봐요."

"난 이미 사랑하는 아내가 있는걸."

"맞아요, 아내가 있고말고요."

그들은 반 시간 전에 지나온 샛길에 도착했고, 그녀는 뛰어내렸다. "이즈, 제발. 내가 잠시 경솔하게 행동한 걸 잊어줘." 그가 큰 소리로 말했다. "부적절하고 무분별하게 굴었어!"

"잊으라니요. 절대로 안 돼요! 아, 전 경솔하게 행동하지 않았어요!"

고통 어린 외침에 담긴 비난을 받아 마땅하다는 생각에 형언할 수 없는 회한에 사로잡힌 그는 마차에서 뛰어내려 그녀의 손을 잡았다. "그렇지만, 이즈. 그래도 우리 친구로 헤어지면 안 될까? 내가 뭘 견뎌야 하는지 넌 모를 거야!"

그녀는 정말 마음이 너그러운 처녀였고, 원한으로 작별을 망치려고 하지 않았다. "용서할게요." 그녀가 말했다.

"그런데 말이야, 이즈." 그녀가 옆에 서 있는 동안 현명한 조언자의 역할—그럴 기분은 전혀 아니었지만—을 해야 할 것 같은 부담을 느낀 그는 말을 꺼냈다. "메리언을 만나면 어리석은 짓 그만두고 잘 살라고 전해줘. 약속할 수 있지. 레티에게도 나보다 훌륭한 남자가 세상에 차고 넘치니까 날 위해서라도 지혜롭게 잘 처신하라고—이 말을 정확하게 전해—지혜롭게 잘 처신하라고. 날 위해서라도. 난 죽어가는 사람으로서 죽어가는 사람들에게 전언을 보내는 거야. 그들을 다시 만나지 못할 테니까. 그리고 이즈야. 내 아내에 대해 네가 솔직하게 말해준 것이 사람으로서 해서는 안 될 바보짓을 저지르려던 날 벼랑 끝에서 건져냈어. 여자들도 나쁜 짓을 할 때가 있지만, 이런 점에서는 남자만큼 나쁘지 않은 모양이야. 그 한 가지만으로 널 결코 잊지 못할 거야. 지금까지 그랬듯 앞으로도 선량하고 신실하게 살기를 빌게. 그리고 쓸모없는 애인이 아닌 충실한 친구로 기억해줘. 약속해주겠어?"

그러마고 약속한 다음 그녀가 말했다. "하느님의 축복과 가호가 있기를 빌게요. 안녕히 가세요!"

그는 다시 마차를 몰았다. 좁은 길로 들어선 이즈는 클레어의 모습이 시야에서 사라지자 너무 마음이 아픈 나머지 강둑에 몸을 던졌다. 그리고 그날 밤 늦게 어색하게 굳은 얼굴로 어머니의 집에 들어섰다. 에인절 클레어와 작별하고 집에 당도하기까지 그 슬픈 시간을 이즈가 어떻게 보냈는지 아무도 알지 못했다.

클레어 역시 그녀와 작별한 후 점점 가슴이 아리면서 입술이 덜덜 떨렸다. 그러나 그의 슬픔은 이즈를 위한 것은 아니었다. 그날 저녁 그는 가던 길을 버리고 테스의 집으로 향하는 가장 가까운 정거장에서 기차를 타고 둘 사이를 가로막고 있는 남부 웨섹스의 높이 솟은 능선을 가로질러 가고 싶은 마음을 겨우 억눌렀다. 그녀의 성품을 깔보거나 그녀의 마음 상태를 의심해서 가지 않은 것은 아니었다.

결코 아니었다. 이즈의 말로 테스의 사랑을 확인했지만, 사실이 바뀌지는 않았기 때문이다. 자신의 처음 생각이 옳았다면 지금도 옳으리라. 이날 오후 작용한 것보다 더 강하고 지속적인 힘이 방향을 돌려놓지 않으면, 관성의 힘으로 이미 가고 있는 길을 계속 따라갈 수밖에 없었다. 오래지 않아 테스에게로 돌아가리라. 그는 그날 밤 런던으로 가는 기차를 탔고, 닷새 후 출항하는 항구에서 형들과 작별의 악수를 나누었다.

41

전술한 사건들이 일어난 겨울철에서 클레어와 테스가 헤어진 지 8개월도 더 지난 10월의 어느 날로 넘어가도록 하자. 우리는 테스의 바뀐 처지를 목격하게 된다. 다른 사람들이 상자와 여행 가방을 들어주는 신사 집안의 새댁이 아니라, 그 이전에 그러했듯 자기 바구니와 보따리를 직접 들고 다니는 외로운 여인을 만나게 된다. 이 집행유예의 기간에 남편이 안락하게 지내라고 충분히 남겨놓은 돈이 떨어지고 얄팍한 지갑만 남게 된다.

말롯의 고향 집을 다시 떠난 뒤 테스는 봄과 여름을 힘에 크게 부치지 않는 일을 하며 지냈다. 고향 집과 탤버테이스 목장에서 멀리 떨어진 블랙무어 골짜기의 서쪽에 위치한 포트브레디 근처에서 주로 일용직으로 가벼운 일을 하면서 보낸 것이다. 남편이 준 돈을 쓰는 것보다는 일하는 것이 더 좋았다. 정신적으로 그녀는 완전히 침체 상태였고, 기계적인 일들을 하다보니 이런 상태가 심화됐다. 그녀의 의식은 다른 목장과 다른 계절에 만났던 다정한 연인—내 사람이라고 막 붙잡은 순간 꿈처럼 사라져버린 그이와 같이했다.

목장 일은 우유가 줄어들 때까지만 할 수 있었다. 탤버테이스에서처럼 정규직으로 고용된 것이 아니라 임시직으로 일했기 때문이다. 하지만 이제 추수철이 시작되어, 일자리를 얻으려면 목초지에서 밭으로 옮겨가기만 하면 되었고, 추수가 끝날 때까지는 일이 있었다.

클레어가 준 50파운드 중, 마음고생 시키고 돈까지 쓰게 만들어 죄송하다고 부모님께 절반을 떼어드리고 남은 25파운드는 그때까지 거의 쓰지 않았다. 하지만 불운하게도 비 오는 날이 계속되면서 금화에 손을 대지 않을 수 없었다.

그녀는 금화를 손에서 떠나보내는 것을 견딜 수 없었다. 에인절이 그녀를 위해 은행에서 새 돈으로 찾아 손에 쥐여준 것 아니던가. 그의 손길이 성스럽게 만든 금화는 그녀에게 돈이라기보다는 기념품이었다. 그 금화들에는 둘의 경험이 만들어낸 이야기 외에 다른 의미는 없었기에 돈을 쓰는 것은 유품을 헐값에 파는 짓 같았다. 하지만 어쩔 수 없었다. 그래서 금화는 하나씩 그녀의 손을 떠났다.

주소를 알려주기 위해 이따금 어머니에게 편지를 써야 했다. 그러나 이런 이야기는 하지 않았다. 돈이 다 떨어져갈 무렵 어머니에게서 사정이 몹시 어렵다는 편지가 왔다. 가을비에 지붕이 새서 대대적으로 집수리를 해야 하는데 작년에 지붕 이엉을 이은 대금도 갚지 못한 터라 어쩌지를 못하고 있다, 서까래도 갈고 2층의 천장도 새로 하면 작년 빚까지 합해서 20파운드가 든다, 네 남편은 재산이 있고 지금쯤은 틀림없이 돌아왔을 테니 돈을 보내줄 수 없느냐는 내용이었다.

에인절이 은행에 맡겨놓은 30파운드가 곧 오기로 되어 있을 때였다. 친정의 사정이 절박했기 때문에 테스는 그 돈을 받자마자 어머니가 부탁한 대로 20파운드를 보냈다. 남은 돈에서 일부는 겨울옷을 장만하는 데 써야 했으니 눈앞에 닥친 엄동설한에 쓸 돈은 얼마 남지 않았다. 마지막 파운드를 헐게 되자 돈이 더 필요하면 언제든지 우리 아버지에게 말씀드리라는 에인절의 말을 곰곰 되새기지 않을 수 없었다.

하지만 생각하면 할수록 그렇게 하고 싶지 않았다. 클레어를 위한 배려, 자존심, 괜한 수치심—뭐라고 부르든 간에 친정 부모에게 별거가 길어지고 있음을 숨기게 만든 그 무엇이, 상당한 액수의 돈을 남편이 주고 갔는데도 돈이 필요하다고 시부모에게 말하는 일을 가로막았다. 그렇지 않아도 그녀를 깔볼 텐데, 돈까지 구걸하면 얼마나 더 깔볼 것인가. 그녀는 결국 신부의 며느리로서 자신의 어려운 처지를 시

아버지에게 절대로 알리지 않겠다는 결론에 도달했다.

시부모에게 상황을 알리고 싶지 않은 마음은 시간이 지나면 약해질 거라는 생각이 들었다. 하지만 친정 부모에게 알리고 싶지 않은 마음은 더 강해졌다. 결혼 직후 친정에 다녀오면서 궁극적으로는 남편과 합칠 것이라는 인상을 주었고, 그때부터 지금까지 그가 돌아오기를 편안하게 기다리고 있다는 그들의 믿음을 흔들 만한 어떤 기미도 보이지 않았다. 그가 브라질 여행을 곧 끝내고 그녀를 데리러 오든가 아니면 브라질로 오라고 편지를 하든가, 어느 쪽이 되든 머지않아 가족들과 세상 사람들 앞에 부부로 나설 수 있으리라. 가능성이 희박한 이런 희망을 그녀는 아직도 품고 있었다. 첫번째 남자 때문에 겪은 곤경을 없었던 일로 돌릴 만큼 대단한 결혼을 하고, 친정에 경제적인 도움까지 준 마당에 이제 와서 남편에게 버림받아서 제 손으로 벌어먹고 살아야 함을 알리는 일은 정말이지 못할 노릇이었다.

다이아몬드 세트도 뇌리를 스쳤다. 클레어가 보석을 어디에 맡겼는지 그녀는 알지 못했고, 사용권만 있지 팔 권리가 없다는 것이 사실이라면 어디 있든 무슨 소용이랴. 설사 완벽하게 그녀의 소유라 하더라도 법적인 소유권을 빌미로 본래 내 것이 아닌 물건을 팔아 돈을 챙기는 것은 도리가 아니었다.

한편 그녀의 남편도 시련으로부터 자유로운 시간을 보낸 것은 결코 아니었다. 지금 이 순간 그는 브라질의 쿠리치바 근처, 점토질의 흙밭에서 천둥을 동반한 폭우에 흠씬 젖고 다른 여러 가지 어려움으로 고통을 당하면서 열병으로 앓아 누워 있었다. 이런 사정은 그즈음 브라질 정부의 약속에 현혹되어 영국에서 건너간 다른 농장주나 농장 노동자 들도 마찬가지였다. 영국의 고지대에서 밭을 갈고 씨를 뿌리면서 풍상을 이겨낸 체력이라면 브라질 평원의 낯선 기후와도 맞설 수 있다는 믿음은 근거가 없는 것으로 밝혀졌다.

하던 이야기로 다시 돌아가보자. 마지막 금화까지 다 쓴 테스는 달리 돈이 생길 구석이 없는 데다가 농한기를 맞아 일자리도 얻기 어려운 처지에 놓였다. 영민함과 열정, 건강, 의욕 등이 삶의 어느 분야에서나 가치를 인정받는다는 사실을 간과한 그녀는 일부러 하녀 자리를 구하지 않았다. 도회지나 저택, 돈 많고 사회적 지위가 있는 사람들, 그리고 시골 풍습이 아닌 모든 것이 두려웠다. 바로 그런 신사계급과의 접촉에서 암담한 근심이 시작된 것 아닌가. 테스가 약간의 경험으로 유추한 것보다 신사계급이 조금 나을 수는 있다. 하지만 달리 생각할 증거가 없었고 주어진 상황에서 그녀는 본능적으로 신사계급 근처에 가는 것도 피했다.

봄과 여름에 임시직으로 소젖 짜는 일을 했던 포트브레디 서쪽의 작은 목장들에서는 일감이 없었다. 탤버테이스로 가면 순전히 동정심만으로도 자리를 마련해주겠지만, 그곳의 삶이 편안했다고 돌아갈 수는 없었다. 버림받은 아내로의 전락을 견딜 수 있을 것 같지 않았고, 그런 모습으로 돌아가면 우상처럼 떠받드는 남편에게 누가 될까 염려도 되었다. 그들의 동정과 자신의 묘한 처지를 두고 수군거리는 것을 무심히 넘길 자신도 없었다. 목장 사람들이 자신의 처지를 알면서도 각자 마음속에만 담고 있다면 그들을 대면할 수 있으리라. 하지만 그녀를 화제로 삼는다는 생각만으로도 자지러들 지경이었다. 둘 사이에 어떤 차이가 있는지 꼭 집어 말하기는 어렵지만, 그런 차이를 느끼는 걸 어쩌겠는가.

지금 그녀는 이 주(州)의 중심부에 있는 고지대 농장으로 가는 길이었다. 이리저리 전송된 끝에 그녀에게 배달된 메리언의 편지에서 메리언이 추천한 곳이었다. 메리언은 어디선지 테스가 남편과 별거중이라는 소식을 들었고—아마 이즈 휴엣에게 들었겠지만—술에 절어 살지만 마음씨는 여전히 착한 그녀는 테스가 어려운 처지에 놓여 있다는 생각에 서둘러 목장을 떠나 고지대 농장에 왔음을 알렸다. 메리언은 예전처럼 일하는 것이 사실이라면 이곳에는 일자리가 있으니 와서 같이 지내면 어떻겠냐고도 썼다.

해가 점점 짧아지면서 남편의 용서를 받을 수 있으리라는 희망은 사라졌다. 아무런 생각 없이 본능적으로 떠돌아다니는 그녀는 야생동물의 습성 같은 것을 드러냈다. 사고나 우연한 사건이 일어나 그녀 자신의 행복을 위해서라도 소재가 빨리 파악되는 것이 중요할 수 있음을 고려하지 않았고, 한 걸음 뗄 때마다 파란 많은 과거와 조금씩 거리를 두며 자신의 흔적을 지워나갔다.

외톨이인 처지에서 겪는 어려움 중 외모 때문에 사람들의 눈길을 끄는 것이 큰 비중을 차지했다. 클레어에게서 습득한 남다른 행동거지에 타고난 매력이 더해진 까닭이었다. 결혼할 때 장만한 옷을 입고 있는 동안은 오다가다 받는 관심의 눈길이 성가신 일로 이어지지는 않았지만, 들일하는 여자들의 작업복을 입지 않으면 안 되는 상황이 되자 여러 번 무례한 희롱의 말을 들어야만 했다. 그러나 11월 오후의 어느 날까지는 신변의 위협을 느낄 만한 일은 없었다.

그녀는 지금 향하고 있는 고지대 농장보다 브릿 강 서쪽 지역을 선호했다. 남편의 집이 그곳에 있다는 이유에서였다. 언젠가 사제관을 방문하기로 마음먹게 될지도 모른다는 생각을 하면서 신부의 며느리임을 아무도 모른 채 사제관 근방을 맴도는 것이 좋았다. 하지만 일단 좀더 건조한 고지대로 가기로 결정한 이상 발길을 돌려 동쪽의 초크뉴턴 마을을 향해 걸음을 재촉했다. 그날 밤은 그곳에서 묵을 작정이었다.

오솔길은 길고 단조로웠다. 해가 급격히 짧아지는 때라 눈 깜빡할 새 어둠이 깔렸다. 그녀가 꼬불꼬불한 내리막길이 어렴풋이 보이는 언덕 꼭대기에 도달했을 때 등 뒤에서 발소리가 들렸고 곧 한 남자가 그녀를 따라잡았다. 그는 테스와 나란히 발걸음을 하며 말했다. "안녕하쇼, 이쁜 처자." 테스도 공손하게 인사했다.

주변은 거의 어둠에 휩싸였지만 하늘에 아직 남아 있는 햇살이 그녀의 얼굴을 비추었다. 남자가 고개를 돌리더니 그녀를 빤히 바라보았다.

"이런, 틀림없네. 트랜트리지에 잠깐 있던 그 하녀로구먼. 더버빌댁 젊은 나리와 친했제? 내가 지금은 딴 데 살지만, 그때는 거기 있었걸랑."

여관에서 그녀에게 상스러운 말을 건네다 에인절에게 얻어맞은 돈푼이나 만지는 그 시골 농부였다. 고통이 경련처럼 몸을 관통하고 지나갔다. 그녀는 응대하지 않았다.

"읍내에서 내가 한 말이 사실이라고 솔직하게 인정하시지. 멋쟁이 애인이 길길이 뛰었지만 말이여. 안 그런가, 영리한 처자? 따지고 보면 그 친구한테 내가 얻어맞은 걸 처자가 사과혀야 하는 거 아녀?"

테스는 여전히 묵묵부답이었다. 쫓기는 영혼에게 탈출구는 하나밖에 없는 것 같았다. 그녀는 갑자기 길을 따라 바람처럼 달아나기 시작했고, 조림지로 들어가는 출입문에 다다를 때까지 뒤도 돌아보지 않았다. 조림지 속으로 뛰어들어간 그녀는 발각될 가능성이 전혀 없을 만큼 깊이 들어갈 때까지 멈추지 않았다.

발밑의 낙엽은 말라 있었고, 낙엽수 사이에서 자라는 호랑가시나무 덤불의 무성한 잎이 바람을 막아주었다. 그녀는 낙엽을 긁어모아 쌓아올리고 한가운데에 잠자리를 만든 다음 그 안으로 기어 들어갔다.

그렇게 이룬 잠이니 당연히 자다 깨다 했다. 이상한 소리가 들리면 바람 소리일 거라고 스스로를 달랬다. 추위에 떨면서 그녀는 지구의 반대편, 막연히 따뜻할 것이라고 짐작하는 곳에 있을 남편을 생각했다. 세상에 자신처럼 비참한 존재가 또 있을까? 테스는 그렇게 자문했다. 자신의 망가진 삶을 돌아보고 "세상만사 헛되다"*라고 중얼거렸다. 그녀는 기계적으로 그 말을 되풀이하다가 현대에 적용하기에는 매우 부적절한 발상이라는 생각이 들었다. 2천 년도 전이라 솔로몬이 그렇게 말한 것이다. 그녀로 말하자면 사상가의 선두에 서 있지는 않았지만 훨씬 깊은 통찰에 도달했다. 모든 것이 헛된 데 불과하다면 누가 신경이나 쓰겠는가? 애석하게도 그보다 더 나빴다. 모든 것이 불의와 형벌, 강제와 죽음이었다. 에인절 클레어의 아내는 손을 이마에 대고 그 둥근 윤곽과 부드러운 살결 밑에서 느껴지는 안와(眼窩)의 가장자리를 더듬으면서 살이 썩어 뼈가 드러날 때가 오겠지 하고 생

---

* 「전도서」1장 2절.

각했다. 그리고 "지금이 그때면 좋겠다"라고 중얼거렸다.

이렇게 부질없는 공상을 하던 중에 나뭇잎 사이에서 다시 이상한 소리가 들렸다. 바람 소리겠거니 했지만 바람기는 전혀 없었다. 때로는 심장 고동 소리 같았고, 때로는 날개의 퍼덕거림 같았고, 때로는 숨을 헐떡거리는 소리나 목이 그르렁거리는 소리 같았다. 처음에는 머리 위 가지에서 들리다가 쿵 하고 뭔가 떨어지는 소리가 났기 때문에 곧 어떤 종류든 야생동물이 내는 소리라는 확신이 들었다. 행복한 상황에서 여기 숨어 있는 것이라면 겁이 났으리라. 하지만 지금은 사람을 빼고 두려울 것이 없었다.

마침내 날이 샜다. 하늘이 환해졌고 얼마 있다가 숲속도 밝아졌다.

곧 세상이 깨어 활동할 시간임을 알리는 편안한 일상의 빛이 강해졌고, 테스는 낙엽 더미에서 빠져나와 담대하게 주변을 둘러보았다. 그제야 그녀를 불안하게 만들었던 소리가 무엇인지 알게 되었다. 그녀가 피난처로 삼았던 조림지는 이 지점부터 경사가 져서 언덕 꼭대기에서 조림지가 끝나고 산울타리 너머로는 경작지가 있었다. 나무 밑에는 화려한 깃털이 피로 범벅이 된, 여러 마리의 꿩이 흩어져 있었다. 죽은 놈과 힘없이 날개를 씰룩씰룩 움직이는 놈, 하늘을 쳐다보는 놈, 가쁜 숨을 몰아쉬는 놈, 몸이 일그러진 놈, 축 늘어진 놈―고문을 더는 견딜 수 없어 밤에 숨을 거둔 운 좋은 놈들을 제외하고 모두 고통스럽게 몸부림쳤다.

테스는 무슨 영문인지 짐작할 수 있었다. 새들은 그 전날 사냥꾼 무리에 쫓겨 이 구석으로 들어왔던 것이다. 총을 맞고 떨어진 놈이나 해가 지기 전에 죽은 놈들은 사냥꾼들이 찾아서 주워 갔으나, 심한 상처를 입고 도망쳐서 숨거나 무성한 나뭇가지에 올라앉아 있던 꿩들은 밤새 피를 흘리며 지칠 대로 지친 상태에서 한 마리씩 땅에 떨어졌는데, 테스는 그 소리를 들은 것이다.

그녀는 소녀 시절, 이상한 옷차림을 하고 피에 굶주린 눈빛을 번득이며 산울타리 너머를 바라보거나 수풀 속을 노려보며 총을 겨누는 사람들을 이따금 보았다. 그들이 무섭고 잔인하게 보이지만 1년 내내 그런 것은 아니고, 가을과 겨울의 몇 주간을 제외하면 아주 점잖은 사람들이라고들 했다. 사냥철에만 말레이반도의 원주민처럼 미친 듯이 날뛰며 살생을 목표로—이 경우에는 이런 취향을 만족시키기 위해 인공적인 방법으로 번식시킨 죄 없는 날짐승들의 생명이 희생되었다—자연의 수많은 자녀들 중에서 약자들에게 무례하고 비겁한 짓을 한다는 것이다.

자신이 고통을 당하는 만큼 고통을 당하는 이들의 아픔을 동정하는 사람으로서 테스는 아직 살아 있는 새들이 당하는 고문을 끝내자는 생각이 우선 떠올랐다. 그래서 그녀는 눈에 띄는 새들은 모두 찾아서 자기 손으로 목을 비틀어 죽인 다음 사냥터지기들이 다시 찾으러 오면—십중팔구 올 테니—갖고 가라고 그 자리에 놔두었다.

"가여운 것들. 이런 비참한 꼴을 당한 너희도 있는데 내가 세상에서 가장 비참하다고 생각했으니!" 이렇게 탄식한 그녀는 새들을 사랑의 마음으로 죽이면서 눈물을 줄줄 흘렸다. "내 몸 어느 한 곳도 아프지 않은데! 불구가 되었거나 피를 흘리지도 않고, 내 몸을 먹이고 입힐 두 손이 있는데!" 그녀는 전날 밤의 우울함이 부끄러웠다. 자연법칙과 상관없이 사회가 자의적으로 만들어놓은 법칙에 따라 유죄판결을 받았다는 느낌 이상의 실체는 없는 우울함이었으니 말이다.

42

이제 환한 대낮이 되어 다시 길을 나선 그녀는 조심스럽게 큰길로 나왔다. 하지만 근방에 사람이라고는 없어서 조심할 필요는 없었다. 테스는 결연히 앞으로 나아갔다. 새들이 고통의 밤을 소리 없이 견뎌 낸 것을 보고 그녀는 슬픔이 상대적임을 되새겼고, 세상의 평판을 무시할 만큼 고개를 빳빳이 들 수만 있다면 자신의 슬픔도 견딜 만하다고 생각했다. 하지만 에인절이 세상의 평판을 따르는 한 어떻게 그럴 수 있겠는가.

초크뉴턴에 도착해 여관에서 아침 식사를 했는데, 그곳의 젊은 남자 몇 명이 예쁘다는 둥 찬사를 보내며 치근덕거렸다. 어쩐지 희망이 샘솟는 느낌이었다. 남편도 언젠가 비슷한 말을 해주지 않을까 하는 기대 때문이었다. 그럴 수도 있으니까 오가며 만나는 남자들을 멀리하면서 몸단속을 잘해야만 했다. 그러려면 외모 때문에 위험에 처하는 일이 없도록 해야 한다. 마을을 벗어나자마자 그녀는 잡목 숲으로 들어가 바구니에서 가장 낡은 작업복을 꺼내 갈아입었다. 말롯의 그루터기 밭에서 일할 때 입고 목장에서는 입은 적도 없는 옷이었다. 그러다 좋은 생각이 떠올랐다. 짐꾸러미에서 수건을 꺼내 치통을 앓는 것처럼 모자 아래 얼굴을 동여매 턱뿐만 아니라 빰과 관자놀이도 절반쯤 가렸다. 그러고 나서 손거울을 보고 작은 가위로 눈썹을 냉정하게 잘라버렸다. 이렇게 흑심을 품은 시선에 대비한 후 그녀는 울퉁불퉁한 길을 따라 걸었다.

"처자인지 허수아비인지 모르겠네!" 가다가 처음 만난 남자가 길동무에게 말했다.

그 말을 듣고 그녀는 자신의 처지가 처량해서 눈물이 났다.

"난 아무렇지도 않아!" 그녀가 말했다. "천만에, 난 아무렇지도 않아! 이젠 이렇게 흉한 모습으로 지낼 테야. 에인절이 여기 없고 날 돌봐줄 사람이 아무도 없는걸. 내 남편이었던 그 사람은 떠났고, 이제날 사랑하지도 않아. 하지만 난 여전히 그 사람을 사랑해. 다른 남자들은 싫으니까 비웃으려면 비웃으라지!"

테스는 계속 걸었다. 그녀의 모습은 순전히 겨울옷을 차려입은 들일하는 여자로 풍경의 일부를 이뤘다. 회색 모직 망토에 빨간 털목도리, 모직 치마 위에 두른 탈색된 밤색의 작업복 앞치마, 누런 가죽장갑—이 낡은 차림새의 실오라기 하나까지 비에 젖고 볕에 바래고 바람에 시달려 탈색되고 닳아 나달나달했다. 이제 그녀에게서 젊음의 열정은 흔적도 남지 않았다.

처녀의 입술은 싸늘하고
……
아무 장식 없는 겹겹의 머리 타래가
그녀의 머리를 동여맸네.*

---

* A.C. 스윈번의 「프라골레타」 41~45행.

겉으로 봐서는 감각이 있을 법하지 않고 거의 무생물 같은 그녀의 내면에 모든 것의 헛됨을, 욕망의 잔인함과 사랑의 허무를 나이에 비해 너무 많이 알아버린, 살아 숨 쉬는 삶의 기록이 있었다.

다음 날은 날씨가 좋지 않았지만 테스는 계속 무거운 발걸음을 내디뎠다. 자연이 적나라하게, 대놓고 모든 사람에게 적의를 드러내도 좌절하지 않았다. 겨울을 지낼 집과 일자리를 구하는 것이 그녀의 목표였기 때문에 허비할 시간이 없었다. 일용직의 불안정성을 충분히 경험해서 그런 일은 더 하지 않기로 마음먹었다.

이렇게 여러 농장을 거치면서 메리언이 편지에 적은 곳을 향해 갔다. 그곳의 일이 몹시 고되다는 소문이 마음에 걸려서 일자리를 구하다 정 안되면 가볼 작정이었다. 처음에는 힘이 덜 드는 일을 찾아보려고 했으나 어떤 종류든 그런 일자리는 없어서 그다음에는 조금 힘든 일도 알아보았고, 결국에는 그녀가 가장 좋아하는 목장 일이나 양계장 일 대신 가장 싫어하는 밭일도 하겠다고 나섰다. 너무 고되고 거친 일이라 사실 다른 때 같았으면 할 마음도 먹지 않았으리라.

이튿날 저녁 무렵 그녀는 반구형의 고분들이 젖가슴처럼 달린—젖가슴이 여럿이라는 대지의 여신이 반듯이 거기 누워 있는 듯—울퉁불퉁한 백악질 토양의 고원에 이르렀다. 고향의 골짜기와 그녀가 사랑하는 사람의 골짜기 사이에 뻗어 있는 이 고원은 대기가 건조하고 차가워서 비가 오고 몇 시간만 지나도 길게 뻗은 마찻길에 뿌연 먼지가 일었다. 나무는 거의, 아니 전혀 없다시피 했다. 나무와 수풀, 덤불의 천적인 소작농들이 산울타리 사이에서 자랐을 나무들을 산사나무 울타리 가지와 함께 무자비하게 엮어버렸기 때문이다. 그녀 앞에 펼

처진 풍경의 중간쯤 벌배로와 네틀콤타우트의 봉우리들이 보였다. 친근한 모습들이었다. 여기서는 나지막하니 삼가는 모습이지만, 어린 시절 반대쪽인 블랙무어에서 바라보면 거대한 요새처럼 하늘 위로 솟아오른 봉우리들이었다. 남쪽으로 여러 마일 떨어진 해안 지대의 언덕과 산맥 너머로 강철의 표면 같은 것이 반짝거렸다. 영국 해협이 프랑스 쪽에 가깝게 다가간 지점이었다.

약간 지대가 낮은 곳에 마을 비슷한 것이 나타났다. 결국 메리언이 머무는 플린트콤애시에 도착하고 만 것이었다. 별 도리가 없었다. 이곳에 올 수밖에 없는 운명이었다. 주변의 척박한 토양으로 미루어 노동 강도가 세리라는 것을 미루어 짐작할 수 있었다. 하지만 일자리를 찾는 데도 지쳤고, 가뜩이나 비가 오기 시작해서 그녀는 이곳에 머물기로 작정했다. 마을 입구에 박공이 길가로 튀어나온 농가가 있어서 숙박할 곳을 구하기 전에 그 박공 밑에서 어둠이 깔리는 모습을 지켜보았다.

"누가 날 에인절 클레어의 아내라고 생각하겠어!" 그녀가 혼잣말로 중얼거렸다.

등과 어깨를 기대고 선 벽이 따뜻한 것으로 보아 그쪽에 농가의 벽난로가 있는 것 같았다. 벽난로의 열기가 벽돌 사이로 전해져서 그녀는 벽에 손을 녹이고, 비를 맞아 빨갛게 언 뺨까지 갖다 댔다. 벽은 그녀에게 남은 유일한 친구 같았다. 그곳을 떠나고 싶은 생각이 들지 않아서 그곳에 밤새 있으라고 해도 그럴 수 있을 것 같았다.

하루 일을 마친 식구들이 집 안에 모여 이야기를 나누는 소리, 저녁을 먹으면서 그릇 부딪히는 소리가 테스의 귀에 들렸다. 하지만 길거리에는 그때까지 한 명도 눈에 띄지 않았다. 한 여자의 모습이 나타나면서 정적이 깨졌다. 저녁 날씨가 쌀쌀한데도 차양 달린 모자에 날염한 여름 원피스 차림이었는데, 테스는 메리언이라고 직감했다. 어둠 속에서도 분간할 수 있을 만큼 가까이 다가오자 정말 그녀였다. 전보다 체중이 불고 얼굴색도 붉어졌으며, 옷차림은 눈에 띄게 초라해졌다. 옛날의 테스라면 그런 상황에서 그녀를 알은척하고 싶지 않았을 것이다. 하지만 외로움에 지칠 대로 지친 그녀는 메리언과 반갑게 안부를 나눴다.

메리언은 예의를 지켜가며 이것저것 물었는데 테스가 예전보다 사정이 나아지지 않았다는 사실에 ─ 별거중이라는 사실을 어렴풋이 들어 알고 있었지만 ─ 무척 마음 아파하는 것 같았다.

"테스, 아니 클레어 부인, 사랑하는 그 사람의 사랑스러운 아내! 그런디 정말이지 어쩌다 이런 딱한 처지가 된겨? 그 이쁜 얼굴을 왜 싸매고 다니냐고? 너 맞고 사냐? 그 사람이 그런 건 아니겠지?"

"아녀, 아녀, 메리언! 남정네들이 치근대는 걸 피하려고 부러 그런 겨." 그녀는 그런 황당한 상상을 불러일으킨 진저리 나는 수건을 벗었다.

"옷에 깃도 안 달았고." (테스는 목장에서 흰색의 작은 깃으로 멋을 부리곤 했다.)

"알아, 메리언."

"다니다 잃어버린겨?"

"잃어버리지는 않았어. 실은 이제 외모에 신경 안 쓰거든. 그래서 안 달았어."

"결혼반지도 없네."

"있어. 내놓고 끼지 않을 뿐이여. 리본에 묶어 목에 걸고 다녀. 사람들이 내가 누구의 아내인지, 아니 결혼한 사실조차 몰랐으면 혀서. 이렇게 살고 있는디 사람들이 알면 거북하잖아."

메리언은 잠시 말이 없었다. "그래도 넌 신사 집안의 며느리잖여. 이렇게 사는 게 온당한 건 아니잖여?"

"아녀, 온당한겨. 하지만 난 너무 불행혀."

"글쎄…… 그 사람이 너랑 결혼했잖아. 그런디 어떻게 불행할 수가 있어!"

"남편이 잘못혀서가 아니라 자기 잘못으로 불행할 수도 있어."

"넌 잘못을 저지를 사람이 아녀. 그건 분명혀. 그 사람도 마찬가지고. 그러니께 두 사람 밖에서 문제가 생긴 거제."

"메리언, 이제 질문은 그만. 좋은 일 하는 셈 치고 날 좀 도와줘. 그이는 외국에 나갔고, 어쩌다보니께 생활비로 준 돈을 다 써버렸어. 그래서 당분간은 일을 해서 먹고살아야 혀. 날 클레어 부인이라고 부르지 말고 예전처럼 테스라고 불러줘. 그런디 여기 일자리가 있긴 한겨?"

"아, 그럼. 여긴 오겠다는 사람이 없어서 일자리는 있어. 굶어 죽기 똑 알맞은 땅이라 밀하고 순무 말고는 되질 않아. 나도 여기서 일하지만, 너 같은 애가 여기까지 오다니 참 딱하다."

"하지만 너도 소젖 짜는 일이라면 남 못지않았잖아."

"그랬제. 그런디 술을 마시기 시작하면서 할 수 없게 되었제. 아, 이제 낙이라곤 술밖에 없어. 일자리를 얻게 되면 순무 캐는 일을 하게 될겨. 지금 내가 하는 일인디 니가 좋아할 일은 아녀."

"아녀, 아무 일이나 할겨. 나 대신 말해줄겨?"

"니가 직접 말하는 게 나을 텐데."

"알았어. 그런디 메리언, 명심혀. 일자리를 얻더라도 그이 이야기
는 하지 말아줘. 그이 얼굴에 먹칠하고 싶지 않아서 그려."

메리언은 테스처럼 섬세한 편은 아니었지만 믿을 만한 처녀였고,
테스가 부탁한 대로 하기로 약속했다. "오늘이 품삯 받는 날이여." 그
녀가 말했다. "나랑 같이 가면 일자리 문제는 곧바로 결정이 날겨. 니
가 불행하다고 하니 마음이 안 좋다. 하지만 그 사람이 니 곁에 없어
서 그렇지 여기 함께 있으면 불행할 리 없잖아. 돈 한 푼 안 주고 하녀
처럼 부려먹는다고 해도."

"그럼. 불행할 리 없어!"

걸어서 곧 도착한 농장 건물은 그럴 수 없을 정도로 황량해 보였다.
나무 한 그루 보이지 않았다. 계절이 계절인 만큼 푸른 풀밭도 없었
다. 일정한 높이로 일률적으로 손질한 산울타리로 구획을 지은 들판
은 휴경지 아니면 순무밭이었다.

테스는 모인 일꾼들이 품삯을 받을 때까지 농장 건물 밖에서 기다
렸고, 그다음에 메리언이 말을 넣어주었다. 농장 주인은 자리를 비운
것 같았고, 남편의 대리인 역할을 하는 부인이 구력(舊曆) 수태고지
축제일*까지 일하겠다는 약속을 받고 그녀를 고용했다. 들일하는 여
자 일꾼이 별로 필요하지 않을 때였지만, 여자도 남자처럼 할 수 있는

---

* 율리우스력인 구력 수태고지일은 4월 6일임. 영국에서는 1752년에 그레고리안력으로
바뀌었는데 농촌 지역에서는 19세기에도 통용됨.

일이면 품삯이 싼 여자를 쓰는 것이 이익이었기 때문이다.

계약서에 서명하고 나자 이제 잠자리를 구하는 일만 남았고, 숙소
는 그녀가 기대 몸을 녹였던 박공 달린 집으로 정했다. 그녀가 확보한
생계 수단은 초라했지만 어쨌거나 겨울을 날 피난처는 마련된 셈이
었다.

그날 밤 테스는 말롯으로 남편이 편지를 보낼 경우에 대비해 부모
님에게 새 주소를 보냈다. 하지만 남편이 욕을 먹을까봐 어렵게 지낸
다는 이야기는 하지 않았다.

43

플린트콤애시 농장을 굶어 죽기 똑 알맞은 땅으로 정의한 메리언의
말에는 과장이 없었다. 이곳에서 기름진 것이라고는 메리언뿐이었고,
그녀도 말하자면 외래종이었다. 마을에는 세 종류가 있다. 지주가 돌
보는 마을, 마을 사람들이 돌보는 마을, 지주도 마을 사람들도 돌보지
않는 마을이 그것이다. 바꿔 말해 지주가 거주하며 소작을 주는 마을,
자영농과 등본 소유권자 들이 경작하는 마을, 그리고 부재지주가 토
지를 임대하는 마을의 세 종류가 있는데, 플린트콤애시는 세번째 종
류의 마을이었다.

아무튼 테스는 일을 시작했다. 정신력과 조심스러운 몸가짐을 결합
한 인내심은 더이상 에인절 클레어 부인의 부차적인 특징이 아니었
다. 그것은 그녀를 지탱하는 힘이었다.

테스가 친구와 함께 일을 시작한 순무밭은 약 100에이커가 하나의 구획을 이루는 땅으로 농장에서 가장 높은 곳에 자리 잡고 있었다. 백악질의 지층에 규토질의 지맥이 노출되어 있는 구릉지 위에 무수하게 많은 하얀 차돌이 구근, 화살촉, 혹은 남근 모양으로 얼기설기 박혀 있는 땅이었다. 순무의 위쪽 절반은 가축들이 이미 뜯어먹었고, 두 여자가 할 일은 땅에 파묻힌 나머지 절반을 먹을 수 있게 갈고리가 달린 갈퀴로 캐내는 것이었다. 순무의 잎사귀는 가축의 배 속으로 들어간 뒤여서 들판의 색은 한결같이 우중충한 갈색이었고, 외관은 턱에서 이마까지의 얼굴이 눈, 코, 입 없이 살갗으로만 덮인 듯 아무런 특징이 없었다. 하늘도 색깔만 달리할 뿐 이목구비가 사라진 희끄무레한 텅 빈 모습이기는 마찬가지였다. 이렇게 아래위의 두 얼굴은—허연 얼굴은 갈색 얼굴을 내려다보고, 갈색 얼굴은 허연 얼굴을 올려다보면서—하루 종일 마주 보고 있었다. 하늘과 땅 사이에는 갈색 얼굴의 표면을 파리처럼 기어다니는 두 여자를 빼고 아무것도 없었다.

누구도 거기까지 올라오지 않아서 그들은 기계처럼 규칙적으로 동작을 반복했다. 그들은 갈색의 거친 삼베 겉옷—옷이 날리지 않도록 치마까지 등 뒤에서 동여맬 수 있는, 소매 달린 밤색의 앞치마—으로 온몸을 감싸고 있었다. 다리를 충분히 가리지 못한 치마 밑으로 발목까지 오는 장화가 드러났고, 누런 양가죽장갑 위로 토시를 하고 있었다. 차양 달린 두건을 쓰고 고개를 숙인 그들의 사색적인 모습을 눈여겨본 사람은 초기 이탈리아 회화에 등장하는 두 마리아*를 연상했으

---

* 성모 마리아와 막달라 마리아.

리라.

그들은 몇 시간이고 계속 일했다. 주어진 풍경에서 자신들의 모습이 처량하게 보이리라는 생각도 하지 않았고, 또 주어진 운명이 정당한지 부당한지 따지지 않았다. 그리고 그런 상황에서도 꿈을 꾸었다. 오후에 다시 비가 내리기 시작했다. 우천에는 일을 하지 않아도 되지만, 그러면 품삯도 못 받는다는 메리언의 말에 일을 계속하기로 했다. 밭이 워낙 높은 데 있어서 비는 내릴 겨를도 없이 윙윙거리는 바람에 실려 수평으로 날아들었다. 유리 조각처럼 박히는 비에 뼛속까지 젖었다. 테스는 그때까지만 해도 그 말의 의미를 실감하지 못했다. 젖는데도 정도가 있어서 보통은 조금만 젖어도 뼛속까지 젖었다고 말한다. 그러나 더디기만 한 밭일을 계속하면서 빗물이 처음에는 다리와 어깨로, 그다음에는 엉덩이와 머리로, 그리고 등과 가슴, 옆구리로 차츰 스며들어도 납빛 햇살이 스러져 해가 졌음을 알려줄 때까지 일을 계속하려면, 얼마만큼의 극기가, 더 나아가 용기가 필요했다.

하지만 그들은 우리가 생각하는 만큼 젖었다고 느끼지는 않았다. 둘 다 젊었고, 여름이 풍성한 선물을 베풀어주던 — 실제로는 모두에게, 감정적으로는 그들에게 — 탤버테이스 목장에서, 그 즐겁고 푸른 땅에서 함께 살며 사랑하던 때의 이야기를 나누었기 때문이다. 테스는 명목상일 따름이지만 법적으로 그녀의 남편인 사람 이야기를 메리언과 하고 싶지 않았다. 하지만 그 화제가 못 견디게 매력적이었기 때문에 메리언의 말에 맞장구를 치지 않을 수 없었다. 이리하여 앞서 말한 대로 비에 젖은 모자의 차양이 얼굴을 찰싹 후려치고, 겉옷은 진저리를 칠 정도로 몸에 달라붙었지만, 그들은 그날 오후 내내 초록빛의 화창하고 낭만적인 탤버테이스의 추억을 되새기며 보냈다.

"날씨가 좋으면 프룸 골짜기에서 몇 마일 떨어진 언덕을 여기서 희미하게나마 볼 수 있어." 메리언이 말했다.

"아, 정말?" 그 장소의 새로운 가치를 발견한 테스가 말했다.

이렇게 즐거움을 추구하는 타고난 의지와 이를 방해하는 상황의 의지, 이 두 힘이 다른 곳에서와 마찬가지로 여기서도 작용하고 있었다. 늦은 오후로 접어들자 메리언의 의지는 흰 헝겊으로 마개를 막아놓은 1파인트짜리 병을 주머니에서 꺼내 스스로 힘을 북돋는 방식을 취했다. 그녀는 테스에게도 한 모금 하라고 권했지만 테스의 꿈꾸는 힘은 그런 도움 없이도 고양된 기분을 느낄 수 있었고, 입술을 축이는 이상은 사양했다. 메리언은 화주를 한 모금 들이켰다. "인이 박여서 끊을 수 있어야제." 그녀가 말했다. "이게 유일한 낙인걸…… 너도 알다시피 난 그 사람을 잃었어. 넌 아니잖아. 그러니 술 없이 지낼 수 있겠지."

테스는 자기도 잃은 것은 마찬가지라고 생각했지만 적어도 서류상으로는 에인절의 아내라는 긍지를 갖고 메리언의 차별화를 받아들였다.

이런 환경에서 테스는 오전에는 서리를, 오후에는 비를 맞으며 고된 일을 감내했다. 주로 순무 캐기 아니면 다듬기였는데, 저장하기 전에 작은 낫으로 흙과 잔털을 긁어내는 일이었다. 이 일을 할 때 비가 오면 초가지붕의 바자 울타리 옆에서 비를 피할 수 있었다. 하지만 서리가 내린 날 꽁꽁 언 순무들을 만지다보면 두꺼운 장갑을 껴도 손가락이 얼어붙는 것 같았다. 그래도 테스는 희망을 가졌다. 클레어의 성격에서 가장 뚜렷한 특징이 관대함이라는 믿음을 고수하면서, 언젠가 그가 관대한 마음으로 자기 곁으로 돌아오리라는 확신을 붙들었다.

익살을 떨고 싶은 기분이 든 메리언은 앞서 말한 남근 모양의 돌을 가리키며 비명을 지르고 웃음을 터뜨렸다. 테스는 엄숙한 표정으로 모른 척했다. 그들은 종종 멀리 바 혹은 프룸으로 불리는 골짜기가 뻗어 있는 쪽을 바라보았다. 아무것도 보이지 않았다. 그래도 회색 안개로 덮인 곳을 응시하면서 거기서 지낸 옛 시절을 회상하곤 했다.

"아, 우리 단짝 친구 중 하나, 아니 두 명 다 여기 오면 얼마나 좋을 겨!" 메리언이 말했다. "그럼 매일 이 밭에 탤버테이스를 옮겨놓고, 그 사람 이야기며, 거기서 재미있게 지낸 거며, 우리가 알던 것들 이야기를 나눌 텐데. 그럼 상상으로나마 옛날로 돌아갈 수 있을 거 아녀!" 그 시절이 눈앞에 선한 듯 눈물이 글썽한 메리언이 떨리는 목소리로 말했다. "이즈 휴엣한테 편지를 써야지." 그녀가 말했다. "일 안 하고 집에서 놀고 있댜. 우리가 여기 있다고 이야기하고 오라고 혀야지. 지금쯤 레티도 몸이 좋아졌을겨."

테스로서야 그런 제안에 반대할 이유가 없었고, 메리언은 이삼 일 뒤 탤버테이스의 행복을 여기 옮겨놓자는 계획이 진전되었음을 알려주었다. 이즈가 편지에 답장을 했으며 오는 쪽으로 해보겠다고 약속했다는 것이다.

이런 겨울은 여러 해 만에 처음이었다. 겨울은 체스를 두는 사람이 말을 쓰듯 은밀하면서도 정확하게 다가왔다. 어느 날 아침, 몇 그루밖에 없어 더 스산해 보이는 나무들과 산사나무로 엮은 산울타리들은 식물의 외피를 벗고 동물의 외피로 갈아입었다. 잔가지마다 밤새 껍질에서 자라난 모피 같은 하얀 솜털이 가득 덮여 있었고, 그래서 보통 때보다 네 배는 더 단단해 보였다. 덤불이든 나무든 음울한 회색의 하늘과 지평선 위에 하얀 선으로 선명하게 그려놓은 소묘 같았다. 이전에는 눈에 띄지 않던 거미줄이 헛간이나 벽에서 그 존재를 드러냈다. 공기가 수정처럼 맑아지면서 헛간과 말뚝, 대문 등의 돌출부에 거미줄이 하얀 털실 타래처럼 달려 있는 모습이 또렷이 나타난 것이다.

이렇게 습기가 얼어붙는 시기가 지나가고 건조한 서리철이 시작되면, 북극 저 너머에서 플린트콤애시의 고지대로 낯선 새들이 소리 없이 날아들었다. 비극적인 눈을 가진 말라빠진 유령 같은 새들이었다. 인간이 접근할 수 없는 극지대에서, 인간이 견딜 수 없는, 피까지 얼어붙게 만드는 온도에서, 인간이 상상할 수 없는 규모의, 천지개벽 같은 무시무시한 광경을 목격한 눈이었다. 오로라가 내쏘는 빛으로 빙산의 충돌과 설산의 눈사태를 지켜봤고, 엄청난 폭풍과 함께 땅과 바다가 뒤틀리는 와중에 반쯤 멀어버린, 그런 광경들이 빚어낸 독특한 표정을 담고 있는 눈이었다. 이 이름 모를 새들은 테스와 메리언 근처로 아주 가까이 다가왔지만, 인간이 결코 알 수 없을 그들의 목격담을 전하지 않았다. 그들에게는 경험담을 이야기하려는 여행자의 야심이 없었다. 소리 없이, 무표정하게 그들이 가치를 부여하지 않는 경험을 깨끗이 잊고, 평범한 고지대에서 당장 일어나는 일을—갈퀴로 흙덩이를 헤쳐 이 방문객들이 맛있게 먹을 수 있는 무엇인가를 캐내는 두 여자의 일상적인 움직임을—주시했다.

그러던 어느 날 사방이 탁 트인 이 고장의 공기에 특별한 면모가 나타났다. 비를 내리지 않는 습기와 서리를 내리지 않는 추위가 찾아왔다. 냉기로 눈알까지 얼어붙었고 이마가 욱신거렸으며, 냉기가 스며들어 겉보다는 속이 더 추웠다. 그들은 눈이 올 징조라고 말했고, 밤이 되자 눈이 내렸다. 길 가는 어떤 나그네도 그 옆에 멈춰 서면 외로움을 위로받을 따뜻한 박공이 달린 집에서 계속 살고 있던 테스는 한밤중에 초가지붕에서 나는 소리에 잠을 깼다. 바람이란 바람은 모두 지붕 위에 모여 운동회를 연 것 같았다. 아침에 일어나 등불을 밝히자 창문 틈으로 눈이 날려 고운 가루가 하얀 원뿔 모양으로 쌓여 있었다. 굴뚝으로 내려온 눈이 구두 밑창 두께로 덮여 왔다갔다하면 발자국이 남았고, 바람이 어찌나 사납게 부는지 부엌에 눈안개가 생길 정도였다. 하지만 바깥은 너무 어두워 아무것도 보이지 않았다.

순무 캐기는 못 하겠네, 테스는 생각했다. 외로운 작은 등불 옆에서 아침 식사를 마칠 즈음 메리언이 와서, 날씨가 바뀔 때까지 다른 여자 일꾼들과 함께 곡식 창고에서 밀을 훑어 이엉으로 쓸 밀짚 만드는 일을 하게 되었다고 알려주었다. 큰 천막을 덮어놓은 듯 캄캄하기만 하던 바깥이 중구난방의 다양한 회색 빛깔을 띠자, 그들은 제일 두꺼운 두건을 덮어쓰고 목과 가슴까지 털목도리로 감고 두르고 창고로 갔다. 북극의 해분(海盆)에서 하얀 구름 기둥으로 새들을 뒤따라온 눈은 한 송이 한 송이 구별이 되지 않았다. 빙산과 북극의 바다, 고래, 흰곰 냄새가 나는 눈보라로 땅을 스치고 지나갈 뿐 쌓이지도 않았다. 그들은 풀솜같이 폭신폭신한 눈을 밟으며 몸을 숙인 채 최대한 산울타리를 병풍 삼아 걸었지만, 산울타리는 병풍이라기보다는 체에 가까웠다. 떼지어 몰려드는 회색빛 눈발에 시달려 창백해진 대기는 눈보라를 괴팍스럽게 비틀고 휘돌려 무채색의 혼돈을 만들어냈다. 하지만 두 젊은 여인은 그런대로 유쾌했다. 건조한 고지대에 살면서 눈이 온다고 우울할 것까지는 없었기 때문이다.

"아하! 북쪽에서 온 영리한 새들이 눈이 올지 미리 알았나봐." 메리언이 말했다. "정말이지, 북극성이 있는 데서 쭉 눈보라보다 앞장서 날아온 거지…… 테스, 니 남편은 요새 푹푹 찌는 무더위에서 지내고 있을겨. 오, 지금 마누라 얼굴을 봐야 하는디. 날씨 때문에 얼굴이 상했다는 건 아녀. 사실은 더 이뻐 보이는 거 같아."

"메리언, 나한테 그이 이야기 하지 마." 테스가 단호히 말했다.

"그려, 그런디 너 그 사람 좋아하잖아! 그렇제?"

대답 대신 눈물이 글썽해진 테스는 충동적으로 남아메리카라고 생각되는 쪽으로 고개를 돌리고 입술을 내밀어 눈바람 속으로 열정적인 키스를 불어 보냈다.

"그려, 그려. 그건 내가 잘 알제. 그런디 정말이지, 결혼한 부부가 뭐 이렇게 사냐!…… 알았어. 한마디도 더 안 할게! 그려, 창고 안에서 일할 거니께 날씨가 추운 건 괜찮은디, 밀 훑기는 끔찍이도 힘든 일이걸랑. 순무 캐기보다 더 힘들어. 난 튼튼하게 견딜 수 있는디, 넌 나보다 가냘프잖아. 왜 주인이 너한테 이 일을 하라고 혔는지 모르겄다."

그들은 창고에 도착해 안으로 들어갔다. 길쭉한 건물 한쪽에 밀이 가득 쌓여 있었다. 밀 훑는 일은 가운데서 진행되었는데, 그날 여자 일꾼들이 할 수 있을 만한 양의 밀단이 기계 위에 쌓여 있었다.

"어머, 이즈가 왔네!" 메리언이 말했다.

이즈가 와 있었고 그들 앞으로 다가왔다. 그녀는 전날 오후 집에서 출발해 계속 걸어왔는데, 거리가 그렇게 먼 줄 몰라서 밤이 늦었고,

다행히 눈보라가 치기 전에 도착해서 주막에서 하룻밤 잤다고 했다. 농장 주인이 장에서 이즈의 어머니를 만나 오늘 도착하면 이즈를 고용하겠노라고 했고, 늦게 도착해서 약속을 못 지킬까봐 걱정했다는 것이다.

테스, 메리언, 이즈 외에도 이웃 마을에서 온 여자가 둘 있었다. 아마존의 여전사 같은 자매였다. 테스는 스페이드의 여왕인 까무잡잡한 카와 그녀의 여동생 다이아몬드의 여왕을 알아보고 흠칫했다. 트랜트리지에서 한밤중에 싸움을 걸었던 여자들이었는데 테스를 알아보지 못하는 눈치였다. 그때 그들은 술에 취해 있었고, 여기서 임시로 일하듯 거기서도 잠시 머무른 것뿐이어서 사실 기억하지 못할 가능성이 높았다. 그들은 우물 파기, 산울타리 만들기, 도랑 치고 땅 파기 같은 남자 일을 선호했고, 조금도 힘에 부치는 기색이 없었다. 밀 훑기도 선수라 다른 셋을 깔보는 기색이 역력했다.

모두 장갑을 끼고 기둥 두 개를 대들보로 연결한 기계 앞에 한 줄로 서서 일을 시작했다. 대들보 밑으로 밀단의 이삭을 바깥쪽으로 놓고 직립부에 있는 핀으로 밀단을 나무못에 고정된 대들보 아래로 훑어내린 다음 밀단이 줄어들면 아래로 내리는 구조였다.

햇빛이 위에서 내리비치는 것이 아니라 쌓인 눈에서 위로 반사되어 헛간 문으로 새어들면서 날이 선명히 밝았다. 여자 일꾼들은 기계에서 밀단을 한 줌씩 훑어냈다. 하지만 추문이나 주워섬기는 낯선 여자들 때문에 메리언과 이즈는 하고 싶은 옛날 이야기를 하지 못했다. 잠시 후 조그맣게 말발굽 소리가 들리더니 농장 주인이 말을 타고 창고 문 앞에 나타났다. 말에서 내린 그는 테스에게 다가와 옆얼굴을 유심히 들여다보았다. 처음에는 고개를 돌리지 않았지만 그가 뚫어져라 보자 테스는 돌아보았다. 그녀의 과거를 언급하기에 큰길에서 피해 달아났던, 트랜트리지에 살던 바로 그 사람이 농장 주인이었다.

그는 그녀가 훑어낸 밀단을 바깥의 밀짚 더미로 나를 때까지 기다렸다가 이렇게 말했다. "공손하게 대하는디 고약하게 군 바로 그 계집 이로군. 일꾼이 새로 들어왔단 이야기를 듣고 너지 싶었다. 흥, 니 애인이랑 여관에서 만났을 때, 그리고 그다음에 길에서 냅다 뛰었을 때 날 이겨먹었다고 생각했겠지. 하지만 이젠 내가 널 이겨먹을 차례여." 그는 말을 마치고 금속성의 웃음을 터뜨렸다.

아마존의 여전사들과 농장 주인 사이에서 덫그물에 걸린 새 꼴이 되어버린 테스는 아무 대답도 하지 않고 계속 밀단을 훑었다. 농장 주인이 치근댈까봐 겁을 먹을 필요는 없다는 것 정도는 알 정도로 이제는 사람 보는 눈이 생겼다. 다만 클레어에게 모욕을 당한 분풀이를 할까 걱정일 따름이었다. 전체적으로 보아 그녀는 남자들이 자신에게 잘해주는 것보다는 괴롭히는 쪽을 더 선호했고, 참아낼 용기도 있었다.

"내가 네까짓 거한테 반했다고 생각한 모양이제. 어떤 계집들은 한 번 보기만 해도 콧대를 세운단 말이여. 그런 젊은 년들의 망상을 몰아내는 데는 겨울 밭일만 한 게 없제. 수태고지일까지 일하기로 하고 서명을 혔더구먼. 어때, 나한테 사과하는 게 낫지 않겠어?"

"사과를 받을 사람이 누군데요."

"그려, 좋은 대로 혀. 하지만 여기 주인이 누군지 알게 될걸. 이게 오늘 작업한 밀단의 전부인가?"

"그런데요."

"일솜씨가 형편없구먼. 저애들이 얼마나 많이 혔는지 보라고. (그는 건장한 두 여자를 가리켰다.) 다른 두 사람도 너보다는 낫잖여."

"다른 사람들은 경험이 있는데 전 없거든요. 그리고 이건 일한 만큼 돈을 받는 삯일이니까 상관없잖아요."

"왜 상관이 없어. 난 밀단을 빨리 치워버리고 싶단 말이여."

"다른 사람들처럼 두시에 가지 않고 남아서 오후 내내 일을 할게요."

그는 못마땅한 표정으로 그녀를 째려보다가 갔다. 테스는 이보다 더 나쁜 일자리는 얻을 수 없다는 생각이 들었다. 그래도 치근대는 것보다는 나았다. 두시가 되자 밀단 훑기 선수들인 두 사람은 반 파인트 남은 술병을 단숨에 들이켜더니 낫을 내려놓고 마지막 밀단을 묶은 다음 갔다. 메리언과 이즈도 그럴 생각이었지만, 테스가 기술 부족을 시간으로 벌충하겠다고 하자 남아서 일하기로 했다. 여전히 내리는 눈을 보고 메리언이 소리쳤다. "자, 이제 우리 차지다." 그래서 마침내 목장에서 지내던 옛날 일을 화제로 삼을 수 있었다. 그리고 물론 에인절 클레어를 좋아하던 이야기도 나왔다.

"이즈, 메리언." 에인절 클레어 부인이 자존심을 세워 말했다. 아내 대접을 거의 못 받는다는 점에서 몹시 측은한 마음이 드는 발언이었지만, "옛날처럼 너희랑 클레어 씨 이야기를 할 수 없어. 왜 그런지 너희도 알겨. 지금은 곁에 없어도 내 남편이니까."

클레어를 사랑한 네 처녀 중 이즈가 제일 되바라지고 냉소적인 편이었다. "대단히 훌륭한 남편인 건 분명혀." 그녀가 말했다. "그런디 그렇게 금방 널 놔두고 떠난 걸 보면 다정한 남편 같지는 않다."

"가야만 혔어. 가지 않을 수 없었어. 그곳에 있는 땅을 살펴보러 간 겨." 테스가 변명했다.

"너랑 겨울을 나고 가도 되잖아."

"아, 우연히 그렇게 된겨. 오해가 있었어. 우리는 그 일로 왈가왈부 하지 않기로 혔단 말이여." 테스가 울먹거렸다. "그이를 위해 변명할 거리는 얼마든지 있어. 다른 남편들처럼 나한테 아무 말 안 하고 떠난 거 아녀. 지금 어디 있는지도 알고."

그러고 나서 그들은 한참 동안 생각에 잠겼다. 밀 이삭을 움켜잡고 밀짚을 뽑아낸 다음 겨드랑이에 끼고 낫으로 이삭을 잘라내는 과정이 이어졌고, 헛간에서는 밀짚 바삭거리는 소리와 낫으로 이삭 자르는 소리만 들렸다. 그때 갑자기 테스가 주저앉으면서 발밑에 쌓인 밀 이삭 더미에 쓰러졌다.

"못 버텨낼 줄 알았다!" 메리언이 큰 소리로 말했다. "이런 일을 하려면 너보다는 몸이 튼튼혀야 된다니께."

바로 그때 농장 주인이 들어왔다. "자리를 비웠더니 이 모양일세." 그가 테스에게 말했다.

"품삯을 덜 주면 되는데 손해 보실 거 없잖아요." 그녀가 항변했다.

"일을 끝내도록 혀." 그는 무뚝뚝하게 내지르고 창고를 가로질러 다른 문으로 나갔다.

"저 사람 신경 쓰지 마. 괜찮아." 메리언이 말했다. "나 그전에도 여기서 일혔는걸. 자, 저기 가서 좀 누워. 이즈와 내가 숫자를 채워줄 테니께."

"니들이 왜 내 일을 떠맡아. 키도 내가 더 큰걸."

하지만 너무 힘든 나머지 그녀는 잠시 누워 있기로 했고, 창고 저쪽에 쌓아놓은 밀짚 더미 — 밀짚을 뽑아내고 남은 쓰레기 — 에 몸을 기대고 누웠다. 그녀가 쓰러진 것은 일이 고된 탓도 있었지만 그보다는 남편과 헤어진 이야기를 다시 화제로 삼으면서 심리적으로 타격을 받았기 때문이다. 그녀는 의식은 있으나 의지는 실종된 상태로 누워 있었고, 두 사람이 밀짚을 훑고 이삭을 자르는 소리가 몸을 짓누르듯 무겁게 느껴졌다.

이런 소리에 덧붙여 그들의 웅얼거림이 구석에 있는 그녀에게 들려왔다. 그들이 앞서 꺼냈던 화제로 돌아간 것이 분명한데 너무 낮은 목소리라 무슨 말을 하는지 알 수 없었다. 대화의 내용이 너무 궁금했던 테스는 기운을 차렸다고 자신을 추슬러 일을 다시 시작했다.

이번에는 이즈 휴엣이 쓰러졌다. 전날 저녁에 12마일 이상을 걷고 자정이 되어서야 잠자리에 든 데다 새벽 다섯시에 일어났으니 버틸 재간이 없었다. 메리언 혼자만 술기운과 튼튼한 몸 덕분에 등과 팔에 무리가 가해져도 아픈 줄 모르고 견뎌냈다. 테스는 이즈에게 이제 몸이 좋아져서 도움 없이도 마칠 수 있을 것 같다고 하고, 밀단 숫자도 셋으로 나눌 테니 그만하라고 권했다.

이 제안을 고맙게 받아들인 이즈는 큰 문을 나서 숙소로 가는 눈 덮인 길로 사라졌다. 매일 오후 이맘때면 언제나 그렇듯 알딸딸하게 취한 메리언은 낭만적인 기분에 빠져들었다.

"그 사람이 그럴 줄은 몰랐어, 정말이여!" 그녀가 꿈에서 말하듯 말했다. "그렇게 사랑혔는디! 그 사람이 너랑 결혼한 건 마음으로 삭였어. 하지만 이즈 일은 너무혔어!"

테스는 그 말에 얼마나 놀랐던지 하마터면 낫으로 손가락을 벨 뻔했다.

"우리 남편 이야기여?" 그녀가 말을 더듬었다.

"그려, 맞아. 이즈는 너한테 이야기하지 말라고 혔지만 못 참겠다! 그 사람이 이즈한테 그러자고 혔대…… 브라질로 같이 가자고 말이여."

테스의 얼굴은 바깥 풍경만큼이나 하얗게 질렸고 표정도 굳어졌다. "그런디 이즈가 안 간다고 헌겨?" 그녀가 물었다.

"그건 모르겄고. 암튼 그 사람 마음이 바뀌었대."

"흥, 그럼 진심이 아니었던 거지. 남자들이 농담 삼아 그러잖아 왜!"

"아녀, 진심이었대. 이즈를 마차에 태우고 정거장 쪽으로 한참을 갔다는걸."

"그려도 데리고 가지 않았잖아!"

두 사람은 말없이 밀짚을 뽑았다. 그러다 테스가 아무런 예고 없이 울음을 터뜨렸다.

"저런! 괜한 말을 혔나봐!" 메리언이 말했다.

"아녀. 말해줘서 정말 고마워. 난 아주 우울하게, 슬픔에 빠져서 지냈어. 그렇게 지내다보면 어떻게 될지 생각도 못 하고! 그이에게 편지를 자주 쓸걸. 그이가 오지 말라고 혔지, 편지를 자주 쓰지 말라고 한 적은 없거든. 이제 우물쭈물하지 않을래. 모든 걸 그이가 알아서 하게 놔둔 게 잘못이여. 내 할 일을 소홀히 혔어!"

창고의 희미한 빛이 더 희미해져서 더는 일을 할 수 없었다. 그날 저녁 집에 돌아온 테스는 회칠한 자신의 작은 방에 혼자 있게 되자 클레어에게 격정적인 편지를 쓰기 시작했다. 하지만 미심쩍은 마음이 들면서 결국 끝을 맺지 못했다. 그러고 나서는 리본에 매달아 가슴에 달고 있던 반지를 빼서 밤새 손가락에 끼고 있었다. 그녀가 붙잡아두지 못한 사람, 자신과 헤어지자마자 이즈에게 외국으로 같이 가자고 한 사람의 진짜 아내라는 느낌으로 무장하려는 듯. 그 사실을 알고 난 다음 어떻게 그에게 애원하는 편지를 쓰고 사랑하는 마음을 드러낸단 말인가.

44

창고에서 들은 이야기 때문에 그녀는 새삼—그전에도 여러 번 생각은 했지만—저 멀리 에민스터 사제관 쪽으로 생각을 돌렸다. 클레어는 테스에게 편지를 쓰면 자기 부모님을 통해 보내라고 했고, 어려운 일이 생기면 부모님에게 직접 편지를 쓰라고 했다. 하지만 그에게 도의적인 의무를 하라고 요구할 권리가 없다는 생각에서 테스는 그분들에게 편지를 쓰고 싶은 충동을 억눌러왔다. 그래서 결혼하고 난 다음 친정 부모나 사제관의 시부모에게 그녀는 사실상 존재하지 않는 것이나 마찬가지였다. 호의나 동정보다는 공정하게 따져서 자신이 받아야 할 만큼 받겠다는 독립적인 성격 탓에 양쪽 집안에 자신의 존재를 드러내지 않았던 것이다. 자신이 갖고 있는 자질로 인정을 받으면 받고 못 받으면 할 수 없었다. 클레어가 한때의 충동으로 교구 교회의 명부에 자기 이름을 그녀의 이름 옆에 적었다는 하찮은 사실에 의거한 순전히 법적인 권리를 생면부지인 그의 가족에게 들이대지 않을 작정이었다.

하지만 이즈의 이야기를 듣고 열이 확 오른 지금, 자기를 부정하는 데도 한계가 있었다. 그이는 왜 편지를 보내지 않았을까? 적어도 어디 있는지 알려주겠노라고 명시적으로 말했지만, 주소를 알리는 편지한 줄 없었다. 정말 마음이 변한 걸까? 아니면 아픈 걸까? 그녀가 먼저 연락을 취해야 하는 것 아닌가? 걱정을 끼치더라도 용기를 내어 사제관을 찾아가 남편의 소식을 알아보고, 편지조차 받지 못한 슬픔을 하소연해야 할 것 같았다. 소문대로 에인절의 아버지가 훌륭한 분이라면 절망적인 자기 심정을 알아주리라. 형편이 어렵다는 사실은 감출 수 있으리라.

주중에 마음대로 농장을 떠날 수 없었기 때문에 에민스터에는 일요일에 가야 했다. 아직 기차역이 없는 백악질 고지대에 위치한 플린트콤애시에서는 왕복 30마일의 도보여행이었다. 이 계획을 실행하려면 새벽에 일어나서 하루 종일 걸을 생각을 해야 했다.

이주일 후, 눈이 모두 녹고 모진 까막서리가 내리자 그녀는 도로 사정이 좋아진 틈을 타서 길을 떠나기로 했다. 일요일 새벽 네시에 아래층으로 내려와서 별빛을 보며 길을 나섰다. 날씨는 아직 좋았지만, 신발 밑창이 땅바닥에 닿을 때마다 쇠모루처럼 쨍쨍 울렸다.

메리언과 이즈는 테스의 시댁 나들이에 큰 관심을 보였다. 숙소가 길에서 꽤 떨어져 있는데도 와서 시부모의 마음을 사로잡으려면 제일 예쁜 옷을 입고 가야 한다고 성화를 부리는 등 테스의 출발을 도왔다. 치장에 별 관심이 없는 데다 클레어 신부가 칼뱅주의적 교리를 엄격히 준수한다는 사실을 아는 테스로서는 썩 내키지 않았다. 불행한 결혼을 하고 한 해가 지났지만, 그때 외출복 일습을 장만한 덕분에 유행을 따를 생각이 없는 순박한 시골 여자가 아주 예쁘게 차려입을 만큼의 옷은 있었다. 테스는 분홍빛 얼굴과 목덜미가 돋보이게 목 부분에 하얀 크레이프 천으로 주름을 잡은 부드러운 모직의 회색 원피스를 입고 검은 벨벳 재킷에 모자를 썼다.

"지금 이 모습을 니 남편이 못 보는 게 안타깝구나. 너 정말 이뻐!"

밖의 푸른 별빛과 안의 노란 촛불 빛을 받고 서 있는 테스를 보고 이즈 휴엣이 말했다. 이즈는 주어진 상황에 맞춰 자신을 버리고 마음을 너그럽게 썼다. 그녀는 테스의 면전에서 적대감을 드러내지 않았다. 밴댕이같이 속 좁은 여자가 아닌 이상 그럴 수 없었다. 테스는 남다른 열정과 강인함으로 동성에게 영향력을 발휘했고, 심술이나 질투 같은 덜 긍정적인 여성적 감정을 기이할 정도로 압도하곤 했다.

마지막으로 옷매무새를 여며주고 살짝 솔질을 한 다음 그들은 그녀를 놓아주었다. 첫새벽의 진줏빛 대기 속으로 테스가 빨려 들어가고 나자 그녀의 발걸음이 빨라지면서 단단한 길 위로 또박또박 걸어가는 소리가 들렸다. 이즈조차 테스가 시부모님의 마음에 들기를 바랐다. 또 자신을 특별히 착한 사람으로 생각한 적은 없지만, 클레어의 유혹에 잠깐 흔들렸을 때 친구를 배반하지 않은 일을 다행스럽게 여겼다.

클레어가 테스와 결혼한 때가 하루가 모자라는 1년 전이었고, 그가 그녀 곁을 떠난 때는 겨우 며칠 모자라는 1년 전이었다. 하지만 건조하고 맑은 겨울날 아침에 이런 용건으로, 돼지 등껍질 같은 백악질 산등성이의 상큼한 공기를 마시며 씩씩하게 걸어가는 것이 그렇게 울적하지만은 않았다. 길을 떠날 때 그녀의 바람은 시어머니의 마음을 사로잡고, 그분께 모든 이야기를 털어놓아 자기편으로 만들고, 농땡이 남편을 되찾는 것임은 말할 나위 없었다.

얼마를 걷자 거대한 산비탈의 꼭대기에 이르렀는데, 그 아래로 새벽안개에 덮인 비옥한 블랙무어 골짜기가 보였다. 고지대의 공기가 무채색이라면, 아래편의 공기는 짙은 청색이었다. 이제 100에이커 단위의 거대한 밭에서 일하는 데 익숙해졌는데, 눈 아래 펼쳐진 밭은 5에이커 남짓이었다. 그렇게 구획을 나눈 밭들이 얼마나 많은지 높은 곳에서 내려다보니 그물코가 얽힌 것처럼 보였다. 이곳의 풍경은 희끄무레한 갈색이었지만, 저 아래는 프룸 골짜기와 마찬가지로 언제나 초록이었다. 하지만 그녀의 슬픔이 구체적인 모습으로 나타난 곳이 바로 그 골짜기였기 때문에 그전처럼 그리운 마음이 일지는 않았다. 그녀에게 아름다움은, 경험해본 사람이면 다 알듯, 사물의 속성이 아니라 사물이 표상하는 것에 달려 있었다.

그녀는 골짜기를 오른쪽으로 끼고 계속 서쪽을 향해 걸었다. 힌톡을 지나 셔턴애버스에서 캐스터브리지로 가는 큰길을 건너서 직각으로 꺾어 '악마의 부엌'이라는 이름이 붙은 작은 골짜기를 사이에 둔 독베리힐과 하이스토이의 외곽을 지나갔다. 계속 오르막길을 올라가다 돌기둥 하나가 말없이 쓸쓸하게 서 있는 크로스인핸드에 도착했다. 기적 아니면 살인, 혹은 기적과 살인이 다 일어났다는 표시로 세운 것이란다. 여기서 3마일을 더 가서 롱애시레인이라 불리는, 지금은 사용하지 않는 로마 시대의 직선 도로를 횡단했다. 그곳에 도착하자마자 언덕을 가로지르는 좁은 길을 따라 내려가서 마을이라고 해야 할지 소규모의 읍내라고 해야 할지 어중간한 에버셰드에 도착했다. 절반을 온 셈이었다. 그녀는 여기서 쉬기로 하고 두번째 아침 식사를 실하게 먹었다. '사우앤에이콘'이라는 여관이 있었지만 여관을 피하고 교회 옆의 농가에서 아침 식사를 했다.

여정의 남은 반은 벤빌레인을 따라 지형이 평탄한 지역을 걸으면 되었다. 그런데 목적지가 가까워질수록 테스의 자신감은 줄어들었고, 계획한 일을 감당할 수 있을 것 같지 않았다. 여행의 목표만 뚜렷이 보이고 풍경은 희미해지는 바람에 여러 번 길을 잃을 뻔하기도 했다. 하지만 정오쯤 에민스터와 그 사제관이 있는 분지로 들어가는 어귀의 집 대문 옆에서 숨을 돌리게 되었다.

그 시간이면 신부와 교인들이 모여 있을 교회의 네모난 종탑이 엄한 표정으로 그녀를 내려다보는 것 같았다. 무리를 해서라도 평일에 올걸 하는 생각이 들었다. 클레어 신부같이 덕행이 높은 분은 사정이 어찌 됐든 주일을 지키지 않는 여자에게 편견을 갖지 않을까? 하지만 이제 와서 돌아갈 수도 없는 노릇이었다. 그녀는 지금까지 신고 온 목이 긴 투박한 구두를 벗고 에나멜가죽으로 된 날씬한 구두를 신었다. 신고 온 구두는 나중에 찾기 쉽게 대문 기둥 옆 산울타리 속으로 밀어넣고 언덕을 내려갔다. 찬 공기를 쐬어서 발그레 상기된 얼굴은 사제관이 가까워오면서 자기도 모르는 새 혈색을 잃었다.

테스는 우연히라도 사태가 자신에게 유리하게 전개되기를 바랐지만 그런 우연은 일어나지 않았다. 사제관 잔디밭의 관목들이 서릿바람에 불안하게 살랑거렸다. 제일 좋은 옷으로 차려입었지만, 아무리 상상력을 발휘해도 그 집이 시댁이라는 실감이 들지 않았다. 하지만 성품이나 감정 어느 면으로 보나 그녀는 그들과 본질적으로 다르지 않았다. 고통이나 기쁨, 생각, 삶과 죽음 그리고 사후의 세계에 이르기까지 그들은 똑같았다.

그녀는 겨우 용기를 내어 회전문을 열고 들어가 초인종을 울렸다. 일은 벌어졌다. 물러설 수 없었다. 아니었다. 아직은 아니었다. 아무도 종소리에 대답하지 않았다. 종을 다시 울리려면 용기가 필요했다. 그녀는 다시 종을 울렸다. 종을 울릴 때의 긴장감에 15마일을 걸어온 피로가 겹치면서 그녀는 기다리는 동안 한 손으로 허리를 짚고, 팔꿈치로 현관 벽에 기대 몸을 지탱했다. 바람이 얼마나 찬지 담쟁이 잎사귀는 시들어 회색으로 변했고, 서로 끊임없이 부딪치는 소리를 내면서 그녀의 불안감을 고조시켰다. 어느 집의 쓰레기 더미에서 푸줏간에서 고기를 싸준 피 묻은 종이 한 장이, 내려앉기엔 너무 가볍고 날아가기엔 너무 무거운 모양인지 대문 밖 길 위를 어지러이 날아다녔다. 지푸라기가 몇 개 동무 삼아 같이 떠다녔다.

두번째 종소리는 더 컸지만 여전히 아무도 나오지 않았다. 그래서 그녀는 현관을 나와 대문을 열고 바깥으로 나왔다. 다시 들어갈 생각이 있는 듯 미적거리면서 집의 전면을 바라보긴 했지만, 대문을 닫으면서 안도의 한숨을 내쉬었다. 그녀는 (어떻게 알았는지 알 수는 없으나) 자기가 누군지 알아보고 들여보내지 말라는 분부를 내린 것이 아닌가 하는 생각을 떨쳐버릴 수 없었다.

테스는 모퉁이까지 걸어갔다. 자신이 할 수 있는 일은 다한 셈이었다. 하지만 지금 두렵다고 피함으로써 나중에 고통을 감수하는 일은 없도록 하겠다고 마음을 다잡고 발걸음을 돌렸다. 사제관을 지나치면서 그녀는 창문을 올려다보았다.

아, 식구가 모두 교회에 가서 그렇구나. 아버지가 하인들을 포함해 식구 모두 아침 예배에 참석하기를 고집하기 때문에 점심때는 언제나 찬 음식을 먹게 된다는 남편의 이야기가 기억났다. 결국 예배가 끝나기를 기다리는 수밖에 없었다. 그곳에서 기다리면 사람들 눈에 띌 것 같아서 테스는 교회를 지나 뒷골목에 피해 있으려고 했다. 하지만 교회 묘지의 출입구에 다다랐을 때 교인들이 쏟아져나오기 시작해서 부지불식간에 사람들에게 둘러싸였다.

작은 시골 마을 교회의 교인들이 한가롭게 집으로 돌아가다가 외지인으로 생각되는 낯선 여자를 바라보는 그런 눈길로, 에민스터의 교구민들도 그녀를 바라보았다. 그녀는 산울타리 사이에서 몸을 피해 있을 만한 곳을 찾으려고 발걸음을 재촉하여 왔던 길을 다시 올라갔다. 교구 신부 가족이 점심 식사를 마친 다음 방문하는 것이 더 나을 것 같아서였다. 교인들과는 곧 멀어졌는데, 팔짱을 낀 청년 둘만 그녀의 뒤를 빠른 걸음으로 따라오고 있었다.

거리가 좁혀지자 진지하게 이야기를 나누는 그들의 목소리가 들렸고, 그런 처지에 있는 여자의 직감으로 그녀는 그 둘의 어조가 남편의 어조와 닮았음을 놓치지 않았다. 걸어오던 사람들은 남편의 두 형이었다. 자신의 계획을 모두 잊어버린 채, 테스는 만날 준비도 되기 전에, 이렇게 혼란스러운 상태에서 그들이 자기를 따라잡으면 안 된다는 생각뿐이었다. 그들이 자기를 알아볼 리 없지만 눈여겨보는 것조차 두려웠다. 그들이 활기차게 걷는 대로 그녀의 발걸음도 빨라졌다. 점심 혹은 정찬을 먹으러 들어가기 전에 빠른 걸음으로 가볍게 산책을 해서, 예배를 보느라 오래 앉아 있어 뻣뻣해진 사지에 활기를 불어넣을 요량임에 틀림없었다.

언덕길에는 단 한 사람만이 테스를 앞서 걸어가고 있었는데, 숙녀로 보이는 젊은 여자로 사람들의 눈길을 끌 만했지만, 약간 부자연스럽고 얌전을 빼는 분위기였다. 테스가 그녀를 거의 따라잡았을 때 걸음이 빠른 시아주버니들이 바로 등 뒤에 와 있어서 대화를 다 들을 수 있었다. 그렇다고 특별히 그녀의 관심을 끌 만한 이야기를 하지는 않았는데, 테스 앞에서 걸어가는 여자를 보고 그들 중 하나가 말했다. "머시 챈트네요. 우리 챈트 양을 따라잡아요."

테스는 그 이름을 알고 있었다. 양가의 부모들이 에인절과 부부의 연을 맺어주려던 여자였다. 자기가 끼어들지 않았다면 에인절과 결혼했을 수도 있었다. 테스가 일찍이 그런 내용을 몰랐다 하더라도 곧 알게 되었으리라. 형들 중 하나가 이렇게 말했기 때문이다. "아, 가엾은 에인절, 가엾은 녀석 같으니! 저 참한 아가씨를 볼 때마다 그 녀석이 경솔하게 소젖 짜는 일꾼인지 뭔지 하는 여자와 결혼이랍시고 한 게 안타까워죽겠어요. 정말 이해가 안 되는 일이에요. 그 여자가 지금은 브라질로 건너갔는지 그것도 모르겠어요. 몇 달 전 에인절의 편지로는 가지 않은 것 같던데."

"나도 모르겠다. 요즘은 나한테도 통 편지를 안 해. 별난 주장들을 하면서 나하고 거리가 멀어지기 시작했지만, 부적절한 결혼을 하고 나서는 완전히 소원해졌거든."

테스는 언덕을 더 빠른 걸음으로 올라갔지만, 계속 앞장서 가려고 하면 오히려 눈길을 끌 것 같았다. 마침내 그들이 그녀를 따라잡고 앞질러 지나갔다. 앞에서 걸어가던 여자가 그들의 말소리를 듣고 돌아서 인사를 하고 악수를 나누더니 세 사람이 함께 산책에 나섰다.

그들은 곧 언덕 꼭대기에 이르렀다. 그 지점에서 돌아서려는 의도인 듯 발걸음을 늦추었고, 한 시간 전에 테스가 읍내로 내려가기 전에 둘러보면서 숨을 돌렸던 그 문 쪽에서 세 사람이 함께 발길을 돌렸다. 성직자인 두 형제 중 하나가 대화중 무심코 우산으로 산울타리를 쑤시다 뭔가를 끄집어냈다.

"헌 구두가 한 켤레 있네요. 길 가던 나그넨지 누가 버린 모양이에요." 그가 말했다.

"맨발로 읍내에 내려와서 동정을 사려는 사기꾼일 거예요." 머시챈트가 말했다. "그래요. 틀림없어요. 장거리 도보여행에 안성맞춤인 구둔데. 닳지도 않았고. 정말 나쁜 짓이네요. 가져다가 필요한 사람에게 줘야겠어요."

구두를 발견한 장본인인 커스버트 클레어가 지팡이의 구부러진 손잡이로 그것을 집어 올려주었다. 테스의 구두는 그렇게 압수되었다. 이 모든 대화를 들은 그녀는 털실로 짠 베일로 얼굴을 가린 채 그들 앞을 지나갔고, 조금 있다 돌아보자 문 앞에 서 있던 신앙심 깊은 일행은 그녀의 구두를 가지고 언덕을 내려가고 있었다.

그다음 우리의 여주인공은 다시 걷기 시작했다. 눈물이 앞을 가리며 뺨을 타고 흘러내렸다. 이 장면을 자신에 대한 비난으로 읽어낸 것은 감상에 불과하고 이유 없이 예민해진 탓임을 알지만, 그럼에도 그런 생각을 떨쳐버릴 수 없었다. 무방비의 그녀로서는 이런 불운의 조짐들에 반론을 제기하지 못했다. 이제 사제관으로 다시 돌아가는 일은 생각조차 할 수 없었다. 에인절의 아내는 월등히 잘난 것처럼 보이는 성직자들에게 멸시받아 마땅한 무엇으로 언덕 위까지 쫓겨 온 기분이 들었다. 물론 그들은 모르고 가한 모욕이었다. 하지만 아버지가 아니라 아들들과 마주친 것이 불운이었다. 편협하기는 해도 아버지는 아들들에 비해 훨씬 덜 오만하고 훨씬 덜 차가운 사람이었고, 충만한 사랑의 마음을 갖고 있었다. 먼지가 뒤덮인 그녀의 구두에 다시 생각이 미치자 자신이 신고 다녀 놀림감이 된 구두의 처지가 불쌍하기까지 했고, 그 주인의 삶도 참 절망적이라는 생각이 들었다.

"아!" 자신의 처지가 새삼 처량해서 한숨을 쉬면서 그녀가 중얼거렸다. "그 사람들은 그이가 사준 이 예쁜 구두를 아끼려고 험한 길은 그 구두를 신고 걸었다는 걸 모를 거야. 그래, 알 리가 없지! 그리고 그이가 이 예쁜 옷의 색깔도 골라주었다는 걸 모르겠지. 그래, 어떻게 알겠어? 알았다 하더라도 관심을 갖지 않을 거야. 그이에게도 별로 관심이 없으니, 가엾은 사람!"

그녀는 가슴 깊이 사랑하는 남자, 인습적인 기준을 판단의 잣대로 삼아 자신에게 이 모든 고통을 안겨준 바로 그 남자를 위해 슬퍼했다. 그러고 나서 발길을 돌렸다. 아들들로 아버지를 판단해서 여자들이 흔히 그러듯 막판의 결정적인 순간에 용기를 내지 못한 것이 그녀의 인생에서 가장 큰 불행임을 모른 채 말이다. 알고 보면 지금 그녀의 처지야말로 클레어 씨 부부의 동정심을 끌어낼 절호의 기회였다. 노부부는 극도의 절망에 빠진 이들을 보면 단박에 마음의 문을 열었다. 반면에 덜 절박한 사람들의 미묘한 정신적 고통은 그들의 관심과 주의를 끌지 못했다. 세리와 죄인들을 반가이 맞이했지만, 율법학자와 바리새인들의 근심에 한마디 위로의 말을 건네는 것은 잊곤 했다.* 이런 결함 혹은 한계 때문에 그 시점의 테스는 사랑을 받아야 하는 죄인의 꽤 적절한 사례로 그들의 마음을 사로잡았을 터였다. 그들의 며느리는 그 사실을 알지 못했다.

그리하여 그녀는 왔던 길을 되돌아 터벅터벅 걷기 시작했다. 전적으로 희망에 부풀어 온 것은 아니었지만, 인생의 중대 국면과 맞대면하러 간다는 확신을 갖고 걸어온 길이었다. 그런 맞대면은 일어나지 않았다. 이제 다시 사제관을 마주할 용기가 날 때까지 척박한 농장에서 일하는 것 외에 달리 방도가 없었다. 그래도 돌아오는 길에는 베일을 걷어올릴 만큼 자기 자신을 내세우고 싶은 마음이 생겼다. 머시 챈트에게 없는 미모를 자신은 세상에 보여줄 수 있다는 듯. 하지만 그러면서도 그녀는 비참하게 고개를 저었다. "소용없는 일이야, 아무 소용없어!" 그녀가 말했다. "아무도 날 사랑하지 않는걸. 아무도 보지 않는걸. 버림받은 여자가 예뻐서 뭐 하겠어!"

돌아가는 길은 행진이라기보다는 정처 없는 방랑에 가까웠다. 기운도 없고 목표도 없이, 걸어지니까 걸을 따름이었다. 지루하게 긴 벤빌레인을 따라가며 그녀는 지치기 시작했고, 대문에 기대거나 이정표 옆에 멈춰 섰다.

7, 8마일 걷고 나서 가파른 언덕을 내려가, 지금과는 대조적으로 기대를 안고 아침 식사를 했던 에버셰드라는 마을 혹은 작은 읍내에 가서야 식사를 했고 쉴 집을 찾았다. 마을 끝의 첫 집인 교회 옆의 농가

---

* 「마르코의 복음서」 2장 16절.

를 다시 찾았는데, 주인 여자가 식품 저장고에 우유를 가지러 간 사이 길가를 내다보니 사람이 거의 다니지 않았다.

"모두 오후 예배를 드리러 갔나봐요?" 그녀가 물었다.

"아녀, 처자." 주인 노파가 말했다. "오후 예배는 아직 멀었제. 종도 울리지 않은걸. 모두 저쪽 곡식 창고에 설교 들으러 갔구먼. 예배 시간에 감리교 부흥사가 설교를 한다나. 불을 뿜는 신실한 기독교인이 랴.* 맙소사, 난 그런 거 들으러 안 다녀. 교회에서 정식으로 듣는 설교만 혀도 나한테는 충분히 뜨거우니께."

얼마 후 테스는 사자(死者)의 나라 같은 마을로 들어갔고, 그녀의 발소리는 텅 빈 집과 집 사이에서 울려퍼졌다. 마을의 중심부에 다가가자 그녀의 발소리에 다른 소리가 섞여들었다. 창고가 길에서 멀지 않으니 부흥사가 설교하는 소리려니 짐작했다.

맑고 고요한 대기를 타고 그의 목소리가 선명하게 울려퍼져서 문 반대쪽에 서 있는 테스도 알아들을 수 있을 정도였다. 설교는 예상과 다르지 않게 바울 신학에서 서술하는, 믿음으로 의롭게 된다는 극단적 도덕률 초월론을 내용으로 했다. 부흥사는 이런 고정관념을 신들린 듯 변주하면서 열변을 토했는데, 웅변조로 일관하는 것을 보니 논리적으로 설득하는 기술을 익히지 못했음이 분명했다. 테스는 설교의 앞머리는 듣지 못했지만 계속 반복되는 성경 구절을 듣고 다음에 의거한 설교임을 알 수 있었다.

---

* 감리교 부흥사들은 지옥불에 떨어져 당할 고통을 자주 언급했음.

갈라디아 사람들이여, 왜 그렇게 어리석습니까? 십자가에 달리신 예수 그리스도의 모습이 여러분의 눈앞에 생생하게 나타나는데 누가 여러분을 미혹시켰단 말입니까?*

뒤에 서서 귀를 기울이던 테스는 부흥사가 클레어 신부의 교리를 과격하게 밀고 갔음을 알고 귀를 쫑긋 세웠고, 이런 믿음을 갖게 된 영적인 경험을 상술하기 시작하자 더 깊은 흥미를 느꼈다. 그는 자기야말로 죄인 중의 죄인이었다고 말했다. 모든 것을 조롱했고, 무모하고 방탕한 자들과 어울려 방종한 생활을 했다고도 했다. 그러다 개심의 날이 왔는데, 인간적인 차원에서는 주로 한 신부님의 영향이라고 했다. 처음에는 그분을 심하게 모욕했지만, 그분이 가면서 남긴 말이 가슴에 박혀 뿌리를 내렸고, 하느님의 은총으로 변화를 일궈내 자신을 지금 그들이 보고 있는 모습으로 만들었다는 것이다.

교리보다는 목소리 때문에 테스의 가슴이 철렁 내려앉았다. 있을수 없는 일 같았지만 바로 알렉 더버빌의 목소리였기 때문이다. 고통스러운 불안감에 표정이 굳어진 그녀는 창고 앞을 돌아 지나가보았다. 나지막한 겨울 햇살이 두 짝으로 된 큼직한 출입구를 곧바로 비추었다. 열려 있는 한쪽 문으로 햇살이 타작하는 창고 바닥 저편 북풍을 피해 아늑하게 모여 있는 부흥사와 청중들을 비추었다. 청중들은 모두 마을 사람들이었고, 그중에는 기억에도 생생한 그날 만난 빨간 페인트통을 들고 다니는 사나이도 있었다. 그러나 그녀의 관심은 밀가

---

* 「갈라디아인들에게 보낸 편지」 3장 1절.

루 포대 위에 서서 사람들과 출입문을 마주 보고 있는 중심인물에게로 쏠렸다. 세시의 태양이 그의 전신을 비추었다. 말소리를 똑똑히 분간하게 되면서 그녀의 육체를 유린한 남자가 눈앞에 있다는 확신이 들기 시작했다. 마침내 그녀를 이상할 정도로 무기력하게 만드는 확신이 엄연한 현실로 나타났다.

제6단계

———◆———

개심자

45

트랜트리지를 떠난 후 테스는 더버빌을 만난 적도 그로부터 소식을 들은 적도 없었다.

이 우연한 만남은 아주 힘든 순간, 작은 감정적 충격조차 타격이 될 수 있는 바로 그런 순간 일어났다. 그는 지난날의 방탕한 생활을 참회하면서 공개적으로, 그리고 명백하게 회개한 사람으로서 그 자리에 서 있었다. 그럼에도 그녀는 온몸이 얼어붙은 듯 공포에 사로잡혀 뒤로 물러서지도, 앞으로 나아갈 수도 없었다.

마지막으로 대면했을 때 그 얼굴에서 무엇을 보았던가! 그런데 지금 다시 그 얼굴을 보게 되다니!

기분 나쁘게 잘생긴 느낌은 여전했다. 다만 검은 콧수염 대신 구식으로 단정하게 다듬은 구레나룻을 길렀다. 성직자풍의 옷차림은 그의 이목구비에서 멋깨나 부리며 살았던 과거를 지워버리기에 충분한 표정의 변화를 가져와서 테스는 그가 정말 더버빌인지 잠시 확신하지 못했다.

그의 입에서 쏟아져나오는 성경의 엄숙한 단어들은 처음에는 소름 끼치는 괴이함, 끔찍한 부조화의 느낌을 불러일으켰다. 4년이 좀 못 되어 다시 듣게 된, 귀에 익은 어조가 전혀 다른 생각을 표현했기 때문에 그녀는 반전의 아이러니에 속이 울렁거릴 지경이었다.

개선이라기보다는 변신이었다. 이전의 육욕적인 곡선들이 이제 헌신적 열정의 직선으로 조정되었다고 할까. 유혹을 의미했던 입술 모양은 기원(祈願)을 표현하도록 바뀌었고, 과거에는 난잡한 주색잡기의 결과로 여겨졌던 벌겋게 달아오른 얼굴은 경건한 수사(修辭)의 빛을 발하면서 기독교에 귀의했다. 동물적 본성은 광신적 신앙으로, 이교주의는 바울주의로 변했다. 이전에 테스의 몸을 탐하며 자신만만하게 굴리던 뻔뻔한 눈동자는 이제 거의 사납다고 할 정도로 하느님 숭배의 거친 에너지를 뿜었다. 욕망이 좌절되었을 때 그의 얼굴에 나타나던 그 험악하게 모난 표정은 이제 죄의 수렁에 다시 빠지겠다고 고집을 세우는 구제불능의 타락자를 묘사할 때 동원되었다.

그의 이목구비 자체는 유전적으로 각인된 함의를 본성이 의도하지 않은 표정으로 전환한 데 불만을 제기하는 듯 보였다. 고상함을 띠는 것 자체가 잘못된 적용이고 왜곡같이 느껴졌다.

하지만 꼭 그런 것일까? 그녀는 더이상 인색하게 굴지 않기로 했다. 영혼을 구하기 위해 죽기 전에 악에 등을 돌린 악인이 더버빌이 처음이 아닌데, 왜 그만 유독 부자연스러워 보인다고 하는 것일까?

훌륭한 새 가사를 듣기 싫은 옛 곡조로 부른다고 귀에 거슬린다고 하는 것은 선입견일 따름이다. 큰 죄인일수록 더 위대한 성자가 될 수 있는 법―기독교 역사를 조금만 들여다봐도 이 점을 알 수 있다.

이런 인상들은 그녀의 마음에 막연히 와닿았을 뿐이고, 엄밀한 구체성을 띠지는 않았다. 놀라움에 맥이 풀렸다가 정신을 차리자 그의 눈에 띄지 않는 곳으로 가야겠다는 생각뿐이었다. 햇빛을 등지고 서 있었기 때문에 그는 그녀를 알아보지 못했다. 하지만 그녀가 움직이는 순간 알아보았다.

그녀의 옛 애인은 섬광처럼 반응했다. 그녀가 그를 보고 받은 충격보다 훨씬 강한 충격이었다. 그의 열정, 격정적으로 울려퍼지던 그의 웅변이 일거에 그를 떠난 것 같았다. 그의 입술은 그가 하려는 말의 무게로 비틀거리며 떨렸는데, 그녀가 보고 있는 동안은 말을 하지 못했다. 그녀의 얼굴을 흘깃 보고 난 다음 그의 시선은 그녀 쪽을 빼고 사방으로 허둥지둥 분산됐지만 몇 초 안 되어 자포자기한 듯 홱 방향을 바꿔 그녀를 향하곤 했다. 하지만 이런 마비 상태는 오래가지 않았다. 그가 무기력 증세를 보이자 테스는 기운을 되찾았고 최대한 빨리 걸어 창고를 지나 갈 길을 떠났다.

되새겨볼 여유가 생기자 서로 위치가 바뀐 것이 섬뜩하기만 했다. 그녀의 육체를 유린한 남자가 이제는 영혼을 구원하는 편에 서 있는 반면 그녀는 영혼의 구원을 부정하는 편에 서 있었다. 전설적인 키프로스의 여신* 같은 그녀의 형상이 사제가 된 그의 제단에 갑자기 나타

---

* 키프로스에서 태어난 비너스를 가리킴.

나 성령의 불꽃을 거의 꺼뜨린 형국이었다.

그녀는 뒤도 돌아보지 않고 걸었다. 그녀의 등과 옷까지도 시선에 민감하게 반응해서 그녀를 응시하는 창고 밖의 눈길을 생생히 떠올릴 수 있었다. 그곳까지 오는 동안 그녀의 마음은 무기력한 슬픔으로 무거웠으나 이제 고통의 성격이 바뀌었다. 오랫동안 애정에 굶주린 결과 생긴 갈망은 가차 없는 과거의 옥죄임에 대한 육체적인 실감으로 대체되었다. 이런 실감은 과거의 잘못을 새삼 자각하게 만들어 현실의 절망을 심화했다. 그녀는 과거의 존재와 현재의 존재를 연결하는 고리가 끊어졌기를 바랐지만, 그런 일은 일어나지 않았다. 그녀가 과거사가 되지 않는 한 과거사는 완전히 과거사가 될 수 없었다.

이런 생각에 몰두한 채 그녀는 롱애시레인의 북쪽 지역을 다시 가로질러 오른쪽으로 방향을 꺾었고, 이윽고 고원지대로 올라가는 희끄무레한 길이 눈앞에 나타났다. 남은 여정은 고원의 가장자리를 따라가면 됐다. 바짝 마른 하얀 길이 —여기저기 차갑게 말라붙은 말똥을 빼면—사람이나 마차, 표지판 하나 없이 앞으로 뻗어 있었다. 천천히 오르막길을 오르던 테스는 뒤에서 나는 발소리를 들었고, 고개를 돌리자 감리교도같이 이상하게 차려입은 낯익은 모습—살아서 다시는 절대로 단둘이 만나고 싶지 않은 단 한 사람—이 다가오는 것을 보았다.

하지만 생각을 하거나 피할 만한 시간적 여유가 없었기 때문에 그녀는 최대한 침착하게 그가 따라잡도록 내버려두었다. 그의 흥분 상태가 빨리 걸어서가 아니라 감정적 동요 때문임을 그녀는 알 수 있었다.

"테스!" 그가 불렀다.

그녀는 돌아보지 않은 채 걸음을 늦추었다.

"테스!" 그가 반복했다. "나야, 알렉 더버빌."

그때야 그녀는 돌아보았고, 그가 다가왔다. "그렇군요." 그녀가 쌀쌀맞게 대답했다.

"그래, 그게 전부야? 그 이상을 바랄 자격은 없지! 물론," 그가 조금 웃으면서 덧붙였다. "내 이런 모습이 우스꽝스러워 보일 거야. 하지만 그래도 할 수 없지…… 네가 고향을 떠났고, 아무도 어디로 갔는지 모른다고 들었어. 내가 왜 너를 따라왔는지 궁금하지, 테스?"

"아무렴요, 궁금하고말고요. 그리고 따라오지 않기를 진심으로 바란답니다."

"그래, 그렇게 말해도 할 말이 없다." 나란히 앞으로 걸어가면서 ─ 테스는 내키지 않았지만 ─ 그가 진지하게 되받았다. "하지만 오해하지는 마. 네가 거기 갑자기 나타났을 때 내가 허둥댄 것을 보고 ─ 만약에 봤다면 ─ 혹시 오해할까봐 하는 말이야. 순간적으로 멈칫하기는 했어. 네가 내게 어떤 존재였는지, 그 점을 감안한다면 당황한 게 당연하지. 그래도 의지력으로 버틸 수 있었어 ─ 거짓말을 늘어놓는다고 생각하겠지만. 그리고 곧 이런 생각이 들더군. 임박한 하느님의 진노로부터 이 세상 모든 사람을 구원해야 할 의무와 소망이 있는데 ─ 맘껏 비웃어 ─ 내가 가장 심한 잘못을 저지른 바로 그 여자에게 말씀을 전해야 한다고. 나는 오로지 그 생각으로 여기 온 거야, 다른 뜻은 없어."

"자기 자신은 구원했고요? 자선을 베풀 거면 내 집에서 시작하라고들 하잖아요." 테스의 대응에는 조롱기가 약간 배어 있었다.

"내가 한 건 아무것도 없어!" 그는 조롱을 개의치 않고 말했다. "내가 간증할 때 늘 말하듯 모두 하느님의 역사야. 네가 아무리 날 경멸해도, 테스, 내가 옛 아담과 같은 지난날의 날 경멸하는 것만 못할걸. 그래, 반신반의하지 않을 수 없을 정도로 기이한 이야기야. 아무튼 내가 어떻게 변해 새사람이 됐는지, 적어도 이야기를 들어줄 만큼 관심을 가져주면 좋겠어. 에민스터 교구의 신부님 성함을 들어본 적 있어? 들어봤을걸? 클레어라고 노신부님인데, 그분과 생각을 같이하는 사람들 중에서도 가장 진지한 분이고 국교회에 남아 있는 몇 안 되는 열성적인 사역자시지. 내가 신앙생활을 같이하기로 한 급진 계열처럼 열성적이지는 않지만 제도권 교회에서는 아주 예외적인 분이라고 할 수 있어. 국교회의 젊은 신부들은 궤변으로 진정한 교리를 희석해버려서 이제는 그 그림자밖에 남아 있지 않거든. 내가 그분과 의견을 달리하는 건 교회와 국가의 관계에서 '그러므로 너희는 그들에게서 빠져나와 그들을 멀리하여라. 이것은 주님의 말씀이다'*라는 구절의 해석뿐이야. 주님의 겸손한 종으로 이 지역에서 그분보다 더 많은 영혼을 구원했다고 명함을 내밀 만한 사람은 없다고 난 확신해. 들어봤지?"

"네." 그녀가 말했다.

"그분이 2, 3년 전에 어느 선교회를 대표해 트랜트리지에 설교차 오신 적이 있어. 나 같은 놈 상대해야 위신이 깎일 뿐인데도 그분은 날 설득해 바른 길로 인도하려고 하셨지. 그런데 난 불한당처럼 그분을

---

* 「고린토인들에게 보낸 둘째 편지」 6장 17절.

모욕한 거야. 그분은 화를 내기는커녕 언젠가 나도 성령의 첫 열매를 받을 것이며, 조롱하러 온 사람이 때로 남아서 기도를 한다고 말씀하셨어. 그분의 말씀에 이상한 마력이 있어서 내 마음에 와 박혔나봐. 그러다 어머니를 여의는 큰 정신적 충격이 있었고, 조금씩 밝은 빛을 보게 되었지. 그후로는 사람들에게 복음을 전하는 일이 내 소망이 되었고, 오늘도 그 일을 했어. 이 근방에서 설교를 시작한 지는 얼마 되지 않아. 처음 몇 달은 일부러 잉글랜드 북부 지방으로 가서 낯선 사람들에게 설교했지. 서툰 대로 거기서 해보고 용기를 얻어 자신의 진정성을 판단하는 가장 힘든 시험을 치러낼 생각이었거든. 나를 아는 사람들, 또 암흑과 같은 죄에 빠져 있던 시절 나의 친구였던 사람들 앞에서 말씀을 전하는 일 말이야…… 뒤통수를 한 대 된통 맞았는데 기쁜 그런 기분을 네가 알 수만 있다면, 분명—"

"그따위 이야기 집어치워요!" 격분에 사로잡힌 그녀는 이렇게 소리치면서 그를 피해 길옆의 나무 층층대를 잡고 몸을 지탱했다. "그런 갑작스러운 변화가 일어날 수 있다고 난 믿지 않아요. 내게 그런 말을 하다니 참을 수 없네요. 나한테 그런 잘못을 저질러놓고! 당신 부류의 사람들은 나 같은 사람을 쓰라리고 암담한 슬픔에 빠뜨려놓고, 지상의 쾌락이란 다 맛봐서 물리면 개심을 해서 하늘의 복락을 안전하게 확보할 궁리를 하죠. 그런 인간들은 다 …… 난 당신 말 믿지도 않아요. 끔찍이도 싫어요!"

"테스." 그가 물고 늘어졌다. "그런 식으로 말하지 마! 내겐 신천지가 펼쳐진 셈이야! 날 못 믿겠다고? 뭘 못 믿겠다는 거야?"

"회개해서 새사람이 되었다는 거. 당신이 믿는 종교의 틀 전체."

"어째서?"

그녀는 목소리를 낮추었다. "당신보다 나은 남자가 그런 걸 안 믿으니까요."

"여자들이나 댈 이유로군! 그 남자가 누군데?"

"말할 수 없어요."

"그래." 그 말 바로 밑에서 분노가 금방이라도 튀어나올 듯 그가 내뱉었다. "내가 착한 사람이라고 내 입으로 말하는 일은 결코 없을 거야. 내가 그런 말 안 하는 거 너도 알잖아. 솔직히 말해 난 착하게 사는 것이 아직도 생소해. 하지만 신출내기가 더 많은 것을 볼 수도 있어."

"그럴 수 있겠지요." 그녀는 서글프게 대답했다. "하지만 당신이 성령의 힘으로 새사람이 되었다는 걸 난 믿지 않아요. 당신 같은 사람이 보는 섬광 같은 빛은 오래가지 않는 법이거든요."

그렇게 이야기하고 그녀는 기대어 있던 나무 층층대에서 몸을 돌려 그를 바라보았다. 무심코 그녀를 향한 그의 눈길이 낯익은 얼굴과 몸매에 고정되었다. 그의 저급한 면모는 이제 숨을 죽였지만 근절되지도 완전히 정복되지도 않았다.

"그렇게 보지 마!" 그가 볼멘소리를 질렀다.

그때까지 자신의 행동과 표정을 거의 의식하지 않았던 테스는 커다란 검은 눈동자를 얼른 돌리고 얼굴을 붉히며 말을 더듬었다. "미안해요." 자연이 그녀에게 선물한 육체라는 거처에서 사는 것 자체가 잘못이 아닐까 하는, 예전에 들었던 끔찍한 생각이 새삼 되살아났다.

"아냐, 아냐. 미안하다는 말은 하지 마. 하지만 예쁜 얼굴을 가릴 베일이 있으니 내리는 게 좋지 않겠어?"

그녀는 베일을 내리면서 얼른 덧붙였다. "이건 바람막이로 쓴 거예요."

"내가 뭐라고 너한테 이래라저래라 하느냐는 생각이 들겠지만," 그가 말을 이었다. "널 너무 자주 보지 않는 게 좋겠다. 위험할 수 있거든."

"흥!" 테스는 코웃음을 쳤다.

"예쁜 여자들이라면 워낙 사족을 못 썼던 터라 조심하지 않을 수 없어. 복음을 전하는 사람은 여자의 얼굴이 보이지 않는다고 하더라만, 잊고 싶은 옛날이 떠올라서 말이야."

그러고 나서 천천히 걷기 시작한 그들의 대화는 가끔 한두 마디 주고받는 정도로 줄어들었다. 테스는 그가 어디까지 따라올 작정인지 궁금했지만 대놓고 돌아가라고 말하기도 싫었다. 목초지로 들어가는 쪽문이나 나무 층층대에 붉은색 혹은 푸른색 페인트로 써놓은 성경 구절이 자주 눈에 띄자, 테스는 누가 고생스럽게 이런 문구들을 쓰고 다니는지 아느냐고 물었다. 그는 자신을 포함해 이 지역에서 전도 활동을 하는 사람들이 사악한 세대의 마음을 움직이기 위해 할 수 있는 일을 다하자는 취지로, 페인트통을 들고 다니는 사람을 지원해 주의를 환기하는 성경 구절을 적어 넣으라고 했다고 말했다.

이윽고 크로스인핸드라고 불리는 지점에 이르렀다. 표백한 듯 황량한 고지에서도 이곳이 가장 쓸쓸한 곳이었다. 화가나 관광객들이 풍광에서 즐겨 찾는 매력이라고는 전혀 없어서 오히려 새로운 종류의 아름다움, 비극적 분위기를 풍기는 정반대의 아름다움이 있다고 할 수 있는 곳이었다. 지명은 그곳에 서 있는 돌기둥에서 연원했다. 이

지방의 채석장에 없는 지층에서 파낸, 이상한 모양의 다듬지 않은 돌덩어리 위에 거친 솜씨로 손 하나가 새겨져 있었다. 돌의 내력과 용도에 대한 해석은 구구했다. 옛날에 그 위에 십자가가 완전한 형태로 서 있었고 현재 남아 있는 것은 그 받침대라고 권위 있게 주장하는 사람들이 있는가 하면, 지금의 모양이 온전한 형태이며 경계나 회합 장소를 나타내기 위한 표시라고 주장하는 사람들도 있었다. 유래야 어떻든 그 유적이 서 있는 주변 풍경은 예나 지금이나 보는 이의 기분에 따라 불길한 혹은 엄숙한 느낌을 자아내어 아무리 감정이 메마른 길손이라도 깊은 인상을 받곤 했다.

"여기서 헤어져야 할 것 같다." 그 지점에 다가가면서 그가 말했다. "오늘 저녁 여섯시 애버츠서널에서 설교를 해야 하는데 그러려면 여기서 오른쪽 길로 가야 하거든. 너를 보니까 마음이 어쩐지 심란하다, 테시. 왜 그런지 말할 수—말하지 않을 테야. 얼른 이 자리를 뜬 다음 기운을 차려야겠어…… 그런데 너 교육받은 사람처럼 말을 아주 유창하게 잘한다. 누가 표준어를 그렇게 잘 가르쳐줬냐?"

"고난중에 배운 것들이 있었어요." 그녀는 막연하게 둘러댔다.

"어떤 고난이 있었는데?"

그녀는 맨 처음 고난을 이야기했다. 그와 관련이 있었으므로.

더버빌은 말문이 막힐 정도로 충격을 받았다. 그러고 나서 이렇게 중얼거렸다. "전혀 모르고 있었어. 그 사실을 알았을 때 왜 내게 편지하지 않았니?"

그녀는 대답하지 않았다. 다음의 말을 덧붙임으로써 그는 침묵을 깼다. "그래, 내가 찾아갈게."

"안 돼요. 근처에도 오지 마요." 그녀가 대답했다.

"생각해볼게. 헤어지기 전에 이리로 와봐." 그는 돌기둥으로 다가 갔다. "내가 믿는 교리는 성물과 무관하지만, 이건 옛날에 성십자가였 어. 넌 날 두려워할 필요가 없지만 난 어떤 순간 네가 두렵거든. 그러 니까 내 두려움을 덜어주려면 이 돌에 새긴 손에다 손을 얹고 다시는 날 유혹하지 않겠다고 맹세해, 미모로든 행동으로든."

"하느님 맙소사, 그럴 리 없으니 맹세할 필요도 없어요! 그런 생각 을 해본 적도 없네요."

"알아, 그래도 맹세해."

테스도 약간 겁이 나서 끈덕지게 졸라대는 그의 청을 받아들여 돌 에 손을 얹고 맹세했다.

"네가 불신자가 되었다니 유감이구나." 그가 계속 말했다. "어떤 불 신자 놈이 널 사로잡아 마음을 흔들어놓은 거냐. 하지만 지금은 여기 까지 하자. 집에 가면 최소한 널 위해 기도할 수 있겠지. 기도할게. 아 무도 무슨 일이 일어날지 모르는 법이잖아? 나 간다. 잘 있어!"

그는 산울타리 사이에 만들어놓은 사냥터 출입문 쪽으로 돌아서서 그녀에게 눈길 한 번 다시 주지 않고 훌쩍 뛰어넘은 다음 애버츠서널 방향의 내리막길로 걸어 내려갔다. 걸어가면서 그의 얼굴에 동요가 나타났고, 이윽고 어떤 생각이 난 듯 주머니에서 수첩을 꺼냈다. 그 책장 사이에 여러 번 읽어서 때 묻고 너덜너덜해진 편지 한 통이 접혀 있었다. 더버빌은 편지를 펼쳤다. 몇 달 전에 클레어 신부가 보낸 편 지였다.

편지는 더버빌의 개심에 마음으로부터의 기쁨을 표현하는 것으로 시작해서 그 사실을 알려줘서 고맙다는 인사, 이전에 한 행동을 용서하니 마음 쓰지 말라는 따뜻한 배려, 그리고 앞날에 대한 관심으로 이어졌다. 클레어 신부는 자신이 평생을 몸담아 사역해온 국교회에 들어왔으면 싶다고 했다. 하지만 과정을 밟느라 긴 시간이 걸리는 것을 원하지 않을 수 있고, 그렇다면 그것이 절대적으로 중요하다고 고집하지는 않겠노라고도 했다. 한 사람 한 사람 성령이 인도하는 방식에 따라 자신이 할 수 있는 일을 하면 된다는 것이었다.

더버빌은 이 편지를 읽고 또 읽으면서 스스로에게 냉소적인 질문을 던졌다. 걸어가면서 수첩에 적힌 다른 구절들을 읽더니 마침내 평온한 얼굴이 되었고, 테스의 모습이 그의 마음을 어지럽히지 않았다.

한편 그녀는 집으로 가는 가장 가까운 길인 언덕의 가장자리를 따라 걸었다. 1마일쯤 가서 양치기를 한 명 만났다.

"저쪽 길에 있는 돌기둥에 무슨 의미가 있나요?" 그녀는 그에게 물었다. "성십자가였나요?"

"천만에, 십자가는 아녀. 불길한 물건이제. 옛날 옛적에 그곳서 흉악한 죄인의 손을 못 박고 고문한 다음 교수형에 처렸다나. 돌기둥은 그 친척들이 세웠다지. 그 밑에 죄인의 뼈를 묻었는디 사람들 말로는 악마한테 영혼을 팔아서 가끔 귀신으로 보인댜."

그녀는 뜻밖의 무시무시한 정보를 접하고 몸서리를 치면서 양치기를 남겨두고 길을 떠났다. 플린트콤애시에 도달했을 때는 어둠이 깔려 있었고, 그 작은 마을로 들어가는 골목에는 그녀가 다가오는 것을 알아차리지 못한 젊은 남녀가 서 있었다. 그들은 남이 볼까 숨어 속삭이는 것은 아니었다. 남자의 열정적 목소리에 화답하는 처녀의 맑고 태연한 목소리가 대기에 울려퍼져 어스레한 지평선에서 유일하게 위안을 주었다. 잠시나마 그들의 목소리는 테스의 마음을 위로했다. 하지만 이 만남도 두 사람 중 어느 쪽에서 마음이 끌리면서 시작되었을 텐데, 결국 고통의 서곡이 된 그녀의 사랑과 유사하리라는 생각이 들었다. 발소리를 들은 여자는 조용히 돌아서서 테스에게 알은 체를 했고, 청년은 당황해서 자리를 비켰다. 이즈 휴엣이었다. 시댁 나들이 결과가 궁금한 이즈는 곧 자신의 일을 제쳐놓았지만 테스는 말을 아꼈다. 눈치 빠른 이즈는 조금 전에 테스가 한 장면을 목격한 자신의 작은 연애 이야기로 화제를 돌렸다.

"이름은 앰비 시들링. 탤버테이스에 가끔 와서 일손을 돕던 사람이야." 그녀는 대수롭지 않다는 듯 말했다. "여기저기 수소문한 끝에 내가 여기 온 걸 알고 찾아왔다나. 날 2년 동안이나 짝사랑했다고 하는디 아직 아무 대답도 하지 않은 셈이여."

46

소득이 없는 여행에서 돌아오고 며칠이 지난 후 테스는 밭에서 일하고 있었다. 건조한 겨울바람이 여전히 불었지만, 바람이 세게 불어오는 쪽으로 세워놓은 초가지붕 바자울이 병풍 역할을 해서 그럭저럭 바람을 피할 수 있었다. 지붕으로 덮인 쪽에는 순무를 써는 기계가 있었는데, 밝은 청색으로 새로 페인트칠을 한 기계는 가라앉은 풍경에서 튀어 보였다. 그 앞 반대편에 초겨울부터 순무를 저장해둔 '무덤'

이라고 부르는 기다란 움이 있었다. 테스는 지붕이 없는 쪽 끝에 서서 낫으로 순무에 달린 잔털과 흙을 털어낸 다음 기계에 넣는 일을 하고 있었다. 남자 일꾼 하나가 기계의 손잡이를 돌렸고, 기계 홈통에서는 얇게 자른 순무가 쏟아져나왔다. 노란 순무 조각에서 나는 싱싱한 냄새는 윙윙거리는 바람 소리와 순무 써는 칼날에서 나는 획획 소리, 가죽장갑을 낀 테스의 낫질 소리와 함께 어울렸다.

순무를 캐내 텅 빈, 갈색의 널따란 경작지는 더 짙은 갈색의 이랑으로 이어지다가 점차 리본 모양으로 확장되었다. 열 개의 다리가 달린 무엇인가가 이랑의 양쪽 끝을 따라 서두르지도 쉬지도 않고 큰 밭을 기어서 오르내리고 있었다. 쟁기를 사이에 둔 말 두 마리와 한 사람이 봄철의 파종을 위해 빈 밭을 갈아엎는 중이었다.

몇 시간이고 계속되는 이 쓸쓸하고 단조로운 풍경에 변화를 주는 것은 아무것도 없었다. 이윽고 쟁기질하는 사람 너머 저 멀리에 검은 점 하나가 나타나 울타리의 모퉁이를 돌아 터진 틈으로 들어와서 순무 써는 사람들이 있는 쪽 비탈을 올라왔다. 작은 점이 나인핀스*의 핀처럼 커지더니 곧 검은 옷을 입은 사람의 모습이 나타났다. 그는 플린트콤애시 쪽에서 오고 있었다. 기계를 돌리는 사내는 눈으로 할 일은 별로 없었으므로 다가오는 사람을 계속 지켜보았으나 일에 몰두한 테스는 그가 알려주기까지 누가 온다는 사실도 몰랐다.

혹독하게 부려먹는 농장 주인 그로비가 아니었다. 한때 자유분방했던 알렉 더버빌이 성직자풍의 옷을 입고 나타났다. 설교하며 열을 올

---

* 아홉 개의 핀을 세우고 공으로 쓰러뜨리는 놀이. 현대 볼링의 전신.

리는 상황이 아니어서 광신적인 느낌은 덜했고, 기계를 돌리는 남자의 존재 때문에 당황한 눈치였다. 근심으로 창백해진 테스가 머리에 쓴 수건을 더 깊숙이 끌어내렸다. 더버빌이 다가와서 조용히 말했다.

"할 말이 있어, 테스."

"내 마지막 청을 무시했군요. 근처에도 오지 말라고 했는데." 그녀가 말했다.

"알아. 하지만 좋은 이유가 있었어."

"그럼 말해봐요."

"네가 생각하는 것보다 더 심각한 일이야." 그는 누가 엿들을까봐 주변을 둘러보았다. 기계를 돌리는 남자와는 거리도 좀 떨어져 있었고, 또 기계 소리 때문에 듣지 못할 것 같았다. 더버빌은 그 남자 쪽으로 등을 돌려 그가 테스를 볼 수 없게 가로막고 섰다.

"이야기의 요지인즉슨," 그는 변덕스러운 회한을 드러내며 말을 이었다. "지난번 만났을 때 영적 구원의 문제만 생각하느라 너의 육적인 처지가 어떤지 묻는 걸 잊었어. 옷을 잘 차려입었기에 생각을 못 한 거지. 하지만 이제 보니 사정이 어려운가보다. 내가 널 알던 시절보다 더 어려워 보여. 네가 이렇게까지 힘들게 살 이유가 없잖아. 이게 상당 부분 내 탓이라는 생각이 든다."

대답이 없는 그녀를 그는 궁금한 표정으로 지켜보았다. 그녀는 고개를 숙이고 두건으로 얼굴을 완전히 가린 채 순무 다듬는 일을 다시 시작했다. 일을 계속하면 그의 감정적인 접근을 막기 더 용이할 것 같아서였다.

"테스." 불만스러운 한숨을 내쉬며 그가 덧붙였다. "내가 저지른 잘

못 중 너한테 한 일이 최악이었어. 그 결과 네가 어떤 일을 겪어야 했는지 네가 말해주기 전에는 전혀 몰랐다. 너같이 순진한 아이의 인생을 망쳐놓다니 나도 참 개망나니지. 전적으로 내 잘못이야. 트랜트리지에서 같이 지낼 때 도리에 어긋나는 행동을 한 거 말이야. 게다가 넌 진짜고 난 도금한 가짜였잖아. 하하! 넌 자신의 가능성을 전혀 알지 못하는 어린 것이었지! 정말 진지하게 하는 말인데, 덫을 놓고 함정에 빠뜨리는 못된 놈들이 있다는 걸 모르는 위태로운 상태로 딸자식을 키우는 부모들은 비난받아 마땅해. 좋은 뜻에서 그러든 아니면 그냥 무관심해서 그러든."

그때까지도 테스는 순전히 밭일하는 여자의 시름에 찬 윤곽만을 보일 뿐, 손질한 순무를 기계에 넣고 다른 순무를 집어드는 동작을 기계적으로 반복하면서 잠자코 듣기만 했다.

"하지만 그 이야기를 하러 온 건 아냐." 그가 계속 말했다. "내 사정은 이래. 네가 트랜트리지를 떠나고 난 다음 어머니가 돌아가셨고 집과 토지 등속을 물려받았는데 팔 생각이야. 아프리카에 가서 선교에 전념하려고. 물론 그 일도 개판을 칠 수 있지만. 어쨌거나 내가 묻고 싶은 건 이거야. 널 속인 것에 대한 유일한 보상으로 내가 할 수 있는 일을 하게 해줄래? 요컨대, 내 아내가 되어 나와 함께 가주겠어?…… 시간을 벌려고 이 대단한 서류를 받아놓았거든. 어머니의 유언이기도 하고."

그는 당황해서 우물쭈물하더니 주머니에서 문서 한 장을 꺼냈다.

"그게 뭔데요?" 그녀가 물었다.

"결혼허가증이야."

"아, 안 돼요, 안 돼." 그녀가 놀라 뒤로 물러서며 얼른 답했다.

"결혼 못 한다고? 어째서?" 이렇게 묻는 더버빌의 얼굴에 의무를 다할 수 없게 된 실망감이라고만 하기엔 힘든 낙담의 빛이 스쳤다. 그녀를 탐했던 이전의 욕정 비슷한 것이 되살아난 징후임에 틀림없었다. 의무와 욕정의 공조였던 것이다. "설마." 조금 더 조급증을 드러내면서 그는 기계를 돌리는 남자 일꾼 쪽을 돌아보았다.

테스는 논쟁이 거기서 끝날 것 같지 않다는 생각이 들었다. 손님이 찾아와서 잠깐 이야기하고 오겠다고 남자 일꾼에게 말하고 그녀는 얼룩말 줄무늬 모양의 밭을 가로질러 갔다. 새로 갈아놓은 밭 구역으로 가자 그는 손을 내밀어 도와주려고 했지만, 그녀는 못 본 척 흙더미의 꼭대기를 밟고 앞으로 나아갔다.

"나하고 결혼해서 날 도리를 지키는 사람으로 만들어주지 않겠다는 거야?" 그는 이랑들을 건너가자마자 또 물었다.

"할 수 없어요."

"왜 못 해?"

"당신을 사랑하지 않는다는 거 잘 알잖아요."

"하지만 시간이 지나면 사랑할 수 있지 않을까? 날 정말 용서하게 되면?"

"그럴 리 없어요!"

"너무 단정적인 거 아냐?"

"다른 사람을 사랑해요."

그 말에 그는 놀란 것 같았다. "그래?" 그가 소리쳤다. "다른 사람을?…… 무엇이 도덕적으로 올바른지 네겐 전혀 중요하지 않은 모양이지?"

"아니에요, 그런 식으로 말하지 마요!"

"그렇다면 어쨌건, 이 다른 남자에 대한 애정도 한때의 감정에 지나지 않을 수―"

"아니, 그렇지 않아요."

"그럴 수 있어! 왜 아니라고만 하는 거야?"

"말할 수 없어요."

"도의상 말해줘야 해!"

"그렇다면…… 그 사람과 결혼했거든요."

"아!" 그는 소리를 치더니 갑자기 멈춰 서서 그녀를 뚫어져라 바라보았다.

"말하고 싶지 않았어요, 그럴 생각은 아니었어요!" 그녀가 항변했다. "이곳에서도 비밀로 했고, 사람들이 혹 눈치를 챘더라도 어렴풋이 짐작만 할 따름이에요. 그러니까 제발 더는 묻지 마요. 우린 이제 남남이란 걸 기억하고요."

"남남, 우리가? 남남이라!" 그의 얼굴에 옛날의 빈정거리는 표정이 일순 스치고 지나갔다. 하지만 마음을 다잡고 표정을 누그러뜨렸다. "저 남자가 남편인가?" 기계를 돌리는 일꾼을 손짓하며 그가 물었다.

"저 사람요?" 그녀가 당당하게 답했다. "그럴 리가요!"

"그럼 누군데?"

"말하고 싶지 않으니 묻지 마요." 그녀가 고개를 들자 속눈썹으로 그늘진 두 눈에 간청의 눈빛이 번득였다.

더버빌은 혼란에 빠졌다. "널 위해서 묻는 거야!" 그는 화를 내며 응수했다. "하늘의 천사들을 걸고 맹세하건대—주여, 이런 말을 하는 걸 용서하소서—네게 도움을 주려고 여기 온 거야. 그런 눈으로 보지 마, 테스. 그 눈길을 견딜 수가 없어! 그리스도의 탄생 이전이든 이후든 그런 눈은 없었을 거야! 그런…… 이성을 잃어서는 안 되지. 그러면 큰일이야. 널 보자 사랑하는 마음이 되살아났다는 점은 인정해야겠다. 그런 감정의 불꽃이 다 꺼진 줄 알았는데. 그래서 결혼하면 우리 둘 다 거룩해질 수 있을 거라고 생각했지. '믿지 않는 남편은 믿는 아내로 말미암아 거룩하게 되고 또 믿지 않는 아내도 믿는 남편으로 말미암아 거룩하게 되었기 때문입니다.'* 그렇게 스스로 다짐했어. 하지만 내 계획이 산산조각 났고 이 실망을 견뎌야만 해." 그는 땅바닥으로 눈길을 주며 우울하게 생각에 잠겼다. "결혼했다. 결혼했다고!…… 그래, 그렇다면," 그는 결혼허가증을 천천히 반으로 찢어 주머니 속에 집어넣고는 침착하게 덧붙였다. "결혼할 수 없으니 너와 네 남편한테—그 사람이 누구든 간에—뭔가 좋은 일을 해주고 싶군. 물어보고 싶은 게 많지만, 물론 네가 원치 않는다면 캐묻지 않겠어. 그래도 남편이 누군지 알면 너나 그 사람을 돕기가 더 쉬울 텐데. 이 농장에 있나?"

"아니요." 그녀가 작은 소리로 말했다. "멀리 가 있어요."

"멀리 갔어? 널 두고? 그 따위 남편이 어디 있어?"

"그이를 욕하지 마요! 당신 때문이에요. 알게 됐거든요."

"아, 그랬구나!…… 불행한 일이다, 테스!"

---

*「고린토인들에게 보낸 첫째 편지」 7장 14절.

"그래요."

"그렇지만 널 버리고 이렇게 힘든 일을 하게 놔두다니—"

"그이가 일하라고 놔둔 게 아니에요." 그녀는 있는 힘을 다해 그 자리에 없는 사람을 변호하려고 나섰다. "그이는 몰라요. 내가 혼자 하는 일이에요."

"그럼 편지는 오나?"

"그, 그건 말할 수 없어요. 우리의 사생활 문제예요."

"물론 그 말은 편지를 안 한다는 거지. 아름다운 테스, 넌 소박맞은 거야!" 그는 충동적으로 돌아서서 그녀의 손을 잡았다. 그녀는 가죽 장갑을 끼고 있어서 그가 잡은 것은 손가락의 온기나 모양을 전달하지 못하는 거친 가죽의 손가락 부분일 뿐이었다.

"이래서는 안 돼요, 안 돼요!" 소스라치며 그녀는 주머니에서 손을 빼듯 장갑에서 손을 빼내어 그의 손아귀에 장갑을 남겨두었다. "제발 가줘요, 나와 내 남편을 위해서. 당신이 믿는 기독교의 이름으로 제발 가줘요!"

"그래, 그래. 갈 거야." 그는 퉁명스럽게 대답하고 장갑을 내밀더니 돌아서서 갈 채비를 했다. 하지만 다시 돌아서서 말했다. "테스, 하느님도 아시지만, 무슨 수작을 부리려고 네 손을 잡은 건 아냐!"

이야기에 몰두하느라 듣지 못했는데, 밭을 달려오는 말발굽 소리가 바로 그들의 등 뒤에서 멈춰 섰다. "지금 이 시간에 일 안 허고 무슨 짓거리여?"

농장 주인 그로비가 멀리서 자기 밭에 있는 두 사람을 보고 호기심이 생겨 말을 타고 가로질러 온 것이었다.

"이 여자에게 그런 식으로 말하지 마시오!" 더버빌이 기독교적이라고 하기 어렵게 오만상을 찌푸리면서 말했다.

"그러세요, 나리? 감리교 목사가 애한테 무슨 볼일이 있으신고?"

"저 사람 누구야?" 더버빌이 테스를 돌아보며 물었다.

그녀는 그에게 가까이 다가갔다. "가요, 제발 부탁이에요!"

"뭐라고, 널 저런 폭군과 남겨놓고? 불한당이라고 얼굴에 쓰여 있는데."

"저 사람은 날 해치지 않아요. 날 여자로 생각하지 않으니까요. 수태고지 축제일에 떠나면 돼요."

"그래, 시키는 대로 할 수밖에 없지. 그래도…… 알았어, 잘 있어라."

혼내는 사람보다 더 겁나는 역성드는 사람이 마지못해 자리를 뜨자 주인은 계속 야단을 쳤다. 하지만 성적인 것과 무관한 그런 종류의 공격은 침착하게 받아넘길 수 있었다. 지난날의 경험으로 미루어보면—감히 그럴 마음을 먹는다면—그녀에게 폭력을 행사할 수 있는 냉혹한 남자가 주인이라는 사실이 오히려 안심이 되었다. 그녀는 아무 말 없이 작업을 하고 있던 밭 위쪽으로 돌아갔고, 조금 전의 일을 골똘히 생각하느라 그로비가 탄 말의 코가 그녀의 어깨에 닿는 것도 의식하지 못했다. "수태고지 축제일까지 일하기로 계약했으니께 그때까지 있나 두고 보자고." 그가 딱딱거렸다. "여자들이 언제나 골칫거리라니께! 이 일 아니면 저 일이제. 하지만 이제 더 봐주지 않을겨!"

한방 맞고 나가떨어진 일 때문에 앙심을 품은 주인이 여자 일꾼들 중 유독 그녀를 못살게 군다는 사실을 잘 알고 있었기에, 그녀는 돈

많은 알렉의 아내가 되어달라는 청혼을 받아들일 수 있는 자유의 몸이라면 어떻게 되었을까 잠시 상상해보았다. 그러면 횡포를 부리는 지금의 주인뿐 아니라 그녀를 깔보는 세상의 억압에서 단숨에 벗어날 수 있을 것 같았다. "하지만 안 돼, 안 돼!" 그녀는 숨차게 중얼거렸다. "이제는 결혼할 수 없어. 그 사람은 너무 싫은걸."

바로 그날 밤 그녀는 클레어에게 자신의 어려운 처지를 감춘 채 영원한 사랑을 다짐하는 편지를 쓰기 시작했다. 행간의 의미를 읽을 수 있는 사람이라면 그 엄청난 사랑의 이면에는 아직 일어나지 않은 미지의 운명에 관한 크나큰, 거의 절망적인 두려움을 읽을 수 있었으리라. 하지만 이번에도 감정을 토로하다 말았다. 이즈에게 같이 가자고 한 것을 보면 그는 이제 그녀를 사랑하지 않는지도 모른다. 편지를 상자에 넣으면서 그녀는 이것이 과연 에인절의 손에 들어갈지 의심스러웠다.

그 일이 있고 그녀는 하루하루의 일과를 힘들게 이어갔고, 농업에 종사하는 사람들에게는 매우 중요한 날인 성촉절(聖燭節)*이 돌아왔다. 성촉절 장날에 다음 해 수태고지일까지 열두 달 동안의 일자리를 계약하는 일이 이뤄졌기 때문에 새로운 일자리를 구하려는 농장 일꾼들은 당연히 장이 열리는 주도(州都)로 몰려갔다. 플린트콤애시 농장의 일꾼들은 대부분 떠날 생각을 하고 있어서 아침 일찍부터 언덕을 넘어 10마일쯤 떨어진 그쪽 방향으로 떼 지어 길을 나섰다. 테스도 그만둘 작정이었지만, 장에 가지 않은 몇 안 되는 사람들 중에 끼어 있

---

* 크리스마스 40일 후인 2월 2일로 예수가 처음 성전에 들어간 것과 성모의 순결을 기념하는 축일.

었다. 일자리 계약을 불필요하게 만드는 무슨 일이 일어나지 않을까 하는 막연한 기대 때문이었다.

평화로운 2월의 어느 날이었다. 2월치고는 놀랄 만큼 온화해서 겨울이 끝나지 않았나 하는 생각이 들 정도였다. 점심을 막 먹었을 즈음 더버빌이 그녀가 묵고 있는 농가의 창문에 그늘을 드리웠다. 집에는 테스 혼자였다.

테스는 벌떡 일어났지만 방문객은 문을 두드렸고, 도망가는 것도 온당하지 않다는 생각이 들었다. 문을 두드리는 소리나 문으로 올라오는 그의 태도에서 지난번에 만났을 때와 다른, 뭐라고 형언할 수 없는 차이가 느껴졌다. 부끄러운 일을 하는 것처럼 보였다. 그녀는 문을 열어주지 말까 하고 생각했지만 그것도 꼴이 우스울 것 같아서 일어나 걸쇠를 들어올리고는 재빨리 뒤로 물러섰다. 그는 집 안으로 들어와 그녀를 보더니 아무 말도 하지 않고 의자에 쓰러지듯 주저앉았다.

"테스, 나도 어쩔 수가 없었어." 자포자기한 듯 그가 열이 난—흥분해서 더 벌겋게 달아오른—얼굴을 닦으며 말했다. "최소한 안부를 물으러 가봐야겠다는 생각이 들었거든. 분명히 말하지만 그 주일날 이전에는 네 생각을 한 적이 없어. 그런데 이제는 아무리 애를 써도 네 모습을 지워버릴 수가 없어. 착한 여자가 나쁜 남자에게 해를 끼치다니 참 기막힌 일인데, 어쩌겠어. 날 위해 기도라도 해준다면, 테스!"

불편한 마음을 다스리려고 애쓰는 그의 모습이 측은하기도 했지만 테스는 그를 동정하지 않았다. "내가 어떻게 기도를 해주겠어요?" 그녀가 말했다. "이 세상을 주재하는 거대한 '힘'이 날 위해 계획을 변경할 거라고 믿을 수 없는데요."

"너 정말 그렇게 생각하냐?"

"그래요. 그렇지 않다고 생각한 게 틀렸다고 배웠거든요."

"배웠어? 누구한테?"

"굳이 알고 싶다면, 남편한테서요."

"아, 네 남편…… 네 남편이 그랬구나. 참 이상하군! 지난번에도 그 비슷한 말을 했던 게 생각난다. 이 문제에 관해 진짜 네 생각은 뭐야, 테스?" 그가 물었다. "넌 종교가 없는 것 같아. 나 때문인지는 모르겠지만."

"아니에요, 있어요. 초자연적인 것은 아무것도 믿지 않지만."

더버빌은 걱정스러운 표정으로 그녀를 바라보았다. "그럼 넌 내가 받아들인 교리가 다 틀렸다는 거야?"

"대부분 그렇죠."

"흐음, 하지만 난 확신이 있었거든." 그는 확신 없이 말했다.

"산상수훈(山上垂訓)의 정신은 믿어요. 우리 그이가 믿듯이…… 안 믿는 건—"

그녀는 믿지 않는 것을 열거했다.

"결국," 더버빌이 쌀쌀하게 말했다. "네 소중한 남편이 믿는 건 뭐든 믿고, 거부하는 건 뭐든 거부한다는 거지. 너 스스로 의문을 제기하거나 따져보지 않고. 여자들이란 다 그렇지. 넌 그의 정신적 노예인 셈이야."

"아, 그이는 모르는 게 없거든요!" 그녀가 순박한 믿음을 의기양양하게 드러내며 말했다. 가장 완벽한 남자라도—그녀의 남편은 말할 것도 없고—그런 믿음에 값할 수 없으리라.

"그렇겠지. 하지만 다른 사람의 부정적인 견해를 그런 식으로 몽땅 받아들여서는 안 돼. 너한테 그런 회의론을 가르쳐주다니, 아주 웃기는 친구로군."

"자기 생각을 나한테 강요한 적은 없어요! 이런 문제를 갖고 논쟁을 한 적도 없고요. 하지만 나도 그렇게 생각하게 됐어요. 교리 같은 것을 깊이 연구한 그이가 교리에 대해 생각해본 적이 없는 나보다 옳을 가능성이 훨씬 높지요."

"그 사람이 뭐라고 했는데? 뭐라고 했을 거 아냐."

그녀는 곰곰 생각해보았다. 에인절 클레어가 한 말을 이해하지는 못했어도 남다른 기억력으로 복원한 테스는 그녀 옆에서 가끔 큰 소리로 생각하는 버릇이 있던 그가 삼단논법으로 가차 없는 논증을 했던 것이 생각났다. 이것을 옮기면서 그녀는 신뢰와 존경의 마음으로 클레어의 말투와 몸짓까지 흉내 냈다.

"다시 말해봐." 주의 깊게 귀를 기울이던 더버빌이 물었다.

그녀는 클레어의 논증을 되풀이했고, 생각에 잠긴 더버빌은 그녀가 하는 말을 따라 중얼거렸다. "그 밖의 다른 말은?" 그가 잠시 후에 물었다.

"한번은 이런 이야기도 했어요." 그녀는 또 하나의 논증을 생각해 냈다. 볼테르의 『철학사전』에서 토머스 헉슬리의 『평론집』에 이르는 계열의 여러 저작들에서 찾을 수 있는 내용이었다.

"아…… 그걸 다 어떻게 기억하나?"

"그이가 믿는 걸 나도 믿고 싶었어요. 그이가 그랬으면 한 건 아니지만. 그래서 말해달라고 졸랐죠. 그이가 한 말을 다 이해하지는 못했어요. 그래도 그이가 옳다는 건 알아요."

"흠. 너도 이해하지 못한 걸 나한테 가르치다니, 좀 웃기지 않아?"
그는 생각에 잠겼다.

"난 영적인 운명을 그이와 같이하기로 했어요." 그녀가 말을 이었
다. "다른 건 원치 않아요. 그이에게 좋은 게 내게도 좋으니까요."

"대단한 이단인 네 남편이 너도 이단이라는 걸 알아?"

"아니요, 그렇다고 말한 적은 없어요— 내가 이단이라면요."

"그래, 결국 네가 나보다 나은 입장이구나, 테스. 넌 교리를 전도해
야 한다고 믿지 않고, 따라서 하지 않는다고 양심에 걸릴 것 없지. 난
믿고 무서워 떠는 마귀들처럼* 전도를 해야 한다고 믿지만 갑자기 전
도할 생각은 사라지고 널 보고 싶어 미치겠으니."

"무슨 소리예요?"

"글쎄, 오늘 널 보러 여기까지 왔는데, 집을 나설 때는 캐스터브리
지 시장에 갈 작정이었어. 오늘 오후 두시 반에 짐마차를 강단 삼아
말씀을 전하기로 했거든. 바로 지금 형제들이 날 거기서 기다리고 있
겠지. 여기 집회 광고 전단지를 봐라."

그는 양복 윗도리의 속주머니에서 포스터를 한 장 꺼냈고, 거기에
는 그가 말한 대로 더버빌이 복음을 전할 일시와 장소가 인쇄되어 있
었다.

"어떻게 시간에 맞춰 가려고요?" 테스가 시계를 보며 말했다.

"갈 수 없지. 여기 오고 말았는걸."

---

*「야고보의 편지」 2장 19절.

"뭐라고요, 설교를 하겠다고 약속해놓고, 그리고—"

"설교를 하겠다고 약속했는데 가지는 않을 거야. 내가 한때 경멸한 여자를 보고 싶은 불타는 욕망 때문이지! 아냐, 맹세코 널 경멸한 적은 없어. 그랬다면 지금 널 사랑할 리 없어. 널 하찮게 생각할 수 없었던 건 그런 일이 있었는데도 넌 너 자신을 지켰기 때문이야. 상황을 파악하자마자 넌 단호하게 내 곁을 떠났어. 내 멋대로 하게 놔두지 않았지. 이 세상에서 내가 경멸할 수 없는 단 하나의 여자는 바로 너야. 하지만 이제는 네가 날 경멸하겠지. 산 위에서 하느님을 경배하고 있는 줄 알았는데 아직도 숲에서 우상을 섬기고 있으니. 하하!"

"아, 알렉 더버빌. 그게 무슨 말이에요, 내가 뭘 어쨌다고?"

"뭘 어쨌냐고? 의도적으로 한 건 아무것도 없지. 하지만 너도 모르는 사이 흔히 배교(背敎)라고 말하는 짓을 내가 저지르게 만들었어. 내가 진짜로 세상의 더러운 것에서 벗어났다가 거기에 다시 말려 들어가서 정복당하고, 그 나중 처지는 처음보다 더 나빠진 부패의 노예*에 속하는 게 아닌가 하는 생각이 든다." 그는 그녀의 어깨를 한 손으로 잡았다. "테스, 내 사랑, 널 다시 보기 전까지는 최소한 사회적 구원의 길을 걷고 있었어." 그는 어린아이를 다루듯 그녀를 잡고 흔들며 미소를 띠었다. "그런데 왜 날 유혹한 거야? 그 눈과 입술을 다시 보기 전까지는 누구보다도 굳은 신념을 갖고 있었다고. 정말이지 이브 이후 이렇게 사람을 미치게 만드는 입술은 없을 거야." 그의 목소리는 가라앉았고, 검은 눈동자에서는 호색적인 교활함의 빛이 뿜어져나왔

---

* 「베드로의 둘째 편지」 2장 19~20절.

다. "테스, 넌 요부야. 사랑스러운 저주받을 바빌론의 마녀지. 널 다시 만나는 순간 유혹을 뿌리칠 수가 없었어!"

"일부러 만나러 간 것도 아니잖아요!"

"누가 모르나, 다시 말하지만 널 원망하지는 않아. 하지만 유혹을 당한 건 사실이니까. 네가 그날 농장에서 푸대접을 당하는 걸 보고 널 보호할 법적 권리가 없고, 그럴 권리를 가질 수도 없다고 생각하니 미치겠더라. 그런 권리를 가진 작자는 널 전혀 돌보지 않는데."

"이 자리에 없는 사람을 깎아내리지 마요!" 몹시 흥분한 그녀가 소리쳤다. "공정심을 보여요, 그이가 당신한테 잘못한 건 없잖아요! 날 내버려둬요. 그이의 평판에 누가 되는 소문이 퍼지기 전에!"

"그럴게, 그럴게." 그는 확신 없이 말했다. "장터의 불쌍한 술주정뱅이들에게 설교하기로 한 약속을 어기고 말았어. 이런 몹쓸 장난을 치기는 처음이다. 한 달 전만 해도 이런 꿈을 꾸었으면 놀라 벌떡 일어났을 텐데. 갈게. 맹세할게. 그런데—아, 그래도 될까! 떠날게." 그러다 갑자기 "한 번만 안아보자, 테시, 한 번만! 옛정을 생각해서—"

"난 방어할 힘이 없어요, 알렉. 선량한 한 남자의 명예가 나에게 달려 있어요. 생각해봐요, 부끄럽지도 않아요?"

"흥! 그래, 알았어, 알았어!" 자신의 의지박약에 굴욕을 느낀 그가 입술을 깨물었다. 개심 이후 그의 얼굴에 켜켜이 숨어 있던 변덕스러운 욕정의 시체들이 부활한 듯 깨어나 모여들었다. 그는 마지못해 떠났다.

오늘 약속을 어긴 것을 신자가 한 번 실족한 것에 불과하다고 더버빌은 자인했지만, 에인절 클레어를 흉내 낸 테스의 말은 그에게 깊은 인상을 남겼고, 그 자리를 떠나고 난 후에도 마음에 계속 남아 있었다. 그의 신조가 무방비로 노출될 수 있다는, 꿈에도 생각하지 못했던 상황에 직면해 온몸에서 기력이 다 빠져나간 듯 말없이 걸어갔다. 갑작스러운 개심은 이성적인 판단과는 무관했다. 새로운 감각을 추구하는 무분별한 사내가 어머니의 죽음에 일시적으로 충격을 받아 부린 일시적 변덕에 불과했다고 해도 과언이 아니리라.

광신의 바다에 테스가 떨어뜨린 몇 방울의 논리는 끓어오르던 거품을 가라앉히는 작용을 했다. 그는 그녀가 전해준 구체적인 구절들을 되풀이해 음미하면서 혼자 중얼거렸다. "이런 것들을 테스에게 가르치면서, 그 영리한 친구는 내가 그녀를 되찾을 길을 닦고 있다는 생각은 못 했을걸!"

47

플린트콤애시 농장에서 마지막 밀 낟가리를 탈곡하는 날이었다. 3월의 새벽은 유난히 표정이 없어서, 동쪽 지평선이 어디 있는지 짐작할 만한 것은 보이지 않았다. 겨우내 비바람에 시달리며 외롭게 자리를 지키던 낟가리는 박명(薄明)을 배경으로 사다리꼴의 꼭대기를 드러냈다.

작업장에 도착한 이즈 휴엣과 테스는 부스럭거리는 소리로 선발대가 도착했음을 알았는데, 날이 밝으면서 낟가리 꼭대기에 남자 일꾼 두 명의 윤곽이 나타났다. 그들은 부지런히 낟가리 '벗기기', 즉 밀단을 해체하기 전 이엉을 벗기는 작업을 하고 있었다. 이 작업이 진행되는 동안 이즈와 테스는 다른 여자 일꾼들과 함께 바랜 갈색 앞치마를 두른 채 덜덜 떨며 서서 기다렸다. 가능하면 그날 안에 일을 끝내려고 농장 주인 그로비가 일꾼들을 그렇게 이른 시간에 나오라고 우겼던 것이다. 낟가리 처마 바로 아래—아직은 잘 보이지 않지만—여자 일꾼들이 섬겨야 할 붉은색의 폭군—피댓줄과 기계가 달린 나무 구조물—즉 탈곡기가 놓여 있었다. 작동하는 동안 그것은 무자비하게 그들의 근육과 신경에 인내를 요구할 것이다.

조금 떨어진 곳에 흐릿하게 보이는 검은색 기계가 하나 더 있었는데, 엄청난 힘을 감춘 듯 계속 쉭쉭 소리를 냈다. 물푸레나무 옆으로 솟아오른 긴 굴뚝과 거기서 뿜어져나오는 뜨거운 열기는 그 정도의 햇빛 아래서도 바로 그것이 이 작은 세계의 원동력인 발동기임을 말해주었다. 발동기 옆에는 거무스름한 부동의 존재—그을음으로 더러워진 키가 큰 사람이 무엇에 홀린 듯 석탄 덩어리 옆에 서 있었다. 발동기 기사였다. 모습과 얼굴색이 남다른 그는 도벳*에서 온 사람 같았다. 자신과 아무런 공통점이 없는 이 연기 한 점 없이 투명한, 누런 곡식과 허연 흙의 고장에 흘러든 것은 이곳의 토박이들이 질겁해 불안에 떨게 만들기 위해서인 것 같았다.

동떨어져 보일 뿐만 아니라 그 자신 이질감을 느꼈다. 그는 농촌에 왔지만 거기 속한 사람은 아니었다. 그가 불과 연기를 섬긴다면 밭의 주민들은 식물과 날씨, 서리와 태양을 섬겼다. 웨섹스의 이 지역에서

---

* 성경에서 예루살렘의 쓰레기 소각장으로 인신제사가 행해지던 곳. 곧 지옥.

는 아직 증기 탈곡기를 빌려 썼기 때문에 그는 발동기를 가지고 이 농장에서 저 농장으로, 이 주에서 저 주로 돌아다녔다. 낯선 북쪽 사투리를 쓰는 그는 자신의 생각을 모두 마음에 담아두었다. 관리를 맡고 있는 쇳덩이에 고정된 그의 눈에는 주변의 풍경이 거의 보이지 않았고 관심도 없었다. 오래전에 정해진 운명 때문에 자신의 뜻과는 관계없이 하계(下界)의 왕이 시키는 대로 이곳을 헤매는 듯, 꼭 필요한 경우에만 이곳 토박이들과 의사소통을 했다. 발동기의 동륜(動輪)과 낟가리 아래 놓인 붉은 탈곡기를 연결하는 피댓줄만이 농사와 그를 잇는 유일한 접속선이었다.

낟가리의 이엉을 벗기는 동안 그는 이동식 발동기 옆에 무감동하게 서 있었고, 뜨겁게 달아오른 그 시커먼 기계의 주변에는 아침 공기만 진동했다. 그는 준비 작업과 무관했다. 불은 백열로 달아올랐고 증기도 고압에 이르렀기 때문에, 몇 초 만에 눈에 보이지 않을 만큼 빠른 속도로 긴 피댓줄을 돌릴 수 있었다. 그렇게 준비가 되면 주변 환경이 밀이라도 좋고 짚이라도 좋고 혼돈이라도 좋았다. 한가한 토박이 중 하나가 그를 뭐라고 부를까 물으면, 그는 짤막하게 "기사(技師)"라고 답했다.

낟가리의 이엉을 완전히 벗겼을 때 날이 환하게 샜다. 남자 일꾼들이 각자 자리를 잡자 여자 일꾼들도 낟가리에 올라가서 일을 시작했다. 농장 주인 그로비, 혹은 사람들이 부르듯 "그자"는 미리 와 있었고, 그의 명령으로 테스는 탈곡기의 발판에 자리를 잡았다. 밀단을 탈곡기에 넣는 남자 일꾼 바로 옆에 선 그녀가 할 일은 이즈 휴엣이 낟가리 위에서 건네준 밀단의 매듭을 푸는 것이었다. 남자 일꾼이 그것을 받아서 빙빙 돌아가는 원통에 펼쳐 넣으면 낟알이 모두 순식간에 털려 나왔다.

발동기가 한두 차례 멈춰서 기계를 혐오하는 사람들의 마음을 기쁘게 했지만 곧 본격적으로 작업이 진행되었고 아침 식사 시간까지 빠른 속도로 진척되었다. 아침밥을 먹을 때 탈곡기가 삼십 분 멈춰 섰고, 밥을 먹고 난 다음 다시 작업을 시작하자 추가로 투입된 농장의 일꾼들은 낟가리 옆에서 점차 커지는 밀 짚가리를 쌓는 일에 달려들었다. 새참은 자기 위치에서 선 채로 서둘러 먹었고, 다시 두 시간쯤 지나자 점심 시간이 돌아왔다. 동륜은 사정없이 계속 돌아갔고, 귀청을 찢을 듯 윙윙거리는 탈곡기의 소리가 회전하는 철사 얼개 근처에 있는 사람들의 골수까지 흔들어놓았다. 키가 점점 커지는 밀 짚가리 위에 자리 잡은 노인들은 창고의 참나무 마룻바닥에서 도리깨로 타작하던 옛날 이야기를 했다. 모든 것을—키질까지도—사람의 손으로 하던 그 시절이 속도는 느렸으나 더 좋았다는 것이 그들의 생각이었다. 낟가리 위에 있는 이들 역시 이야기를 나눌 여유가 조금은 있었다. 하지만 테스처럼 기계에 붙어 땀을 빼는 이들은 말을 주고받으면서 숨을 돌릴 틈조차 없었다. 테스로서는 작업이 부단하게 계속된다는 점이 가장 견디기 힘들었다. 플린트콤애시에 오지 말걸 하는 생각이 들 정도였다. 낟가리 위의 여자들은—그중에서도 특히 메리언은 일을 멈추고 이따금 병에 든 맥주나 냉차를 마시기도 하고, 얼굴의 땀을 닦거나 옷에 붙은 지푸라기를 털어내면서 잡담을 주고받았다. 하지만 테스는 쉴 수가 없었다. 탈곡기의 원통이 쉬지 않고 돌아서 밀단을 넣는 남자 일꾼도 밀단의 매듭을 풀어주는 테스도 쉴 수 없었다.

메리언이 가끔 반 시간쯤 교대해주었지만, 손이 느려 밀단을 넣는 일꾼의 속도를 따라가지 못한다고 그로비가 싫어했다.

아마도 경제적인 이유에서겠지만, 이 일은 대개 여자들한테 떨어졌다. 그로비는 힘과 밀단을 푸는 빠른 손놀림 그리고 지구력을 모두 갖추었다며 테스를 골랐다고 했는데, 틀린 말은 아니었다. 이야기를 나누는 것이 불가능할 정도로 윙윙거리는 탈곡기 소리는 밀단의 공급이 적정량을 밑돌면 더욱 요란해졌다. 그래서 테스와 밀단을 넣는 일꾼은 고개를 돌릴 여유도 없었다. 점심 시간 직전에 어떤 사람이 슬그머니 산울타리 사이 쪽문을 열고 들판으로 들어와 두번째 낟가리 아래서 그 광경 — 특히 테스를 지켜보고 있음을 그들은 몰랐다. 최신 유행의 트위드 양복을 차려입고 화려하게 장식한 단장(短杖)을 빙빙 돌리고 있는 신사였다.

"저이가 누구여?" 이즈 휴엣이 메리언에게 물었다. 질문은 테스에게 먼저 했지만 듣지 못한 것 같았다.

"누구 애인이겠지 뭐." 메리언이 명쾌하게 답했다.

"테스를 노리는 신사여, 1기니* 걸고 내기할까?"

"아녀. 요즘 개를 사냥개처럼 쫓아다니는 작자는 감리교 목사여, 저런 멋쟁이가 아녀."

"그런디 저이가 바로 그 남자여."

"목사랑 같은 사람이라고? 아주 딴 사람인걸?"

"검은 양복이랑 흰 목도리를 벗어 던지고 구레나룻도 밀어버렸지

---

* 1813년까지 주조된 금화로 21실링에 해당하는 금액.

만, 그려도 그 사람이 그 사람이여."

"정말 그려? 그럼 테스한테 말해줘야지."

"하지 마. 금세 알게 될걸. 그렇잖아."

"그려. 그런디 전도한답시고 유부녀한테 연애를 거는 건 좀 아니잖아. 남편이 외국에 가 있어서 과부나 다름없다고 쳐도 말이여."

"아, 저이가 테스를 어쩌지는 못혀." 이즈가 무미건조하게 말했다. "구덩이에 빠진 마차가 움쩍달싹 안 하듯 걔의 마음도 자리 잡은 그곳에서 꿈쩍도 안 혀. 어떤 남자한테 정을 떼는 게 그 여자한테도 좋을 때는 다른 남자가 아무리 달콤한 말로 유혹하고 설교하고, 아니 일곱천둥이 각각 제 소리를 내도* 정을 떼게 만들기 어려운 법이여."

점심 식사 시간이 되자 윙윙거리는 기계 소리가 멈추었다. 그제야 테스는 제 위치에서 벗어났는데, 기계가 진동하면서 하도 무릎을 떨어서 걷기도 어려울 정도였다. "나처럼 몸에 한잔 넣어줘야 하는 건디." 메리언이 말했다. "얼굴이 아주 백지장이다. 아이고 맙소사, 완전히 가위 눌린 형상이여!"

마음씨 착한 메리언은 지쳐 떨어진 테스가 방문객이 와 있음을 알면 밥도 제대로 먹지 못할 것이라는 생각에 낟가리 저편의 사다리로 내려가자고 끌었다. 그 순간 그 신사가 성큼 다가와서 위를 올려다보았다.

테스는 "앗!" 하고 외마디 소리를 내더니 곧바로 빠른 어조로 이렇게 말했다. "난 점심 여기서 — 낟가리 위에서 먹을겨."

---

* 「요한의 묵시록」 10장 3절.

집에서 멀리 떨어진 곳에서 일할 때면 그렇게들 하기도 했다. 하지만 바람이 꽤 찬 날이라 메리언과 다른 일꾼들은 내려가 낟가리 아래모여 앉았다.

옷차림과 외관이 바뀌기는 했지만, 방문객은 최근까지도 복음을 전하러 다니던 알렉 더버빌 그 사람이었다. 세속적 향락을 추구하던 본연의 모습이 돌아왔음을 한눈에 알 수 있었다. 테스가 구애자이자 소위 사촌을 처음 만났을 때의 모습, 멋깨나 부리며 될 대로 되라 식으로 살던 옛날 모습을 서너 살 더 나이를 먹고 난 다음 최선을 다해 복원한 것이었다. 그 자리에 있기로 마음먹은 테스는 아래서 올려다볼수 없게 밀단 사이에 앉아 식사를 하기 시작했다. 잠시 후 사다리를 올라오는 발소리가 들렸고, 곧 알렉이 ─ 이제는 타원형의 평평한 단이 마련된 ─ 낟가리 위로 몸을 드러냈다. 그는 성큼성큼 걸어와 아무말 없이 그녀의 건너편에 앉았다.

테스는 집에서 싸온 두터운 팬케이크가 전부인 소박한 점심을 계속먹었다. 다른 일꾼들은 낟가리 아래 흩어진 밀짚으로 편안한 자리를마련해 점심 식사를 같이 했다.

"보다시피 나 다시 왔어." 더버빌이 말했다.

"왜 이렇게 괴롭히는 거예요!" 화가 머리끝까지 뻗친 테스가 고함을 쳤다.

"내가 널 괴롭힌다고? 내가 할 말이야, 너 왜 날 괴롭히냐?"

"뭐라고요? 괴롭힌 적 한 번도 없어요!"

"없다고? 괴롭히는 게 분명한걸! 넌 날 따라다니며 괴롭혀. 조금전에 원한에 차서 날 쏴보던 바로 그 눈동자가 밤낮을 가리지 않고 그 모습 그대로 날 찾아온다고. 테스, 네가 우리 아이 이야기를 해준 다음부터 강렬한 청교도적 물길을 따라 흘러가던 내 감정은 갑자기 방향을 틀어 네 쪽으로 용솟음치면서 흘러가게 됐어. 그때부터 신앙의 물길은 말라버렸지. 날 이렇게 만든 게 바로 너야!"

그녀는 말없이 그를 응시했다. "그럼, 설교하러 다니던 걸 아주 그만뒀단 말이에요?" 그녀가 물었다. 그녀는 갑작스러운 열광을 경멸하는 현대사상의 회의적 태도를 에인절에게서 충분히 습득했지만, 여자인지라 적잖이 기겁을 했다.

일부러 엄숙한 표정을 지은 더버빌이 말을 이었다. "아주 그만뒀지. 캐스터브리지 장터에서 술주정뱅이들에게 설교하기로 했던 그날 오후 이후 잡혀 있던 약속을 모두 어기고 말았어. 형제들이 날 어떻게 생각할지 제기랄 알게 뭐야. 아하! 형제들! 날 위해 울며 기도하고 있을 게 분명해. 나름 인정이 많은 사람들이니까. 그러거나 말거나. 믿음을 잃었는데 어떻게 그 일을 계속하겠어? 그거야말로 위선 중의 위선이지! 그 사람들과 같이 있으면 난 하느님을 욕하지 못하게 사탄에게 넘겨진 히메내오와 알렉산드로 꼴이 될 거야.* 너 참 대단한 복수를 했다. 내가 순진한 널 속였는데, 4년이 지난 지금 기독교 광신자가 된 날 배교자로 만들었으니. 그 결과 난 영벌을 받을 수도 있어…… 하지만 테스, 옛날에 부르던 식으로 예쁜 나의 사촌. 이게 원래 내 말투니까 흠칫할 건 없어. 그리고 네 잘못이라고 해봐야 예쁜 얼굴과 균형 잡힌 몸매를 유지한 것 외엔 없잖아. 네가 날 보기 전에 널 봤거든.

---

* 「디오테오에게 보낸 첫째 편지」 1장 20절.

꼭 끼는 그 앞치만지 뭔지 하는 것 때문에 몸매가 더 드러나 보이는데다 그 차양 달린 모자까지—너같이 들일하는 여자들의 안전을 위해서는 그런 모자를 쓰지 못하도록 해야 해." 그는 잠시 말없이 그녀를 지켜보다가 빈정거리는 웃음을 짧게 터뜨리더니 말을 이었다. "내 생각에는 독신으로 지냈던 그 사도*가—나도 그분의 대변인 역할을 한답시고 다녔지만—그런 예쁜 얼굴의 유혹을 받았다면 내가 그랬듯 그녀를 위해 쟁기를 내동댕이쳤을 거야."**

테스는 설득을 해보려고 했으나 이 중대 국면에 말문이 막히고 말았다. 그는 개의치 않고 이렇게 덧붙였다. "그래, 네가 제공하는 천국이 결과적으로 다른 천국과 다를 게 뭐 있겠냐. 그런데 테스, 심각한 이야기로 화제를 돌리자." 더버빌은 일어나서 더 가까이 다가오더니 밀단에 비스듬히 누워서 팔꿈치에 몸을 기댔다. "지난번 널 만나고 난 다음, 네가 전한 그 사람의 말을 곰곰 생각해봤지. 그래서 진부한 옛날 교리들은 상식과 거리가 멀다는 결론에 도달했어. 어쩌다가 어설픈 클레어 신부의 종교적 열광에 불이 붙어서 그렇게 미친 듯이, 그 양반보다 더 열심을 내어 전도를 다녔는지 이해가 안 돼. 그런데 너의 그 훌륭한 남편—이름은 절대로 알려줄 수 없다지만—그 친구의 지적 능력에 힘입어 네가 한 말 중에 이른바 교리 없는 윤리 체계라는 거 있잖아, 그건 그럴 법하지 않더라."

"그건, 당신이 교리라고 부르는 걸 믿지 못하더라도 최소한 사랑을

* 사도 바울을 가리킴.
** 「루가의 복음서」 9장 62절. "예수께서는 '쟁기를 잡고 뒤를 자꾸 돌아다보는 사람은 하느님의 나라에 들어갈 자격이 없다' 하고 말씀하셨다."

나누는 따뜻한 마음과 순수성에 근거한 종교를 가질 수 있다는 거지요."

"천만에. 난 그런 종류의 사람이 아니거든. '이걸 해라. 그러면 죽고 난 다음 좋은 일이 있을 거다. 저걸 하면 좋을 거 없다'는 식으로 말해주는 사람이 없으면 마음에 와닿지 않는걸. 빌어먹을, 책임질 대상이 없는데 내 행동과 감정에 책임을 느낄 까닭이 뭐가 있어. 내가 너라면, 사랑하는 테스, 마음대로 살 거야."

그녀는 반론을 펴려고 했다. 원시시대부터 분명히 구분되어온 두 가지, 즉 신학과 도덕을 그의 둔한 머리로 혼동한 것이라고. 하지만 에인절 클레어가 자세하게 설명해준 것도 아니고, 논쟁하는 훈련을 전혀 받지 못한 데다 논리적이라기보다는 감정적인 그녀로서는 제대로 논박하지 못하고 말았다.

"자, 어쨌거나," 그가 말을 이었다. "내 사랑, 난 옛날 그대로 네 앞에 있어!"

"옛날 그대로라니. 절대로 그래서는 안 돼요, 상황이 달라요!" 그녀가 숫제 애원조로 말했다. "그리고 난 당신을 사랑한 적이 없어요. 신앙을 잃었다고 나한테 와서 이런 말을 할 거면 차라리 신앙을 지키지 그랬어요!"

"네가 한 방 먹여 나가떨어진 거 아냐. 그러니 네 예쁜 머리로 벌이 떨어질걸. 널 교육시킨 것이 어떤 반동을 불러일으킬지 네 남편은 상상도 못 했을 거다. 하하, 어쨌거나 날 배교자로 만들어줘서 고맙구나, 테스. 난 널 예전보다 더 사랑하게 됐고, 또 네가 너무 가엾기도 해. 너는 아무 말 안 하지만 곤란한 처지인 걸 아니까. 널 보듬고 아껴줘야 할 사람에게 버림받았으니 말이야."

그녀는 입안의 음식을 목구멍으로 넘길 수가 없었다. 입술이 마르고 금방이라도 숨이 막힐 것 같았다. 다른 일꾼들이 낟가리 아래서 음식을 먹고 마시며 웃고 떠드는 소리가 수백 미터 밖에서 들리는 것 같았다.

"너무 잔인하네요! 내 생각을 조금이라도 한다면 어떻게, 어떻게 그런 말을 나한테 할 수 있어요?"

"맞아, 네 말이 맞아." 조금 주춤한 그가 말했다. "일은 내가 저질러놓고 네 탓이다 비난하러 온 건 아니야. 테스, 난 네가 이렇게 일하는 걸 못 보겠어. 그래서 널 위해 일부러 온 거야. 넌 나 말고 남편이 있다고 하는데, 글쎄, 있을지도 모르지. 하지만 난 그 사람을 본 적이 없고 넌 이름도 말해주지 않았잖아. 그래서 결국 그 사람은 나한테 신화적 인물일 따름이야. 그리고 설사 남편이 있다고 하더라도 난 그 사람보다 내가 너와 더 가깝다고 생각하거든. 어쨌거나 난 곤경에 처한 널 도와주려고 애쓰는데, 코빼기도 보여주시지 않는 그 친구가 한 일이 뭐 있어! 내가 열심히 읽었던 준엄한 선지자 호세아의 말이 생각난다. 너도 알지, 테스? '그들을 배었던 몸은 부끄러운 줄도 모르고 놀아난 계집이라, 빵과 물을 주고, 양털과 모시를 주고, 기름과 술을 줄 그이에게 가야지' 한다마는……* 테스, 마차를 언덕 밑에 대기시켰어. 넌 내 여자지 그 작자 여자가 아냐! 나머지는 말하지 않아도 알겠지."

그가 말하는 동안 테스의 얼굴은 검붉게 달아올랐지만, 아무 대꾸도 하지 않았다.

---

*「호세아」2장 7절.

"날 원래의 타락 상태로 돌아가게 만든 건 바로 너야." 그는 팔을 그녀의 허리 쪽으로 뻗으면서 말을 이었다. "그러니까 그 삶을 함께 나눌 용의가 있어야지. 네가 남편이라고 부르는 아둔패기와 끝장을 내."

팬케이크를 먹으려고 벗어두었던 가죽장갑 한 짝이 그녀의 무릎 위에 놓여 있었는데, 그녀는 아무 예고도 없이 장갑 목을 격렬하게 휘둘러 그의 얼굴을 정면으로 가격했다. 장갑은 전사들이 쓰던 것과 다르지 않게 무겁고 두툼했고, 그의 입에 정통으로 맞았다. 이런 동작을 갑옷 입은 그녀의 조상들이 곧잘 구사하던 기술의 재연이라고 해도 되리라. 알렉은 비스듬히 누운 자세에서 흉포한 기세로 일어났다. 얻어맞은 입언저리에서 새빨간 피가 스며나오더니 곧 밑단 위로 뚝뚝 떨어지기 시작했다. 그러나 곧 냉정을 되찾고 주머니에서 침착하게 손수건을 꺼내 피가 흐르는 입술을 닦았다.

그녀도 벌떡 일어났으나 다시 주저앉았다. "이제 날 응징해야죠!" 참새가 목을 비틀리기 전 사냥꾼을 바라보듯 그녀는 절망적인 도전의 눈빛으로 그를 올려다보았다. "때리고 짓밟아요. 낟가리 아래 있는 사람들은 신경 쓸 필요 없어요. 소리 지르지 않을게요. 한 번 당하면 영원히 당하는 게 세상의 이치니까."

"아냐, 아냐, 테스." 그는 담담하게 말했다. "정상을 참작해줄 용의가 있어. 하지만 네가 아주 부당하게 잊은 게 한 가지 있어. 내가 너와 결혼하려고 했다는 거야. 네가 결혼할 수 없는 처지라 못한 거잖아. 내 아내가 되어달라고 정식으로 청하지 않았던가, 응? 대답해봐."

"그랬어요."

"그런데 할 수 없었던 거잖아. 암튼 한 가지는 기억해둬." 진심으로 청혼했던 기억과 그녀가 배은망덕하게 군다는 사실을 되짚어보자 성질을 억누르기 힘든지 그의 목소리가 거칠어졌다. 그는 그녀 옆으로 다가서서 어깨를 잡고 흔들었다. "기억해둬, 아가씨. 난 한때 네 주인이었어. 그리고 다시 네 주인이 될걸. 네가 누구 아내라고 한다면, 바로 내 아내야!"

낟가리 아래 타작꾼들이 부산해졌다. "싸움은 이쯤 해두지." 그는 그녀의 어깨를 놓아주면서 말했다. "지금은 가겠지만 오후에 대답을 들으러 다시 올 거야. 넌 날 아직 잘 몰라. 하지만 난 널 알거든."

넋이 나간 듯 그녀는 아무 말도 하지 않았다. 더버빌은 밀단을 밟고 물러서더니 사다리를 내려갔다. 아래의 일꾼들은 일어나 기지개를 켜며, 맥주를 마셔서 오른 취기를 털어냈다. 탈곡기가 다시 돌아가기 시작했다. 짚이 부스럭거리는 소리가 다시 들렸다. 테스는 꿈꾸듯 멍하니 자기 위치로 돌아와 윙윙거리는 원통 옆에 자리를 잡고, 밀단을 하나씩 끝도 없이 풀어나갔다.

48

오후가 되자 농장 주인은 낟가리 일을 그날 밤 끝내야 한다고 선언했다. 달이 밝아 일을 할 수 있으려니와 발동기 기사가 내일은 다른 농장에 가기로 되어 있다는 것이었다. 그래서 탕탕, 윙윙, 와삭와삭 소리가 이전보다도 더 쉼 없이 들려왔다.

새참 시간인 세시가 되어서야 테스는 눈을 들어 잠시 사방을 둘러

볼 수 있었다. 알렉 더버빌이 돌아와서 출입문 옆 산울타리 아래 서 있는 것을 보고 그녀는 별로 놀라지 않았다. 그녀가 눈길을 들자 그는 키스를 보내면서 품위 있게 손을 흔들었다. 싸움이 끝났다는 표시였다. 테스는 다시 눈을 내리깔고 그쪽 방향을 보지 않으려고 애썼다.

오후는 이렇게 느릿느릿 지나갔다. 낟가리가 줄어들면서 짚가리의 키가 커졌으며 짐마차가 밀 부대들을 실어날랐다. 여섯시쯤 되자 낟가리는 어깨 높이 정도로 낮아졌다. 남자 일꾼과 테스가 엄청나게 많은 밀단—대부분 테스의 젊은 두 손을 거쳐갔다—을 그 탐욕스러운 대식가의 목구멍에 넣었지만, 여전히 탈곡해야 할 수많은 밀단이 손도 대지 않은 채 남아 있었다. 아침에는 아무것도 없던 자리에 생겨난 거대한 짚가리는 바로 그 윙윙거리는 붉은 대식가의 배설물처럼 보였다. 흐린 날이 저물면서 서쪽 하늘에서는 성난 듯 붉은 노을이—날씨가 험한 3월의 노을은 기껏해야 그 정도였다—시뻘건 빛을 발하며 탈곡하는 사람들의 끈적이는 지친 얼굴과 여인네들의 몸에 맥 빠진 불꽃처럼 휘감긴 펄럭거리는 옷자락을 구릿빛으로 물들였다.

헐떡이는 고통이 낟가리를 관통했다. 밀단을 넣던 남자 일꾼도 지쳤다. 그의 시뻘건 목덜미에 덕지덕지 붙은 먼지와 검불이 테스의 눈에 들어왔다. 아직도 자기 자리를 지키고 있는 그녀의 달아오른 얼굴에도 땀이 줄줄 흘러 밀단에서 날린 먼지로 더께가 앉았고, 하얀 모자도 갈색으로 보였다. 그녀는 기계 위에 자리 잡은 유일한 여자요, 기계가 돌아가는 대로 온몸이 요동치는 유일한 여자이기도 했다. 낟가리가 줄어들면서 메리언과 이즈가 다른 일을 하러 가서, 앞서 그렇게 했듯 잠시 교대를 할 수도 없었다. 모든 섬유 조직이 끝없는 진동에 시달리면서 그녀는 마취된 듯 멍한 상태로 빠져들었다. 다만 그녀의 팔만 의식과 무관하게 기계적으로 움직였다. 그녀는 자신이 어디에 있는지조차 모르는 상태에 이르러 기계 저 밑에서 이즈 휴엣이 머리가 흘러내렸다고 알려주는 것도 듣지 못했다.

가장 생생하던 일꾼들조차 점차 얼굴이 창백해지고 눈이 퀭해졌다. 테스가 고개를 들 때마다 어스레한 북쪽 하늘을 배경으로 커다랗게 높아진 짚가리와 그 위에서 셔츠 바람으로 일하는 남자들이 눈에 들어왔다. 그 앞에는 야곱의 층계*와 같은 붉은색의 긴 승강기가 있었고, 그 위로 탈곡이 끝난 밀짚이 끝없이 올라가고 있었다. 마치 누런 강물이 언덕 위를 거슬러 올라가서 짚가리 위에 물을 쏟아내는 것 같았다.

그녀는 알렉 더버빌이 그곳에 아직 있음을, 어디선지는 모르지만 어느 지점에선가 그녀를 지켜보고 있음을 알았다. 그가 그곳에 남아 있을 핑곗거리도 없지 않았다. 낟가리의 마지막 밀단을 탈곡할 즈음이 되면 사람들은 잠깐 쥐 사냥을 하곤 했는데, 탈곡과 무관한 사람들—우스꽝스러운 파이프를 물고 테리어 사냥개를 대동한 신사에서 몽둥이나 돌을 든 왈패에 이르기까지—놀기 좋아하는 각양각색의 인물들이 쥐 사냥에 참여하러 들르곤 했다.

하지만 한 시간은 더 일해야 쥐가 튀어나올 낟가리 바닥에 이를 것이다. 저녁의 어스름이 애버츠서널 근처의 자이언트힐 쪽에서 희미해지자, 그 반대편 미들턴애비와 샤츠포드 쪽의 지평선 위에 그 계절의

---

* 「창세기」 28장 12절.

하얀 달이 솟아올랐다. 한두 시간 전부터 메리언은 이야기도 나눌 수 없게 멀리 떨어진 테스가 걱정스러웠다. 다른 여자들은 맥주라도 마시면서 기운을 북돋웠지만, 술을 즐기면 어떻게 된다는 것을 어린 시절부터 집에서 보아온 테스는 평소에도 술이라면 질색을 하고 입에 대지 않았다. 하지만 테스는 계속 버텼다. 맡은 일을 하지 못하면 그만둬야 했다. 한두 달 전만 해도 그녀는 이런 예기치 못한 사건을 담담하게 받아들였을 테고, 차라리 잘됐다고 생각했을 수도 있다. 하지만 더버빌이 주변을 맴돌면서 일자리를 잃는다는 생각은 공포를 불러일으켰다.

밀단 던지는 사람들과 탈곡기에 밀단을 넣는 사람들이 합력해 낟가리의 키를 낮추었기 때문에, 이제 땅에 있는 사람과 말을 나눌 수 있게 되었다. 놀랍게도 농장 주인 그로비가 기계 위로 올라오더니 테스에게 다가와 말을 붙였다. 친구를 만나고 싶으면 다른 사람을 시킬 테니 일을 그만해도 좋다는 것이었다. 그녀는 그 '친구'가 더버빌이며, 이런 특혜가 친구인지 적인지 모를 사람의 부탁에 따른 것임을 알 수 있었다. 그녀는 고개를 가로젓고 일을 계속했다.

드디어 쥐를 잡는 시간이 돌아왔고 사냥이 시작되었다. 낟가리가 줄어들면서 쥐들은 모두 아래쪽으로 모여들었는데, 마지막 은신처를 벗겨내자 사방팔방으로 흩어져 달아났다. 이제는 거나하게 취한 메리언이 쥐가 옷 속으로 들어왔다고 날카로운 비명을 질렀고, 겁에 질린 다른 여자들은 치마를 걷어올리거나 팔짝팔짝 뛰는 등 다양한 방비를 했다. 드디어 쥐를 몰아냈고, 개 짖는 소리, 남자들의 고함 소리, 여자들의 비명, 욕지거리, 발구르기 등의 아수라장 속에서 테스는 마지막 밀단을 풀었다. 탈곡기의 원통 속도가 느려지면서 윙윙거리는 소리가 멈추었고, 그녀는 기계에서 땅바닥으로 내려섰다.

쥐 사냥을 구경만 하고 있던 그녀의 '애인'은 즉시 곁에 나타났다.

"아니, 그런 다음에도? 그런 모욕을 당하고도?" 그녀가 속삭이듯 말했다. 너무 기진맥진해서 목소리를 높일 힘조차 없었다.

"네가 하는 말이나 행동에 일일이 화를 낼 만큼 어리석게 굴 수야 없지." 그는 트랜트리지 시절 유혹자의 목소리로 대답했다. "온몸을 덜덜 떨고 있네. 피가 몽땅 빠진 송아지처럼 기운이 없을 거다. 내가 오고 난 다음에는 일을 안 해도 됐는데. 어쩌면 그렇게 고집을 피우냐! 어쨌든 농장 주인에게 증기 탈곡기 작업을 여자에게 시킨 건 잘못이라고 말해두었지. 여자들이 할 수 있는 일이 아니고, 그자도 잘 알다시피 좀 격이 높은 농장에서는 여자들에게 이런 일을 시키지 않거든. 집에 바래다줄게."

"아, 그러던지요." 그녀는 휘청휘청 걸어가면서 대답했다. "그러고 싶으면 같이 걸어요. 좋은 뜻으로 결혼해달라고 찾아온 거 알아요. 내가 결혼한 걸 몰라서 그랬겠지만. 어쩌면, 어쩌면 내가 생각했던 것보다는 인정도 있고 좋은 사람일 수 있다는 생각이 들기는 해요. 친절을 베푸는 거라면 감사한 마음으로 받을 테고, 다른 뜻이 있다면 화를 낼 거예요…… 당신이 무슨 생각을 하는지 알 수 없을 때가 있어요."

"우리의 관계를 합법적으로 만들 수 없다고 해도 내가 널 도울 수는 있잖아. 그리고 옛날보다는 네 감정을 존중하면서 그렇게 할 생각이야. 나의 종교적 열광은—뭐라고 이름을 붙이던 간에—사그라졌어. 하지만 선량한 마음씨가 조금은 남아 있어. 남아 있기를 바라고.

자, 테스, 남녀 사이의 부드럽고 강한 모든 것을 걸고 하는 말이니 날 믿어줘. 난 네가—너와 네 동생들이—사는 걱정을 하지 않아도 될 만큼 충분한, 아니, 그러고도 남는 돈이 있어."

"우리 식구들을 최근에 만났나요?" 그녀는 재빨리 물었다.

"그래. 네가 어디 있는지 모르더라. 여기 있는 걸 알게 된 것도 순전히 우연이야."

마당을 둘러싼 산울타리 가지 사이로 차가운 달빛이 그녀의 지친 얼굴을 비췄다. 하숙하는 농가 앞에서 그녀가 걸음을 멈추자 더버빌도 그 옆에 멈춰 섰다. "동생들 이야기는 하지 마요, 마음이 약해지니까!" 그녀가 말했다. "그애들을 돕고 싶으면—도움이 필요하다는 건 하늘이 알고 계시니까—내게 알리지 말고 도와요. 아, 안 돼요, 안 돼요!" 그녀가 목소리를 높였다. "아무것도 받지 않을래요. 그애들을 위해서든 나를 위해서든."

그는 그녀를 따라 들어가지 않았다. 테스가 함께 사는 집 식구들 앞에 공공연하게 나설 수 없었기 때문이다. 그녀는 집에 들어가자마자 목욕통에서 몸을 씻고, 식구들과 저녁 식사를 한 다음 생각에 잠겼다. 그리고 벽 쪽으로 밀어놓은 테이블로 가서 작은 등불을 밝혀 열정을 토로하는 편지를 썼다.

내 남편! 그렇게 부르게 해주세요. 그래야만 하겠어요. 부족한 아내를 떠올리고 화를 내더라도요. 고통스러운 처지에서 당신에게 애원합니다. 당신 말고는 매달릴 사람이 없으니까요. 난 유혹에 무방비로 노출되어 있어요, 에인절! 누구라고 말하기도 두렵고, 그

일에 대해 말하고 싶지도 않아요. 얼마나 당신께 매달릴 수밖에 없는 형편인지 상상도 못 할 거예요. 뭔가 끔찍한 일이 일어나기 전에 당장 돌아올 수 없나요? 아, 너무 먼 곳에 있어서 그럴 수 없다는 걸 알아요. 곧 돌아오든지 아니면 당신이 있는 곳으로 오라고 해줘요. 그러지 않으면 죽을 것만 같아요. 당신이 내린 벌은 당연하고—잘 알아요—너무나 당연히 받아야 했지요. 화를 내는 것이 공정하고 지당해요. 그렇지만 에인절, 제발, 제발, 공정한가 아니한가만 따지지 말고—그런 대접을 받을 자격은 없지만—조금만 다정하게 대해줘요. 그리고 돌아와요. 돌아온다면 당신의 팔에 안겨 죽을 수 있을 거 같아요. 그렇게 해서 용서를 받는다면 편안한 마음으로 그렇게 하겠어요.

에인절, 오로지 당신만을 기다리며 살고 있어요. 당신을 너무 사랑하기 때문에 떠난 것도 원망하지 않아요. 농장을 구해야 할 필요도 있었으니까요. 비난이나 원망의 말을 한마디라도 할 거라고 생각지 마세요. 그냥 돌아와줘요. 당신이 없어서 너무 외로워요, 내 사랑, 아, 너무 외로워요! 일을 해야 하는 것은 괜찮아요. 당신이 한 줄이라도 편지를 써서 '곧 가겠소'라고만 해준다면 참고 견딜게요, 에인절. 아, 아주 즐거운 마음으로요!

결혼한 다음 생각이나 표정까지도 당신에게 충실해야 한다는 것이 소중한 의무가 되었답니다. 그래서 무심히 있다가 남자한테 아름답다는 찬사를 들어도 당신에게 잘못을 저지른 것 같았어요. 우리가 목장에 있을 때 느꼈던 감정을 조금이라도 다시 느껴본 적이 없나요? 느낀 적이 있다면 어떻게 날 멀리할 수 있어요? 에인절,

난 당신이 사랑했던 바로 그 여자예요. 맞아요, 바로 그 여자예요! 당신이 싫어한 여자가 아니라 알지 못했던 여자예요. 당신을 만난 순간부터 과거는 아무것도 아니었어요. 과거는 완전히 죽은 것이었 어요. 당신한테서 새로운 삶을 충만히 받아 난 다른 여자가 되었어 요. 내가 어떻게 옛날 여자일 수 있겠어요? 왜 그걸 모르나요? 사 랑하는 에인절, 당신이 좀 우쭐한 마음으로 내게 이런 변화를 가져 올 만큼 강한 사람이라고 자신감을 갖는다면, 내게로, 당신의 불쌍 한 아내 곁으로 돌아올 마음이 생길 거예요.

당신의 영원한 사랑을 믿을 수 있다고 생각하고 행복에 겨웠던 일이 얼마나 어리석었는지요! 나같이 모자란 여자에게는 가당치 않다는 걸 알았어야 했어요. 하지만 과거 때문만이 아니라 현재 때 문에도 마음이 몹시 괴롭답니다. 당신을 다시는, 다시는 못 본다고 생각하면 얼마나 마음이 아플지 생각해봐요. 아, 하루에 일 분씩만 당신의 마음을 아프게 할 수 있다면, 그런 고통을 매일, 하루 종일 당하는 외롭고 가련한 날 가엽게 여길 텐데요.

사람들은 아직도 날 보고 예쁘다고 해요, 에인절. (인물이 좋다 고들 하지요, 정확하게 옮기자면요.) 사람들이 말하듯 그런지도 몰 라요. 하지만 외모를 소중하게 여기지는 않아요. 아름다운 외모도 당신의, 사랑하는 당신의 것이고, 당신이 소중하게 여길 유일한 것 일지도 모르니 지니고 있을 따름이지요. 이 점을 절절하게 느꼈기 에 사람들이 믿거나 말거나, 외모 때문에 성가신 일을 당할까봐 얼 굴을 붕대로 싸매고 다녔어요. 아, 에인절, 허영심 때문이 아니 라―그렇지 않다는 건 당신도 알 거예요―내게 돌아오라고 이런 말을 하는 거랍니다.

돌아올 수 없다면 내가 가면 안 될까요? 앞서 말한 대로 하고 싶지 않은 일을 하라고 끈질긴 유혹을 받고 있어요. 조금이라도 곁을 줄 리 없지만, 돌발 사고가 일어나 어떤 사태에 이를까봐 너무 두려워요. 옛날의 실수도 있고 해서 무방비 상태이고요. 이 일에 관해 더 말씀드릴 수가 없어요. 너무 비참한 생각이 드니까요. 어떤 식으로든 끔찍한 함정에 빠져 저항할 수 없게 된다면 처음보다 더 나쁜 처지가 될 거예요. 아, 하느님, 생각만 해도 무서워요! 당장 오라고 해주든지, 아니면 당장 내 곁으로 와주세요.

당신의 아내로 살 수 없다면 당신의 하녀로 사는 데 만족할 거예요. 기꺼이 그럴 거예요. 당신 곁에 있을 수 있고, 당신을 먼발치에 서라도 볼 수 있고, 내 남자라고 생각은 할 수 있으니까요.

당신이 이곳에 있지 않으니 눈에 아무것도 들어오지 않아요. 슬퍼서 들판의 떼까마귀나 찌르레기도 볼 수 없어요. 나랑 같이 새들을 바라보던 당신이 보고 싶어 슬퍼지니까요. 하늘과 땅, 그리고 땅 밑에서 원하는 것이 단 한 가지 있다면 당신을, 사랑하는 당신을 만나는 거예요. 돌아와줘요, 돌아와줘요, 위험한 지경에서 날 구해줘요!

비탄에 잠긴 당신의 충실한 테스

테스의 호소는 서쪽에 있는 조용한 사제관의 아침 식탁에 지체 없이 전달되었다. 이 골짜기는 기온이 온화하고 땅이 비옥해서 농작물도 플린트콤애시와 비교하면 생장에 약간 도움을 주는 시늉만 해주면 될 것 같았다. 테스가 보기에는 사람 사는 모습도 전혀 달라 보였다. (하지만 사람 사는 모습이야 다를 것이 없었다.) 에인절이 그녀에게 아버지 집으로 편지를 보내라고 말한 것은 순전히 확실하게 전달받기 위해서였다. 그래서 무거운 마음으로 혼자 개척하러 나선 나라에서 주소가 바뀌는 대로 아버지에게 꼬박꼬박 알렸던 것이다.

"자," 편지 봉투를 읽고 클레어 씨가 그의 아내에게 말했다. "에인절이 편지에 다음 달 말에 리오를 떠나 귀국할 계획이라고 했는데, 이 편지가 그 계획을 앞당길 수도 있겠군. 그 아이의 처가 보낸 게 분명하니 말이야." 며느리 생각에 긴 한숨을 쉰 그는 편지를 곧바로 에인절에게 전송하려고 수신인 주소를 고쳐 썼다.

"가엾은 녀석, 집에 무사히 도착하면 좋겠어요." 클레어 부인이 중얼거렸다. "죽는 날까지도 그애한테 못할 짓을 했다는 생각을 떨쳐버리지 못할 거예요. 믿음이 부족하더라도 다른 애들처럼 케임브리지에 보내서 똑같은 기회를 줬어야 했어요. 제대로 지도를 받았다면 잘못된 생각을 교정했을 테고, 결국은 성직자의 길을 택했을지도 모르잖아요. 성직자가 되지 않았더라도 그렇게 했어야 그애에게 공평했어요."

클레어 부인이 남편의 평정을 깨는 유일한 화제가 막내아들 문제로 불평을 하는 것이었다. 그렇다고 자주 불평하지는 않았다. 경건한 만큼 생각도 깊은 그녀는 남편도 이 문제를 공정하게 처리하지 않았다는 의구심 때문에 괴로워한다는 사실을 잘 알고 있었다. 남편이 밤에 잠을 못 이루고 에인절을 위해 기도하면서 한숨을 억누르는 것을 너무나 자주 들었기 때문이다. 그러나 타협을 모르는 이 복음주의자는 믿음이 없는 아들에게 다른 두 아들과 같은 대학 교육을 시키는 것이 옳지 않다고 지금도 생각했다. 에인절이 그런 교육의 이점으로, 자신이 평생 소명과 소망으로 전파한 교리를—그것이 성직자가 된 다른 아들들의 소명이기도 하지 않은가—설마 타기하지야 않겠지만 그럴 가능성을 배제할 수 없었으니 말이다. 한 손으로 신실한 두 아들이 굳건히 설 발판을 마련해주면서, 다른 손으로 불신자에게 똑같은 입지를 만들어주는 일이 그의 신념이나 지위, 소망과 모순된다고 생각했던 것이다. 그럼에도 그는 자기가 이름을 잘못 지어준 에인절을 사랑했고, 아브라함이 이사악을 제물로 삼기 위해 산을 오를 때* 아들을 위해 슬퍼했듯이 에인절을 내친 자신의 처사를 남몰래 슬퍼했다. 아내가 입 밖으로 내는 원망보다 소리 없는 회한이 그의 마음을 더 괴롭혔다.

그들은 에인절의 불운한 결혼도 자신들의 탓으로 돌렸다. 아들이 농부가 되기로 하지 않았다면 농촌 처녀들과 만날 일도 없지 않았겠는가. 그들은 아들 부부가 무엇 때문에 헤어졌는지, 또 언제 헤어졌는지 확실하게 알지 못했다. 처음에는 심각한 혐오감 같은 것 때문이려니 생각했지만 아들이 최근의 편지에서 그녀를 데리러 귀국하겠다는

---

* 「창세기」 22장 1~13절.

의사를 비치자 돌이킬 수 없을 만큼 영구적인 별거는 아니라는 희망을 갖게 되었다. 아들은 그녀가 친정 식구들과 같이 있다고 말했는데, 그들은 어떻게 할까 망설이다 도와줄 방법을 알지 못하는 상황에서 나서지 않기로 했다.

테스의 편지를 읽어주어야 할 두 눈은 그 순간 남미의 내륙에서 해안을 향해 여행하며 노새의 등 위에서 끝없이 펼쳐진 평원을 응시했다. 에인절이 이 낯선 땅에서 겪은 경험은 우울했다. 도착하자마자 중병에 걸려 완전히 회복하지 못했고, 결국 이곳에서 농장을 경영하겠다는 희망을 서서히 접었다. 하지만 이곳에 정착할 가능성이 조금이라도 남아 있는 한 생각이 바뀐 것을 부모님에게 비밀로 했다.

힘들이지 않고 경제적 독립을 이룰 수 있다는 선전에 현혹되어 그와 함께 이곳에 건너온 수많은 농업 노동자들은 앓다가 죽지 않으면 쇠약해졌다. 그는 영국의 농장에서 온 여자들이 아이를 팔에 안고 터벅터벅 걷다가 아이가 열병에 걸려 죽으면 잠시 멈춰 서서 맨손으로 푸슬푸슬한 땅을 파고 하늘이 준 무덤 파는 바로 그 연장으로 아이를 묻은 다음, 눈물 한 방울 흘리고 다시 터벅터벅 걷는 것을 목격하곤 했다.

에인절의 원래 계획은 브라질 이민이 아니었고 본국의 북부나 동부에서 농장을 경영하는 것이었다. 그가 이곳에 온 것은 일시적 자포자기의 심경에서였다. 과거로부터 도망치고 싶은 마음이 우연히 영국 농민들의 브라질 이민과 일치했던 것이다.

떠나 있는 동안 그는 정신적으로 10년 이상 나이가 들었다. 이제 삶의 아름다움보다는 비애감이 가치 있는 것으로서 그의 마음을 사로잡왔다. 오래전부터 신비주의의 낡은 체계를 의심해왔지만 이제 그동안 가치를 부여했던 도덕 체계도 의심하게 되었다. 재조정이 필요하다는 생각이 들었다. 도덕적인 사람은 누구인가? 좀더 적절히 말하자면, 도덕적인 여자는 누구인가? 한 인간의 아름다움과 추함은 그의 성취뿐만 아니라 의도와 충동으로 이루어진다. 그의 진짜 이야기는 무슨 일을 했느냐보다는 뭘 하려고 했느냐에 담겨 있다.

그렇다면 테스는 어떤가?

이런 관점에서 그녀를 바라보자 성급한 판단을 내렸다는 후회가 마음을 짓눌렀다. 그녀를 영원히 버린 것인가, 아닌가? 그는 그녀를 영원히 버릴 것이라고 더이상 말할 수 없었고, 이제 그녀를 마음속으로 받아들인다는 말을 더이상 하지 않고 버틸 수 없었다.

그가 그녀를 사랑의 마음으로 그리워하게 되는 변화는 그녀가 플린트콤애시에 머무는 시기와 일치했다. 하지만 그때까지 그녀는 자신의 처지나 심경을 글로 적어 그를 성가시게 해서는 안 된다고 생각했다. 에인절은 몹시 혼란스러웠다. 그렇게 혼란스러웠기 때문에 소식을 전하지 않는 이유가 뭐냐고 물어보지 못했다. 이리하여 순종의 침묵은 오해를 받았다. 제대로 이해하기만 했다면 그녀의 침묵에서 많은 것을 읽을 수 있었을 텐데! 그가 지시하고 잊어버린 것을 그녀가 문자그대로 따랐음을, 겁을 집어먹는 소심한 천성이 아님에도 권리를 주장하지 않았음을, 그의 판단을 모든 면에서 옳은 것으로 받아들이고 말없이 고개를 숙였음을 그는 알지 못했다.

앞서 언급한 대로 노새를 타고 내륙을 여행할 때 한 남자가 에인절과 동행했다. 그 역시 영국인이었고, 고향은 달랐지만 같은 목적을 갖고 브라질에 온 사람이었다. 둘 다 의기소침한 상태로 본국의 이야기를 나누다 서로를 믿고 의지하게 됐다. 친구들에게도 절대 말하지 않을 자기 신변의 이야기를 낯선 사람에게 털어놓는—특히 먼 이국땅에 있을 때—남자들의 기묘한 경향에 따라 에인절은 노새를 타고 가면서 그 남자에게 불행한 결혼의 전말을 고백했다.

그 낯선 남자는 여러 나라에서 다양한 풍습을 접해본 경험이 있었다. 그의 세계주의적 관점에서 그 정도의 일탈은—국내의 사회규범으로 보면 큰 문제일지 몰라도—지구 전체의 곡선에서는 골짜기와 산맥의 기복에 불과했다. 그는 에인절과 전혀 다른 각도에서 그 문제에 접근했다. 테스가 무엇이었는가는 무엇이 될 수 있는가보다 중요하지 않으며, 그녀를 두고 온 것이 잘못이라고 대놓고 지적했다.

다음 날 천둥을 동반한 폭우에 흠씬 젖은 다음 열병에 걸린 에인절의 동행은 그주를 못 넘기고 죽었다. 에인절은 그를 매장하느라 몇 시간을 지체했다가 다시 길을 떠났다.

평범한 이름 말고는 전혀 아무것도 알지 못하는, 마음이 넓은 낯선 사내가 던진 말은 그의 죽음으로 더 의미심장해졌고, 철학자들이 논증한 윤리 체계보다 더 큰 영향력을 발휘했다. 그와 비교할 때 자신의 편협함이 부끄러웠다. 자신의 사고가 모순투성이라는 생각이 밀물처럼 밀려들었다. 그는 일관되게 기독교를 폄훼하고 헬레니즘의 이교주의를 높이 평가해왔다. 하지만 헬레니즘 문명에서는 강요에 의한 굴복을 경멸하지 않는다. 그렇다면 그가 신비주의 교리와 함께 물려받은 숫처녀가 아닌 상태에 대한 혐오는, 속임수의 결과 그렇게 된 것이라면, 바로잡을 여지가 있었다. 회한이 엄습했다. 그의 기억에서 완전히 지워진 적이 없는 이즈 휴엣의 말이 다시 떠올랐다. 그는 이즈에게 그를 사랑하느냐고 물었고 그녀는 그렇다고 대답했다. 테스보다 더 사랑하느냐고 묻자 그녀는 아니라고 대답했다. 테스는 그를 위해 목숨도 내놓을 테지만 그녀는 그렇게까지 못 한다는 것이었다.

그는 결혼식 날 테스의 모습을 떠올렸다. 그녀의 눈길이 그에게서 맴돌며 그가 신이라도 되는 양 그의 말을 하나도 놓치지 않았던 것을. 그리고 그 끔찍한 날 저녁 벽난로 옆에서 순박한 영혼을 드러내 보일 때 그의 사랑과 보호를 잃을 수도 있음을 깨닫지 못한 그녀의 얼굴이 불빛에 얼마나 애처로워 보였던가.

그리하여 그는 그녀의 비판자에서 변호인이 되었다. 그녀에 관해 냉소적인 혼잣말들을 내뱉은 적이 있었다. 하지만 그 누구도 냉소로 일관하면서 살 수는 없다. 그는 그 냉소적인 말들을 취소했다. 개별적인 사례를 무시하고 일반적인 원칙에 좌우되도록 자신을 내맡겼기 때문에 그런 말을 하는 잘못을 저지른 것이었다.

하지만 이런 추론도 다소 진부하다. 많은 연인들과 남편들이 이전에도 같은 길을 걸었다. 클레어가 그녀에게 모질게 군 것은 의심의 여지가 없다. 남자들은 사랑하는 혹은 사랑했던 여자들에게 가혹한 경우가 많고, 여자들도 마찬가지다. 하지만 연인들 사이의 가혹함은 그 뿌리를 이루는 보편적 가혹함—기질보다는 입장의, 목적보다는 수단의, 어제보다는 오늘의, 오늘보다는 내일의 가혹함—에 비하면 부드러움 그 자체이다.

기력이 쇠했다고 그가 경멸한 그녀의 가문—더버빌이라는 당당한 혈통—의 역사적 중요성도 그의 정감을 자극했다. 이런 것들의 정치적 가치와 상상적 가치의 차이를 왜 구별하지 못했던가? 후자의 관점에서 보면 그녀의 더버빌 혈통은 중요성을 띠었다. 경제적으로는 가치가 없지만 몽상가나 몰락과 쇠퇴에서 교훈을 얻으려는 사람에게는 유용한 자료였다. 테스의 혈통과 이름에 다소 남다른 점이 있음은 곧 잊힐 사실이다. 그리고 킹스비어의 대리석 기념비와 납관에 들어 있는 유골들과의 친족 관계도 망각의 늪에 빠질 것이다. 이렇게 세월은 자신이 만들어낸 낭만적 이야기들을 무자비하게 파괴한다. 그녀의 얼굴을 자꾸 떠올리면서, 그는 그 얼굴에서 귀부인이었던 그녀의 조상들을 우아하게 꾸며주던 품위의 빛이 보인다는 생각을 했다. 그녀의 환영은 과거에도 느낀 적이 있는 영(靈)의 기운을 그의 혈관에 불어넣었는데, 그러고 나면 현기증이 났다.

더럽혀지지 않았다고 할 수 없는 그녀의 과거에도 불구하고, 테스와 같은 여자에게 아직 남은 것이 다른 여자들의 신선함보다 더 가치가 있었다. 에브라임의 주운 이삭이 아비에젤의 수확 전부보다 낫지 않은가?*

다시 살아난 사랑은 이렇게 말하면서 테스의 애정 어린 토로를 받아들일 준비를 갖추었다. 그녀의 편지가 아버지의 전송으로 그를 향해 오고 있었지만 내륙에 있었기 때문에 그에게 닿기까지 상당한 시간이 경과할 것이다.

한편 에인절이 자신의 간청에 따라 돌아오기를 기대하는 글쓴이의 희망은 부풀었다 졸아들었다를 반복했다. 희망이 졸아드는 까닭은 별

---

* 「판관기」 8장 2절.

거의 원인이 된 그녀의 과거사가 변하지 않았고 변할 수도 없다는 사실 때문이었다. 같이 있을 때도 과거사의 영향을 약화시킬 수 없었는데, 떨어져 있는 지금 오죽하랴. 그럼에도 그녀는 애정을 갖고 그가 돌아왔을 때 그를 기쁘게 하기 위해 할 수 있는 일을 찾아보려고 애썼다.

그가 하프로 연주하던 곡이 무엇이었는지 좀더 확실히 알아둘걸, 시골 처녀들이 부르던 민요 중에 그가 좋아한 것이 무엇이었는지 좀더 꼼꼼하게 물어둘걸 하는 생각에 한숨을 짓기도 했다. 그녀는 탤버테이스에서 이즈를 따라온 앰비 시들링에게 에둘러 물어보았고, 요행히도 그가 목장에서 소젖이 잘 나오라고 즐겨 부르던 노래들 중에 에인절이 좋아한 노래들을 기억해냈다. 〈큐피드의 정원〉〈난 사냥터도 있고 사냥개도 있다네〉와 〈동틀 무렵〉을 좋아했던 것 같고, 〈재봉사의 바지〉와 〈난 미인이 되었어요〉도 훌륭한 노래들이지만 별로 좋아하지 않은 것 같다고 했다.

이 민요들을 완벽하게 소화하는 것이 이제 그녀의 별난 소망이 되었다. 아무 때나 혼자 있을 때면 연습했는데, 특히 〈동틀 무렵〉을 즐겨 불렀다.

일어나세, 일어나세, 일어나세.
임에게 꽃다발을 만들어드리세.
정원에서 피어나는
향기로운 꽃들을 모두 모으세.
산비둘기와 작은 새 들이
5월 호시절에 일찌감치

가지마다 둥지를 트는

동틀 무렵.

춥고 건조한 날 테스가 다른 일꾼들과 떨어져서 혼자 일하다 이런 노래들을 부르는 것을 들으면 돌같이 차가운 마음이 녹아내렸으리라. 그가 돌아와 노래를 들어주지 않으리라는 생각에 뺨에 눈물이 주르르 흘렀고, 단순하고 소박한 가사가 노래 부르는 사람의 쓰라린 마음을 조롱하는 듯 메아리로 돌아왔다.

덧없는 몽상에 빠진 테스는 계절이 바뀌는 것도, 해가 길어지는 것도, 수태고지 축제일이 코앞에 닥친 것도, 그리고 곧 다가오는 구력 수태고지 축제일에 이곳에서의 계약이 만료된다는 것도 안중에 없는 듯 보였다.

하지만 일사분기 지급일이 되기 전에 일이 터져 테스는 아주 다른 고민에 빠지게 되었다. 여느 때 저녁처럼 하숙집에서 그 집 식구들과 아래층 거실에 앉아 있는데 누군가가 문을 두드리더니 테스를 찾았다. 문간에는 키는 어른만큼 크지만 몸매는 어린애처럼 밋밋한, 키만 홀쭉 큰 소녀가 석양을 등지고 서 있었다. 저녁 어스름 빛이라 "언니!"라는 소리를 듣기 전에 테스는 그녀를 알아보지 못했다.

"아니, 리자루?" 테스가 놀란 목소리로 물었다. 1년 전 집을 떠날 때만 해도 어린아이였던 동생은 어느새 키가 껑충 커서 이런 모습이 되었는데, 본인도 아직은 어떻게 된 영문인지 모르는 것 같았다. 전에는 길게 내려왔던 원피스가 짧아져서 가느다란 다리가 보였고 거북스러워 보이는 손과 팔이 어리고 미숙함을 드러냈다.

"응, 언니. 하루 온종일 걸었어." 루가 감정을 배제한 채 진지하게 말했다. "언니를 찾으려고. 피곤해 똑 죽겠어."

"집에 무슨 일이 있는겨?"

"엄마가 위독하셔. 의사 선생님이 돌아가실 거랴. 아부지도 몸이 좋지 않은 데다 지체 높은 가문의 가장이 서민들처럼 죽어라 막일을 할 수 없다 하시니께 어떻게 혀야 할지 모르겄어." 테스는 한참 동안 멍하니 서 있더니 그제야 정신을 차리고 그녀에게 안으로 들어와 앉으라고 말했다. 그러고 나서 그녀에게 차를 주고 결정을 내렸다. 집에 가야 한다. 고용 계약은 구력 수태고지 축제일인 4월 6일에야 끝나지만, 그때까지는 며칠 남지 않았으므로 곧바로 출발하는 위험을 감수하기로 했다.

그날 밤 출발하면 열두 시간을 벌 수 있는데 동생은 너무 지쳐서 내일 아침이 되어야 그 먼 길을 떠날 수 있다. 테스는 메리언과 이즈가 사는 곳으로 달려가 무슨 일이 생겼는지 말하고 농장 주인에게 사정을 잘 설명해달라고 부탁했다. 돌아와서 루에게 저녁을 차려주고 자기 침대에 잠자리를 봐준 다음, 버드나무 바구니에 들어갈 만큼 최대한 소지품을 꾸려 넣고는 루에게 날이 새면 뒤따라오라고 이르고 길을 떠났다.

50

시계가 열시를 치자 그녀는 차가운 별빛 아래 15마일을 걷기 위해 쌀쌀한 춘분 즈음의 어둠 속으로 돌진했다. 인적이 드문 곳에서는 소리를 죽이고 걸으면 밤길이 오히려 안전했다. 이 사실을 아는 테스는 낮이면 두려워했을 샛길들을 택해 지름길로 걸었다. 이 시간에 도둑은 없었고, 어머니 걱정에 유령에 대한 두려움도 잊었다. 그렇게 벌배로에 이르기까지 오르막으로 올라갔다 내리막으로 내려갔다 계속 걸었고, 자정쯤 벌배로 꼭대기에서 아무것도 분간할 수 없는 어둠의 심연을 내려다볼 수 있었다. 그 어둠의 저쪽 끝에 그녀가 태어난 고향이 있었다. 이미 고지대를 따라 5마일가량을 걸어왔기 때문에 이제 10여 마일의 평지 길만 남았다. 길을 따라 걷는 동안 희미한 별빛 아래 꼬불꼬불한 내리막길이 어슴푸레 보였다. 얼마 안 가 고지대의 흙과 비교하면 밟는 촉감이나 냄새까지 확연히 다른 흙을 밟게 되었다. 블랙무어 골짜기의 끈적끈적한 진흙이었고, 통행료를 내야 하는 큰길이 나지 않은 땅이었다. 이 진흙땅에는 미신이 가장 끈덕지게 남아 있었다. 삼림지대였던 까닭에 멀리 있는 것과 가까이 있는 것을 구분하기 힘든 어두운 밤에는 나무 한 그루 한 그루, 키 큰 산울타리가 존재감을 최대한 과시했다. 여기서 사냥을 당한 수사슴들, 바늘에 찔리고 물에 던져진 마녀들, 사람이 지나가면 킬킬거린다는 초록빛으로 반짝이는 요정들—이곳은 아직 그런 것들이 존재한다는 믿음이 살아 있었고, 그들은 지금 짓궂게 떼 지어 모여들었다.

너틀베리 마을의 주막을 지나가자 그녀의 발소리에 응답하듯 간판이 삐걱거렸다. 하지만 테스 말고는 깨서 듣는 사람이 아무도 없었다. 그녀는 이엉을 엮은 지붕 밑 어둠 속에서 자줏빛 조각보 이불 밑으로 이완된 힘줄과 근육이 쭉 뻗어 있는 모습을 그려보았다. 다음 날 아침

햄블던힐 위로 분홍빛이 희미하게 내비치면 일어나 다시 일하러 나가려고 잠의 힘을 빌려 재충전을 하는 것이었다.

세시가 되자 테스는 지금까지 지나온 미로 같은 시골길의 마지막 모퉁이를 돌아 말롯에 들어섰다. 부녀회 회원으로 에인절 클레어를 처음 만난 목초지를 지나면서 그가 자기에게 춤을 청하지 않았을 때의 실망감을 새삼 되새겼다. 어머니가 누워 있을 방향으로 불빛이 보였다. 침실 창문에서 나오는 빛이었는데, 그 앞의 나뭇가지가 흔들리면서 불빛이 그녀를 향해 눈을 깜빡이는 것 같았다. 그녀가 보낸 돈으로 새로 이엉을 인 집의 윤곽이 보이자 집에 얽힌 추억이 예나 다름없이 테스의 상상력을 사로잡았다. 그 집은 영원히 그녀의 몸과 생명의 일부일 것만 같았다. 지붕창의 경사나 박공의 마무리 칠, 굴뚝 꼭대기에서 내려오는 벽돌의 갈라진 틈새, 모든 것이 그녀의 개인적 품성과 무언가 공통점이 있었다. 그 집은 망연한 표정을 짓고 있었고 그 표정은 그녀의 눈에 어머니의 병환을 의미했다.

아무도 깨우지 않으려고 그녀는 살그머니 문을 열었다. 아래층 방은 비어 있었지만 어머니를 간호하던 이웃이 층계 꼭대기로 나와 더비필드 댁이 지금 막 잠들었고 차도는 없다고 낮은 목소리로 알려주었다. 테스는 아침을 차려 먹고 병구완을 하기 위해 어머니 방으로 올라갔다.

아침이 되어 동생들을 찬찬히 살펴보니 모두들 이상할 정도로 길쭉해 보였다. 그녀가 떠난 지 1년 남짓밖에 안 됐지만 동생들의 성장은 놀라울 정도였다. 정신을 똑바로 차리고 동생들을 돌보는 데 전념해야 한다는 생각에 자신의 근심은 뒷전으로 밀려났다.

아버지의 건강은 예전과 마찬가지로 막연하게 좋지 않은 상태였고, 언제나처럼 자기 의자에 앉아 있었다. 그런데 그녀가 도착한 다음 날 아버지가 유별나게 밝은 표정으로 생계를 꾸릴 합리적인 방안을 강구했다고 말했다. 테스는 그 방안이 무엇인지 물었다.

"이 지방에 사는 고서 연구가들한테 회람을 돌리려고 한다." 그가 말했다. "날 건사하는 데 쓸 기금에 기부하라고. 그 양반들은 필경 낭만적이고 예술적이고 마땅히 혀야 할 사업으로 생각할겨. 유적지를 보존하고 뼈 나부랭이를 찾는 데도 엄청난 돈을 쓰는디, 살아 있는 유물에 더 흥미를 갖지 않겠냐. 내 소문을 듣기만 하면 말이여. 누가 나서서 나 같은 사람이 주변에 살아 있는디 아무도 대수롭게 생각하지 않는다고 한 바퀴 돌면서 말혀주면 쓰겄다! 날 발견한 트링엄 신부가 살아 있다면 그렇게 혀주었을 게 분명한디."

송금을 했는데도 거의 나아지지 않은 시급한 문제들을 해결하는 것이 급선무여서 테스는 아버지의 거창한 사업에 반대 의견을 내는 것을 보류했다. 집 안에서 급히 처리해야 할 일들을 해치우고 그녀는 바깥으로 눈을 돌렸다. 모종을 심고 씨를 뿌릴 시기라 마을 사람들의 텃밭이나 대지(貸地)는 모두 봄갈이를 끝냈는데, 더비필드 집안의 텃밭과 대지만 그대로 있었다. 이것이―대책이 없는 사람들의 마지막 실수라고들 말하는―씨감자까지 다 먹어치웠기 때문임을 알고 테스는 경악했다. 가능한 한 서둘러 구할 수 있는 씨감자를 구했고, 며칠 후에는 아버지를 살살 달래 텃밭을 가꾸게 만들었다. 한편 그녀는 마을에서 200미터가량 떨어져 있는 대여한 밭을 갈기로 했다.

그녀는 환자를 돌보느라 갇혀 있었던 터라 밭일하는 것이 좋았다.

어머니의 병세가 호전되어 집을 비워도 되었고 격렬한 노동은 잡념을 털어버리는 데 도움이 되었다. 밭은 지대가 높고 사방이 트인 데 있는 메마른 땅이었는데, 4, 50뙈기 되는 밭에는 하루 품팔이가 끝난 뒤에야 일하는 사람들로 붐볐다. 밭일은 대개 여섯시쯤 시작되어서 어두워질 때까지 혹은 달빛 아래서도 대중없이 지속되었다. 지금은 불태우기 알맞은 건조한 날씨라 밭 여기저기서 마른 잡초와 쓰레기 더미가 탔다.

맑게 갠 어느 날, 테스와 리자루는 마지막 햇살이 밭의 경계를 이루는 흰 말뚝을 수평으로 비출 때까지 그곳에서 이웃들과 함께 일했다. 해가 지고 땅거미가 내려앉자 개밀과 양배추 줄기를 태우는 불꽃이 뙈기밭 곳곳을 밝혔고, 짙은 연기가 바람에 날리는 방향에 따라 밭의 경계를 드러냈다 지우곤 했다. 불꽃이 타오르면 땅바닥에 평평하게 깔린 연기의 띠가 불투명한 빛을 발하며 일하는 사람들 사이에 칸막이를 만들었다. 낮에는 벽이 되고 밤에는 빛이 되었다는 '구름기둥'* 의 의미를 이해할 수 있었다.

어둠이 짙어지자 밭을 일구던 몇몇은 마무리를 하고 돌아갔지만 대부분은 파종을 마치려고 남아 있었고, 동생을 집으로 보낸 테스도 그중 하나였다. 쇠스랑으로 일하는 곳은 개밀이 타고 있는 밭이었는데, 쇠스랑의 빛나는 날이 돌멩이나 단단한 흙덩이에 부딪히면서 작은 쇳소리를 냈다. 어떨 때는 자신이 지펴놓은 모닥불 연기에 완전히 감췄다가 놋쇠 빛의 불빛을 받아 다시 풀려나곤 했다. 그날 밤 그녀는 지나

---

* 「출애굽기」 13장 21절.

가는 사람마다 한 번은 바라볼 옷차림을 하고 있었다. 하도 여러 번 세탁하는 바람에 허옇게 물이 빠진 긴 겉옷 위에 검은색의 짧은 윗도리를 입었는데, 전체적으로는 결혼식과 장례식 손님을 겸한 인상이었다. 멀리 저쪽에 있는 여자들은 흰색 앞치마를 하고 있어서 가끔씩 불빛이 비출 때를 빼면 어둠 속에서 창백한 얼굴과 흰색 앞치마만 보였다.

서쪽으로 밭의 경계를 이루는 앙상한 가시나무 산울타리의 철사 같은 가지들이 낮게 깔린 창백한 젖빛 하늘을 배경으로 두드러져 보였다. 머리 위에서는 활짝 핀 노랑수선화처럼 목성이 나타나 그림자를 만들 만큼 환한 빛을 발했다. 여기저기 이름 없는 작은 별들이 나타났다. 멀리서 개가 짖었고, 이따금 마차 바퀴가 마른 땅 위를 덜거덕거리며 지나갔다.

늦은 시각이 아니라 쇠스랑은 부지런히 쨍그랑 소리를 냈다. 신선한 공기는 쌀쌀한 쪽이었지만, 일하는 사람들의 기운을 북돋는 봄기운이 느껴졌다. 이 장소와 이 시간, 탁탁 소리를 내며 타는 모닥불, 빛과 그늘의 환상적 신비, 이 모든 것에는 테스뿐만 아니라 다른 사람들까지도 그곳에 있는 기쁨을 느끼게 해주는 무엇이 있었다. 겨울에 서리가 내릴 때는 마귀처럼 찾아오고, 여름의 열기 속에서는 연인처럼 찾아오는 해질녘이 3월에는 마음을 차분히 가라앉히는 무엇으로 다가왔다.

파헤친 흙의 표면을 불빛에서 확인하기 바빠 아무도 옆 사람에게 한눈을 팔지 않았다. 이렇게 흙덩이를 파헤치면서 테스는 클레어가 들어주리라는 희망도 이제 거의 사라진 노랫가락을 흥얼거렸고, 한참 동안은 가까운 곳에서 일하는 사람이 있다는 사실조차 알지 못했다.

작업복을 입은 한 남자가 밭에서 쇠스랑질을 하는 것을 보고 아버지가 일을 빨리 마치라고 보낸 일꾼이겠거니 생각했다. 그가 그녀 방향으로 땅을 파기 시작하자 그녀는 그를 의식하지 않을 수 없었다. 때로는 연기가 그들을 갈라놓기도 했으나 연기가 옆으로 비껴가면 다른 사람들은 보이지 않고 둘만 마주 보게 될 때도 있었다.

테스는 동료 일꾼에게 말을 걸지 않았고 그도 마찬가지였다. 밝은 대낮에는 그가 없었다는 점과 아는 동네 사람이 아니라는 점을 빼면 그에 관해 별생각도 하지 않았다. 최근에 말롯을 오래 그리고 자주 비웠으니 모르는 사람이 있는 것도 당연했다. 이윽고 그의 쇠스랑에서 번쩍거리는 불빛이 그녀의 쇠스랑에서 번쩍거리는 불빛만큼 선명히 보일 정도로 둘은 가까이에서 땅을 파게 되었다. 죽은 잡초를 모닥불에 던지려고 가까이 다가선 테스는 상대방도 반대편에서 똑같은 일을 하려고 다가서는 것을 보았다. 불꽃이 확 일면서 그녀는 더버빌의 얼굴과 마주했다.

그가 나타나리라고 예상하지 못한 데다 노동자들 중에서도 아주 구식인 사람들만 입는 주름 잡은 작업복을 입은 그의 기괴한 모습이 오싹하게 희극적이라 그 저의가 뭔지 가슴이 철렁 내려앉았다. 더버빌은 길고 나지막한 웃음소리를 냈다.

"내가 지금 농담할 기분이라면 이렇게 말할 거야. 이곳이 에덴동산 같다고 말이야!" 그는 고개를 갸웃하며 묘한 눈길로 그녀를 바라보았다.

"무슨 말이에요?" 그녀가 힘없이 물었다.

"어릿광대라면 이곳이 에덴동산과 똑같다고 할 거라는 거지. 넌 이브고, 난 미천한 동물로 변장하고 널 유혹하러 온 그 늙은 작자이고. 내가 성경 공부에 빠져 있을 때 밀턴의 그 장면을 다 외곤 했지. 이런 식으로 나가지.

'왕후시여, 길은 가까이 있고, 오래 걸리지도 않나이다.
도금양(桃金孃) 나무들이 줄지어 선 저 너머……
……제 안내를 받아들이신다면
그쪽으로 곧 모시겠나이다.'
'그럼 앞장서라.' 이브가 말했다.[*]

등등. 사랑하는 테스, 네가 나에 대해 부당한 생각이나 말을 한다면 이런 식일 거 같아서 한번 말해봤어. 날 나쁜 쪽으로만 생각하잖아."

"당신을 사탄이라고 말한 적도, 그런 생각을 해본 적도 없어요. 그런 식으로 생각하지 않아요. 당신은 아무런 감정도 불러일으키지 않으니까요, 날 모욕할 때를 빼면…… 뭐예요, 순전히 나 때문에 여기 와서 땅을 파는 건가요?"

"순전히 널 보려고. 그뿐이야. 이 작업복은 오는 길에 팔려고 걸어 놓은 걸 보고 샀는데, 생각해보니 사람들 눈에 띄지 않으려면 필요하겠다 싶었어. 네가 이렇게 일하는 데 이의를 제기하러 왔지."

"하지만 내가 좋아서 하는 일인걸요. 우리 아버지를 위한 일이니까요."

---

[*] 존 밀턴의 『실낙원』 제9편 626~631행.

"저쪽의 고용 계약은 끝난 거야?"

"네."

"다음엔 어디로 가는데? 사랑하는 남편이 계신 데로 가나?"

그녀는 모욕적인 암시가 불러일으킨 고통을 견딜 수 없었다. "아, 나도 몰라요!" 그녀는 쓰라린 마음으로 말했다. "난 남편이 없어요!"

"맞는 말이야, 네가 말하는 그런 의미에서는 없지. 하지만 친구는 있잖아. 네가 싫다고 해도 난 널 편히 살게 만들 작정이야. 집으로 돌아가면 내가 뭘 보냈는지 알게 될걸."

"오, 알렉, 아무것도 보내지 않았으면 좋겠어요! 당신에게서 그런 걸 받을 수 없어요. 난 싫어요, 옳은 일이 아니에요!"

"옳은 일이야!" 그는 태연하게 받아넘겼다. "내가 그토록 사랑하는 여자가 고통을 당하는데 도와주는 게 당연하잖아."

"하지만 난 잘 지내요! 내가 고통스러운 건, 그건, 먹고사는 문제와는 무관해요!" 그녀는 돌아서서 절박한 마음으로 땅을 다시 파기 시작했고, 쇠스랑의 자루와 흙덩이 위로 눈물이 떨어졌다.

"아이들 문제잖아. 네 동생들 말이야." 그가 말을 이었다. "그 아이들 생각을 한 거야."

테스는 평심을 잃었다. 그녀의 아픈 곳을 건드린 것이다. 그는 그녀의 가장 큰 걱정이 무엇인지 알고 있었다. 집에 돌아온 뒤로 그녀는 마음을 다해 열정적인 애정을 동생들에게 쏟아부었다.

"어머니가 회복을 못 하면 누군가 애들을 돌봐야 하잖아. 너희 아버지가 애들을 위해 할 수 있는 일은 많지 않을 것 같아."

"내가 도와드리면 할 수 있어요. 하셔야만 해요!"

"나도 거들고."

"그건 안 돼요!"

"빌어먹게도 어리석게 구네!" 더버빌이 버럭 소리를 질렀다. "이것 봐, 너희 아버지는 우리가 한집안인 줄 알아. 그러니까 좋아하실 거야."

"좋아하지 않으세요. 한집안이 아니라고 말씀드렸거든요."

"그렇다면 넌 정말 바보다!" 더버빌은 화를 내며 그녀를 두고 산울 타리 쪽으로 가서 변장용으로 입고 있던 긴 작업복을 벗어 둘둘 말아 개밀 타는 불 속에 던지고는 가버렸다.

그러고 나자 테스는 땅 파는 일을 계속할 수 없었다. 마음이 불안했 고 혹시 그가 집으로 갔을지 모른다는 생각이 들어 쇠스랑을 챙겨서 집으로 향했다.

집에서 약 20미터 떨어진 곳에서 여동생 중 하나를 만났다. "언니 야, 무슨 일이 났는지 알아! 리자루 언니는 울고 있고, 집에 사람들이 많이 왔어. 엄마는 많이 좋아지셨는디 아부지가 돌아가셨댜!"

동생은 엄청난 소식을 알렸다는 자부심만 있지 아직 슬픔은 와닿지 않았다. 그래서 의미심장한 눈을 동그랗게 뜨고 테스를 바라보며 서 있다가 언니의 반응을 보고서야 이렇게 말했다. "그럼, 언니, 이제 아 부지하고 이야기할 수 없는겨?"

"하지만 아부지는 조금 편찮으신 정도였잖아!" 정신이 혼미해진 테 스가 큰 소리로 말했다.

리자루가 다가왔다. "좀 전에 쓰러지셨는디 엄마 때문에 왕진 오신 의사 선생님이 가망이 없다고 하셔. 심장이 부었댜."

그랬다. 더비필드 부부는 자리를 바꾸었다. 죽어가던 사람은 멀쩡히 살아났고, 몸이 좋지 않은 정도였던 사람이 죽었다. 이 사실은 보기보다 큰 의미를 담고 있었다. 아버지의 생명은 그의 개인적인 성취와 무관한 가치가 있었다. (그렇지 않았다면 별 가치가 없다고 해도 되리라.) 그들의 집과 대지의 임대 계약은 삼세대로 한정되어 있었는데, 그가 마지막 세대였던 것이다. 소작 농장 주인은 비좁은 집에서 사는 붙박이 일꾼에게 임대해주고 싶은 마음에 오랫동안 그 집을 탐내왔다. 게다가 종신 임차인은 소규모 자영농과 마찬가지로 제멋대로인 경향이 있었기 때문에 마을에서 싫어했고, 따라서 계약이 만료되면 갱신되는 법이 없었다.

이리하여 한때 더버빌 가문이었던 더비필드 집안 식구들은 올림포스의 신으로 이 지방에서 군림하던 시절, 지금의 그들처럼 한 뙈기의 땅도 없는 무수한 사람들에게 내린 가혹하다고 해도 될 운명에 처했다. 이렇게 밀려왔다 밀려가는 변화의 리듬은 하늘 아래 있는 모든 것에 번갈아 일어나며 지속된다.

51

드디어 구력 수태고지 축제일 전날 밤이 되었고, 농촌 마을은 한 해중 유독 이날에만 일어나는 이사 열풍에 휩싸였다. 이날로 계약이 만료되었고, 성촉절에 그다음 1년 들일을 하기로 계약한 것을 이행하는 시점이었기 때문이다. 지금까지 살던 곳에 남고 싶지 않은 노동자들—이 단어가 외부에서 수입되기 이전에는 아득한 옛날부터 '일손'

이라고 자칭하던 사람들— 이 새 농장으로 이동하는 날인 것이다.

이 지방에서는 매년 이 농장에서 저 농장으로 이주하는 사람들이 증가 추세였다. 테스의 어머니가 어렸을 때 말롯 주변의 농업 노동자들은 아버지와 할아버지의 고향이기도 한 농장에서 평생을 머물렀다. 하지만 최근에는 매년 이사하는 사람들의 수가 급격히 늘어났다. 젊은 축은 더 좋은 곳으로 옮긴다는 희망과 함께 이사 자체가 재미였다. 한 가족의 이집트는 멀리서 그 땅을 바라보는 다른 가족에게는 약속의 땅이었다. 그런데 그곳에 가서 살게 되면 이집트가 되므로 자꾸 옮겨다니는 것이었다.*

하지만 농촌생활에서 나타나는 두드러진 변화들은 전적으로 농촌 인구의 잦은 이동 탓만은 아니었다. 이농 현상이 함께 일어나고 있었다. 모든 마을에는 농업 노동자들보다 한 단계 위라고 할 수 있는, 더 흥미롭고 더 유식한 계층—테스의 부모님도 이 계층에 속했다—이 있는데, 목수와 대장장이, 제화공, 도붓장수, 그리고 분류하기 애매한 직종들이 여기에 속했다. 이런 부류의 사람들은 테스의 아버지처럼 종신 임차인이거나, 등본 보유권자이거나, 드물게 소규모 자유농이라는 사실 때문에 인생의 목적과 행동에서 일정 정도 안정을 유지할 수 있었다. 하지만 장기간에 걸친 임대가 만료되면 같은 집안에 다시 임대를 해주는 경우가 거의 없었다. 그리고 자기 일꾼에게 집을 세줄 필요가 없으면 농장 주인은 집을 헐어버렸다. 농장에 고용되지 않은 사람들은 따돌림을 당했고, 일부가 마을에서 추방되면 관련 생업에 종

---

* 「출애굽기」에서 이스라엘 백성이 노예로 살던 이집트를 떠나 약속의 땅 가나안으로 향한 것을 빗댐.

사하던 사람들도 생계를 잇기 어려워 떠나지 않을 수 없었다. 그동안 마을 공동체의 근간을 이루며 전통을 이어간 이들이 도시로 나가 피난처를 찾게 된 것이다. 통계학자들이 "농촌 인구의 도시 집중"이라고 우스꽝스럽게 명명한 이 과정은 사실 기계의 힘을 빌려 언덕으로 물을 끌어올리는 것과 다르지 않았다.

집을 이런 식으로 헐어버리는 바람에 말롯의 주택 사정은 좋지 않았고, 농장 주인은 남아 있는 집들을 자기 일꾼들을 위해 확보하려 했다. 테스의 인생에 어두운 그림자를 던진 그 사건이 있고 난 다음 더비필드네는―더버빌 혈통은 인정받지 못했다―다른 것은 몰라도 마을의 기강을 위해서 임대 기간이 끝나면 떠나야 한다는 공감대가 암묵적으로 이뤄졌다. 이 집안이 절주(節酒)나 근면성실, 순결 어느 방면에서도 빛나는 모범이 되지 못했음은 정말이지 부정할 수 없다. 아버지는, 때로는 어머니까지 시시때때로 과음을 했고, 아이들은 교회에 출석하는 적이 거의 없었으며, 맏딸은 남자관계가 수상했다. 마을의 도덕적 기강은 어떤 식으로든 지켜야 한다. 이리하여 더비필드 집안의 임차 계약이 끝나는 첫번째 수태고지 축제일부터 짐마차꾼네 대식구가 방들이 널찍한 이 집을 차지하는 것으로 되어 있었다. 과부가 된 조앤과 딸들인 테스와 리자루, 아들인 에이브러햄과 더 어린 아이들은 다른 곳으로 가야만 했다.

이사하기 전날 밤은 비가 부슬부슬 내리면서 하늘이 어두워지더니 날이 일찍 저물었다. 태어나서 자란 고향 마을에서 보내는 마지막 밤이라 더비필드 댁, 리자루, 에이브러햄은 알고 지낸 사람들과 작별 인사를 하러 나갔고, 그들이 돌아올 때까지 테스가 집을 보았다.

유리창 앞 긴 의자에 무릎을 댄 채 얼굴을 창에 바짝 대고 바깥 창으로 흘러내리는 빗물이 안쪽 창으로 스며드는 것을 지켜보던 테스의 눈길이 거미줄에 머물렀다. 파리 한 마리 날아오지 않는 구석에 자리를 잘못 잡은 거미는 오래전에 굶어 죽었고, 창틈으로 들어오는 바람에 거미줄만 흔들렸다. 테스는 가족이 처한 곤경을 곱씹으면서 그렇게 되는데 자신의 불길한 존재가 작용했다는 생각을 했다. 그녀가 집으로 돌아오지 않았더라면 엄마와 아이들은 주급을 받는 소작인으로 고향에 남을 수도 있었다. 하지만 돌아오자마자 도덕성을 들먹이며 마을에서 큰 영향력을 발휘하는 사람들의 주목을 받았고, 교회 묘지에서 흔적이 거의 사라지다시피 한 아기의 묘지를 작은 모종삽으로 애써 복원하는 모습도 사람들 눈에 띄었다. 그렇게 해서 그들은 그녀가 돌아와 살고 있음을 알았고, 그런 죄인에게 '은신처'를 제공했다고 조앤을 나무라자 조앤이 날을 세우고 되받아치면서 이사를 가겠노라고 큰소리를 쳤고, 공언한 대로 하라는 요구가 이런 결과로 이어진 것이다.

"내가 집에 오지 말걸!" 테스는 쓰라린 마음으로 중얼거렸다.

이런 생각에 몰두한 나머지 테스는 흰 방수 외투를 입은 남자가 말을 타고 길을 따라 내려오는 모습을 보지 못했다. 얼굴을 창문에 바짝 대고 있는 그녀를 그는 재빨리 알아보고 말을 집의 현관 가까이로 몰아 말발굽이 담 쪽으로 심어놓은 식물의 경계를 짓밟을 뻔했다. 그가 채찍으로 창문을 툭툭 치고 나서야 그녀는 그를 보았다. 그사이 비는 거의 그쳤다. 테스는 그의 손짓에 따라 창문을 열었다.

"날 못 본 거야?" 더버빌이 물었다.

"딴생각을 했어요. 말발굽 소리는 들은 것 같은데 마차 소린 줄 알았어요. 비몽사몽중이었나봐요." 그녀가 대답했다.

"아, 넌 더버빌 마차 소리를 들은 모양이다. 그 전설을 알지?"

"아뇨. 우리—누가 언제 이야기해주려다 말았어요."

"네가 진짜 더버빌의 후손이라면 이야기하지 않는 게 낫겠군. 나야 가짜니까 상관없지만. 좀 음침한 이야기야. 눈에 보이지 않는 마차 소리를 더버빌 집안의 사람들만 들을 수 있다는 거야. 그런데 그 소리가 불길한 징조라나. 수백 년 전에 더버빌 집안의 누군가가 저지른 살인 사건과 관계가 있다나봐."

"이야기를 꺼냈으니 끝까지 해봐요."

"그러자. 더버빌 집안의 남자가 대단한 미인을 유괴해서 마차에 태웠는데, 여자가 마차에서 도망치려고 몸싸움을 벌이다 남자가 여자를 죽였다는 거야. 아니면 여자가 남자를 죽였든지. 어느 쪽인지 잊어버렸다. 그 전설의 판본 중 하나가 그런 식이야…… 물통하고 양동이를 다 꾸려놓았네. 이사하는 거야, 응?"

"그래요. 내일이 구력 수태고지 축제일이에요."

"그렇게 들었는데 믿을 수가 있어야지. 너무 갑작스러운 일이라. 어떻게 된 거야?"

"아버지가 종신 임차 계약의 마지막 수혜자였거든요. 계약이 종료되었으니 여기 남아 있을 권리가 없어졌죠. 내가 아니었으면 주급 소작인으로는 머물 수 있었을지도 모르지만."

"네가 어때서?"

"난 행실이 좋은 여자가 아니잖아요."

더버빌의 얼굴이 붉어졌다. "빌어먹을, 어떻게 그럴 수가! 야비한 속물들 같으니! 추잡한 영혼이 지옥 불에서 재만 남기를!" 그는 냉소적인 어조로 분노를 표출했다. "그래서 떠나야 하는군! 쫓겨난 거야!"

"정확히 말해 쫓겨난 건 아니에요. 곧 나가라고 하니까 남들 다 움직일 때 가는 게 낫겠다고 생각한 거죠. 선택의 여지가 더 있을 테니까요."

"어디로 가는데?"

"킹스비어요. 거기 방을 얻어놓았어요. 어머니가 어리석은 마음에 아버지 조상들이 있는 곳에 가겠다고 해서요."

"너희 같은 대가족은 셋방에서 살 수 없어. 그것도 그런 손바닥만 한 읍내에서 어쩌려고? 트랜트리지에 있는 농가에 가서 살면 어떻겠니? 우리 어머니가 돌아가시고 난 다음 닭은 치워버렸지만, 너도 잘 아는 집과 정원은 그대로 있어. 하루면 회칠을 할 수 있으니 너희 어머니가 그곳에서 편안히 사실 수 있을 거야. 그리고 아이들을 좋은 학교에 보내줄게. 널 위해서 뭔가 하게 해주라!"

"하지만 이미 킹스비어에 방을 구해놓은걸요!" 그녀가 선언했다. "거기서 기다리면―"

"기다린다고, 뭘? 아, 다정한 남편을 기다리겠지. 이것 봐, 테스. 남자가 어떤 종자인지 내가 더 잘 알아. 별거의 원인을 고려할 때 그 친구 절대로 너와 다시 잘해보자고 하지 않을 거야. 자. 내가 원수 같겠지만, 난 네 친구야. 날 좀 믿어줘. 내가 마련해주는 집으로 가자. 정식으로 양계장을 만들어 너희 어머니는 닭을 돌보고, 아이들은 학교에 가고. 그럼 어떻겠냐?"

테스는 점점 가쁜 숨을 쉬다가 마침내 이렇게 말했다. "당신이 그런 일을 다 해줄지 어떻게 알아요? 생각이 바뀔 수도 있고, 그러면 우리는, 우리 엄마는 다시 집 밖으로 나앉을 텐데."

"아, 아냐, 아냐. 그런 일이 없도록 원한다면 문서로 공증을 받아줄게. 생각해봐."

테스는 고개를 저었다. 하지만 더버빌은 집요하게 졸라댔다. 그렇게 굳은 결의를 드러내는 모습을 본 적이 없었다. 싫다는 말을 대답으로 받아들이지 않을 작정인 것 같았다. "제발 너희 어머니에게 물어보기라도 해라." 그가 힘을 주어 말했다. "어머니가 결정할 문제지 네가 왈가왈부할 일이 아니잖아. 내가 아침에 가서 쓸고 닦고 회칠을 하고 불을 피워놓으라고 시키면 저녁때쯤 다 마를 거야. 그럼 그곳으로 곧장 오란 말이야. 자, 알겠지? 기다린다."

테스는 다시 고개를 저었고 복잡한 감정이 북받쳐 목이 메었다. 그녀는 더버빌을 바라볼 수 없었다.

"지난날의 일 때문에 너한테 묵은 빚이 있는 거 알잖아." 그가 말을 이었다. "그리고 광신자가 됐다가 네 덕분에 정신을 차렸고. 그래서 너한테 고맙—"

"광신 상태에 빠져 있는 게 더 낫겠어요. 그럼 신앙에 입각해 처신할 테니까요!"

"난 조금이라도 네게 보상할 기회가 생겨 기쁜걸. 내일 어머니의 짐 푸는 소리를 들을 수 있기를 기대하겠어…… 약속의 표시로 손을 좀 줘봐, 사랑스러운 예쁜 테스!"

마지막 문장에서 그는 목소리를 낮춰 속삭이더니 반쯤 열린 창문으로 손을 내밀었다. 그녀는 사나운 눈빛으로 창문의 지지봉을 확 잡아당겨서 그의 팔을 돌로 된 세로 중간 틀 사이에 끼게 만들었다.

"빌어먹을, 너 정말 지독하다!" 그가 팔을 빼며 말했다. "아냐, 아냐! 네가 일부러 그러지 않았다는 건 알아. 자, 기다리고 있을게. 안 올 거면 어머니와 아이들이라도 보내."

"난 안 가요, 나 돈 많아요!" 그녀가 소리쳤다.

"돈이 어디 있는데?"

"시댁에 있어요. 돈을 보내달라고 부탁만 하면 돼요."

"부탁만 하면—그런데 넌 부탁 못 하지, 테스. 난 널 알아. 굶어 죽으면 죽었지 그런 부탁을 못 하거든!"

이 말을 남기고 그는 말을 타고 떠났다. 길모퉁이에서 페인트통을 들고 다니는 남자와 마주쳤는데, 그는 더버빌에게 형제들을 저버렸느냐고 물었다.

"지옥으로 꺼져!" 더버빌이 말했다.

테스는 그 자리에 한참 동안 그대로 있었다. 그러다 갑자기 부당함에 항의하는 마음이 되면서 눈언저리가 달아오르고 뜨거운 눈물이 솟구쳤다. 남편인 에인절 클레어도 다른 사람과 마찬가지로 부당하게 굴었다. 정말 그랬다! 그런 생각을 하는 것조차 도리질했지만, 맞다! 살면서 한 번도—그녀는 마음속 깊은 곳에서 우러나오는 맹세를 할 수 있다—잘못을 저지르겠다고 생각한 적이 없다. 하지만 가혹한 심판을 받았다. 자신이 저지른 죄가 무엇이든 간에 의도한 것이 아니라 실수로 범한 것이다. 그런데 왜 이렇게 끊임없이 벌을 받아야 하는가?

분노에 사로잡힌 그녀는 손에 잡히는 대로 종이 한 장에 글을 써내려갔다.

오, 에인절, 왜 나한테 이렇게 심하게 구나요! 이런 꼴을 당해야
할 정도로 잘못하지는 않았어요. 모든 일을 곰곰이 따져보았어요.
난 당신을 절대로, 절대로 용서 못 해요! 고의로 당신에게 상처를
입힌 게 아니라는 걸 알면서 왜 내게 이런 상처를 주나요? 당신은
잔인해요, 정말 잔인해요! 당신을 잊으려고 노력할 거예요. 당신에
게서 받은 것은 부당한 대우뿐이에요!

그녀는 집배원이 지나갈 때까지 지켜보다 편지를 갖고 달려나갔다
돌아와 다시 창문 앞에 맥없이 자리를 잡았다.
사랑을 담아 쓰나 그렇게 쓰나 마찬가지였다. 애원한다고 그의 마
음이 바뀌겠는가? 사실이 그대로인걸. 그이의 생각을 바꿀 새로운 사
건이 없는걸.
어둠이 짙어지자 난로 불빛이 방을 밝혔다. 바로 밑의 동생 둘은 어
머니를 따라 나갔고, 세 살 반에서 열한 살까지의 어린 동생 넷이 검
은색 실내복 차림으로 난롯가에서 자기들끼리 이야기를 나누고 있었
다. 이윽고 테스는 촛불을 켜지 않은 채 아이들 틈에 끼어 앉았다.
"오늘이 우리가 태어난 이 집에서 마지막으로 자는 밤이 될 거야."
그녀가 말했다. "생각해볼 게 많겠지, 응?"
모두 입을 다물었다. 하루 종일 새로운 곳으로 이사 간다고 좋아라
들떠 있던 아이들은 마지막이라는 테스의 말이 불러일으킨 종말의 실
감에 그 나이 때의 풍부한 감수성으로 금방 울음이라도 터뜨릴 기세였

다. 테스가 화제를 바꿨다. "얘들아, 노래를 불러봐." 그녀가 말했다.

"뭘 부를까?"

"너희가 아는 노래. 아무 거나 좋아."

잠시 침묵이 흘렀다. 한 아이가 쭈뼛거리며 노래를 시작했고, 두번째 목소리가 합세했고, 세번째와 네번째가 화음을 이뤘다. 주일학교에서 배운 노래였다.

이곳에선 슬픔과 고통을 겪고,
이곳에선 만나면 이별이지만,
하늘나라에선 영영 이별하지 않으리.

네 아이는 오래전에 정리한 문제라 틀림없고 더 생각할 필요도 없다는 듯 덤덤하게, 활기라고는 없이 노래를 불렀다. 한 음절 한 음절을 분명하게 발음하려고 긴장한 얼굴로 너울거리는 불꽃의 한복판을 바라보았다. 노래가 끝나자 막내가 혼자 노랫가락을 흥얼거렸다.

테스는 아이들을 두고 다시 창가로 갔다. 바깥은 이제 깜깜했지만, 그녀는 어둠 속을 내다보려는 듯 유리창에 얼굴을 갖다 댔다. 사실은 눈물을 감추기 위해서였다. 아이들이 부른 노래의 가사가 사실이라면, 정말 그렇다고 확신할 수 있다면, 지금과 확연히 다른 선택을 할 수 있으리라. 하느님에게, 또 내세에 동생들을 담대하게 맡길 것이다! 하지만 그런 확신이 없기 때문에 뭔가를 해야 했고 동생들의 하느님이 되어주어야 했다. 다른 수많은 사람들도 그렇겠지만, 테스에게 다음의 시구절은 끔찍스러운 풍자로 들렸다.

완전히 알몸으로 세상에 태어난 것이 아니라
영광의 구름을 드리우고 왔나니.*

테스나 테스 같은 사람에게는 태어난 것 자체가 개인적 자존을 훼손당하는 일련의 시련일 뿐이고, 태어난 것을 정당화할 아무 일도 일어나지 않으며, 기껏해야 시련이 조금 완화될 따름이었다.

어둠이 깔린 젖은 길에 어머니와 키가 큰 리자루, 그리고 에이브러햄의 모습이 나타났다. 현관 앞에서 더비필드 댁의 나막신 소리가 나자 테스는 문을 열었다.

"창밖에 말발굽 자국이 있든디, 누가 다녀갔냐?" 어머니가 말했다.

"아니." 테스가 대답했다.

벽난롯가에 있던 아이들이 정색을 하고 그녀를 바라보았고 그중 하나가 종알거렸다.

"저런, 언니야, 말 타고 온 신사!"

"우리 집에 일부러 찾아온 게 아니고 지나가다 말을 건겨." 테스가 말했다.

"그 신사가 누군디? 니 남편이여?" 어머니가 물었다.

"아녀, 그 사람은 절대, 절대 오지 않을겨." 테스는 돌처럼 굳은 절망을 담아 답했다.

"그럼 그게 누구여?"

"아, 알 필요 없어. 엄마도 전에 본 적이 있어. 나도 마찬가지고."

---

* 윌리엄 워즈워스의 「영혼 불멸의 송가」.

"그려, 그 사람이 뭐라든?" 궁금증이 생긴 조앤이 물었다.

"내일 킹스비어에 가서 자리를 잡고 난 다음 말할게. 한 마디도 빼지 않고."

남편이 아니라고 그녀는 말했다. 하지만 육체적인 의미에서 그 남자만이 남편이라는 생각이 점점 그녀를 압박했다.

52

그다음 날 한시 무렵부터, 밖은 아직 깜깜했지만, 대로변에 사는 사람들은 시끄럽게 덜거덕거리는 소리에 잠자리를 설쳤고, 그 소리는 날이 샐 때까지 간헐적으로 이어졌다. 그 소리는 4월 셋째 주에 뻐꾸기 소리가 들리는 것과 마찬가지로 첫째 주가 되면 매년 어김없이 반복될 것이다. 대이동의 서곡으로, 이사할 집안들의 짐을 실으러 온 마차가 지나가는 소리였다. 일꾼들을 목적지까지 실어나르는 것은 언제나 그들을 고용한 주인집의 짐마차였다. 이 일을 하루 안에 해치워야 하다보니 이렇게 자정 즈음부터 시끌벅적한 소리가 나게 마련이었다. 짐마차꾼의 목적은 이사 갈 집 문 앞에 여섯시까지 도착하는 것이었고, 도착하자마자 짐을 싣기 시작했다.

하지만 테스네 식구들에게는 오기를 고대하며 짐마차를 보내줄 주인이 없었다. 그들은 정규 노동자가 아니라 아녀자에 불과했다. 특별히 어디서 오라는 데가 없었으니 공짜로 이사하지 못하고 돈을 내고 마차를 빌려야 했다.

그날 아침 창밖을 내다보던 테스는 바람이 불고 찌푸린 날씨였지만 비가 내리지 않고, 또 짐마차가 도착해서 안심했다. 비 오는 수태고지 축제일은 이사하는 집들에게는 잊을 수 없는 끔찍한 경험이었다. 가구와 이부자리, 옷가지까지 축축해져서 이런저런 병이 줄줄이 이어졌기 때문이다.

어머니와 리자루, 에이브러햄은 잠이 깼지만, 어린 동생들은 자게 놔두었다. 네 식구는 희미한 새벽빛 속에서 아침 식사를 하고 짐을 싣기 시작했다.

친한 이웃이 한두 명 거들러 와서 이사는 그런대로 즐겁게 진행되었다. 큰 가구들부터 자리를 잡고, 침대와 이부자리로 가운데에 둥그렇게 자리를 마련해 조앤 더비필드와 어린 아이들이 앉아 갈 수 있게 했다. 짐을 싣는 동안 말의 마구를 풀어놓았기 때문에 짐을 싣고 나서 한참을 지체했지만, 드디어 두시쯤 짐마차가 출발했다. 마차의 굴대에 걸어놓은 냄비가 덜렁거리는 와중에 더비필드 댁과 가족들은 짐 꼭대기에 자리를 잡았다. 더비필드 댁은 고장이 날까봐 무릎 위에 괘종시계의 상단을 올려놓았는데, 짐마차가 심하게 덜커덩할 때마다 기분이 상한다는 듯 한시를 치다 한시 반을 치다 했다. 테스와 리자루는 마을을 벗어날 때까지 마차 옆을 따라 걸었다.

그날 아침과 전날 저녁 몇몇 이웃들에게 인사를 다녀왔고, 또 몇몇은 작별 인사를 하러 와서 잘되라고 덕담을 했다. 하지만 마음속으로는 더비필드네 같은 집안이—자신들에게 손해날 짓을 하면 했지 남에게 피해를 준 적은 없지만—잘될 것이라고 생각하지 않았다. 곧 짐마차가 언덕길을 오르기 시작했고 고도와 토양이 달라지면서 바람 끝도 더 매서워졌다.

그날이 4월 6일이라 더비필드네 마차는 가족들이 올라앉은 많은 마차들과 마주쳤다. 벌이 육각형의 벌집을 만드는 독자적 방식을 취하듯, 농촌 노동자들이 이삿짐을 쌓는 방식에도 거의 불변하는 원칙이 있었다. 짐 배치의 축은 — 반짝거리는 손잡이와 손자국, 살림살이의 흔적들이 빽빽하게 남아 있는 — 그 집안의 찬장이었다. 똑바로 세워 끌채에 맨 말의 꼬리 위로 우뚝 솟은 찬장은 경건하게 운반해야만 하는 증거궤*처럼 똑바로 서 있었다.

어떤 집안은 활기에 찼고, 어떤 집안은 침울했다. 길가의 주막 앞에 서 있는 짐마차도 있었다. 중구난방의 더비필드 가족의 마차도 때맞춰 말에게 꼴을 먹이고 사람도 휴식을 취하라고 주막에 멈춰 섰다.

쉬는 동안 테스는 주막에서 약간 떨어진 곳에 역시 멈춰 서 있는 짐마차의 꼭대기, 여자들이 앉아 있을 자리에서 3파인트짜리 푸른색 술잔이 공중에서 오르락내리락하는 것을 보았다. 술잔이 올라가는 모양을 눈으로 좇다가 그 손의 임자가 아는 사람임을 알아차렸다. 테스는 마차로 다가갔다.

"메리언, 이즈!" 그녀는 친구들의 이름을 불렀다. 그들이 하숙하고 있던 집 식구들이 이사하자 따라나서서 짐마차에 함께 앉아 있었던 것이다. "니들도 오늘 이사하는겨?"

그들은 그렇다고 대답했다. 플린트콤애시는 일이 너무 고되어서 농장 주인 그로비에게 그만둔다는 말도 하는 둥 마는 둥 고소를 할 테면

---

* 십계명이 새겨진 석판 두 개가 든 궤. 「출애굽기」 25장 10절 이하 참조.

하라는 식으로 떠나왔다는 것이다. 그들은 테스에게 자신들의 목적지를 알려주었고, 테스도 그렇게 했다.

메리언이 짐 위에서 테스 쪽으로 몸을 굽히더니 목소리를 낮춰 말했다. "너 따라다니던 그 신사 있잖아, 누구 이야긴지 알제? 그 사람이 너 떠나고 플린트콤으로 찾아왔다? 니가 그 사람 만나고 싶어 하지 않을 거 같아서 우린 말혀주지 않았어."

"아, 그런디 만났어." 테스가 작은 소리로 말했다. "찾아왔더라."

"니가 어디로 가는지도 알아?"

"그럴걸."

"남편은 돌아왔고?"

"아니."

그녀는 친구들과 작별 인사를 했고—양쪽 마차의 마부가 그때 주막에서 나왔기 때문이다—두 짐마차는 반대 방향으로 각자 다시 길을 떠났다. 메리언과 이즈가 운명을 같이하기로 한 농부 가족의 마차는 새로 칠을 했고, 번쩍거리는 놋쇠로 장식된 마구를 단 튼튼한 말 세 필이 끌고 있었다. 반면에 더비필드 가족이 탄 짐마차는 짓누르는 짐의 무게를 지탱할 수 있을까 싶을 정도로 삐걱거리는 데다, 만든 뒤로 칠맛을 본 적이 없고 말도 두 필뿐이었다. 잘나가는 농장 주인이 데리고 가는 경우와 고용주가 오기를 기다리지 않는 경우의 확연한 차이가 거기서 드러났다.

목적지까지의 거리는 멀었다. 하룻길로 가기는 너무 멀어서 두 필의 말이 아주 어렵사리 그 임무를 수행했다. 일찌감치 떠났건만 오후 늦게야 그린힐이라고 불리는 고지대의 한쪽 산허리를 돌아갈 수 있었다. 말들이 서서 오줌을 누면서 숨을 고르는 동안 테스는 사방을 둘러보았다. 언덕 바로 아래 그들의 목적지인 킹스비어 읍내가 반쯤 죽은 듯 모습을 드러냈다. 아버지가 지겹도록 입에 달고 살던 조상들이 누워 있는 킹스비어—더버빌 가문이 500년 넘게 거기서 살았으니, 이 세상의 어느 곳보다도 더버빌가의 고향이라고 할 만한 곳이었다.

읍내 어귀에서 걸어오는 한 남자가 보였는데, 짐마차의 모양새를 보더니 걸음을 재촉해 다가왔다.

"혹시 더비필드라는 성을 쓰나요?" 남은 길을 걷기로 하고 마차에서 내린 테스의 어머니에게 그가 물었다.

그녀는 고개를 끄덕했다. "권리를 주장하기로 치면 고(故) 존 더버빌 경, 가엾은 양반의 미망인이라고 혀야겠지만. 남편의 조상 영지로 돌아가는 길이라우."

"어, 그래요? 그건 잘 모르겠고, 댁이 더비필드 부인이면, 세를 들었다고 한 방들을 다른 사람에게 줬다고 전하라는 부탁을 받고 온 거라우. 오늘 아침에 편지를 받고서야 댁들이 온다는 사실을 알았는디, 그때는 이미 늦었지요. 하지만 다른 데서 방을 구할 수 있을 거외다."

남자는 자신이 전한 사실을 접하고 백지장처럼 하얗게 질린 테스의 얼굴을 바라보았다. 어머니는 속수무책의 절망에 빠졌다. "테스야, 우리 이제 어쩐다냐?" 그녀는 원망조로 덧붙였다. "조상의 땅에 찾아왔는디 이런 환영을 받는구나. 아무튼 방을 좀 찾아보자."

그들은 읍내로 들어가서 힘닿는 데까지 알아보았다. 어머니와 리자루가 방을 구하러 다니는 동안 테스는 짐마차에 남아서 아이들을 돌봤다. 한 시간 후, 방을 찾는 노력이 여전히 헛수고인 상황에서 조앤이 마차로 돌아오자 마부가 짐을 부려놓아야 한다고 말했다. 말들이 지쳐 떨어질 지경인 데다가 그날 밤 조금이라도 갈 길을 가야 한다는 것이었다.

"그럼, 여기다 짐을 부려요." 조앤이 개의치 않는다는 듯 말했다. "어디든 비를 피할 데가 없을까?"

짐마차를 교회 묘지 담장 밑, 사람들의 눈에 잘 띄지 않는 곳에 세우고 마부는 얼른 초라한 가재도구를 내려놓았다. 삯을 지불하고 나자 1실링 정도의 돈밖에 남지 않았다. 마부는 이런 가족과 더이상 거래를 하지 않게 되어 다행이라는 듯 그들을 남겨두고 자리를 떴다. 밤에 비가 오지 않을 테니 별문제가 없으리라고 생각했던 것이다.

테스는 쌓아놓은 가구를 암담한 마음으로 바라보았다. 항아리와 주전자, 바람에 흔들리는 말린 허브 다발들, 찬장의 놋쇠 손잡이, 이 집안 아이들을 흔들어 키워낸 버드나무 가지 요람, 그리고 손때로 반들거리는 괘종시계의 틀, 이 모든 것 위로 봄날 저녁의 차가운 햇살이 기분 나쁘게 비치고 있었다. 노천에 내놓으라고 만든 것이 아닌데 한데 버려놓았다고 실내용 집기들이 원망의 빛을 발했다. 주변으로는 한때 울타리를 친 사냥터였던 언덕과 경사지들이 작은 목초지로 구획이 나뉘어 있었고, 이끼 낀 건물의 초석들은 더버빌 가문의 저택이 어디쯤 있었는지 알 수 있게 해주었다. 저 멀리 영지에 부속되었던 에그던 황야가 펼쳐져 있었다. 그들 바로 옆에는 '더버빌 측랑'이라는 이름의 교회 측랑이 의젓하게 자리 잡고 있었다.

"가족 묘지라는 게 자유보유 부동산 아녀?" 테스의 어머니가 교회와 묘지를 둘러보고 돌아와서 말했다. "물론 그렇겠지. 얘들아, 여기서 야영하도록 하자꾸나, 조상의 땅이 거처할 곳을 마련해줄 때까지. 자, 테스, 리자, 에이브러햄. 너희가 좀 도와라. 동생들한테 보금자리를 만들어준 다음 한 번 더 돌아보자."

테스는 열의를 내지 않았지만 어머니를 도와 짐더미에서 사주식 침대 틀을 찾아내 교회의 남쪽 벽에 세워놓았는데, 그 밑이 거대한 가족 묘지가 있다는 더버빌 측랑 쪽이었다. 침대의 닫집 위로 '더버빌 창문'이라는 이름의 아름답게 채색된 격자무늬 창문이 보였는데, 윗부분에 더비필드 집안의 낡은 인장과, 숟가락에 새겨진 것과 같은 문장(紋章)이 있었다.

조앤은 침대 둘레에 커튼을 쳐서 멋진 천막을 만들어 아이들을 안으로 들여보냈다. "방을 못 구하면 오늘 밤은 여기서 지낼밖에." 그녀가 말했다. "어쨌거나 방을 더 알아보고 애들 먹일 거라도 구해오자. 아, 테스, 이런 꼴을 당할 거면 니가 신사랑 결혼한다고 요란을 떤 게 무슨 소용이라니?"

어머니는 리자루와 맏아들을 데리고 다시 교회와 작은 읍내 사잇길을 따라 올라갔다. 거리에 들어서자마자 말을 탄 채 사방을 두리번거리는 남자와 마주쳤다. "아, 찾고 있었는데." 그는 말을 몰아 다가오더니 말했다. "정말이지 역사적으로 유명한 장소에서 가족 모임을 갖게 됐네요!" 알렉 더버빌이었다. "테스는 어디 있나요?" 그가 물었다.

조앤은 개인적으로 알렉을 조금도 좋아하지 않았다. 그녀는 대충 교회 쪽을 가리키며 지나쳤고, 더버빌은 막 이야기를 들었다면서 여전히 숙소를 구하지 못하면 다시 만나게 될 거라고 말했다. 그들이 가고 나자 더버빌은 여관에 들러 말을 두고 나왔다.

그동안 테스는 아이들과 침대 안에 남아 도란도란 이야기를 나누었다. 그러다 당장 아이들을 돌볼 일도 없고 해서 해질녘의 그늘이 드리워져 어둑어둑한 교회 묘지를 둘러보았다. 교회의 문이 잠겨 있지 않아서 그녀는 생전 처음 조상들의 교회로 들어갔다.

침대를 세워놓은 창문 안쪽으로 생몰 연도가 몇 세기에 걸쳐 있는 더버빌가 사람들의 묘비가 있었다. 덮개가 있는 것, 제단 모양의 것, 장식 없이 수수한 것 등 여러 종류였다. 조각은 마모되고 부서졌으며, 놋쇠 장식은 떨어져나갔고, 못 구멍은 사암 절벽의 흰털발제비 집처럼 남아 있었다. 이런 훼손은 그녀의 가문이 사회적으로 소멸되었다는 느낌을 다른 어떤 것보다도 강하게 불러일으켰다.

그녀는 이런 글귀가 새겨진 검은 돌 앞으로 다가갔다.

Ostium sepulchri antiquæ familiæ D'Urberville.[*]

테스는 교회에서 쓰는 라틴어를 추기경처럼 읽을 줄은 몰랐지만, 이 문이 자기 조상들의 지하 묘지 입구이며, 아버지가 술을 마시면 불러댔던 노래처럼, 그 안에 키 큰 기사들이 누워 있다는 정도는 알 수 있었다.

생각에 잠긴 채 돌아선 그녀는 연대가 가장 오래된 묘비 중의 하나인 제단 모양의 묘비를 지나갔다. 그 위에 가로 누운 조상(彫像)이 놓여 있었는데 실내가 어두워서 아까는 지나쳤던 것 같다. 조상이 움직

---

[*] "유서 깊은 더버빌 가문의 묘지 입구"라는 뜻.

인다는 엉뚱한 생각이 들지 않았더라면 지금도 눈여겨보지 않았으리라. 그 앞으로 다가서는 순간 그녀는 조상이 살아 있는 사람임을 알아차렸다. 교회에 혼자 있었던 것이 아니라는 사실만으로도 기겁할 지경이라 그녀는 기절할 듯 주저앉았다. 하지만 나타난 사람이 알렉 더버빌이라는 사실은 인식했다.

그는 석판에서 뛰어내려와 그녀를 부축했다. "네가 들어가는 걸 봤거든." 그가 미소를 띠며 말했다. "그래서 너의 명상을 방해하지 않으려고 저 위에 올라가 있었지. 아래에 있는 옛날 친구들과 여기 있는 우리가 가족 모임을 하는 셈 아냐? 들어봐." 그는 신발 뒤축으로 바닥을 세게 쳤다. 그러자 아래에서 희미한 메아리가 울려퍼졌다.

"장담하건대 이 친구들 좀 놀랐을 거야." 그가 말을 이었다. "그런데 넌 내가 조상(祖上)의 조상(彫像)에 불과하다고 생각한 거지. 천만에. 낡은 체제는 바뀌게 마련.* 가짜 더버빌의 작은 손가락이 아래층에 있는 진짜 더버빌의 명문 가계 전부보다 네게 도움이 될 테니까. 자, 분부만 내리시지요. 뭘 해드릴까요?"

"사라져요." 그녀가 나지막하게 말했다.

"그러지, 네 어머니를 찾아봐야지." 그가 순순히 답했다. 그러나 그녀를 지나치면서 이렇게 속삭였다. "명심해. 고분고분해질 테니!"

그가 사라지자 그녀는 지하 묘지 입구에 웅크리고 앉아 말했다. "왜 나는 지하 묘지의 문 저쪽이 아니라 이쪽에 있는 걸까!"

---

* 알프레드 테니슨의 「아서 왕의 죽음」 240행.

한편 메리언과 이즈 휴엣은 농부의 가재도구와 함께 가나안 땅—오늘 아침 그곳을 떠난 다른 가족에게는 이집트 땅이었지만—을 향해 여행을 계속했다. 하지만 한참 동안은 자기들의 목적지는 관심 밖이었다. 그들은 에인절 클레어와 테스, 그리고 테스를 끈질기게 쫓아다니는 남자를 화제로 삼았다. 테스가 그 남자와 과거사가 있다고 이전에 들은 적도 있고, 짐작으로 알 만하기도 했다.

"테스가 그전부터 알던 남자인 거 같아." 메리언이 말했다. "옛날에 한 번 넘어갔던 남자라면 이야기가 달라지제. 다시 꾀어서 데리고 가버리면 이만저만 딱한 일이 아니여. 어차피 클레어 씨는 우리 차지가 아닌디, 테스한테 주는 걸 아까워할 게 아니라 화해를 붙여보자. 클레어 씨도 테스의 어려운 처지랑, 또 호시탐탐 노리는 작자가 있는 걸 알면 자기 사람을 돌보러 올지 모르잖아."

"어떻게 알려준담?"

그들은 목적지까지 가는 동안 이 문제를 고민했다. 하지만 새로 간 곳에서 자리를 잡느라 정신을 차릴 수 없을 정도로 바빴다. 한 달이 지나 안정이 되었을 때 테스 소식은 듣지 못했지만 클레어가 곧 돌아온다는 소문을 들었다. 그에 대한 사모의 정으로 새삼 마음이 흔들렸지만 테스에게 의리를 지키는 쪽으로 마음을 정하고, 공용의 싸구려 잉크병 뚜껑을 열고 둘이 의논해서 짧은 편지를 썼다.

존경하는 클레어 씨

부인께서 클레어 씨를 사랑하는 만큼 부인을 사랑하신다면, 부인을 보살펴세요. 그녀는 친구의 형상을 한 원수에게 몹시 시련을 당하고 있답니다. 곁에 있어서는 안 될 사람이 옆에 도사리고 있어요. 자기 힘으로 감당할 수 없을 만큼 여자를 시험해선 안 돼요. 쉬지 않고 떨어지는 물방울은 돌이라도, 아니 더 단단한 금강석도 닳아 없어지게 만드니까요.

행복을 비는 두 사람 드림

그들은 에인절 클레어에게 보내는 이 편지를 그의 주소로, 그들이 알고 있는 유일한 곳인 에민스터 사제관으로 보냈다. 그리고 큰마음을 써 좋은 일을 했다는 생각에 의기양양해져서 흥분 상태로 한바탕 노래를 부르다가 울다가 했다.

제7단계

완료

53

에민스터 사제관의 저녁 무렵, 신부의 서재에는 여느 때처럼 촛불 두 자루가 녹색 갓 아래에서 빛을 발하고 있었지만, 신부는 자리를 지키고 있지 않았다. 가끔씩 들어와 점점 따뜻해지는 봄날에 맞게 조금만 피워놓은 벽난로 불을 뒤적거리다 다시 나갔고, 현관문 앞에 서 있다가 응접실로 갔다가 다시 현관문으로 돌아갔다.

사제관이 서향이었기 때문에 집 안은 어두워졌지만 바깥은 뚜렷이 보일 만큼 햇빛이 남아 있었다. 응접실에 앉아 있던 클레어 부인이 그를 따라 현관문으로 나왔다.

"도착하려면 아직 멀었소." 신부가 말했다. "기차가 연착하지 않더라도 초크뉴턴에 여섯시나 되어야 닿을 텐데 뭐. 그러고도 시골길을 10마일이나 와야 하는데, 그중의 절반은 크리머크록레인이니까 우리 집 늙은 말이 빨리 달릴 수 없을 거요."

"그렇지만 우리랑은 한 시간 안에 달린 적도 있어요, 여보."

"여러 해 전 이야기지요."

이런 이야기를 해봤자 소용이 없고, 결국 기다릴 수밖에 없음을 두 사람 다 잘 알면서도 이런 식으로 일 분 일 분 시간을 보냈다.

결국 사제관 앞길에서 작은 소리가 들리더니 조랑말이 끄는 낡은 이륜마차가 드디어 울타리 밖으로 모습을 드러냈다. 그들은 마차에서 내리는 형상을 안다는 표정을 지었지만, 정해진 시간에 정해진 사람이 마차에서 내리기를 기다린 것이 아니라 길거리에서 마주쳤더라면 알아보지 못하고 지나쳤으리라.

클레어 부인은 어두운 복도를 지나 현관으로 달려나갔고 그녀의 남편은 조금 뒤처져서 걸음을 재촉했다. 도착한 사람은 현관에 막 들어서려던 참이었는데, 그들이 문간에서 그날의 마지막 햇살을 받고 있었던 탓에 걱정스러운 표정과 안경에 반사된 희미한 석양빛을 볼 수 있었다. 하지만 그들은 빛을 등지고 선 그의 형체만 볼 수 있었다.

"오, 내 아들, 내 아들. 드디어 집에 돌아왔구나!" 클레어 부인이 외쳤다. 그 순간만큼은 이별의 원인이 되었던 아들의 이단적 오류들이 그의 옷에 묻은 먼지만큼 대수롭지 않게 여겨졌다. 진리를 가장 충실하게 신봉하는 사람으로 자처하더라도, 자식을 믿는 만큼 '말씀'의 약속과 경고를 믿는 여자가 과연 있을까? 자식들의 행복에 방해가 된다면 자신의 신앙마저 바람에 날려버리지 않을 여자가 과연 있을까? 촛불을 켜놓은 방 안에 들어가자마자 어머니는 아들의 얼굴을 보았다.

"아, 에인절이 아니야, 우리 아들이 아니야. 집을 떠났던 그 모습이 아니야!" 억장이 무너지는 슬픔에 어머니는 비명을 지르며 옆으로 비켜섰다.

그의 아버지 역시 그를 보고 충격을 받았다. 이곳에서 운명의 희롱을 당하자마자 반발심에 경솔하게 서둘러 떠나간 곳에서 겪은 고생과 악천후로 인해 클레어는 과거의 모습을 알아볼 수 없을 정도로 쇠약해졌다. 그의 얼굴 뒤에 해골이 보이고, 해골 뒤에 유령이 보이는 듯했다. 크리벨리*가 그린 죽은 그리스도와 흡사했다. 푹 꺼진 눈두덩에는 병색이 돌았고, 눈동자도 흐리멍덩했다. 나이 든 선조들의 뼈만 앙상하고 주름진 얼굴이 20년이나 일찍 찾아와 자리를 잡아버린 것이었다.

"거기서 아팠거든요. 이제 다 나았어요." 그가 말했다.

하지만 이런 주장을 거짓으로 입증하려는 듯 그의 다리가 후들거렸다. 그는 쓰러지는 꼴을 면하려고 얼른 의자에 앉아, 하루 종일 힘들게 여행하고 집에 도착했다는 흥분 때문에 조금 어지러웠을 뿐이라고 말했다.

"최근에 저한테 온 편지가 없나요?" 그가 물었다. "지난번에 보내주신 편지는 우여곡절 끝에 받았어요. 내륙에 머무르고 있어서 배달이 상당히 지연됐거든요. 빨리 받았더라면 더 일찍 떠났을 텐데."

"네 처가 보낸 편지 같던데, 그렇더냐?"

"네."

최근에 온 편지는 한 통뿐이었다. 그가 곧 본국을 향해 출발한다는

---

* 15세기 이탈리아의 화가.

사실을 알았기 때문에 전송하지 않았던 것이다.

그들이 내놓은 편지를 급히 뜯어본 그는 휘갈겨 쓴 필체에 나타난 테스의 심경을 읽고 몹시 심란해졌다.

오, 에인절, 왜 나한테 이렇게 심하게 구나요! 이런 꼴을 당해야 할 정도로 잘못하지는 않았어요. 모든 일을 곰곰이 따져보았어요. 난 당신을 절대로, 절대로 용서 못 해요! 고의로 당신에게 상처를 입힌 게 아니라는 걸 알면서 왜 내게 이런 상처를 주나요? 당신은 잔인해요, 정말 잔인해요! 당신을 잊으려고 노력할 거예요. 당신에게서 받은 것은 부당한 대우뿐이에요!

"다 맞는 말이야!" 편지를 던지며 에인절이 말했다. "이제 나하고 화해를 안 하겠다고 할지도 몰라!"

"얘야, 고작해야 흙에서 자란 아이인데 그렇게 마음 졸이지 마라."

"흙에서 자란 아이라고요! 그럼요, 우리 모두가 흙의 자손인걸요. 어머니께서 말씀하시는 의미대로 그 사람이 흙에서 자란 아이이면 좋겠어요. 하지만 전에 다 설명드리지 않은 걸 한 가지만 말씀드린다면, 그 사람의 아버지는 부계 쪽으로 아주 유서 깊은 노르망디 가문의 직계 후손이랍니다. 그 근방의 마을에서 이름 없이 농사를 짓고 살면서 소위 '흙의 자손'이라고 불리는 사람들 중 귀족의 후손이 많거든요."

그는 곧 잠자리에 들었다. 다음 날 아침 몸이 너무 좋지 않아 방에 누워서 생각에 잠겼다. 적도 남쪽에서 그녀의 애정 어린 편지를 받을 때만 해도, 그가 용서하기로 마음먹는 순간 그녀의 품으로 돌아가기만 하면 되는 줄 알았다. 도착하고 보니 생각만큼 쉬운 일은 아니었다. 그녀는 격정적인 성격이었다. 마지막 편지에는 그가 미적거리는 동안 그에 대한 그녀의 생각이 달라졌음이 드러나는데—달라진 것도 당연하다고 그는 가슴 아프게 인정했다—예고 없이 나타나 그녀의 부모님이 있는 데서 만나는 일이 현명한지 자문하지 않을 수 없었다. 별거의 마지막 몇 주 사이 그녀의 사랑이 정말로 미움으로 변했다면, 갑작스럽게 만나봐야 원망을 토로하기밖에 더하겠는가.

그래서 클레어는 귀국했음을 알리는 한편, 출국할 때 의논한 대로 테스가 아직 친정에 머무르고 있을 것으로 생각한다는 내용의 편지를 말롯에 보내 그녀와 그녀의 가족이 마음의 준비를 하도록 하는 것이 최선이라고 생각했다. 그는 그날로 편지를 써서 보냈고, 일주일이 채 되지 않아 더비필드 댁에게서 짧은 답장이 도착했다. 그러나 편지는 그의 당혹감을 해소해주지 못했다. 발신인의 주소가 없는 데다 더 놀랍게도 말롯 소인이 찍혀 있지 않았기 때문이다.

에인절 클레어 귀하

딸아이가 지금 우리하고 같이 살지 않고 또 언제 돌아올지 모른다고 알려드리려고 몇 줄 씁니다. 돌아오면 곧 편지를 드리지요. 지금 어디서 임시로 머물고 있는지 마음대로 알려드리면 안 될 거 같네요. 우리 가족이 말롯을 떠난 지는 한참 되었고요. 총총.

조앤 더비필드

테스가 잘 지내는 것처럼 보여서 안도한 나머지 클레어는 그녀의 어머니가 뻣뻣하게 그녀가 있는 곳도 가르쳐주지 않는다는 사실에 마음 상하지 않았다. 모두 그에게 화가 났음이 분명했다. 편지에 테스가 곧 돌아온다고 비쳤으니 어머니 쪽에서 기별해줄 때까지 기다리기로 했다. 그 이상의 대접은 받을 자격이 없었다. 그의 사랑은 "변화의 빌미가 생기면 변하는"* 그런 사랑이었다. 떠나 있는 동안 그는 몇 가지 이상한 경험을 했다. 그는 진짜 코르넬리아 같은 여자에게서 파우스티나의 실체를 보았고, 영적인 루크레티아에게서 육적인 프리네를 보았다.** 그는 사람들 앞에 끌려나와 돌에 맞아 죽임을 당할 뻔한 여인과 왕후가 된 우리아의 아내를 생각했다.*** 그는 테스의 의지가 개입되었는지 아닌지를 따져 적극적으로 판단하지 못하고 전기(傳記)적 사실만으로 심판을 내렸음을 자책했다.

그는 조앤 더비필드가 약속한 두번째 편지를 기다리느라, 또 원기를 좀더 회복할 필요도 있고 해서 아버지의 집에서 하루 이틀 더 머물렀다. 건강은 회복되는 기미가 보였지만, 조앤에게서는 소식이 없었다. 그래서 그는 브라질에서 받은 옛날 편지를 뒤져서 다시 읽었다. 테스가 플린트콤애시에서 보낸 편지였다. 처음 읽었을 때와 마찬가지로 문장 하나하나가 그의 마음을 움직였다.

---

* 윌리엄 셰익스피어의 『소네트』 116편.
** 코르넬리아는 로마의 호민관 티베리우스 그라쿠스의 어머니로 현모양처의 대명사이고, 파우스티나는 로마 황제 마르쿠스 아우렐리우스의 아내로 방탕함으로 유명함. 루크레티아는 강간을 당한 다음 자살한 로마의 여인으로 정절을 상징하고, 프리네는 아테네의 고급 창부였음.
*** 「요한의 복음서」 8장 3~7절에 나오는 간통하다 잡힌 여자와, 다윗 왕이 남편인 우리아를 사지로 보내 죽게 만든 다음 왕후로 삼은 여인을 가리킴.

고통스러운 처지에서 당신에게 애원합니다. 당신 말고는 매달릴 사람이 없으니까요…… 곧 돌아오든지 아니면 당신이 있는 곳으로 오라고 해줘요. 그러지 않으면 죽을 것만 같아요…… 제발, 제발, 공정한가 아니한가만 따지지 말고…… 조금만 다정하게 대해줘요…… 돌아온다면 당신의 팔에 안겨 죽을 수 있을 거 같아요…… 당신이 한 줄이라도 편지를 써서 '곧 가겠소'라고만 해준다면 참고 견딜게요, 에인절. 아, 아주 즐거운 마음으로요!…… 당신을 다시는, 다시는 못 본다고 생각하면 얼마나 마음이 아플지 생각해봐요. 아, 하루에 일 분씩만 당신의 마음을 아프게 할 수 있다면, 그런 고통을 매일, 하루 종일 당하는 외롭고 가련한 날 가엽게 여길 수 있을 텐데요…… 당신의 아내로 살 수 없다면 당신의 하녀로 사는 데 만족할 거예요. 기꺼이 그럴 거예요. 당신 곁에 있을 수 있고, 당신을 먼발치에서라도 볼 수 있고, 내 남자라고 생각은 할 수 있으니까요…… 하늘과 땅, 그리고 땅 밑에서 원하는 것이 단 한 가지 있다면 당신을, 사랑하는 당신을 만나는 거예요. 돌아와줘요, 돌아와줘요, 위험한 지경에서 날 구해줘요!

클레어는 마지막 편지에서 그녀가 심한 말을 한 것을 액면 그대로 받아들이지 말고 찾으러 나서기로 결심했다. 자신이 없는 동안 아내가 돈을 보내달라는 부탁을 한 적이 있는지 아버지에게 묻자 그런 적이 없다는 대답을 듣고, 그제야 그녀가 자존심 때문에 그런 말도 못 꺼내고 경제적으로 고통을 당했으리라는 생각이 들었다. 그가 한 말을 듣고 그의 양친은 별거의 진짜 이유를 짐작했다. 그들의 기독교 신앙은 죄인들을 구원하는 데 특별한 관심을 보였기 때문에 그녀의 혈통과 소박함, 아니 가난까지도 불러일으키지 못한 동정심이 그녀가 지은 죄에 즉각 베풀어졌다.

여행을 떠나기 위해 급하게 몇 가지 물건을 꾸리던 에인절은 최근에 받은 짤막하지만 솔직한 편지를 훑어보았다. 메리언과 이즈가 보낸 편지로 이렇게 시작했다.

"존경하는 클레어 씨. 부인께서 클레어 씨를 사랑하는 만큼 부인을 사랑하신다면, 부인을 보살펴세요." 그리고 "행복을 비는 두 사람 드림"이 서명을 대신했다.

54

십오 분 후에 클레어는 집을 나섰고, 어머니는 그의 야윈 몸이 거리로 사라지는 것을 지켜보았다. 양친은 늙은 암말을 타고 가라고 권했지만, 집에서 마차를 써야 한다는 사실을 잘 알고 있었기 때문에 사양했다. 여관으로 가서 이륜마차를 세내어 마구를 장착하는 동안에도 그는 조바심이 났다. 몇 분 후 읍내를 빠져나와 언덕길을 올라갔다. 서너 달 전, 테스가 희망에 부풀어 내려갔다가 희망이 꺾인 채 올라갔던 바로 그 언덕이었다.

그의 눈앞에 곧 벤빌레인이 펼쳐졌고, 산울타리와 나무에서는 보랏빛 움이 트고 있었다. 하지만 딴생각에 잠긴 그는 길을 가는 데 필요한 풍경에만 겨우 눈길을 줄 따름이었다. 한 시간 반도 되지 않아 킹스힌톡의 큰 저택들을 남쪽으로 돌아 불길하게 외따로 서 있는 크로스인핸드를 향해 올라가게 됐다. 일시적인 변덕으로 개심했던 알렉 더버빌의 강요에 따라 테스가 그를 고의로 유혹하지 않겠다는 이상한 맹세를 하면서 손을 올려놓은 돌이 있는 곳이었다. 경사지에서는 아직도 철 지난 쐐기풀의 벌거벗은 줄기가 희끄무레하게 바랜 채 남아 있었고, 뿌리 주변에서는 새봄의 쐐기풀이 파릇파릇 자라고 있었다.

거기서 그는 반대쪽 힌톡이 내려다보이는 고지대의 가장자리를 따라가다가 오른쪽으로 방향을 틀어 플린트콤애시의 상쾌한 석회질 지대로 들어섰다. 그녀가 보낸 편지 중 하나의 발신지였고, 그녀의 어머니가 언급한 거주지일지도 모른다고 추정한 곳이었다. 물론 그녀는 그곳에 없었다. 그런데 마을 사람들이나 농장 주인도 테스란 이름은 익히 알고 있었지만 '클레어 부인'은 금시초문이라고 말하는 것을 듣고 그는 더욱 의기소침해졌다. 별거 기간중 그녀는 그의 이름을 쓰지 않은 것이 분명했다. 아버지에게 돈을 보내달라고 부탁하지 않고 고생을 감내한 것뿐 아니라—그 사실도 그제야 처음 알게 되었지만—그의 이름을 쓰지 않은 데서 그녀가 그들의 별거를 돌이킬 수 없는 것으로 고개를 빳빳이 들고 받아들였음을 알 수 있었다.

그들 이야기로는 테스 더비필드가 그만두겠다는 통고도 제대로 하지 않고 이곳을 떠나 블랙무어 저쪽에 있는 부모에게로 갔다고 했다. 결국 테스의 어머니를 만나는 것이 급선무였다. 이제 말롯에 살지 않는다면서 이상하게도 주소는 알려주지 않았으니 말롯으로 가서 주소를 알아보는 수밖에 없었다. 테스에게는 그렇게 못되게 굴던 농장 주인이 클레어에게는 아주 나긋나긋하게 대하며 말롯까지 타고 갈 마차와 마부를 내주었다. 그가 타고 온 마차는 에민스터로 돌려보냈다. 말이 하루에 달릴 수 있는 거리를 다 왔기 때문이었다.

블랙무어 골짜기 부근에 이르자 클레어는 그 너머까지 농장 주인의 마차를 빌리는 폐를 끼치고 싶지 않아서 말을 마부와 함께 돌려보낸 다음 여관에 들었다. 그리고 이튿날 사랑하는 테스가 태어난 고장으로 걸어서 들어갔다. 아직은 철이 일러서 텃밭이나 나뭇잎에 제 색깔이 나지 않았다. 명색은 봄이지만 겨울에 초록색으로 살짝 덧칠을 해놓은 정도였고, 그의 기대감도 대동소이했다.

테스가 어린 시절을 보낸 집은 그녀를 전혀 모르는 가족이 살고 있었다. 새로 이사 온 사람들은 텃밭에 나와 있었는데, 이 집과 텃밭이 다른 사람들의 사연들로 더 중요했던 시기가 있었고, 그것과 비교하면 그들의 사연은 천치가 지껄이는 헛소리*에 불과하다는 사실을 모르는 듯 자기들 일에 열중하고 있었다. 텃밭 사이로 난 좁은 길을 걸어다니며 자기들의 관심사만을 최우선으로 삼아 테스가 그곳에 살던 때가 지금보다 더 흥미로울 게 없다는 투로 이야기를 나누었지만, 사실 매 순간 그들의 뒤를 따라다니는 희미한 유령과 부딪치고 있었다. 봄 새들조차 특별히 보고 싶은 사람이 없다는 듯 그들의 머리 위를 날며 지저귀고 있었다.

먼저 살던 사람들의 이름마저 가물가물한 이 대단히 무지한 사람들에게 문의한 결과, 클레어는 존 더비필드가 세상을 떠났으며 미망인과 아이들은 킹스비어로 간다고 말롯을 떠났지만 다른 곳으로 갔음을

---

*『맥베스』 5막 5장.

알게 되었다. 그쯤 되자 클레어는 이제 테스가 살지 않는 그 집이 너무 싫어서 한 번 뒤돌아보지도 않고 서둘러 그 혐오스러운 곳을 떠났다.

그녀를 처음 본, 춤판이 벌어졌던 목초지를 지나가게 되었다. 그곳 역시 테스의 집만큼, 아니 더 견디기 힘들었다. 교회 묘지를 지나다 새로 세운 비석 중 다른 것들보다 다소 모양이 나은 것을 눈여겨보았다. 비명(碑銘)은 다음과 같았다.

존 더비필드, 정확히는 더버빌, 한때 권문세가였던 더버빌가 출신. 정복왕을 따르던 기사들 중 하나인 페이건 더버빌 경의 뒤를 이은 빛나는 가문의 직계 후손인 그를 추념하며. 18XX년 3월 10일 별세.

아, 용사들은 쓰러졌구나.*

교회 관리인으로 보이는 사람이 거기 서 있는 클레어를 보고 다가왔다. "아, 그 양반은 여기가 아니라 자기 조상들이 있는 킹스비어에 묻어달라고 했지요."

"그런데 왜 그 소원을 들어주지 않았나?"

"아, 돈이 없어서지요. 말이 나왔으니 드리는 말씀인디, 이 비석도 거창하게 새겨놓긴 혔지만 값도 못 치렀구먼요."

"그런가, 누가 세웠는데?"

관리인은 마을의 석공 이름을 알려주었고, 클레어는 교회 묘지를

---

* 「사무엘하」 1장 19절.

나와 석공의 집을 찾아갔다. 관리인의 말이 사실임을 확인하고 비석 값을 치른 다음 그는 고향을 떠난 사람들을 찾아 발길을 옮겼다.

걸어가기에는 너무 먼 길이었지만 혼자 있고 싶었던 클레어는 마차를 빌리지도, 돌아가긴 하지만 결국 목적지에 데려다줄 기차를 타지도 않았다. 그러나 섀스턴에 이르자 마차를 빌리지 않을 수 없었고, 길이 좋지 않아 저녁 일곱시가 되어서야 장모가 사는 곳에 도착했다. 말롯을 떠난 다음 20마일이 넘는 거리를 가로지른 것이었다.

작은 마을이라 더비필드 부인이 세 들어 사는 집을 찾는 데 큰 어려움은 없었다. 낡고 투박한 가구를 최선을 다해 쟁여놓은, 마당에 담장을 올린 그 집은 큰길에서 멀리 떨어져 있었다. 이런저런 이유로 장모는 그가 찾아오는 것을 원치 않는 게 분명했고, 따라서 이렇게 불쑥 방문한 것이 사생활 침해 같은 기분도 들었다. 직접 현관으로 나온 장모의 얼굴을 저녁 하늘의 햇살이 비췄다.

클레어는 장모와 초면이었지만, 자기 생각에 몰두해 있어서 여전히 미인이라고 해야 할 그녀가 점잖게 상복을 차려입었다는 사실 외에는 눈여겨보지 않았다. 자신이 테스의 남편이며 그곳까지 찾아온 목적을 설명해야만 하는 일이 거북하기 짝이 없었다. "당장 만나야 합니다." 그가 덧붙였다. "다시 편지를 하시겠다고 하고 소식이 없어서요."

"테스가 집에 안 왔으니께." 조앤이 얼버무렸다.

"무탈한지 알고는 계신가요?"

"몰라요. 그건 그쪽에서 알고 있어야지요." 그녀가 말했다.

"옳은 말씀입니다. 지금 어디 있지요?"

이야기를 시작할 때부터 조앤은 당혹감 때문에 손으로 한쪽 뺨을 가리고 있었다. "지금 어디 있는지 확실하게 몰라요." 그녀가 대답했다. "전에는, 그러니까—"

"전에는 어디 있었는데요?"

"글쎄, 지금은 거기 없어요." 둘러대느라 그녀는 다시 말을 멈췄고, 그때쯤 아이들이 현관으로 옹기종기 모여들었다. 막내둥이가 어머니의 치맛자락에 매달리며 조그맣게 말했다. "이 신사가 누나랑 결혼할 겨?"

"이미 결혼했단다. 안으로 들어가 있어." 조앤이 대답했다.

클레어는 그녀가 말을 아끼려고 애쓰는 것을 보고 물었다. "제가 찾아가는 걸 테스가 원한다고 생각하시나요? 아니라면, 물론—"

"원하지 않을 거예요."

"정말 그렇게 생각하세요?"

"확실해요."

그는 발걸음을 돌리다 테스의 애정 어린 편지를 생각했다. "틀림없이 제가 찾아오길 기다릴 겁니다." 그가 격렬하게 반박했다. "어머님보다 제가 테스를 더 잘 알아요."

"그럴지도 몰라요. 난 걔 속을 통 알 수가 없으니께."

"주소를 알려주세요. 외롭고 비참한 사내에게 친절을 베푸시는 셈 치고요."

테스의 어머니는 어쩔 줄 몰라 하며 수직으로 세운 손으로 다시 뺨을 문질렀다. 괴로워하는 그를 보고 마침내 나지막한 소리로 말했다. "샌드본에 있어요."

"아, 거기 어디쯤이죠? 샌드본은 이제 굉장히 커졌다는데."

"샌드본이라고만 들었지 더 자세한 건 몰라요. 거길 가본 적이 없으니께."

조앤이 사실을 말하는 것처럼 보여서 그는 더이상 괴롭히지 않기로 했다.

"뭐 도와드릴 일이 없을까요?" 그가 조심스럽게 물었다.

"없어요. 우리도 먹고살 만큼은 돼요." 그녀가 대답했다.

클레어는 집 안으로 들어가지 않고 돌아섰다. 3마일 떨어진 곳에 기차역이 있어서 그는 마부에게 삯을 지불하고 그쪽으로 걸어갔다. 샌드본으로 가는 막차가 잠시 후 그곳을 떠났고, 클레어는 열차에 몸을 실었다.

55

그날 밤 열한시 샌드본에 도착하자마자 클레어는 여관에 방을 잡고 아버지에게 그의 주소를 전보로 알린 다음 거리로 나섰다. 누구를 방문하거나 수소문하기에는 너무 늦은 시간이라 테스를 찾는 일은 마지못해 아침으로 미뤄놓았지만, 잠자리에 들어 쉴 수 있을 것 같지 않아서였다.

동서 양쪽의 기차역, 부둣가와 소나무 숲, 산책로, 차양을 친 옥외 식당 등등을 갖춘 고급 해수욕장은 에인절 클레어에게 요술 지팡이를 휘둘러 갑자기 만들어낸 동화 속의 나라에 약간 먼지가 덮인 것처럼 보였다. 거대한 에그던 황야의 외진 동쪽 지역이 바로 코앞이었다. 태곳적부터 내려오는 그 황갈색의 대지 바로 옆에 번쩍거리는 최신 유흥 도시를 세우기로 한 것이었다. 교외로 1마일만 나가면 기암괴석의 지형 하나하나가 선사시대부터 있었던 것이고, 모든 경로는 옛날 그대로의 영국 도로였다. 로마의 황제들이 다스리던 시절 이후로 뗏장 하나 뒤집힌 적이 없는데, 이곳에 선지자의 아주까리*처럼 이질적인 것이 갑자기 자라나서 마침내 테스까지 끌어들였다.

심야의 가로등 불빛 아래 그는 오래된 세계에 세워진 이 새로운 세계의 꼬불꼬불한 길을 오르내리며 나무 사이로, 그리고 하늘의 별을 배경으로 이 도시를 이루고 있는 수많은 호화 저택들의 높은 지붕과 굴뚝, 전망대, 그리고 탑 들을 바라보았다. 이 도시는 별장으로 이루어져 있었다. 영국 해협에 놓인 지중해식 휴양지라고 할까. 그리고 밤에 바라보니 실제보다 더 당당해 보였다.

바로 가까이에 바다가 있었지만 파도 소리가 방해되지는 않았다. 속삭이는 소리가 나기에 소나무 숲에 파도 소리가 울려서 그러려니 생각했는데, 소나무들도 똑같은 어조로 속삭여서 다시 바다가 화답하는 소리이지 싶었다.

시골 출신의 테스, 그의 젊은 아내는 부와 최신 유행의 도시의 도대체 어디쯤 있단 말인가? 생각하면 할수록 영문을 모를 일이었다. 여기 젖소가 어디 있단 말인가? 농사 지을 밭도 물론 없었다. 이 거대한 저택 어딘가에서 일하고 있을 가능성이 높았다. 그는 정처 없이 걸으며 창문의 불빛이 하나씩 꺼지는 것을 지켜보았고, 어느 창문이 그녀

* 「요나」 4장 6절. 낮잠을 자는 요나에게 그늘을 만들어주기 위해 하룻밤 사이 자라난 아주까리.

의 것일까 생각했다.

추측해봐야 아무 소용이 없었다. 자정이 지나자 그는 여관으로 돌아가 잠자리에 들었다. 불을 끄기 전에 그는 테스의 격정적인 편지를 다시 읽었다. 그러나 잠을 이룰 수 없어서—그녀 가까이에 와 있지만 너무 멀리 있는 것처럼 느껴졌다—창문의 덧문을 올리고는 건너편 집의 후면을 바라보면서 어느 창문 너머에 그녀가 잠들어 있을까 생각했다.

거의 밤을 새우다시피 한 그는 아침 일곱시에 일어나 곧바로 중앙 우체국 방향으로 갔다. 문간에서 오전 배달을 하려고 편지 꾸러미를 들고 나오는 똑똑해 보이는 배달부를 만났다.

"혹시 클레어 부인의 주소를 아는가?" 에인절이 물었다.

배달부는 고개를 저었다. 그때 그녀가 처녀적 이름을 그대로 사용할 수도 있다는 생각이 들어 덧붙였다. "아니면 더비필드 양은?"

"더비필드라고요." 그 역시 배달부에게는 생소한 이름이었다. "아시다시피, 나리, 매일 많은 방문객이 오가는 곳이라 주소 없이 찾기 힘드실 겝니다."

그때 클레어는 서둘러 나가는 그의 동료에게도 이름을 대고 물어보았다.

"더비필드는 모르겠는뎁쇼, 헤런스에 더버빌이라는 사람은 있어요." 두번째 배달부가 말했다.

"맞아." 클레어는 테스가 원래의 발음대로 성을 쓰고 있다는 생각에 기뻐서 소리쳤다. "그런데 헤런스가 뭐 하는 덴가?"

"고급 숙박업소입죠. 여기는 모조리 다 그런 집들이에요."

그 집의 약도를 알아낸 클레어는 서둘러 달려가서 우유 배달부와 같은 시각에 도착했다. 헤런스는 평범한 교외 주택이긴 했지만 정원이 딸려 있었고, 숙박업소가 있으리라고 예상하지 못할 한적한 곳에 있었다. 가엾은 테스가 여기서 하녀로 일하겠거니 생각하니 마음이 아렸다. 그렇다면 그녀가 우유 배달부를 맞이하러 뒷문으로 나올 수도 있겠다 싶어 그쪽으로 가려다 미심쩍은 마음에 현관으로 가 초인종을 울렸다.

이른 시각이라 주인 여자가 직접 문을 열었다. 클레어는 테레사 더버빌 혹은 더비필드란 여자가 있는지 물었다.

"더버빌 부인 말인가요?"

"그렇소."

테스가 자신의 이름을 쓰고 있지는 않지만 유부녀임을 밝혔구나 하는 생각에 기뻤다. "친척되는 사람인데 꼭 좀 만나고 싶어 한다고 전해주겠소?"

"이른 시간이라. 성함을 여쭤봐도 될까요?"

"에인절이오."

"에인절 씨라고요?"

"아니요. 내 세례명이오. 그러면 알 거요."

"일어나셨나 알아볼게요."

그는 앞쪽에 있는 식당으로 안내를 받았고, 봄 커튼 사이로 조그만 잔디밭과 철쭉, 다른 관목을 바라보았다. 그녀의 처지가 자신이 걱정했던 만큼 어렵지 않은 것이 분명했다. 어떻게 했는지는 모르겠지만 보석의 소유권을 주장해 팔아서 유복하게 살고 있다는 생각이 얼핏

들었다. 그녀를 나무랄 생각은 추호도 없었다. 이윽고 예민한 그의 귀에 층계를 내려오는 발소리가 들렸고, 그러자 가슴이 너무 뛰어 똑바로 서 있을 수가 없을 지경이었다. "참, 테스가 어떻게 생각할까. 내 모습이 이렇게 변했으니!" 그렇게 혼잣말을 하고 있는데 문이 열렸다.

테스가 문간에 나타났다. 그의 예상과는 전혀 달랐다. 당황할 만큼 딴판이었다. 옷차림이 원래의 빼어난 미모를 더 돋보이게 했다고 하기는 힘들어도 더 명백하게 드러냈다. 그녀는 반상복(半喪服) 기간의 색조*로 수놓은 연한 회색의 캐시미어 실내복을 느슨하게 걸치고, 같은 색깔의 슬리퍼를 신고 있었다. 깃털 장식 위로 그녀의 목이 솟아올랐고, 기억에도 생생한 짙은 갈색 머릿단은 대부분 머리 뒤로 꼬아 올렸으나 몇 가닥은 어깨 위로 흘러내렸다. 서두른 기색이 역력했다.

그는 두 팔을 내밀었으나 다시 내리고 말았다. 그녀가 앞으로 나오지 않고 문간에 가만히 서 있었던 것이다. 누렇게 뜬 해골 같은 현재의 자기와 대조를 이루는 그녀가 자신의 몰골에 혐오감을 드러낸다는 생각이 들었다.

"테스!" 그가 쉰 목소리로 말했다. "널 두고 떠났던 걸 용서해줄래? 내게로 와주지 않겠어? 어떻게 이런 생활을 하는 거야?"

"너무 늦었어요!" 그녀가 대답했다. 그녀의 목소리가 금속성으로 방 안에 울렸고, 두 눈이 부자연스럽게 빛났다.

"너한테 공정하지 못했어, 널 있는 그대로 봐주지 못했어." 그는 계속 호소했다. "그러나 이제는 볼 수 있게 되었어, 내 사랑 테스!"

---

* 반상복 기간에는 검은색 상복을 흰색, 회색, 연보라색이나 자주색으로 대체할 수 있음.

"너무 늦었어요, 너무 늦었어요!" 그녀가 말했다. 그녀는 너무 고통스러워서 한 순간이 한 시간 같은 사람처럼 조급하게 손을 내저었다. "가까이 오지 마요, 에인절! 안 돼요, 가까이 와선 안 돼요. 가요!"

"내가 병에 걸려 쇠약해졌다고 내 사랑하는 아내가 날 사랑하지 않는다는 거야? 넌 마음이 그렇게 쉽게 변하는 여자가 아닌데. 널 데리러 왔어. 우리 부모님도 이제 널 환영하실 거야."

"그래요, 아, 그렇군요! 하지만 늦었어요. 너무 늦었다고요." 그녀는 꿈속에서 아무리 도망치려고 해도 발자국을 못 떼는 사람 같은 표정을 지었다. "다 알고 온 거 아니에요? 아는 거 아니에요? 그런데 모르는 사람처럼 어떻게 여기 올 수 있어요?"

"여기저기 물어보고, 그래서 널 찾아냈어."

"당신을 기다리고 기다렸어요." 그녀가 말을 이었다. 그녀의 목소리는 그 옛날의 피리 같은 애잔한 어조로 변했다. "그래도 당신은 오지 않았어요. 그래서 편지를 썼지만 그래도 당신은 오지 않았어요. 그 사람은 당신이 결코 돌아오지 않을 거라면서 나보고 어리석은 여자라고 했죠. 아버지가 돌아가신 다음 그 사람은 나한테 아주 잘해줬어요. 어머니나 우리 모두한테. 그 사람은—"

"무슨 말인지 모르겠어."

"그 사람이 날 되찾았어요. 그 사람의 것으로요."

클레어는 그녀를 뚫어지게 바라보다가 그제야 말뜻을 알아차렸다. 역병에 걸린 사람처럼 맥이 풀린 그는 시선을 떨어뜨렸는데 한때는 불그레했으나 이제는 희고 고와진 그녀의 손에 시선이 꽂혔다.

그녀가 말을 계속했다. "그 사람이 2층에 있어요. 나한테 거짓말을 해서 지금은 그 사람이 미워요. 당신이 돌아오지 않는다고 했는데 돌아왔잖아요! 이 옷은 그 사람이 나한테 입혀준 옷이에요. 하는 대로 그냥 내버려두었어요. 그 사람에게 돌아가기가 생각보다 어렵지 않았어요. 그 사람이 남편 같았어요. 당신은 남편 같은 적이 없었어요! 어쨌든 에인절, 제발 돌아가줄래요. 그리고 다시는 찾아오지 마요."

그들은 꼼짝도 하지 않고 서 있었다. 눈으로 쓸쓸함을 드러내는 좌절된 두 마음은 보기에도 애처로웠다. 둘 다 현실을 피할 무엇인가를 간절히 원하는 것 같았다.

"아, 내 잘못이야!" 클레어가 말했다.

그러나 그는 말을 잇지 못했다. 말을 하든 하지 않든 자신의 심경을 토로할 수 없기는 마찬가지였다. 그럼에도 한 가지 사실을 막연히 의식했다―나중에는 분명히 알게 되었지만―그 순간 원래의 테스는 지금 그의 앞에 있는 육체를 영적으로 자기 몸으로 인정하지 않고 있음을―물 위에 떠 있는 시체처럼, 생명체의 의지와 분리된 방향으로 흘러가게 내버려두었음을 말이다.

잠시 후 테스는 사라져버렸다. 집중해 서 있던 그의 얼굴은 그 순간 핏기를 잃었고 더 여위어 보였다. 곧 거리로 나온 그는 어디로 가는지 모른 채 걸었다.

56

헤런스의 주인이며 집 안을 채운 고급 가구의 소유주이기도 한 브룩스 부인은 호기심이 유별나게 많은 사람은 아니었다. 손익을 따지는 숫자놀음에 가엾게도 오랫동안 매여 있어서 뼛속까지 물질적이 된 터라 하숙을 구하는 사람들의 주머니 사정 말고 순수하게 호기심이 발동하는 경우는 거의 없었다. 그럼에도 에인절 클레어가 하숙비를 후하게 내는 손님들인 더버빌 부부를—결혼한 사이라고 생각했으므로—방문한 시간이나 방식이 적잖이 예외적이라, 숙박업과 관계가 있을 때를 제외하면 쓸모없는 것으로 억눌려 있던 여성적 호기심이 되살아났다.

테스는 식당으로 들어가지 않고 문간에서 남편에게 말했고, 브룩스 부인은 복도 뒤쪽에 있는 자기 거실의 반쯤 닫힌 문 뒤에 서 있었기 때문에, 비탄에 빠진 두 사람의 대화를—그것을 대화라고 할 수 있다면—단편적으로 들었다. 그녀는 테스가 2층으로 올라가는 소리와 클레어가 나가면서 현관문이 닫히는 소리도 들었다. 그리고 2층의 방문이 닫히는 소리를 듣고 테스가 다시 자기 방으로 들어갔음을 알았다. 옷을 차려입지 않은 젊은 부인이 당분간은 방에서 나오지 않으리라고 브룩스 부인은 추정했다.

그래서 그녀는 가만히 층계를 올라가서 앞쪽 방—흔한 설계 방식에 따라 바로 뒤에 있는 침실과 접는 문으로 연결된 거실—문 앞에 섰다. 이 집에서 가장 좋은 방들이 있는 2층은 더버빌 부부가 주 단위로 세를 내고 있었다. 뒤쪽 방은 조용했지만 거실에서 소리가 들렸다.

처음에 그녀가 알아들을 수 있었던 것은, 익시온의 수레바퀴*에 묶

---

* 그리스신화에서 익시온은 불의 수레바퀴에 매달려 영원히 돌아가는 벌을 받음.

인 사람이 낼 것 같은, 나지막한 외마디 신음의 반복이었다.

"아, 아, 아!"

그리고 침묵이 흐르고 무거운 한숨 소리가 나더니 다시

"아, 아, 아!"

하숙집 주인은 열쇠 구멍으로 들여다보았다. 방 안의 극히 일부만 보였는데, 아침 식사가 차려진 식탁의 모서리와 옆에 있는 의자가 눈에 들어왔다. 의자 앞에 무릎을 꿇은 테스가 두 손으로 머리를 움켜쥔 채 의자의 앉는 부분에 머리를 내려놓고 있었다. 실내복의 치맛자락과 수놓은 잠옷자락이 마루에 펼쳐져 있고, 슬리퍼는 어디서 벗겨졌는지 양탄자 위로 맨발이 비죽 나와 있었다. 말로 형용할 수 없는 절망의 신음은 바로 그녀의 입술에서 흘러나왔다.

그러자 옆 침실에서 남자의 목소리가 들려왔다. "왜 그래?"

그녀는 대답하지 않고 절규라기보다는 독백이요, 독백이라기보다는 만가(輓歌)에 가까운 어조로 말을 이었다. 브룩스 부인은 일부만 알아들을 수 있었다.

"……그리고 사랑하는 남편이 내 곁으로 돌아왔어요…… 그런데 난 알지도 못했어요…… 당신은 날 지겹게 설득했어요…… 쉬지 않고―그래요―쉬지 않았어요! 어린 동생들하고 어머니는 먹고살 길이 막막했고…… 그걸 가지고 내 마음을 움직였지요…… 그리고 남편이 돌아오지 않을 거라고 했어요, 절대로 안 온다고. 그이를 기다리는 건 바보짓이라고 날 조롱하면서…… 그래서 결국 당신 말에 넘어가고 말았어요!…… 그런데 그이가 돌아왔어요! 하지만 가버렸어요, 가버렸어요! 두번째로, 난 영원히 그이를 잃었어요…… 그이는 날 조금도 사랑하지 않을 거예요, 미워하겠지요…… 오, 그래요, 이제 그이를 잃었어요—다시 한 번, 당신 때문에!" 의자에 머리를 대고 몸부림치다가 그녀는 문 쪽으로 고개를 돌렸고, 브룩스 부인은 고통으로 일그러진 얼굴을 볼 수 있었다. 이를 악무는 바람에 그녀의 입술에서는 피가 흘렀고 감은 눈의 긴 속눈썹이 젖은 꼬리표처럼 뺨에 붙어 있었다. 그녀는 말을 이었다. "그리고 그 사람은 죽어가고 있어요, 꼭 죽어가는 사람처럼 보였어요…… 내가 지은 죄 때문에 내가 아니라 그이가 죽게 됐어요!…… 아, 당신은 내 인생을 엉망진창으로 만들었어요…… 제발 가엾게 여겨달라고 애원했는데 날 다시 이 꼴로 만들어놓았어요!…… 내 진짜 남편은 절대로 절대로—오, 하느님—난 이걸 참을 수 없어요! 참을 수 없어!"

남자 쪽에서 한참을 더 딱딱거렸고 모진 말도 했다. 그러자 갑자기 부스럭거리는 소리가 났다. 그녀가 벌떡 일어난 것이었다. 브룩스 부인은 테스가 문밖으로 뛰쳐나오려는 줄 알고 얼른 계단으로 내려갔다.

그럴 필요는 없었다. 거실의 문은 열리지 않았다. 하지만 브룩스 부인은 층계참으로 다시 올라가 지켜보는 것이 안전하지 않다는 생각에 자기 방으로 돌아갔다. 유심히 귀를 기울였지만 천장을 통해서는 아무 소리도 들을 수 없었다. 그래서 부엌으로 가서 먹다 만 아침 식사를 했다. 잠시 후 아래층의 앞쪽 방으로 나온 그녀는 바느질감을 집어 들고 하숙 손님들이 아침상을 치우라고 종을 울리기를 기다렸다. 가능하면 무슨 일이 벌어졌는지 알고 싶은 마음에 손수 상을 치우기로 했던 것이다. 앉아 있는 동안 누가 왔다갔다하는 듯 머리 위에서 마룻바닥이 삐걱거리는 소리가 희미하게 들렸다. 그 소리는 잠시 후 층계

난간에 옷자락이 스치는 소리, 현관문을 열었다 닫는 소리, 그리고 테스가 대문을 빠져나가 거리로 나서는 모습으로 설명되었다. 테스는 이제 옷을 다 차려입었다. 하숙집에 도착했을 때와 마찬가지로 부유한 젊은 부인의 외출복을 입고 있었는데, 한 가지 달라진 점은 모자와 검은 깃털에 베일을 드리웠다는 것이다. 브룩스 부인은 2층 문간에서 그들이 일시적이든 아니든 작별 인사 나누는 소리를 듣지는 못했다. 두 사람이 다퉜을 수도 있고, 일찍 일어나지 않는 더버빌 씨는 도로 잠자리에 들었을 수도 있다.

그녀는 그녀의 방인 뒷방으로 가서 바느질을 계속했다. 하숙하는 여자 손님은 돌아오지 않았고 신사분도 종을 울리지 않았다. 왜 이렇게 늦어질까, 아침 일찍 찾아왔던 방문객이 2층 부부와 어떤 관계일까. 이런 생각을 하면서 브룩스 부인은 의자 등받이에 몸을 기댔다.

그런 자세로 그녀의 눈길이 무심코 천장을 향했고, 하얀 천장 한가운데 이전에는 보지 못한 얼룩에 눈길이 갔다. 맨 처음 봤을 때는 성찬식의 제병(祭餠)만 했는데, 빠른 속도로 커지면서 손바닥만 해졌고, 곧 빨간색임을 확인할 수 있었다. 가운데 새빨간 얼룩이 생긴 직사각형의 하얀 천장은 거대한 하트 에이스 같았다.

브룩스 부인은 불현듯 알지 못할 불안감에 사로잡혔다. 그녀는 테이블로 올라가 손가락으로 천장의 얼룩을 만져보았다. 축축했고, 핏자국이라는 생각이 덜컥 들었다.

탁자에서 내려온 그녀는 거실을 나와 2층으로 올라가 천장 바로 윗방으로 가보기로 했다. 거실 뒤에 있는 침실이었다. 침착한 그녀였건만 손잡이를 돌릴 엄두가 나지 않았다. 그녀는 귀를 기울였다. 방 안은 쥐 죽은 듯 고요했으나 규칙적으로 박자를 맞추듯 소리가 들렸다.

똑, 똑, 똑.

브룩스 부인은 아래층으로 내려가 현관문을 열고 거리로 나섰다. 이웃 별장에서 일하는 안면이 있는 일꾼 한 사람이 지나가기에 자기 집에 같이 가서 2층에 올라가달라고 부탁했다. 하숙한 손님에게 꼭 무슨 일이 있는 것 같다고 말했다. 일꾼은 그러자고 하고 층계를 따라 올라갔다.

그녀는 거실 문을 열고 그가 지나가도록 물러선 다음 그를 따라 들어갔다. 방은 비어 있었다. 커피와 달걀과 차가운 햄으로 이뤄진 꽤 알찬 아침상은 그녀가 올려다준 그대로 놓여 있었다. 고기 써는 칼만 보이지 않았다. 그녀는 일꾼에게 접이문을 열고 침실로 가보라고 했다.

그가 문을 열고 한두 걸음 들어가더니 금방 놀란 얼굴로 튀어나왔다. "하느님 맙소사, 침대 위에 신사가 죽어 있구먼요! 칼에 찔렸나봐요, 마룻바닥에 피가 흥건하네요!"

곧 신고를 했고, 조금 전까지만 해도 고요하던 집이 사람들—외과의도 그중 한 명이었다—의 발소리로 왕왕 울렸다. 상처는 작았지만 뾰족한 칼끝이 피해자의 심장을 찌른 것으로 보였다. 그는 칼에 찔린 뒤 거의 움직이지 못한 듯 똑바로 누운 채 창백한 얼굴로 죽어 있었다. 십오 분 후 이 유명한 바닷가 휴양 도시의 거리마다 별장마다 잠시 체류하던 신사 하나가 침대에서 칼을 맞고 죽었다는 소문이 퍼졌다.

57

한편 에인절 클레어는 왔던 길을 기계적으로 되돌아가 숙박했던 여관의 아침 식탁 앞에 앉아 허공을 쳐다보았다. 무엇을 먹고 마시는지도 모른 채 식사를 하다가 갑자기 계산서를 달라고 해서 지불한 다음들고 온 유일한 짐인 세면도구 가방을 들고 호텔을 나섰다. 떠나려는순간 전보 한 통을 받았는데 어머니가 보낸 것이었다. 주소를 보내주어 안심이 되었다. 그의 둘째 형 커스버트가 머시 챈트에게 청혼했는데 받아들여졌다는 내용이었다.

클레어는 전보지를 구겨 쥐고 역으로 가는 길을 따라갔다. 역에 도착하자 한 시간 이상을 기다려야 기차가 출발한다는 사실을 알게 되었다. 앉아서 십오 분가량을 기다렸는데 거기 더 있고 싶지 않았다. 서두를 이유야 없었지만 상심으로 감각조차 마비된 그는 그런 경험의무대가 된 도시에서 당장 빠져나가고 싶었다. 그래서 다음 정거장까지 걸어가서 기차를 타기로 했다.

그가 따라 걸어간 큰길은 사방이 탁 트여 있었고, 조금 걸어가자 골짜기 쪽으로 이어졌다. 골짜기를 가로지르는 길은 이쪽 끝에서 저쪽끝까지 보였다. 그 길의 끝에 이르러 서쪽의 경사지를 오르기 위해 숨을 돌리던 그는 무의식적으로 돌아보았다. 왜 그렇게 했는지 알 수는없었지만 뭔가가 그렇게 하도록 만든 것 같았다. 그의 뒤로 보이는 테이프 같은 길바닥은 점점 좁아졌고, 저 멀리 텅 빈 하얀 공간에 점 하나가 나타나 움직이는 것이 보였다.

어떤 사람이 달려오고 있었다. 클레어는 막연히 누군가가 자기를 쫓아오고 있다는 생각이 들어 기다렸다.

비탈길을 내려오는 사람은 여자였지만 아내가 뒤를 쫓으리라는 생각은 꿈에도 하지 않았고, 옷차림도 완전히 달랐기 때문에 그녀가 가까이 다가와도 알아보지 못했다. 아주 가까워지고 나서야 그녀가 테스라는 확신이 섰다.

"정거장에 도착하기 전에 역에서 돌아 나오는 걸 봤어요. 그래서 계속 따라왔어요!"

너무나 창백한 얼굴로 숨을 몰아쉬며 온몸을 사시나무 떨듯 떨고 있었기 때문에 그는 아무것도 묻지 않고 그녀의 손을 꼭 잡아 자신의 팔에 낀 다음 앞으로 걸어나갔다. 가는 길에 행인을 마주치지 않으려고 큰길을 버리고 전나무 숲에 난 오솔길로 들어갔다. 나뭇가지가 구슬픈 소리를 내는 깊은 숲으로 들어가서야 멈춰 서서 그녀에게 의문의 눈길을 던졌다.

"에인절." 기다렸다는 듯 그녀가 말했다. "내가 왜 뒤따라왔는지 알고 싶어요? 그 사람을 죽여버렸다는 말을 해주려고요." 그렇게 말하는 그녀의 얼굴에 핏기 없는 가련한 미소가 떠올랐다.

"뭐라고!" 그는 되묻기는 했지만, 그녀의 태도가 이상스러운 것으로 미루어 일시적 정신착란이라고 판단했다.

"살인을 했어요. 어떻게 했는지는 나도 몰라요." 그녀가 말을 이었다. "하지만 당신을 위해, 그리고 나를 위해 해야 할 일이었어요, 에인절. 오래전에 그 사람 입을 장갑으로 후려친 적이 있어요. 순진한 어린 시절 날 덫에 걸리게 만든 거며, 날 통해서 당신에게 저지른 잘못 때문에 언젠가 그 사람을 죽일 수도 있겠다는 무서운 생각을 그때부터 했어요. 그 사람이 우리 사이에 끼어들어 우리의 삶을 망쳐버렸지만, 이제 그렇게 못 할 거예요. 그 사람을 사랑한 적이 없어요, 에인절, 당신을 사랑한 것만큼. 알죠? 그렇죠? 그걸 믿죠? 당신은 돌아오지 않았어요. 그래서 그 사람에게 돌아갈 수밖에 없었어요. 왜 떠난거예요, 왜 그랬어요, 내가 그렇게 사랑했는데? 왜 그랬는지 알 수가 없어요. 하지만 당신을 탓하지는 않아요. 다만 에인절, 그 사람을 죽였으니 당신에게 지은 죄를 용서해줄 거죠? 달려오면서 내내, 그 일을 해치웠으니 이제 당신이 날 용서할 거라고 생각했어요. 그렇게 하면 당신을 되찾을 수 있다는 생각이 섬광처럼 떠올랐어요. 당신을 잃는 걸 더는 견딜 수 없어요. 당신이 날 사랑하지 않는 게 얼마나 견딜수 없었는지 모를 거예요. 이제 사랑한다고 말해줘요, 소중한, 내 소중한 여보. 그렇게 말해줘요. 그 사람을 죽였으니까요!"

"널 정말 사랑해, 테스. 오, 정말 사랑해. 예전의 나로 돌아갔어!" 열정적으로 힘을 주어 그녀를 꼭 껴안으면서 그가 말했다. "그런데 무슨 말이야, 그 사람을 죽였다니?"

"그렇게 했다는 말이에요." 그녀가 꿈꾸듯이 중얼거렸다.

"뭐라고, 육체적으로? 그 사람이 죽었어?"

"죽었어요. 당신 때문에 울고 있는데 내게 독설을 퍼붓고 당신에게도 더러운 욕을 했어요. 그래서 해버렸어요. 도저히 참을 수 없었어요. 그전에도 당신 건으로 날 괴롭혔거든요. 그러고 나서 옷을 입고 당신을 찾으러 나왔어요."

그는 그녀가 입으로 저질렀다고 말한 일이 최소한 소심하게나마 시도한 일임을 차츰 믿게 되었다. 그녀가 충동적으로 저지른 일이 불러일으킨 전율은 사랑의 힘과 그 기이한 속성에 대한 놀라움과 섞여들었다. 그런 사랑이 그녀의 도덕적 판단을 지워버렸던 것이다. 자신이 얼마나 심각한 일을 저질렀는지 깨닫지 못한 채 그녀는 마침내 안심한 것 같았다. 그의 어깨에 기대어 행복에 겨워 눈물을 흘리는 그녀를 바라보며, 더버빌 혈통의 어떤 무엇이 이런 일탈로—이것을 일탈이라고 한다면—치달은 것은 아닐까 하는 생각을 했다. 더버빌 가문의 사람들이 그런 일을 저질렀다고 알려져 있기 때문에 마차와 살인에 관한 전설이 생겨났겠지 하는 생각이 그의 뇌리를 스쳤다. 혼란스럽고 흥분된 상태에서 생각을 가다듬어 그는 언급된 바 미칠 듯한 비탄의 순간에 그녀가 제정신을 잃고 이런 혼돈에 빠진 것이라고 추론했다.

사실이라면 끔찍한 일이었다. 일시적인 착란이라면 슬픈 일이었다. 그러나 어쨌든 여기에 그를 보호자로 철석같이 믿고 매달리는 버림받은 아내, 열정적으로 사랑하는 여자가 있다. 그가 그녀를 보호할 수 없다는 것은 그녀로서는 상상조차 할 수 없는 일이었다. 마침내 클레어의 마음에는 따뜻한 사랑이 가득 찼다. 그는 창백한 입술로 끝없는 키스를 퍼부으며 그녀의 손을 잡고 말했다. "널 버리지 않을게. 내 힘이 닿는 데까지 전력을 다해 널 지켜줄게. 내 사랑, 네가 무슨 일을 저질렀든 아니든!"

그러고 나서 그들은 숲길을 계속 걸었고, 그녀는 이따금 고개를 돌려 그를 바라보았다. 여위어서 볼품이 없었지만, 그녀는 그의 얼굴에서 아무런 결함도 발견하지 못했다. 예전과 마찬가지로 그는 그녀에게 신체적으로나 정신적으로나 완벽 그 자체였다. 그는 여전히 그녀의 안티노우스*였고, 아폴로 신이었다. 애정 어린 눈길로 바라보는 그녀에게 지금 그의 초췌한 얼굴은 ─ 그를 처음 봤을 때와 다르지 않게 ─ 신선한 아침처럼 아름다웠다. 이것이 그녀를 순수하게 사랑했고, 또 그녀의 순수함을 믿어준 유일한 남자의 얼굴 아니던가?

그는 혹시 하는 직감에서 원래 계획대로 읍내 외곽의 첫번째 정거장으로 가는 대신, 몇 마일이고 펼쳐진 전나무 숲으로 더 깊이 들어갔다. 서로 허리를 껴안고 마른 전나무 잎이 이불처럼 덮인 곳을 거닐면서, 가로막는 사람 없이 ─ 시체가 있다는 사실은 간과했다 ─ 마침내 둘이 함께 있게 되었다는 막연한 도취감에 젖어들었다. 이렇게 몇 마일을 걸었는데 테스가 정신을 차리더니 주변을 둘러보고 소심하게 물었다. "우리 어디 정해놓고 가는 거예요?"

"몰라, 내 사랑. 왜?"

"나도 몰라요."

"글쎄, 몇 마일 더 걷다가 저녁때가 되면 어디 숙박할 데를 찾아보자. 외딴 농가라든가. 테시, 너 잘 걷는 편이야?"

"오, 그럼요! 당신 팔에 안겨서라면 언제까지라도 걸을 수 있어요."

좋은 생각 같았다. 그들은 걸음을 재촉하여 큰길을 피하고 북쪽으로 짐작되는 방향으로 호젓한 길을 따라갔다. 그러나 그날 하루 그들의 움직임은 현실적이라고 하기에는 너무 막연했다. 두 사람 모두 도피나 변장 혹은 장기간의 은신 같은 실효성 있는 방안을 고려하지 않았다. 그들의 계획은 모두 어린아이 두 명의 그것처럼 즉흥적이고 무계획적이었다.

---

* 로마의 하드리아누스 황제가 총애한 미소년.

그들은 정오쯤 길가 주막에 이르렀고, 테스는 그와 함께 주막에 들어가서 뭘 좀 먹겠다고 했다. 하지만 그는 자기가 돌아올 때까지 나무와 덤불 사이에—반은 숲이고 반은 황야인 지역이었다—숨어 있으라고 했다. 최신 유행하는 옷을 차려입은 데다 들고 있는 상아 손잡이 양산도 우연히 지나가게 된 이 궁벽한 곳에서는 처음 보는 물건일 터라, 그녀가 주막의 나무의자에 앉아 있으면 눈길을 끌 것이 틀림없었기 때문이다. 그는 여섯 사람은 충분히 먹을 수 있는 음식과 포도주 두 병을 가지고 곧 되돌아왔다. 비상사태가 생기더라도 하루 이틀은 버틸 수 있는 양이었다.

그들은 마른 나뭇가지에 앉아 식사를 했다. 한시와 두시 사이에 그들은 남은 음식을 싸들고 다시 길을 나섰다.

"얼마든지 걸을 기운이 났어요." 그녀가 말했다.

"내 생각에는 대충 내륙 쪽으로 방향을 잡는 게 좋을 것 같아. 거기서 얼마간 숨어 지내자. 우리를 잡으려고 해안 근처로 갔을 테니까. 나중에 사람들이 우리를 잊을 즈음이 되면 항구 쪽으로 가도록 하고." 클레어가 말했다.

그녀는 그의 팔을 더 꼭 붙잡는 것으로 대답을 대신했고, 그들은 곧장 내륙 쪽으로 향했다. 계절은 '영국의 5월'이라 청명하게 맑았고, 오후에는 제법 따뜻하기도 했다. 오솔길을 따라 한참을 걸어 뉴포리스트 숲의 깊숙한 곳까지 들어갔다. 저녁때가 되어 길모퉁이를 돌자, 작은 개울과 다리 건너편에 흰 페인트로 '가구 포함. 매력적인 저택 세놓음'이라고 쓴 커다란 게시판이 보였다. 그 아래 상세한 내용과 런던의 부동산 중개업소 연락처가 적혀 있었다. 대문을 지나가자 그들의 눈에 표준적인 모양의, 침실이 여러 개인 구식 벽돌집이 들어왔다.

"알 만한 집이야." 클레어가 말했다. "브램셔스트 코트라고 부르지. 집을 비워놓아서 진입로에 풀이 무성하군."

"열려 있는 창문이 있는걸요." 테스가 말했다.

"환기를 시키려고 열어놓은 거야."

"저 많은 방들이 비어 있는데, 우린 머리 누일 집이 없네요!"

"지쳤나보다, 테스! 좀 있다가 쉬자." 그녀의 슬픈 입술에 키스를 한 그는 다시 그녀를 이끌고 걸었다.

그도 역시 피로를 느꼈다. 12마일에서 15마일은 족히 걸었으므로 어떻게 쉴 자리를 마련할지 생각해봐야 할 때였다. 외딴 농가와 작은 주막들을 멀리서 보고, 주막으로 가려고 했으나 용기가 나지 않아 발길을 돌리고 말았다. 마침내 그들은 발을 질질 끌기에 이르렀고 그러다가 멈춰 섰다.

"나무 밑에서 자면 안 될까요?" 그녀가 물었다.

그러기에는 철이 이르다는 것이 그의 생각이었다. "우리가 지나쳐 온 그 빈집이 어떨까? 다시 그리로 돌아가자." 그가 말했다.

온 길을 반 시간이나 되돌아가서야 그 집 대문 앞에 다시 설 수 있었다. 그는 안에 누가 있는지 살피고 올 테니 그 자리에 있으라고 말했다.

테스가 대문 안쪽의 덤불숲에 앉아 있는 동안 클레어는 살금살금 집을 향해 다가갔다. 그러고는 한참 시간이 지났다. 마침내 그가 돌아왔을 때 테스는 자신이 아니라 에인절 걱정에 거의 미칠 지경이었다. 그는 지나가는 소년에게 물어 노파 한 사람이 집 관리를 맡고 있으며,

날씨가 좋을 때만 근처 마을에서 건너와 창문을 열고 닫는다는 사실을 알아냈다. 해질녘에 창문을 닫으러 올 것 같았다. "자, 아래쪽 창문으로 들어갈 수 있을 거 같아. 저기서 쉬도록 하자." 그가 말했다.

그의 호위 아래 그녀는 용감하게 현관 쪽으로 다가갔다. 덧문이 내려진 창문들은 집의 내부를 들여다볼 가능성을 맹인의 눈알처럼 배제했다. 몇 걸음 더 나아가자 현관문이 있었고 그 옆의 창문 하나가 열려 있었다. 클레어가 먼저 기어올라 들어간 다음 테스를 안으로 끌어주었다.

현관 앞의 홀을 제외한 모든 방이 캄캄했다. 그들은 층계 위로 올라갔다. 2층도 덧문이 꼭꼭 닫혀 있었는데, 오늘은 현관 앞의 창과 뒤편의 창을 하나씩 여는 정도의 형식적인 환기를 하는 것 같았다. 클레어는 큰방의 걸쇠를 열고 조심스럽게 더듬어 방을 가로질러 가서 덧문을 반 뼘 정도 열어놓았다. 한 줄기 눈부신 햇빛이 방 안을 비추자 육중한 구식 가구들과 진홍빛 능직 벽지, 그리고 머리 쪽에 아탈란타의 경주*를 묘사한, 달리는 사람들이 새겨진 거대한 사주식 침대가 드러났다.

"드디어 쉴 수 있다!" 가방과 음식물 꾸러미를 내려놓으며 그가 말했다.

그들은 관리인이 창문을 닫으러 올 때까지 숨을 죽였다. 노파가 무슨 이유에서든 그들이 있는 방을 열어볼 수도 있기 때문에 조심하느라 덧문도 이전처럼 닫고 칠흑 같은 어둠 속에 앉아 있었다. 여섯시와

---

* 그리스신화의 처녀 사냥꾼 아탈란타가 달리기에서 자신을 이기는 남자와 결혼하겠다고 벌인 경주.

일곱시 사이에 노파가 왔으나 그들이 있는 쪽으로는 오지 않았다. 그녀가 창문을 닫고 걸쇠를 내리고 현관문을 잠그고 가는 소리를 들은 그들은 다시 한 줄기 빛이 들어오도록 창문 틈새를 벌려놓고 식사를 했다. 이윽고 밤의 어둠이 조금씩 그들을 에워쌌지만 그들에게는 어둠을 밝힐 촛불이 없었다.

58

밤은 이상할 만큼 엄숙하고 고요했다. 새벽 한두시경 그녀는 그가 꿈결에 그녀를 팔에 안고 프룸 강을 건너 둘 다 죽을 수 있는 긴박한 상황을 야기했으며, 그런 다음 폐허가 된 수도원의 석관에 그녀를 누였던 이야기를 들려주었다. 그는 여태껏 그 일을 모르고 있었다.

"왜 그다음 날 이야기해주지 않았어! 그랬더라면 많은 오해와 고통을 겪지 않을 수 있었을 텐데." 그가 말했다.

"지난 일은 생각하지 마요! 난 지금 이곳 바깥의 일은 생각하지 않을 거예요. 왜 그래야 해요? 내일 어떤 일이 닥칠지 누가 알겠어요?"

하지만 다음 날 슬픔이 닥치지는 않았다. 아침에는 비가 내리고 짙은 안개가 꼈다. 관리인이 날씨가 좋은 날에만 창문을 연다는 정확한 정보를 입수한 클레어는 잠이 든 테스를 두고 집 안을 살펴보았다. 집 안에 음식은 없었지만 물은 있었다. 그는 안개가 낀 틈을 타 집에서 빠져나와 2마일쯤 떨어진 작은 마을의 상점으로 가서 차, 빵, 버터, 작은 양철 주전자와 연기를 내지 않고 불을 피울 수 있는 알코올램프를 사왔다. 그가 방에 돌아오자 그녀가 잠을 깼고, 사온 음식으로 아침을 해결했다.

그들은 밖으로 나가고 싶은 마음이 들지 않았고, 그렇게 낮이 지나 밤이 되었다. 그다음 날도 또 그다음 날도 그렇게 보냈다. 사람의 모습이나 목소리가 그들의 안식을—대단한 안식은 못 되었지만—방해하지 않는 완전한 고립 상태에서 어느 새 닷새가 지나갔다. 날씨의 변화가 유일한 사건이요, 뉴포리스트의 새들이 유일한 벗이었다. 그들은 무언의 합의라도 한 듯 결혼식 이후의 일에 대해서는 거의 언급하지 않았다. 암울했던 그사이의 시간은 혼돈 속으로 사라졌고, 아무 일도 없었던 양 이전과 이후의 시간이 그사이를 메워버렸다. 은신처를 버리고 사우샘프턴이나 런던으로 가자고 그가 말할 때마다 그녀는 이상하게 움직이고 싶어 하지 않았다. "이 모든 것이 달콤하고 즐거운데 왜 끝내려고 해요!" 그녀는 반대 의사를 밝혔다. "일어날 일은 일어나고 말아요." 그리고 덧문의 틈새로 내다보면서 이렇게 말하는 것이었다. "저 바깥은 모두 근심뿐이에요. 이 안은 행복인데."

그도 밖을 내다보았다. 그녀의 말이 맞았다. 안에는 사랑과 합일과 용서가 있었지만, 바깥세상은 냉혹했다.

"그리고, 아." 그의 뺨에 뺨을 맞대고 그녀가 말했다. "당신이 지금 날 생각하는 마음이 변할까 겁이 나요. 지금의 마음이 변한다면 살고 싶지 않아요. 그러고 싶지 않아요. 당신이 날 경멸할 때가 되면 죽어서 땅에 묻혀 있으면 좋겠어요. 그러면 당신이 날 경멸했다는 걸 알지 못할 테니까."

"절대로 당신을 경멸하는 일은 없어!"

"그러기를 바라죠. 하지만 내 인생을 돌이켜보면 어떤 남자라도 언젠가 날 멸시하지 않을 수 없을 거예요…… 미치지 않고 어떻게 그런 악한 일을 저질렀을까요! 원래는 파리 한 마리, 벌레 한 마리도 다치는 걸 못 보고, 새장에 갇힌 새만 봐도 울곤 했는데."

그들은 거기서 하루를 더 지냈다. 밤이 되자 우중충하던 하늘이 개었고, 그 결과 근방에 사는 관리인 노파가 유난히 일찍 일어났다. 찬란한 해돋이 때문에 노파는 평소와 달리 기운이 넘쳤다. 그녀는 곧바로 저택으로 가서 창문을 열어놓아야지, 날이 좋을 때 확실하게 환기를 해놓아야지 하고 마음먹었다. 그래서 여섯시 전에 도착해서 아래층 창문을 열었고, 침실이 있는 2층으로 올라가 그들이 자고 있는 방의 손잡이를 돌리려는 찰나였다.

그 순간 노파는 방 안에서 사람 숨소리가 난다고 생각했다. 슬리퍼를 신은 노파의 걸음으로 거기까지 별 소리를 내지 않고 올라온 터라 노파는 즉시 물러서려 했다. 그러다 잘못 들었을지도 모른다는 생각에 다시 문 앞으로 가서 가만히 손잡이를 돌렸다. 자물쇠는 고장났지만, 안에서 가구 하나를 문 쪽으로 옮겨놓아 문은 몇 센티미터 이상 열리지 않았다. 덧문 틈새로 한 줄기 아침 햇살이 들어와 깊은 잠에 빠져 있는 두 사람의 얼굴을 비추었다. 테스의 입술은 에인절의 뺨 옆에서 반쯤 핀 꽃봉오리처럼 열려 있었다.

관리인 노파는 떠돌이 방랑자들의 뻔뻔스러움에 처음에는 분개했으나, 그들의 천진스러운 얼굴과 의자에 걸쳐놓은 테스의 우아한 겉옷, 그 옆에 놓인 비단 양말, 예쁜 양산, 그리고 갈아입을 옷 없이 여기 올 때까지 입고 있던 다른 옷들에 감탄한 나머지 지체가 높은 분들이 사랑의 도피를 나섰다는 생각에 동정심까지 생겼다. 노파는 이웃들과 이 묘한 사건을 의논해야겠다는 생각에 문을 닫았고, 올라올 때와 마찬가지로 조용히 내려갔다.

노파가 물러가고 일 분도 채 되지 않아 테스가, 그다음에 클레어가 잠을 깼다. 두 사람 다 꼭 집어 말할 수는 없어도 무엇인가가 잠자리를 방해했다는 느낌을 받았고 그로 인한 불안감이 점점 커졌다. 옷을 입자마자 클레어는 한 뼘의 덧문 틈새로 잔디밭을 꼼꼼히 살폈다.

"곧바로 떠나는 게 좋겠다." 그가 말했다. "날이 맑게 갰어. 그리고 누군가 이 집 어디에 있는 거 같아. 어쨌거나 그 노파가 오늘은 분명히 올 거야."

그녀는 거역하지 않고 일어나서 옷을 입고, 방을 정돈하고, 그들 소유의 물건 몇 가지를 집어들고 소리 없이 떠났다. 숲으로 들어가자 그녀는 돌아서서 그 집에 마지막 작별 인사를 했다. "아, 행복한 집아, 안녕!" 그녀가 말했다. "잘해야 몇 주 더 살 텐데 저기 더 있으면 안 되나요?"

"그런 말 하지 마, 테스! 곧 이 지방을 벗어날 수 있어. 가려고 했던 길을 따라 계속 북쪽으로 가자. 아무도 거기서 우릴 찾지 않을 거야. 추적해 왔다면 웨섹스의 항구에서 찾을걸. 북쪽에 도착하면 항구로 가서 떠나자."

그렇게 그녀를 설득해 계획대로 하기로 하고 그들은 북쪽을 향해 똑바로 걸었다. 집에서 오래 쉰 덕에 힘차게 걸어서 정오쯤 가는 길을 가로막는, 뾰족탑이 많은 도시 멜체스터 근처에 이르렀다. 하지만 오후에는 관목 덤불에서 쉬고 어둠을 틈타 걷기로 결정했다. 해질 무렵 에인절은 여느 때와 마찬가지로 음식을 사왔고, 다시 밤 행군을 시작해 여덟시경 동부 웨섹스와 중부 웨섹스의 경계를 지났다.

길이 있든 없든 테스에게 걷기는 새로운 일이 아니었기 때문에 예전처럼 경쾌하게 걸었다. 그들을 가로막는 큰 강을 건너기 위해 가는 길에 있는 고도(古都) 멜체스터로 들어가 시내의 다리를 이용해야만 했다. 거의 자정이 되었을 때, 발소리가 울리지 않도록 포장도로를 피하며 가로등이 드문드문 켜져 있는 인적이 끊긴 거리를 지나갔다. 우아한 대성당 건물들이 왼쪽으로 희미하게 솟아 있었지만 지금은 눈에 들어오지 않았다. 일단 시내를 빠져나온 다음 그들은 유료도로를 따라 걸었고, 몇 마일 지나자 탁 트인 평지를 가로질렀다.

하늘에는 구름이 잔뜩 끼어 있었지만 희미한 달빛이 조금은 도움이 되었다. 하지만 이제는 달도 졌고, 구름은 거의 머리에 내려앉은 듯 밤은 동굴 속처럼 캄캄해졌다. 그래도 길을 찾아 앞으로 나갔다. 발소리가 나지 않도록 될 수 있으면 풀밭으로 가려고 했는데, 산울타리나 담 같은 것이 없어서 어려움을 겪지 않았다. 사방은 열려 있는 적막과 어두운 고독이었고 그 위로 바람이 세차게 불었다.

그렇게 더듬듯 2, 3마일을 더 갔을 때 갑자기 클레어는 바로 앞의 거대한 구조물이 풀밭 위로 깎아지른 듯 솟아 있음을 알게 되었다. 가다가 거의 부딪힐 뻔했다.

"도대체 이 기괴한 곳이 어디야?" 에인절이 말했다.

"윙윙 소리가 나요. 들어봐요!" 그녀가 말했다.

그가 귀를 기울였다. 바람은 마치 이 구조물을 악기 삼아 연주라도 하듯, 거대한 외줄 하프같이 윙윙거리는 소리를 냈다. 다른 소리는 들리지 않았다. 한쪽 손을 들고 한두 걸음 앞으로 나아간 클레어는 구조물의 수직 표면을 더듬었다. 잇거나 다듬은 흔적이 없는 거대한 돌 같았다. 손가락을 위로 올려 그가 마주한 것이 거대한 직사각형의 돌기둥임을 확인했다. 왼쪽 손을 뻗으니 옆에도 비슷한 돌기둥이 만져졌다. 높이는 가늠할 수 없었지만 머리 위로 검은 하늘을 더욱 검게 만드는 것이 있었는데, 돌기둥들을 수평으로 연결하는 거대한 처마도리 같았다. 그들은 조심스럽게 기둥 사이 처마도리 아래로 들어가보았다. 옷자락이 돌의 표면에 스치는 소리가 울려퍼졌지만, 여전히 야외에 있는 느낌이었다. 지붕이 없는 건물이었다. 테스는 겁이 나서 숨을 죽였고, 에인절도 당혹감에 이렇게 말했다. "이게 도대체 뭘까?"

옆으로 더듬어 가면서 탑처럼 솟은 또다른 기둥과 마주했다. 처음 것과 마찬가지로 단호하고 완고한 기둥이었고, 그 너머에 또 하나, 또 하나 이어졌다. 이 건물은 모두 문과 기둥으로 되어 있고, 그중에는 처마도리로 연결된 것들도 있었다.

"바람의 신전이 따로 없군." 그가 말했다.

다음 기둥은 돌 하나로 이루어져 있었고, 다른 것들은 돌 세 개로 문 모양을 만들었다. 또 어떤 것들은 넘어져 있었는데 그 사이로 마차가 지나갈 수 있을 만한 통로가 났다. 광활한 풀밭에서 이런 것들이 돌기둥 숲을 이루고 있음이 곧 분명해졌다. 두 사람은 밤의 천막 속으로 더 깊숙이 들어가 마침내 그 한가운데 섰다.

"이건 스톤헨지야!" 클레어가 말했다.

"이교도들의 신전이란 말이죠?"

"그래. 수천 년도 더 되었고, 더버빌 가문보다 더 오래됐지!……

그런데 어떻게 해야 할까, 여보? 좀더 가면 쉴 만한 데를 찾을 수 있을 텐데."

하지만 정말 너무 지친 테스는 바로 옆 직사각형의 석판 위에 몸을 누였다. 기둥 하나가 바람을 막아주었고, 낮에 햇빛을 받은 돌바닥은 따스하고 건조해서, 치마와 구두를 축축하게 적신 거칠거칠하고 냉기가 서린 풀밭과는 대조적으로 안락한 느낌이었다. "에인절, 난 더 가고 싶지 않아요." 손을 뻗어 그의 손을 잡으며 그녀가 말했다. "여기 있으면 안 될까요?"

"안 될 것 같아. 여긴 낮이면 몇 마일 밖에서도 보이는 곳이야. 지금은 그럴 것 같지 않지만."

"외가 친척 한 분이 이 근방에서 양을 쳤대요. 지금 생각이 나네요. 그리고 탤버테이스에 있을 때 당신은 나한테 이교도라고 말하곤 했죠. 그러니까 고향에 온 셈이네요."

그는 몸을 쭉 펴고 누운 그녀 옆에 무릎을 꿇고 키스했다. "졸린 거야, 여보? 그런데 제단 위에 누워 있는 거 같은데?"

"난 여기 있는 게 좋아요." 그녀가 중얼거렸다. "머리 위에 하늘밖에 보이지 않는 게─크나큰 행복을 맛본 뒤라서 그런지─아주 엄숙하면서도 쓸쓸하네요. 이 세상에 우리 두 사람 말고는 아무도 없는 것 같아요. 정말 그랬으면 좋겠어요. 리자루만 빼고요."

클레어는 날이 좀 밝아질 때까지 그녀를 여기서 쉬게 하는 것이 좋겠다는 생각에 외투를 벗어 그녀에게 덮어주고 옆에 앉았다.

"에인절, 나한테 무슨 일이 생기면 날 위해서 리자루를 돌봐줄래요?" 돌기둥 사이로 불어오는 바람 소리를 오랫동안 함께 듣고 있다가 그녀가 물었다.

"그렇게 하지."

"그 아이는 너무 착하고 순진하고 깨끗해요…… 아, 에인절, 난 곧 죽을 텐데 혹시 그렇게 되면 당신이 그애와 결혼하면 좋겠어요. 아, 그렇게만 해준다면 정말 좋겠어요!"

"널 잃으면 난 모든 걸 다 잃은 거야…… 게다가 그 아이는 내 처제 잖아."

"그게 뭐 어때서요, 에인절. 말롯 인근에선 처제와 결혼하는 일이 종종 있어요. 리자루는 유순하고 상냥한 데다 점점 예뻐지고 있어요. 우리가 영혼이 되어 만나면 당신을 그애와 기꺼이 나눠 가질 거예요! 에인절, 그 아이를 가르치고 훈련시켜서 당신한테 어울리도록 키워주면 좋겠어요!…… 그애는 내게서 나쁜 건 다 빼고 좋은 점만 가지고 있거든요. 그애가 당신 사람이 된다면, 죽음도 우리 사이를 갈라놓지 못한 거나 마찬가지예요…… 자, 난 하고 싶은 말 다 했어요. 다시는 이 이야기 하지 않을게요."

테스는 입을 다물었고 그는 생각에 잠겼다. 돌기둥 사이로 멀리 동북쪽 하늘에서 수평으로 비쳐오는 한 줄기 빛이 보였다. 우묵하게 파인 한결같이 시커먼 구름장이 냄비 뚜껑 열리듯 통째로 사라지며 땅끝에서 새로운 날을 맞이하고 있었다. 그 햇살을 배경으로 외따로 혹은 세 개로 이뤄진 키 큰 돌기둥들이 시커먼 형체를 드러냈다.

"여기서 하느님께 제물을 바쳤어요?" 그녀가 물었다.

"아니지." 그가 대답했다.

"그러면 누구한테요?"

"태양한테 바쳤을걸. 저기 따로 떨어져 있는 높은 돌기둥이 태양을 향하고 있잖아. 곧 그 뒤에서 태양이 솟아오를 거야."

"그러고 보니까 생각나는 게 있네요." 그녀가 말했다. "우리가 결혼하기 전에 내가 뭘 믿든 절대 간섭하지 않겠다고 한 거 기억나요? 그렇지만 난 당신 생각을 잘 알고 있었고 당신이 생각하는 대로 생각했어요. 내 나름의 이유가 있어서가 아니라, 당신이 그렇게 생각했기 때문이죠. 말해줘요, 에인절. 우리가 죽은 다음 다시 만날 수 있을까요? 알고 싶어요."

그는 그 순간 대답을 피하려고 그녀에게 키스했다.

"아, 에인절. 그건 못 만난다는 뜻이겠네요!" 그녀는 터져나오는 흐느낌을 참으며 말했다. "당신을 다시 보고 싶은데. 너무나, 너무나! 정말 서로 이렇게 사랑하는 당신과 나도, 에인절, 다시 만나지 못한단 말이에요?"

그보다 위대한 사람*이 그랬듯 클레어는 그 중대한 순간의 중대한 질문에 대답하지 않았고, 두 사람은 다시 침묵했다. 일이 분이 지나자 그녀는 고른 숨소리를 냈고 그의 손을 잡고 있던 손에 힘이 풀렸으며 잠에 빠져들었다. 동쪽 지평선을 따라 밝아오는 은빛 여명 덕분에 대평원의 먼 곳까지도 어슴푸레 가까이 있는 것처럼 보였다. 그 거대한 풍경은 해 뜨기 직전에 늘 그렇듯 자제와 과묵과 망설임의 인상을 풍겼다. 동쪽의 돌기둥과 처마도리들은 햇빛을 등지고 시커멓게 솟아 있었고, 그 너머로 거대한 불꽃 모양의 태양석이 있었으며, 그 중간에

---

* 대제사장과 빌라도의 심문에 침묵을 지켰던 예수를 가리킴. 「마태오의 복음서」 27장 14절.

제단석이 있었다. 잠시 후 밤바람이 멎었고, 바위마다 컵 모양으로 우묵하게 파인 곳에 고여 있던 물의 떨림도 멈췄다. 그 순간 동쪽의 경사지 가장자리에서 무엇인가가, 점 같은 것이 움직였다. 태양석 너머 푹 꺼진 곳에서 그들을 향해 다가오는 사람의 머리였다. 클레어는 계속 갈걸 하는 생각을 했지만 이렇게 된 이상 가만히 있기로 했다. 그 사람은 그들이 있는 돌기둥의 원진(圓陣)을 향해 직진해 왔다.

뒤쪽에서도 무슨 소리가 들렸다. 발소리였다. 고개를 돌리자 바닥에 누워 있는 기둥 너머로 또다른 사람의 모습이 보였다. 그리고 부지불식간에 오른쪽 가까이 고인돌 아래 한 사람이, 왼쪽에도 또 한 사람이 나타났다. 서쪽에서 다가오는 사나이는 새벽빛을 정면으로 받아 큰 키와 훈련받은 걸음걸이까지도 식별할 수 있었다. 그들은 뚜렷한 목적을 가지고 포위해 왔다. 그녀가 한 말이 사실이었구나! 벌떡 일어난 그는 무기로 쓸 돌멩이나 도망칠 방도—무엇이든 찾아보려고 둘러보았다. 그러자 가장 가까이 있던 사내가 바짝 다가섰다.

"그래봤자 소용없어요." 그가 말했다. "들판에 우리 동료들이 열여섯이나 깔려 있고 이 지역 전체에 경보가 발령되었거든요."

"잠이라도 마저 자게 해주게." 그는 다가와 둘러선 사내들에게 낮은 소리로 간청했다.

그때까지 테스를 보지 못한 그들은 누워 있는 그녀를 보자 반대하지 않고 주변의 돌기둥처럼 꼼짝도 하지 않고 서서 지켜보았다. 그는 그녀가 누운 돌 앞으로 다가가 몸을 숙이고 그 가련한 작은 손을 잡았다. 그녀의 숨소리는 빨라지면서 작아져, 여자가 아니라 작은 생물의 숨소리 같았다. 모두 밝아오는 햇빛 속에서 기다리고 있었다. 그들의 얼굴과 손만 은빛으로 빛났고, 나머지 부분은 어두웠다. 돌기둥들은 초록이 감도는 회색빛을 띠었고 들판은 여전히 거대한 어둠이었다. 이윽고 햇빛이 세지면서 한 줄기 햇살이 잠든 그녀의 몸을 비추더니 눈꺼풀 속으로 들어가 그녀를 깨웠다.

"무슨 일이에요, 에인절?" 놀라 벌떡 일어난 그녀가 말했다. "날 데리러 왔나요?"

"그래, 여보. 사람들이 왔어." 그가 말했다.

"그럴 줄 알았어요." 그녀가 중얼거렸다. "에인절, 난 거반 기쁘기까지 한걸요. 그래요, 기뻐요! 이 행복이 지속될 수는 없어요—너무 큰 행복이라—이걸로 충분해요. 이제 당신이 날 멸시할 때까지 살지 않아도 되겠네요."

그녀는 일어서서 몸을 추스른 다음 앞으로 나섰다. 사내들은 아무도 움직이지 않았다. "준비됐어요." 그녀가 조용히 말했다.

59

맑고 따뜻한 7월 아침, 한때 웨섹스의 수도였던 아름다운 고도 윈턴스터는 구릉이 많은 목초지의 한가운데 자리 잡고 있었다. 여름을 맞아 벽돌, 타일, 사암으로 된 박공 집마다 외피처럼 덮여 있던 이끼는 거의 말라붙었고, 목초지의 시냇물도 수위가 낮아졌다. 서문(西門)에서 중세의 십자상까지, 다시 거기서 다리까지 비탈길로 된 큰길에서는 구식 장날이 시작되기 전 으레 벌어지는 쓸고 닦기가 한가롭게 진행되고 있었다.

윈턴스터 사람들은 모두 알고 있듯이, 큰길은 앞서 언급한 서문에서 정확히 1마일을 일정한 기울기의 오르막으로 올라가면서 주택가에서 서서히 멀어졌다. 도시 외곽에서 이 비탈길을 빠른 걸음으로 오르는 두 사람이 있었는데, 기분이 좋아서가 아니라 무슨 생각에 몰두하고 있어서 오르막이 힘들다는 사실을 의식하지 못하는 것 같았다. 그들은 조금 아래쪽에 있는, 담장이 높은 쪽문의 빗장을 열고 빠져나와 이 길로 들어섰다. 인가나 사람들의 눈길에서 벗어나려는 기색이 역력했고 이 길이 가장 빠른 방도인 듯 보였다. 젊은이들이었지만 고개를 숙인 채 걷고 있었고, 그들의 슬픈 걸음걸이를 햇빛이 무정하게도 웃으며 내려다보았다.

두 사람 중 하나는 에인절 클레어였고 다른 하나는 키가 큰, 꽃봉오리 같은 처녀로—절반은 소녀고 절반은 여자라고 할 수 있겠다—영적으로 정화된 테스요, 테스보다 호리호리하지만 똑같이 아름다운 눈매를 가진 클레어의 처제 리자루였다. 그들의 창백한 얼굴은 반쪽이 되었다. 손은 잡았지만 고개를 숙인 채 말 한마디 나누지 않고 걷는 그들의 모습은 조토*의 그림 〈두 사도〉를 연상시켰다.

그들이 거대한 웨스트힐의 꼭대기에 이르렀을 때 시내의 시계들이 여덟시를 쳤다. 둘 다 종소리에 깜짝 놀랐고 몇 발자국 더 걸어가 언덕을 배경으로 푸른 풀밭 가장자리에 희게 서 있는 첫번째 이정표에 도달했다. 그다음부터는 길이 훤히 내려다보이는 언덕이었다. 그들은

---

* 14세기 이탈리아의 화가.

풀밭으로 들어가, 자신들의 의지를 압도하는 어떤 힘에 이끌린 듯 걸음을 멈추고 돌아서서 몸이 굳을 정도로 긴장한 상태로 이정표 옆에서 기다렸다.

그 꼭대기에서는 사방으로 끝없는 풍경이 펼쳐졌다. 눈 아래 골짜기에는 그들이 막 떠나온 도시가 있었고, 특히 좀더 눈에 띄는 건물들은 실물 크기의 그림처럼 뚜렷했다. 그중에는 노르망디식 창문과 엄청난 길이의 회랑과 본당을 자랑하는 거대한 대성당의 탑, 성 토머스 성당의 뾰족탑, 대학의 작은 뾰족탑이 있었고, 약간 오른쪽으로 오늘날까지도 여행자들에게 빵과 맥주를 배급해주는 오래된 순례자 숙박소의 탑과 박공 들이 보였다. 도시 뒤로는 성 캐서린 언덕의 둥그런 고지가 자리 잡았고, 그 너머 끝없이 풍경이 펼쳐지다가 마침내 내리비치는 햇빛 속으로 지평선이 모습을 감추었다.

멀리 펼쳐진 시골 풍경을 배경으로 도시의 다른 건물들 앞쪽에 평평한 회색 옥상을 드러낸 커다란 붉은 벽돌 건물이 서 있었다. 줄지어 선 짧은 쇠창살 창문들이 감금을 암시하는 그 건물은 전체적으로 딱딱한 인상을 풍기며 고딕식 건축물들의 예스러운 파격(破格)과 뚜렷한 대조를 이루었다. 앞을 지나갈 때는 건물이 주목과 상록 떡갈나무로 다소 가려져 있었지만, 이렇게 높은 곳에서는 확연히 다 보였다. 두 사람이 얼마 전에 빠져나온 쪽문은 이 건물의 담장에 있었다. 건물 한복판에 꼭대기가 평평한, 보기 흉한 팔각 탑이 동쪽 지평선을 마주하고 서 있었는데, 이 지점에서 보면 빛을 등진 음지 쪽을 드러냈기 때문에 아름다운 도시 경관에서 단 하나의 오점처럼 보였다. 하지만 두 사람의 눈길은 아름다운 풍경이 아니라 바로 이 오점에 머물렀다.

이 탑의 처마 장식대에 긴 깃대가 꽂혀 있었다. 그들의 시선은 그곳에 고정되었다. 여덟시를 알리는 시계가 치고 몇 분이 지나 깃대 위로 뭔가가 서서히 올라가더니 바람에 펄럭였다. 검은 깃발이었다.

정의가 실현되었다. 아이스킬로스의 표현을 빌리자면, 신들의 장(長)*이 테스를 갖고 노는 장난을 마쳤다. 더버빌 가문의 기사들과 귀부인들은 아무것도 모른 채 무덤 속에 잠들어 있었다. 말없이 지켜보던 두 사람은 마치 기도를 드리듯 미동도 하지 않고 한참을 땅바닥에 엎드려 있었다. 깃발은 계속 소리 없이 휘날렸다. 기운을 차리자마자 두 사람은 일어나 다시 손을 잡고 갈 길을 갔다.

---

* 그리스의 비극 작가 아이스킬로스의 『프로메테우스』 169행.

『더버빌가의 테스』, 순정(純正)한 여인의 일생

소설가 토머스 하디

토머스 하디는 철도의 시대가 본격적으로 시작되는 1840년 영국 남서부 도싯 주의 작은 농촌 마을에서 석공인 아버지와 결혼 전 하녀로 일했던 어머니 사이에 맏아들로 태어났다. 출생 당시에는 경제적으로 궁핍했으나 아버지가 대여섯 명의 석공을 부려 건설업을 시작하면서 차츰 살림이 나아졌다. 마을 악대의 연주자이기도 했던 아버지는 하디에게 바이올린을 가르쳐주었고, 책 읽기를 좋아한 어머니는 네 살에 글을 깨친 그에게 열심히 책을 가져다주었다.

학업 성적이 발군인 하디의 장래 희망은 영국 국교회의 신부였다. 신부가 되려면 대학에 진학해야 했는데, 노동계급 출신으로서는 난관이 많은 진로를 포기하고 결국 열여섯의 나이에 건축사의 도제가 된다. 이후 몇 년간 혼자 그리스어 공부를 하는 등 대학 진학에 대한 미런을 버리지 못하지만 신앙심을 잃으면서 어릴 적 꿈을 접는다. 그런데 어떤 의미에서 더 넘보기 어려운 꿈이 생긴다. 비교적 안정된 생활이 보장되는 건축사라는 직업에 만족하는 대신 시인이 되겠다는 열망에 사로잡힌 것이다. 그러나 그 꿈도 이내 좌절된다. 런던에서 보낸이십대 초반 잡지사에 투고한 시들이 하나같이 반송되어 돌아오자 하디는 소설을 생업으로 삼을 가능성을 타진해보는데, 첫 소설인 『가난뱅이와 귀부인』은 계급 문제를 정면으로 다뤘다는 이유로 출판되지못하지만 재능을 인정받는 계기가 된다. 잡지 연재 제의를 받은 하디는 위험 부담을 무릅쓰고 전업 작가의 길을 택하고 『광란의 무리에서멀리 떨어져』의 성공 이후 비교적 평탄한 작가생활을 하게 된다.

하디가 전업 작가의 길을 선택하는 데는 4년간 교제해온 에마 기퍼드의 격려가 큰 힘이 되었다. 그는 서른 살이 되던 해 콘월 주에 있는성 줄리엇 교회에 수리 견적을 내러 갔다가 에마를 만났다. 변호사인아버지가 파산하는 바람에 교구 신부인 형부의 집에 얹혀살고 있던처녀였다. 『광란의 무리에서 멀리 떨어져』의 성공에 힘입은 하디는계급 차이로 인한 집안의 반대를 무릅쓰고 그녀와 어렵사리 결혼에성공한다. 처음 얼마 동안은 행복한 가정을 꾸리지만 본가 가까이 집을 지어 귀향하고 나자 에마와 시댁 식구들과의 관계가 껄끄러워졌고, 그 여파로 부부관계도 소원해진다. 특별한 계기 없이 조금씩 사이가 벌어진 부부는 두 집안의 반대를 무릅쓴 연애결혼이라고 말하기무색한 사이로 이후 20년을 지낸다.

소설 한 편 연재에 천 기니의 선금을 제안받을 만큼 인기 작가로 자리를 잡은 하디는 『더버빌가의 테스』*를 출간하면서 출판사와 적잖은 마찰을 겪는다. 당대의 관행대로 하디도 잡지에 소설을 연재한 다음 단행본으로 출판했는데, 『테스』의 내용이 부적절하다는 이유로 잡지사 두 곳에서 퇴짜를 맞은 것이다. 잡지사에서 빅토리아시대에 만연한 도덕주의에 입각해 자체 검열을 가동한 결과였다.

결국 하디는 내용을 수정해 연재하고, 단행본으로 낼 때 원래의 의도를 살리는 방향으로 타협한다. 체이스 숲에서 테스가 비몽사몽간에 알렉에게 몸을 허락하는 장면이 혼전 성관계라는 연재소설의 금기를 다뤘기 때문에 사기 결혼을 당하고 초야를 치른 것으로 바꾼 것이 단적인 예이다. 소설의 내용이 너무 어두운 데다 미혼모에 살인자인 여자를 미화했다는 비난도 없지는 않았지만, 『테스』에 대한 일반 독자들의 반응은 뜨거웠고 서평도 대체로 『테스』를 하디의 가장 뛰어난 성취로 손꼽는데 인색하지 않았다. 대서양 양안에서 소설이 불티나게 팔리면서 하디는 평생 돈 걱정을 하지 않아도 될 정도로 경제적 여유가 생긴다.

『테스』에 대한 도덕성 시비는 일과성에 불과했는데도 하디는 이런 식이면 누가 일삼아 소설을 쓰겠느냐고 불만을 토로한 바 있다. 그러나 몇 년 후 출간된 『무명의 주드』는 더 큰 논란을 불러일으킨다. 『무명의 주드』가 공공도서관에 비치해선 안 될 책으로 필화를 당하며 화형식이 거행되자 하디는 절필을 선언한다. 그리고 환갑을 바라볼 나이에 젊은 시절의 꿈인 시로 돌아간다.

소설가로서 하디의 명성이 워낙 압도적이라 그가 어떤 시인과 견주

---

* 이하 『테스』.

어도 손색이 없는 시 수십 편을 남겼음을 간과하기 쉽다. 그중에서도 한집에 살면서 소 닭 보듯 지나쳤던 아내가 갑자기 세상을 떠나자 회한에 사로잡혀 쓴 엘레지들이 백미이다. 엘레지는 사랑하는 이의 죽음을 애도하는 시이다. 하디의 엘레지들은 사랑했다는 사실조차 잊어버렸던 사람이 세상을 떠나자 되살아난 사랑을 애도한다는 점에서 독특하다.

영국의 현대시에 대한 논의는 W. B. 예이츠나 T. S. 엘리엇이 아니라 하디에서 시작한다. 현대소설도 19세기 리얼리즘 소설과 20세기 초 모더니즘 소설의 연결고리가 되는 하디를 출발점으로 삼는다. 그런 만큼 하디를 간략히 소개하기란 어렵다. 건축사에서 작가로, 소설가에서 시인으로, 끊임없이 자기 삶의 모양새를 만들어간 사람이라 더 그렇다.

토머스 하디의 대표작 『더버빌가의 테스』

버지니아 울프는 창작의 매 단계에서 자신이 무엇을 하고 있는지 정확히 아는 헨리 제임스 같은 작가와 달리 하디는 어느 순간 자신도 모르게 강렬한 힘을 발휘한다고 말한다. 하디의 성취는 위대한 작가만이 도달할 수 있는 경지를 보여주지만, 고점이 있으면 저점이 있는 그런 성격의 성취라는 것이다.

버지니아 울프의 통찰을 한마디로 요약하면 하디는 흠잡기 쉬운 위대한 작가이다. 흠잡기에 몰두하다 작품의 성취까지 간과할 위험이 있기 때문에 특별히 분별력 있는 읽기가 요구되는 작가라고 할 수 있다. 헨리 제임스가 『테스』를 읽고 로버트 루이스 스티븐슨에게 쓴 편지에서 "흠과 거짓으로 도배했지만 독특한 아름다움과 매력이 있다"라고 했다가 『테스』 헐뜯기에 몰두한 스티븐슨의 답장을 받자 "독특한 아름다움과 매력"을 인정했던 자신의 비평적 판단을 철회한 일화는 흠잡기가 분별력을 압도한 사례이다. 하지만 다른 사람도 아니고 헨리 제임스인지라, 흠잡기가 흠잡기에 그치지는 않는다. 그는 "관능성의 과시가 관능성의 부재와 동전의 양면을 이룰 따름이다"라며 이 소설을 폄훼했는데, 그런 독설이 정곡을 찔렀다고 할 여지가 없지 않다.* 이 글에서는 『테스』의 어떤 점이 이런 비판에 설득력을 부여하며, 그럼에도 어떤 점이 이 소설을 위대한 작가의 대표작으로 손꼽히게 만드는지 생각해보기로 한다.

테스는 아름다운 외모로 남자들의 눈길을 끄는 농촌 노동계급 여성이다. 그만큼 성적 대상으로 보기 쉬운 여주인공이고 또 그렇게 그려진다. 소녀티를 채 벗기도 전에 몸만 지레 숙성해버린 테스를 흘금흘금 훔쳐보는 알렉은 말할 것도 없거니와, 낮잠에서 깨어 기지개를 켜는 그녀를 지켜보는 에인절이나 테스의 "작약꽃 입술"에 유독 '꽃힌' 서술자도 그녀를 성적으로 대상화한다는 혐의에서 자유롭지 못

---

* 헨리 제임스가 『테스』의 일면을 과장해 핵심을 비껴갔고, 따라서 그의 흠잡기가 하디보다는 자신의 문제를 가리킨다는 반론이 가능하다. 일찍이 『광란의 무리에서 멀리 떨어져』의 서평에서도 헨리 제임스는 여주인공의 관능성을 불편해했는데, 그런 불편함의 밑바닥에 그의 소설에 나타나는 관능성의 부재 혹은 성적 메마름이 놓여 있다고 할 여지도 없지 않다.

하다.

남자의 눈길을 끌다보니 인생유전을 겪는 여자의 이야기로 이 소설을 요약할 수도 있다. 부잣집 하녀로 일하면서 주인집 아들인 알렉의 성희롱에 시달리다 결국 '겁탈'을 당하는 것이 불행의 시작이다. 미혼모로 아이를 낳았다가 잃은 다음, 목장에 소젖 짜는 일꾼으로 취업한 테스는 농장 경영을 준비하기 위해 그곳에 머물고 있는 에인절과 사랑에 빠져 결혼하지만, 테스의 과거를 알게 된 남편은 그녀를 버리고 떠난다. 고된 노동을 감내하며 남편이 돌아오기를 기다리던 테스는 길거리에 나앉을 처지에 놓인 가족을 위해 알렉의 정부(情婦)로 사는 운명을 받아들인다. 그러다가 에인절이 돌아와 용서를 구하자 테스는 알렉을 죽이고 교수형에 처해진다.

당하고, 당하고, 또 당하는 테스의 몸이 남성적 관음증을 만족시키기 위해 '전시'된다고 보면, "관능성의 과시가 관능성의 부재와 동전의 양면을 이룬다"는 헨리 제임스의 흠잡기가 『테스』의 어떤 면모를 적확하게 포착했다고 할 수 있다. 테스의 관능성이 말하자면 손발이 묶인 상황에서의 관능성이라는 점에서 포르노적이라고 꼬집은 것이다. 한 세기를 지나 테스 '바라보기'의 성적·계급적 함의를 문제 삼는 페미니즘 비평에서도 테스의 수동성에 문제를 제기한다. 물론 그 점을 제외하면 둘 사이의 공통점은 없는 것처럼 보인다.

전자가 부지불식간에 포르노적 상황과 마주한 남성 독자의 불쾌감을 토로한다면, 후자는 여성을 대상화하는 '남성적 응시'의 폭력성을 문제 삼는다. 여기서 말하는 '남성적 응시'는 테스의 두 남자는 물론하디, 서술자, 독자를 포괄한다. 들일하는 여자들을 굳이 남자 일꾼들과 구별하여 그들이 자연에 "동화됨으로써 별개의 인간으로서 경계를 잃어버린다"고 묘사하는 서술자가 중산층 남성 독자의 시선에 보편성을 부여하는 '남성적 응시'의 사례로 제시된다. 헨리 제임스가 '남성적 응시'를 당연하게 받아들이는 반면, 페미니즘 비평에서는 그 폭력성에 정치적·역사적 문맥을 부여하면서 차별성을 주장하고 나선다고 할 수 있다. 하지만 테스를 성적 대상으로 고정하는 폭력성을 비판하는 페미니즘 비평의 정치의식이 빅토리아시대 노동계급 여성으로서 테스의 수동성을 부각하면서 헨리 제임스와 만난다. 양쪽 다 테스가 드러내는 수동성의 성격을 조명하는 대신 수동성을 테스의 자질로 액면 그대로 받아들이는 문제점을 드러낸다. 우리가 소설을 읽으면서 만나는 테스, 그리고 하디가 이 소설의 서문에서 부각하는 여주인공의 성정과 상당히 거리가 생기는 것이다. 하디는 개인적 자질로 보면 거의 완벽한 여자, "조상한테 물려받은 약간 부주의한 성격만 아니었다면 이상적인 표준을 삼아도 될 여자"를 그려낸다. 그런 여자가 주어진 자질을 전혀 발현하지 못하는 상황에 처해 수동적으로 '보인다'는 점에 유의해야 한다.

테스가 '남성적 응시'로 집약되는 현실의 폭력 앞에 속수무책으로 당하기만 하는 것은 아니다. 결정적인 순간에 그녀는 자신의 생각과 감정대로 행동한다. 성희롱의 손길을 뻗는 알렉의 얼굴을 두툼한 작업용 가죽장갑으로 후려갈기더니, "한 번 당하면 영원히 당하는 게 세상의 이치"라는 촌철살인으로 주어진 현실의 조건을 요약하는 테스에게는 비극의 여주인공과 같은 '아우라'가 있다. 이 에피소드가 단적으로 드러내듯, 테스는 당할 수밖에 없는 자신의 처지에 대체로 순응하는 것처럼 보이지만, 그만큼 자존감의 훼손을 강하게 의식한다. 문제는 그녀가 자존감을 지키기 거의 불가능한 처지라는 데 있다. 테스는 돌봐야 할 여섯 명의 동생들, 아이들보다 철이 더 들었다고 할 수 없는 어머니, 가문이 더버빌가의 혈통을 이어받았다는 말에 헛바람이 들어 생업도 소홀히 하는 아버지라는 현실적 조건에 얽매여 있다. 자질로 보면 자존감을 느끼기에 충분하건만 "개인적 자존을 훼손당하는 일련의 시련일 뿐"인 삶을 받아들일 수밖에 없는 처지이다. 이런 상황에서 그녀는 자신의 실수에 책임을 지는 것으로 자존감을 지킨다. 물론 자존감을 지키려는 그녀의 노력은 자존감을 "훼손당하는 일련의 시련"으로 이어질 뿐이다. 술에 취했다는 핑계로 당장 해야 할 일을 미루는 아버지를 대신해 마차를 몰고 장에 가다 재산 목록 일호인 말이 죽는 사고를 당하자 어머니가 떠미는 대로 알렉의 집에 하녀로 들어간 것이 시련의 서막이다. 빅토리아시대 영국에서 하녀라는 신분이 주인의 성적 공격에 얼마나 취약했는가를 굳이 상술할 필요는 없으리라. 그럼에도 테스는 자존감의 근간이라고 할 수 있을 몸의 주권을 지키기 위해 알렉의 집요한 성희롱에 저항한다.

이 지점에서 테스가 지키려는 몸의 주권이 '처녀성'으로 집약될 수 있는 성격이 아님을 분명히 할 필요가 있다. 테스가 '처녀성'을 잃는 체이스 숲에서의 사건으로 돌아가보자. 토요일 일과 후 읍내로 놀러 나간 테스는 술에 취한 여자들과 머리채를 잡고 싸워야 할 상황에 직면해 알렉의 도움을 받아들였고, 이런 충동적 행동의 결과가 소위 겁탈로 이어진다. 하지만 테스는 싫어하는 남자에게 저항 없이 겁탈당할 처녀는 아니다. 알렉에 대한 자신의 감정을 분별하기 이전 그가 집에 새 말을 한 필 사 보냈다는 말을 듣고 고마운 마음에 그를 끝까지 밀쳐내지 못했을 뿐이다. 그녀가 알렉을 밀쳐내는 것은 몇 주 후이다. 하디는 당대의 도덕주의적 검열을 감안해 슬쩍 지나가지만, 그사이 테스는 알렉의 '애인'으로 지낸 것으로 보인다. 값비싼 옷을 포함해 알렉의 선물 공세를 받아들였다는 의미의 '애인'이다. 그렇다고 알렉을 어떻게든 설득해 결혼하기 위해 그랬던 것은 아니다. 굳이 말하자면 알렉에 대한 마음의 갈피를 못 잡아 그의 곁에 남아 있었다고 해야할 텐데, 그가 결혼하자고 해도 싫다는 마음이 들자 그녀는 집으로 돌아간다. 뒤따라온 알렉에게 그녀는 이렇게 말한다.

지금 이 상황에서 당신을 사랑한다고 거짓말하는 것이 나한테 제일 이로울 거예요. 하지만 그런 거짓말을 하지 않을 만큼의 자존심이—보잘것없는 자존심이지만— 남아 있어요. 내가 당신을 사랑한다면 그 사실을 알릴 좋은 이유가 있다고 해야겠지요. 하지만 사랑하지 않아요.

알렉과의 일로 그녀가 망가지지 않는 것은 이런 자존감 때문이다. 망가지기는커녕 "단숨에 단순한 소녀에서 복잡한 여자"가 된다. 미혼모가 되었다가 아이를 잃는 경험까지 한 테스를 두고 서술자가 "세상 사람들의 입방아를 무시한다면 그녀가 겪은 일을 인문교육이라고 해도 무방"하리라고 덧붙인 것은 알렉에 대한 자신의 생각과 감정을 분별하고 그에 따라 행동하는 인문교육의 기본 정신을 구현했기 때문이다. 그러므로 테스에게는 알렉의 성적 폭력보다 에인절과의 사랑이 더 큰 시련으로 다가온다. 에인절을 만난 그녀는 열정적인 여자가 온

몸과 마음을 다해 하는 그런 사랑을 한다. 그렇기 때문에 과거를 속이고 결혼하는 짓을 차마 할 수 없다고 생각하지만, 또 그렇기 때문에 그의 구애를 끝까지 뿌리치지 못한다. 신혼 초야에 에인절이 과거의 성적 일탈을 털어놓자 테스가 거의 '기쁜' 마음으로 알렉과의 일을 밝힌 것은 상황이 만들어낸 자기분열에서 드디어 벗어날 수 있게 되었다고 믿었기 때문이다. 하지만 그녀의 과거를 알게 된 에인절이 자기분열을 드러낸다. 복음주의에 입각한 도덕주의의 편협성을 비웃어온 그는 남자의 일탈에는 관대한 반면 여자에게는 사소한 실수도 용납하지 않는 빅토리아시대 도덕관에 따라 테스를 단죄한다.

물론 에인절이 평균적인 빅토리아시대 남자는 아니다. 지적으로 시대를 앞서 간다고 자부하는 그는 "세상 사람들의 입방아"를 무시할 만큼 주관이 뚜렷한 인물이다. 신앙심을 잃자 대학교육을 포기하면서 농부의 길을 택한 것도 인습에서 탈피한 삶을 살고자 하는 노력의 일환이다. 그는 지적 활동에 적합한 능력을 타고 났으면서 육체노동을 하게 된 상황에 자괴감을 느끼지만, 탤버테이스 농장에서 농부가 될 '연습'을 하면서 육체노동의 기쁨을 느낄 뿐 아니라 흔히 '시골뜨기'로 일반화하는 농장 일꾼들이 각각 다른 개성을 가진 개인임을 인정하기도 한다.

그러나 에인절은 그런 통찰을 사랑하는 여자에게는 적용하지 못한다. 소젖 짜는 처녀와 결혼하겠다고 나서면서 자신이 속한 계급의 편견과 맞설 용의를 보이지만, "과거가 있는 여자"에 대한 중산층의 편견은 그대로 답습한다. 중산층의 편견을 강하게 비판하는 에인절 자신이 정작 중산층의 편견을 드러내는 자기모순에 빠진 것이다.

여기서 테스의 두 남자를 대비할 필요가 있겠다. 알렉은 테스를 "시골 처녀"*로, 즉 손쉽게 성적 만족을 얻을 수 있는 대상으로 규정했다가 자신이 틀렸음을 알게 된다. 하지만 그는 오직 그녀의 육체만 볼 수 있을 뿐이다. 영과 육의 이분법적 분리를 내면화한 그에게 테스는 육체적 욕망의 총화일 따름이고, 그녀의 몸을 소유하는 데 만족한다. 알렉과 달리 에인절은 테스를 '성적' 대상으로 여기지 않는다. 테스가 그의 사랑을 소중히 여기는 것도 그가 그녀를 발가벗기는 시선으로 바라보지 않은 첫 남자이기 때문이다. 하지만 그녀를 대상화하기는 에인절도 마찬가지이다. 테스를 "순수하고 순결한 자연의 딸"로 추상화하다가 그녀의 과거를 알고 나자 "내가 사랑한 여자는 네가 아니"라 "네 모습을 한 다른 여자"라고 말하는 것이 단적인 예이다. 테스를 여성성의 전범(典範)으로 이상화했지만 그것이 허구로 밝혀지자 그녀를 성 윤리가 느슨한 농투성이요 자신을 덫에 빠뜨린 사기꾼으로 매도한 것이다. 테스를 성녀와 창녀의 양극단으로 형상화시키는 자기분열에 빠진 에인절이 방탕아에서 개심자로, 그리고 다시 방탕아로 요요 현상을 겪는 알렉과 겹치는 부분이 있음은 분명하다.

에인절의 그런 면모를 읽어내면 그를 우상화하다시피 하는 테스도 비판적으로 바라볼 여지가 없지 않다. 현대의 (여성) 독자에게는 테스가 시쳇말로 '찌질'하게 느껴지는 에인절에게 버림받고 처분만 기

---

* 이 번역본에서는 원본의 웨섹스 지방 사투리를 가능한 한 전달하려고 노력했다. 초등학교를 졸업한 테스는 표준어를 구사하지만, 가족과 친구들과 대화할 때는 사투리를 쓴다. 테스를 비극의 여주인공으로 생각하는 독자의 입장에서 사투리를 쓰는 테스가 좀 낯설 수 있겠지만, 표준어와 사투리를 넘나드는 그녀의 상황을 부각하기 위해 불가피했다는 생각이 든다.

다리는 수동성이 아무래도 거북스럽다. 하지만 남편에게 버림받기로 작정하는 것은 테스이다. 그를 붙잡으려는 어떤 시도도 하지 않는 까닭은 그녀를 겉과 속이 다른 여자로 치부하는 남편에게서 자존감을 지키는 유일한 길이었기 때문이다. 이후 들일하는 여자 일꾼으로 돌아간 테스는 노동이 육체에 가하는 고통을 의연하게 감내한다. 증기 발동기가 동력인 탈곡기 위에서 "기계가 돌아가는 대로 온몸이 요동치는" 테스는 현장에 있는 그 누구보다도 수동적으로 보인다. 그러나 육체적 안락을 미끼로 유혹하는 알렉에게 저항하는 그녀의 자존감이 자신의 몸을 기계에 내어놓은 비인간적 상황을 버티게 만드는 원동력임을 간과해서는 안 된다. 자기 몸의 주인으로 살 수 없는 조건에서 질 수밖에 없는 싸움을 벌이는 테스는 소설의 제목에 이름을 올린 어떤 여주인공보다도 강력한 힘을 발현한다. 스톤헨지의 제단 위에 몸을 누인 테스는 희생 제물이자 여신적 존재이다.

『테스』를 단행본으로 출간할 때 하디는 이런 존재감의 성격을 부각하기 위해 '순정한 여인(A Pure Woman)'이라는 부제를 붙였다. 여기서 pure의 의미를 이해하는 것이 관건이다. 하디가 말하는 pure는 불순물이 섞여 있지 않다는 뜻이고, 사람의 성정에 적용하면 겉과 속이 같다는 뜻이다. 그런 의미에서 성적 함의가 먼저 느껴지는 '순결한'보다는 '순정(純正)한'이 그의 의도에 더 부합한다. 하디의 의도와는 무관하게 pure는 '순결한'의 의미로 해석되어 논란의 핵을 이루었다. 『테스』를 부도덕한 소설로 몰아세우는 쪽에서는 소위 '타락한 여인(fallen woman)'을 '순결한 여인'으로 미화했다고 비난하고 나선다. 이에 맞서 빅토리아시대 성 윤리의 이중 잣대를 비판하는 쪽에서는 한 남자를 지고지순하게 사랑한 테스의 순정(純情)이 그녀를 구원했기 때문에 '순결한 여인'이라는 불릴 자격이 있다고 주장한다. 빅토리아시대의 순결 이데올로기를 비판하는 최근의 『테스』 비평도 해설에서 하디가 역설한 바 pure의 의미에 유의하지 않았다.

자존감을 지키기 위해 싸운다는 의미에서 테스는 '순정한 여인'이다. 순정함은 자존감과 마찬가지로 개인의 자질이다. 개인의 대두를 서양 근대의 전환점으로 볼 때, 순정함은 자율성을 가진 개인이 감정과 행동의 일치를 보이는 것을 의미한다. 다른 사람들을 의식하기 이전 마음에서 우러나오는 대로 행동하는 자존감이 순정함의 근거라는 것이다. 물론 테스는 마음에서 우러나오는 대로 행동할 수 없는 처지이다. 알렉을 사랑하지 않지만 그의 정부로 살아야 하고, 에인절을 사랑하기 때문에 알렉을 죽이고 죽음을 맞을 수밖에 없다. 하지만 결정적인 순간 그녀는 감정과 언어, 언어와 행동이 일치하는 순정함을 드러낸다. 알렉을 사랑하지 않는다는 확신이 서자 즉각 그의 곁을 떠난 것, 에인절이 겉과 속이 다른 여자로 그녀를 규정하자 그를 붙잡지 않는 것이 단적인 예이다.

테스의 비극은 어느 누구보다도 자기 몸의 주인으로 살 수 있는 여성이 성적 대상으로 전락할 수밖에 없는 역설적 상황에서 기인한다. 제인 오스틴의 소설에서 중산층 여주인공들은 결혼을 통해 그나마 자아를 실현한다. 노동계급 여성인 테스에게 신분 상승의 신데렐라식 결말은 허용되지 않는다. 테스는 살인자로 교수대에서 생을 마감한다. 마지막 순간까지 그녀의 몸은 전시되지만, 전시된 몸을 바라보는 데 만족할 것이냐 죽음으로 입증할 수밖에 없는 그녀의 순정함을 읽어낼 것이냐는 독자의 몫으로 남는다.

유명숙

본 번역은 2007년 정부(교육과학기술부)의 재원으로 한국학술진흥재단의 지원을 받아 수행되었음(KRF-2007-361-AL0016).

1840년	6월 2일 영국 남서부 도싯의 주도(州都) 도체스터 근교의 작은 농촌 마을에서 2남 2녀의 장남으로 출생. 생가는 현재 하디 박물관으로 보존되어 있다.
1850~1856년	도체스터에 있는 학교에서 공부하다. 라틴어, 수학, 불어 등에서 뛰어난 성적을 올리다.
1856년	도체스터에서 건축가 존 힉스의 도제가 되다.
1858년	시를 쓰기 시작하다. 옥스퍼드 대학과 케임브리지 대학에서 수학한 여덟 살 연상의 호러스 모울과 친분이 생겨 여러 분야의 책을 소개받다.
1860년	도제 교육을 마치고 존 힉스의 조수가 되다. 그리스어를 독학하다.
1862년	런던으로 가서 5년간 건축가 아서 블룸필드의 사무실에서 보조건축가로 일하다. 시인의 꿈을 키우지만 잡지사에 투고한 시들은 모두 반송되어 돌아오다.
1867년	건강 악화로 고향으로 돌아와 존 힉스의 사무실에서 건축가로 일하다. 사촌인 트리퍼나 스파크스와 자주 만나다. 『가난뱅이와 귀부인*The Poor Man and the Lady*』을 쓰기 시작하다.
1868년	『가난뱅이와 귀부인』을 탈고해 출판사에 보내지만 거절당하다. 이 소설을 읽어본 당대의 저명한 문필가 조지 메러디스가 하디의 재능을 인정하다.
1870년	콘월 주에 있는 성 줄리엇 교회의 수리 견적을 내러 갔다가 교구 신부의 처제 에마 기퍼드를 만나다.

1871년	출판사들이 무명 작가의 책을 출간할 때 통상적으로 요구하는 보증금을 걸고 미스터리물 『무모한 처방Desperate Remedies』을 익명으로 출간하다.
1872년	역시 익명으로 출간한 『녹음 아래서Under the Greenwood Tree』가 전작보다 성공을 거두다. 잡지에 연재 제의를 받아 건축가를 그만두고 전업 작가가 되다.
1873년	『한 쌍의 푸른 눈A Pair of Blue Eyes』연재. 알코올중독과 우울증에 시달리던 호러스 모울의 자살로 큰 충격을 받다.
1874년	『콘힐』지에 익명으로 『광란의 무리에서 멀리 떨어져Far From the Madding Crowd』를 연재하며 큰 관심을 끌다. 한 서평자가 이 소설의 작가를 조지 엘리엇으로 추정하다. 집안의 반대를 무릅쓰고 에마 기퍼드와 결혼해 처음 몇 년은 행복한 결혼생활을 하다.
1875년	소설 『에셀버타에게 청혼하기The Hand of Ethelberta』연재. 1876년 출간.
1878년	『귀향The Return of the Native』으로 소설가로서의 입지를 굳히다.
1880년	나폴레옹 전쟁을 배경으로 하는 『나팔 소령The Trumpet-Major』연재 후 출간.
1881년	『무관심자A Laodicean』연재 후 출간.
1882년	『탑 위의 두 사람Two on a Tower』연재 후 출간.
1883년	고향에 영주하기로 결정하다. 도체스터 근교에 직접 설계한 집 '맥스게이트'의 공사를 시작, 1885년에 완공하다.
1886년	『캐스터브리지 시장The Mayor of Casterbridge』연재 후 출간.
1887년	『삼림지대 사람들The Woodlanders』연재 후 출간.
1888년	첫번째 단편집 『웨섹스 이야기Wessex Stories』출간.

1889년	『테스Tess of the d'Urbervilles』의 미완 원고를 여러 잡지사에 보냈으나 부적절한 소재를 다뤘다는 이유로 거절당하다.
1891년	두번째 단편집 『한 무리의 귀부인들A Group of Noble Dames』 출간. 『테스』 연재 시작. 단행본으로 내면서 '순정한 여인'이라는 부제를 붙여 물의를 일으키다.
1891~1892년	에마와 하디의 가족 사이에 불화가 심해져 부부관계도 소원해지다.
1892년	아버지의 죽음.
1894년	세번째 단편집 『삶의 작은 아이러니들Life's Little Ironies』 출간.
1895년	『무명의 주드Jude the Obscure』로 다시 한 번 비판의 표적이 되다. 소설 쓰기를 그만두겠다고 선언함으로써 이에 대응하다.
1897년	1892년에 연재했던 소설을 개정하여 『사랑받는 이The Well-Beloved』라는 제목으로 출간.
1898년	1860년대 쓴 시들도 포함해 첫 시집 『웨섹스 시편Wessex Poems』을 500부 한정판으로 출간. 삽화를 직접 그리다.
1901년	『과거와 현재의 시편Poems of the Past and the Present』 출간.
1904년	어머니의 죽음.
1907년	동화 작가인 플로렌스 더그데일을 알게 되다.
1908년	전쟁을 제재로 한 서사극 『세습 군주들The Dynasts』 삼부작 완간.
1909년	시집 『시간의 웃음거리Time's Laughingstocks』 출간. 조지 메러디스의 뒤를 이어 작가협회의 회장이 되다.
1910년	영국 왕실로부터 메리트 훈장을 받다.
1912년	소설을 개정해 전집을 내고 문학 왕실협회의 금메달을 받다.

11월 27일 에마의 갑작스러운 죽음으로 큰 충격을 받고, 나중에 「1912~1913년 시편」으로 명명된 시들을 쓰기 시작하다. 하디의 비서로 일해온 플로렌스 더그데일이 맥스게이트에 입주하다.

1913년   마지막 단편집 『변화한 사람A Changed Man and Other Tales』 출간. 에마의 고향인 콘월을 방문하고 나서 「1912~1913년 시편」에 들어갈 시들을 쓰다. 케임브리지 대학에서 명예박사 학위를 받다.

1914년   플로렌스 더그데일과 재혼하다. 「1912~1913년 시편」이 포함된 『정황에 따른 풍자시편Satires of Circumstance』 출간.

1917년   시집 『비전의 순간Moments of Vision』 출간. 자서전을 구술하기 시작하다.

1920년   옥스퍼드 대학에서 명예박사 학위를 받다. 순례지로 맥스게이트를 찾아오는 방문객의 수가 늘어나다.

1922년   『후기 그리고 초기 서정시편Late Lyrics and Earlier』 출간.

1925년   시집 『인간 전람회Human Shows』 출간.

1928년   1월 11일 사망. 심장은 도체스터에 있는 아내의 무덤 곁에, 유골은 웨스트민스터 사원에 묻히다. 사후에 시집 『겨울 이야기Winter Words』와, 하디가 구술하고 플로렌스 더그데일이 쓴 전기 출간.

문학동네 세계문학전집 발간에 부쳐

세계문학은 국민문학 혹은 지역문학을 떠나 존재하는 문학이 아니지만 그것들의 총합도 아니다. 세계문학이라는 용어에는 그 나름의 언어와 전통을 갖고 있는 국민문학이나 지역문학의 존재를 인정하면서 그것을 넘어서는 문학의 보편적 질서에 대한 관념이 새겨져 있다. 그 용어를 처음 고안한 19세기 유럽인들은 유럽문학을 중심으로 그 질서를 구축했지만 풍부한 국민문학의 전통을 가지고 있는 현대의 문학 강국들은 나름의 방식으로 세계문학을 이해하면서 정전(正典)의 목록을 작성하고 또 수정한다.

한국에서도 세계문학 관념은 우리 사회와 문화의 변화 속에서 거듭 수정돼왔다. 어느 시기에는 제국 일본의 교양주의를 반영한 세계문학 관념이, 어느 시기에는 제3세계 민족주의에 동조한 세계문학 관념이 출현했고, 그러한 관념을 실천한 전집물이 출판됐다. 21세기 한국에 새로운 세계문학전집이 필요하다는 것은 명백하다. 우리의 지성과 감성의 기준에 부합하는 세계문학을 다시 구상할 때가 되었다.

문학동네 세계문학전집은 범세계적으로 통용되는 고전에 대한 상식을 존중하면서도 지난 반세기 동안 해외 주요 언어권에서 창작과 연구의 진전에 따라 일어난 정전의 변동을 고려하여 편성되었다. 그래서 불멸의 명작은 물론 동시대 세계의 중요한 정치·문화적 실천에 영감을 준 새로운 작품들을 두루 포함시켰다.

창립 이후 지금까지 한국문학 및 번역문학 출판에서 가장 전문적이고 생산적인 그룹을 대표해온 문학동네가 그간 축적한 문학 출판 경험을 바탕으로 새로운 세계문학전집을 펴낸다. 인류가 무지와 몽매의 어둠 속을 방황하면서도 끝내 길을 잃지 않은 것은 세계문학사의 하늘에 떠 있는 빛나는 별들이 길잡이가 되어주었기 때문이다. 우리가 자부심과 사명감 속에서 그리게 될 이 새로운 별자리가 독자들의 관심과 애정에 힘입어 우리 모두의 뿌듯한 자산이 되기를 소망한다.

문학동네 세계문학전집 편집위원
민은경, 박유하, 변현태, 송병선, 이재룡, 홍길표, 남진우, 황종연

세계문학전집 072

더버빌가의 테스

1판 1쇄 2011년 5월 25일
1판 8쇄 2023년 9월 20일

지은이 토머스 하디 | 옮긴이 유명숙

책임편집 고우리 | 편집 임선영 | 독자모니터 이원주
디자인 송윤형 이주영 | 저작권 박지영 형소진 최은진 서연주 오서영
마케팅 정민호 서지화 한민아 이민경 안남영 왕지경 황승현 김혜원 김하연
브랜딩 함유지 함근아 고보미 박민재 김희숙 정승민 배진성
제작 강신은 김동욱 이순호 | 제작처 영신사

펴낸곳 (주)문학동네 | 펴낸이 김소영
출판등록 1993년 10월 22일 제2003-000045호
주소 10881 경기도 파주시 회동길 210
전자우편 editor@munhak.com | 대표전화 031)955-8888 | 팩스 031)955-8855
문의전화 031)955-1927(마케팅), 031)955-1916(편집)
문학동네카페 http://cafe.naver.com/mhdn
인스타그램 @munhakdongne | 트위터 @munhakdongne
북클럽문학동네 http://bookclubmunhak.com

ISBN 978-89-546-1484-9 04840
       978-89-546-0901-2 (세트)

www.munhak.com

● 문학동네 세계문학전집은 계속 출간됩니다